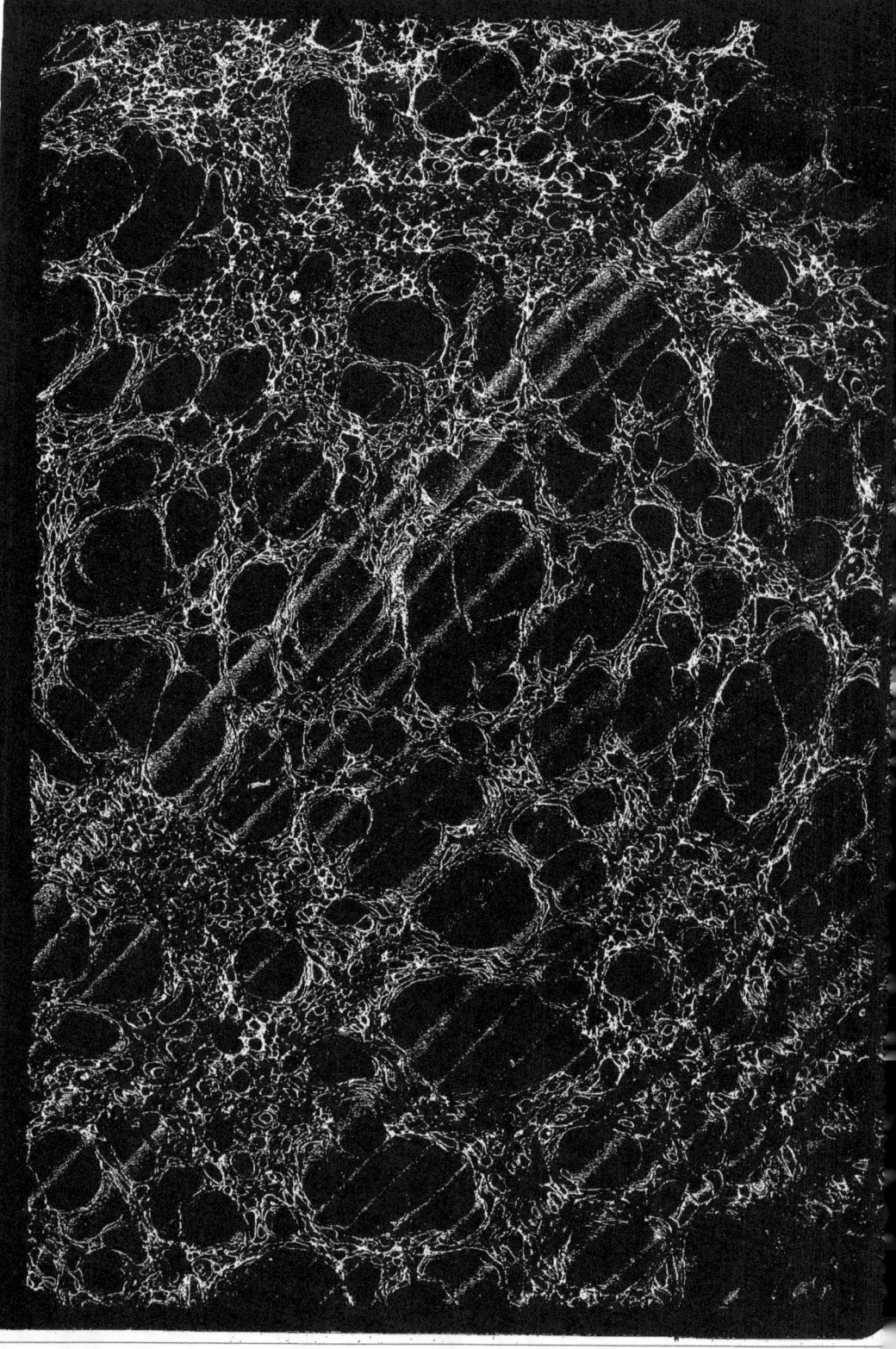

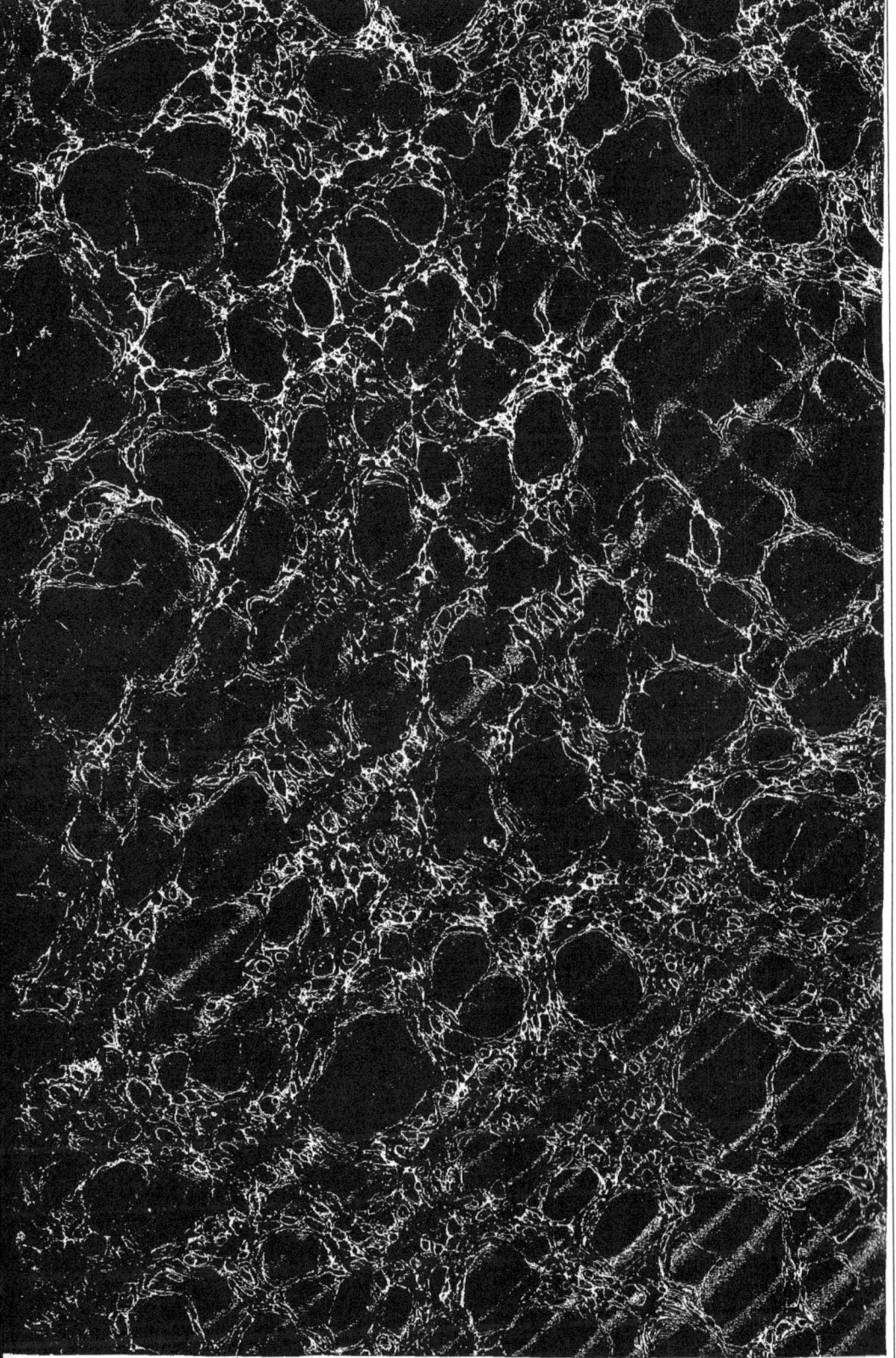

LES

FRANÇAIS.

PROVINCE.

TOME PREMIER.

IMPRIMERIE
Schneider et Langrand,
rue d'Erfurth, 1.

LES FRANÇAIS

PROVINCE

TOME PREMIER

LES

FRANÇAIS

PEINTS PAR EUX-MÊMES,

ENCYCLOPÉDIE MORALE

DU DIX-NEUVIÈME SIÈCLE.

PROVINCE.

TOME PREMIER.

PARIS,

L. CURMER, ÉDITEUR,

49, RUE DE RICHELIEU,

AU PREMIER.

M DCCC XLI.

A

MESSIEURS

A. ACHARD, G. D'ALCY, J. AUGIER, DE BALZAC,
É. DE LA BÉDOLLIERRE,
R. BRUCKER, A. CHEVALIER, F. COQUILLE,
L. COUAILHAC, DAURIAC,
DAUVIN, T. DELORD, A. DELRIEU, ÉCARNOT,
FERTIAULT, A. FRÉMY, V. GAILLARD,
DE LA LANDELLE,
LAVALLÉE, PERLET, L. REYBAUD,
H. ROLLAND, CH. ROUGET;

L'ÉDITEUR RECONNAISSANT.

LA FEMME DE PROVINCE.

LA FEMME DE PROVINCE.

E N acceptant pour femmes celles-là seulement qui satisfont au programme arrêté dans la Physiologie du mariage, programme admis par les esprits les plus judicieux de ce temps, il existe à Paris plusieurs espèces de femmes, toutes dissemblables : il y a la duchesse et la femme du financier, l'ambassadrice et la femme du consul, la femme du ministre qui est ministre et la femme de celui qui ne l'est plus ; il y a la femme comme il faut de la rive droite et celle de la rive gauche de la Seine. Foi de physiologiste, aux Tuileries, un observateur doit parfaitement reconnaître les nuances qui distinguent ces jolis oiseaux de la grande volière. Ce n'est pas ici le lieu de vous amuser par la description de ces charmantes distinctions avec lesquelles un auteur habile ferait un livre, quelque subtile iconographie de plumes au vent et de regards perdus, de joie indiscrète et de promesses qui ne disent rien, de chapeaux plus ou moins ouverts et de petits pieds qui ne paraissent pas remuer, de dentelles anciennes sur de jeunes figures, de velours qui ne sont jamais miroités sur des corsages qui se miroitent, de grands châles et de mains effilées, de bijouteries précieuses destinées à cacher ou à faire voir d'autres œuvres d'art.

Mais en province il n'y a qu'une femme, et cette pauvre femme est la femme de province ; je vous le jure, il n'y en a pas deux. Cette observation indique une des grandes plaies de notre société moderne. La jolie femme qui, vers avril ou mai, quitte son hôtel de Paris et s'abat sur son château pour habiter sa terre pendant sept mois, n'est pas une femme de province. Est-elle une femme de province, l'épouse de cet Omnibus appelé jadis un préfet, qui se montre à dix départements en sept ans, depuis que les ministères constitutionnels ont inventé le Longchamp des préfectures? La femme administrative est une espèce à part. Qui nous la peindra? La Bruyère devrait sortir de dessous son marbre pour tracer ce caractère.

Oh! plaignez la femme de province! Ici l'encre devrait devenir blême, ici le bec affilé des plumes ironiques devrait s'émousser. Pour parler de cet objet de pitié, l'auteur voudrait pouvoir se servir des barbes de sa plus belle plume, afin de caresser ces douleurs inconnues, de mettre au jour ces joies tristes et languissantes, de rafraîchir les vieux fonds de magasin que cette femme impose à sa tête, de cylindrer ces étoffes délustrées, de repasser ces rubans invalides, remonter ces rousses dentelles héréditaires, secouer ces vieilles fleurs aussi artificieuses qu'artificielles, étiquetées dans les cartons, ou serrées dans ces armoires dont les profondeurs rappelleraient aux Parisiens les magasins des Menus-Plaisirs et les décorations des opéras qu'on ne joue plus? Quel style peut peindre les couleurs passées de la bordure qui entoure le portrait de cette pâle figure? Comment expliquer que les robes sont flasques en province, que les yeux sont froids, que la plaisanterie y est, comme les semestres des rentes sous l'empire, presque toujours arriérée; que les cœurs souffrent beaucoup, et que le laisser-aller général de la femme de province vient d'un défaut de culture de ce même cœur infiniment négligé, mal entretenu, peu compris. La femme de province a un cœur, et s'en sert très-peu ou mal, ce qui est pis. Or la vie de la femme est au cœur, et non ailleurs. Aussi la sagesse des enseignes a-t-elle précédé les lois de la science médicale, en disant la *femme sans tête* pour exprimer une bonne femme, la vraie femme. Une femme heureuse par le cœur a un air ouvert, une figure riante; jamais vous ne verrez une femme de province réellement gaie ou ayant l'air délibéré. Presque toujours le masque est contracté. Elle pense à des choses qu'elle n'ose pas dire; elle vit dans une sorte de contrainte, elle s'ennuie, elle a l'habitude de s'ennuyer, mais elle ne l'avouera jamais. J'en appelle à tous les observateurs sérieux de la nature sociale, une femme de province a des rides dix ans avant le temps fixé par les ordonnances du Code Féminin, elle se couperose également plus promptement, et jaunit comme un coing quand elle doit jaunir; il y en a qui verdissent. Les femmes de province ont des blessures à l'esprit et au cœur, blessures si bien couvertes par d'ingénieux appareils que les savants seuls savent les reconnaître, et si sensibles qu'il est difficile à un Parisien d'être une demi-journée avec une femme de province sans l'avoir touchée à l'une de ses plaies et lui avoir fait grand mal. Il a imité ces amis imprudents qui prennent leur ami par le bras gauche sans voir les bandelettes dont l'humérus est enveloppé et qui le grossissent. L'amour-propre impose silence à la douleur. L'ami ventousé par Hippocrate présente dès lors sa droite et refuse sa gauche à cette aveugle amitié. La femme de province, si elle rencontre un étourdi, ne sait bientôt plus quel côté présenter.

Sachons-le bien! la France au dix-neuvième siècle est partagée en deux grandes zones: Paris et la province; la province jalouse de Paris, Paris ne pensant à la province que pour lui demander de l'argent. Autrefois Paris était la première ville de province; la Cour primait la Ville; maintenant Paris est toute la Cour, la Province est toute la Ville. La femme de province est donc dans un état constant de flagrante infériorité. Aucune créature ne veut s'avouer un pareil fait, tout en en souffrant. Cette pensée rongeuse opprime la femme de province. Il en est une autre plus corrosive encore : elle est mariée à un homme excessivement ordinaire, vulgaire et commun. Les gens de talent, les artistes, les hommes supérieurs, tout coq à plumes éclatantes s'envole à Paris. Inférieure comme femme, elle est encore inférieure par son mari. Vivez donc heureuses avec ces deux pensées écrasantes ! Son mari n'est pas seulement ordinaire, vulgaire et commun, il est ennuyeux, et vous devez connaître ce fameux exploit signifié à je ne sais quel prince, requête de M. de Lauraguais, par lequel on lui faisait commandement de ne plus revenir chez Sophie Arnoult, attendu qu'il l'ennuyait, et que les effets de l'ennui, chez une femme, allaient jusqu'à lui changer le caractère, la figure, lui faire perdre sa beauté, etc. A l'exploit était joint une consultation signée de plusieurs médecins célèbres qui justifiaient les dires de la signification. La vie de province est l'ennui organisé, l'ennui déguisé sous mille formes ; enfin l'ennui est le fond de la langue.

Que faire ? Ah ! l'on se jette avec désespoir dans les confitures et dans les lessives, dans l'économie domestique, dans les plaisirs ruraux de la vendange, de la moisson, dans la conservation des fruits, dans la broderie des fichus, dans les soins de la maternité, dans les intrigues de petite ville. Chaque femme s'adonne à ce qui, selon son caractère, lui paraît un plaisir. On tracasse un piano inamovible qui sonne comme un chaudron au bout de la septième année et qui finit ses jours, asthmatique, à la campagne. On suit les offices, on est catholique en désespoir de cause, l'on s'entretient des différents crûs de la parole de Dieu ; l'on compare l'abbé Guinaud à l'abbé Ratond, l'abbé Friand à l'abbé Duret. On joue aux cartes le soir, après avoir dansé pendant douze années avec les mêmes personnes dans les mêmes salons. Cette belle vie est entremêlée de promenades solennelles sur le mail, sur le pont, sur le rempart, de visites d'étiquette entre voisins de campagne. La conversation est bornée au sud de l'intelligence par les observations sur les intrigues cachées au fond de l'eau dormante de la vie de province, au nord par les mariages sur le tapis, à l'ouest par les jalousies, à l'est par les petits mots piquants.

Un profond désespoir ou une stupide résignation, ou l'un ou l'autre, il n'y a pas de choix, tel est le tuf sur lequel repose cette vie féminine et où s'arrêtent mille pensées stagnantes qui, sans féconder le terrain, y nourrissent les fleurs étiolées de ces âmes désertes. Ne croyez pas à l'insouciance ! L'insouciance tient au désespoir ou à la résignation.

Quelque grande, quelque belle, quelque forte que soit à son début une jeune fille, née dans un département quelconque, elle devient bientôt femme de province. Malgré ses projets arrêtés, les lieux communs, la médiocrité des idées, l'insouciance de la toilette, l'horticulture des vulgarités l'envahissent nécessairement. L'être sublime et passionné que cache toute femme s'attriste, et tout est dit, la belle plante dépérit. Dès leur bas âge, les jeunes filles de province ne voient que des gens de province autour d'elles, elles n'inventent pas mieux, elles n'ont à choisir qu'entre des médiocrités, car les pères de province marient leurs filles à des garçons de province, et l'esprit s'y abâtardit nécessairement. Personne n'a l'idée de croiser les races. Aussi, dans beaucoup de villes de province, l'intelligence y est-elle devenue aussi rare que le sang y est laid. L'homme s'y rabougrit sous les deux espèces : la sinistre idée de la convenance des fortunes y domine toutes les conventions matrimoniales. J'y ai vu de belles jeunes filles, richement dotées, mariées par leur famille à quelque sot jeune homme du voisinage, enlaidies, après trois ans de mariage, au point de n'être pas non point reconnaissables, mais reconnues. Les hommes de génie éclos en province, les hommes supérieurs sont dus à des hasards de l'amour. Quand la femme de province est devenue ce que vous la voyez, elle veut alors justifier son état : elle attaque de ses dents acérées comme des dents de mulot, les nobles et terribles passions parisiennes ; elle déchire les dentelles de la coquetterie, elle ronge les beautés célèbres, elle entame le bonheur d'autrui, elle vante ses noix et son lard rances, elle exalte son trou de souris économe, les couleurs grises de sa vie et ses parfums monastiques. Toute femme de province a la fatuité de ses défauts. J'aime ce courage. Quand on a des vices, il faut avoir l'esprit d'en faire des vertus.

L'infériorité conjugale et l'infériorité radicale de la femme de province sont aggravées d'une troisième et terrible infériorité qui contribue à rendre cette figure sèche et sombre, à la rétrécir, à l'amoindrir, à la grimer fatalement. Toute femme est plus ou moins portée à chercher des compensations à ses mille douleurs légales dans mille félicités illégales. Ce livre d'or de l'amour est fermé pour la femme de province, ou du moins elle le lit toute seule, elle vit dans une lanterne, elle n'a point de secrets à elle, sa maison est ouverte, et les murs sont de verre. Si, dans la province, chacun connaît le dîner de son voisin, on sait encore mieux le menu de sa vie, et qui vient, et qui ne vient pas, et qui passe sous les fenêtres, avant de passer par la fenêtre. La passion n'y connaît point le mystère. L'une des plus agréables flatteries que les femmes s'adressent à elles-mêmes est la certitude d'être pour quelque chose dans la vie d'un homme supérieur, choisi par elles en connaissance de cause, comme pour prendre leur revanche du mariage où elles ont été peu consultées. Mais, en province, s'il n'y a point de supériorité chez les maris, il en existe encore moins chez les célibataires. Aussi, quand la femme de province commet sa petite faute, s'est-elle toujours éprise d'un prétendu bel homme ou d'un dandy indigène, d'un garçon qui porte des gants, qui passe pour monter à cheval ; mais, au fond de son cœur, elle sait que ses vœux poursuivent un lieu commun plus ou moins bien vêtu.

Quand une femme de province conçoit une passion excentrique, quand elle a choisi quelque supériorité qui passe, un homme égaré par hasard en province, elle en fait quelque chose de plus qu'un sentiment, elle y trouve un travail, elle est occupée ! aussi étend-elle cette passion sur toute sa vie. Il n'y a rien de plus dangereux que l'attachement d'une femme de province. Elle compare, elle étudie, elle réfléchit, elle rêve, elle n'abandonne point son rêve, elle pense à celui qu'elle aime quand celui qu'elle aime ne pense plus à elle. Vous avez passé quelques mois en province, vous avez dit par désœuvrement quelques mots d'amour à la femme la moins laide du département ; là, elle vous paraissait jolie, et vous avez été vous-même. Cette plaisanterie est devenue sérieuse à votre insu. Madame Coquelin, que vous avez nom-

mée Amélie, *votre* Amélie vous arrive à six ans de date, veuve et toute prête à faire
votre bonheur, quand votre bonheur s'est beaucoup mieux arrangé. Ceci n'est pas
de l'innocence, mais de l'ignorance. Vous la dédaignez, elle vous aime; vous arri-
vez à la maltraiter, elle vous aime; elle ne comprend rien à ce que l'on a si ingénieusement nommé *le français*, l'art de faire comprendre ce qui ne doit pas se dire.
On ne peut pas éclairer cette femme, il faut l'aveugler.

Toutes ces impuissances de la province prennent les noms orgueilleux de sagesse,
de simplicité, de raison, de bonhomie. On ne saurait imaginer la masse imposante
et compacte que forment toutes ces petites choses, quelle force d'inertie elles ont, et
combien tout est d'accord : langage et figures, vêtement et mœurs intérieures. Dans
la toilette d'une femme de province, l'utile a toujours le pas sur l'agréable. Chacun
connaît la fortune du voisin, l'extérieur ne signifie plus rien. Puis, comme le disent
les sages, on s'est habitué les uns aux autres, et la toilette devient inutile. C'est à
cette maxime que sont dues les monstruosités vestimentales de la province : ces
châles exhumés de l'Empire, ces robes ou exagérées, ou mal portées, ou trop larges,
ou trop étroites ! La mode s'y assied au lieu de passer. On tient à une chose *qui a
coûté trop cher*, on ménage un chapeau. On garde pour la saison suivante une futi-
lité qui ne doit durer qu'un jour.

Quand une femme de province vient à Paris, elle se distingue aussitôt à l'exiguïté
des détails de sa personne et de sa toilette, à son étonnement secret et qui perce, ou
ostensible et qu'elle veut cacher, excité par les choses et par les idées. Elle ne sait
pas ! Ce mot l'explique. Elle s'observe elle-même, elle n'a pas le moindre laisser-
aller. Si elle est jeune, elle peut s'acclimater; mais passé je ne sais quel âge, elle
souffre tant dans Paris, qu'elle retourne dans sa chère province. Ne croyez pas que
la différence entre les femmes de province et les Parisiennes soit purement extérieure, il y a des différences d'esprit, de mœurs, de conduite. Ainsi la femme de
province ne songe point à se dissimuler, elle est essentiellement naïve. Si une Parisienne n'a pas les hanches assez bien dessinées, son esprit inventif et l'envie de plaire
lui font trouver quelque remède héroïque ; si elle a quelque vice, quelque grain
de laideur, une tare quelconque, la Parisienne est capable d'en faire un agrément,
cela se voit souvent; mais la femme de province, jamais ! Si sa taille est trop courte,
si son embonpoint se place mal, eh bien ! elle en prend son parti, et ses adorateurs,
sous peine de ne pas l'aimer, doivent la prendre comme elle est, tandis que la Parisienne veut toujours être prise pour ce qu'elle n'est pas. De là ces tournures grotes-
ques, ces maigreurs effrontées, ces ampleurs ridicules, ces lignes disgracieuses offertes
avec ingénuité, auxquelles toute une ville s'est habituée et qui étonnent les Parisiens. Ces difformités orgueilleuses, ces vices de toilette existent dans l'esprit. A
quelque sphère qu'elle appartienne, la femme de province montre de petites idées.
C'est elle qui, à Paris, trouve de bon goût d'enlever à sa meilleure amie l'affection
de son mari. Les femmes de province sont assez généralement enleveuses ; elles ressemblent à ces amateurs qui vont aux secondes représentations, sûrs que la pièce
ne tombera pas. Elles ne savent pas se venger avec grâce, elles se vengent mal ; elles
n'ont pas dans le discours ni dans la pensée l'atticisme moderne, ce *parisiénisme*

(ce mot nous manque), qui consiste à tout effleurer, à être profond sans en avoir l'air, à blesser mortellement sans paraître avoir touché, à dire ce que j'ai entendu souvent : — Qu'avez-vous, ma chère ? quand le poignard est enfoncé jusqu'à la garde. Les femmes de province vous font souffrir et vous manquent, elles tombent lourdement quand elles tombent ; elles sont moins femmes que les Parisiennes. Mais, ce qui dans tout pays est impardonnable, elles sont ennuyeuses, elles ont le bonheur aussi ennuyeux que le malheur ; elles outrent tout. On en voit qui mettent quelquefois un talent infini à éviter la grâce.

La femme de province n'a que deux manières d'être : ou elle se résigne, ou elle se révolte. Sa révolte consiste à quitter la province et à s'établir à Paris. Elle s'y établit légitimement par un mariage et tâche de devenir Parisienne : elle y triomphe rarement de ses habitudes. Celle qui s'y établit en abandonnant tout ne compte plus parmi les femmes. Il est une troisième révolte qui consiste à dominer sa ville et à insulter Paris ; mais la femme assez forte pour jouer ce rôle est toujours une Parisienne manquée. Aussi la vraie femme de province est-elle toujours résignée.

Voici les choses curieuses, tristes ou bouffonnes qui résultent de la femme combinée avec la vie de province.

Une jeune fille s'est mariée ; elle était belle, elle reste encore pendant quelque temps belle malgré le mariage ; elle est proclamée une belle femme. La ville est fière de cette belle femme ; mais chacun la voit tous les jours, et quand on se voit tous les jours, l'observation se blase. Si cette belle femme perd un peu de son éclat, la ville s'en aperçoit à peine. Il y a mieux, une petite rougeur, on la comprend ; on s'y intéresse ; une petite négligence est adorée, une toilette qui ne se renouvelle pas est une concession à la philosophie du pays. D'ailleurs la physionomie est si bien étudiée, si bien comprise, que les légères altérations sont à peine remarquées, et peut-être finit-on par les regarder comme des grains de beauté. Un Parisien passe par la ville, un de ses amis lui vante la belle madame une telle ; il le présente à ce phénix, et le Parisien aperçoit un laidron parfaitement conditionné. Il arrive alors des aventures comme celle-ci. Un jeune homme a quelques jours d'exil à passer dans une petite ville de province, il y retrouve l'éternel ami de collège, cet ami de collège le présente à la femme *la plus comme il faut* de la ville, une femme éminemment spirituelle, une âme aimante et une belle femme. Le Parisien voit un grand corps sec étendu sur un prétendu divan, qui minaude, qui n'a pas les yeux ensemble, qui a passé quarante ans, couperosé, des dents suspectes, les cheveux teints, habillé prétentieusement, et le langage en harmonie avec le vêtement. Le Parisien fait contre bonne fortune mauvais cœur, et se garde bien de revenir à ce squelette ambitieux. Le Parisien moqueur félicite son ami de son bonheur, il le mystifie en prenant cet air convaincu que prennent les Parisiens pour se moquer. La veille de son départ, le Parisien, questionné par son ami sur l'opinion qu'il emporte de la petite ville, répond quelque chose comme : « Je me suis royalement ennuyé, mais j'ai toujours eu la plus belle femme de la ville ! » Le lendemain matin, l'ami le réveille, armé d'une paire de pistolets, il vient lui proposer de se brûler la cervelle, en lui posant ce théorème : « Si vous avez eu la plus belle femme de la ville, ce ne peut être que ma maîtresse, allons nous battre, vous n'êtes qu'un infâme. »

On vous présente à la femme la plus spirituelle, et vous trouvez une créature qui tourne dans le même genre d'esprit depuis vingt ans, qui vous lance des lieux communs accompagnés de sourires désagréables, et vous découvrez que la femme la plus spirituelle de la ville en est simplement la plus bavarde.

Deux femmes également supérieures et toutes deux en province, où l'auteur de ces observations a eu la douleur de les trouver, expliquent admirablement le sort des femmes de province.

La première avait su résister à cette vie tiède et relâchante qui dissout la plus forte volonté, détrempe le caractère, abolit toute ambition, qui enfin éteint le sens du beau. Elle passait pour une femme originale, elle était haïe, calomniée, elle n'allait nulle part, on ne voulait plus la recevoir, elle était l'ennemi public. Voici ses crimes. Pour entretenir son intelligence au niveau du mouvement parisien, elle lisait tous les ouvrages qui paraissaient et les journaux ; et, pour ne jamais se laisser gagner par l'incurie et par le mauvais goût, elle avait une amie intime à Paris qui la mettait au fait des modes et des petites révolutions du luxe. Elle demeurait donc toujours élégante, et son intérieur était un intérieur presque parisien. Hommes et femmes, en venant chez elle, s'y trouvaient constamment blessés de cette constante nouveauté, de ce bon goût persistant. La priorité des modes et leur perpétuelle coïncidence avec leur apparition à Paris, choquaient les femmes qui se trouvaient toujours en arrière d'une mode, et, comme disent les amateurs de courses, *distancées*. Une haine profonde s'émut, causée par ces choses. Mais la conversation et l'esprit de cette femme engendrèrent une bien plus cruelle aversion. Cette femme se refusait au clabaudage de petites nouvelles, à cette médisance de bas étage qui fait le fond de la vie en province. Elle ne souffrait chez aucun homme ni propos vides, ni galanterie arriérée, ni les idées sans valeur ; elle parlait des découvertes dans la science, dans les arts, des poésies nouvelles, des œuvres fraîches écloses au théâtre, en littérature ; elle remuait des pensées au lieu de remuer des mots. Elle fut atteinte et convaincue de pédantisme ; chacun finit par se moquer effrontément de ses nobles et grandes qualités, d'une supériorité qui blessait toutes les prétentions, qui relevait les ignorances et ne leur pardonnait pas. Quand tout le monde est bossu, la belle taille devient la monstruosité. Cette femme fut donc regardée comme monstrueuse et dangereuse, et le désert se fit autour d'elle. Pas une de ses démarches, même la plus indifférente, ne passait sans être critiquée, dénaturée. Il résultait de ceci qu'elle était impie, immorale, dévergondée, dangereuse, d'une conduite légère et répréhensible. — Madame une telle, oh ! elle est folle : tel fut l'arrêt suprême porté par toute la province.

La seconde avait deviné l'ostracisme que sa résistance lui vaudrait, elle était restée grande en elle-même, elle livrait son extérieur seulement à ces minuties. Ce fut à elle que je demandai le secret de l'amour en province, je ne voyais pas dans la journée une seule occasion de lui parler, dans toute la ville un seul lieu où l'on pût la voir sans qu'elle fût observée. « Nous souffrons beaucoup l'hiver, me dit-elle ; mais nous avons la campagne ! » Je me souvins alors qu'au mois d'avril ou de mai, les jolies femmes d'une ville de province sont les premières à décamper. En pro-

vince, la maison de campagne est le fiacre à l'heure de Paris. Quoique l'homme le
plus spirituel de la ville, un homme d'avenir, disait-on, et qui fit un épouvantable
fiasco à la Chambre, lui rendît des soins, cette femme mourut jeune et dévorée
comme par un ver : la supériorité comporte une action invincible qui, au besoin,
réagit sur celui que la nature a doué de ce don fatal.

Une des fatalités qui pèsent sur la femme de province est cette décision brusque et
obligée dans les passions, qui se remarque souvent en Angleterre. En province, la
vie est définie, observée, à jour. Cet état d'observation indienne force une femme
à marcher droit dans son rail ou à en sortir vivement comme une machine à vapeur
qui rencontre un obstacle. Les combats stratégiques de la passion, les coquetteries
qui sont la moitié de la Parisienne, rien de tout cela n'existe en province. Il y a
dans le cœur de la femme de province des *surprises* comme dans certains joujoux.
Elle vous a parlé trois fois pendant un hiver, elle vous a serré dans son cœur à
son insu ; vient une partie de campagne, une promenade, tout est dit ; ou si vous
voulez, tout est fait. Cette conduite, bizarre pour ceux qui n'observent pas, a quelque chose de très-naturel. Au lieu de calomnier la femme de province en la croyant
dépravée, un poëte, un philosophe, un observateur, comme l'a été Stendahl dans
Rouge et Noir, devinerait les merveilleuses poésies inédites, savourées à elle seule,
toutes les pages de ce beau roman dont le dénoûment seul est connu de l'heureux
sous-lieutenant ou du roué capitaine qui en profitent.

Paris est le monstre qui fait toutes ces victimes, le mal a sept lieues de tour et
afflige le pays entier. La province n'existe pas par elle-même. Là seulement où la
nation est divisée en cinquante petits états, là chacun peut avoir une physionomie,
et une femme y reflète alors l'éclat de la sphère où elle règne. Ce phénomène social existe
encore en Italie, en Suisse et en Allemagne ; mais en France, comme dans tous les pays
à capitale unique, l'aplatissement des mœurs sera la conséquence forcée de la centralisation ; aussi les mœurs ne prendront-elles du ressort et de l'originalité que par
une fédération d'états français formant un même empire, ce qui peut-être n'est pas
à désirer. L'Angleterre ne jouit pas de ce malheur, elle a quelque chose de plus horrible dans son atroce hypocrisie, qui est un bien autre mal. Londres n'y exerce pas
la tyrannie que Paris fait peser sur la France, et à laquelle le génie français finira
par remédier. L'aristocratie anglaise (méditez bien ceci), qui comprend toutes les
supériorités, qui les produit ou se les assimile, l'aristocratie couvre le sol ; elle vit
dans ses magnifiques parcs, elle ne vient à Londres *que pendant deux mois*, ni
plus ni moins ; elle est toute en province, elle y fleurit et la fleurit. Londres est la
capitale des boutiques et des spéculations, on y fait le gouvernement. L'aristocratie
s'y recorde seulement pendant soixante jours, elle y prend ses mots d'ordre, elle
donne son coup d'œil à sa cuisine gouvernementale, elle passe la revue de ses filles
à marier et des équipages à vendre, elle se dit bonjour et s'en va promptement : elle ne
se supporte pas elle-même plus que les quelques jours nommés *la saison*. Aussi, dans
la perfide Albion du *Constitutionnel*, y a-t-il chance de rencontrer de charmantes
femmes sur tous les points du royaume, mais de charmantes femmes Anglaises !

DE BALZAC.

LE MÉDECIN DE VILLAGE.

BARTHOLO. — Un art dont le soleil s'honore d'éclairer les succès.
LE COMTE. — Et dont la terre s'empresse de couvrir les bévues.

BEAUMARCHAIS

V ous prendrez, matin et soir, à jeun, deux pilules dans un pain *enchanté,* sans mâcher. Voici la boîte. Il y en a cinquante. C'est cinquante sous. Vous boirez, de deux heures en deux heures, écoutez bien, de deux heures en deux heures, une cuillerée à bouche de cette potion anodine, antispasmodique et laxative; voici la fiole. Il y en a pour trente sous. Vous appliquerez tous les soirs, sur la partie douloureuse, un cataplasme de farine de graine de lin *saupoudré* de neuf gouttes, vous entendez, neuf gouttes de laudanum de *Chidermann,* ni plus ni moins, avec de la flanelle ou un bas de laine. Voilà le paquet. Vingt sous. Au revoir. Soyez tranquille, tout ira bien ; je suis là. Mangez peu, ne parlez pas, dormez jusqu'à mon retour, et si cela va plus mal, nous verrons. Je suis pressé. »

Procurez-vous avec cela un chapeau défoncé ou enfoncé, une physionomie brave homme, une cravate en corde, une redingote de votre grand-père, si vous avez eu un grand-père, un pantalon coutil rayé bleu et blanc, boutons en os, des dessous de pied de dix-huit pouces de longueur et une tabatière de quinze pouces de circonférence ; montez sur un cheval du poids de deux cent vingt-cinq livres, et vous êtes, d'emblée, médecin de village.

Il y a bien encore quelques autres petites formalités de peu d'importance, mais qui ne font rien à la chose ; le plus souvent elles la gâtent. Peu importe, après tout, au menuisier, au fossoyeur et à monsieur le curé que vous sachiez par principes, comme on dit, pourquoi votre malade meurt, pourvu que, en somme, c'est-à-dire en masse, il meure, *secundum artem*, et qu'ils fassent des bières en peuplier d'Italie, des fosses en terre sainte et des funérailles à grande volée. A la guerre comme à la guerre ; tant mieux pour qui tourne la chance.

« Eh bien ! père Thomas ; comment vous trouvez-vous aujourd'hui ? Un peu mieux, hein ? C'est la potion. Que dit la tête ? — Pas grand chose de bon, monsieur Mésenterre, allez. — Bien. Ce sont les pilules. Votre main ; non, l'autre. Et l'estomac ? Avez-vous mal à l'estomac ? soixante-quatre, soixante-cinq, soixante-six. — Ah ! oui, monsieur Mésenterre ; tout plein. — Bon. Soixante-six. Pouls anormal ; légère intermittence. Tirez la langue ; plus long. Allez-vous à la garde-robe ? — Monsieur, je ne sais pas... — Comment, vous ne savez pas ? — Je ne sais pas ce que vous voulez dire. »

Vous reprenez : « Vous boirez matin et soir... » et le reste. C'est bien simple. Peu importent l'âge, le sexe, le tempérament, les habitudes, le régime et le caractère du malade ; l'acuité, la chronicité, la périodicité, l'intermittence, la recrudescence ou la somnolence de la maladie ; qu'elle affecte l'encéphale ou le rectum, le colon transverse ou l'intestin grêle, la région cardiaque ou la région pubienne, la cavité thoracique ou la synovie articulaire, les glandes sous-linguales ou les trompes de Fallope ; que ce soit le tétanos ou la fièvre scarlatine, la catalepsie ou la petite vérole, des tubercules ou un rhume de cerveau, une hernie inguinale ou une fluxion à la mâchoire ; ne sortez pas de là : Vous prendrez matin et soir... comme devant. Vous n'en serez que plus sûrement un bon et véritable médecin de village.

Et comment voulez-vous, après tout ? L'habitant des campagnes est la bête de somme de la civilisation, le limonier du char social dont le riche est la mouche. Quand le cheval de charrue est malade au temps des couvraines, est-ce avec du repos qu'il s'agit de le guérir ? Une friction et la sellette, un breuvage et le collier : En route, blond ! La limonade, l'orangeade, l'eau gommée et le fauteuil, n'ont ni cours ni créance au village. Ces sages lenteurs sont bonnes tout au plus l'hiver, en saison de repos, si d'aventure il n'y a pas fumiers à charrier ou fagots à *déboquer*. A ces corps endurcis par la fatigue, appauvris par les privations, brûlés par l'oxigénation des glaces et de la canicule, il faut médecines de cheval et breuvages à l'avenant. Du lit à la charrue il n'y a place que pour une ordonnance. « Baillez-la-moi bonne et que j'aille à mes chevaux. » Le médecin temporisateur et méthodique des villes en est encore aux prémisses, que tout est dit pour le médecin de village.

Le monde est superficiel. Il y a des gens qui s'imaginent follement, la tête sur l'oreiller et les pieds sous la plume, qu'il suffit de s'en aller, pendant quelque part six ans, étudier l'anatomie, la physiologie, la pathologie, la nosographie, la chimie, la physique, la botanique, la pharmaceutique, la clinique ; de promener, pendant le même nombre d'années, son individu autour des malades et son scalpel au dedans des cadavres ; de passer ses journées la main dans les opérations, les pansements et les dissections, et ses nuits le nez dans les Richerand, les Cuvier et les Berthollet; de joindre à ce petit bagage médical une charge suffisante de littérature, de philosophie et de connaissance du cœur humain, sans parler du désintéressement, de la discrétion, de l'abnégation et du dévouement, pour être un bon médecin de village. Les bonnes gens !

Le médecin de ville croit fermement que tout est dit quand il a visité ses malades, écrit ses ordonnances, lu son journal et additionné ses cas; qu'il a recueilli les nouvelles, colporté l'anecdote, promené sa femme et salué sa voisine; qu'il a fourré sa bonne dans la diligence de Paris, son nez dans les salles de l'hospice et ses pieds dans le four de la cheminée; qu'il a enterré *sa* fluxion de poitrine, dénigré ses confrères plus *heureux* et fait attendre les clients à la porte pendant qu'il les attend dans son cabinet. Tandis que le médecin de village, non-seulement soigne ses malades et les guérit comme l'autre, les console, les soutient et les encourage dans la maladie, mais encore se mêle à eux en santé, prend part à leurs fêtes, s'associe à leurs douleurs, les aide de ses conseils, leur ouvre ses avis et sa bourse, s'assied à leur table, accepte le haut bout, tient les cœurs en joie, avertit l'épouse fragile, ramène le mari égaré, envoie de sa cave le vin du dessert, mange, boit, rit, chante, fume, se roule et *boule* avec eux, le brave homme.

Le médecin de village n'est pas ou médecin, ou chirurgien, ou accoucheur, ou dentiste, ou pédicure, ou oculiste, ou expectant, ou homœopathe, ou n'importe; il est, à la fois, coup sur coup, sans changer de costume, médecin, chirurgien, accoucheur, pédicure, dentiste, oculiste, expectant et homœopathe. Non pas qu'il soupçonne le *similia similibus*; que Dieu l'en préserve ! qu'il se soucie des admirables ressources du faire expectatif; qu'il connaisse la conformation anatomique et les phénomènes physiques de l'organe de la vision; qu'il ait jamais entendu parler de l'action des agents chimiques internes et externes sur les substances dentaires; qu'il ait cherché ailleurs que dans quelques figures coloriées les différentes positions du fétus ou que la disposition des fibres musculaires ou le cours des artères, des veines, des nerfs et de leurs innombrables ramifications lui soient connus à un autre titre que le cours des fleuves sur une carte de France; mais simplement parce qu'il est médecin de village.

Car ce titre, pareil au portefeuille, donne la science à la minute et l'infaillibilité par-dessus le marché; d'un brave homme un peu bavard et pas trop rétif vous fait un homme d'état et un grand homme de profession, et d'un praticien à la main expéditive et vigoureuse, une universalité médicale. Et il le faut ainsi. Sa spécialité c'est d'être universel. S'il ne sait tout, il ne sera propre à rien. S'il hésite une fois, le prestige s'évanouit, la confiance recule et le malade guérit à son corps défendant. Dira-t-il au péri-pneumonique : je suis anévriste; à l'hydropique : je suis utériste; à l'apoplectique : je suis expectant? Il serait bientôt et certainement réduit à toute la rigueur de ce dernier mode. — « Hé ! voisin Thomeron, la nouvelle. —J'ons consulté hier notre nouveau médecin, un fier savant, allez. M'est avis qu'il connaît toutes les maladies que je n'avons point. Je m'en vas cheux le rebouteux. »

Établi dans son universalité, le médecin de village n'est ni docteur en médecine, ni docteur-ès-sciences qui veut dire expert dans la science, ni bachelier, ni gradué, ni vétérinaire artiste. Il n'a pas fait ses cours de médecine ici, de clinique là, d'opérations sous un tel, de pansement sous tel autre; il n'étale point aux yeux une thèse en latin d'hôpital, des brochures vierges et une bibliothèque sacrée à la façon des poésies modernes; son cabinet n'affiche point un homme profondément absorbé dans des livres qu'il ne lit pas, des observations qu'il ne rédige pas et des méditations qu'il ne médite pas. On y voit modestement un bureau en chêne verreux et une chaise en merisier boiteux; un encrier séculaire et une plume bissextile; un dictionnaire de médecine et un chansonnier de l'an VIII; un fusil double à pierre et une carnassière en peau sans poils; une perdrix empaillée sous un globe fêlé et un cartel stationnaire sur un socle ébréché; quatre pipes variées, un baromètre invariable, deux paires de bottes, trois pantoufles, une guêtre, du cirage dans un scapulum, une savonnette dans un coco, une bouteille de rhum et deux verres. Voilà tout.

Le petit verre est l'âme des consultations privées du médecin de village. — « Ah, c'est vous, la mère Joran. Entrez et fermez la porte comme si vous n'aviez que vingt ans; si on jase, ce sera du réchauffé. Vous venez pour votre catarrhe, je vois ça. Les enfants trouvent que c'est long, hé, hé; est-ce qu'ils ont flairé le chausson de laine, les gourmands? Vous prendrez d'abord un petit verre de doux, hein, pour chasser cette mauvaise pensée-là : du rhum, ça ne vous fera pas de mal. A votre santé et soyez tranquille. Le père Jérôme, — vous en prendrez bien un second ; — le père Jérôme en a porté un, de catarrhe, pendant vingt-deux ans et neuf mois — à votre santé, la maman Joran ; — et il vivrait encore s'il ne l'avait pas emporté. Combien voilà-t-il que vous avez le vôtre? Deux ans au plus? Encore un petit verre par là-dessus et ne vous inquiétez pas du reste. Je passerai chez vous tantôt. »

Et n'allez pas croire, lecteurs du beau monde, que le verre de rhum, ou le verre de trois-six, ou le verre de vin et la croûte figureront sous un déguisement honnête sur le mémoire après mort ou guérison, comme c'est l'usage chez les gens de haute et basse finance, de grand et petit commerce qui font payer à la pratique l'user du chapeau qui la salue. Hélas! le médecin de village ne fait pas plus de mémoire que la mort de crédit. A la demande : — Combien vous dois-je? le confrère illustre répond au riche vaniteux : Ce que vous voudrez, et notre homme à la ménagère épuisée : Ce que vous pourrez. Son livre est dans le souvenir de ses malades, sa garantie dans leur cœur. Quand la récolte est bonne il reçoit un à-compte ; quand elle est mauvaise il patiente et oublie. — Mère Philippe, penserez-vous à moi, bientôt? — Tout de suite, si vous voulez. J'ai amassé une dixaine d'écus *que je* pensais acheter une culotte et une veste *avec* à mon dernier, pauvre petit; mais je vous les porterai. — C'est inutile, mère Philippe; achetez toujours, j'attendrai.

Et il attend, l'excellent homme. Éloigné du luxe des villes et des vanités des riches, il vit de peu et cumule des espérances. Dans nos temps de rude misère et de travail sans fin, il marche et se résigne. Que le soleil brûle la terre ou que le givre la blanchisse, il va, le jour, la nuit, à toute heure, où la maladie l'appelle; rien ne le distrait d'une vie qui n'est plus à lui. Avec quoi la remplirait-il? Il n'y a pour

lui ni soirées, ni spectacles, ni réunions, ni romans nouveaux, ni politique nouvelle. Il part le matin et rentre au logis le soir, déjeunant où il plaît à Dieu, et
dînant quand il dîne. Un fermier lui envoie un cent de foin, un autre des gerbées ;
celui-ci une sachée d'avoine, l'autre, une paire de poulets ; la Providence fait le
reste, et notre homme laisse faire la Providence. Content de la veille, peu soucieux
du lendemain, inébranlable dans ses convictions médicales et ferme sur l'étrier,
il va son train, gaiement.

Vous voyez, le matin, vers dix heures, plus ou moins, passer un cheval bai marron, lisse en tête, maigre, haut, long, efflanqué, écourté, buvant dans son blanc.
Il va l'amble traquenardé et porte sur son dos une selle d'une incontestable maturité. Il y a, le long des quartiers crevassés et crénelés, deux jambes qui, par un
mouvement de va-et-vient, régulier comme le vote du budget, entretiennent la monture dans une progression non interrompue. Si par une cause ou par une autre, cette
stimulation alternative vient à cesser, la bête s'arrête, prend une demi-volte, broute
l'herbe du rayon et vous laisse le loisir d'examiner l'homme. L'opération est courte.
Il se compose d'une redingote et d'un chapeau dont la superposition est si mathématique qu'elle ne permet d'apercevoir qu'une forte saillie, destinée, selon toute
apparence, à étayer la partie antérieure de la coiffure. Une coloration vigoureuse
trahit l'incognito et révèle le nez du médecin de village. C'est lui. Il va faire une
troisième visite à son malade, le père Thomas. En approchant des premières maisons, il entend un son de cloches, son funèbre, fait demi-tour, pique des deux et
part ventre à terre. Il a oublié sa tabatière.

Non pas que notre praticien redoute la vue des morts, Dieu merci, ni la langue
des vivants. Il connaît de longue main toutes les fadaises que l'on débite, en bonne
santé sur le grand art et ne s'en soucie guère, certain que la première colique lui
fera raison des mauvais plaisants. Aux femmes le soin de plaindre les malades! à lui
de les guérir, dit-il. Une sensibilité excessive est une compagne aussi funeste que
rare pour la médecine, et nuit à la clarté de l'œil qui interroge, comme à la fermeté
de la main qui sonde. Esclave de la loi commune, l'habitude a émoussé en lui cette
fleur délicate de l'humanité ; une douleur aiguë qui crie et pleure est un cas médical,
la résignation, une exception, et la mort une solution, simplement. Tant que le malade vit, il appartient au médecin ; il est sa propriété, sa chose, son affaire, sa maladie ; c'est contre elle qu'il lutte et non contre la mort ; c'est la maladie qu'il tue et
non pas l'homme qu'il sauve. Si, d'aventure, il se laissait entraîner par la considération de l'individu, à des pensées extra-médicales, tout serait perdu, maladie et
malade. Que les autres voient dans le patient un père, un ami, un frère, à la bonne
heure ; il y voit un cas dont la mort fait un homme ; alors il entre dans la douleur
commune, plaint le défunt, énumère ses qualités, console la veuve, réconforte les
amis et offre une prise à ceux qui en usent.

La tabatière du médecin de village remplace le cerveau du médecin ordinaire.
C'est là-dedans qu'il réfléchit. On reconnaît à sa manière de l'extraire, de la tenir,
de la tourner, de l'ouvrir, de pétrir son tabac, d'élaborer sa prise, de la tenailler
entre ses énormes phalangiens, de la hausser au niveau du cartilage et de l'absorber

par les fosses nasales; on reconnaît la gravité de la maladie, les chances de guérison et l'époque probable du contraire. Une prise de moyenne dimension est un
indice aussi certain d'un cas productif, qu'une aspiration légère et rapide d'une
prompte guérison et une charge complète d'une succession à ouvrir. Le nombre des
prises varie également selon la complication du mal, l'obscurité des symptômes, la
difficulté du diagnostic et l'incertitude de la pronostication. Jamais malade n'a ré-
sisté à une quatrième introduction de l'index médical dans le livre des oracles du
médecin de village. Que Dieu le bénisse !

Un philosophe célèbre portait avec lui sa richesse; notre médecin porte dans ses
poches la vie de ses malades : il y a progrès. Doublées de cuir, elles sont au nombre
de quatre : deux postérieures, deux antérieures; celle-ci à la région thoracique,
les autres voisines des fémurs. Vastes, profondes et imperméables, elles remplacent,
pour le médecin de village, l'ordonnance écrite du confrère de la ville; elles sont, à
la fois, meuble, pharmacie et pilon. Les mixtions se font ordinairement au trot de
cocotte et la potion arrive, tiède, à sa destination. De mémoire de malade, la poche
droite postérieure produit les quatre fleurs, le chiendent, la guimauve et le sirop de
violettes; la gauche fournit le sulfate de kinine, la rhubarbe, la digitale pourprée
et l'immortel laudanum de *Chidermann*. Antérieurement sont casés les minoratifs,
les laxatifs, les émollients et la trousse formidable. Dans une poche du gilet s'arrondit la tabatière, dans l'autre se dresse le pied de biche. Le mouchoir de poche habite, selon la saison, le fond du chapeau qu'il assure, ou la fonte gauche qu'il orne
galamment. Le médecin de village arrache les dents, cela va sans dire.... et vient
sans douleur, dit-il. Ouvrez la bouche.

Quand le médecin de ville est à bout de science et que la solution le talonne,
il insinue la consultation et fait mine de la subir. Cela le pose et l'épaule. Chose
curieuse du reste et instructive. On arrive, on se salue; comment se porte madame? que dites-vous de la petite actrice? et l'on tâte le pouls. Les symptômes dits
et reconnus : C'est un entero-gastrite, dit l'un; une gastro-céphalite, dit l'autre;
un peri-pneumonie chronique, à mon avis. Les anti-phlogistiques feront bien; les
toniques à haute dose sont indiqués; je penche pour les laxatifs. Du reste le traitement adopté par monsieur est parfaitement convenable. — A charge de revanche,
confrères.

Les confrères du médecin de village sont dans sa tabatière. Elle tient, en moyenne,
deux onces de consultations. Pour dix sous il l'emplit, tous les deux jours, de gas-
trites, d'enterites, de céphalites, de duodenites, de bronchites et les en tire en un
besoin. Tout parmi se rencontrent les émulsions, les laxations, les frictions, les réactions, les évacuations, les ponctions et les acu-ponctions. Sa mémoire n'est point
chargée de ces mille nuances qui font la désolation des praticiens et la consolation des
héritiers. Pour lui tout est clair, net et simple. Si l'estomac est malade et la tête compromise, il guérit l'estomac d'abord sans pour cela perdre la tête, comme il dit.
Chaque chose en son temps et la méthode avant tout.

Sa méthode à lui est d'égayer son malade. On dit au village qu'il ferait rire un
mort, et il en rit; bien différent de son confrère de ville, dont l'habit déteint sur la

figure, qui interroge gravement, examine son sujet comme on regarde passer un convoi, médite, cligne de l'œil, sourit jaune et répand dans l'escalier un son de cloches et une odeur d'église. — « Eh bien, gros Pierre, c'est vous qui accouchez cette fois, hé, hé ! Vous voilà sur le dos comme un pigeon sur le gril. Soyez tranquille, vos plumes repousseront plus vite que les siennes. Hé, Guiguite, descendez un peu à la cave. » Sur quoi il s'attable, abdique son chapeau, développe son abdomen et laboure sa tabatière. « Les blés du voisin Buron sont beaux, mais les jeunes filles leur font du tort; elles aiment trop les bluets. Thérèse Coupon en cueillait dans la pièce à Jean-Claude l'autre soir, et, se voyant serrée de près, elle s'enfuit et a perdu ses fleurs. Le curé dit que sa servante a forcé la serrure de sa cave et qu'il la changera pour une neuve. Monsieur le maire a pris, le mois passé, un arrêté pour qu'il n'y ait plus de pauvres dans la commune ; là-dessus il a trouvé trente peupliers sciés par le pied. Second arrêté qui ordonne que tout le monde pourra être pauvre après avoir payé ses contributions et les mois d'école des petits. Le père Crotard veut marier sa fille à Simon Toulet qu'elle n'aime pas; elle lui a dit que s'il l'épousait malgré elle il verrait. »

C'est la médecine expectante du médecin de village ; c'est la bonne. Les habitudes, sinon simples, du moins frugales des campagnards, n'ont que faire de la pratique raffinée des villes. Leurs maladies sont uniformes comme leur vie ; la fatigue et les privations les produisent pour la plupart. Du bouillon gras et du Bourgogne, quelques sangsues et des contes gais, voilà la pratique, et notre homme la connaît. Leur parlera-t-il de Lamartine ou de Sand, de Virgile ou de Shakspere, de Tite-Live ou de Sismondi? S'il connaît ces noms, il les oubliera ; et s'il ne les connaît pas, il s'en passe bien et ses malades aussi. Il faut des caractères d'une trempe supérieure, des goûts et des besoins profondément enracinés, pour conserver dans cette continuelle fréquentation du chaume l'amour pur et saint de la littérature. Parcourir une lettre de Pascal et percevoir l'historique d'un gargouillement dans le ventre avec de grands maux de tête et des rhumes d'estomac, sont aussi antipathiques que le pouvoir et la mémoire. Le médecin littérateur que la nécessité rive au village, meurt, comme une fleur délicate qui languit, s'incline et se dessèche aux rayons d'un soleil ardent.

Qu'arrive-t-il? La vie de bien des millions d'hommes est abandonnée aux chances d'une pratique dont le vice capital est l'absence d'une instruction solide que remplace une routine aveugle d'abord, puis entêtée, puis insouciante. Dira-t-on, et on le dit, que la science ne suffit pas pour guérir; que la médecine ne s'apprend pas tant dans les livres que dans l'exercice ; que le véritable talent du médecin est dans son coup d'œil? Il est vrai qu'il y a chez le véritable médecin une sorte d'instinct qui lui révèle par intuition, pour ainsi dire, le secret de la maladie ; mais qu'en fera-t-il s'il ne connaît toutes les ressources de son art? Et quel plus noble, quel plus généreux usage, celui qui réunit ces qualités précieuses peut-il en faire, que de les consacrer aux misères des campagnes? L'essor immense donné à la culture des sciences et des lettres jette tous les ans sur les bancs des écoles, sur le pavé des grandes villes, une foule de jeunes gens dont, pour la plupart, la vie s'écoule dans de longues, de pénibles et d'inutiles privations, quand le désespoir ne la termine pas brusquement. De quelle influence ne serait pas sur les villageois ignorants et misérables la présence de ces hommes éclairés, puissants de savoir et de dévouement, s'ils voulaient courageusement se dévouer à cette généreuse mission ? Que de préjugés ridicules et funestes à déraciner ! combien de conseils à semer, que d'améliorations matérielles et morales à tenter ! Et l'on sait de quel poids est la voix du médecin ! La jeunesse se plaint que les portes de l'avenir sont fermées pour elle ; celle-ci est ouverte toute grande. Il est vrai que pour en passer le seuil il faut laisser derrière soi l'habitude sitôt prise de ce que l'on nomme les plaisirs de la société ; comme si la conscience d'un devoir accompli et les joies de l'étude, impérissables et sans remords, ne pouvaient faire une existence digne d'être tentée. Mais non : l'on craint de s'enterrer dans un village, de s'encroûter au milieu des paysans, de ne trouver personne à qui parler ; et l'on babille chez la modiste, on va au bal et au spectacle, on lit Paul de Kock à 2 sous le volume, on pérore sur la fraternité universelle et sur la misère du peuple, et l'on meurt de faim, ou d'ennui, ou de regrets, ou d'opium.

Ainsi vont les choses humaines. Où la vie est plus précieuse et la santé plus nécessaire ; où l'existence est dans le travail et le pain des enfants dans les bras du père ; où huit jours perdus font des mendiants quand la misère ne franchit de suite ce pas si glissant : là une médication abandonnée à ses propres forces, privée des secours et du stimulant intellectuel qui rayonnent autour des grands foyers de la science, et dont le tact est émoussé par les aspérités sociales et les durillons de la pauvreté, lutte à la fois et souvent avec un sublime dévouement, contre l'obscurité du mal et l'ignorance du malade, contre les progrès de la maladie et les ravages de la misère, tandis que dans les villes, la richesse, les hospices, la charité officielle et la bienfaisance voilée tendent au médecin une main douce et facile, permettent une temporisation impossible au village, enlèvent aux yeux du malade le spectacle déchirant et mortel d'une famille sans pain et d'un lendemain sans asile, et transforment en une foule de cas la science de guérir en l'art de savoir attendre.

Qui me dira s'il faut rire ou se fâcher rouge ? Où est la balance équitable du bien et du mal que fait au village son médecin facétieux, routinier, bienfaisant et consolateur ? Lui infligera-t-on le docteur noir avec sa science, ses prescriptions et ses lenteurs ruineuses, et obtiendra-t-il jamais auprès des paysans têtus et rétifs l'entière et aveugle confiance du médecin selon leur cœur ? C'est la foi qui sauve.

Ce que les institutions ne peuvent, sera fait par un agent plus puissant que l'homme, le temps. Le type pur du médecin de village qu'on a eu l'honneur de faire passer sous les yeux du lecteur disparaît de jour en jour et fait place au jeune médecin connu sous le nom d'officier de santé.

Que Dieu protége la vôtre !

ÉCARNOT.

L'ÉLU DU CLOCHER.

LA chambre des députés en compte au moins trois cents de cette trempe sur ses quatre cent cinquante-neuf membres. Trois cents Cincinnatus que le suffrage rural a arrachés à leur charrue pour en faire des Démosthènes; trois cents aigles d'arrondissement qui ont fait leur chemin par un discours de comice agricole, ou par une brochure sur les prairies artificielles. C'est l'élément le plus nombreux de la majorité parlementaire, celle qui préfère une invasion de Cosaques à une invasion de bestiaux, et qui salue en germe, dans la betterave, l'émancipation des nègres.

D'ordinaire, l'élu du clocher est timide dans ses débuts, mais il lui faut peu de temps pour se procurer une éducation représentative digne de faire suite à l'éducation d'Achille. Quand son épouse s'est dit : « Ça ne peut plus se passer comme ça, il faut que nous soyons député, » notre héros se met à la besogne, et désormais, comme Guzman, il ne connaîtra plus d'obstacles. Il sait les côtés faibles des herbagers, des nourrisseurs, des métayers, des laboureurs qui ornent son arrondissement, et il se présente à eux comme un homme qui comprend leurs besoins. Sur quoi l'arrondissement se dit en masse : « Nommons qui me comprend ; il est toujours agréable d'être compris. » Pour peu que l'élu du clocher sache en outre lever le coude à propos et distribuer des poignées de main avec intelligence, il est sûr de son affaire, il sera député, il va l'être, il l'est.

Dans la première heure du succès, quelques scrupules viennent pourtant assaillir le triomphateur. Il a perdu son assurance de candidat, et il n'a pas encore acquis son aplomb de député. C'est une situation mixte, un état de passage; la chrysalide ne s'est pas encore transformée en papillon. Il doute alors de lui-même, il se tâte, il se trouve des côtés faibles. L'honneur qu'on vient de lui conférer lui apparaît au travers des nuages d'une vague responsabilité. Être député, c'est bien ; mais comment l'être ? Où trouver le Manuel à 50 sous du parfait député ? Un député, c'est quelque chose de si monumental ! La France a les yeux sur lui, la patrie compte positivement sur son génie, l'étranger même s'en occupe. Comment suffire à tant de devoirs, à tant de gloires ? Un député peut-il marcher, s'asseoir, se promener, tousser comme le commun des hommes ? Idées embarrassantes, scrupules inquiétants. Sans compter que, du haut de ses clochers, tout un arrondissement contemple le nouvel élu, l'homme qui comprend ses besoins !

Tant que dure cette période de découragement, notre héros est obsédé de cauchemars étranges, de visions fatales. Il lui semble que, faute d'habitude, il va compromettre l'équilibre du monde, ensanglanter le continent et obscurcir à fond l'horizon politique. « Si j'allais faire déchoir la France du rang qui lui appartient en Europe ! » se dit-il, et il se sent baigné de sueurs froides. Il a des rêves affreux : tantôt la question espagnole s'empare de lui et l'entraîne à travers champs comme le coursier de la ballade de Lénore ; tantôt la conversion des rentes l'étreint à la gorge et lui demande ce qu'il préfère du 5 1/2 ou du 4 1/2, du fonds au pair ou du fonds avec accroissement de capital. Mais c'est la question d'Orient, cette question si féconde en Premiers-Paris et en victimes, qui afflige et désole le plus profondément l'élu du clocher. « Encore si j'y comprenais quelque chose, » se demande de temps à autre le malheureux. Il lui a fallu huit jours pour prononcer le nom de Méhémet-Ali, et il désespère de pouvoir jamais articuler celui d'Abdul-Medjid. Il est vrai qu'en revanche Abd-el-Kader lui est familier et qu'il a manifesté, à diverses reprises, l'intention de châtier l'insolent marabout par son vote à la chambre. Ce n'est pas tout encore : on lui a dit que la session roulerait principalement sur des objets d'intérêt matériel, et il veut pressentir quels seront ces objets. Le chemin de fer s'est saisi de sa pensée et l'entraîne dans les espaces ; le canal vient le poursuivre jusque dans ses rêves, le baigner dans sa couche. Il ne dort plus que suffoqué de vaine pâture ou précipité du haut d'attributions municipales. C'est une hallucination parlementaire. Si elle durait, elle pourrait tuer son homme, mais elle dure peu.

A peine l'élu du clocher roule-t-il sur le chemin de Paris, que sa poitrine se dilate. Il se sent mieux ; il brûle le pavé et les pétitions dont on l'a accablé. La fantasmagorie se dissipe ; l'état de l'âme s'améliore, les idées s'ouvrent, l'horizon s'agrandit. Notre homme a retrouvé son sang-froid ; il commence à entrevoir que pourvu qu'il demande beaucoup de chemins vicinaux pour son arrondissement, il aura assez fait pour le bonheur de la France et le repos du monde. Ce point de vue simplifie ses devoirs et l'accompagne jusque dans la capitale. Ses débuts y sont des plus heureux. Il s'installe bravement dans un hôtel avec sa famille, et le lendemain va se faire inscrire à la questure. Noble fermeté, résolution louable et qui indique bien un retour de confiance ! Cependant la sécurité de l'esprit est loin d'être complète, et tous les symptômes inquiétants n'ont pas disparu. Voici l'élu dans une ville pleine d'embûches, au milieu des piéges d'une civilisation raffinée. Les filous en veulent à ses foulards, les hommes du pouvoir à sa conscience. Que de choses à défendre à la fois! Et n'est-ce pas là une tâche bien lourde quand on arrive de son arrondissement et qu'on en comprend les besoins!

N'importe, nous voici sur la brèche. Notre député sait très-bien qu'il aura des combats à soutenir, il s'y excite; des ennemis à vaincre, il les attend. Il laisse à son épouse le soin de réduire les assaillants domestiques, ceux qui spéculent sur les bévues personnelles et les écoles provinciales; il ne se réserve pour lui que les antagonistes politiques. Le premier se présente sous la forme d'un garde municipal. L'élu du clocher s'affermit sur ses talons; d'un regard il foudroie le sbire qui lui remet, avec force politesses, un pli ministériel. On ne recevrait pas avec plus de dignité une sentence de mort. Le cachet brisé, il se trouve que c'est tout uniment une invitation à dîner de la part du président du conseil. « C'est ça, on veut me corrompre; du sang-froid. Mon rôle commence. J'irai à ce dîner pour prouver que je comprends les besoins de mon arrondissement. » En effet, au jour fixé, notre homme se rend au ministère. Il y trouve nombreuse compagnie, un amphitryon aimable, des convives spirituels. De corruption, pas un mot; mais de bons vins et un service à souhait. L'élu sent qu'il lui est impossible de reculer, et qu'il lui importe de prendre une position. Il n'hésite pas, boit du médoc avec acharnement, et attaque un sauté aux truffes avec une hardiesse digne d'éloges. Son succès est des plus complets. Aussi, de retour chez lui, il se précipite avec effusion dans les bras de son épouse. « Chère amie, s'écrie-t-il, je suis content de moi; on ne mord pas mieux aux affaires publiques. C'est moins dur que je ne le croyais. »

Le Rubicon est franchi; notre héros n'a plus qu'à marcher devant lui, le champ est libre. Seulement, quelques jours plus tard, une nouvelle épreuve se présente, mais bien plus décisive. Il s'agit d'un bal à la cour! La cour, quel abîme! Comment s'y tient-on à la cour? Faut-il s'y promener les mains derrière le dos comme Napoléon, ou le poing sur la hanche comme Bocage? Faut-il y aborder les ambassadeurs des puissances étrangères pour leur témoigner que l'on sait vivre? Faut-il s'entretenir avec le roi et lui prouver que l'on n'est nullement étranger aux besoins de son arrondissement? Problèmes graves! problèmes complexes! L'élu du clocher se décide à les affronter. Il se fait habiller de bleu national et culotter de satin; il s'arme du chapeau monté, et franchit impétueusement le grand escalier du château. Un huissier lui demande son nom, il le jette hardiment; des plateaux circulent, il les aborde en téméraire, se livre à l'assaut des buffets, soupe démesurément, et regarde les quadrilles dans une attitude qu'un prince ne désavouerait pas. Jamais triomphe ne fut plus complet. La soirée se passe pour lui comme s'il avait toujours vécu dans cette atmosphère. On dirait un boyard, un magnat, un lord, un grand d'Espagne. Il se tient presqu'aussi droit qu'un chef de bataillon de la garde nationale. « Décidément, dit-il aux siens le lendemain, je suis né pour les grandes choses. La députation est mon élément. »

Ainsi peu à peu notre héros se forme, s'assouplit, se civilise; il prend l'aplomb de son rôle et se fait un nouveau centre de gravité. Mais jusqu'ici il n'a eu à lutter que contre les accessoires de ses fonctions, à se poser seulement dans la partie extérieure de son mandat. On peut, sans être député, aller dîner chez un ministre et dévorer avec succès les babas de la cour; il suffit pour cela d'avoir un estomac digne de ce nom. Mais bien digérer n'est pas tout le député, et la question parlementaire ne se réduit plus, comme sous M. de Villèle, à une simple question de mâchoires. On a d'autres devoirs qu'on est censé connaître, d'autres obligations qu'on est censé remplir. C'est ici que les anxiétés de notre héros recommencent. La session s'ouvre demain; elle sera grave, intéressante, décisive. S'il allait manquer son entrée à la chambre? Tous les yeux, il se le figure du moins, vont se fixer sur lui. Ce n'est pas tout que de comprendre les besoins de son arrondissement, il faut encore savoir ce que l'on fera, où l'on ira s'asseoir. Le palais Bourbon est une mer inconnue dont on ne connaît ni les écueils, ni les gouffres. Comment s'y dirigera-t-on? L'élu du clocher ne se désespère pourtant point. Il compte sur sa prudence habituelle, et ne doute pas que ses brochures agricoles, distribuées avec intelligence, ne lui fassent bientôt, sur les bancs de la chambre, des amis et des admirateurs. Seulement il sent que, pour les premiers jours, il a besoin de toute sa réserve, de tout son sang-froid. Arrivé en face du palais législatif, il le toise avec défiance, ne s'engage pas sans crainte dans ses vestibules, et embrasse l'hémicycle parlementaire d'un regard mêlé d'appréhension. Revenu de ce premier mouvement, il tombe dans un paroxysme de vivacité nerveuse, affecte des airs dégagés, joue l'habitué, l'homme qui sait les êtres, marche résolument vers toutes les issues, se perd dans la buvette, s'abîme dans le vestiaire, et se retrouve à grand'peine dans la salle des conférences. Au fond, ces manières d'un familier nourri dans le sérail et initié à ses détours, ne servent guère qu'à déguiser une préoccupation profonde. Tout en marchant comme s'il n'ignorait rien, notre héros observe, examine tout. Ces huissiers qui le saluent, ces pupitres chargés de papier blanc, cette tribune aux rampes de marbre, ce fauteuil du président qui conserve on ne saurait dire quel air dominateur, tout devient, de sa part, l'objet d'un examen défiant, d'une enquête détaillée. Il voit des piéges, des chausse-trapes sur tous les points. Ce mouvement, ce bruit, ces groupes, ces allées et venues sont des abîmes où sa raison se perd. Il s'observe, se surveille, et ne procède qu'avec des précautions infinies. « Je marche sur un volcan, » dit-il en lui-même. Et il a peur du sort d'Empédocle.

Cet état d'angoisses et d'isolement a son terme. La chambre est pleine de moniteurs officieux qui volent au secours des âmes en peine, qui les rassurent, les stylent, les forment au grand art de faire des lois au moyen de l'exercice fémoral que l'on nomme l'assis et le lever. Vieux pilotes de ces parages, ils prennent la direction de ces nefs désorientées, et se chargent de les conduire au port du scrutin secret, au havre de la boule blanche. Une fois tombé entre les mains de ces habiles mentors, l'élu du clocher ne s'appartient plus. On ne l'abandonnera à lui-même que lorsque son éducation sera complète, achevée, digne du maître. Voici donc notre héros en tutelle, mais que cette tutelle est douce! On sème de fleurs les sentiers qu'il parcourt; on étend des tapis sous ses pieds; on veille sur ses pas, sur ses gestes. C'est une chose si grave qu'un mouvement parlementaire. Se lever mal à propos, rester indûment assis, il y a de là de quoi bouleverser des empires. Cette responsabilité disparaît pour le nouveau venu ; on s'est chargé de tout, même des révoltes de sa conscience. Plus de souci moral, plus de peine physique. Se rencontre-t-il une montagne sur le chemin, on la rase à son intention ; un vallon, on le comble. Tout ce terrain inégal du palais Bourbon, hérissé de bureaux et embarrassé de méandres de questure, coupé de commissions et de sous-commissions, de messagers d'état et de secrétaires, de présidents et de rapporteurs, on le lui fait connaître, on le lui fait parcourir sans fatigue, sans ennui, en se jouant. Jamais initiation ne fut plus charmante et plus douce. S'il a un nom à choisir, on le lui choisit ; s'il a un bulletin à écrire, on le lui dicte ; s'il a un mot à prononcer, on le lui souffle. On va jusqu'à penser, jusqu'à raisonner pour lui : c'est magique.

Cette éducation comporte diverses phases. D'abord elle est limitée, terre à terre, élémentaire. On semble se défier de l'intelligence de l'élève, on ne lui livre qu'un à un les secrets de la tactique transcendante, à l'usage des pouvoirs électifs. Le mentor est toujours là, agissant du coude, du pied, de la voix, tenant la bride serrée de crainte d'écarts. Mais après quelques jours de ce manège, l'émancipation arrive. L'élu du clocher retrouve son libre arbitre, reprend son essor personnel. On lui a livré le grand secret du métier, la théorie du vote parfait et infaillible. Cette théorie est des plus simples. On lui a dit : « Voyez-vous là-bas, sur le troisième banc de droite, M. ***, l'aide-de-camp de S. M., homme si spirituel ; ou bien encore, ici, plus près, sur le cinquième banc en face, M. le comte ***, ce charmant orateur ; ou encore, M. le baron ***, directeur d'une administration fiscale, presque votre voisin ? eh bien ! suivez de l'œil l'un de ces trois députés. Ils donnent le vote-modèle, le la parlementaire. Quand l'un d'eux se lèvera, levez-vous ; quand il demeurera assis, demeurez assis. Du reste, ces trois messieurs font le plus grand cas de votre brochure sur les assolements : ils comptent en parler au roi dans une audience prochaine. Vous voilà lancé ; partez du pied gauche, vous irez loin. » Ces mots suffisent à notre héros pour compléter son initiation : le noviciat cesse, la députation commence. A la première occasion il s'essaie et obtient un succès fou. Pas une méprise, pas un faux mouvement ; c'est parfait, c'est enlevé, c'est sans peur et sans reproche. Les compliments arrivent au débutant de tous les coins de la chambre ; il est félicité à la ronde : peu s'en faut que la séance ne soit suspendue en son honneur. L'enivrement du triomphe ne l'exalte point, il sent qu'il a encore beaucoup à faire pour arriver à la précision mécanique de ses vieux collègues ; il perfectionne chaque jour ses mouvements, apprend à voter endormi, et parvient à pousser jusqu'au somnambulisme l'assis et lever parlementaire. Pas de révolte d'esprit, pas de scrupule d'intelligence, et si après une épreuve il demande à son voisin : « Sur quoi a-t-on voté ? » dans son âme il déplore cet élan d'une curiosité involontaire.

Ainsi lancé, notre député ne s'arrête plus. Tranquille parce qu'il se sent appuyé, il va jusqu'à se livrer à des inspirations personnelles. La stratégie parlementaire se compose de mille détails auxquels il applique ses brillantes facultés. La science des *bravos*, lancés avec justesse, n'a pas de plus profond interprète ; il en connaît toute la gamme, et pourrait en écrire le contre-point. Tantôt il détache le *bravo* aigu, tantôt il s'en tient au *bravo* grave; cela dépend de la nature des questions. Pour les : *à l'ordre,* mêmes études, mêmes nuances. Il y a les *à l'ordre* de profonde indignation ; les *à l'ordre* de mépris et d'ironie. Quelques *oh! oh!* quelques *ah! ah!* distribués à propos, complètent cet accompagnement obligé d'exclamations qui joue à la chambre le rôle des chœurs dans les tragédies antiques. L'élu du clocher se fait sur-le-champ une réputation dans ce genre d'éloquence. Doué d'une basse-taille caractérisée, il soutient et nourrit les explosions obligées des centres. il en est le Lablache, le Stentor. Sa science ne s'arrête pas là; elle pénètre dans les moindres accessoires de la stratégie parlementaire, l'art de tousser et de se moucher à propos, les ressources de la conversation bruyante, la guerre des couteaux de bois frappant en cadence sur les tables, le tout appliqué à un orateur de l'opposition. Dans cette voie il va très-loin. Il invente, pour humilier M. Odilon-Barrot, des poses d'ennui, de distraction et de dédain, qui lui font le plus grand honneur parmi ses collègues des centres; il est le héros des airs écrasants et des impatiences désespérantes. Il a inventé l'éclat de rire étouffé, qui est le sublime de l'ironie. Enfin, il est devenu un homme posé, utile et nécessaire : il joue un rôle à la chambre, il y remplit une fonction. Aussi quand une grave question s'agite, fait-il presser son déjeuner, et dit aux siens avec une ineffable importance : « Il faut que je me hâte; cela ne peut pas se passer sans moi. »

Cette période éclatante n'a qu'un jour d'éclipse, celui où l'on dépose chez son portier un in-folio énorme, que l'on nomme budget. Le budget! voilà un mot fait pour ébranler, dans toute son économie, un homme parlementaire. Le budget! quelle tuile immense et pyramidale! Quel dédale plus compliqué que celui de Crète! A part M. Auguis, qui osera se lancer dans ce labyrinthe? Notre héros est d'abord entrepris. Plus d'une fois on lui a dit en province, que le budget était la pierre de touche du député, et que là se jugeaient les hommes qui vraiment comprennent les besoins de leur arrondissement. Toujours ces maudits besoins! Pour en avoir le cœur net, il affronterait bien un examen rapide de ce budget redoutable; mais le monstre se compose de quinze cents pages in-folio, non compris les annexes. C'est un billot monumental qui porte dans ses flancs plus de hiéroglyphes que Champollion n'en déchiffra jamais. Aussi quelque désir qu'ait notre élu de s'engager dans cette aventure, il recule, il diffère chaque jour. Le sphinx à couverture grise a été déposé sur son bureau; il l'y laisse environné d'un hommage calme et respectueux, d'une adoration inquiète et mêlée de terreur. Cependant, après un mois de ce culte à distance, il s'aperçoit que le monstre diminue à vue d'œil. On dirait qu'il maigrit, qu'il se fond, qu'il s'en va. « Qu'a donc mon budget, » se demande le député. Et il l'ouvre! O surprise! ô profanation! l'in-folio redoutable est réduit de moitié. L'Intérieur a disparu; le Commerce est à rien; la Justice est écornée. D'où vient cela? qui a osé porter la main sur l'évangile parlementaire, sur la loi et les émargements, sur les voies et moyens? Hélas! la simonie part du milieu même de la famille. Pendant que notre héros vouait à ce budget divin son culte mental et profond, sa femme et sa fille le livraient à une série de papillottes irrévérentieuses. Le chef du ménage veut s'indigner d'abord de ces abus de confiance; mais il se prend à réfléchir, et se dit sagement qu'un budget qui se laisse traiter de la sorte ne mérite pas qu'on s'intéresse à lui. Il va plus loin, il s'associe à la profanation et la rend complète. Le pauvre budget ne s'en relèvera plus. Une crainte reste encore au député, c'est qu'à la chambre on ne l'interroge sur les beautés de ce répertoire de chiffres ; mais au bout de quelques jours il est parfaitement rassuré. Il comprend que le budget est encore un préjugé de province, et que, si l'on s'occupe de lui, c'est ailleurs qu'au Palais-Bourbon.

Cependant notre héros est classé. Le voici arrivé à ce point que toute prétention est fondée de sa part, toute ambition légitime. On le regarde comme un instrument nécessaire dans la mise en scène des séances, comme l'un des chefs du lustre parlementaire, comme l'interpellateur par excellence. Il a le droit de demander au *Moniteur* des épreuves, afin de s'assurer que ses exclamations figurent à leur place, dans l'intention voulue, et surtout avec leur caractère d'improvisation et de spontanéité. Sans lui, plus de beaux succès oratoires, plus de ces triomphes enlevés qui ont un si grand retentissement au dehors et qui coupent en deux une séance. Il est l'homme des grandes émotions et des grands orages. Il chauffe une salle par sa seule présence, il la fait passer au besoin de la température de la Sibérie à celle du Sahara. Nul n'excite mieux du regard, n'encourage mieux de la voix. Qu'un orateur ministériel descende de la tribune, il l'entoure à lui seul, le complimente bruyamment, le porte sur le pavois, le couronne de sa main, l'élève jusqu'aux cieux. Il est parvenu à organiser ainsi des façons de triomphe, même pour les bonnetiers, les drapiers, et les maîtres de poste qui figurent dans les centres. C'est un impayable ami, un cœur sûr, une âme dévouée. Cependant, il faut le dire, au milieu de tant de joies, une joie lui manque : il n'a pas encore abordé la tribune, ce Capitole de la vie parlementaire ; il n'a pas filé le discours écrit, ce couronnement des orateurs manqués.

Cette idée verse de l'amertume sur ses triomphes. Comment rendre sensible à l'arrondissement qu'il songe à lui, qu'il s'occupe de ses besoins, qu'il est en position de le faire ? Sa position, si éclatante qu'elle soit, n'a pas dépassé l'enceinte du palais Bourbon ; hors de là, son nom est absolument inconnu. Le *Moniteur* ne l'a pas encore enregistré avec la colonne oratoire à l'appui. Comment conquérir cette gloire ? comment franchir ces Portes de Fer ? Un beau jour notre héros en trouve le secret : il prend son courage à deux mains, va visiter un homme de lettres, un sténographe de la chambre qu'il connaît et qui le protége, une plume sûre qui doit nécessairement lui livrer du style selon son cœur.

« Je désire un discours, cher ami, » lui dit-il en l'abordant.

Le sténographe est au fait de semblables ouvertures, et sans se déconcerter il répond :

« Un discours sur quoi ?

— Sur ce que vous voudrez, pourvu que ce soit du chenu, du flambant, d'un numéro relevé.

— Dame, ça dépend.

— Du prix ! connu ! mettez au plus cher, mes moyens me le permettent.

— Voilà qui est parlé. Cherchons le sujet.

— C'est ça, cherchons.

— L'affaire de la Légion-d'Honneur ! c'est populaire, impérial, Bérésina, culotte de peau : ça doit vous aller.

— Ça me va, tout me va ; seulement soyons sublime.

— Nous le serons ; nous réclamerons les cendres de Napoléon pour les insérer sous la colonne.

— Bravo ! très-bien !

— Nous flétrirons la perfide Albion.

— Encore mieux ! tâchez surtout d'amener un mot sur les draps. Il y a trois manufactures dans l'arrondissement. C'est de rigueur.

— Des draps à propos de la Légion-d'Honneur ! c'est dur de transition.

— Bah ! vous parliez de culottes de peau. Quand on dit culottes, le drap n'est pas loin.

— Vous croyez.

— Essayez toujours. Vous êtes un gaillard. Vous trouverez le joint. »

Huit jours après, l'homme de lettres apporte son chef-d'œuvre. Il lui a été impossible d'aborder directement la question des draps, mais il a multiplié ingénieusement les images qui peuvent y faire allusion. Il a dit, par exemple, que la *fabrication* des lois demandait un *tissu* généreux et solide et qu'il fallait les *empreindre* de la *couleur* du patriotisme. Il a ajouté que l'honneur était le *vêtement* de la nation française, et que c'était là un sentiment qu'il ne fallait point *fouler.*

Ces tropes délicieux ne touchent que faiblement l'élu du clocher. Il connaît son arrondissement, il sait jusqu'à quel point on y est accessible aux artifices du beau langage, il prend donc une plume, biffe l'exorde cicéronien de son secrétaire, et y substitue ceci :

« Le gouvernement français doit protection à tous les intérêts, aux manufactures
« de drap, comme aux services des légionnaires. Les manufactures de drap doivent
« être rangées au nombre des établissements qui ont bien mérité de la patrie, comme
« nos vieux légionnaires figurent parmi les Français qui l'ont défendue sans mur-
« murer et au prix de glorieuses cicatrices. On ne saurait donc trop protéger les
« manufactures de drap et la Légion-d'Honneur. »

Ceci trouvé, notre divin député croise les bras sur son œuvre et se repose ; l'homme de lettres est vaincu, et les besoins de l'arrondissement sont décidément compris. Au jour de la discussion, l'orateur monte à la tribune, boit douze verres d'eau sucrée, et file son discours avec accompagnement de gestes hyperboliques. Personne ne l'écoute, il parle pour les banquettes. Mais le lendemain, la flamboyante harangue est au *Moniteur,* annotée et corrigée. La glace est rompue, notre homme cumule toutes les gloires. Il ne lui manque plus que d'être nommé membre d'une commission et rapporteur. Si jamais il se représente une loi sur les vices rédhibitoires des animaux, son affaire est sûre. Il utilisera ainsi ses études sur le farcin et ses méditations sur les maladies de la cornée.

J. **MARTIN**, des **Basses-Alpes**.

LE DIRECTEUR D'UN THÉATRE DE PROVINCE.

C'EST en général un type d'homme assez plaisant ; mais l'espèce ou la famille dont il fait partie offrant de nombreuses variétés, on se bornera à décrire ici le directeur de troupe ambulante. — Nos principales villes de province, telles que Lyon, Bordeaux, Marseille, Rouen, Nantes, ont des spectacles sédentaires à l'année ; les autres sont formées en arrondissements théâtrals numérotés comme les mairies de Paris. Le ministre de l'intérieur les concède par privilége, ce dont l'heureux titulaire instruit orgueilleusement son public par cette invariable annonce imprimée en caractères splendides au front de son affiche : Le directeur breveté du dixième ou du trentième arrondissement théâtral aura l'honneur, etc. Ce n'est pas de ce mortel heureux, de ce fier suzerain dont nous essaierons de vous tracer l'image, mais bien de son humble vassal, de son respectueux feudataire.... en un mot du directeur de la seconde troupe. Pour comprendre les tribulations sans nombre, la position toujours précaire de ce dernier, il faut savoir que chaque arrondissement théâtral se compose d'ordinaire de la réunion de cinq à six villes de troisième et de quatrième ordre. Partout, même dans les plus petites bourgades de la circonscription, comme terres relevant de son fief, le directeur breveté récolte la fleur des moissons, c'est-à-dire qu'il a le droit d'y conduire sa troupe aux meilleures époques de l'année : à celle du carnaval, à celle des foires. Son malheureux vassal y vient glaner ensuite,

Ramasser les épis dédaignés de ses mains.

Et pour comble d'infortune, il lui faut encore acheter ce droit au moyen d'une somme annuelle fixée arbitrairement par son seigneur féodal. Dans de telles conditions qui ne laissent d'autre perspective que la fatigue, les privations, la misère... on juge ce que le pauvre tenancier doit déployer de génie inventif, de ruse, de diplomatie pour parvenir à composer une troupe !... Ce Talleyrand des coulisses est d'ordinaire un ancien détestable acteur retiré, que la perte totale de sa mémoire et les rigueurs du public ont jeté malgré lui dans la carrière administrative. Il possède communément un nom de comédie : Blinval, Dorival, Surville, Merville, Dercour, Floricour, Rosancour. Prenons ce dernier. Rosancour a cinquante ans. Sa taille est au-dessous de la moyenne; son embonpoint est extrême. Il décrit en marchant un demi cercle convexe, tant sa tête se porte fièrement en arrière, tant son abdomen est proéminent. Son allure est pleine de verdeur ; sous le verre de ses larges bésicles, son œil émerillonné, brillant d'un feu tant soit peu lubrique, et son teint très-haut en couleur, attestent qu'il n'est l'ennemi ni de Comus, ni de Bacchus, ni de Vénus. A la manière dont il pindarise ses mots, dont il fait rouler les r, à la sonorité presque métallique de sa voix, on devine que cet homme a dû remplir jadis les rôles de maître, les héros. Le mélodrame était à coup sûr son genre de prédilection. A part les dames auprès desquelles il est galant à la façon de M. Prud'homme, on le trouve en général plus insolent que civil. Il manie bien l'épée, et vous l'entendrez au café citer complaisamment les affaires où il fit mordre la poussière à ses ennemis. Jamais homme n'en eut un plus grand nombre : tous ceux qui le sifflaient, c'est-à-dire tous les spectateurs, étaient ses ennemis. Il tient beaucoup du Robert Macaire ; son aplomb, sa jactance, ses manières aisées contrastent singulièrement avec la vétusté, la pénurie de son costume. Toutefois il n'est par fourbe par tempérament, comme Robert Macaire ; s'il trompe, c'est par nécessité. Malgré son habile faconde et le luxe de promesses qu'il déploie pour séduire ses acteurs, il ne parvient jamais à réunir que les plus détestables ou les plus récalcitrants, sorte de soldats volontaires qui, ne pouvant supporter aucun joug, aucune discipline, s'enrôlent dans ces espèces de corps francs, qu'ils abandonnent sans façon, dès que le double butin des écus et des applaudissements ne répond pas à leurs espérances. Les recettes sont-elles passables, il y a parmi eux rivalité effrénée d'amour-propre; avec les cheveux ils s'arrachent les rôles (les bons s'entend); pour les rôles secondaires, personne n'en veut, à plus forte raison des mauvais. Le public déserte-t-il le théâtre, tous menacent d'en faire autant et d'aller chercher fortune ailleurs, si bien que, dans l'un et l'autre cas, le pauvre Rosancour est dans une égale perplexité, soit pour les contenir, soit pour les retenir. Au milieu de ces continuels discords, le répertoire reste toujours le même, et le public demande du nouveau. C'est dans cette situation critique que Rosancour développe toutes les ressources de sa brillante imagination. Nul n'est plus fort dans l'art de dénaturer les titres des anciens ouvrages. C'est ainsi qu'après avoir représenté plus de vingt fois l'*Abbé de l'Épée*, n'ayant pour son dimanche aucune autre pièce à sa disposition, il le fit afficher sous le titre du *Muet mystérieux*, ou *le Combat de l'Ange et du Démon*. Une autre fois c'est la tragédie d'*Hamlet* annoncée sous celui de l'*Urne funéraire*, ou *le Fils assassin par piété filiale*. Il n'est pas moins habile dans l'annonce des ouvrages nouveaux ; s'agit-il d'une pièce burlesque, où Arnal se montre toujours si prodigue d'excellentes bouffonneries, vous lirez sur son affiche les réflexions suivantes : « Le succès de gaieté qu'obtient à Paris cet ouvrage est sans exemple au théâtre. Cinquante représentations consécutives sont loin d'avoir satisfait la curiosité publique. Dès cinq heures, la salle du Vaudeville est envahie par une foule immense, dont plus de la moitié s'en retourne avec tristesse, après avoir tenté vainement d'y pénétrer. Et comment, en effet, ne pas désirer voir un ouvrage où le fou rire s'empare de tous les spectateurs depuis la première jusqu'à la dernière scène. A ceux qui désespèrent encore chez nous de la gaieté française, nous dirons : Allez voir cette pièce ; mais elle ne plaît pas seulement par le rire qu'elle provoque, on l'apprécie aussi pour les saillies, les allusions fines, spirituelles et piquantes dont elle abonde. C'est à la fois la pièce des amateurs de la franche gaieté et des personnes instruites et difficiles ; c'est, en un mot, la pièce des gens d'esprit. Nous sommes donc certain d'y voir accourir tous les habitants de cette ville. » Est-ce au contraire d'un sombre drame de Victor Hugo ou d'Alexandre Dumas qu'il s'agit ? Rosancour ne se montre pas moins éloquent. « Jamais, s'écrie-t-il (toujours sur son affiche), la terreur et le pathétique n'ont été poussés aussi loin que dans cet admirable ouvrage, le chef-d'œuvre d'un auteur à qui la France en doit déjà tant. Ce n'est pas à nous qu'il appartient de le juger, nous laissons s'acquitter de ce soin des plumes plus dignes et plus éloquentes (ici sont rapportés les articles laudatifs des journaux de Paris) ; nous nous bornerons simplement à cet avis aux dames : Venez, leur dirons-nous, venez au théâtre avec confiance, vous y trouverez des émotions dignes de vos âmes nobles et sensibles ; venez, vous y trouverez un enseignement moral dans la peinture des passions énergiques et désordonnées que votre tendre sexe ne cesse d'inspirer au nôtre ; peinture saisissante et vraie qui, pour vous glacer un moment d'épouvante et vous arracher d'abondantes larmes, ne vous en rendra que plus chères, de retour dans vos familles, les douceurs d'une vie honnête, innocente et paisible. Venez enfin, vous y trouverez aussi des chaufferettes et des boules d'eau chaude ; car le directeur, toujours jaloux de justifier la confiance dont les dames l'honorent en visitant son spectacle, n'a rien négligé pour qu'elles y fussent agréablement et commodément placées. » D'autre part, ce Rosancour est un véritable *Procuste* dramatique : il coupe, il taille, il tranche sans pitié, même dans les chefs-d'œuvre de la scène. Il en supprime une scène, un acte, un, deux, trois personnages, suivant l'état du personnel de sa troupe, que de subites désertions réduisent parfois à deux ou trois artistes. Un jour, il fit jouer *Michel et Christine* sans le rôle de Michel ; toute la pièce se passait en correspondance. A chaque instant, un personnage muet venait prendre, pour les porter à Michel, les lettres que Christine écrivait sur le théâtre, en se les dictant à haute voix. L'instant d'après, le même personnage reparaissait, apportant la réponse de Michel, lue également à haute voix par Christine. Le dialogue et les couplets de la pièce étaient conservés dans ces lettres, grâce à l'ingénieux moyen suivant : Ma chère Christine, vous me dites dans votre dernière « que vous voulez savoir mon secret. » Je vous répondrai que « je ne peux pas vous le dire, puisque vous voilà mariée. » Sans

doute vous me direz : « N'importe ! je veux le savoir. » Je vous répondrai : « Ça ne
se peut plus, vous dis-je; vous aimez votre mari, vous l'adorez, rien ne manque à
votre félicité... » Peut-être Christine me direz-vous : « Vous ai-je dit cela?.. » Oh !
alors, je vous répondrai : « Il serait possible ! vous ne seriez pas heureuse... il ne
me manquait plus que ce chagrin-là. Votre mari est brutal... il vous bat peut-être?..
Dieu ! si j'osais lui chercher querelle ! » Il me semble, Christine, vous entendre
me dire :

AIR *de Céline.*

Eh bien ! si votre ancienne amie
Conserve encor quelque pouvoir,
Confiez-lui, je vous en prie,
Ce secret qu'elle veut savoir.

Oh! si en effet, Christine, vous me disiez cela, avec quel élan d'amour je vous
répondrais :

(*Suite de l'air.*)

Puisque votre cœur le désire,
Mes secrets, les voilà..... mais je vois
Qu'à présent il faut vous les dire....
Vous les deviniez autrefois.

Ainsi de suite jusqu'à la fin de la pièce. Aucune difficulté n'arrête Rosancour : il a
des ressources pour tout, et comme Napoléon il trouve que le mot *impossible* n'est
pas français. Pour la distribution d'un ouvrage, il a recours, s'il le faut, à la trans-
mutation des sexes, c'est-à-dire qu'il fait d'un oncle une tante, d'une sœur un
frère, etc.; ou, si le sexe des personnages est conservé, ce sera un jeune-premier
qui fera l'ingénue, ou la duègne qu'il affublera en vieillard cacochyme. Il ne redoute
aucunement la colère du public. Dans les jours orageux, au plus fort de la tempête,
il voit d'un œil calme s'agiter devant lui les flots tumultueux du parterre. Les injures,
les apostrophes, les coups de sifflet, ne l'émeuvent guère... il en a tant reçu dans sa
vie ! Sans avoir de l'esprit, Rosancour s'exprime avec une certaine facilité. Ce qu'il
dit est toujours on ne peut plus commun, mais ses phrases se succèdent sans interruption. Il ne reste jamais court, grande qualité aux yeux d'un parterre de province ; et, comme sa voix et la puissance, qu'il parle avec un aplomb incroyable,
il finit toujours par apaiser son public, auquel il prodigue les éloges les plus outrés
et les protestations les plus touchantes de zèle, de dévouement pour ses plaisirs,
et de reconnaissance inaltérable pour la bienveillance dont on l'honore, et dont il
n'a d'autre désir que de se rendre digne. Mais où Rosancour est surtout curieux à
voir, c'est dans ses rapports avec un acteur de la capitale, lorsqu'à force de démarches humbles et serviles, de promesses dorées, de flagorneries hyperboliques, il est
parvenu à traiter avec lui de son congé. Avant l'arrivée du grand artiste, comme il
se trémousse dans sa petite ville ! comme il feint de multiplier ses ordres à son ré-

gisseur, pauvre hère, véritable maître-Jacques dramatique, cumulant les fonctions de régisseur, d'acteur, de secrétaire, de souffleur, d'inspecteur-général, etc. Il faut l'entendre pérorer au café. On fait cercle autour de lui.

« Nous allons voir, dit-il, comment les habitants de cette ville répondront aux sacrifices inouïs que je fais pour varier leurs plaisirs et leur donner Floridor, le fameux Floridor de la Comédie-Française. Si celui-là ne fait pas chambrée complète chaque soir, c'est à ne plus leur montrer désormais que les géants, les bêtes ou les marionnettes de la foire. — Mais, lui dit-on, comment votre troupe pourra-t-elle seconder M. Floridor dans la tragédie? non-seulement elle chante l'opéra, mais par la perte de vos premiers sujets... — J'ai pourvu à tout, » répond Rosancour avec une assurance que dans le fond du cœur il est loin d'éprouver; car, il ne peut se le dissimuler, depuis six semaines lui et les siens ne vivent que de M. Floridor. Boucher, boulanger, marchand de vin, imprimeur, lampiste, employés de tous genres, n'ont continué le crédit que dans l'espoir d'être payés du présent et de l'arriéré sur les recettes produites par le grand Floridor... Et s'il refusait de jouer avec les débris d'une si détestable troupe, que devenir?... « Bah! dit Rosancour en lui-même, nous verrons; la Providence est grande, et je trouverai bien encore quelque tour dans ma gibecière. » Floridor arrive. Rosancour, avant de se rendre à son hôtel, et pour donner à sa visite une certaine importance, se fait précéder par son régisseur, qui vient humblement prendre les ordres du grand artiste pour le choix des pièces de début et l'heure des répétitions. Lorsqu'il croit s'être fait suffisamment désirer, Rosancour se présente, mais avant d'entrer il fait grand bruit sur l'escalier. Tout l'hôtel est sur pied. On l'entend crier : « Où est-il, où est-il notre grand acteur? » On lui indique l'appartement; il s'y précipite essoufflé comme s'il était venu en toute hâte. « Eh! le voilà! le voilà!... Pardon, mille pardons de ne m'être pas trouvé à votre débotté... Je sors de chez monsieur le préfet, de chez monsieur le maire, qui m'avaient fait demander. La santé... le voyage?... Je vous avais envoyé mon régisseur; êtes-vous content de l'appartement qu'il vous a choisi? Il avait reçu mes instructions positives à cet égard. Du reste, c'est le meilleur hôtel de la ville, où descendent les riches étrangers, les princes. Si cependant il vous manquait quelque chose, dites-le-moi, et sur l'heure... »

Floridor, étendu sur un sofa, répond fort négligemment à cette vive sollicitude. Rosancour, qui s'est approprié de son mieux, tout en parlant, et pour se donner un air cossu, fait sonner quelques pièces de cent sous mêlées à beaucoup de clefs qu'il porte dans les deux goussets de son pantalon.

« Vous aurez, dit-il, à vos représentations, la plus belle société... L'annonce de votre arrivée que j'ai faite hier moi-même au théâtre, entre deux pièces, a produit une sensation impossible à décrire. Ah ça! sous quel titre vous annoncerai-je? je n'ai rien voulu prendre sur moi dans la crainte de vous déplaire — Comment, sous quel titre? Parbleu, mon cher, ce n'est pas difficile : M. Floridor, sociétaire et premier sujet de la Comédie-Française. — Cela va sans dire, mais croyez-vous que ce soit assez? — Je ne vous comprends pas. — Avec votre admirable talent, votre immense réputation, sans doute cela devrait suffire; mais dans ces petites villes de province, ils sont si arriérés, si bêtes... D'ailleurs, tous les artistes de votre théâtre, mêmes les plus médiocres, lorsqu'ils voyagent, usurpent ce titre de premier sujet.— Qu'y faire? je n'en saurais cependant prendre d'autre. — Non ; mais ne pourrions-nous pas le compléter? Si, par exemple, après avoir annoncé M. Floridor, sociétaire et premier sujet de la Comédie-Française, nous ajoutions, successeur de Talma, seul héritier de sa gloire : qu'en dites-vous? — Cela sent un peu le charlatanisme, et je le déteste.— Pas plus que moi... mais c'est le public qui nous y pousse... il est si peu connaisseur de sa nature que si nous ne lui disons pas d'avance que vous êtes un sublime tra- gédien, le successeur de Talma, il est capable, en vous voyant jouer, de ne pas s'en douter. — Faites comme vous l'entendrez, mon cher; mon répertoire, du moins, est- il tout prêt ainsi que vous me l'avez mandé? — Oui; mais nous serons obligés de faire quelques transpositions. — Comment! ne pourrai-je débuter par Hamlet? — Mon Dieu non, madame Saint-Victor, qui devait jouer Gertrude, m'a planté là... au mépris d'un engagement : c'est une horreur! — Madame Saint-Victor? Je crois la connaître. — Oui. Elle a joué Jocaste avec vous, il y a trois ans, nous a-t-elle dit, lorsque vous fûtes à Maubeuge. — Mais non... c'était, s'il m'en souvient, une ma- dame Saint-Ernest qui remplit ce rôle. — C'est la même. A cette époque elle était avec Saint-Ernest. L'année dernière, c'était madame Bercour; cette année, c'est ma- dame Saint-Victor. — Par où donc débuterai-je? — Je ne vois guère que *Sémiramis* qui puisse aller.— Qui donc jouera Sémiramis, puisque votre madame Saint-Ernest ou Saint-Victor vous a quitté? — C'est la petite Fanny, la fille du maître de musique, ma première Dugazon. — Votre Dugazon, elle est donc jeune? — Dix-sept ans au plus, jolie comme un cœur. — Mais c'est une mystification, Sémiramis jouée par une enfant de dix-sept ans! —Que voulez-vous, je n'en ai pas d'autres... D'ailleurs, vous vous effrayez à tort, nous la grimerons. Elle est très-intelligente. Madame Saint-Victor ne manquait pas de talent, j'en conviens, mais vous savez combien elle était arro- gante, susceptible : pas moyen de lui faire une observation... celle-ci au contraire est pleine de bonne volonté : elle vous écoutera, et suivra vos conseils avec une soumis- sion aveugle ; c'est une petite cire molle que vous pétrirez à votre guise. — Et Assur! qui jouera Assur? — Oh! pour celui-là, soyez tranquille, j'en réponds... C'est Dorgeville. — Dorgeville n'était-il pas à Lyon l'année dernière ?—Précisément. — Oh! le misérable! c'est lui qui nous a fait siffler le dénouement d'*Iphigénie en Aulide,* dans son récit d'Arcas, dont il n'a pu dire deux vers : mais il ne jouait à Lyon que les confidents ?— Il tient ici l'emploi de premières basses-tailles. Encore une fois je vous réponds de lui ; le public l'aime à la folie. Dernièrement, il nous a joué le rôle de Lepeintre jeune, dans *Renaudin de Caen;* il y a fait crever de rire.—Mais quel rapport ce rôle a-t-il avec celui d'Assur? — Il s'en tirera bien, vous verrez... Vous savez ce que c'est qu'un acteur aimé... il a planté la foi ici. Le public lui passe tout. — Dites donc plutôt que c'est lui qui passe tout au public; il ne sait jamais un mot de ses rôles.—On y est habitué... D'ailleurs, ce n'est pas lui, c'est vous qu'on viendra voir et admirer... Ne vous préoccupez donc pas autant de votre entourage, et venez répéter. » Il entraîne Floridor au théâtre. Dans la rue, Rosancour ne marche près de lui que le chapeau à la main, et dans l'humble attitude d'un courtisan qui ferait les honneurs de ses domaines à quelque prince du sang. Néanmoins son regard, où brille un noble orgueil, semble dire aux passants : Le voilà, le phénomène que je vous ai promis

Arrivés au théâtre, Rosancour donne l'ordre de sonner la répétition. Aussitôt le portier fait retentir dans la rue une énorme cloche, et l'on voit alors sortir lentement des estaminets et cafés voisins des individus pâles, défaits, mal vêtus, en casquette et la pipe ou le cigare à la bouche. Ce sont les artistes de Rosancour. Bientôt arrivent les dames en costumes inqualifiables. Tout ce monde-là, d'un air dolent et ennuyé, répète ou plutôt ânonne, estropie, écorche, le rôle à la main, les beaux vers de Voltaire. Le même acteur remplit deux personnages ; le souffleur quitte son trou, où sa femme le remplace, pour revêtir la tunique à longs plis du vénérable Oroès. Rosancour même a dû se charger du rôle de Mitrane. Malgré ces expédients, l'ombre de Ninus n'a pas d'interprète. Floridor est furieux ; Rosancour le calme. « Nous aurons une ombre, lui dit-il. — Et comment ? — Cette ombre n'a que quelques vers à dire ; je ferai costumer un figurant d'une manière convenable, je me tiendrai derrière lui dans la coulisse, et je lirai le rôle. Notre homme n'aura seulement qu'à ouvrir la bouche de temps en temps et à faire quelques gestes. Soyez tranquille, je le stylerai d'avance, et le public ne s'apercevra de rien. — C'est décidément une mystification ! s'écrie Floridor avec une colère académique semblable à celle qu'il déploie dans Achille. A-t-on pu penser que je risquerais de compromettre ma réputation en me prêtant à de pareilles jongleries? Je déclare qu'à l'instant même je fais mettre les chevaux à ma voiture et m'en retourne à Paris. —Vous n'en ferez rien, lui dit Rosancour d'un ton ironique et résolu ; vous avez l'âme trop bien placée pour cela, et vous ne voudriez pas ruiner de pauvres artistes... vos camarades... Dans tous les cas une indemnité leur serait due ; nous l'avons même stipulée au traité qui nous lie... elle est de trois mille francs. » Atterré par cette réponse, le malheureux Floridor se résigne, et la représentation est donnée le lendemain. Les deux premiers actes marchent sans encombre, mais au troisième, à l'instant solennel où sort du tombeau, en présence de toute la cour de Sémiramis, l'ombre de Ninus, on voit paraître un individu, drapé à l'antique, avec des serviettes et des nappes grossières, d'une blancheur équivoque, et dont les plis ne cachent ni les liteaux bleus et rouges, ni les initiales du propriétaire. Cet individu était un sapeur de la garnison. On avait si bien enfariné sa figure, sa barbe et surtout ses épais sourcils, qu'il semblait avoir au dessus des yeux deux panoufles de polichinelle. Il fait un pas en avant, lève les bras au ciel, roule de gros yeux à gauche, à droite, ouvre une énorme bouche, la referme et l'ouvre encore, sans qu'on entende aucune parole en sortir. Le public rit d'abord de cette bouffonne pantomime, puis il s'en impatiente et siffle. L'ombre de Ninus, indignée de cet accueil, disparait aussitôt, après avoir fait militairement un demi-tour à droite. Rosancour, averti par le bruit, accourt et reconnaît sa bévue. Occupé ailleurs, il a manqué la réplique, et l'ombre de Ninus est demeurée sans voix. S'avançant alors vers la rampe d'un air humble et mortifié : « Messieurs, dit-il au public, votre sévérité est juste et légitime ; mais peut-être l'acteur qu'elle vient de punir aurait-il trouvé grâce à vos yeux, si vous aviez pu savoir que l'émotion seule a paralysé ses moyens au point de le priver totalement de l'usage de la parole. Oui, messieurs, c'est la crainte de paraître devant un public justement cité pour être le plus connaisseur du département, qui a produit en lui ce singulier phénomène. Il se serait bien rassuré si, comme moi, dans mille circonstances, il avait pu être témoin de votre bonté, de votre indulgence sans égales. J'ose espérer, messieurs, que vous voudrez bien en donner aujourd'hui une nouvelle preuve, en nous permettant de continuer une représentation où M. Floridor est jaloux de conquérir vos couronnes, qui seront pour lui ses trophées les plus glorieux. »

À la faveur de cette flagornerie, l'ouvrage est écouté jusqu'à la fin. Le surlendemain, aucune pièce du répertoire de Floridor n'étant prête, Rosancour fait afficher la seconde représentation de *Sémiramis* (généralement redemandée). La foule se porte au théâtre. On attend surtout avec impatience la scène de l'ombre. Toutes les mesures semblent cette fois avoir été prises pour en assurer la bonne exécution. Le souffleur a rassuré Floridor en lui disant : « Je serai dans la coulisse avec une brochure, et si par hasard M. Rosancour n'est pas à son poste, je lirai pour lui. La grande scène arrive ; le même sapeur est transformé en ombre de Ninus. Il entre sur le théâtre et fait sa pantomime convenue ; mais Rosancour, sans avoir été vu du souffleur, s'est placé dans la coulisse au-dessus de celle où se trouve celui-ci, et lorsque l'ombre doit dire :

> Tu régneras, Arsace ;
> Mais il est des forfaits que tu dois expier :
> Dans ma tombe, à ma cendre il faut sacrifier, etc.

on entend deux voix distinctes sortir à la fois de sa bouche : la voix claire du souffleur et la basse-taille de Rosancour, disant ensemble les mêmes vers. À ce duo inattendu, le fou rire gagne si fort et si généralement les spectateurs qu'il devient de toute impossibilité de continuer la pièce. L'argent est redemandé, on se bat au parterre ; le commissaire fait évacuer la salle, et Rosancour, abandonné des siens, regagne à pied la capitale. Dans toutes les villes qu'il trouve sur son passage, le théâtre est toujours pour lui une auberge assurée, et dont il sort, contrairement à l'usage, la bourse plus ronde qu'avant d'y être entré ; car il y a parmi les comédiens une confraternité, une sorte de franc-maçonnerie qui doit les absoudre de bien des fautes et des travers. Ne plaignez pas trop Rosancour : sa vie de bohémien n'est pas sans attraits ; il commande, il règne, et le pouvoir, quel qu'il soit, flatte toujours notre orgueil. Il dit Mon théâtre, Mes acteurs... et quand les infirmités de l'âge l'auront contraint d'abdiquer, lorsqu'il aura obtenu pour retraite le poste de concierge ou de sous-contrôleur d'un théâtre de Paris, il se posera en victime du sort, et saura, en rappelant que pendant trente années il fut à la tête d'administrations dramatiques, faire plaindre et respecter en lui une majesté déchue.

PERLET.

LA FILLE D'AUBERGE.

Quoi qu'on puisse dire, l'antiquité avait du bon !

Si, parmi tant d'autres inventions, les auberges étaient inconnues des anciens, c'est que chaque maison servait d'auberge. Certes, il était doux pour le voyageur, arrivant, épuisé de fatigue, dans une ville étrangère, de se voir entouré d'une foule d'amis qu'il ne se savait pas, et qui briguaient l'honneur de l'avoir pour hôte ! On l'emmenait en triomphe ; de belles esclaves lui lavaient les pieds, et lui prodiguaient les parfums les plus rares. La place d'honneur lui était réservée à table : on se fût gardé de lui demander son nom, comme d'une grave incivilité ; et quand, le lendemain, il s'éloignait sans avoir rien dépensé, le maître du logis le reconduisait hors de la ville, et, le suivant longtemps des yeux, il lui criait encore de loin : « Merci, ô étranger, merci ! »

Eh bien ! ce luxe d'hospitalité primitive, la civilisation a su le remplacer avantageusement par l'invention de l'auberge. Une auberge, c'est le foyer domestique de tous les étrangers ; c'est la table de tous ceux qui ont faim, le lit de tous ceux qui sont las. On court aussi, parmi nous, au-devant du voyageur ! on se le dispute, on s'empare de sa malle et de lui, — de sa malle surtout, lorsqu'elle est d'une dimension rassurante ? — Qu'il commande, et des esclaves lui apporteront, s'il le faut, un bain complet ; qu'il dise un mot, et les meilleurs vins, les mets les plus recherchés lui seront offerts. Maîtres et serviteurs s'empressent à sa voix, ils s'étudient à le contenter et à lui plaire ; ils lui sourient sans cesse, ils se montrent heureux de sa pré-

sence, ils voudraient le garder toujours......... Mentionnons seulement deux petites
formalités que ne pratiquaient pas les anciens : on lui demande son passe-port quand
il arrive, et on lui présente une carte à payer quand il part.

La condition première, le complément indispensable d'une auberge, c'est la fille
d'auberge. La fille ! ne lui cherchez pas d'autre nom. Vieille ou jeune, laide ou
jolie, fille ou femme mariée, peu importe ! Elle a quitté jusqu'à son nom de baptême, par égard pour le voyageur : attention délicate qui épargne à celui-ci un grand
travail d'esprit et de mémoire. Il peut parcourir la France entière, et s'arrêter dans
cent hôtels différents ; il y aura toujours quelqu'un qui répondra à sa voix, quand,
de ce ton impérieux que l'on prend hors de chez soi, il criera : La fille !

D'où vient que Paris a relégué la fille d'auberge en province, et que— le garçon —
règne sans partage dans nos cafés, nos hôtels et nos restaurants ? A Dieu ne plaise
que je ferme les yeux aux qualités de ce dernier. Ses cheveux, coupés ras et soigneusement rabattus sur ses tempes, sa cravate, d'une entière blancheur, comme
celle d'un médecin ; sa veste ronde, ses bas et ses souliers, donnent à sa personne
une distinction que je suis forcé de reconnaître. Qu'il soit moins bavard, moins
lent, d'un service plus commode que la fille, j'en conviens ; qu'il conseille plus
sagement, et disserte avec plus de profondeur sur le menu de la carte et les provisions de l'étalage, je le veux encore ; mais il est si froidement attentionné, si insolemment poli, si égoïstement dévoué ! son amabilité choque, ses grâces fatiguent,
ses soins repoussent. Sa perfection est un composé de défauts.

La fille d'auberge, qui a des prétentions moins élevées, plaît davantage. Elle est
curieuse, distraite, négligente ; elle vous laissera vous morfondre près d'un dîner
qui refroidit, pour se mêler à un commérage, pour voir défiler la parade dans la
rue ; mais du moins elle vous sourira au retour, elle fera attention à vous, vous
serez quelque chose pour elle ; vous lui plairez ou vous lui déplairez, et, en dépit
de votre orgueil et de votre aristocratie, le sentiment de sa bienveillance vous oc-
cupera, vous tiendra compagnie.

Demandez aux Anglais qui viennent s'épanouir un peu au soleil de Paris : les
Anglais ne connaissent chez eux que la fille d'auberge. Le garçon est une de ces
curiosités qu'ils regardent sans les comprendre. On sait ce mot naïf d'un gentleman
tout jeune, et qui, n'ayant rien vu, ouvrait des yeux étonnés à l'aspect d'un garçon
de restaurant.

« *Gârçon,* disait-il avec cet air grave d'un homme qui s'est longuement consulté
sur un cas difficile ; *gârçon !*

— Voilà, monsieur, voilà !

— *Gârçon..... étiez-vous le fille ?* »

C'est à la fille d'auberge surtout qu'on peut appliquer cette variante du proverbe
— *Dis moi où tu sers, et je dirai qui tu es.* —Entre la grosse paysanne de cabaret et
cette créature si alerte et si découplée des grands hôtels et des tables d'hôte, quelles
nuances diverses, quels contrastes de langage et de manière ! Elles ne se ressemblent pas ; et pourtant, comme les nymphes de Virgile, elles ne diffèrent entre elles
qu'autant qu'il convient à des sœurs.

Facies non omnibus una,
Nec diversa tamen, qualem decet esse sororum.

Voici d'abord venir la fille d'auberge de village. Ne faites pas attention à ses bras rouges, ou que ce soit pour en admirer la vigueur toute masculine. Sa figure est haute en couleurs, ses cheveux s'échappent en touffes désordonnées de dessous son bonnet, son bonnet lui-même est trop souvent posé de travers; ni le goût ni la propreté n'ont présidé à sa toilette. Pendant tout le cours de la semaine, la fille se couvre et ne s'habille pas.

Quant à son caractère, interrogeons la maîtresse du logis. Celle-ci se fait toujours un plaisir d'énumérer les défauts de sa servante : c'est une dormeuse qu'on ne saurait réveiller à cinq heures du matin ; une étourdie qui, chargée de veiller à la cuisine, aux enfants et aux pratiques, laisse les plats brûler, les enfants crier, et les pratiques s'égosiller. De quoi n'est-elle pas capable! ne l'a-t-on pas surprise cent fois en flagrant délit de gourmandise? ne mange-t-elle pas—*autant qu'un homme,*— et sa langue mal apprise manque-t-elle jamais de réponses insolentes? De plus, l'on sait fort bien que mademoiselle fait à l'aubergiste des avances et des agaceries.

A ce jugement sévère que la passion a dicté, opposons celui des habitués de la maison. Quoi qu'en dise l'hôtesse jalouse, si les fermiers du voisinage, si les marchands forains, si les colporteurs préfèrent son cabaret à tout autre, ce n'est pas pour elle, qui est vieille et acariâtre ; ce n'est pas pour son vin, qui ressemble à de la piquette ; c'est pour la fille. Ils l'aiment avec son gros rire, avec ses allures décidées , avec ses airs provoquants. Lorsqu'elle vient à leurs cris répétés, et qu'essuyant la table du revers de son tablier elle leur demande ce qu'il faut leur servir, ils ne s'inquiètent pas que sa personne soit négligée, que ses jupons semblent ne pas tenir à son corps, et que ses doigts menacent d'écrire en hiéroglyphes son nom sur les assiettes et les verres. Les braves gens ne regardent pas à si peu. Ce qui leur plaît dans la fille, c'est qu'elle entend la plaisanterie, qu'elle ne s'effarouche de rien, et que sa pudeur est à l'épreuve des plus gros mots. S'émancipe-t-on avec elle, on en est quitte pour une tape vigoureuse qui disloque à moitié l'épaule du coupable. Douce punition qui invite à recommencer! Enfin ils résument toutes ses qualités dans ce mot : C'est une bonne enfant!

Et puis n'a-t-elle pas comme une autre ses beaux jours? Quand vient le dimanche, elle fait, à grand renfort de cendres et de savon, une lessive complète de sa personne. Elle revêt le frais déshabillé, le bonnet blanc, la jupe neuve et le mouchoir de col aux couleurs éclatantes. Des souliers fins —j'entends fins par comparaison— ont remplacé les gros sabots. Dans cette chaussure légère, elle court, elle bondit, elle a des ailes; c'est à ne plus la reconnaître. Le dimanche s'achève, et cette Cendrillon de village, un moment vêtue en princesse, retourne à ses haillons et à ses souillures ; mais elle ne laisse jamais après elle, pour se faire chercher de quelque prince amoureux, une petite, petite, toute petite pantoufle.

Suivons la fille d'auberge sur un théâtre plus digne de son génie. Elle a quitté l'obscur bouchon et l'humble cabaret pour l'hôtel le mieux achalandé d'une sous-

préfecture, et sur la porte duquel brille en gros caractères cette pompeuse annonce :
Ici on loge à pied et à cheval.

Autour d'elle tout est bruit et mouvement ; point de repos, point de relâche : l'hôtel est un petit monde dont la face se renouvelle sans cesse. Les diligences, les bateaux à vapeur amènent, emportent des milliers d'individus de tout âge, de tout sexe, de toute condition. C'est ici que le rôle de la fille d'auberge s'élève, s'agrandit dans des proportions immenses, que son intelligence se développe, et que son activité trouve un digne aliment.

Au village, elle ne paraissait que sur le second plan, et comme perdue dans l'ombre de l'aubergiste, lequel ne dédaignait pas de s'attabler avec ses pratiques et de s'enivrer de son propre vin. Désormais la voilà seule en évidence. C'est elle que l'on connaît, c'est elle qui sert d'enseigne à l'hôtel, ou plutôt qui tient l'hôtel. L'hôte et sa femme vivent cachés dans les ténèbres de la cave, ou dans la fumée de la cuisine. Ils n'en sortent que pour courir aux halles et aux marchés. La fille brille dans la salle à manger, sur les escaliers, dans les chambres. La fille va attendre et guetter les voyageurs à la descente des voitures. — *Venatur homines,* dit le fabuliste. — Elle les salue de loin, elle leur fait des mines d'intelligence, elle les appelle des yeux, elle les invite du geste, elle exerce sur eux la puissance attractive du regard ; et, quand tous ces moyens indirects ne réussissent pas, elle en emploie d'autres. Elle cite le nom de *son* hôtel, elle en vante les agréments, la commodité, la bonne chère, le bon marché. Elle vous étourdit et vous subjugue. Elle s'empare de votre malle qu'elle fait transporter par un homme à ses ordres : elle vous ferait porter vous-même. . . . . . mais sa victoire est complète : elle part, et regagne l'hôtel, suivie des voyageurs qu'elle traîne à la remorque et qu'elle emmène en triomphe !

Alors commence la seconde partie, la partie la plus difficile de son rôle. Il faut justifier ces belles promesses dont elle a été si prodigue. Qui répondra à cent questions diverses ? qui retiendra dans sa mémoire cent ordres différents ? qui sera la carte vivante de l'hôtel ? qui dira ce qui manque et ce qui ne manque pas ? qui excusera les mets mal apprêtés ? qui suffira à tout ? qui sourira à tous ? c'est la fille ; elle court, elle se multiplie : elle écoute les uns, elle répond aux autres. Elle sert vingt pratiques à la fois : qu'est-ce, à côté d'elle, que César dictant à quatre secrétaires !

Quelques-unes de ces filles acquièrent ainsi une importance singulière, et deviennent hors de prix. Une cantatrice en renom, une danseuse à la mode n'est pas plus exigeante ni plus impérieuse. Au moindre mot, elles s'emportent en menaces : elles s'en iront ; elles ne sont pas embarrassées, Dieu merci ! de trouver une meilleure place. L'hôtel de l'*Écu* leur a fait des offres. La *Tête-Noire* leur a parlé. La *Poste* a couru après elles. Elles ne s'en iront pas seules. Une partie des habitués les suivront.

Elles partent en effet, et, au bout de quelques années, elles ont promené leurs caprices par toute la ville.

Rien ne peut arrêter cet animal *servant.*

Changez d'hôtel : vous ne changez pas pour cela de fille d'auberge. Vous rétrouvez partout un visage nouveau que vous connaissez, et qui vous sourit comme à un habitué. La fille est toujours fière de ceux qu'elle a servis ailleurs. Elle les reçoit comme des compatriotes sur une terre étrangère; et tandis qu'elle leur fait les honneurs de l'hôtel, qui est, à l'entendre, le meilleur de la ville, elle fait au maître de l'établissement les honneurs de ces nouveaux venus. Elle aura bien du malheur si elle n'amène pas celui-ci à comprendre que c'est à elle seule qu'il doit leur présence.

Chaque hôtel a, d'ordinaire, une table d'hôte où se presse une population flottante d'employés, de commis, de clercs et de commis voyageurs. Ceux-là ne s'attachent qu'à la fille, ils la protègent et ils sont ses protégés. Vous les entendez de loin qui marchent à grand bruit dans la rue, et qui s'annoncent par des chants, des rires, des discussions animées... Ils envahissent la salle, ils bouleversent les tables et les chaises. Ils sont chez eux. Jeanne! Henriette! Adèle! (ces messieurs, par un privilége spécial, ne l'appellent jamais que de son nom). Que fait-elle? où peut-elle être? la voici enfin !

On la fête, on la complimente, on l'agace. Ses mains ne peuvent suffire à la défendre. Mais le potage apparaît, et la sauve. Voilà nos galants en besogne. La fille tourne sans cesse autour d'eux : elle jouit de leur appétit, elle prévient leurs demandes. Elle s'efforce au besoin de pallier les torts du pourvoyeur ou du cuisinier. Que ne peut-elle, comme la veuve Scarron, suppléer à un plat par une histoire ! mais la veuve Scarron elle-même n'aurait pas payé de semblables raisons des convives tels que ceux-ci. Ils s'ingénient à obtenir de leur favorite quelque supplément, quelque douceur, des fruits plus beaux, un vin moins acide. Ils la prient, ils la flattent de la voix, ils la flattent de la main. N'est-elle pas maîtresse et souveraine? si elle le voulait bien, leur table serait sans doute mieux servie. Ils auraient des primeurs, et, de temps en temps, du gibier... et elle les console, elle les apaise. Elle répond aux prières par de bonnes raisons, aux menaces et aux impatiences par des railleries, et parvient à renvoyer son monde content, sinon rassasié.

Le plus cher de ses amis, le plus zélé de ses défenseurs, le plus opiniâtre des réclamants, c'est le commis voyageur. La fille et lui sont faits pour se comprendre et s'aimer. Un instinct mystérieux les entraîne l'un vers l'autre. Le commis voyageur connaît le faible que la fille a pour lui, et l'ingrat en abuse. C'est près d'elle qu'il se console de ses échecs commerciaux; c'est à elle qu'il débite ses plus détestables calembours, ses compliments les plus usés, ses anecdotes les plus rebattues. Il l'accapare pour son service particulier, au grand détriment des autres habitants de l'hôtel. Elle n'a des yeux que pour lui, des oreilles que pour lui, des pieds et des mains que pour lui. La chambre du commis voyageur devient le quartier général de la fille ; Hélas ! que voulez-vous qu'on puisse refuser à cet homme qui parle si bien et qui possède une telle barbe !

C'est dans les grands hôtels de Lyon, de Bordeaux, de Rouen, qu'il faut étudier le type de la fille d'auberge. C'est là qu'il acquiert toute sa perfection. Voyez : la fille s'est faite demoiselle, sa robe étroite lui dessine exactement la taille. Elle s'exprime en termes choisis. Elle a de l'aisance, de la dignité, et des bandeaux. C'est toujours, il est vrai, la même assurance de manières, la même intrépidité de regard, mais avec quelque chose de plus fin, de plus assoupli, de plus mesuré. Ses yeux sont fatigués et battus. Un observateur lui trouverait plus de décence, et non pas plus de modestie.

C'est qu'elle voit défiler sans cesse devant elle des personnages titrés, de riches négociants, des banquiers dédaigneux. Elle parle leur langue, elle s'anime de leurs sentiments, elle se forme à leurs manières et à leurs mœurs. Physionomiste consommée, un coup d'œil lui suffit pour juger un homme et proportionner ses soins à la gratification prévue. Elle donne à sa voix une foule d'inflexions diverses. On dirait qu'elle possède un visage différent pour chaque voyageur. Elle s'étudie à vous appeler de votre titre. Vous êtes pour elle monsieur le député, monsieur le receveur général, monsieur le comte, monsieur le marquis. Vous jouissez de votre considération : vous vous complaisez à ces égards, à ces respects, à ces attentions fines.... C'est fort bien tant qu'elle vous parle ; mais, derrière vous, elle vous dépouille aussitôt de tous ces titres qu'elle vous prodiguait si libéralement. Vous n'êtes plus pour elle ni receveur général, ni lord anglais, ni même député. Qu'êtes-vous donc ? un simple numéro.... le numéro de votre chambre!

Montez, dit-elle, un couvert au *cinq!* — Apportez de l'eau-de-vie pour la dent du *trente six!* — Le *neuf* est-il sorti ? — Préparez la carte du *dix*.

Sur quelque route, et par quelques messageries que vous ayez voyagé, ô lecteur, voici une *impression de voyage* que vous avez sûrement recueillie, et où la fille d'auberge joue le rôle principal.

Clic, clac! clic, clac! une de ces maisons roulantes nommées *diligences* arrive, au milieu de la nuit, dans une ville de province. Les chevaux épuisés retrouvent un reste de vigueur ; le conducteur embouche son cornet à piston, tandis que le postillon semble vouloir réveiller du bruit de son fouet tous les échos de la cité endormie. La lourde machine s'arrête à la porte de l'hôtel le plus apparent.

« Descendez, messieurs et mesdames ; c'est ici que l'on dîne ; vous avez une demi-heure. »

Les voyageurs s'éveillent ; ils se frottent les yeux, ils se secouent, ils étendent leurs membres engourdis. Des bruits confus s'échappent des profondeurs de la voiture. « Conducteur, où sommes-nous ? — Conducteur, sommes-nous bientôt arrivés ? » En même temps, des voix flûtées répètent d'un ton engageant : « Descendez, messieurs et mesdames ; le dîner est servi. »

Alors on voit sortir de leur prison, les uns après les autres, vingt personnages différents, hommes, femmes, enfants, vieillards, affublés d'une manière grotesque, mal affermis sur leurs jambes, les yeux troublés, la figure pâle, et comme possédés du vertige de l'ivresse. Tout ce monde se laisse conduire à la salle à manger, qui resplendit de mille feux ; une longue table, couverte de plats, est dressée au milieu de la salle. Plusieurs jeunes filles, à la mine éveillée, vont, viennent, et circulent avec agilité. Saisis par ce brusque passage de l'obscurité à la lumière, et du sommeil à la vie réelle, les voyageurs se croient le jouet d'un rêve ; ils hésitent, ils balancent : il faut que les filles d'auberge, les décident, les poussent, les fassent asseoir, et déplient devant eux leur serviette.

Grâce à elles, le dîner commence enfin !

Cependant les appétits s'éveillent : — la voiture creuse ; — c'est un proverbe de diligence. Les plats sont attaqués avec furie. Malheur au convive inexpérimenté qui perd un temps si précieux en longs discours, ou en vaines politesses ! Les instants s'écoulent. Le conducteur, qui a ses raisons et qu'on dirait payé pour cela, prend soin de rappeler que la demi-heure est déjà passée.... Mais, quoi ! à peine posés sur la table, les mets disparaissent comme par enchantement ! Ce poisson, auquel vous vous promettiez de revenir, disparu ! Ce poulet que vous aviez aperçu au bout de la table, cette perdrix que vous lorgniez d'un œil de convoitise, enlevés ! Des fées agiles semblent avoir conjuré de défendre votre santé contre vous-même, et d'épargner à votre appétit de dangereuses tentations. Laissez-les faire, et vous exécuterez à la rigueur ce précepte de la médecine, — qu'il faut sortir de table ayant faim. — Et comme tout service mérite salaire, elles iront vous attendre à la porte, sollicitant de votre reconnaissance (ce n'est point celle de l'estomac !), cette modeste rétribution, vulgairement appelée *pourboire*. Dérision ! demander un pourboire à des gens qui n'ont pas mangé !

Comment la fille d'auberge ne sait-elle pas se contenter de ces menus profits qui lui tiennent lieu de gages, mais qui, répétés tous les jours, atteignent, au bout de l'année, un chiffre fort honnête : c'est ce que l'on a peine à concevoir. Elle ne regarde, l'ambitieuse ! que la recette brute des maîtres de l'hôtel. Les chances auxquelles ils sont exposés, les dépenses, les frais de toute sorte qu'ils ont à supporter, elle ne les calcule pas. Elle ne remarque pas qu'elle est indépendante dans sa servitude, riche dans sa pauvreté, heureuse et insouciante au milieu des soins multipliés dont elle est chargée. Elle veut commander à son tour, et après avoir servi d'enseigne à tant d'hôtels différents dont elle a fait la fortune, elle aspire à avoir une enseigne à elle. Un long noviciat ne l'a-t-il pas suffisamment préparée à ce rôle si difficile et si périlleux ? Ne connaît-elle pas toutes les ressources, toutes les ruses, tous les secrets du métier ? n'est-elle pas déjà assurée d'une clientèle. — Imprudente, qui n'a pas observé à quels retours soudains, à quelles tristes vicissitudes la popularité est sujette !

Les conseils et les représentations ne peuvent la dissuader de ce projet ; on dirait qu'elle est embarrassée de ses épargnes et que le célibat lui pèse. Quelque cuisinier en renom devient l'heureux possesseur de son argent et de sa personne, et le couple aventureux ne se donne point de repos qu'il n'ait acquis l'honneur de payer patente. Ainsi donc une nouvelle auberge, un hôtel nouveau est fondé dans la partie la plus commerçante de la ville ; une enseigne plus fastueuse, des tables plus propres, des siéges plus comfortables, des plats plus gros, des chiffres plus modérés : tout est mis en usage pour attirer les chalands. Adieu, et bonne chance ! Puisse la fille d'auberge ne pas regretter les joies de sa première condition, et ne pas tomber de chute en chute au trône de quelque gargotte ignorée !

Mais détournons les yeux de cette triste perspective.

Qui le croirait ? malgré ce prodigieux talent d'être partout, de tout voir, de tout entendre et de tout retenir, malgré ses grâces et ses séductions, la fille d'auberge a une foule de détracteurs. Les voyageurs deviennent si exigeants ! Écoutez-les : suivant eux, elle entreprend de servir vingt pratiques à la fois, et elle n'en sert réellement aucune. À toutes ces voix qui l'appellent de chaque étage et de chaque escalier, elle répond invariablement :

« Oui, monsieur ! oui, on y va ! »

Où va-t-elle ? le fait est qu'on l'attend inutilement pendant une heure, et qu'elle ne manque pas d'accourir lorsqu'on n'a plus besoin de sa présence. Après vous avoir accueilli avec un zèle si empressé, elle vous néglige, et vous condamne à un isolement complet dans votre chambre. Mais le moment de votre départ approche-t-il ; les sourires et les petits soins reparaissent. Alors, il est vrai, et par forme de compensation, elle vous accable de prévenances. « Faut-il envoyer à monsieur un commissionnaire ! .. Voici les bottes de monsieur... Je vais nettoyer le manteau de monsieur... Où monsieur veut-il que l'on porte sa malle ?... Monsieur a attendu un peu hier entre le potage et le bœuf, j'en ai été bien désolée... La voiture va partir dans un quart d'heure... Monsieur désire-t-il encore quelque chose ?... J'espère que monsieur ne m'en veut pas...

Comment résister à tant d'attentions, à des excuses si pathétiques, à une éloquence si entraînante ? malgré soi, l'on se laisse fléchir, on s'attendrit, on oublie ses anciens griefs, et, en partant, — l'on n'oublie pas la fille.

On l'accuse encore d'être facile à toutes les tentations, et d'offrir le type véritable de la femme libre, si longtemps et si inutilement cherchée. Mensonges et calomnies que leurs auteurs n'avouent pas, et qui ne prévaudront point contre la bonne renommée de la fille ! Mais, je vous prie, où trouverait-elle le moment d'être tentée ? Ses jours empiètent sur ses nuits ; sa vie n'est qu'une veille prolongée, et le sommeil est la plus rare de ses jouissances. Incessamment occupée des soins les plus nombreux et les plus fatigants, elle n'a pas de passions : les passions sont filles de l'oisiveté. Ses regards assurés, cette facilité à tout dire, à tout entendre et à tout permettre, prouvent invinciblement son innocence ; elle serait prude, si elle était moins sage. S'il était vrai, ce qui n'est pas vraisemblable, qu'elle eût pu succomber, ce serait une surprise qu'on lui aurait faite, et elle n'aurait été coupable que de distraction.

Au surplus, voici qui confondra ses accusateurs. Ce qui nous impose le plus impérieusement l'obligation de bien vivre, c'est l'exemple des ancêtres dont nous portons le nom, ou des prédécesseurs dont nous occupons l'héritage. *Memoria majorum nos ad benè vivendum incitat.* Les filles d'auberge ne connaissent peut-être pas cette maxime de Cicéron ; mais, du moins, et je me plais à le croire, elles ont sans cesse présents à la pensée le grand nom et le glorieux exemple d'une fille qui sauva la France, et qui couronna par le martyre la vie la plus chaste et la plus héroïque.

Indignes détracteurs, silence ! Jeanne d'Arc, la pucelle d'Orléans, avait été fille de cabaret.

François Coquille.

LE GRISET DU MIDI.

LE GRISET DU MIDI.

E nom semble vous étonner, et vous me demandez déjà si je ne vais pas dépeindre le petit chardonneret qui n'a pas encore pris son rouge et son jaune vif, ou le singe maki, ou l'espèce d'arbousier qui portent ce nom. Point du tout! Cependant, à Paris, me direz-vous, nous connaissons bien la sémillante grisette, si sincère dans son attachement, si facile à séduire, et jamais nous n'avons entendu nommer le griset. D'accord, et le midi de la France ne le connaissait pas plus que vous avant le règne de Louis XV.

Mais, si vous daignez vous reporter à cette époque où les seigneurs de la cour dépensaient follement leur argent avec des femmes de théâtre; si vous vous rappelez le costume gris de ces laquais déposant leur livrée à Versailles pour apporter des billets doux à de jeunes et pauvres filles de la classe du peuple, que ces mêmes seigneurs n'avaient pas honte d'acheter; si vous n'avez pas oublié la conduite ignoble des Dubarry, il vous sera facile de savoir comment, après le retour à Toulouse du mari de la maîtresse du roi, et après l'exil du *roué*, le nom de griset fut donné aux hommes qui s'alliaient ou vivaient avec ces malheureuses parmi lesquelles les Dubarry allaient chercher leurs victimes. Les mœurs de Versailles avaient gagné le midi; le valet du noble donnait son nom à celle que son maître allait flétrir, la pauvre fille le reportait sur celui qui la relevait de l'opprobre.

Bientôt cette dénomination s'étendit dans tout le Languedoc. Le griset était connu auparavant, mais il n'était pas encore qualifié, et de ce moment il commença à être ce que nous le voyons aujourd'hui.

L'existence de l'homme constatée, suivez-moi dans nos belles plaines méridionales : je vais vous conduire auprès de lui afin de vous le faire connaître entièrement. Mais écoutez : quel bruit vient troubler le silence de la nuit ? Toulouse la savante serait-elle distraite de ses travaux par une émeute ? Non : ces accents sont trop doux et trop pleins de charmes pour être la cause de quelque tumulte. Un groupe de grisets parcourt les rues en chantant, non pas de ces refrains noyés dans le vin ou les liqueurs spiritueuses, comme dans les contrées du nord, mais de ces chants purs et mélodieux qui vont à l'âme et qu'on ne se lasse jamais d'entendre. Orphées populaires, ils attirent tout ce qui se trouve sur leur passage : des femmes même les suivent. Paris, avec les voix rauques de ses artisans, a peine à comprendre de quelle rare organisation musicale sont doués les habitants du midi ; et pourtant c'est là que l'Académie royale de Musique a été chercher les artistes qui ont si longtemps soutenu sa gloire ; Laïs, Dérivis, Lavigne, Lafeuillade, Dabbadie et l'infortuné Nourrit ont vu le jour dans le midi de la France, et jamais les directeurs de théâtres de la province ne pourront enlever à celui de Toulouse la juste célébrité qu'il a acquise par ses chœurs.

Le griset, comme tous les Méridionaux, du reste, est doué au plus haut degré du génie musical ; il chante toujours, et il n'est pas possible de se faire une idée de son goût exquis et de l'expression délicieuse de ses chants, si on ne l'a entendu pendant les belles soirées d'été moduler des airs simples et mélancoliques, puis des mouvements gais, vifs, pressés, mais toujours des chants suaves et pleins d'harmonie, où chacun fait sa partie avec une rare intelligence.

Personnage curieux, inconnu de tous, si ce n'est des Méridionaux, le griset semble vivre par lui-même et pour lui-même. Isolé, il se meut par sa propre force. Le cercle au milieu duquel il s'agite est étroit, et pourtant il ne cherche pas à l'agrandir. Enclin à cette nonchalance naturelle aux peuples du midi, il reste indifférent aux honneurs, à l'ambition qui dévore les autres hommes. Jamais il ne se mêle aux artisans, non par fierté, il n'en a pas ; mais parce que l'ouvrier, être nomade, a adopté d'autres mœurs, d'autres coutumes, tandis que chez lui rien ne peut apporter de changement à son caractère, à sa manière de vivre ou à ses habitudes.

Dans ses promenades nocturnes, bourgeois, ouvriers, femmes, enfants, viennent se joindre à lui. Chaque nouvelle rue où il passe grossit la masse de son cortége. Certains ministres, certains hommes d'état, seraient fiers de se trouver au milieu d'une pareille foule d'admirateurs. Le griset n'y songe seulement pas, car il n'est point assez simple pour croire qu'elle ne se dispersera pas bientôt. En effet, son adulation ne dure pas plus que l'effet qui l'a produite. Les chants finis, le griset regagne seul son faubourg.

A la passion du chant le griset réunit au plus haut degré l'amour des plaisirs et des fêtes. Le progrès n'est pas parvenu jusqu'à lui, il ne s'en plaint nullement. Il n'a pas encore besoin d'annonces et de prospectus pour se souvenir des joies de son enfance et du bonheur passé. Il n'oubliera donc pas la fête prochaine, et saura s'y préparer.

Le premier dimanche de carême commence, et avec lui les beaux jours de Toulouse. Partout, sur les routes, les habitants des campagnes et des villes voisines se pressent pour assister au *feretra*, à cette fête dont l'origine se perd dans la nuit des temps. Peu importe au griset que les archéologues et les savants fassent dériver son nom de Jupiter Férétrien, ou que les prêtres, lui cherchant une étymologie toute chrétienne, prononcent *fénetra* (foi naîtra); pour lui c'est une fête que personne n'a droit d'empêcher sans attenter à ses prérogatives, et quelquefois il en coûte quand on veut les restreindre.

Simple et modeste dans ses goûts, il est fanatique et jaloux de ses coutumes au point de devenir féroce. Trop d'exemples sont malheureusement venus le confirmer. Le massacre de la Saint-Barthélemi, dans lequel il ne le céda pas aux égorgeurs de Paris, le meurtre du président Duranti, et l'assassinat récent encore du brave général Ramel, sont autant de preuves que l'on ne peut pas toujours porter atteinte à sa religion et à ses droits. Organisés en compagnies connues sous le nom de *secrets* ou *verdets*, il était évident que les grisets ne visaient, en 1815, qu'au rétablissement du royaume de Toulouse, en faisant une scission avec la France du nord. La résistance du général Ramel détruisit leurs projets, et sa mort fut le résultat du désespoir en délire.

Aujourd'hui le griset voit combien il serait difficile de se séparer de la grande capitale. Mais, fier de la sienne, il résiste au frottement de la civilisation, et conserve le langage et les mœurs premières de son pays. Satisfait de lui-même, il pense que tout le monde doit l'être, et rien n'égale son assurance. Dans ses beaux habits de fête, plus grand qu'un souverain, il trône, comme s'il n'était possible à personne de mettre le costume national qu'il ne peut encore réformer. Examinez-le avec attention : ses papillotes, ses couleurs fraîches, ses boucles d'oreille, ne vont-elles pas bien sous cette casquette ou ce chapeau rond? cette veste grise ne dessine-t-elle pas bien sa taille cambrée? Après avoir admiré sa cravate de couleur négligemment nouée, sans vous arrêter au peu de longueur du pantalon qui laisse voir la tige de la botte, ne le féliciterez-vous pas de n'avoir pu se décider à la tyrannie des sous-pieds? Des culottes aux pantalons de 1840 le chemin est long, et il n'est encore qu'à la moitié.

Pendant les dimanches du carême et le lundi de Pâques, les faubourgs de Toulouse vont se disputer, chacun à leur tour, l'honneur de servir aux fêtes du *fenetra*; aussi le griset se fait-il un plaisir de donner à goûter à ses amis le jour qu'ils viennent visiter *son* faubourg. Tout entier à la joie, il ne l'oublie que lorsqu'un étudiant semble regarder avec trop d'attention la jeune fille qui est à son bras. Les grisettes méridionales sont si jolies en effet, qu'il est impossible de les voir sans les admirer. Petites en général, elles choisissent ordinairement pour se vêtir les couleurs les plus éclatantes. Sous les plis empesés de leurs coiffes à canons, de beaux cheveux noirs font ressortir la blancheur de leur teint. Leurs traits, sans être beaux, sont piquants et gracieux, et, à tout cela, elles joignent une âme tellement aimante, qu'il est bien naturel que l'étudiant cherche à leur plaire.

Vous riez de ce portrait, charmantes Parisiennes, et vous pensez qu'il en est du Midi comme de la capitale de la France. Eh bien, détrompez-vous! La grisette du Languedoc fait de l'amour la principale affaire de la vie : c'est le besoin de sa jeunesse. Il brûle dans son cœur comme la lave dans le sein du volcan. Constamment occupée de son amant, même au milieu de ses travaux, ses beaux yeux fendus en amande et voilés par de longues paupières semblent ne se lever que pour lui.

De tout temps on a accusé les grisettes d'avoir un faible pour les élèves en droit et en médecine; c'est encore aujourd'hui comme avant la révolution : les *luquets*[1], obtiennent presque toujours leurs faveurs. Toutefois, plus sensibles qu'avides, elles ne songent pas comme à Paris à tirer parti de l'amour de leur amant : aucune idée d'intérêt ne se mêle à leur tendresse ; jamais elles ne reçoivent rien, et si elles acceptent par hasard un cadeau, il a si peu de valeur, qu'il n'est considéré que comme un souvenir.

On comprendra donc facilement la haine que le griset porte à l'étudiant. Cette aversion semble naître avec lui, et il n'est pas rare de le voir accompagné d'une centaine de ses amis, attaquer, avec d'énormes bâtons, les élèves à la sortie des écoles. Chacun prend alors parti pour sa cause ; le sang coule, et ces espèces de combats ne finissent malheureusement trop souvent que par la mort de quelques personnes. Ce n'est pas que le griset soit méchant, il est au contraire bon et affectueux ; mais naturellement porté à la colère, ses premiers mouvements sont violents. Mélange de rudesse et de douceur, il est extrême en tout, dans le bien comme dans le mal, et le moment qui suit celui de la vengeance le retrouve encore aussi bon, aussi aimable, aussi léger qu'auparavant.

Les plaisirs bruyants ont un charme tout particulier pour le griset. Aussi les nombreuses fêtes des campagnes sont-elles un aliment à la mobilité de son esprit : jamais il n'en manque une. La musique, la danse, plaisent à son caractère, et il faudrait que sa *pitchouno* fût bien malade pour ne pas profiter d'une fête *patronale* afin de ranimer la fraîcheur de son teint et l'incarnat de ses lèvres à cet air pur du Midi ; il faudrait qu'elle fût bien triste pour ne pas sourire aux *poulits drollés* (jolis garçons) qui la regardent, afin de montrer ses dents blanches petites et perlées. Le griset sera trop fier de son adresse au jeu du mail pour ne pas lui laisser mettre sa robe d'escot, son fichu à palmes et son tour de gorge garni de mousseline plissée ou festonnée. Heureux tous deux, ils se rendent donc à la fête, le griset avec quelques fleurs à la boutonnière, la grisette surchargée de bagues aux doigts, et ornée de sa chaîne d'or et de ses grosses boucles d'oreilles, bijoux qu'elle ne met qu'aux grandes occasions.

Parmi les danses du Midi il en est deux particulières aux grisets de Montpellier qui sont trop originales pour être passées sous silence : *lou chivalet* (le petit cheval) et *las treias* (les treilles). La première, assez difficile à faire connaître dans une description, est remarquable par la bizarrerie du costume des deux principaux personnages

---

[1] Nom que l'on donne aux étudiants, à cause de la Saint-Luc, époque à laquelle ils se rendent aux universités, ou peut-être aussi à cause de leur taille mince et dégagée. En patois, *luquet* veut dire *allumette*.

dont l'un, homme-cheval, doit se montrer rétif et envoyer des ruades au second qui fait voir son agilité et son adresse en évitant ses atteintes et en lui présentant un van rempli d'avoine. Les autres danseurs sont vêtus de blanc et ornés de rubans de couleurs; ils ont des chapeaux couverts de plumes et quelquefois des culottes et des bas de soie. Mais rien n'égale la danse *des treilles* pour laquelle les grisets ont une espèce de fureur. Aujourd'hui comme au seizième siècle chacun retient sa place quelquefois une heure d'avance. On se dispute la priorité, et très-souvent le divertissement ne commence qu'après bon nombre de coups donnés de part et d'autre. Alors c'est un spectacle vraiment gracieux de voir passer et repasser danseurs et danseuses couverts des plus vives couleurs : des cerceaux, des guirlandes de fleurs les enlacent, et tout cela avec un ordre et une précision tels, qu'il n'y a rien de plus animé et de plus curieux. Allez à Montpellier, lecteur, et l'on vous y dira que ce ballet fut exécuté en 1564 devant Charles IX par des danseurs qu'*il faisait bon voir*; allez, et plus d'une fois, j'en suis convaincu, vous assisterez à cette danse que l'archi-duc Philippe, gendre de Ferdinand le Catholique, admira en 1505 et qu'il se rappelait avec tant de plaisir dans ses états de Flandre.

O vous qui me lisez, bénissez Dieu s'il vous a permis au moins une fois dans votre vie de visiter notre Midi favorisé ; sinon faites en sorte qu'il vous soit possible d'y faire un pèlerinage d'artiste. Et puis, à la Fête-Dieu, libre de toute préoccupation, mêlez-vous à cette foule d'oisifs qui encombrent la voie publique, allant et revenant, lorgnant à droite, à gauche, comme s'ils passaient en revue toutes les tentures neuves et vieilles, les draps blancs et les sombres tapisseries qui ornent le devant des maisons dans le chemin que le cortége de la procession doit parcourir. En vérité, l'on dirait que toutes ces fenêtres, ces portes, bariolées de jolies femmes depuis le haut jusqu'en bas, ne doivent être vues que par ces hommes. Ils envahissent la rue ; faites comme eux. Écoutez-les surtout, et à ce patois si joli, à cet entraînement, à cet amour des plaisirs, vous reconnaîtrez le griset. Ces processions sont celles qu'il voit tous les ans, celles qu'il accompagna dans son enfance, et pourtant il ne les quitte que lorsque les tentures sont enlevées et que les feuilles et les fleurs répandues à terre rappellent seules le passage du saint Sacrement.

La paresse du griset approche de celle du Tourangeau : elle le distingue même des autres Méridionaux en général peu portés au travail. Assez riche ou du moins dans l'aisance, il ne travaille que pour continuer l'état de son père. Ordinairement sa profession est de celles qui ne réclament que quelques heures de la journée. Marchand blatier, aubergiste ou mesureur de grains, voilà son état. Certes ce sont des travaux qui ne sont pas pénibles ; la parole seule en fait tous les frais, et Dieu sait comment il s'en acquitte. Il dîne vers une heure, et c'est une règle invariable chez lui de ne traiter aucune affaire après ce repas. Alors il est réellement satisfait quand une main à sa papillote et l'autre près de son verre, il raconte à ses compagnons attentifs le premier mensonge qui lui passe par la tête. Ne sachant rien à fond et n'appréciant des hommes et des choses que la surface, il aune tout à sa mesure devant les savants-ignorants qui l'entourent. Son auditoire indulgent l'écoute et accueille par des éclats de rire bruyants les piquantes saillies dont il assaisonne ses discours. Le griset rit lui-même le premier de ce qu'il dit, et peu lui importe que sa personne ou ses bouffonneries excitent ainsi l'hilarité générale.

Cependant, n'entend pas qui veut les plaisanteries de ce modèle des provinciaux, car celui qui n'est pas né dans le pays ou dont l'oreille n'aura pas été habituée depuis longtemps à ce langage harmonieux et flexible, plus propre à exprimer les légères émotions de l'âme qu'à peindre les passions violentes, celui-là, dis-je, ne pourra comprendre ces spirituelles niaiseries pour lesquelles les femmes surtout ont tant d'indulgence. Le griset ne parle que son idiome national : le *patois*. Les révolutions ont passé; ses faciles et douces mœurs ont été troublées par la présence des étrangers, et jamais il n'a voulu consentir à parler une autre langue que celle de ses pères. C'est un bien qu'on ne peut lui enlever. Il n'est même pas étonnant d'en rencontrer à Paris quelques-uns, que leurs affaires y appellent, apportant la même assurance et les mêmes habitudes qu'ils avaient dans leur département, et ne pouvant s'exprimer en français.

Le griset a besoin de distractions continuelles, et il semble n'appliquer son intelligence et son esprit qu'à les augmenter. S'il est musicien, ce n'est pas par l'étude, mais par un don particulier de la nature. Les romances qu'il affectionne sont toutes en patois; presque toujours il les apprend par tradition. Enfant, il a su lire et écrire, pourtant il a tellement perdu l'habitude de voir des livres, qu'il ignore même parfois s'il en existe. Son éducation n'est pas plus avancée que son instruction. Le salon lui est aussi inconnu que le comptoir ; les bals publics et les cafés sont ses lieux de prédilection, parce que là il est tout à fait *lui*. Il fume, mais sans excès, et, s'il boit largement, il s'enivre peu. Enfin, le spectacle, qui a tant de charmes pour les habitants de Paris, est sans attraits pour le griset. Il ne pourrait y contenir sa bruyante gaieté, et puis on y parle un langage que son oreille est peu accoutumée à entendre. Mettrait-il un habit ou une redingote pour briller au parterre ou au paradis, cela le gênerait trop, et il n'est pas homme à changer ses allures. Il veut avoir ses coudées franches, rire à gorge déployée, chanter à tue-tête. Il se passe donc sans peine du théâtre, et content de lui, il porte à sa gentille grisette un beau bouquet de ces violettes de Parme dont à Paris nous cherchons en vain le parfum.

Ainsi s'écoule, heureuse et pleine de joie, la vie de cet habitant des faubourgs du midi de la France jusqu'au moment où il pense à se *caser*, c'est-à-dire jusqu'à vingt-cinq ans au plus tard. Les railleries de ses camarades ne manqueront pas de l'assaillir, s'il retarde ce moment qu'il a attendu avec autant d'avidité que nous semblons le fuir. Avant son mariage, que de preuves d'amour il donnait à sa maîtresse ! que de coups donnés et rendus ! petites tapes d'amitié, il est vrai, mais qu'en vérité je ne voudrais pas recevoir, dussent-elles me prouver l'amour le plus violent.

Du moment où il prend femme, le griset n'entend perdre aucun de ses priviléges de garçon, et laisser passer les beaux jours sans participer aux divertissements de la jeunesse. Sa vie n'est ni plus calme, ni plus tranquille qu'auparavant. Quelquefois il s'adonne au jeu, passion nourrie par son oisiveté continuelle. Il s'y livre avec fureur, y passe les nuits et ne s'arrête qu'au moment où la nécessité le force de subvenir à ses besoins.

Comme dans la société on ne doit pas tout baser sur des exceptions, il est bon de remarquer que tous ne sont pas ainsi. S'ils n'évitent pas plus les rixes qu'au temps de leur adolescence, on doit regarder le joueur comme un être à part, moins rare pourtant chez le griset jouissant de l'aisance que parmi les artisans, obligés, s'ils veulent vivre, de gagner leur pain à la sueur de leur front, ou parmi les bourgeois presque toujours occupés de leurs affaires ou de leurs études.

Ordinairement, le jour où le griset se marie, il ne désire pas jouir de cet agréable coin du feu, de cette vie régulière et douce, dernier refuge des âmes fatiguées de respirer les légères et parfois trop lourdes émotions de plaisir. Ni plus grave, ni plus réfléchi, ne s'inquiétant nullement des soins et des soucis du ménage, il ne vous entretiendra pas davantage d'affaires domestiques. Sans passion, sans désespoir, sans espérance, prenant la vie comme elle vient, vous le verrez désormais passer la journée avec ses amis, et rentrer toujours avec l'un d'eux ; car le griset ne peut jamais manger sans une invitation donnée ou reçue. Dîner seul est presque la mort.

Donc, si vous rencontrez un griset dans la rue, ne vous étonnez pas du melon, des *pancétos* (gras double) et du vin blanc de Gaillac qui surchargent ses bras et ses mains. Vous avez devant les yeux l'amphitryon du faubourg, si fier de traiter ce jour-là, que, si vous ne vous hâtiez de passer de l'autre côté, il vous inviterait à *manger une salade* avec lui. Maintenant l'omelette au lard accompagnera la tranche de jambon ; les pommes de terre et les morceaux de bœuf se succéderont avec une rapidité effrayante. La gaieté la plus franche et la plus folle feront les honneurs du repas ; l'égalité la plus parfaite et l'appétit le plus dévorant y régneront également. Calembours, gros rires, vont animer les convives. L'un imitera le glouglou d'une bouteille en se donnant des chiquenaudes sur la joue, l'autre boira la blanquette de Limoux sans approcher le verre de ses lèvres. Chez le griset, point d'étiquette, liberté pleine et entière : on dîne sans veste et sans cravate. Enfin, les chants succèdent aux nombreuses bouteilles qui n'ont fait que passer sur la table, sans s'y arrêter une seconde, surtout les chants patriotiques qui doivent parvenir à la postérité, comme les souvenirs de nos aïeux nous sont parvenus.

A Paris les airs nationaux durent moins que les causes qui les ont fait naître ; dans le Midi ils sont toujours agréables, surtout au griset, qui en compose quelquefois, sinon la musique, du moins les paroles. Afin de montrer son talent poétique, je me bornerai à citer deux vers formant le refrain d'une chanson faite en l'honneur de M. de Villèle à son retour à Toulouse. L'auteur voulant comparer l'ex-ministre à l'astre qui éclaire le monde et dont les rayons bienfaisants sont si agréables et si utiles aux hommes, ne crut pouvoir mieux exprimer sa pensée que par ces mots :

> Aquel moussu Villèlo,
> Es uno candèlo [1].

---

[1] « Ce monsieur Villèle est une chandelle. »

Y a-t-il en effet une chose qui ressemble plus au soleil que cette modeste lumière, servant à éclairer nos veilles et faisant de la nuit le jour pour nous ? Et cette rime des plus riches n'est-elle pas une étincelle de l'esprit pétillant de l'auteur ? Pour ma part, je n'hésite pas à donner mon approbation à ces vers, fruit de l'enthousiasme populaire, et je ne doute pas qu'un jour mes petits-enfants, en parlant de M. de Villèle, ne chantent en chœur le refrain du poëte-griset.

Jusqu'à la fin de ses jours le griset reste le même : son corps seul, par suite de son amour pour la bonne chère et par sa grande consommation continuelle, éprouve de légères modifications ; mais il conserve la même indépendance de caractère et la même insouciance. Égoïste et plein d'amour-propre, il est la personnification de l'ignorance et de la routine des provinces. Les heures s'enfuient, les années s'écoulent, sans qu'il cherche un seul instant à développer les qualités qui germent en lui. Le cercle de son existence est tracé depuis des siècles : ses enfants et lui doivent y mourir heureux. Toujours menteur, il se plaît à inventer des contes que le plus aimable des deux sexes approuve et trouve agréables. Aussi faible en cela que les dames, j'en ris le premier, sauf à ne le pas croire, et j'admire le caractère de ce faubourien doux et emporté, ayant tout pour être bon ou méchant, et qui passe au milieu des écueils, sans vice et sans vertu.

Le griset ne regrette que les anciennes coutumes. Assis sur sa porte, au milieu de rues étroites et mal bâties, il semble guetter au passage les derniers priviléges de ses municipalités que Louis XIV commença à enlever pièce à pièce. Il proteste alors, il crie à l'illégalité, mais sa colère s'apaise comme les tourbillons de neige apportés des Pyrénées se fondent au soleil du midi. Foncièrement assez bon, il agit peu, et son esprit naturel et le bon sens dont il est doué l'empêchent de se livrer à ses premiers transports.

Sa vie uniforme ne manque pas non plus d'originalité ; j'aime l'audace de cet homme qui parle, qui tranche, qui juge de tout sans rien savoir. J'écoute avec plaisir ses chansons, et je comprends son patriotisme qui serait plus utile, je crois, à son pays, s'il était développé par l'éducation ; car ici le griset n'est pas le Languedocien : celui-ci aime l'étude, elle fait fuir celui-là. Personne, moins que lui, ne connaît les antiquités de sa ville natale. A Montpellier, c'est à peine s'il a vu une fois le lieu où repose la fille de Young et le beau siége de marbre trouvé dans les arènes de Nîmes. A Toulouse, il traverse la Garonne sur un des plus beaux ponts de France, et pas un ne sait que cette vieille capitale du Languedoc en a eu cinq. Toutes les semaines, tous les jours peut-être il voit le canal de Brienne, et jamais il ne pense à l'illustre archevêque qui sut rattacher ainsi son nom à celui de l'immortel Riquet.

A l'extérieur comme à l'intérieur, la différence est aussi grande entre le citadin et le griset, qu'entre ce dernier et l'ouvrier ou le paysan. Par ses mœurs, il s'éloigne autant de la ville que de la campagne ; mais il est l'anneau qui les réunit. S'il accordait à l'étude et au désir de parvenir le temps qu'il emploie à se divertir, sa supériorité se ferait vite remarquer, et nous le verrions bientôt député, académicien, ministre...... ou maire de village.

EUGÈNE DAURIAC.

LE CONTREBANDIER.

OUVENT on a cherché à diminuer la contrebande par de beaux raisonnements, mais sur ce point, comme sur d'autres, la moralisation a échoué contre l'empire des instincts naturels. Impossible de déterminer l'immense majorité des consommateurs à résister héroïquement aux séductions du bon marché, pas plus qu'à répudier bravement l'usage des marchandises étrangères importées par la fraude. Que voulez-vous ! le monde est ainsi fait et comprend si peu un tel effort de patriotisme, que, pour y suppléer, l'état entretiendra longtemps encore une armée de trente mille douaniers, disposée par lignes parallèles aux frontières, et veillant nuit et jour à l'exécution des lois protectrices de l'industrie nationale. Contre cette armée luttent des hommes réunis en agrégations diverses, dont le but, l'intérêt, quelquefois même la passion, sont de déjouer sa surveillance pour introduire en France des marchandises prohibées ou frappées d'un droit. Ces hommes, dont l'appréciation numérique est difficile, rachètent le désavantage d'avoir les lois contre eux, par une immense audace, des ruses, des stratagèmes sans nombre, et presque toujours avec la sympathie des populations.

Telle est l'espèce contrebandière qui alimentait de héros les romans et les mélodrames de l'empire. Dépossédée aujourd'hui de ce privilège qu'elle partageait avec d'autres excentricités également déchues, il faut, pour être vrai, la peindre maîtrisée par l'industrialisme et le macairisme modernes, et sous le joug d'une police d'assurances où la main de la chicane a passé. Il faut la montrer, dépouillée de son antique

7

splendeur, de son indépendance d'action, de ses traditions, et réduite aux proportions du plus étroit prosaïsme. En ce moment, en effet, le contrebandier se trouve, à quelques exceptions près, sur un plan incliné qui l'entraîne insensiblement vers les nombreuses variétés de la famille épicière. Voyez-le, quand, débarrassé de son équipement de course et des autres accessoires de sa spécialité, il se rend à la ville voisine pour y prendre une large part de voluptés faciles, à peine pourrez-vous le distinguer d'un maire ou d'un marguillier de village endimanché. Toutefois, l'observateur exercé le reconnaîtra à la rondeur prononcée des épaules, à des bras projetés en avant, conséquences rigoureuses de l'habitude de porter le ballot. Il l'appréciera surtout à ses regards hardis, où de temps à autre perce une inquiétude qui le domine. A part ces signes infaillibles et un *facies* fortement enluminé par de fréquentes libations, le contrebandier au repos est un bipède comme on en voit tant. On passe près de lui, on le coudoie sans le regarder ; sa pipe, son chapeau, sa veste ou sa redingote, n'accusent aucun pittoresque, ne disent rien à l'imagination.

Six à neuf francs, non par jour, mais par nuit, sont le prix ordinaire du labeur du contrebandier depuis que, discipliné et exploité par des loups-cerviers de la spéculation, il en a reçu une organisation, réputée chef-d'œuvre par les connaisseurs, et que, sous peine de rester isolé, il est forcé d'agréer. Ainsi, quand de Belgique, de Suisse ou d'Espagne, il s'agit d'importer en France, à l'insu des douanes, des tissus

ou des contrefaçons, du tabac ou de la quincaillerie, mon Dieu! rien n'est plus simple aujourd'hui. L'expéditeur ou le destinataire s'adressent à un particulier très-connu dans sa localité de la frontière, et appelé l'*entrepreneur*. Celui-ci, moyennant une prime d'assurances, se charge de l'importation et garantit livraison à domicile, dans un délai déterminé. Contrebandier émérite et versé dans les ruses du métier, l'entrepreneur représente l'aristocratie du genre ; ses relations sont nombreuses et variées ; il a crédit et influence dans le pays, et les capitalistes recherchent son papier. Posé de la sorte, il fait progresser ses affaires assez rondement, de sorte qu'au bout de sept ans, les proportions de sa fortune lui permettent de céder sa clientèle à l'un des *assureurs* qu'il a sous la main. Alors propriétaire, rentier de l'état et homme d'importance, il peut aspirer, sans grande témérité, à prendre rang dans l'*Almanach royal* ou l'*Annuaire* de son département.

BIROUSTE. SC

Les *assureurs*, dont je viens de parler, sont des façons de courtiers, des êtres intermédiaires créés pour couvrir d'un voile épais les opérations et la personne de l'entrepreneur. Eux seuls ont des rapports avec les chefs de bande, et traitent directement des conditions de l'importation, tarifée d'après la valeur, la distance, le volume, le poids et les obstacles de la surveillance à éluder. Envers l'entrepreneur, leur fidélité est garantie par un billet en due forme ; à leur égard, celle des chefs de bande est maintenue par un nantissement en espèces ou en marchandises. Intéressés néanmoins à voir les choses par eux-mêmes, les assureurs sont en locomotion habituelle. Aucun temps, aucune saison ne les arrêtent : ils vont, viennent et retournent continuellement d'un point de la frontière à l'autre, sans jamais s'exposer pourtant aux risques du fait de l'introduction, ni à la fréquentation de la démocratie contrebandière. Outre qu'il y aurait à eux imprudence plus que gratuite à s'aventurer, le sentiment de leur position comme seconds dans la hiérarchie de l'espèce, leur interdit de se commettre étourdiment. A cinquante ans, les assureurs songent à la retraite, liquident leurs comptes et prennent habituellement une patente d'aubergiste ou d'épicier.

Après les préliminaires obligés de garantie, la partie belligérante des contrebandiers, composée de *porteurs*, *espions* ou *guides*, reçoit de son chef l'avis secret d'entrer en scène. Disséminée, depuis la veille, de l'autre côté de la frontière dans quelques habitations isolées, elle se réunit le soir même au magasin des marchandises. Là, chaque contrebandier trouve un ballot pesant cinquante à soixante livres et garni de bretelles pour y passer les bras. Convenablement lestée par un repas arrosé de rasades suffisantes pour ranimer son courage, la bande se charge, et, munie de longs bâtons ferrés, elle part en chaussons de crin, précédée d'espions éclairant sa marche. Mais la nuit est sombre, la pluie battante, le vent furieux, et l'on est au milieu de l'hiver ! Qu'importe…! l'appât du gain est le plus fort, et d'ailleurs, n'est-ce pas Dieu qui envoie cet horrible temps pour mieux tromper l'*habit vert*[1] ? On poursuit donc à travers champs, halliers et fondrières. Les torrents, grossis par la pluie et charriant des glaçons, sont traversés à gué avec de l'eau jusqu'à la ceinture ; les montagnes les plus escarpées, on les gravit par les périlleux sentiers des chamois et des bouquetins. On parvient enfin à l'extrême frontière. A quelques toises plus loin doivent se trouver les embuscades des douaniers. Le silence observé jusqu'alors devient plus profond, en ce moment toujours suprême pour le contrebandier. La bande s'arrête, et les espions, détachés, vont en avant, à droite, à gauche ; ils tournent, serpentent, rampent et flairent en explorant jusqu'au moindre buisson. Tout à coup, l'un d'eux part avec la rapidité d'une flèche, glisse dans les rochers comme une ombre, se courbe et disparaît. Quelques secondes se passent, et l'on entend comme un coup violemment assené, puis un cri sourd, étouffé bientôt par un mugissement du vent… Le contrebandier se remontre, approche du chef, et à l'instant

[1] Sobriquet donné au douanier par les contrebandiers des Pyrénées ; ceux du Jura et du nord de la France l'appellent *Loup* et *Gabelou*.

la bande, couchée ventre à terre et agglomérée autour de lui, se relève, avance en courant, et franchit les lignes des douanes. Une heure après, l'importation est consommée et les marchandises en sûreté dans l'entrepôt de l'assureur. Le lendemain, le bruit se répand dans le pays que le lieutenant d'ordre, en faisant sa ronde, a trouvé le cadavre d'un douanier portant les traces récentes d'un coup mortel sur la tête, et que procès-verbal en a été dressé par le juge de paix assisté du procureur du roi. Au bout de six semaines d'informations inutiles, la justice renonce à l'enquête entreprise. Une croix est plantée sur le lieu du meurtre, et les contrebandiers se disent alors : « En voilà une de plus qui servira d'exemple! ! »

Mais les choses ne se passent pas toujours ainsi, et les contrebandiers ont aussi leur part de revers dans la lutte incessante qu'ils entretiennent. Parfois trahis ou maladroits, ils tombent dans des embuscades fort disposées à les recevoir. Ils veulent résister : alors des morts, des blessés, des prisonniers, sont laissés par eux dans la mêlée. A la vérité, de tels exemples deviennent de plus en plus rares, car le contrebandier se perfectionne avec les exigences de sa profession ; il n'ignore pas qu'en abandonnant à propos sa charge à la convoitise du douanier, il doit échapper à des dangers trop personnels. C'est dans ce cas, en quelque sorte, une convention mutuelle et tacite, et voici pourquoi l'*habit vert* s'y prête : par la mort ou la capture du contrebandier, il y a pour le douanier chances à peu près inévitables de cruelles représailles ; par la saisie pure et simple de la contrebande, allocation lui est attribuée comme part de prise. Partant d'une logique aussi serrée, préférence donnée bien vite au ballot, et fuite assurée pour son porteur.

Si au nord comme au midi, à l'est comme à l'ouest, la contrebande est pratiquée pour le compte d'entreprises d'assurances, si partout elle est assujettie aux mêmes stipulations, il n'est point à dire que le contrebandier basque ressemble en tous points au flamand ni au picard, et qu'il y ait identité parfaite entre le franc-comtois et l'alsacien. Leurs mœurs, leurs habitudes peuvent offrir quelques analogies générales résultant nécessairement des roses et des épines d'un métier par où débuta Mandrin. On peut reconnaître surtout que l'amour de la débauche, la passion du jeu, l'abus phénoménal du vin et des liqueurs fortes, sont des traits par lesquels ils ressortent tous ; que chez les uns et les autres les idées sur le droit de la propriété, du tien et du mien, n'ont pas l'accord désirable avec les opinions communes ; que leurs principes d'économie politique ont une teinte d'excentricité qui s'harmonise péniblement avec les théories connues ; que leurs rangs décimés par des infirmités hâtives ne se recrutent pas ordinairement dans les classes où le travail et l'ordre sont traditionnels. Mais il y a loin de là à une uniformité absolue, et il serait inexact d'en déduire l'absence de variétés dans l'espèce contrebandière. On y remarque donc la variété flamande ou picarde ; celle des Basques nuancée de béarnais, ainsi que la franc-comtoise. Il y aurait peut-être encore à classifier les Alsaciens, mais depuis ces derniers temps, leurs opérations n'ayant qu'une importance secondaire, ils attirent peu l'attention et tombent insensiblement dans l'oubli. Cette circonstance paraît aussi due à la retraite simultanée de plusieurs gros entrepreneurs qui n'ont plus rien laissé à faire après eux.

A côté de ces variétés plus ou moins tranchées par le caractère de l'esprit, les impressions et les préjugés locaux, viennent se placer les *smogleurs*[1], sorte de tribu de marins exerçant la contrebande entre la France et l'Angleterre avec un succès tout particulier. Le smogleur a les habitudes d'un vieux matelot, son costume n'en diffère pas. Il parle l'anglais et le français avec une égale facilité et de manière à jeter des doutes sur sa véritable origine. Cette aptitude acquise de très-bonne heure a cela d'avantageux pour le smogleur, qu'un naturel inconstant le porte quelquefois à changer de pavillon. A bord d'un contrebandier français, il peut donc se dire des environs de Boulogne, et affirmer sur un anglais qu'il est du pays de Kent. La vérité est qu'il est Français, et aussi fier de l'être que s'il s'était battu sur *le Vengeur*. Viennent une guerre contre les Anglais, des lettres de marque, et l'on verra...! On a remarqué qu'il aimait le vin de Madère et les Picardes à l'adoration. Pour l'un il est affirmé qu'il ne craindrait pas de faire des bassesses au cas échéant. Pour les

autres, il tient sans cesse à leur disposition un assortiment très-varié de foulards, de tulles, de mousselines et autres objets de contrebande fort séduisants. C'est en s'adonnant à ces deux penchants, équipollents en ardeur, qu'il consomme à terre presque tout son argent et les trente-six heures de dissipation dont il est le maître de disposer par semaine. Au demeurant, le smogleur, passablement narquois et scélérat dans ses amours, n'en est pas moins très-serviable. Dès qu'on l'en prie, on en fait un garçon de noce, un parrain, un ouvreur d'huîtres. D'autre part, il prend la commission avec un empressement modeste et sans la fatigante loquacité du commis voyageur! Pas un fashionable de quelque valeur, à Dieppe ou à Boulogne, qui n'ait recours à sa complaisance pour des gilets de flanelle anglaise ou des manteaux imperméables. Bref, le smogleur, marin galant et contrebandier troubadour, se fait bien venir de chacun, et aurait une existence entièrement filée d'or et de soie, sans des mailles à partir avec les gardes-côtes anglais. Il sait qu'alors ce sont des coups de

[1] Mot provenant de *smuggler*, nom sous lequel est désigné en anglais un navire long, effilé et servant à la contrebande dans la Manche.

fusil à recevoir, et s'il est pris, la potence en perspective, car les lois d'Albion sé-
vissent sans miséricorde contre les contrebandiers. Fort heureusement pour le smogleur, il y a plus de mansuétude dans la législation française, et ses associés, les pêcheurs des côtes de la Normandie, de l'Artois, comme de la Bretagne, sont très-
experts dans le débarquement claudestin des cargaisons.

Allez, par exemple, dans les environs de Calais; vous remarquerez sur les bords
de la mer quelques maisons basses, dont l'intérieur ressemble, par des câbles, des
voiles, des avirons, des filets, des hamacs, des tonneaux, à l'entre-pont d'un navire.
Des pêcheurs, des voiliers, des calfats aux mœurs rudes, à l'aspect bourru, les habitent. Ils vous regarderont en dessous et avec un air de défiance sauvage si vous vous
approchez d'eux. Mais parlez-leur de contrebande plutôt que de la pêche ou du temps
qui se prépare, ils vous répondront, à coup sûr, comme des gens gravement insultés,
la menace et l'injure à la bouche. Eh bien...! ce sont des contrebandiers de la côte,
les associés des smogleurs. Vous en doutez? En ce cas, rendez-vous à ce mauvais cabaret que vous verrez plus loin; mettez cent sous dans la main de l'être trapu, placé
au comptoir, qui mesure le genièvre avec une parcimonie révoltante, et dites-lui :
Le mot d'ordre? Il vous répondra entre les dents : *Gare le requin* [1]! Vous pourrez
ensuite retourner vers les pêcheurs en toute sûreté. Si vous l'aimez mieux cependant, je puis vous mettre plus vite au courant.

Quand un navire contrebandier est signalé par des vigies apostées sur des hau-

teurs, les habitants de ces maisons dont je viens de parler en sont prévenus aussitôt
et avertissent à leur tour d'autres pêcheurs et des paysans des environs. Le soir venu,
une fusée lancée à plus d'une lieue du point choisi pour le débarquement annonce
au navire qu'il peut approcher de la côte. Alors seulement les contrebandiers se

_____

[1] *Gare le Requin* veut dire en argot contrebandier : *Gare le douanier* !

rendent dans la maison de leur chef, presque toujours ancien corsaire ou vieux matelot négrier ; d'autres vont se blottir dans quelques fossés. Vers minuit sortent de cette habitation des hommes en bonnet de crin et en chemise de laine rouge, rattachée sur la poitrine par une longue épingle d'argent. L'équipement est complété par de grosses bottes qui montent jusqu'au haut de la cuisse ou se baissent à volonté au-dessous du genou. Ils ont des armes et sont porteurs d'une gourde passée en bandoulière, dans laquelle ils puisent fréquemment un mélange de rack et d'eau-de-vie. Un énorme chien de Terre-Neuve les suit et se dirige avec eux vers le bord de la mer. Ils y sont rejoints par des paysans et des femmes des hameaux voisins, venus avec des chevaux de somme cachés dans les creux des rochers. Tous les yeux se tournent du côté de la mer, et, après quelques minutes d'une attente silencieuse, on parvient à distinguer comme une nuée blanchâtre qui s'agite. C'est le bâtiment contrebandier qui court des bordées afin de s'assurer que toutes les dispositions pour le débarquement sont terminées et qu'il ne présente aucun danger. Le signal est donné de terre en allumant une lanterne à réflecteur éteinte soudain. Le navire y répond en élevant à sa hune un fanal qui ne fait que briller et disparaître. Il se rapproche ensuite de la côte jusqu'à une portée de fusil. On peut alors observer qu'il est à deux mâts, d'une forme effilée et de la dimension d'un lougre. De son côté, la troupe des contrebandiers se partage en trois pelotons : l'un sur le rivage et les deux autres placés plus loin pour maintenir les douaniers s'ils se présentent. Les hommes de ces pelotons sont espacés sur le terrain, ayant attachée au bras gauche une ficelle correspondant de l'un à l'autre. En cas d'alerte, on se prévient par une secousse, et

l'on fait feu si les circonstances l'exigent. Les choses ainsi disposées, le chien de Terre-Neuve, personnage qui semblait être entièrement passif, s'élance dans la mer au commandement et nage vers le navire. Un instant après, il reparaît tenant à la gueule un bout de câble. Les contrebandiers s'en saisissent aussitôt et tirent à eux. Après une trentaine de brasses, sont ramenés en forme de chapelet vingt petits tonneaux qui arrivent entre deux eaux. Ces tonneaux, enduits d'une matière qui les rend imperméables, sont immédiatement détachés, chargés sur les chevaux et évacués dans l'intérieur des terres. Un second, un troisième et deux autres envois s'exécutent avec la même sécurité... Mais l'alarme est donnée... ! Ce sont les douaniers qui viennent... ! Un coup de fusil est tiré : les contrebandiers disparaissent comme une volée de pigeons effrayés. Le navire, averti par la détonation, gagne le large pour éviter la rencontre d'un garde-côte et débarquer plus loin le reste de sa cargaison.

Dans la matinée du jour suivant, une trentaine de calfats ou de pêcheurs entrent tour à tour dans un réduit communiquant au cabaret déjà mentionné : ils y reçoivent chacun 9 francs. C'est le prix de leur dernière nuit passée sur le bord de la mer. L'homme qui les paie les gourmande avec aigreur d'avoir pris la fuite devant une ronde de cinq douaniers, puis il les congédie en leur donnant un mot d'ordre.

C'est ainsi que les smogleurs pratiquent la contrebande et qu'ils jettent en France une quantité assez considérable de marchandises anglaises. Lorsqu'ils ont complété leur débarquement tant sur un point que sur d'autres, ils entrent sur lest dans un port français avec des lettres d'expédition de Brighton ou de l'île de Wight. Alors, comme je l'ai dit, chaque smogleur prend ses ébats, et va rendre compte de ses commissions particulières. Au bout de trente-six heures il est tenu de revenir à bord du navire, qui, pendant ce temps, a reçu un chargement de vin, d'eau-de-vie ou d'autres produits, tous frappés de droits exorbitants par les douanes britanniques, et qu'il s'agit d'introduire clandestinement en Angleterre. Le vent est favorable, on met à la voile sans perdre une minute, et l'on se hâte de partir, afin de gagner les côtes d'Angleterre avant l'arrivée des avis que le consul anglais ne manque pas de transmettre au moindre soupçon sur la véritable destination du bâtiment. Par cette rapidité d'exécution, les smogleurs trouvent les gardes-côtes moins sur leurs gardes et peuvent débarquer leurs marchandises plus facilement, soit d'après le procédé indiqué ci-dessus, soit encore à l'aide de canots en forme de pirogues, si la disposition de la côte ou des lieux l'exigent. Sur certains points du littoral de la France, ils se servent aussi de ces canots, ordinairement peints en blanc.

Pour être initié maintenant à d'autres modes de contrebande, on voudra bien me suivre des falaises du Pas-de-Calais dans le département du Nord. Là opère la variété flamande ou picarde qui se caractérise par le contrebandier à cheval et le contrebandier promeneur. Le premier est invariablement un Picard des environs de Doullens, leste, vi-

goureux et porteur d'épaisses moustaches, tirant généralement vers le rouge carotte.
Il a servi dans un régiment de hussards ou de chasseurs à cheval, d'où son humeur emportée et querelleuse l'a fait sortir par une condamnation disciplinaire
subie en Afrique. Libéré du service, et rentré dans ses foyers, il s'est fatigué de la
régularité de la vie et des travaux des champs. Ses goûts d'aventures et d'agitation ont prévalu, et un beau jour il est parti pour Mons avec une nouvelle connaissance de cabaret. Depuis, coiffé d'une casquette de toile vernie, couvert d'une
blouse grise à laquelle appendent à l'intérieur sept à huit poches monstrueuses, d'un
pantalon de treillis à mille raies bleues et noires, et chaussé de bottes éperonnées,
l'ancien hussard a trouvé un cheval sur lequel, juché entre deux ballots, il est devenu le fléau de la littérature et de la librairie françaises. C'est lui, en effet, le misérable! qui introduit dans le royaume les contrefaçons de Belgique, et qui pis est,
déploie dans cette œuvre de dol l'activité la plus déplorable. Plein d'audace et souvent armé dans ses courses, il rechercherait plutôt qu'il ne fuirait des rencontres
avec les douaniers, si la crainte d'être congédié de sa bande n'était là pour le contenir dans une prudente attitude. Quoi qu'il en soit, ses passions picardes font tôt ou
tard explosion, et le contrebandier équestre échappe peu à la cour d'assises. A la
première fois, le jury, généralement compatissant envers la contrebande, l'acquitte
ou trouve des circonstances atténuantes; mais à la seconde, l'évidence des faits
crève les yeux, et la meilleure volonté ne peut plus préserver le Picard d'une condamnation sévère pour meurtre ou blessures graves. On ne connaît guère au contrebandier à cheval d'autre penchant particulier qu'un amour immodéré pour la *Gazette
des Tribunaux*, ni d'autre haine que celle des douaniers et de tous les gendarmes
sans exception. Rarement, aussi, manque-t-il l'occasion de les satisfaire!

On conçoit donc que les allures de ces contrebandiers tendent sans cesse à prendre
un caractère de force ouverte dans leurs expéditions. Montés sur des chevaux de
choix et excellents coureurs qui ne contribuent pas peu à doubler leur outre-cuidance,
on les voit braver tous les obstacles et ne point craindre de franchir la frontière quelquefois en plein jour. Constamment en nombre double de celui des douaniers à cheval,
créés spécialement contre eux, ils se partagent ordinairement en deux sections égales
dès qu'ils aperçoivent leurs adversaires. L'une, avec de faux ballots, s'arrête, feint de
résister, fuit mollement, s'arrête encore, recommence à fuir, et attire ainsi les douaniers, tandis que l'autre section faisant une conversion, s'éloigne de toute la vitesse de
ses chevaux, et va traverser impunément la ligne à un quart de lieue plus loin. A la
faveur de cette habile manœuvre, qui atteint communément son but, les contrebandiers ont déjà livré leurs contrefaçons et leurs tissus aux destinataires, lorsque les
douaniers s'aperçoivent seulement qu'ils sont tombés dans le piège en donnant la chasse
à la première bande. Si la besogne presse, les hommes aux vrais ballots reviennent
en Belgique quelques heures après, et passent devant les postes de douane en causant
ouvertement du tour qu'ils viennent de jouer au fisc.

Le contrebandier équestre est fort dispendieux pour les assureurs belges, et plusieurs fois il a été question de le supprimer. On lui reproche de ne prendre aucun
soin de son cheval et de vendre l'avoine qu'on lui confie pour le nourrir. Outre ce

grief, les assureurs lui en imputent un plus grave, celui de confisquer souvent à son
profit des dentelles et des mousselines brodées, sous prétexte qu'elles ont été mal as-
surées ou qu'il a été volé.

On est loin de trouver le même pittoresque dans les contrebandiers dits *prome-
neurs*, à raison de certaines
allures musardes et dandinan-
tes qu'ils affectent quand ils
entrevoient un douanier. Sans
traits distinctifs, la plupart
sont des Flamands *pur-sang*,
opérant isolément pour leur
compte particulier. De la Belgique, où ils font une promenade à peu près quotidienne,
ils rapportent, pour les revendre à des juifs, du tabac bourré
dans les poches les plus inusi-
tées, de la dentelle roulée sur
tous leurs membres, des mou-
choirs pressés entre deux dou-
blures.

A ce métier s'adonnent surtout des ouvriers inoccupés,
des paysans paresseux, et bon
nombre de femmes. Chez ces
dernières, l'intelligence de la
fraude est poussée à des limites extrêmes, car la ruse et
l'adresse les plus consommées
ont pour auxiliaire un esprit
d'à-propos et un sang-froid inaltérables. Les douaniers, qui s'en méfient à bon droit,
ont beau les soumettre à des visites fréquentes et minutieuses exercées par des
femmes préposées à cet effet, elles n'en mettent pas moins en défaut, sept fois sur dix,
des mains et des yeux très-exercés. Dire comment ces contrebandiers femelles s'y
prennent et par quelles ressources elles échappent aux investigations, est à peu près
impossible ; c'est un secret qu'il ne m'a pas été donné de pénétrer, et les douaniers
interrogés à cet égard ne savent encore eux-mêmes qu'en penser.

Mais, Dieu me pardonne ! n'allais-je pas quitter le département du Nord sans dire
un seul mot d'une invention moderne qui fera longtemps honneur au génie de la
fraude ! Il s'agit de l'emploi des chiens à la contrebande et des succès incroyables qu'on
en retire. Le fait et l'invention méritent d'être examinés, ne serait-ce que pour constater que le chien lui-même n'a pu échapper à la démoralisation du siècle !

La race qui a produit *Munito* et tant d'autres célébrités artistiques ne se montre pas rebelle aux exigences de l'industrialisme, et peu de jours lui suffisent pour en saisir le but et en apprécier la portée. Une semaine passée en France dans une bombance effrénée, à laquelle succèdent soudain un voyage en Belgique, puis un jeûne très-austère et des flagellations systématiques administrées par des hommes babillés en douaniers, telles sont les bases de l'éducation contrebandière des chiens. Pour le reste, le poli du métier, on s'en rapporte entièrement à la sagacité qui distingue si éminemment la race canine. Quand arrive le jour de la mise en action, alors d'un chenil ouvert s'élancent trente à quarante chiens ainsi préparés par l'abstinence et les coups. Chacun d'eux est revêtu d'une espèce de harnais qui recèle du tulle ou du fil d'Écosse. Ils ont hâte, les infortunés, de fuir la Belgique, cette terre inhospitalière, et courent à perdre haleine vers la France pour y retrouver leur ancien gîte, ce paradis dont ils ont été arrachés. Parvenus bientôt à l'extrême frontière, les douaniers, dont le costume leur rappelle des ennemis mortels, apparaissent à leurs yeux ! Aussitôt la meute contrebandière s'éparpille en tous sens pour éviter les dangers qu'elle pressent. Chaque chien en cet instant critique fait un appel à toute son intelligence afin de se garantir du lacet et du chien dressé pour le saisir. Il doit surtout reculer devant le gigot de mouton et fuir devant la chienne coquette; embûches pour lui les plus dangereuses qui lui soient tendues par les douaniers. Malheur alors à l'inexpérience et à l'extrême sensibilité! car en écoutant trop ou la faim qui les presse, ou les séductions du sentiment, les imprudents sont atteints par un plomb meurtrier. Le plus grand nombre passe cependant sain et sauf, et se trouve au bout de deux heures rassemblé au gîte si désiré. Huit jours après, c'est à recommencer.

Ainsi équipés, plusieurs milliers de chiens franchissent la frontière du département du Nord, précédés et suivis de piqueurs stimulant les uns, ralliant les autres et contenant l'ardeur des téméraires.

Il est bien entendu que dans le choix des chiens contrebandiers doit présider une prédilection particulière pour les chiennes, comme inaccessibles aux tentations des Armides de leur espèce. On tient aussi, indépendamment de la préférence toujours accordée aux dogues, à les avoir de taille moyenne et hauts sur pattes. Cette condition a pour objet d'empêcher les harnais dont on les couvre de traîner à terre et de gêner leur course. Enfin, pour que leur queue ne puisse faire un pavillon dénonciateur au milieu des blés ou des prairies, on a grand soin d'en priver les chiens contrebandiers.

Comme on le voit, le procédé est des plus simples, et n'exige ni grands soins ni longues études pour façonner tous les *Azors* du monde à la contrebande la plus expérimentée. Faut-il s'étonner après cela que des gens aient imaginé d'en faire un métier tout spécial, et que dans le bourg de S..... il y ait un marché où se vendent et se marchandent publiquement des chiens dressés à la fraude!

Quittons enfin le département du Nord, et rendons-nous dans les montagnes du Jura, où la passion de la fraude était naguère endémique, si bien que ne pas être contrebandier faisait presque tache dans le pays. Les choses n'en sont plus là maintenant, et quoiqu'un assez grand nombre d'individus prennent encore part à la contrebande, il s'en faut bien qu'elle soit aussi profondément enracinée dans les

habitudes des populations. De cette époque il n'est resté que le costume du contrebandier franc-comtois : chapeau ciré de marin, veste de velours olive, ceinture
amaranthe, pantalon bleu de
ciel et escarpins. Dans l'hiver et
les temps de pluie, la classique
roulière en toile bleue remplace
ce costume. A part cette distinction traditionnelle, les importa-
tions n'ont plus l'intensité d'action et l'extrême ténacité qui
les caractérisaient autrefois.

Au point de vue physique, le
contrebandier franc-comtois est
représenté par un homme de
cinq pieds six pouces, plutôt maigre qu'obèse, et doté d'une
jambe droite infailliblement
tournée en dedans. Sous le rapport moral, il est froid, résolu,
et ses projets, longuement com-
passés ne sont abandonnés qu'a-
vec peine. Bref, le Franc-Comtois passe pour roide et fort en-
têté, défauts, au surplus, qui
s'exaltent indéfiniment quand il
est gris : mille exemples des conséquences de cette exaltation
sont racontés dans le Jura, et
servent de texte aux prédica-
tions des curés de villages
ainsi qu'aux histoires débitées, près de l'âtre, dans les longues soirées d'hiver.
Presque toutes ces anecdotes, embellies d'ailleurs par l'imagination ou du merveilleux, se rapportent, il faut le dire pour l'honneur de l'époque, à une date de près
de trente ans, et lorsque la plupart des familles du pays vivaient de la contrebande.
Alors la force ouverte présidait à l'introduction des marchandises venues de Suisse
et d'Allemagne et des combats sanglants avaient lieu journellement sur la frontière.
C'était un état de guerre permanent, mais d'une guerre cruelle et quelquefois portée
jusqu'à la férocité. Aujourd'hui tout se réduit dans le Doubs et le Jura à des ruses
inspirées, comme ailleurs, par le génie du métier. Des piéges sont tendus et de fausses alarmes données pour tromper la surveillance des douaniers. En un mot la variété franc-comtoise, assouplie par la civilisation, a pris des formes moins heurtées et
ne compte plus autant comme succès les assassinats des douaniers. D'autre part, la
spéculation n'y a pas perdu, car il est constaté que la contrebande perd seulement

un pour cent en saisies sur tous les objets qu'elle importe de Suisse en France. Tout le monde a donc gagné à ce changement, sauf l'industrie nationale.

Les contrebandiers franc-comtois, dans lesquels on doit agglomérer leurs voisins des environs de Belley, introduisent surtout de la bijouterie, des mouvements de montres, de pendules, et des soieries, qu'ils vont chercher à Genève. Ils se servent, pour transporter les produits d'orfèvrerie et d'horlogerie, de deux boîtes plates et oblongues, à compartiments, dont l'une est ajustée sur la poitrine à l'aide de courroies qui vont joindre l'autre boîte et la retiennent sur le dos. Quant aux soieries, elles sont introduites en ballots d'après la méthode ordinaire. Les contrebandiers franc-comtois sont cités pour leur fidélité, et les fabricants de Genève en sont encore à se plaindre de la plus légère soustraction, depuis qu'ils leur confient des bijoux, pour des sommes toujours considérables.

Ici je m'aperçois que je pourrais être entraîné fort loin, si je m'occupais du contrebandier alsacien, épiant de son bateau, en descendant le Rhin, l'instant de jeter sa quincaillerie sur la rive gauche de ce fleuve ; si je parlais aussi du Dauphinois dans ses trafics avec la Savoie ; comme du Provençal, près de Nice ou sur les bords de la Méditerranée. J'abrége donc pour arriver aux Pyrénées, ce sol éminemment classique de la contrebande tant d'importation que d'exportation. Mais qu'à ce nom ne s'éveillent ni craintes ni susceptibilités industrielles; car je me tairai sur les individualités, et je me bornerai au strict aperçu physiologique de l'espèce contrebandière.

Si la contrebande est une maladie, elle peut être réputée chronique et incurable dans les Pyrénées-Orientales et les Basses-Pyrénées. Contre elle, que de moyens n'a-t-on pas employés ? Confiscations, amendes, prison, travaux forcés, peine de mort même, rien n'y a fait. Favorisés par leurs montagnes, les Roussillonais et les Basques notamment[1], n'en ont pas moins continué leurs relations coupables avec l'Espagne, pendant les guerres entre les deux nations.

« C'est d'exportation plutôt que d'importation, me disait un négociant de Bayonne, que le Basque s'est, depuis un demi-siècle, presque toujours occupé. Il y est maître passé, et ses succès en font foi. Que de génie dans ses moyens, de variété dans ses ressources, et d'habileté dans l'exécution !... Vous en direz ce que vous voudrez, mais s'il entrait dans la tête d'un Basque d'exporter en Espagne la citadelle de Bayonne en contrebande, j'ignore s'il y parviendrait, mais à coup sûr il l'entreprendrait. L'essentiel pour lui dans l'affaire, c'est qu'on eût su y mettre le prix. »

Il y a du vrai au fond de cette hyperbole tant soit peu méridionale ; car, quelle que soit la difficulté d'une entreprise de ce genre, il est prouvé que, lorsque la pensée d'un gain extraordinaire est au bout, un Basque ne recule jamais. Qu'on s'en informe près des

---

[1] En 1794, à la première guerre avec l'Espagne depuis Philippe V, des représentants du peuple en mission dans les Basses-Pyrénées firent dépeupler les villages basques de Sare, d'Ascain et de Biriatou, pour mettre un terme à des intelligences avec l'armée espagnole. Quinze jours après, la contrebande de vivres et de munitions était pratiquée par les mêmes points de la frontière.

carlistes, ils apprendront comment et à quel prix on leur a fait passer, durant six ans, le Prétendant et des pierres à fusil, du salpêtre et la princesse de Beira, l'infant Sébastien et des chevaux, des poignées de sabre et le père Cyrille, sans compter une multitude d'autres personnages dont les noms importent peu ! Comme les primes d'assurances ont produit aux spéculateurs politiques, et que d'or a dû rester dans leurs mains ! Oui, les Basques se souviendront longtemps de la guerre civile espagnole, et plus d'un regret, parmi eux, doit avoir déjà été exprimé sur sa récente issue. C'est que maintenant il leur va falloir travailler aux champs et briser des habitudes de cabaret et d'orgie familières aux contrebandiers. De temps à autre, à la vérité, ils rapporteront d'Espagne, après une visite à des parents de Navarre et de Guipuzcoa, des tissus anglais ou du tabac; mais que les produits de cette importation seront mesquins, à côté de ceux de l'exportation des années antérieures ! A l'heure qu'il est, donc, les contrebandiers des Basses-Pyrénées en sont aux réflexions sur l'instabilité des choses humaines ; ils supputent et devisent entre eux sur un avenir fort peu gracieux.

Un béret en drap bleu pour coiffure, une veste à la carmagnole, une cravate à la batelière, une ceinture de soie rouge, un pantalon brun et des sandales en ficelles tressées et assujetties au-dessous des chevilles, voilà le costume du contrebandier basque. Quelquefois, pour se garantir du froid des montagnes, il prend une casaque faite en peau de mouton noir, ou bien il endosse une tunique brune, taillée et découpée à la façon de la dalmatique d'un sous-diacre. Rien de plus bruyant dans sa gaieté, de plus poétique dans son langage, de plus terrible dans sa colère, que le contrebandier basque. Des cris aigus, les danses les plus pittoresques, des allégories mythiques, des coups de bâton, traduisent et rendent ces divers sentiments, qui peuvent d'ailleurs se succéder et varier chez lui avec la rapidité de l'éclair. Ardent, leste, infatigable, il peut faire ses dix lieues par nuit avec une charge de soixante livres sur le dos, et recommencer le lendemain sans qu'il y paraisse. Jamais il ne quitte son couteau à longue lame pointue, ni son bâton ferré en néflier ; et, lorsqu'il est en course, ses cheveux, qu'il porte toujours longs, sont retroussés par derrière et sous son béret. Vers trente-six ans, il quitte la profession : alors ses sens perdent de leur fraîcheur, et des douleurs rhumatismales commencent à l'atteindre. Comme tous les montagnards, il est superstitieux et croit aux revenants, aux apparitions. Il se montre surtout aussi fataliste qu'un vieux Turc. « Cela devait être, » dit-il, en se signant gravement à tout événement malheureux.

Ainsi constitués, les contrebandiers basques ont su déjouer tous les moyens de surveillance et de répression que le gouvernement avait accumulés sur la frontière des Basses-Pyrénées, depuis Hendaye jusqu'à Bedous, pour maintenir les prohibitions d'importation auxquelles le traité de la quadruple alliance l'assujettissait. Bien des gens s'en étonnent encore, mais, s'ils connaissaient les pays du Labourd, de la Soule, leurs montagnes irrégulières et la multitude des sentiers qui les traversent, le problème alors ne leur paraîtrait pas aussi insoluble. Ajoutez à ces données topographiques si favorables, un espionnage actif auquel toute la population participait depuis Bayonne jusqu'à l'extrême frontière, quelques connivences coupables d'agents subalternes, des assistances mercantiles; tout concourait, comme on le voit, à faire prendre à cette contrebande politique de grandes et inévitables proportions. A cette exportation d'argent, d'hommes, d'armes, de munitions et d'effets d'équipement, gérée, par entreprises, durant cinq ans, quelques spéculateurs indigènes ont fait des fortunes, et des banquistes, venus d'ailleurs, se sont enrichis, exploitant indifféremment toutes les circonstances à mesure qu'elles se présentaient. Quant aux assureurs, répartis dans les bourgs de la frontière, la plupart sont aujourd'hui électeurs, membres du jury, et par conséquent appelés à juger leurs pairs, les contrebandiers. Pendant ce temps, le haut commerce de Bayonne, repoussant ces moyens illicites, s'éteignait faute de débouchés autres qu'en Espagne.

Comme ceux des Basses-Pyrénées, les contrebandiers du Roussillon ont été occupés dans ces dernières années à exporter des munitions et des armes aux insurgés d'Espagne, ainsi qu'à servir de guides aux agents carlistes. Si leur contrebande n'avait pas l'importance de celle des Pyrénées occidentales, elle possédait en revanche une physionomie particulière qu'elle a toujours empruntée à la nature du caractère de la population. De Banyuls-sur-Mer à Mont-Louis, en effet, les paysans de la frontière participent des habitudes sauvages des montagnards catalans. Ce sont la même langue, le même costume, les mêmes dispositions pour le meurtre et la violence, en sorte que les contrebandiers, qui affluent principalement sur cette ligne, n'ont jamais cessé de faire le coup de fusil pour assurer leurs opérations. Sur eux planent toujours les premiers soupçons dans les cas assez fréquents de vols et d'assassinats commis sur les voyageurs isolés. D'une taille ordinaire, mais bien prise, avec des membres fortement musclés, leur visage presque olivâtre porte l'empreinte de l'énergie, et leurs grands yeux noirs jettent des éclairs où la vengeance et la férocité sont peintes. Qu'on joigne à cet ensemble farouche un costume qui se compose d'un bonnet rouge pendant sur le dos, d'une veste de velours bleu foncé, sans cravate ni gilet, avec une ceinture verte qui retient sur les hanches des culottes de drap brun dont les attaches flottent sur les genoux, enfin d'une paire de sandales fixées aux pieds par des lanières de peau, remontant sur les jambes en forme de cothurne; alors se trouvera pour ainsi dire réalisé un de ces brigands imaginés par Anne Radcliffe, dans les *Mystères d'Udolphe*, roman qui a fait si longtemps le bonheur de bien des portières.

Après avoir passé en revue les diverses variétés de la famille contrebandière, parlerai-je des nombreuses individualités qui, sans faire de la contrebande une occupation spéciale, n'en saisissent pas moins toutes les occasions de frauder les douanes, et empiètent ainsi sur les droits acquis des hommes du métier? Sans doute, car ces gens-là, parmi lesquels figurent quelquefois des personnages d'importance, satisfont le goût inné chez l'homme, du fruit exotique, du fruit défendu surtout. Il y a d'ailleurs tant de plaisir à tromper le fisc, que beaucoup de monde, de femmes notamment, se hasardent par cette seule raison à jouter de ruse avec les douaniers, en revenant de l'étranger.

« Mon Dieu! ma chère, disait devant moi une dame à l'une de ses amies, que vous avez là un beau cachemire indien! je ne vous le connaissais pas: vous l'avez sans doute rapporté de votre voyage d'Italie ? — Oui, mais j'ai eu bien peur quand je l'ai passé près de Nice! Je l'avais mis dans mon corset, et peu s'en est fallu, lorsque j'ai été fouillée au bureau de la douane, que ces maudites femmes aux yeux de lynx ne s'aperçussent d'un bout qui passait près du busc. — Pour moi, répliqua l'autre dame, je n'aurais jamais osé passer le mien quand je suis revenue de Goritz; c'est Sophie, ma femme de chambre, qui s'en est chargée. »

Ceci me rappelle un fait diversement raconté, dont je suis bien aise de rétablir la véracité. Il est arrivé il y a plusieurs années, et témoigne encore combien on cherche généralement à se soustraire aux lois de douanes.

La diligence de Genève gravissait la côte de Gex, et pendant ce temps les voyageurs se faisaient part des craintes légitimes qu'ils éprouvaient de la douane française, vers laquelle on s'avançait. Une dame surtout en était fort alarmée, à raison d'un châle de mille écus qu'elle portait caché sur elle. Hormis un seul monsieur blotti dans un coin, tout le monde avait parlé et fait chorus. Arrivée aux Rousses, premier village français, la voiture s'arrêta, et les douaniers se présentèrent en demandant si personne n'avait rien à déclarer. La réponse fut négative, mais le monsieur du coin rompit tout à coup le silence pour dire aux douaniers : « Messieurs, je vous demande pardon, madame que voici a un châle caché sous ses aisselles. » Le châle fut saisi, la portière fermée, et les chevaux partirent. Pâle, abattue, la pauvre dame avait peine à retenir ses larmes. Les autres voyageurs, remis bientôt de leur surprise, étaient indignés et auraient peut-être fait un mauvais parti à l'homme qui venait de se signaler par un tel abus de confiance, quand, après quelques minutes, il bondit sur son siége d'une façon galvanique, et sa figure acquit l'expression d'une joie délirante. Cette crise nerveuse dura peu et fit place à une immobilité parfaite. « Messieurs, dit-il froidement aux voyageurs, je viens de passer pour une valeur de 120,000 francs de bijoux, et madame, ajouta-t-il en ôtant son chapeau, a gagné mille écus, car voici 6,000 francs en bons billets de banque que je la supplie d'accepter en échange de son châle perdu. »

Inutile d'ajouter que la dame accepta, et tout s'expliqua à la satisfaction générale.

Une dernière et essentielle observation. Ne pas confondre le contrebandier avec le *fraudeur*, car, malgré une certaine analogie dans le but des deux espèces, les situations sont loin d'être les mêmes. Entre le contrebandier et le fraudeur, dont on peut voir le type vulgaire aux barrières de Paris, la comparaison n'est point supportable. L'un expose quelquefois sa vie pour enfreindre les lois de douane, tandis que l'autre encourt une amende et la saisie en frustrant l'octroi du droit de quelques litres d'huile ou d'esprit-de-vin, pour aller les vendre à un épicier ou à un marchand de couleurs.

VICTOR GAILLARD.

LES FORÇATS.

—◦◦◦—

Pourquoi m'appelez-vous homme? Ce n'est point
en homme que je suis traité, je ne suis qu'un chien.
Chants populaires de l'Écosse.

L E forçat, à propos des *Français peints par eux-
mêmes!* Et pourquoi non? Chaque classe de la société paie son tribut au bagne, et au bagne s'agite
une nation à part, une grande famille, dont la parenté
est le crime, le lien commun, le déshonneur ; et
dont le type, emprunté à tous, ne donne plus qu'une
physionomie, la physionomie du forçat.

Le forçat! Dans ces deux syllabes d'un sens si
étendu et d'une signification si terrible se person-
nifient toutes les passions désordonnées qui écument et bouillonnent à la surface de notre société : le vol qui, lorsque tout est ténèbres et silence autour de
lui, bat monnaie au fond d'une cave ; le vol bien élevé et qui a peur, dont l'instrument est une plume de faussaire ou une chaise de poste lancée vers la frontière par la banqueroute ; le vol qui ne recule devant aucune nécessité ni aucun péril, qui force votre porte la nuit, et, si vous criez, vous poignarde ; qui
vous guette dans l'ombre au coin d'une rue déserte ou d'un bois, et, si vous
résistez, vous égorge ; le viol, qui tue l'honneur de sa victime; l'incendie, qui
tue sa fortune; l'assassinat, qui tue son corps. Aussi l'arrêt qui rive au pied d'un
homme la chaîne du forçat imprime-t-il au front de cet homme une tache indélébile,

comme celle dont Dieu marqua le front de Caïn. Cet arrêt est une décapitation morale.

La réprobation générale contre laquelle le forçat, toujours vaincu dans son duel avec l'opinion, se débat aujourd'hui, du jour de sa condamnation à celui de sa mort, pesait autrefois sur le *galérien*. Non moins infamante que la peine des *travaux forcés*, qui lui a été substituée depuis environ un siècle (1749), la peine *des galères* était, comme celle-ci, placée dans l'échelle des répressions légales, immédiatement au dessous de la mort par le bourreau. Chaque année les malheureux qui encouraient cette peine, étaient dirigés par *chaînes* sur Marseille et sur Toulon. Le triste privilège dont jouissaient ces deux villes, à l'exclusion des ports de l'océan, elles le devaient à leur situation sur la Méditerranée, la seule mer sur laquelle les galères, ces frêles navires, pussent s'aventurer sans trop de périls. Ceux d'entre eux qui, à leur arrivée à destination, n'étaient pas appelés immédiatement *à faucher le grand pré*, attendaient dans une dure réclusion que le service de leurs bras fût réclamé par la marine navigante. L'idée n'était pas encore venue de les employer aux travaux des ports. Ceux qui partaient étaient enchaînés, pour toute la campagne, aux bancs des rameurs. C'était sur cette espèce de lit de Procuste qu'ils devaient désormais veiller et dormir ; c'était là que, tristes jusqu'aux larmes ou désespérés jusqu'au rire, reniant Dieu ou l'implorant, ils suaient leur agonie sous le bâton brutal et la parole plus brutale encore des sbires de la chiourme ; là, qu'ils expiraient sans secours, sans prières ; décimés aujourd'hui par la fièvre ou la peste, demain par la mitraille, comme cela arriva notamment à l'attaque de Candie, où périt le fameux duc de Beaufort, si connu dans l'échauffourée de la Fronde, sous le nom populaire de *roi des halles*.

La prison de Bicêtre, située à une lieue de Paris, était, il n'y a pas longtemps encore, l'enfer d'où partaient tous les ans les *chaînes* destinées à alimenter nos bagnes. La veille du départ, qui avait lieu, en avril et en octobre pour Toulon et Rochefort, en juillet pour Brest, la vieille prison, toujours si désolée et si sombre, paraissait plus sombre et plus désolée encore que de coutume. La garde était doublée, les travaux étaient interrompus, les cours désertes et silencieuses, tous les condamnés aux fers renfermés dans leurs cabanons. Au coup de onze heures, la grille donnant sur la cour principale s'ouvrait et livrait passage à de lourdes charrettes chargées des instruments du supplice. Le capitaine de la chaîne arrivait avec ses trois lieutenants, vingt-cinq gardes armés de bâtons et de sabres, le greffier, des officiers de paix et quelques agents de police. Bientôt retentissaient sur le pavé les longues chaînes que disposaient les sbires de la chiourme ; et à midi, tous les préparatifs de l'horrible fête étant terminés, les condamnés, défilant un par un devant leurs nouveaux gardiens, allaient s'asseoir à terre le long du mur, alignés vingt-deux par vingt-deux.

Après la visite du médecin, qui passait dans les rangs pour s'assurer si tous les condamnés auraient la force de supporter le voyage, venait l'inspection de sûreté. Cette inspection faite sur leurs personnes par les gardes, qui recherchaient jusque dans les endroits les plus secrets, s'ils ne cachaient pas quelque arme offensive, était suivie de l'appel ; puis, sur l'ordre du capitaine de l'escorte, tous se dépouillaient de leurs vêtements pour endosser leur costume de route.

Une chaîne était rangée derrière chaque *cordon* futur. Dans les anneaux de cette chaîne, qui devait réunir vingt-deux forçats, étaient enfilées vingt-deux autres chaînes du poids de huit livres, terminées par un carcan d'un pouce d'épaisseur. Ce carcan était aussitôt passé au cou de chaque condamné. Les deux pièces qui le composaient, unies en devant par une charnière, étaient fermées par un boulon de fer qu'un *artoupan* (chef des gardes), transformé en forgeron, enfonçait et rivait à coups de masse, à l'aide d'une enclume volante que supportait un autre garde.

Ainsi ferrés, après une touchante allocution que leur adressait l'aumônier de la prison, et qu'ils écoutaient sans recueillement, les condamnés allaient prendre place un instant sur les bancs adossés aux murs ; et là, quelques-uns avec des larmes sincères dans les yeux, quelques autres avec le masque du repentir sur la figure, le plus grand nombre avec une effronterie fanfaronne, ils soutenaient les regards, les questions, les consolations, les conseils des *philanthropes* et des curieux admis à les visiter ; et, dès que ceux-ci s'étaient retirés, ils faisaient retentir l'air de leurs chants. Quelquefois même, la contagion de l'exemple gagnant les moins corrompus, les plus forts entraînant les plus faibles, ils se donnaient la main, et dansaient tous ensemble jusqu'au soir, dans un galop frénétique, la ronde du sabbat.

Leurs éclats de rire, leurs quolibets, leurs chants, leurs blasphèmes se prolongeaient durant toute la nuit, qu'ils passaient dans les corridors de la prison, étendus sur un peu de paille ; et de cette foule en fermentation, qui, ne pouvant dormir, s'étourdissait à force de bruit, jaillissait souvent une poésie immonde, le chant du lendemain, le refrain du départ.

Voici le refrain du chant de 1856 :

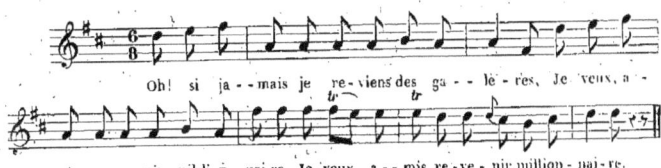

Oh ! si ja--mais je re-viens des ga--lè-res, Je veux, a-
mis, re-ve-nir mil-lion--nai-re Je veux, a--mis, re-ve-nir million--nai-re.

Mais tous leurs chants n'étaient pas une menace contre la société, comme celui de 1856 ; ni un cri de triomphe, comme celui de 1855, où la *chaîne* se représentait allant au bagne ainsi qu'on *marche à la victoire*. Dans leurs refrains n'éclataient pas toujours avec la même hauteur d'impudence, entre mille autres impuretés, ni ce fiévreux mépris de l'opinion, ni ces aspirations bruyantes vers une corruption plus *perfectionnée*. On en peut juger par la dernière de leurs inspirations qu'ait citée la

Gazette des Tribunaux. Le langage n'y est pas sans une certaine décence. Ce chant, dont nous donnons trois couplets, était sans doute l'œuvre d'un *Pantinois* (enfant de Paris), de l'un de ces condamnés qui *accouraient au devant des fers un bouquet à la main,* la terreur de leurs gardes, expérimentés et vaniteux entre tous, railleurs, sceptiques, toujours gais, les pasquins de *la haute pègre.*

AIR de *la Marseillaise.*

Allons, enfants, levons la tête,
Et portons nos fers sans trembler.
Pour nous voir la foule s'apprête ;
Parmi nous que vient-elle chercher ?   (bis)
Est-ce des pleurs ? Ah ! quel outrage !
Nous sommes enfants de Paris.
Entendez-vous nos derniers cris ?
Ils attestent notre courage !

Chantons, forçats, en chœur, le chant que nous aimons ;
      Chantons, chantons ;
   Libres et gaillards, un jour nous reviendrons.

Que nous veut ce peuple imbécile ?
Vient-il insulter au malheur ?
Il nous voit d'un regard tranquille,
Nos bourreaux ne lui font pas horreur.   (bis)
Quoi ! parmi vous pas une larme ?
Que faut-il pour vous attendrir ?
Voyez si nous savons souffrir.
La gaîté nous mène et nous charme.

Chantons, forçats, etc.

Chantons, berceau de notre enfance ;
Adieu, femmes que nous aimons ;
Adieu, loin de votre présence,
A vous parfois nous penserons.   (bis)
Si dans vos cœurs est gravée notre image,
Gardez-nous un doux souvenir ;
Donnez-nous parfois un soupir ;
Nous vous promettons d'être sages.

Chantons, forçats, etc.

Le lendemain, dès la pointe du jour, les condamnés, placés par cordon sur de longs chariots découverts, les jambes pendantes et le corps à peine fixé par une corde à hauteur d'appui, débouchaient, toujours chantant, riant et blasphémant dans l'avenue de Bicêtre, où les attendaient, l'insulte à la bouche, cinq à six mille curieux de tout sexe et de tout âge, accourus de tous les points du faubourg Saint-Marceau. Vingt-cinq gardes à pied, le sabre au côté, la carabine chargée sur l'épaule, et une forte brigade de gendarmerie, composaient leur escorte. Cette hideuse caravane emportait avec elle tout ce qui pouvait lui être nécessaire pour la route : ustensiles, vivres, fers, etc., etc. Elle se traînait péniblement pendant sept à huit lieues par jour, faisant des haltes fréquentes, couchant sur la paille, et se grossissant de tous les criminels que lui devaient les prisons départementales.

Un spectacle dont aucune parole humaine ne saurait exprimer l'horreur, était celui que présentaient les chaînes au terme de leur voyage. Figurez-vous cent cinquante ou deux cents misérables, plus ou moins, suivant que les semences du crime et la récolte de la justice avaient été abondantes, demi-nus ou couverts de guenilles fétides, le cou pris dans des liens de fer, amaigris, exténués par les privations d'une dure captivité et les fatigues d'une longue route ; quelques-uns baissant la tête pour cacher les larmes qui montaient de leur cœur à leurs yeux ; quelques autres, ceux dont les noms avaient sonné haut en cour d'assises, se dressant, histrions impurs, sur leurs charrettes, agitant leurs chaînes comme des trophées, et jetant avec des vociférations, des rires et des gestes obscènes, à la populace accourue de la ville et des campagnes pour faire cortége à leur entrée, qui, son nom et son crime ou le crime et le nom de son voisin ; qui, un lambeau de ses haillons ; et la populace battant des mains comme au théâtre à celui-ci dont les cyniques fanfaronnades l'égayaient ; sifflant à outrance celui-là qui n'avait pas le courage de sa honte après avoir eu celui de son crime ; la populace prenait sa large part de cris, de rires, de blasphèmes, de menaces dans cette dernière orgie des passions les plus effrénées et les plus lâches, les plus dégoûtantes et les plus atroces ; dans cette dernière insulte vomie par l'assassinat, le vol et la débauche à la face de la société.

Après un quart d'heure d'arrêt sur les glacis de la ville, les hideuses charrettes poursuivies jusqu'au bout par les rires, les huées et les imprécations de la foule, se dirigeaient lentement vers le bagne, dont les grilles se refermaient bientôt sur elles.

L'affreux spectacle dont nous venons de parler ne salit plus les yeux et les oreilles du peuple. Les forçats aujourd'hui voyagent sans fatigue, sans scandale, sans danger pour la société. Plus de communication entre eux ni avec la foule ; plus d'évasion possible. Les onze cellules, bien séparées et bien closes, dont est percée chacune des voitures qui les transportent, sont de véritables cachots, et des cachots qui vont la poste. Entre l'arrêt et le châtiment il n'y a plus maintenant que l'intervalle de quelques jours, de quelques heures. Les bancs de la cour d'assises et ceux du bagne se touchent.

Ainsi emportés, nuit et jour, au trot de cinq vigoureux chevaux, les forçats ne mettent pied à terre que dans la cour du bagne, où les reçoivent à leur arrivée le commissaire-administrateur, le chirurgien en chef et les employés de la chiourme. L'appel et l'inspection ont lieu aussitôt; et après que l'identité de chacun d'eux a été dûment constatée, on s'empresse de les débarrasser du collier de voyage, opération dangereuse et difficile, qui exige beaucoup de sang-froid et d'habitude, et que le moindre faux mouvement de celui qui la pratique ou qui la subit, pourrait rendre mortelle. Pour cette opération qu'il redoute, le condamné s'assied à terre, la tête près d'un billot sur lequel est fixée une enclume, et deux anciens forçats, dits *chaloupiers*, chassent à grands coups de masse et de repoussoir le boulon qui tient le collier fermé. Celui-ci ôté, ils placent à la partie inférieure de la jambe du patient une entrave de forme parabolique, rivée à ses deux extrémités.

Ce ferrement dont le poids est de deux à trois livres, et qu'on appelle *martinet*, est trempé d'une manière particulière qui lui donne une dureté plus forte que celle de l'acier. Quand le *ferrage* est terminé, les arrivants sont dépouillés de tous leurs vêtements, et soumis à une dernière et minutieuse inspection. On les rase, on leur coupe les cheveux, on les lave à grande eau, on les fumige, et chacun d'eux se revêt ensuite de la livrée du bagne, de cette tunique empoisonnée dont chaque pli cache le germe d'une nouvelle dégradation morale. A celui-ci dont l'expiation est limitée à cinq, dix ou vingt ans, le pantalon de toile ou de *moui* jaune, suivant la saison, la casaque et le bonnet de *moui* rouge, et les souliers de cuir jaune, marqués au poinçon des initiales **T. F.**; à celui-là dont l'enfer doit durer éternellement dans ce monde, le même pantalon, la même casaque enrichie d'un collet et de deux pièces de couleur jaune aux épaules, et le bonnet vert. A ce fidèle qui, aux applaudissements de ses disciples, rentre en triomphateur, après une année d'aventureuses excursions sous un soleil libre, au giron de cette *synagogue* du vol et de l'assassinat, dont il va devenir l'un des grands prêtres, la distinction d'un collet et d'une manche jaunes; à ce monstre enfin qui n'a plus dans la tête et le cœur qu'une pensée, la vengeance, qu'un espoir, le bourreau, et qui a laissé transpirer cette pensée et cet espoir, l'illustration de deux manches jaunes et d'un bonnet vert; et après quelques jours de repos et d'un régime rafraîchissant, la répartition dans les salles, l'accouplement et *la fatigue*.

La population des trois bagnes existant en France, était de 11,180, en 1821; elle n'est plus que de 6,500; aujourd'hui 900 condamnés subissent leur peine à Rochefort, 2,400 à Toulon, 3,000 à Brest. Le bagne de Brest, qui est le plus considérable, passe aussi pour être le mieux entendu. Nous le prendrons pour type.

Ce bâtiment, d'une architecture sévère et imposante, à deux cent soixante mètres de long sur vingt-cinq de haut, et se divise, du réz-de-chaussée aux combles, en six grandes salles, que commande un pavillon central. Deux autres pavillons, affectés au logement des chefs et sous-chefs de la chiourme, s'élèvent à chacune de ses extrémités. Un mur de refend, percé, de quatorze en quatorze pieds, d'une large ouverture en arcade, faisant face à une fenêtre, partage ces salles dans toute leur étendue. A ce mur, dans l'épaisseur duquel sont pratiquées des cuisines, des fontaines, des tavernes, des fosses d'aisance, s'adossent, à droite et à gauche, les *tolards* ou lits de camp. Chaque salle peut contenir 800 hommes; chaque tolard en reçoit vingt-quatre. Les salles sont éclairées pendant la nuit par un nombre de réverbères égal à celui des fenêtres. La vaste grille de fer qui en ferme l'entrée en rend la surveillance facile; et au moyen de meurtrières et d'embrasures habilement ménagées, pour le jeu de la mousqueterie et de l'artillerie, on y peut, en cas de révolte, opérer une répression immédiate.

La vie active des forçats commence à cinq heures en été, à sept heures et demie en hiver. Un coup de cloche leur donne le signal du réveil. Alors, au morne silence qui pesait sur les salles, succède tout à coup un affreux cliquetis de chaînes qui se mêlent et s'entrechoquent, une rumeur confuse et sourde, assez semblable au bruit d'un orage éloigné qui approche. Les condamnés se lèvent; les gardes s'empressent autour d'eux, s'assurent que tous présents, que leurs fers sont en bon état, les détachent de la grande chaîne ou *filet de ramas* qui, durant la nuit, borde tous les tolards; et aussitôt que les salles sont balayées, et qu'ils ont reçu leur déjeuner, les divisent par escouades, les inspectent, les fouillent et les mènent à *la fatigue.*

Qu'il neige ou qu'il pleuve, qu'il grêle ou qu'il tonne, ils sortent, et bien peu se plaignent de cette obligation. Si la bise est froide, la pluie glacée, ils rencontrent sur leur route tant de sujets de distraction, qu'ils sont amplement dédommagés de ces petites souffrances que partagent avec eux les ouvriers libres de l'arsenal; et l'extension que donnent à leur chaîne les nécessités du travail, est si grande, qu'avec un peu d'imagination ils peuvent croire pendant plusieurs heures avoir reconquis leur liberté. Puis, quand l'air est pur, la brise embaumée des senteurs vivifiantes du printemps, et qu'un soleil joyeux éclate dans un ciel sans tache, croyez-vous que leur cœur ne participe pas de la douce sérénité répandue autour d'eux ! Comparez cette brise si odorante et si fraîche à l'air lourd et fade que respirent les détenus de Poissy; ce soleil si radieux et si chaud à cette espèce de lune blâfarde que repercutent les quatre grandes murailles blanches du préau qui les enserre comme un vaste sépulcre; et vous comprendrez qu'il existe plus d'un réclusionnaire libéré, qui, trop ancré dans le vice et la honte pour redevenir honnête homme, calcule, le code à la main, avant de se mettre en nouveaux frais de crime, si la peine des travaux forcés, à laquelle il aspire comme à une condition meilleure, sera la répression légale de l'attentat qu'il médite.

L'application des forçats aux travaux de l'Arsenal était dans le principe une sanction pénale, et n'était que cela. De ce que les galériens ramaient sur les galères, on avait logiquement conclu que les forçats, leurs héritiers directs, devaient comme eux le service gratuit de leurs bras à la marine : la loi l'avait réglé ainsi. Les travaux les plus repoussants et les plus pénibles étaient leur partage; travaux souvent sans utilité pour l'état, exigés d'eux néanmoins comme une des conséquences de la condamnation qu'ils avaient encourue. Mais leur emploi ne resta pas longtemps circonscrit dans de si étroites limites. On pensa, non sans raison, que parmi eux se trouvaient des hommes d'activité et d'intelligence, qui, excités à bien faire par l'appât d'une rétribution, si légère qu'elle fût, pourraient, à des conditions beaucoup plus douces pour le trésor, suppléer des ouvriers libres, et la lettre de la loi fut sacrifiée à cette pensée d'économie et d'*utilisation*.

Les forçats travailleurs sont distribués conformément aux demandes des diverses directions de l'arsenal : les mines, la taille des pierres, le curage du port, le sciage des bois, l'assèchement des bassins, le transport des matériaux, l'armement des vaisseaux, en occupent le plus grand nombre. Quelques-uns pénètrent dans les ateliers. Ces derniers sont ordinairement des ouvriers habiles, ou le deviennent en peu de temps. Une machine confectionnée par deux forçats, pour empêcher l'explosion des chaudières à vapeur, a été tout récemment présentée à l'Académie des sciences par M. Arago, et l'Académie l'a approuvée, sauf quelques objections que ces malheureux espèrent parvenir à résoudre.

En été, les forçats rentrent pour dîner à onze heures; ils retournent au travail à une heure, et en reviennent de nouveau avant la nuit. Le coucher a lieu à huit heures.

En hiver, la journée se fait de neuf heures à trois heures sans interruption, et le coucher a lieu à sept heures.

Souvent confondus dans l'arsenal avec les ouvriers libres, malgré les règlements qui prescrivent d'empêcher ce pernicieux contact, les forçats vivent avec eux sur le pied d'une parfaite égalité. Moins appliqués et moins assidus qu'eux au travail, ils sont en général plus bruyants, plus gais, plus communicatifs. N'était la hideuse casaque dont ils sont revêtus, et qui ne permet pas d'oublier un seul instant leur misérable condition ; à voir leurs gestes, à entendre leurs plaisanteries, leurs chants et leurs rires, on dirait des hommes exempts de toute préoccupation chagrine, qui se sentent heureux de respirer et éprouvent le besoin d'épancher le trop plein de leur joie. Ont-ils une masse pesante à déplacer, une ancre, un canon ; l'opération dont une escouade est chargée, exige-t-elle de l'ensemble dans les mouvements et un redoublement d'efforts, vite un des travailleurs entonne une chanson, et tous en répètent le refrain. Parmi ces chansons, il n'en est point dont l'air soit plus lugubre dans sa mélopée traînante, et les paroles plus affreuses que celle de *la Veuve*,

nom sous lequel, dans leur langage métaphorique, les forçats désignent la guillotine.
Voici la traduction du premier couplet de cet hymne funèbre, composé bizarre de
patois méridional et d'*argot* :

Oh,   oh,   oh,   Jean Pierre oh!   Fais ta toi--
let-te ;   v'là v'la le bar-bier,   oh,   oh,   oh,   oh,
ob,   Jean Pierre   oh!.   v'là la char--ret-te.

A la troisième et dernière reprise, le chœur entonne les deux vers suivants, dont
l'horrible sens n'échappera à personne.

Ah,   ah,   ah,   ah,   faucher Co - las.

Si vous traversez l'Arsenal, par un beau temps, à l'heure où les travaux sont suspendus ; si vous êtes étranger surtout, ce que reconnaîtra bien vite l'œil exercé du
forçat, physionomiste par excellence, vous ne ferez pas deux cents pas sans qu'un condamné vous aborde, son bonnet dans une main, et dans l'autre un boîte remplie de
divers petits ouvrages en cheveux, en coco, en paille, ingénieux produit de son industrie. Il sera si humble, si poli, si pressant ; il vous paraîtra si malheureux, et peut-
être si *brave homme*, que vous ne pourrez, à sa vue, vous défendre d'un double sentiment de compassion d'abord, de curiosité, ensuite. Vous lui donnerez quelques
pièces de menue monnaie en échange d'une bague, d'un porte-cigare ou d'une tabatière ; puis, vous vous informerez avec intérêt du motif de sa condamnation.
    Interrogé, il vous dira :
    Qu'il est innocent ;

    Bagne de Rochefort. par M. Maurice Alhoy, ouvrage chaudement écrit et plein de faits curieux, auquel
nous avons emprunté quelques détails.

Ou que la rivière, *qui était profonde,* lui a fait raison d'une maitresse qui l'empêchait de faire un bon mariage;

Ou qu'il a *aimé* sa sœur qui n'a pas voulu *l'aimer* et qui *en est morte;*

Ou qu'il a été condamné pour un rien... une plaisanterie!... pour avoir caché un couteau dans le ventre de sa mère ;

Ou, — le cas est très-rare, — il s'éloignera sans vous répondre.

Le salaire des forçats employés à la tâche, ou à l'entreprise, est le septième de celui de l'ouvrier libre. Le salaire des forçats journaliers varie de 5 à 55 centimes.

A leur rentrée de la fatigue, les forçats subissent un nouvel appel, une nouvelle inspection, et on leur apporte à diner. Rien de plus animé et de plus curieux à étudier que la physionomie des salles pendant et après ce repas.

Ici se renouent à voix basse les conversations interrompues la veille ; là, le rire fait explosion, des mains se serrent en signe de fraternité, des regards s'échangent en témoignage de haine ; les pipes s'allument, les ateliers s'éclairent, les évasions se trament, les *jugements* se rendent ; des parties de dames, d'échecs, de trictrac, de dominos, s'engagent, dont l'enjeu est quelquefois un assassinat convenu à commettre par le perdant ; et dans ce pandémonium où semblera bientôt régner la mort, la vie éclate avec toutes ses passions, toutes ses douleurs, toutes ses espérances. Huit heures sonnent, les pipes et les ateliers s'éteignent ; et rivés, cadenassés à leurs lits de camp, sur lesquels ils se jettent tout habillés, les forçats s'endorment bientôt, ou veillent, immobiles et silencieux, sous l'œil vigilant des gardes qui se promènent, regardent et écoutent.

Les forçats couchent sur la planche nue, s'il n'ont les moyens de se procurer une couverture et un *serpentin* (petit matelas).

Leurs aliments sont de qualité inférieure, mais jamais malsains. Il y a trois espèces de rations : ration de fatigue, ration de forçats sans travail, ration de forçats *invalides*.

Ration de fatigue.

Pain ou biscuit.	917 gram. cent.
Fromage.	50
Légumes secs	120
Huile ou beurre.	4
Sel.	10
Vin	48 centil.

Ration de forçats sans travail.

Pain.	917 gram. cent.
Légumes secs.	120
Beurre.	89.82
Sel.	10

Ration de forçats invalides.

Pain.	750 gram. cent.

LA MESSE.

Viande fraîche avec légumes verts, les mardi, jeudi, samedi et dimanche.	250
Légumes secs, lundi, mercredi, vendredi.	120
Beurre.	8
Sel.	10
Vin.	24 centil.

Les forçats se forment pour dîner par groupes de quatre ou six individus. La gamelle où chacun d'eux plonge alternativement sa cuillère, s'appelle *baquet*.

Au milieu de chaque salle se tient un forçat occupé de comptes et d'écritures, et désigné sous le nom de *payot*. Le payot distribue les vivres, fait la paie et se charge *à juste prix* de la correspondance des camarades. C'est à la fois un fourrier du bagne et un écrivain public.

L'accouplement est une des conditions les plus dures de la vie du forçat. Que l'assassin soit enchaîné avec l'assassin, le voleur avec le voleur, rien de mieux, du moment qu'on admet l'accouplement comme une nécessité. Mais au scélérat grossier, cynique, farouche, qui ne sait pas lire et qui a su tuer, qui a du sang sur les mains et des idées de sang dans la tête ; mais au misérable qui a traversé, le front levé et le rire sur les lèvres, tous les degrés du vice et du crime pour arriver au bagne, et qui du bagne se fera peut-être un marchepied pour se hausser jusqu'à l'échafaud, unir, la nuit, le jour, partout, comme l'ombre au corps, le malheureux dont l'éducation est honnête, dont la vie a été longtemps honorable, et qui n'a qu'une tache sur son nom, tache d'encre, et non de boue ni de sang, c'est greffer un supplice sur un supplice, c'est dépasser les prescriptions de la loi. C'est pourtant ce que fait l'administration du bagne qui, en mariant des intérêts contraires, des natures antipathiques, espère neutraliser les tentatives de désordre, d'évasion, de révolte.

Les chaînes des forçats n'ont pas toutes la même longueur. De dix-huit, de trente-six ou de soixante-douze maillons, suivant les exigences du travail auquel on les applique, elles sont attachées au martinet.

Les jours du forçat, contrairement au proverbe, se succèdent et se ressemblent. Son existence tourne toujours dans le même cercle d'ennuis, de privations, de souffrances. Les dimanches et les fêtes en coupent seuls de leurs longs repos, plus écrasants que le travail, l'éternelle et désolante monotonie.

Il y avait anciennement un aumônier au bagne, et l'on y disait la messe au moyen d'un autel élevé tous les dimanches dans le pavillon du centre. Les rires, les blasphèmes, l'attitude impie des condamnés pendant la cérémonie religieuse, l'ont fait supprimer. Nous ne savons si les mêmes scandales ont amené à Rochefort le même résultat, mais à Toulon la messe se dit encore. Nous citerons même quelques passages du cantique que les condamnés y chantent depuis la visite que leur firent les missionnaires en 1828 ou 1829. Placées dans la bouche de ces hommes sans foi ni loi, les paroles de ce cantique nous font l'effet d'une effroyable comédie jouée par le crime au profit de l'hypocrisie.

Bé - nis - sez à ja - - mais le Sei-gneur dans ses bien - faits, bé - nis, - -

sez à ja - mais le Seigneur dans ses bien - faits. Bé - nis-sez les saints an-ges Lou

ez sa ma - jes - té, Ren - dez à sa bon - té mille et mil - le lou - an-ges. Bé-nis -

> Il a brisé ma chaîne,
> Comme un puissant vainqueur,
> Et comme un doux sauveur,
> Il m'a mis hors de peine.
>
> Bénissez, etc.
>
> Il me comble à toute heure
> De grâce et de faveur,
> Dans le fond de mon cœur,
> Il a pris sa demeure.
>
> Bénissez, etc.
>
> Sa bonté me supporte,
> Sa lumière m'instruit,
> Sa bonté me ravit,
> Son amour me transporte.
>
> Bénissez, etc.
>
> Dieu seul est ma tendresse,
> Dieu seul est mon soutien,
> Dieu seul est tout mon bien,
> Ma vie et ma richesse.
>
> Bénissez à jamais
> Le Seigneur dans ses bienfaits.

Les forçats malades sont traités dans un hôpital spécial attenant au bagne, et desservi par des médecins du corps de la marine, des sœurs de charité et des forçats infirmiers.

Une double grille ferme l'entrée de chaque salle. Entre ces grilles veillent nuit et jour deux gardes-chiourmes armés, chargés de maintenir l'ordre parmi les condamnés et de s'opposer à leur sortie. L'administration n'ignore pas que ce sont des moyens d'évasion, et non un peu d'air, un peu de soleil et d'espace que la plupart d'entre eux iraient chercher dans les cours. L'usage du tabac à fumer est interdit aux malades sous des peines très-sévères; consigne cruelle, mais d'une sage politique, en ce qu'elle tient éloignés de l'hôpital ceux que n'y appellent point de véritables souffrances. Quelques condamnés cependant recourent, pour se donner la fièvre, à des moyens physiques d'un effet sûr et parfois très-périlleux Leur entrée à l'hôpital doit, d'après leurs calculs, faciliter leur sortie du bagne. Ceux-là y séjournent peu ; un matin leur lit se trouve vide. L'évasion projetée a réussi ou le cachot en a puni la tentative. Les forçats meurent littéralement la chaîne au pied. Nous avons vu le couteau et la scie de l'opérateur détacher des membres auxquels elle tenait encore pendant l'amputation. Leur attitude vis-à-vis les médecins qui les soignent est, en général, humble, soumise, reconnaissante; leur

traitement toutefois ne laisse pas que d'offrir quelque danger. Il y a quelques
années, un élève chirurgien reçut un coup de couteau d'un condamné que, sur
l'ordre du médecin en chef, il avait saigné *par force* la veille. Les tigres les mieux
apprivoisés redeviennent tigres à leurs heures.

Une salle particulière, dite des *invalides,* reçoit les forçats atteints de maladies
incurables ou parvenus à l'âge de soixante-dix ans.

Des paralytiques, des amputés, des aveugles, des épileptiques, des fous que
le désespoir et le remords ont rendus furieux ou plongés dans le plus affreux
abrutissement, et que la mort enlève chaque jour, et quelle mort! une mort sans
prières, sans larmes, sans adieux, pleine d'épouvante, voilà l'horrible tableau que
présente cette salle. Si un prêtre en passe le seuil de loin en loin, ce n'est que sur
la demande pressante d'un agonisant qui a peur. Dispensés de toute corvée pénible,
les *invalides* filent, cardent, dévident; et le produit de ces menus travaux leur permet de se procurer quelques douceurs autorisées par le reglement : du tabac, un
peu de vin, un supplément d'aliments. Ils sont mieux nourris, plus libres dans leur
salle, plus humainement traités par les gardes que les forçats à la *fatigue*, mais ils

73.

ne peuvent sortir, et ce n'est plus qu'à travers les barreaux de leur prison qu'ils voient le soleil, le soleil si aimé du malade et du prisonnier!

Les hôpitaux de la marine et du bagne, les bureaux de l'administration et le jardin botanique emploient environ deux cents forçats. La position de ceux-là est relativement très-douce, pleine de profits et presque libre. Ils ne traînent plus après eux cette lourde chaîne dont le bruit résonne sans cesse aux oreilles du condamné comme une accusation. La plupart sont mis en chaîne *brisée* : cette chaîne n'a que trois maillons et s'attache au-dessus du genou. Quelques-uns n'ont à la cheville qu'un anneau d'acier trempé, appelé *manille,* ou un anneau de fer appelé *chaussette.* Ces derniers sont désignés au bagne sous le nom de forçats *chaussettes.* Les uns, le plus grand nombre, servent comme infirmiers, cuisiniers, valets d'amphithéâtre dans les hôpitaux ; les autres sont chargés de la culture du jardin des plantes et des différents travaux qui s'exécutent dans le cabinet d'histoire naturelle. Sept ou huit sont admis en qualité d'écrivains dans les bureaux du commissariat du bagne. Ces divers postes, très-recherchés comme on le pense, sont, sauf quelques rares exceptions, exclusivement accordés à ceux des condamnés qui n'ont plus que deux ans, qu'un an, que quelques mois de leur peine à faire, et qui par cela même, intéressés à ne pas s'évader, ont d'un autre côté, par leur soumission et la régularité de leur conduite, longuement témoigné de leur résignation et de leur repentir. Mais de toutes les places dont la libre disposition est laissée à l'administrateur en chef, la plus ardemment convoitée, disons-le vite, car on se sent froid au cœur à cette idée, — est celle de bourreau ! Bien terrible est cependant la responsabilité qui pèse sur celui qui l'occupe : la haine qu'il inspire est si profonde, et la haine au bagne est si près de l'assassinat ! Exempt de la chaîne, le bourreau l'est également de tout travail étranger à son horrible ministère. Que son regard inquisiteur recherche ou devine dans quelle partie du corps un condamné suspect peut avoir caché des instruments d'évasion ; que la corde à nœuds dont l'arme la justice fasse jaillir à flots le sang des épaules déchirées du patient qu'on lui jette ; que le couteau légal, bien graissé et bien affilé, glisse sans effort dans la double rainure de la guillotine, dont l'entretien le regarde, et pour lui tout est dit : il n'a plus qu'à se croiser les bras. Une somme de 15 francs lui est allouée pour chaque tête qu'il coupe, et de 5 francs pour chaque condamné qu'il *expose* ou dont son fouet impitoyable met les reins en lambeaux. C'est dans ces deux dernières vacations, très-souvent payées, que consiste le plus clair des revenus de sa charge.

Le bourreau couche dans la salle des invalides.

Il est bien rare qu'il meure dans son lit.

La surveillance des forçats, dont la compagnie des *pertuisaniers* était chargée dans l'origine, est confiée depuis 1842 à des agents particuliers, appelés *gardes-chiourmes*. Les gardes-chiourmes sont organisés militairement ; leur solde est de 60 centimes par jour. Ils se recrutent exclusivement par l'engagement volontaire. La prime d'engagement est de 40 francs. Leur costume est bleu, à boutons d'argent ; leur armement se compose d'un sabre *briquet* et d'une carabine. Ils se divisent en agents de police et de surveillance intérieure, et en gardes proprement dits. Leurs chefs portent, suivant leur grade et leur emploi, les différentes dénominations de côme ou comite, argousin ou adjudant, sous-côme ou sous-comite, sous-argousin ou sous-adjudant, et enfin celle de caps ; et ils relèvent de l'autorité immédiate d'un officier supérieur de vaisseau ou du commissariat de la marine. Chaque garde a dix forçats sous sa surveillance. Le rôle qu'ont à remplir les employés de la chiourme est pénible, difficile, dangereux. Un courage infatigable, une moralité à toute épreuve, un profond amour de la justice, une grande pénétration, une incessante activité de corps et d'esprit, sont les rares qualités qu'il exige. Ces qualités, les rencontre-t-on dans les agents ? Non ; les uns, parmi eux, plus soucieux de frapper fort que de frapper juste, poussent la sévérité, pour montrer leur zèle, jusqu'à ses plus extrêmes limites ; et de surveillants se font bourreaux ; ceux-ci, sacrifiant leur devoir à la loi de leur conservation, se ferment les oreilles et les yeux pour n'entendre ni voir ce qui se dit ou se passe autour d'eux ; plus coupables encore, ceux-là trafiquent honteusement de leur position ; et au lieu de réprimer les délits, les vols, les désordres dont ils sont les témoins ; de s'opposer aux évasions dont ils savent les moyens, le lieu, le jour et l'heure, ils en facilitent la réussite par une criminelle complicité. Le tribunal maritime n'a-t-il pas eu récemment à condamner un garde qui, possesseur d'un nombre considérable de feuilles de route qu'il avait dérobées dans les bureaux et revêtues du cachet de l'administration, les vendait 50 francs chacune aux condamnés?

La profonde démoralisation de la plupart des agents inférieurs du bagne, la crapuleuse débauche dans laquelle ils vivent, leur contact de tous les instants avec les forçats, leur participation fréquente; comme receleurs surtout, aux vols journellement commis par eux dans l'arsenal, les ont tellement déconsidérés dans l'esprit public, qu'une partie de cette déconsidération a rejailli sur leurs chefs, hommes cependant de probité, d'honneur et de courage. Défense expresse est faite par certains chefs de corps, sinon par tous, aux sous-officiers et soldats de leurs régiments, d'entretenir, sous peine de huit jours de salle de police pour les délinquants, aucune relation de plaisir ou d'amitié avec les gardes-chiourmes. Quelle preuve plus décisive pourrions-nous donner de la flétrissure encourue par ces agents, que cette mise hors le droit commun. Nous ajouterons que dans le langage pittoresque des matelots et des soldats de marine, garde-chiourme est synonyme de traître. Porter *un coup de garde-chiourme* à son adversaire, c'est le démonter par un coup fourré. Disons-le donc, dans l'opinion de tous, le garde-chiourme et le forçat sont deux anneaux d'une même chaîne; seulement l'un est de fer, si vous voulez, l'autre, de cuivre. Le cuivre vaut-il beaucoup plus que le fer?

A l'époque où le moindre délit de chasse commis par un *vilain* sur une terre seigneuriale, le meurtre d'un pigeon ou d'un lapin était ou pouvait être puni de la corde; où la loi, dans sa partialité Draconienne, prononçait contre le blasphémateur, à bord de nos navires de guerre, l'affreuse peine de la mutilation de la langue; à l'époque où *la torture besognait en grand pour la Justice,* et faisait parler la douleur; les punitions employées au bagne ne pouvaient, on le conçoit, manquer d'avoir un caractère d'horrible barbarie. Il n'était pas rare alors que le forçat, accusé ou coupable, expirât sous le bâton du pertuisanier; et les innocents n'étaient pas plus nombreux dans les *chiourmes* que les têtes sans nez ou sans oreilles; que les corps éprouvés par les verges, mutilés par le fer et le feu.

Les seules punitions en usage aujourd'hui sont : pour les infractions à la discipline : la privation temporaire de vin, les menottes, le cachot, le carcan, la bastonnade et la double chaîne;—pour les délits justiciables du tribunal spécial maritime : évasion; trois ans de plus pour les condamnés à temps, trois ans de double chaîne pour les condamnés à vie ; assassinat, peine de mort.

Le tribunal, présidé par l'amiral préfet maritime, se compose de deux capitaines de vaisseau, d'un ingénieur et d'un commissaire de la marine. Ses jugements sont sans appel, et exécutoires dans les vingt-quatre heures.

Les cachots du bagne sont pratiqués à dix ou douze pieds sous terre. Étroits, humides et sombres, ils rappellent les *vade in pace* de l'Inquisition. Plusieurs condamnés s'y trouvent quelquefois entassés dans un horrible pêle-mêle. Les mains et les pieds serrés dans des entraves de fer, ils ont le cou pris dans un collier de force, duquel part une chaîne grosse et courte dont le dernier anneau est scellé dans la muraille. Assis sur un peu de paille infecte, ils se tiennent appuyés au mur, et de temps en temps ils s'agenouillent ou s'étendent sur le dos pour délasser un

peu, en changeant de posture, leurs membres meurtris par la pression de leurs fers
et brisés par cette dure contrainte. Ces positions sont les seules qu'ils puissent
prendre.

Tout le temps que les *bonnets verts* passent dans leurs salles, ils sont enchaînés à
leurs tolards ; mais ils ont comme les *rouges* leur part dans les travaux, dans les distractions, dans les profits et les chances d'évasion de la *fatigue*. Les condamnés *à la
double chaîne*, eux, ne sortent jamais de leurs salles. Attachés nuit et jour à leurs
bancs, ils ne peuvent s'en écarter que de la longueur de leurs liens.

Et ce supplice dure quelquefois trois ans ! Tout affreux qu'il soit, il en est cependant un autre que les forçats redoutent plus encore, — la bastonnade.

La bastonnade, mot improprement conservé, s'administre aujourd'hui, non plus
avec un bâton, mais avec une espèce de martinet de corde à nœuds. Le patient a
des entraves de fer aux pieds et aux mains. Dépouillé jusqu'à la ceinture, il est
étendu sur un banc sous lequel se boucle une large courroie qui lui serre les reins,
et ordinairement il presse entre ses dents, afin d'étouffer les cris que lui arracherait

la douleur, son mouchoir ou un coin du vêtement qu'il vient de quitter. Un certain nombre de forçats forment la haie à droite et à gauche de ce banc.

Sur un signe de l'argousin qui préside à l'exécution, le bourreau frappe ; et son fouet impitoyable se lève et s'abaisse dix, quinze, vingt ou vingt-cinq fois, suivant la gravité du délit.

Retiré tout sanglant de ses mains, le supplicié est aussitôt reconduit à son tolard, où on l'enchaîne; ou bien mené à l'hôpital.

Il est une pensée avec laquelle le forçat s'éveille chaque matin, avec laquelle il s'endort chaque soir, et qui la nuit même agite ses rêves ; la pensée de son évasion. Pour atteindre à ce but qu'il poursuit durant des années entières avec une indomptable énergie de volonté, tous les expédients lui seront bons, s'ils lui offrent quelque chance de réussite. Pas de danger qui le fasse pâlir; pas d'obstacle qui puisse le faire reculer. Bien vouloir pour lui signifie pouvoir. Le mot impossible est à ses yeux un non-sens, un mensonge. On écrirait plusieurs volumes sur les ruses incroyables que ces malheureux imaginent pour mettre en défaut la surveillance de leurs gardes; sur les travaux surhumains qu'ils entreprennent, sur les périls pressants.qu'ils affrontent, dans l'espérance, presque toujours déçue, de recouvrer leur liberté.

Un condamné affectait des sentiments pieux ; un bon prêtre, qui se félicitait d'avoir opéré cette miraculeuse conversion, lui facilita une correspondance avec une personne du dehors, correspondance qu'il crut toute religieuse, à en juger par les noms de Jésus-Christ, de la Vierge et des divins mystères tracés à chaque ligne des nombreuses lettres qu'il lui remettait après en avoir pris lecture. Un jour on s'aperçut qu'un vol avait été commis, mais celui qui s'en était rendu coupable n'était plus là pour en répondre. À sa place on trouva une lettre dans laquelle cette *brebis égarée*, qu'il se flattait d'avoir ramenée au bercail, instruisait l'excellent et trop confiant pasteur du stratagème dont elle s'était servie pour redevenir libre. Dans sa correspondance, *Jésus-Christ* signifiait *escalade ; repentir, fuite ; les sept péchés capitaux*, les sept portes qu'il lui fallait franchir, etc., etc., etc.

Objet d'une surveillance particulière, un autre condamné avait été séquestré de ses compagnons d'infortune, et ne pouvait avoir avec eux aucune relation. À certaines heures de la journée, on lui permettait de se promener seul dans une cour ; mais, avant qu'il y arrivât, un camarade, employé à l'atelier de serrurerie, avait la facilité d'y venir. Un matin, celui-ci, après lui avoir donné le signal convenu pour lui commander d'être attentif, frappa avec son marteau sur un fer sonore cent soixante-seize coups. Ces cent soixante-seize coups, coupés à dix-sept reprises par des intervalles inégaux, le forçat qui écoutait, les traduisit par les dix-sept lettres suivantes de l'alphabet :

S o u s l a r b r e à g a u c h e; et, *sous l'arbre à gauche,* il trouva tout ce qui lui était nécessaire pour se procurer la liberté. Il avait limé ses fers par avance ; il s'évada.

Un troisième enfin, celui-là illustre entre les plus illustres personnages des bagnes, condamné au supplice de la double chaîne par suite de sa douzième évasion, conçut l'idée hardie de se frayer un passage vers la liberté, en creusant un souterrain qui, traversant toute la largeur de la cour du bagne de Rochefort, eût une issue dans l'Arsenal, et il se mit aussitôt à l'œuvre. Vendu au chef de surveillance par un de ses confidents, il fut surpris en flagrant délit de démolition, l'avant-veille du jour où, après plusieurs mois d'insomnie et de travail, il allait recueillir avec deux camarades le prix bien mérité de son adresse et de sa persévérance.

Deux forçats qui avaient disparu la veille furent retrouvés le lendemain asphyxiés dans un égout où ils s'étaient cachés. Un autre, serré de près par des gardes, s'élança sans hésiter du haut d'un mur de quarante pieds, et se cassa les deux jambes ; un autre laissa des lambeaux de sa chair aux barreaux d'une fenêtre par laquelle il s'échappa. Et combien sont tombés sous les balles et la baïonnette des sentinelles apostées à toutes les issues du port et du bagne.

Ce qui préoccupe, ce qui arrête le forçat qui veut fuir, c'est moins la difficulté de se débarrasser de ses fers et de sortir de l'enceinte de l'Arsenal, que l'impossibilité par lui bien reconnue d'aller loin sans papiers et sans argent. Il a toujours à sa disposition, quoi qu'on fasse, des limes imperceptibles et si sûres, que, de l'aveu des inspecteurs, elles coupent en moins de cinq minutes la chaîne la plus forte ; et, à défaut de la connivence aisément obtenue d'un garde, il s'est bien vite assuré, *si le pied lui démange* pendant *la fatigue*, la complicité d'un ouvrier du port ou d'un matelot. Une perruque, un chapeau ciré, une blouse, un pantalon de toile ; et, dans un clin d'œil, le voilà métamorphosé, méconnaissable. Mais pour qu'il s'éloigne sans feuille de route, quand l'alarme a été donnée ; pour qu'il parvienne à se soustraire aux poursuites actives, intéressées, dirigées de toutes parts contre lui, il lui faut plus que du bonheur, il faut un miracle. Sur trois cent cinquante condamnés évadés du bagne de Brest dans un espace de sept années, quatorze seulement ont réussi à échapper à toutes les recherches. Chaque forçat a par année son jour d'évasion, et ce jour-là tous ses camarades doivent lui prêter assistance. Quand un condamné manque à l'appel, trois coups de canon avertissent de sa fuite la gendarmerie, la police et ceux que peut tenter la prime d'arrestation.. Cette prime est de 25, de 50 ou de 100 francs, selon que le fugitif est repris dans l'Arsenal, dans la ville ou dans la campagne.

Outre les trois années de prolongation, s'il est *à temps,* et de double chaîne, s'il est *à vie,* qu'entraîne pour l'évadé ramené, nous l'avons dit, le fait seul de son évasion, il subit dans la cour du bagne une exposition d'une heure. Assis sur un

tonneau, les fers aux mains et aux pieds, il a la tête entièrement rasée, sauf au sommet, et porte un écriteau sur la poitrine. Quel réveil après un si beau rêve !

Un pécule a été créé pour les condamnés à *temps*; il se forme au moyen d'une augmentation de salaire qui se verse à la caisse des invalides de la marine.

Chaque forçat libéré reçoit, à sa sortie du bagne, une somme de 20 francs sur sa masse; le surplus est adressé au maire de la commune qui lui est assignée pour résidence. Il est porteur d'une feuille de route jaune dont voici l'exposé :

« lequel a déclaré choisir pour résidence   , département de
«   , en foi de quoi le présent lui a été expédié pour lui servir et valoir ce
« que de raison, sous la condition qui lui a été notifiée, lorsqu'il a été remis aux
« autorités civiles, de se conformer aux dispositions du décret du 17 juillet 1806.

« ART. 5. Aucun forçat libéré, à moins d'une autorisation spéciale du directeur
« général de la police, ne pourra faire sa résidence dans les villes de Paris, Ver-
« sailles, Fontainebleau, et autres villes où il existe des palais royaux ; dans les ports
« où les bagnes sont établis, dans les places de guerre, ni à moins de trois myria-
« mètres de la frontière et des côtes.

« ART. 10. Aucun forçat libéré ne pourra quitter le lieu de sa résidence, sans la
« permission du préfet du département.

« ART. 11. Sur toute la route à suivre par le forçat libéré l'officier public du
« lieu, auquel il sera tenu de se présenter, visera sa feuille, et notera la somme
« qu'il aura remise au forçat libéré pour se rendre à la nouvelle couchée qu'il lui
« aura indiquée.

« ART. 12. Arrivé à sa destination, le forçat libéré se présentera au commissaire
« de police ou au maire du lieu, qui lui délivrera un congé en échange de sa feuille
« de route.
« Si le dénommé au présent congé enfreint les ordres qui s'y trouvent mentionnés,
« et s'il est rencontré hors de la route qui lui aura été tracée, il sera arrêté et pour-
« suivi par qui de droit pour subir les peines qu'il aura encourues.

« Fait à   , le   du mois d   , mil huit cent

« *Vu par le contrôleur de la marine.*

« *Vu par le commissaire général de la marine.* »

LE CACHOT.

Pour le forçat libéré qui possède des moyens d'existence assurés, indépendants du mépris public, le retour vers le bien n'est pas impossible. Il en est dans les villes quelques-uns de cette catégorie, dont la conduite est irréprochable, la réputation de probité bien établie; ce qui n'empêche pas qu'ils ne soient mis au ban de la société, et condamnés à vivre sans amis, sans famille, sans domestiques même. Malheureusement tous ne sont pas assez forts, assez cuirassés d'indifférence, pour résister à cette rude épreuve. Le trait suivant le prouve; c'est la *Gazette des Tribunaux* qui nous le fournit.

Un nommé Delègue, en 1827, après avoir subi quelques années de travaux forcés, était revenu dans la commune de Chabris. Il avait su, pendant sa captivité, se concilier les bonnes grâces d'un des employés supérieurs du port de Rochefort, qui en avait fait son chef de cuisine. Cette place avoit procuré à Delègue le moyen de faire des économies, et il était parvenu à amasser une somme suffisante pour acheter une petite propriété. Depuis son retour, sa conduite était irréprochable; secondé d'un domestique, il cultivait tranquillement son petit domaine. Mais on n'ignora pas longtemps qu'il revenait du bagne, et aussitôt tout le monde l'abandonna. Se présentait-il au marché, tout le monde le regardait et il restait seul; paraissait-il le dimanche à la messe, au même instant ses voisins reculaient, et un vide le séparait des autres assistants. Personne ne voulait travailler pour lui; il ne pouvait avoir de domestiques, il était isolé, privé de toute communication avec les habitants de Chabris. Que fera-t-il dans une telle position ? Sa conduite est régulière, personne ne se plaint de lui, il remplit tous ses devoirs de citoyen et de chrétien, et cependant on le fuit de toutes parts. Que gagne-t-il à être honnête homme, puisqu'on le traite comme s'il ne l'était pas ? Son parti est bientôt pris, il retournera aux galères; là du moins on pourra apprécier sa conduite, et personne ne rougira de l'approcher.

Un matin, avant le jour, il se rend chez un de ses voisins, franchit la clôture de sa cour, force la porte de son poulailler et lui vole un chapon. Il revient chez lui, plume la bête, et met les plumes devant sa porte. Bientôt le propriétaire volé se réveille; il voit sa basse-cour en désordre, il crie au voleur. L'autorité accourt, constate l'effraction et commence ses recherches. Delègue est visité le premier; les plumes du chapon sont à sa porte, le propriétaire les reconnaît. Delègue est l'auteur du vol; il n'en faut pas douter. Le maire l'interroge; l'accusé convient, en montrant le chapon plumé, qu'il l'a volé la nuit avec escalade et effraction. Traduit à la cour d'assises pour ce nouveau crime, Delègue s'en reconnaît l'auteur, il en raconte toutes les circonstances, et dans un plaidoyer écrit il expose les raisons qui l'ont porté à le commettre. Il est renvoyé au bagne.

Mais, à moins que devant lui ne s'ouvre l'antre occulte de la police, qui alors verra par ses yeux, entendra par ses oreilles, et lui fera, selon ses mérites, une part plus ou moins large à sa table, le bagne est pour le forçat pauvre l'église hors de laquelle il n'y a point de salut. Si résolu qu'il ait été, quand il a vu tomber le dernier anneau de sa chaîne, de se réhabiliter par le travail et la vertu, celui-là succombera. Si bien trempée que soit la cuirasse dans laquelle il aura enfermé sa poitrine, il y aura une arme dont la pointe acérée se fera jour tôt ou tard à travers son armure, et, par ses piqûres incessantes, ira réveiller les mauvaises passions endormies dans son cœur. Cette arme sera le sentiment de méprisante répulsion qu'il lira sur tous les visages, et contre lequel viendront l'une après l'autre se briser toutes ses démarches. La jeune épouse dont les ruineuses fantaisies l'auront, seules peut-être, — cela s'est vu, — poussé, lui honnête jusque-là quoique pauvre, à tenter la fortune par des moyens criminels; cette femme à laquelle il a tout sacrifié, bon-heur, repos, considération, quand viendra l'heure de sa délivrance, il la retrouvera dans les bras d'un autre, et la loi sera pour elle! Ses enfants, s'il est père, s'éloi-gneront de lui avec horreur, car il leur aura fait la vie amère et douloureuse. On plaint le fils d'un guillotiné; le rire et l'insulte se taisent devant une tête qui tombe; mais pour le fils d'un forçat, il n'est plus ni affections, ni relations sociales. Sans famille, il sera aussi sans nom; on ne l'appellera plus que le forçat. Qu'à force de prières et de malheurs, il obtienne de la commisération d'un fabricant le droit de gagner sa vie à la sueur de son front, un vide se fera autour de lui sitôt qu'il pa-raîtra; autour de lui veilleront la méfiance et le soupçon; si une parole frappe son oreille, cette parole sera une accusation ou une injure. Alors, un jour arrivera où sa patience se trouvera à bout, où un éclair s'allumera dans ses yeux, où un cou-teau se rencontrera sous sa main, et le sang coulera!.... Encore, s'il pouvait, comme le maudit de l'Écriture, en marche pour l'éternité, passer sans s'ar-rêter à travers les villes et les bourgades, inconnu à tous comme tous lui sont inconnus! Mais pour lui, de par les gendarmes, l'univers est circonscrit dans un espace de quelques lieues; pour lui l'horizon est la limite du monde.

Que conclure maintenant de ce que nous venons de dire, si ce n'est que l'uni-verselle réprobation dont est frappé tout homme qui a porté la livrée du bagne, implique pour lui l'horrible alternative de mourir de faim, s'il veut rester honnête, ou de s'approprier par adresse ou par violence le bien d'autrui, s'il veut vivre. Le vol et l'assassinat sont presque la conséquence forcée de la position désespérante, impossible, que leur fait la société. Étonnez-vous après cela que le nombre des ré-cidives soit si considérable!

La nécessité où sont la plupart des forçats libérés de risquer chaque jour, celui-ci, sa liberté, celui-là, sa tête, pour se procurer des moyens d'existence qu'ils ne peuvent ou ne veulent pas trouver dans le travail, explique leur prédilection toute particulière pour Paris. Ce n'est en effet que sur ce vaste théâtre, foyer toujours actif de démoralisa-tion; ce n'est qu'au milieu des crimes ténébreux qui s'y cachent, n'ayant souvent d'écho que dans la conscience de celui qui les commet, et des vices dorés qui s'y étalent effron-tément au grand soleil, que ces lépreux de notre ordre social peuvent, avec quelques chances d'impunité et de réussite, tenter l'épreuve hardie des hideuses théories qu'ils ont ramassées dans les égouts du bagne. D'où suit que celui qui ne peut obtenir de la police l'autorisation de résider à Paris, n'a rien de plus pressé que de rompre son ban pour venir respirer l'air empoisonné de cet Eldorado de la libération. Une fois qu'il en a franchi les barrières, il ne perd pas son temps en projets, en rêves; le forçat est peu méditatif de sa nature. Chez lui l'idée aboutit vite au fait. *Res, non verba,* telle serait la devise de ses armoiries —s'il avait des armoiries — qui pour emblèmes parlants auraient un trousseau de fausses clefs surmontées d'un couteau-poignard. Sur ce terrain rien ne lui manque pour *travailler,* ni l'œil, ni l'oreille et la voix qui veilleront pour lui, pendant qu'il volera ou tuera seul; ni la main qui l'aidera à voler ou à tuer. L'opération qu'il projette ne peut-elle se passer de l'intervention d'un complice; à défaut d'un ancien compagnon de chaîne, ce réclusionnaire qu'a vomi de son sein, la veille, Melun ou Poissy, se présente, et les conditions de ce pacte de honte ou de sang se règlent aussitôt au bruit des rires et au choc des verres, dans un de ces infâmes lupanars de la Cité, dont les hôtes dînent du vol qu'ils recèlent, et soupent de la prostitution qu'ils hébergent ou qu'ils pratiquent. Les maisons borgnes où on loge à la nuit; les bouges infects où l'on trouve ces misérables créatures avilies qui vendent l'amour aux voleurs; les mystérieuses habitations où le vol peut entrer sans être trahi, *les souricières,* antre fétide, aveugle et sourd, où la lumière douteuse jette l'équivoque sur les physionomies; enfin, *la femme sans nom,* le receleur, la logeuse, le cabaretier, voilà les quatre points sur lesquels le forçat fait passer un cercle dont il se constitue le centre, jusqu'à ce qu'une inspiration ou l'éventement d'une affaire le décide à en sortir, pour se mettre en campagne. Et ne croyez pas que, s'il priait, il se contentât de demander à Dieu dans ses prières, un asile où il pût trouver oubli pour son passé, repos et sécurité pour son avenir; ses passions, longtemps contenues, ont l'irrésistible violence du torrent qui rompt sa digue; ses appétits sont ceux du tigre après un long jeûne. Toutes les voluptés physiques, les plus ardentes surtout et les plus corrosives, il les recherche, il les veut. Qui pourrait l'arrêter? La pensée du bagne? Il est des heures de solitude et de désespoir où il se surprend à le regretter. La pensée de l'échafaud? Il n'y a que ceux qui tuent qui y montent, et il ne tuera qu'à la dernière extrémité. Puis il est tant d'assassinats dont les auteurs demeurent ignorés! Après s'être lassé, sinon repu des joies fiévreuses de la débauche et de l'ivresse; après une halte de quelques jours dans la boue du vice, il regardera hardiment autour de lui, et se posera cette question, bientôt résolue : Que faire? S'il est jeune, d'une figure avenante, d'une conversation facile, et que les bénéfices d'une première opération lui aient permis de s'acheter, dans le grand vestiaire du *Temple,* l'élégante défroque d'un *beau fils,* aidé d'un adroit compère, il exploitera l'une après l'autre ces dangereuses tables d'hôtes, si nombreuses à Paris, où le dîner est un prétexte, et le jeu, un vol organisé. Moins ambitieux, s'il est peuple de la tête aux pieds, par la naissance, par l'éducation, par le costume, il sera marchand de chaînes de *sûreté* le jour sur les boulevards; vendeur de contre-marques le soir, à la porte des théâtres, voleur, passé minuit, et assassin par circonstance ; jusqu'à ce qu'un nouvel arrêt de la cour d'assises le renvoie au bagne ou l'adjuge à l'échafaud ; et aux bénéfices très-variables de son *travail* il ajoutera, quel qu'il soit, le produit des caresses vénales de la malheureuse dont il aura fait sa concubine pour en faire plus tard sa complice. Horribles liaisons que celles-là, dans le dénouement desquelles le bourreau est si souvent appelé à jouer le rôle du Dieu dans la tragédie antique, mais salutaires dans leurs conséquences et profitables à la tranquillité publique. Combien de crimes en effet resteraient à jamais ensevelis dans l'ombre, si la jalousie, *qui exerce ses ravages dans ce monde impur des forçats et des prostituées comme partout ailleurs*, ne se faisait l'active pourvoyeuse de la justice. Une trahison punit une infidélité. Et quelle punition parfois ! pour un baiser surpris, une tête qu'on coupe !

Autrefois les rues de Brest retentissaient journellement d'un horrible bruit de chaînes, mêlé d'imprécations et de rires cyniques. On avait imaginé, toujours dans un but d'économie, d'affecter les forçats aux travaux d'utilité publique, et le bagne était devenu une sorte de bazar où messieurs les chefs de la marine se procuraient sans bourse délier, des esclaves laborieux et dociles sous peine de la double chaine et du bâton. Bien plus, les quelques spécialités scientifiques, artistiques et littéraires qu'il renfermait, étaient exploitées par les habitants au profit *de l'éducation de la jeunesse.* Le bagne s'était transformé en une académie de professeurs de belles-lettres et de mathématiques, de maîtres de danse, de musique, d'escrime, etc. Justice a été faite enfin de ces scandaleux abus, et les forçats ont aujourd'hui pour limites l'enceinte de l'Arsenal.

Indépendamment d'une nourriture suffisante et d'une ration de vin, le gouvernement accorde un léger salaire aux forçats qu'il emploie à différents titres dans le port, dans les hôpitaux de la marine, dans les bureaux de l'administration, au cabinet d'histoire naturelle et au jardin botanique. Mais les condamnés à la double chaîne, mais les convalescents qui demeurent tout le jour enchaînés à leurs tolards ou parqués dans leurs salles, seraient réduits au plus strict nécessaire, si le besoin, ce père de l'industrie, ne leur donnait le courage d'entreprendre, presque sans outils, mille petits ouvrages, et le talent de les exécuter de manière à contenter les plus difficiles. Des bagues et des chaînes en cheveux ; des étuis, des blagues, des porte-cigare, des rouleaux de serviettes, des coquetiers et des tabatières en coco, d'un travail de ciselure souvent admirable ; des navires de guerre tout gréés et armés de leurs canons, des boîtes en bois blanc, ornées de glaces, et revêtues intérieurement et extérieurement de paille, dont les brins, différents de forme et de couleur, reproduisent par leur ingénieuse disposition les dessins les plus variés : des fleurs, des cœurs enflammés, des trophées de chasse, des colombes se becquetant, des paysages, des sujets de chevalerie et de religion ; tels sont les divers ouvrages, chefs-d'œuvre pour la plupart de patience et d'habileté, qui sortent journellement des mains des condamnés pour passer à vil prix dans celles des nombreux curieux qui les visitent.

En 1828, une ordonnance avait prescrit la répartition des forçats d'après la durée de leur peine. Brest et Rochefort recevaient les condamnés à plus de dix ans ; Toulon, les autres. En vertu de la même ordonnance, des catégories de *moralités*, présumées ou reconnues, avaient été établies dans les bagnes, et les forçats se trouvaient dispersés par groupes distincts dans les salles. Mais cette tentative de réforme n'ayant donné aucun des bons résultats attendus, on a supprimé ces classifications.

D'après l'ordonnance de 1856, qui a rétabli les choses sur leur ancien pied, les condamnés à *temps* et à *perpétuité* sont confondus ensemble, sans autre règle de répartition que les distances à parcourir et les besoins actuels du service des ports.

Au bagne, tout est particulier, exceptionnel. L'homme y est ravalé au niveau de la brute; aussi l'*argot* qui s'y parle n'a-t-il rien d'humain. Créée dans une pensée de mystère, cette langue dont la tradition remonte à *la cour des Miracles*, et dont le vocabulaire, déjà énorme, s'enrichit chaque jour, est ignoble, souvent spirituelle, brutale, cynique, remplie d'effrayantes métaphores. C'est ainsi que, dans le langage des *chevaliers de la Guirlande* (les forçats), *l'abbaye de Mont'-à-Regret, la veuve,* signifient la guillotine; la *largue,* la femme; *cheval de retour,* le condamné en récidive; le *crucifix à ressort,* le pistolet; *grincher,* escroquer; *rossignoler,* voler à l'aide d'un rossignol; la *babillarde,* la sonnette; la *tocquante,* la montre; la *lui- sante,* la lune; *buter,* tuer sans lutte, par surprise; *faire suer le chêne sur le grand trimar,* assassiner sur la grande route, etc., etc., etc.

Le bagne, cet égout de toutes les immondices de nos cours d'assises, cette anti- chambre de la guillotine, est le réceptacle des plus effroyables débauches. L'amour y règne avec toutes ses fureurs, et il n'y a qu'un sexe! On a vu des forçats séparés de leur *poule* par la libération ou l'échafaud, s'éteindre de désespoir et de langueur, dans l'impuissance de la rejoindre, si elle était libre; ou périr par le bourreau, parce qu'elle avait péri par le bourreau.

Dans cette grande famille du bagne, deux individualités ressortent vivement par leurs disparates : celle du voleur et celle de l'assassin.

Le forçat voleur est en général rusé, fanfaron, hypocrite, débauché, industrieux, criminel par habitude et par *état,* et toujours voleur.

Le forçat assassin est ignorant, brutal, taciturne, vivant à l'écart, implacable, criminel par occasion, et s'il commet un nouveau crime, il ne vole pas, il tue.

L'un, pour parler leur langue, *a eu des malheurs,* l'autre a fait *un mauvais coup.*

Sur ce fond de boue et de sang se détache une troisième physionomie, la physio- nomie du forçat mouchard ou du *renard.*

Mêlé à toutes les intrigues et à tous les complots des condamnés, le renard pré- lude, espion gagé par l'administration, au rôle qu'il espère remplir dans la police lors de sa libération.

Celui-là joue sa tête.

Les plus grands criminels, ceux dont la presse a enregisté les exploits avec une complaisance qui les rehausse à leurs yeux et à ceux des scélérats qui les entourent, jouissent au bagne d'une haute considération, et se posent en héros vis-à-vis des curieux qui les viennent visiter sur le bruit de leur renommée. Leurs arrêts ont force de loi. Si Lacenaire eût sauvé sa tête de l'échafaud, Lacenaire eût été roi au bagne.

Chose étrange! il se trouve assez communément dans les bagnes des hommes qui, sans haine, par ennui, froidement, tuent pour être tués; et l'on n'y cite pas un seul exemple de suicide.

Le forçat entend presque toujours sa sentence avec une impassibilité de statue, et meurt avec un courage théâtral. Quelquefois même il plaisante en face du bourreau. Petit, assassin d'un garde qu'il avait tué *parce qu'il voulait être guillotiné,* s'écria du haut de l'échafaud, en se tournant vers ses compagnons agenouillés : « On a bien fait de me mettre à mort; mais je ne rougis pas de monter sur l'échafaud puisqu'il a été arrosé de sang royal. » Rognon, qui avait tué son compagnon de chaîne pour s'assurer si les Bretons *avaient le sang rouge ou noir,* répondit avec un effroyable sang-froid au greffier qui venait de lui donner lecture de l'arrêt de mort prononcé contre lui : « Allons, je m'appelle aujourd'hui *Rognon,* je m'appellerai demain *Rogné.* »

Il existe au bagne un tribunal secret dont les arrêts sont sans appel comme sans miséricorde. De ce tribunal occulte relèvent non-seulement les condamnés qui ont manqué *à leurs devoirs,* les gardes coupables de violence, mais aussi les employés supérieurs de l'administration qui ont soulevé des haines par quelque acte de sévérité en dehors des répressions disciplinaires habituelles. Un commissaire en chef a été dernièrement obligé de quitter son poste, parce qu'il avait appris par *sa police* qu'il était condamné à mort. Plusieurs forçats ont été relevés morts de dessus leurs lits de camp, sans qu'on sût ni par qui, ni pourquoi ni comment ils avaient été tués. Mais, ce qui ne peut s'expliquer que par les mystérieuses relations entretenues entre Toulon, Brest et Rochefort, c'est que la juridiction de ce terrible tribunal unit dans une même solidarité de vengeance les condamnés de tous les bagnes. Un forçat qui avait empêché à Toulon l'exécution d'une *sentence* a failli dernièrement être étouffé à son arrivée à Brest ; il a fallu le séquestrer.

En 1826 ou 27, il se passa au bagne un drame de sang dont tous les détails vivent encore dans notre mémoire. Un jeune homme, Arthur D., avait été condamné à cinq ans de travaux forcés pour faux en écriture privée. Né dans une de nos colonies d'une famille honorable, ce jeune homme, dont les passions avaient la fiévreuse ardeur du soleil des Antilles, vint s'établir à Paris après la mort de ses parents, et dans quelques mois il y avait entièrement dissipé son patrimoine. L'un de ces habiles industriels dont Paris abonde, et qui, sous des dehors aimables, cachent une âme dégradée, Théodore B., surprit son amitié, et, après avoir pratiqué une large brèche à sa fortune, mit le siége devant son honneur et l'emporta d'assaut. Une femme, sa maîtresse, une reprise de justice, fut l'instrument dont se servit ce misérable pour perdre son malheureux *ami,* qui lui était devenu importun en sa double qualité d'homme ruiné et de créancier fatigué d'attendre. Stylée par Théodore, qui tenait dans ses mains tous les fils de cet affreux complot cette femme rechercha l'amour d'Arthur, et n'eut pas de peine à l'obtenir, car elle était jeune et belle. Elle prit même bientôt un tel empire sur son amant, que, pour satisfaire à ses luxueux caprices, celui-ci, ruiné qu'il était, s'oublia un jour, après bien des hésitations et des combats, jusqu'à mettre au bas d'une lettre de change un nom qui n'était pas celui de son père. Une dénonciation suivit de près la faute, et le dénonciateur fut Théodore. Vous savez ce qu'il en arriva.

Un an après, le bagne recevait un nouvel hôte. La justice avait réuni les deux *amis,* comme autrefois le plaisir ; mais tout rapprochement entre eux était devenu impossible. Arthur repoussa avec un si souverain mépris les hypocrites avances de Théodore, que celui-ci conçut pour lui une haine mortelle et se promit d'en tirer vengeance. Il avait été à Paris l'un des familiers du *saint-office* de la rue de Jérusalem, il devint au bagne l'un des *yeux* de l'administration ; et afin d'écarter de sa tête tout soupçon de félonie, car au bagne ces soupçons-là tuent, il rivalisa, en paroles à la vérité plus qu'en actions, d'indiscipline et d'immoralité avec les plus corrompus et les plus indisciplinés, si bien qu'il s'acquit bientôt parmi ses camarades une éclatante réputation de *savoir vivre* et de capacité.

Une nuit il arriva qu'un forçat qui depuis un an travaillait à son évasion, dont le succès lui semblait enfin assuré, fut arrêté au moment même où il venait de se débarrasser de ses fers. Les condamnés crièrent à la trahison; Théodore cria plus fort que les autres. Restait à connaître le traître et à le punir. Un nom fut risqué dans ce sanhédrin de voleurs et d'assassins constitués sur l'heure en tribunal. Un murmure d'approbation l'accueillit. L'accusé était Arthur, l'accusateur, vous l'avez nommé, Théodore. L'éducation, la bonne conduite, le repentir de l'accusé étaient contre lui des charges accablantes. Un forçat se porta son avocat; c'est l'usage : nul n'est condamné sans avoir été défendu. C'était un ancien marin condamné pour viol, homme dur et emporté, plus cruel que corrompu, dans le cœur duquel tout sentiment honnête n'était pas encore éteint. Cet homme mangeait beaucoup, Arthur, son camarade de chaîne, mangeait peu, et partageait chaque jour sa ration avec lui. Il s'était établi entre eux une communauté de reconnaissance, d'un côté pour le pain reçu, de l'autre pour les mauvais traitements épargnés, car le vieux marin, on le savait, était d'un caractère résolu ; et la résolution est une puissance qui impose partout, même au bagne. Ses efforts furent inutiles. Son client fut condamné à mort : on alla aux voix pour nommer l'exécuteur de la sentence. Théodore fut désigné. Arthur était déjà vengé. Le jugement avait été rendu dans la soirée ; la nuit se passa, la victime respirait encore. Dès que la cloche sonnait le réveil, Théodore s'esquiva furtivement. Quelques minutes après, deux gardes vinrent chercher Arthur : il était sauvé; le commissaire savait tout. Accusé de trahison quand il reparut, le délateur ne put se justifier, et quand les forçats partirent pour la fatigue, deux hommes manquèrent dans les rangs; l'un, qui gisait dans la salle, un couteau dans la poitrine ; l'autre, qui, du sang sur les mains et un sourire glacé sur les lèvres, marchait d'un pas ferme entre les sabres nus de quatre soldats de la chiourme qui le menaient au cachot.

A trois jours de là, un bataillon d'infanterie vint s'adosser sur deux rangs, dans la cour du bagne, au mur qui fait face à l'édifice, et deux pièces d'artillerie chargées à mitraille, se placèrent, mèches allumées, contre la grille d'entrée, du côté de la ville. Au milieu de cette vaste esplanade était dressée la guillotine. Bientôt trois mille hommes habillés de rouge et de jaune descendirent du bagne avec un lugubre bruit de chaînes, défilèrent processionnellement devant l'échafaud comme devant un autel, marchant deux à deux, dans un calme terrible, et vinrent s'agenouiller, la tête nue, au pied de l'édifice, sous le feu croisé de la mousqueterie et de l'artillerie. Tout à coup trois heures et demie sonnent, le tambour bat, les canonniers tiennent la mèche levée, le chef du bataillon commande : apprêtez armes ! et le condamné paraît, assisté d'un prêtre et du bourreau....

Et une minute après, roulaient dans un hideux tombereau vers l'amphithéâtre de l'hôpital, les restes palpitants encore du vieux marin.

Nous avons suivi le forçat dans les diverses phases de sa journée; nous avons dit ses travaux et la discipline qu'il subit; ses mœurs, sa dépravation croissante, les germes empoisonnés qu'il répand et développe autour de lui; nous avons montré la plaie des bagnes dans toute son horreur, il nous reste à en indiquer le remède.

Ce remède n'est pas telle ou telle amélioration à introduire dans leur régime, c'est leur suppression. Les bagnes ont fait leur temps. Minée par l'action des années et des mœurs, condamnée par l'expérience, cette monstrueuse institution n'a aujourd'hui d'autre support que l'habitude. Elle est parce qu'elle est, et non parce qu'elle doit être. Il est impossible de continuer à ne voir dans les forçats que des nombres, que des machines à l'usage des ports. Si déchus qu'ils soient, ils n'en sont pas moins des hommes. Tout bon système de pénalité doit atteindre deux buts: punir et réformer. Si le châtiment ne réforme pas le coupable, la loi en vertu de laquelle il est appliqué est mauvaise; s'il le déprave au lieu de le corriger, elle est odieuse.

Résumons-nous.

Il importe de supprimer au plutôt les bagnes:

Parce que les bagnes sont l'agence de démoralisation la plus active qu'il y ait en France; parce que le vol, l'escroquerie, le faux, le viol, le meurtre, l'assassinat, s'y professent et s'y enseignent hautement, librement.

Parce qu'un grand scandale et de grands dangers résultent de l'emploi des forçats dans les ports; danger pour la classe ouvrière qu'ils dépravent par leurs insinuations, leurs conseils, leurs exemples; danger pour nos arsenaux qu'ils exploitent en détail pendant la paix, comme auteurs, complices ou instigateurs des innombrables vols qui s'y commettent; qu'ils exploiteraient en grand pendant la guerre; qu'ils pourraient ruiner d'un seul coup, en tout temps, par l'incendie.

Parce que l'emploi des forçats dans les ports enlève en France le pain de trois mille familles; et que bien loin d'être, comme on le pense communément, de précieux auxiliaires pour la marine, les forçats, par suite de l'obligation où elle est de les garder à sa charge, grèvent annuellement, sans compensation aucune, son budget de plus d'un million.

Mais, les bagnes supprimés, que fera-t-on des forçats?

Cette question, si ardue, si compliquée, il n'est point dans nos forces d'essayer à la résoudre. Nous savons de source certaine que le gouvernement, qui enfin reconnaît l'urgence de la réforme que nous sollicitons, se préoccupe très-vivement, à l'heure qu'il est, des moyens de remplacer les bagnes. Espérons que ses études sur cette grave matière seront bientôt terminées; et disons-le, le jour où seront fermées ces fabriques de vices et de crimes; où la loi aura passé l'éponge sur toutes ces souillures, tranché dans leurs racines toutes ces infamies, tous ces scandales, ce jour-là sera un heureux jour pour les condamnés, pour nos arsenaux, pour la société tout entière.

A. DAUVIN.

FAUQUET   GUILBAUT

LE VICAIRE DE PROVINCE.

Sur la place de la Madeleine de la petite ville de B***, si par hasard un voyage d'agrément ou des affaires vous y ont conduit, voyez-vous passer, le soir, à l'heure de l'Angélus, ce jeune prêtre dont le rabat est si frais, le tricorne si bien brossé, dont la ceinture flotte si ample et si soyeuse, et qui, à chacun de ses pas, comme une femme, fait entendre un frôlement coquet et gracieux? De droite et de gauche, sur la place, avec empressement, avec respect, on le salue. Il se détourne, il se découvre, d'un air moitié sérieux, moitié souriant ; voyez : chaque fois de ses cheveux frisés, poudrés jusqu'à la tonsure, tombe, et s'éparpille en ondoyant un léger nuage embaumé dont le contact blanchit le collet de sa soutane. Mais le voilà qui met le pied sous le porche même de l'église ; il entre, les yeux baissés : sa figure est déjà plus grave, son regard paraît presque sévère ; tout son maintien, toute sa physionomie, respirent le recueillement et l'autorité. Il trempe le bout des doigts dans le bénitier de marbre, il se signe rapidement, il longe la nef latérale, pénètre dans le chœur par la grille de fer, puis s'agenouille sur une des marches du maître-autel, dit une courte prière mentale, se relève et se glisse dans la sacristie. Pendant ce temps, la cloche tinte toujours ; les chaises réservées se garnissent peu à peu ; de vagues parfums s'exhalent, çà et là, comme d'un encensoir mal éteint : une molle obscurité se répand sous les voûtes où le soleil, avant de se coucher, darde soudain un flamboyant adieu, à travers les rideaux rouges des ogives. Les pas des nouveaux arrivants se succèdent, se pressent avec un sourd murmure. On distingue des chuchotements mystérieux, dont l'écho va se répétant à l'infini, et, de loin en loin, la lourde canne du suisse qui rebondit sur les dalles sonores. Quelques cierges s'allument au coin d'un pilier, près d'une chapelle ; la porte d'un caveau grince sur ses gonds rouillés. Une troupe d'enfants s'assied en désordre sur des bancs au fond de l'église ; de vieilles dévotes se groupent derrière eux… Silence ! l'Angélus a clos depuis un moment, par trois coups, trois gémissements, plus forts, plus accentués, ses longues volées mélancoliques. Les assistants ont récité leur *Ave Maria*. Certains d'entre eux égrainent encore un chapelet ; d'autres, pleins de componction, se frappent douloureusement la poitrine. Mais déjà la foule s'éclaircit ; les bruits du dehors éclatent moins craintifs, moins étouffés, vers les bas côtés de la nef. Les vantaux, qu'on ouvre à chaque instant, livrent un brusque passage aux mille rumeurs confuses de la ville. Écoutez : ne dirait-on pas qu'avec la brise qui s'y engouffre, s'échappent de toutes ces issues, comme d'autant de tuyaux d'orgue, d'insaisissables fusées de notes mélodieuses ? — Il n'y aura point, ce soir, de bénédiction du saint-sacrement ; monsieur le curé ne s'est pas même rendu à la sacristie. De ses deux vicaires, le premier recevra jusqu'à neuf heures les pécheurs qui se présenteront au tribunal de la pénitence ; le second fera le catéchisme aux enfants du collége et des écoles.

C'est bien ! les voici qui viennent tous deux. L'un, le front penché, les mains jointes, a fléchi le genou devant la croix du chœur ; il reste là quelques minutes, plongé dans une profonde méditation ; puis il se redresse lentement, se dirige vers la plus sombre galerie, et s'enferme dans un confessionnal. Aussitôt le grillage crie sous sa main : une tête s'incline vers lui dans l'ombre ; le saint et redoutable ministère commence. Pourtant ne plaignez pas trop le pécheur qui, tremblant, humilié, déroule à demi-voix l'aveu détaillé de ses fautes. Le regard du prêtre qui l'entend, si vous l'avez remarqué, brille de tant de bonté et d'innocence ; un tel caractère de vertu rayonne sur son visage, où toutes les croyances du chrétien ont gravé leur sceau dans chaque ride, que, devinant vous-même combien facile est la pente de son cœur à pardonner, vous ne doutez point qu'il ne console, qu'il ne soutienne son frère dans sa chute, plutôt qu'il ne le gourmande et ne le châtie. Ce prêtre est le premier vicaire de la Madeleine. Fidèle à son poste, depuis qu'il est dans les ordres, il a refusé, pour ne point quitter ceux de ses paroissiens dont grande est la foi dans son zèle et dans ses lumières, plus de dix cures importantes du département. Monseigneur l'évêque, sur ses instances réitérées, s'est décidé enfin à ne plus solliciter son ambition. Sa charge, on l'espère du moins, ne sera pas vacante de longues années ; et les jeunes abbés qui, à leur sortie du séminaire, seront appelés tour à tour à le soulager d'une partie de sa tâche, au lieu d'être révoltés secrètement de la modération de ses vœux, accepteront avec joie, plutôt que de lui causer le moindre ombrage, le plus chétif bénéfice dans le hameau le plus obscur.

Cette résolution, ces sentiments sont bien ceux du second vicaire, celui-là même que vous avez rencontré sur le parvis de la Madeleine. Son âme, pure et chaste jusqu'ici, est accessible à toutes les générosités de la jeunesse. Il ne vise pas plus haut que le rang qu'il occupe ; il ne se montre impatient d'aucun frein ; il ne s'épouvanterait d'aucun sacrifice. Aussi n'a-t-il transgressé jamais, de son propre mouvement, la limite de ses attributions. Ses actes se règlent sur ses droits, ses désirs

se hiérarchisent selon ses devoirs. De ses deux supérieurs habituels, l'un, monsieur le
curé, le protége d'ailleurs et a demandé comme une faveur sa nomination à monseigneur l'évêque ; l'autre, le premier vicaire, non-seulement lui épargne ce que leurs
fonctions respectives comportent de plus fatigant ou de plus vulgaire, mais encore lui
cède avec une rare complaisance toutes les occasions de briller. Le dimanche, ou les
jours de fête, quand les paroissiens affluent dans l'enceinte trop étroite de l'église ;
quand il ne reste plus une chaise qu'on n'ait louée d'avance, quel prédicateur, si ce
n'est lui, dans toute la liberté du langage évangélique, s'adresse familièrement aux
personnes les plus considérables de la ville ? Lequel des nombreux auditeurs qui l'environnent, si ce n'est le curé ou le premier vicaire, prête une oreille plus bienveillante
à ses paroles, et semble le plus touché des merveilles de son éloquence ? N'est-elle
donc pas bien aisée, la route qu'on lui fait vers les honneurs et la fortune ? Le présent n'a-t-il pas assez d'attraits pour lui, l'avenir assez de promesses ? Les abords de
la carrière n'ont pas été, non plus, bien rudes à ses premiers pas ; aucune épine n'a
déchiré dans sa jeunesse la moindre illusion, la moindre espérance. Lévite encore,
bien plus que prêtre, il n'a point dépouillé sa robe virginale ; il peut, sans arrière-
pensée comme sans mensonge, nommer tous les hommes ses frères, toutes les femmes
ses sœurs ; car nul souvenir ne se réveille parfois en lui d'une injustice ou d'une
injure, nul mauvais levain ne fermente ni dans sa tête ni dans son cœur. Adolescent, quoique né pauvre, il n'a jamais souffert de la misère. Ses parents, fiers de
son savoir précoce, heureux de sa vocation, se sont privés souvent du nécessaire
pour qu'il ne manquât point à sa destinée. Les amis, les patrons, ont pour ainsi dire
surgi autour de lui, au fur et à mesure qu'il en a eu besoin. Aujourd'hui une auréole
puissante déjà le couronne. Chacun se fait prophète pour l'encourager ou pour lui
plaire. On le prône, on le choie, on l'exalte ; il marche, douillettement bercé dans
son naïf orgueil par ce concert d'éloges, sur le sable le plus fin de l'enthousiasme ;
il gravite, au milieu de l'approbation, de l'admiration générales, vers les plus hautes
dignités de l'Église. Ce n'est plus même assez de la crosse et de la mitre, c'est la
pourpre qu'on rêve pour lui ; et plusieurs, les plus fous, les plus sages peut-être,
s'informant d'où il sort, vont jusqu'à se demander, d'un air inquiet, qui sera le
cardinal-neveu dans la famille.

Mais il suffit. Venez avec moi : suivons le jeune vicaire, car c'est à lui surtout que
se rattachent nos observations ; c'est cette figure qu'il s'agit de prendre pour type,
avant que le frottement du monde ait à demi effacé son empreinte originale ; suivons-le, dis-je, dans l'exercice de ses fonctions, dans toutes les phases climatériques
de son existence.

Vous avez vu avec quelle autorité calme, réfléchie, il est entré dans l'église :
voyez-le maintenant descendre du chœur dans la nef, d'un pas presque délibéré,
franchir le triple rang de jeunes garçons qui s'entr'ouvre à son approche, et s'asseoir
sur une estrade parmi eux. De quel geste agile, délié, il rejette par-dessus le dossier
de son fauteuil les blanches ailes de son surplis ! quelle main grassouillette aux
ongles roses il promène sur la houppe moelleuse de son bonnet carré ! Une rougeur
pudique se fond en teintes charmantes sur ses joues, à l'aspect de toutes ces femmes

qu'il attire, qui font cercle à ses côtés, et dont son embarras même redouble l'attention. Toutefois il se rassure insensiblement, il interpelle un des écoliers ; il reproduit, il explique aux autres chacune de ses réponses ; il tend parfois un piége à
leur simplicité ou à leur ignorance, afin de leur démontrer les vérités qu'il enseigne,
dans toute la limpidité victorieuse de leur évidence. Bientôt le champ s'élargit avec
ses idées, son esprit prend l'essor vers des sphères immenses, sa parole aborde les
questions les plus ardues de la théologie ; il cite hardiment Scott et Thomas, et tous
les pères de l'Église, entraîné qu'il est, de cime en cime, par la chaleur de l'argu-
mentation ; il se joue des subtilités, foudroie les hérésies, débrouille les erreurs,
fait jaillir la lumière du chaos. Femmes, enfants, vieillards ; tout l'auditoire reçoit
la manne céleste, bouche béante. Quelques pleurs furtifs coulent, de çà, de là, sur
plus d'un fichu que soulève l'émotion. Un frémissement court sur toutes les lèvres.
On ne comprend qu'à demi, on n'en admire que davantage. Alors il s'essuie les
tempes avec son mouchoir de batiste, il termine son discours par une péroraison
pathétique où le doux nom de Marie se mêle au divin nom de son fils ; il pose
triomphalement son bonnet carré sur la calotte qui cache sa tonsure, et regagne, à
travers les noirs arceaux, la grille du chœur, où le guide de loin — phare mystique —
la pâle lampe du sanctuaire.

« Quel savant ! s'écrie un vieillard la larme à l'œil.

— Et quel saint ! » ajoute une dévote avec un soupir.

Cependant le sacristain, armé d'un long éteignoir, remonte de pilier en pilier, de
chapelle en chapelle, et graduellement les ténèbres s'épaississent derrière lui. Neuf
heures sonnent ; les pénitents qui attendaient au pied du confessionnal, se résignent
à supporter jusqu'au lendemain le fardeau de leurs fautes. L'ombre, en se déployant
comme un lourd manteau sous les voûtes, restreint et refoule le bruit ; les échos
des travées s'appesantissent... l'église est déserte.

Sur ces entrefaites, les deux prêtres se sont retirés par la petite porte extérieure
de la sacristie.

« Eh bien ! où en êtes-vous avec ces enfants ? demande le vieux vicaire ; leur instruction avance-t-elle ?

— Oh ! oui, répond le jeune homme d'un ton satisfait ; je compte sur une excellente première communion, cette année-ci. »

Puis la conversation continue sur divers sujets religieux ou scientifiques. Tout en
devisant, ils arrivent devant le seuil du presbytère, où ils se disent adieu ; car, eu
égard à son âge et à d'anciennes convenances de famille, le curé permet à son premier
vicaire de ne point loger sous le même toit que lui. Le vieillard double le pas vers
la rue où est située sa maison, en marmottant quelque phrase inachevée qu'il se
répète tout bas ; le jeune homme, avant de monter dans son appartement, s'arrête
d'abord chez le curé. Là, d'ordinaire, l'entretien s'engage sur des matières bien différentes. Ce n'est point droit canon ni controverse que l'on cause. Le caustique
pasteur, à qui sa gouvernante fait un conte assidu de toutes les menues anecdotes de
la ville, s'en amuse doucement dans l'intimité. Les heures s'écoulent, sans que l'un
ni l'autre accuse jamais leur fuite de lenteur ; et lorsque enfin la voix importune de

la pendule leur en donne le signal, c'est toujours avec chagrin qu'elle les sépare, qu'ils se souhaitent mutuellement une bonne nuit.

Le lendemain, l'aube à peine perce les fentes de ses volets, tandis que la gouvernante dort elle-même ses pleins yeux, le jeune prêtre est sur pied déjà dans sa chambre. Il passe dans son cabinet; il y fait quelques tours de long en large, afin d'amasser, d'élaborer ses idées; il choisit, de temps à autre, un livre dans sa bibliothèque, le feuillette, le consulte, le replace dans son rayon, ou le porte sur son bureau. Au bout d'un quart d'heure de ce manége, les points qu'il veut débattre, les citations dont il veut étayer ses raisonnements, se sont classés dans son cerveau; et une pile nouvelle de volumes encombre la table où il écrit. Il s'y assied, il fouille dans ses tiroirs, en tire plusieurs cahiers froissés, jaunis, les relit, les examine, puis s'accoude sur la table, appuie son front dans ses deux mains, et médite encore. Regardez, parcourez avec moi ces manuscrits, ainsi que les nombreux ouvrages entassés par lui, matin et soir, sur son bureau et alentour sur des fauteuils : —*Sermons pour l'Avent, pour la Semaine-Sainte, pour la Pentecôte; Paraphrases des petits prophètes, Compléments aux commentaires de l'Ecclésiaste, Syndérèse pour le jour des Morts, Homélie de la Vierge, Traité des Légions célestes, etc...*; puis, *les Hexaples d'Origène, le Talmud, le Cohéleth, la Somme de Saint-Thomas, les Décrétales, Saint-Chrysostôme, les Confessions et la Cité de Dieu de saint Augustin; Philon, De la vie contemplative; Jamblique, sur les Mystères; Porphyre, sur l'Abstinence; Psellus, sur les Démons; le livre de l'Extase de Tertullien, etc., etc...* Heureux jeune homme! cœur ingénu et parfaitement soumis encore au droit canon et à la discipline! Active et chaude intelligence que n'ont point refroidie, desséchée, les plus arides dissertations, les plus énervantes arguties, et qui aurait encore la candeur de réfuter Symmaque, le défenseur passionné de Rome païenne! Après une pause, son front se relève inspiré, radieux; son œil lance des éclairs, le bec de sa plume crie sur le vélin. Il a saisi celle de ses œuvres à laquelle il projetait d'ajouter une preuve essentielle, une conclusion logique mieux déduite des prémisses. Il interpole ici un mot, là une ligne tout entière; il efface plus loin un paragraphe, remanie une période, pèse un terme équivoque, ouvre un dictionnaire, et longtemps hésite avant de le conserver ou de le supprimer définitivement. Tout à coup le soleil tournant la fenêtre, étend son fluide réseau d'un angle à l'autre du cabinet. Des clameurs croissantes investissent la solitude du presbytère. N'importe! il ne s'aperçoit pas même que sa lampe brûle encore. Il se plonge avec ivresse dans toutes les indicibles voluptés de l'étude et du travail. Mais, hélas! voici que les sons d'une cloche bien connue bondissent comme par saccades dans les airs. Il tressaille, s'élance vers la fenêtre, tend l'oreille... oui : c'est bien l'heure! Alerte! serrez vos papiers jeune homme; habillez-vous. La cloche vous avertit: partez vite. Le sacristain a tout préparé sur l'autel de votre chapelle; le clerc a rempli les burettes; le premier vicaire aura bientôt dit sa messe, et le tour de la vôtre va venir.

Ce devoir rempli, le jeune vicaire, lorsque d'autres soins ne le retiennent pas à l'église, vaque à ses affaires ou à ses plaisirs. Il accueille parfois dans son cabinet quelques dévotes jalouses de lui demander son avis particulier sur un cas urgent de conscience. Il promet d'y réfléchir dans la journée, et de leur rendre réponse, le soir, au confessionnal. Si la décision leur est contraire, les dignes femmes se taisent et soupirent; si le jugement s'accorde avec leurs désirs, elles se taisent encore, elles affectent une gratitude modeste et tranquille. Mais un jour, en rentrant chez lui, le sage directeur qui les a secourues de ses conseils, voit étalés sur un meuble, à l'endroit le plus clair de l'appartement, ou un calice en vermeil, ou une aube ornée de dentelles, qu'on dirait ouvrée par des doigts de fée, ou une superbe chasuble de moire brodée d'or. Il ne peut refuser, car la vieille gouvernante qui règne au presbytère, se pique surtout de réserve et de prudence; et il ignore de quelle main part le cadeau. Puis, ce sont des dîners en ville, chez les sommités de la noblesse et de la bourgeoisie; des réunions dont il fait le charme par la délicatesse de son esprit, la variété de ses connaissances, l'amabilité de son caractère. Il se montre là homme du monde, sans contrainte, sans pruderie. Nul sujet de conversation ne lui est étranger. La lecture des pères de l'église n'absorbe pas seule ses loisirs; l'amour de la science ne domine pas à tel point toutes ses facultés, que la littérature lui soit odieuse. Vous ne chercheriez pas longtemps sur son bureau, sur les tablettes inférieures de sa bibliothèque, sans découvrir un Lamartine in-18 dans son étui de velours, les premières odes d'Hugo, les premiers ouvrages de Lamennais, *Atala et René* en un seul volume, *le Lépreux de la cité d'Aoste* de De Maistre, et jusqu'à un tome dépareillé des romans de madame de Staël. Ne vous imaginez pas même que les femmes dédaignent son opinion sur leur toilette, ni qu'il rougisse aucunement de la dire : souvent son goût fait loi. Il ne recule pas même devant une discussion philosophique avec les hommes; et si quelqu'un lui parle malicieusement de la grande encyclopédie de Diderot ou du dictionnaire si hostile de Voltaire, il se rabat en souriant sur le poème de la Henriade et débite, d'un ton d'onctueuse conviction, les quatre vers sur l'Eucharistie.

Néanmoins, quelques succès qu'il obtienne dans le monde ou dans la chaire, quelques séduisantes distractions que lui offre l'étude, ses heures les plus douces sont celles où, seul, abandonné à lui-même, il se laisse aller nonchalamment sur la pente de la rêverie. Oh! de quelle ineffable lumière l'horizon se colore alors à ses yeux, et quelles visions attendrissantes glissent dans l'espace enchanté! Là, c'est sa mère agenouillée au pied de l'autel pour recevoir la communion des mains de son enfant, le jour à jamais précieux à son souvenir où il dit sa première messe; là, son pauvre père expirant absous par lui de ses fautes, et d'un baiser suprême effleurant ses doigts encore humides des saintes huiles. Puis, sa mémoire, sans effort, creuse plus avant au fond de lui-même. Il songe au trouble cruel qui faillit glacer sa langue à son premier sermon; lui qu'intimide à peine maintenant l'assemblée la plus imposante, et qui a même, un dimanche, dans la cathédrale du diocèse, eu l'honneur de prêcher devant monseigneur l'évêque. Il se rappelle l'émotion singulière qu'il éprouva, et quelle honte honnête enflamma son visage, le premier soir, où, courbé à la grille d'un confessionnal, les révélations les plus secrètes lui dévoilèrent le for intérieur d'un de ses semblables. La société commence de lui apparaître sous ses faces les plus mobiles. Il se sent confusément, vis-à-vis de bien des gens et de bien des choses, dans le faux ou dans le vague. Il temporise tant qu'il peut avec l'expérience, dont le flot l'assiége, l'envahit par des courants invisibles. Il s'étonne d'avoir à ménager aujourd'hui certains intérêts, certaines passions, dont il ne soupçonnait pas même hier les impétueuses exigences. Il ne s'effraie pourtant pas encore de l'avenir; mais déjà le passé lui inspire plus d'un regret, et il se trouve parfois bien malheureux dans le présent.

C'est qu'aussi — ne déguisons aucune des misères de son état —, ses pénitentes s'accusent souvent de péchés bien futiles ! Elles ont d'étranges remords, d'étranges scrupules. Elles sont sans cesse contre Satan sur le qui vive. Elles se défient beaucoup trop de ses pompes et de ses œuvres. Elles découvrent partout des ruses, des piéges, des tentations. Elles se plaignent de rencontrer constamment sous leurs pieds quelque pierre d'achoppement. La réalisation douteuse de leur salut leur coûte plus de soucis sur la terre, qu'il ne leur vaudra peut-être de béatitudes dans le paradis. Elles font si fréquemment, si attentivement la ronde dans leur conscience, qu'il n'y a bientôt plus le moindre repli d'où, avec l'aide de leur directeur, elles ne se flattent d'expulser pour jamais le malin. Puis, les ans, l'habitude ne l'ont point encore endurci ou blasé. Quand on réclame sa présence près d'un lit de mort, si c'est sur la beauté, l'innocence, que s'abat le vol de l'ange, son courage l'abandonne, toute sa chair frémit; il administre d'une main glacée le viatique à l'agonisant ; il mêle ses pleurs à ceux de la famille; il rachèterait volontiers cette vie au prix de la sienne... et le jour où, penché au bord d'une fosse, il bénit ce cercueil qu'ont arrosé tant de larmes, c'est véritablement du plus profond de son cœur que s'exhale une fervente prière à Dieu pour le repos de l'âme du défunt !

Mais, — ô puissances de la jeunesse ! ô inépuisables trésors d'oubli enfouis dans le sein de l'homme ! — que ces ennuis, ces angoisses, ces tristesses, s'évanouissent promptement; et que l'espoir, l'illusion, le bonheur, poussent encore des jets vigoureux dans cette nature ! Quelle ardeur, quel épanouissement, lorsque l'Église célèbre une de ses solennités ! De quel air de noble assurance il assiste, en compagnie du premier vicaire, le curé qui officie pontificalement à la grand'messe ! Comme il se prélasse, à vêpres, dans sa stalle sculptée ! Comme au-dessus de toutes les basses-tailles tonnantes du lutrin, et des buccins et des serpents, au-dessus du fausset des acolytes, des chants bourdonnants de la multitude, retentit, vibrante d'allégresse, sa voix séraphique qui entonne le *Magnificat!* Quelles jouissances l'inondent, au milieu des ondoyantes vapeurs de l'encens, des harmonies de l'orgue, des cires flambantes, des frissonnements pieux de la foule, à l'instant où l'un des clercs, prosterné sur le dernier gradin du chœur, agite la clochette de la bénédiction; et quelle violence ne se fait-il pas, debout à la gauche du curé, qui lentement élève l'ostensoir en dirigeant tour à tour ses rayons vers tous les groupes de fidèles, pour ne point se jeter lui-même la face contre terre devant ce trône sacré de l'Eucharistie ! Ce n'est pas tout. Le dimanche de la Trinité, à la grand'messe, quand, exhibant le ciboire d'or du tabernacle, le curé descend du maître-autel, accompagné de ses deux vicaires, vers la sainte table où se sont agenouillés pour leur première communion les écoliers du catéchisme, comme le cœur lui bat, au fur et à mesure que l'hostie glisse des doigts de son chef sur la langue d'un de ces enfants; et quel involontaire, mais imperceptible sourire d'orgueil erre sur ses lèvres, si, tombé de la main de l'un d'entre eux, un vieux louis cordonné reluit dans le plat d'argent de l'offrande! A la procession de la Fête-Dieu, quel ordre il fait observer dans les longues files de congréganistes, de pénitents, de pèlerins, d'abbés, de chantres, qui la composent! De quel pas vif ensemble et majestueux il parcourt les rangs, depuis l'humble croix de bois qui ouvre la procession, jusqu'au somptueux dais de velours tout étincelant de broderies, tout empanaché de plumes d'autruche, sous lequel le curé marche côte à côte avec le premier vicaire, soutenant tous deux la lourde orfévrerie du saint-sacrement! Quels regards ravis il tourne vers les croisées des maisons que leurs habitants ont pavoisées de riches tapisseries ou de blanches tentures! Comme il tape avec empire sur son bréviaire, afin qu'on fasse halte devant lui chaque fois que le dais s'arrête près d'un reposoir! Comme, aux cris des officiers commandant la double haie de soldats qui suivent et ferment la procession; à ce bruit d'armes, de plainchant, de musique militaire; à l'aspect de ces nuages embaumés jaillissant en spirale du feu des encensoirs, de cette pluie de fleurs que les lévites répandent de leurs corbeilles de soie sur l'autel des parfums, il s'enorgueillit en lui-même d'être un des oints du Seigneur, et remercie l'Esprit-Saint de lui en avoir inspiré le désir et les mérites! Tout à coup, après avoir serpenté de rue en rue, dans les plus beaux quartiers de la ville, la procession reprend le chemin de l'église. Il la précède, il se précipite vers le chœur; il diligente les bedeaux, les sacristains, approuve ou blâme l'illumination des chapelles, règle l'appareil; puis il revient tout d'une haleine vers le portail : et ce n'est que lorsque les premières bannières se sont éclipsées sous les arceaux, lorsque les cris de la foule, les motets des confréries, les concerts en fauxbourdon des chantres, et les tambours et les trompettes, emplissent la nef de rumeurs, de psalmodies, de roulements, de fanfares, qu'il vole à la sacristie, endosse une chape éblouissante, et monte à l'autel près du curé qui distribue en succombant de lassitude sa dernière bénédiction à l'assistance.

Mais ce ne sont pas encore là ses meilleurs jours, ses plus chers triomphes.

La semaine sainte a bien aussi sans doute de mystérieux épisodes, d'émouvantes péripéties : soit que, le jeudi, assis à la principale porte de l'église, il quête, en frappant du bout d'une clef sur un vaste plat d'argent, pour la dispense des œufs, pour les pauvres prisonniers, pour l'œuvre de la paroisse, tandis que les curieux à pas discrets circulent vers la chapelle où est dressé *le monument*, ou bien que, le soir, le cœur tout gonflé de sanglots, il écoute le *Stabat* de Pergolèse qu'on exécute dans les tribunes; soit que, le vendredi, à l'office, quand le sacristain pose l'éteignoir sur la dernière bougie du chandelier triangulaire, croule, éclate et gronde à son oreille, et se propage en mugissant sous les voûtes, l'épouvantable tumulte de *ténèbres;* soit enfin que, le dimanche, du haut de la chaire, d'où, l'avant-veille, il leur a décrit ses longues tortures, il annonce, dans tout le délire de l'ivresse, la résurrection du Sauveur aux fidèles!... La nuit de Noël, — nuit rayonnante encore en province de toutes les poésies populaires de la foi, — remue également en lui, chaque année, quelque nouvelle fibre. Son âme s'élance à pleines ailes vers les régions éthérées de l'extase. Il voit poindre, se peindre sous ses yeux, dans un tableau magique, l'étable et la crèche de Bethléem ; saint Joseph, la Vierge, les mages offrant l'or et l'encens et la myrrhe au Dieu qui vient de naître. Il exulte, il pleure presque — d'amour, de reconnaissance, — en rompant le pain symbolique dont il va répartir les miettes entre ceux de ses frères, celles de ses sœurs en Jésus-Christ, qui partagent sa communion. Il relit ensuite, toute la nuit, ces divins versets des Évangiles où est racontée la naissance du fils de l'homme ; et s'arrête, pensif, ému, incapable de pousser plus loin sa lecture, à ce chapitre où il est dit comment l'enfant sublime dominait déjà de sa sagesse et de sa science les plus vieux oracles de la synagogue.

Pourtant, et jusqu'aux heures de ces cérémonies les plus tendres ou de ces pompes les plus splendides, demandez-lui quand dans son cœur, — rosée céleste, — coulent les plus délicieuses sensations, les plus saintes joies du sacerdoce ; et s'il présume que nulle artificieuse pensée ne vous suggère cette question, il vous répondra franchement que ce n'est pas même quand, sur les fonts baptismaux, il salue, il lave un nouveau-né, au nom du Père et du Fils et du Saint-Esprit ; mais bien quand à une messe de mariage, s'approchant des jeunes époux serrés l'un contre l'autre, comme deux colombes, il adresse une paternelle exhortation à ce jeune homme dont l'impatient bonheur le fait sourire, à cette jeune fille parée de pudeur, qu'un pareil nœud peut-être eût liée à son sort, si la discipline établie par les conciles permettait le mariage aux prêtres.

Ainsi s'écoule, harmonieux et pur, le flot un peu monotone de sa vie. Le retour des mêmes fêtes, la répétition des mêmes scènes, émoussent à la fin toutes les ardeurs naïves, toutes les affectueuses dévotions de son âme. Les cordes de l'enthousiasme se détendent, le grand ressort des passions se rouille. L'étude ranime bien, par moments, son intelligence qui s'affaisse dans la pratique d'un enseignement routinier ; sa pensée, par intervalles, a des lueurs et sa parole des images : mais le cercle d'idées et de faits où il roule, le gêne chaque jour davantage et l'emprisonne. Puis des rivalités, des jalousies se forment, qui bourdonnent déjà autour de lui. C'en est fait ! les sources limpides du cœur sont troublées, sinon taries ; le flambeau qui guidait ses pas brille encore, mais toutes les roses mystiques se flétrissent en son chemin... Heureux encore si dans cette incessante compression, ce perpétuel sacrifice de lui-même, ses plus nobles instincts ne périssent point ; si ce qu'il apprend des hommes et des choses ne le fait point se précipiter en aveugle dans toutes les fougueuses lâchetés de l'ambition ; et s'il lui reste alors assez de foi, assez de vertu, pour exercer, un jour peut-être, son ministère à Paris : — là où le prêtre, accablé de désappointements, de fatigues, harcelé de tous côtés par les clameurs du siècle, ne résiste, ne conserve quelque espoir, qu'à force de volonté, de résignation et de persévérance !

AUGUSTIN CHEVALIER.

LE BRACONNIER.

. . . . . C'est un sournois,
C'est bien le plus rusé matois.
Fanfare du Renard.

E N France, le gibier est devenu tellement rare, qu'il ne saurait offrir une subsistance assurée même à l'homme le plus adroit. Si cependant un individu entreprend de vivre uniquement du produit de sa chasse, s'il ne veut pas avoir recours à une autre industrie, il sera dans l'alternative, ou de mourir de faim, ou d'employer des moyens qui répugnent à un chasseur honnête. Il ira dévaster des terres sur lesquelles il n'a aucun droit. Lorsque, par des soins assidus et chèrement payés, on sera parvenu à peupler une propriété d'animaux sauvages, il dérobera le fruit de tant de peines et de dépenses. Le braconnier, c'est l'homme qui a l'habitude de chasser sans permission sur le terrain d'autrui, pour tirer un profit de son gibier. Qu'on n'aille donc pas, comme le font tant de personnes, flétrir du nom de braconnier le chasseur qui, entraîné par sa passion, se laisse une fois par hasard emporter hors de ses limites. Dans sa conduite rien de bas, rien de cupide ; il cède à l'attrait du plaisir. Son action est, si vous le voulez, une atteinte à la propriété ; c'est un délit, mais un délit bien léger : il agit sans réflexion, presque sans volonté. Il n'en est pas de même du braconnier : il médite ses ruses ; il spécule. Il faut que sa poudre, son plomb et son temps soient utilement employés ; c'est un lucre qu'il cherche, et non pas un plaisir ; c'est un gain qu'il demande, et non pas un délasse-

ment ; ce n'est pas une faute isolée qu'il commet, c'est une série de fautes. Le braconnage n'est pas un délit de chasse, c'est l'habitude de ce délit. Il y a, entre le
chasseur fautif et le braconnier, la même différence qu'entre celui qui cherche dans
les chances du jeu un amusement, des émotions, et celui qui biseaute les cartes, ou
qui pipe les dés. L'un est le joueur, l'autre l'escroc. Cependant il est des gens qui
se passionnent pour ce pauvre braconnier. Ils s'indignent de ce que la loi ne lui
laisse pas exercer avec plus de liberté encore sa pénible industrie. Il est si pétri
de ruses, si rempli d'adresse ; ses tours sont si gais et si amusants. Mais les tours de
nos modernes Cartouches ne sont pas moins gais : prétend-on, parce qu'ils sont spirituels, qu'il faut cesser de les trouver coupables ? Peut-être nos philanthropes à la
mode soutiendront-ils cette opinion, eux qui, dans un homme poursuivi par la loi,
ne voient qu'un opprimé, qu'une victime ; qui s'occupent exclusivement d'améliorer
le sort des condamnés, qui conservent pour les repris de justice toutes leurs sympathies ; mais qui sont sans pitié pour un honnête ouvrier mourant sur son établi
de misère et de fatigue. Aujourd'hui, en ce genre, tout est possible. Lacenaire qui,
joignant l'exécution à la maxime, assassinait en même temps qu'il rédigeait en chansons les préceptes du crime ; Lacenaire a rencontré d'enthousiastes admirateurs. Le
braconnier peut bien trouver des apologistes ; je tâcherai pour mon compte d'être
seulement son historien.

Fils de quelque bûcheron, de quelque ouvrier du village, le braconnier a, dès ses
plus jeunes années, donné des preuves de sa vocation. Il était le plus paresseux,
mais aussi le plus patient et le plus rusé des enfants de son âge. Adroit et robuste,
il bravait la fatigue, mais il abhorrait le travail. Il ne voulait rien apprendre de ce qui
est nécessaire à l'homme laborieux ; mais son regard perçant savait déjà découvrir
un nid si élevé que fût l'arbre sur lequel il était construit, si épais que fût le feuillage dont il était abrité. Il était le dieu des couvées nouvelles ; nul n'égalait son
adresse à découvrir la retraite de la perdrix, à lui dérober ses œufs. Bientôt, non
content d'avoir su prendre la nichée, il voulut attraper la mère. L'usage des gluaux
et du lacet lui devint familier. La neige avait-elle blanchi la terre ? il balayait une
place, la couvrait de paille, y répandait quelques graines pour attirer les oiseaux. Au-
dessus il suspendait une planche mobile ; puis, à l'aide d'un cordon, il la faisait tomber sur les passereaux qui s'abattaient pour dévorer son amorce. Si une battue avait
lieu dans le pays, toujours il trouvait le moyen d'être employé au nombre des tra-
queurs : il était toujours le premier à s'offrir pour porter le carnier d'un chasseur. Son
instinct, et aussi son expérience, lui avait appris les endroits giboyeux. Il connaissait les bons passages, et déjà expert dans l'art de tendre les collets, il faisait furtivement au gibier une guerre perfide. Il était le cauchemar du garde champêtre,
l'effroi du messier. Sans cesse errant dans les champs, dans les bois, dans les vignes,
il faisait main basse sur tout ce qu'il trouvait à sa convenance ; ici, ce sont des fruits
qu'il dérobe pour apaiser sa faim ou sa soif ; là un bâton pour accommoder un
traquenard ; là, une perche pour tendre ses filets. Il a toujours quelque nouveau
dégât à commettre.

Mais déjà il n'est plus un enfant, et cependant il ne sait rien d'utile, car il n'a

rien voulu apprendre ; il n'a pas de profession qui puisse le faire vivre. Peut-être
l'état militaire conviendra-t-il à ses goûts aventureux ? Nulle affection ne l'attache
au pays ; il s'engage ou il se vend. Au régiment il est la providence de la chambrée ; on le trouve toujours le plus hardi maraudeur de son escouade. Il utilise ses
anciens talents, et l'existence oisive du soldat lui laisse amplement la possibilité de
l'exercer. Malheur au propriétaire dont la terre sera voisine d'un camp ou d'une
nombreuse garnison ! il verra s'abattre sur son bien ces braconniers qui se cachent
dans les rangs de l'armée. Il aura beau épiner ses champs; il aura beau payer des
gardes intelligents, actifs, intrépides, les perdreaux, espoir de son carnier, périront
tous d'une mort ignominieuse, par les lacets ou sous le drap mortuaire. Il y a trois
ans, un camp était établi sur la lisière de la forêt de Compiègne, et les gardes n'es-
timaient pas à moins de dix mille les collets tendus chaque jour jusque dans les tirés.
Encore la dévastation ne s'arrêtait-elle pas là. Les soldats, ne pouvant avoir de fu-
rets pour forcer les lapins à sortir de leurs retraites, enfumaient les terriers au risque
d'incendier la forêt.

Et quel grand mal, répètent quelques personnes, y a-t-il à ce qu'un pauvre soldat, dont l'ordinaire est si maigre, aille sur les terres d'une personne riche, tuer un
lièvre ou bien une couple de faisans ? Ceux qui font ce raisonnement ne s'aperçoivent pas qu'il peut s'appliquer au voleur tout aussi bien qu'au braconnier. Quel
grand mal, peut-on leur répondre, y aurait-il, quand ce pauvre soldat, dont le prêt
s'élève à 55 centimes par jour, ou bien quand cet infortuné qui expire de misère et
de faim irait prendre 10 francs dans votre bourse, à vous qui jouissez de 1500 pis-
toles de revenu? Le vol n'est un délit que parce que les institutions humaines
ont établi la distinction du tien et du mien. Dans l'état de nature, lorsque tout
reste en commun, dans une république où tout appartient également à tous, à
Sparte, par exemple, le vol n'est plus une faute ; il n'est même plus possible. Mais,
lorsque la loi a consacré la division des biens, celui qui porte atteinte à la propriété ne saurait tirer une excuse de son état de détresse. Il en est de même pour
le braconnage. Dans les pays où l'on n'a pas réglé le droit de chasse, chacun peut
en user ou en abuser, sans mériter le moindre reproche; ainsi, en Espagne, avant
Philippe II, aucune loi n'existait sur cette matière, et on ne connaissait point de
braconniers. Aujourd'hui même, la langue espagnole manque d'un mot qui rende
cette idée et, pour l'exprimer, elle est obligée de recourir à une périphrase.

Dans beaucoup de parties de l'Italie, la chasse est longtemps restée libre; aussi
la langue italienne n'est-elle pas à cet égard plus riche que l'espagnole. Cependant,
en Lombardie, il existait des peines très-sévères contre les braconniers. On les con-
damnait à faire partie des chiourmes, et cela avait donné lieu à un dicton milanais,
que le capitaine Vita Bonfadini rapporte dans son traité *della Caccia dell' arco-
buggio*[1] : les faisans ont la queue assez longue pour cacher une rame de galère.

Chez nous, la loi a fait du droit de chasse une dépendance de la propriété terri-
toriale. Le braconnage n'est donc pas une simple infraction aux règlements de po-

[1] Milan, 1468.

lice, c'est une véritable atteinte à la propriété. Mais qu'importe la loi au braconnier! il est dans son caractère de mépriser toute espèce de règle ; aussi fait-il ordinairement un soldat indiscipliné. Cependant, lorsqu'il peut s'habituer à l'obéissance, comme il est adroit, hardi, infatigable, il devient un bon militaire ; quelquefois les épaulettes d'officier finissent par le récompenser de cette conversion, qui, au reste, n'est jamais complète. Sans doute, dans sa position nouvelle, il ne spécule plus sur le prix de sa chasse, mais il reste braconnier amateur : c'est une variété du genre.

Le métier de *bandolero* est presque une profession estimée en Espagne. Le brigand en Sicile, en Calabre, n'est pas considéré par tout le monde comme un être infâme et comme le rebut de la société : l'exaltation méridionale, qui poétise tout, en a presque fait un héros. De nobles damoiselles se sont éprises d'une passion romanesque pour quelque chef de brigands. Des seigneurs ont cherché des émotions dans la vie aventureuse de ces détrousseurs de grand chemin : c'étaient des voleurs par goût et par vocation. Pourquoi ne voudrait-on pas qu'il y eût des braconniers par plaisir et par délassement? Il est d'ailleurs si agréable de se dire : les lois sont bonnes pour le vulgaire, mais moi je suis au-dessus des autres. C'est ce sentiment qui, joint au goût de la chasse, domine chez le braconnier amateur. Il tire vanité de ses méfaits, s'efforce souvent de se faire passer pour plus coupable qu'il ne l'est en réalité, et tâche de le devenir davantage pour le plaisir de le répéter.

J'ai vu des officiers se faire suivre en chasse par un cavalier qui leur tenait un cheval tout prêt pour fuir en cas de besoin. Un garde, un gendarme venait-il à paraître, notre officier montait en selle, piquait des deux, et allait recommencer dans un autre canton. Le braconnier de cette catégorie est querelleur et mauvaise tête. Si, moins bien monté que vous, il s'est laissé rejoindre à la course ; s'il a été surpris par votre garde, il trouve extraordinaire qu'on ose verbaliser contre un homme comme lui. C'est, dit-il, une insulte dont il vous demande raison, et vous devez vous trouver fort heureux s'il consent à vous laisser le choix des armes. Votre intention est-elle de le poursuivre devant les tribunaux? Il est justiciable des conseils de guerre, qui n'admettent pas l'intervention des parties civiles ; vous courez donc grand risque de perdre votre temps et vos peines. Préférez-vous porter votre plainte devant les chefs du corps auquel il appartient? Il est très-bien avec eux ; il approvisionne de gibier la table du colonel. Lorsque le major veut aller à la chasse, l'officier braconnier l'accompagne, et tue les lièvres que celui-ci rapporte.

Parmi l'espèce de braconniers qui se réfugient derrière une juridiction exceptionnelle, il faut classer le sous-préfet et même le simple maire, qui, certains à peu près de l'impunité, puisqu'on ne peut les poursuivre sans l'autorisation du conseil d'état, chassent toujours avant l'ouverture, et prélèvent ainsi la dîme sur le gibier de leurs administrés. Dans bien des endroits, j'y joindrais le procureur du roi, son substitut, le juge d'instruction, voire parfois le tribunal entier.

Les braconniers amateurs ne sont pas si dangereux que les autres. Néanmoins leur voisinage est encore très-désagréable : on doit s'en débarrasser à tout prix. C'était au moins l'avis d'un grand chasseur, du prince de Condé.

Un habitant de Senlis avait inutilement réclamé pour son fils une place de percepteur. Il avait imploré la protection du prince de Condé, mais celui-ci avait refusé d'appuyer la demande ; il avait même, dit-on, ajouté que jamais il n'userait de son crédit en faveur de gens qui pensaient mal et qui, dans les élections, intriguaient pour le candidat libéral. Le refus était péremptoire. Il fallait s'y soumettre ou se venger, si cela était possible : c'est à ce dernier parti qu'on s'arrêta. La famille s'assembla, et on décida d'un avis unanime que, faute de mieux, on s'en prendrait au gibier de Chantilly du mauvais vouloir que le prince avait témoigné. Le jeune solliciteur fut chargé d'exécuter la sentence. Tous ses parents lui donnèrent des permissions bien en règle de chasser sur leurs propriétés à tir, à courre, aux filets et de toutes les manières possibles. Le voilà donc installé nuit et jour à l'affût sur les confins du domaine princier. Aussitôt qu'une pièce avait franchi la limite, le plomb partait, et la pièce était morte. Il en sortait beaucoup, mais il en rentrait fort peu. Aujourd'hui c'était un faisan qui succombait, le lendemain un chevreuil, un autre jour un marcassin ; enfin, tous les jours, quelque chose. Les gardes étaient dans une colère, dans un désespoir d'autant plus violent que le chasseur, loin de dissimuler le nombre de ses victimes, se plaisait à l'exagérer. Chaque jour de nouveaux rapports arrivaient au prince. « Comment, Connétable, disait-il à son garde favori, on ne trouvera pas moyen de me débarrasser de cette lèpre ?

— Hélas ! reprit le garde, il reste toujours sur son terrain, on ne peut pas le prendre. Enfin, hier, il a descendu trois comètes à ma barbe.

— Comment dis-tu ? des comètes ?

— Oui, monseigneur, des comètes. » Les braconniers ont un langage particulier. Ils appellent les coqs faisans des comètes, parce qu'ils ont de longues queues.

Le lendemain, on devait courre le cerf. Un des veneurs arrive à l'assemblée avec l'œil morne et le visage décomposé ; puis, quand son tour fut venu de faire son rapport, il s'exprima de cette manière : « Ce matin je mets devant le long de la plaine ; mon limier se rabat. Il faisait beau revoir. J'examine la voie : c'était un cerf dix cors. Tout d'abord je reconnais que nous allions de hautes erres, et que le cerf était sorti par là pour aller au Gagnage. Comme il me paraissait bon à détourner, je fais ma brisée basse, je raye la voie, et, pour reconnaître en quel endroit il a fait sa nuit, je déploie le trait, et je pousse en plaine ; mais nous n'avions pas fait deux cents pas que nous trouvons une mare de sang. La noble bête a été assassinée à l'affût par un braconnier ; elle est tombée sans entendre les clatissements de la meute, sans que le bruit de la trompe ait honoré sa défaite ; elle est morte sans hallali. Ah ! monseigneur, cela crie vengeance !

— Oui, je verrai le roi... aujourd'hui, tout de suite : il est chasseur, il me comprendra. » Le prince monte aussitôt en voiture, et arrive aux Tuileries.

« Qu'avez-vous, mon cousin ? dit Charles X en le voyant apparaître avec la figure toute bouleversée.

— Ah ! sire, cela crie vengeance. Il faut une loi, des ordonnances, un coup d'état.

— Des lois contre la presse, n'est-il pas vrai ? Contre les journalistes ? ils ne respectent rien.

— Non ! non ! sire. Un coup d'état contre les braconniers.

—Est-ce qu'ils ont dévasté Compiègne, Versailles, Vincennes, Saint-Germain, ou Fontainebleau?

— Hélas! non : c'est à Chantilly qu'ils en veulent. » Et il raconta la cause de son désespoir.

« Ah! dit le roi, vous m'avez fait une peur... Mais cela est grave, cela regarde le ministre de la justice. » Vingt minutes plus tard, le garde des sceaux, mandé par le roi, entrait aux Tuileries. Après avoir bien écouté les faits, il déclara que le chasseur était dans son droit.

« Mais songez donc, reprenait Charles X, que c'était un dix cors.—Oui, ajoutait le prince, le pied large, les pinces arrondies et fermées, les côtés et les éponges usés, la sole pleine : c'était un grand vieux cerf.

— Le chasseur était sur son terrain, ajoutait le chef de la magistrature.

— Au moins ne pourrais-je, pour l'avenir, en débarrasser Chantilly?

— S'il était fonctionnaire public, on lui accorderait son changement de résidence.

— Quel trait de lumière! s'écria le prince de Condé. Il a demandé une perception : qu'on la lui accorde bien loin, dans les Hautes-Pyrénées : il ira chasser l'isard. Qu'il parte bien vite; qu'on ne lui donne pas de congé. » Le ministre des finances fut à son tour appelé au château. Une ordonnance fut signée d'urgence, à l'instant même. « Mon Dieu! répétait le duc de Bourbon pendant que l'ordonnance était rédigée, pourvu qu'il n'aille pas refuser : je serais obligé de demander une recette particulière. » Mais il n'eut pas cet embarras, et le chasseur accepta.

Maintenant revenons au braconnier de profession, à celui qui vit du prix de son gibier. Après avoir fait son temps de service, il retourne au village. Il entre chez un maître comme ouvrier. Il veut devenir laborieux; il a d'excellentes intentions, mais le naturel l'emporte. Comment résister à l'envie d'aller le soir poser des collets, ou attendre un lièvre à l'affût. Puis, quand on a veillé toute la nuit, on a le lendemain peu de force pour travailler; aussi est-il le plus mou et le dernier à l'ouvrage. Il veut apaiser cette altération que produit le manque de sommeil; il court au cabaret : il s'enivre, s'habitue à l'ivrognerie, et devient bientôt le plus mauvais des serviteurs. On le congédie. Il entre chez un nouveau maître; les mêmes défauts font qu'on le renvoie encore.

Si cependant le braconnier n'est pas tout à fait corrompu, il est possible qu'il revienne à bien. Le braconnier amateur ne respecte pas la propriété, parce que lui-même ne possède pas. Mais que le Ciel lui envoie quelque beau domaine, et vous le verrez trouvant très-sages les lois qui la protégent, en réclamant l'application avec autant de rigueur et d'acharnement qu'un poltron en met à déclamer contre le duel. Le braconnier de profession ne peut guère espérer que le sort le rende propriétaire, mais si quelque emploi venait le soustraire au besoin; s'il pouvait se figurer qu'il a une terre; si vous le faisiez garde, vous verriez chez lui, comme chez le braconnier amateur, s'opérer une transformation complète. Il deviendra l'ennemi le plus implacable de ses anciens compagnons de méfaits, et se fera tuer, s'il le faut, pour conserver le gibier de son maître. C'est ainsi que la justice trouve souvent parmi les repris de justice ses agents les plus adroits et les plus dévoués. Mais pour que le braconnier devienne un bon garde, il faut qu'il ne soit pas entièrement perverti; que l'ivrognerie, que le vol ne soient pas encore chez lui des habitudes invétérées ; qu'il reste enfin dans son cœur quelque germe de bien. Autrement il profite de sa nouvelle position pour exercer avec impunité sa coupable industrie. Il transige avec ceux qui dévastent la propriété confiée à sa garde; il est pour son maître un fléau cent fois plus désastreux que lorsqu'il n'était que braconnier. Il y a donc une nuance très-difficile, mais très-nécessaire à saisir, car elle est du bien au mal.

En général, le braconnier ne sait pas ou ne veut pas travailler. Si par hasard ses parents lui ont laissé quelque petite pièce de terre, et qu'il ne l'ait pas vendue, elle est facile à reconnaître : il n'en est pas dans le canton qui soit plus mal cultivée.

Il est assez bon diable dans ses relations ordinaires. Cependant on l'aime peu ; on le craint comme un homme violent, adroit et dangereux. Une seule personne lui témoigne de l'intérêt : c'est l'aubergiste qui lui sert de receleur et lui achète à bas prix son gibier.

Le braconnier pur sang est presque toujours célibataire. Quand on passe tant de nuits à la belle étoile, on est exposé à trop d'accidents pour prendre femme. Sa mise est celle de tous les paysans peu riches: c'est une blouse bleue. Au reste, il ne porte jamais de carnier; c'est tout au plus s'il se permet quelquefois une panetière ou une besace. La nécessité d'inventer sans cesse des ruses nouvelles pour prendre le gibier ou pour déjouer les poursuites des gardes a exercé son esprit. Sa parole est gaie ; il a toujours quelque tour à raconter; et si vous contemplez sa figure, vous y trouverez le caractère de la finesse. Sa tournure est leste et dégagée; elle a quelque chose de martial; ses mains sont presque toujours mutilées : il est trop pauvre pour acheter une arme bonne et solide. D'ailleurs, si la sienne était belle, il l'aurait bientôt mise hors de service; en effet, dans sa fuite, il est souvent obligé de la cacher, et de l'abandonner pendant des jours entiers à l'humidité, dans un tronc d'arbre, dans un buisson, dans un terrier, sous une javelle. Il n'a donc qu'un fusil perdu de rouille, qui, un peu plus tôt, un peu plus tard, finit par éclater et par lui enlever quelques doigts. Ce sont, dit-il, les accidents du métier; et cela ne le corrige pas. J'en connais un qui avait eu quatre doigts fracassés et le pouce à moitié emporté : son fusil lui avait crevé entre les mains. Il se procura une autre arme; elle éclata encore, et la culasse lui entra dans les os du crâne. Pour l'extraire, ce qui était une opération très-difficile, on fut obligé d'apporter le blessé de huit lieues à Paris, à l'hospice de la Charité. Au bout de quarante-quatre jours, le convalescent voulut retourner chez lui, malgré la volonté des médecins : ils pensaient que des soins lui étaient encore nécessaires. « N'êtes-vous pas bien ici? lui disaient-ils. — Si, vraiment, répondait celui-ci ; mais que voulez-vous? nous comptons à peine deux mois d'aujourd'hui à la fin d'août, et je n'ai pas trop de temps pour me procurer un fusil avant l'ouverture de la chasse. »

Le braconnier vit au jour le jour; aussi détruit-il impitoyablement tout ce qu'il rencontre. Il ne sait pas ce que c'est que de conserver pour l'avenir : il tuera, s'il la trouve, une couveuse sur son nid. Il ne tire que de près, à coup sûr, presque toujours au posé. Il attend le gibier à l'affût; il l'assomme sur place : un chien lui servirait donc à peu de chose. D'ailleurs il est misérable, et ce serait un compagnon à nourrir. Si cependant il en a un, c'est un animal dont il est impossible de définir l'espèce. Il n'est ni braque, ni épagneul, ni barbet, ni griffon, ni basset, ni mâtin, ni dogue, ni caniche ; c'est un mélange de tout cela. Il est petit, maigre et chétif ; de couleur sombre, pour que son pelage éclatant ne décèle pas la présence de son maître. Il sert, suivant l'occasion, de chien d'arrêt ou de chien courant.

C'est dans les pays où le gibier abonde, auprès des chasses royales, que se trouve aussi le plus grand nombre de braconniers ; et dans cette classe, comme dans toutes, il y a des individus qui surpassent l'intelligence ordinaire ; ils deviennent ce qu'on appellerait dans toute autre condition des hommes distingués. Il n'est sorte de ruses qu'ils n'inventent pour échapper aux gardes.

Le chevreuil n'a pas de queue ; mais l'endroit où chez les autres animaux cet appendice est placé se trouve chez lui d'un blanc éclatant. Un braconnier utilisa pendant quelque temps cette circonstance. Aussitôt qu'il se voyait de nuit traqué par les gardes, il s'attachait un bonnet de coton blanc là où les chevreuils n'ont pas de queue. Il s'était accoutumé à courir très-vite à quatre pattes. De cette manière, il passait à quelques pas des gardes qui, dans l'ombre, n'apercevant que cette partie blanche, le prenaient pour un brocard, et s'abstenaient de le suivre.

Un des plus adroits dont la forêt de Compiègne ait conservé le souvenir est un  nommé Philippe Devaux. Il habitait, en 1828, le village d'Armaincourt, qui n'est séparé de la forêt de Compiègne que par la rivière d'Oise. Comme les hommes supérieurs, il avait toutes les qualités des gens de sa profession, sans en avoir tous les défauts. Il était vigneron de son état, mais il s'occupait beaucoup moins des quelques perches de vignes qu'il avait reçues de ses parents que des faisans de la forêt. Un accident qui lui avait fait perdre le pouce de la main gauche lui avait valu le sobriquet de *Sans-Pouce*. C'était sous ce nom de guerre qu'il était surtout connu. Dans les premiers temps de sa vie aventureuse, lorsqu'il n'était pas encore signalé comme un braconnier de profession, Sans-Pouce portait sous sa blouse un petit fusil brisé, une lanterne et un briquet phosphorique. Il se rendait dans la partie de la forêt qui borde la grande route de Paris, où se trouvait un des tirés les plus giboyeux. Lorsqu'il avait découvert un faisan branché, et qu'il s'était assuré, par un quart d'heure de guet, que personne ne se trouvait dans les environs, il tirait, et son fusil était si légèrement chargé, qu'on l'entendait à peine à un quart de lieue ; mais, comme il visait toujours de très-près, le faisan tombait. Il était aussitôt ramassé, mis dans une besace de toile et déposé avec le fusil au pied d'un arbre. Alors Sans-Pouce, se mettant sur la grande route, allumait sa lanterne, puis marchait en se parlant à lui-même, comme font les gens peu rassurés. Si une patrouille arrivait, attirée par l'explosion de son arme, en voyant venir du côté où le coup était parti un homme portant lanterne allumée, parlant tout haut et suivant bien exactement le milieu du pavé, elle ne pouvait soupçonner qu'il fût le braconnier, elle s'adressait à lui pour obtenir des renseignements. Sans-Pouce ne manquait pas de répondre qu'il avait vu ceux qui avaient tiré le coup s'enfuir dans une direction opposée à celle qu'il suivait. Les gardes se mettaient aussitôt à courir pour rejoindre les coupables. Au bout de quelques minutes, Sans-Pouce ramassait son sac et son fusil, et, tournant le dos à la patrouille, allait faire une seconde victime ; mais il en tuait rarement plus de deux, et c'est cette modération qui rendait si difficile de le surprendre en flagrant délit. Cependant la chance des armes est journalière. Un matin, en suivant les traces qu'il avait laissées sur la gelée blanche, on arriva près d'une épaisse touffe de houx ; on reconnut que les feuilles mortes qui couvraient le sol avaient été remuées pour cacher un objet glissé sous le buisson. Le premier examen fit apercevoir la crosse d'un fusil. Trois gardes se blottirent aussitôt dans les houx. Ils y restaient immobiles malgré la rigueur du froid, et on ne les relevait qu'après une faction de douze heures. Enfin, la troisième nuit, lorsqu'on veillait déjà depuis quarante heures, Sans-Pouce arriva pour prendre son arme. A peine s'était-il agenouillé afin de la tirer du buisson, que les trois gardes lui tombèrent sur le corps avant qu'il pût songer à fuir.

Une autre fois Sans-Pouce fut pris avec deux auxiliaires qu'il s'était adjoints, parce que, croyant avoir écarté les gardes, il voulait faire une rafle complète. Chacun des acteurs de ce délit fut condamné par le tribunal à 100 francs d'amende, à 100 francs de dommages-intérêts, aux frais et à la confiscation des armes. Aussi Sans-Pouce, au sortir de l'audience, répétait à qui voulait l'entendre que cette affaire lui coûtait au moins quatre-vingts comètes. C'était sa monnaie courante.

Rien n'est perfide pour un braconnier comme les traces qu'il laisse sur le terrain. Les gardes accoutumés à juger un animal par son pied, dépistent aussi un braconnier sur l'empreinte de sa semelle : c'est ainsi que la première fois *Sans-Pouce* avait été découvert. Un de ses confrères, un des plus adroits qui aient dévasté la forêt de Rambouillet, avait imaginé un moyen pour se soustraire à ce danger. Il s'était fabriqué une paire de patins montés chacun sur un pied de biche. C'est perché sur ces espèces d'échasses qu'il parcourait les endroits les plus giboyeux, et les gardes qui ne revoyaient à terre que d'une vieille bréhaigne, ne se doutaient pas qu'un braconnier avait passé par là. Il parvint ainsi longtemps à les mettre en défaut ; mais en faisant chez lui une visite domiciliaire pour retrouver du bois qui avait été dérobé, des forestiers découvrirent par hasard sa chaussure, et la ruse une fois éventée lui devint inutile ; car, au lieu de s'arrêter à la forme de l'empreinte, on ne consulta plus que les allures, c'est-à-dire la manière dont les traces sont disposées entre elles, et il serait sinon impossible, au moins fort difficile, à un bipède de régler sa marche de manière à contrefaire le plus gros animal à quatre pieds.

Quelquefois le même individu osait chasser en plein jour, et presque sous les yeux des gardes. Des placards de tabac, une couche de crasse cachaient sa barbe à peine apparente, des raies légères simulaient des rides; enfin, il se grimait si bien, il choisissait son costume avec tant d'art, qu'il était impossible de ne pas le prendre pour une vieille mendiante. Il semblait ne s'occuper qu'à ramasser du bois mort; mais sous son jupon il portait un petit fusil brisé. Malheur au gibier qu'il rencontrait; puis, quand une pièce était abattue, quand un garde accourait attiré par le bruit, celui-ci ne rencontrait au coin d'un carrefour qu'une vieille femme chargée d'un fagot de broussailles, ou de vieille bruyère. « Faites la charité à la pauvre Gertrude! » disait-elle d'un ton pleurant; et souvent le garde, doublement pris pour dupe, partageait avec elle les provisions contenues dans son carnier, ou bien il donnait quelques pièces de monnaie à celui qui venait de dérober son gibier.

Les ruses des braconniers sont nombreuses; mais quand l'année est mauvaise, que le gibier est rare, et que le braconnier ne trouve plus dans son adresse que des ressources insuffisantes; quand la misère arrive trop âpre et trop cuisante, alors, peu accoutumé à respecter la propriété d'autrui, il court sans scrupule dans les bois voler du plant; il le vend à bas prix, puis, quand vous l'avez payé, il va la nuit l'arracher dans votre plantation, pour le vendre à un autre. Il est voleur... cela est dans son essence. « Comment as-tu fait, disait-on à l'un d'eux, pour manquer ce lapin qui te passait à balle, toi qui tues toujours? — Oh! j'en sais bien la cause; mon fusil était chargé avec de la poudre qu'on m'a donnée. — Est-ce qu'elle n'était pas bonne? — Je ne dis pas cela, mais je n'y étais pas accoutumé. Je ne brûle ordinairement que la poudre que je vole. »

Il ne respecte pas le bien d'autrui, et tout ce qu'il a rapporté de sa vie de soldat, c'est l'habitude de se servir des armes, l'audace nécessaire pour ne pas craindre un combat corps à corps. Malheur à celui qui le rencontre dans ses courses nocturnes :

> Le braconnier tire sur l'homme
> Comme il tire sur un perdreau [1].

Le général Lejeune, si connu par ses beaux tableaux de batailles, voulant un soir aller attendre des bécasses à la croule, rencontre au détour d'une route un homme armé; il lui crie : « Qui vive? » Le braconnier ne répond pas, mais il se retourne et fait feu sur le général, qu'il blesse grièvement.

Quand la vente ne va pas, et que le braconnier a faim, que Dieu vous préserve de vous trouver au coin d'un bois face à face avec lui; car qui sait ce qui arriverait. Il a commencé par le maraudage, il peut finir par l'assassinat.

[1] Delegorgui Cordier, le Portrait du braconnier.

JOSEPH LAVALLÉE.

LE LUTTEUR.

Il est des noblesses abâtardies, des royautés deve-
nues mendiantes, des statues tombées du piédestal,
des arts descendus au rang de métiers. Combien de
colosses puissants qui étonnent nos yeux dans les
temps passés par leurs proportions, se sont amoindris
en traversant les époques, ainsi que les bâtons flottants sur l'onde ; soit qu'à la façon de Procuste, nous
les ayons écourtés à la mesure de nos tailles, soit que
les âges aient emporté leur physionomie peu à peu,
de même que chaque instant dissipe les parfums d'une
cassolette! Qui reconnaît sous le toit de l'échoppe aux contrevents verts, dans le
vieillard courbé sur un bureau zébré d'encre et de coups de canif, le scribe, com-
mensal des rois et des seigneurs, qui guidait la plume dans les doigts ignorants de
la châtelaine, le poignard sur le parchemin dans la main rebelle du chevalier?
Et le barbier-chirurgien-étuviste, ce prototype de Figaro, jadis armé du rasoir et
de la lancette, gazette babillarde du scandale, entremetteur d'intrigues, alègre et
prospère, n'a-t-il pas vu son monopole envahi, morcelé, et maintenant n'en est-il
pas réduit au plat à barbe que piteux et morne il tend comme la sébille du pauvre?
L'athlète et le gladiateur, que Phidias, Ctésilaos, et Agasias, ont reproduits en marbre
comme un défi de perfection à notre humanité dégénérée, façonnés dans le moule
antique, grec ou romain, peuvent-ils avoir même une copie décolorée dans le
LUTTEUR de nos temps, court et trapu ; lourd et commun ; grossier d'allure, et qui,
comme Quasimodo, fait mentir l'axiome que de l'harmonie naît la force ?

Acteurs d'une fête religieuse, les athlètes étaient, ainsi que le dit Pindare, une
réunion d'hommes libres qui venaient conquérir l'immortalité et les couronnes

d'or, au bruit des trompettes, au son de la flûte, interrompus par les rapsodes qui récitaient les vers d'Homère, les poëmes d'Empédocle et les chants d'Hésiode. Duellistes pour le divertissement du peuple-roi, dans un cirque immense tendu de filets d'or, de splendides *velaria,* où rugissaient les lions et les panthères, où siégeaient cent dix mille spectateurs ; l'esclave thrace, le prisonnier sarmate ou gaulois jouaient leur vie dans un drame réel et sanglant, et tombaient frappés par l'épée du *secutor,* par la faux du *mirmillon,* par le trident du *rétiaire.*

Quel plus bel enjeu que la vie ? quel plus beau prix que la liberté ?

L'athlète de nos temps, triste parodiste, agent des plaisirs d'une fête patronale, lutte dans l'arène au son aigre du pipeau, aux mélodies conjointes de la grosse caisse et du galoubet. Et quelle arène ? au lieu de ces immenses assises de pierre qu'on appelle le Colysée, dont la lice était parsemée de cinabre, de sable d'or, garnie de fraîches fontaines ; ordinairement c'est une prairie, une aire clairsemée de pierres et de paille, et le circuit est formé par des spectateurs en habit de bure.

Eh bien ! chez le peuple romain étendu sur ses gradins de marbre, chez les innombrables témoins des jeux Olympiques, il n'y avait pas plus d'enthousiasme et de délire que chez les spectateurs de nos jours. On s'enivre aussi bien avec le vin bleu des cabarets qu'avec le Tokai. Dans les provinces méridionales, il n'est pas de hameau misérable et indigent qui à sa *voto* [1], ne se cotise pour avoir au moins une couple de lutteurs. Chaque peuple a ainsi dans ses mœurs un goût dominant qui décèle son caractère, qui est le principal trait de sa physionomie. Nul n'évoque le souvenir de l'Angleterre sans se rappeler les combats de coqs, et surtout le boxeur. Nul, en pensant à l'Italie, n'oubliera ses soprani et ses frénésies musicales. Quel est le roman espagnol qui, à part les autodafé, les sérénades et l'inquisition, n'ait été défrayé par les courses de taureaux, les picadors, les matamors, les banderilleros, etc. ?

Dans le Midi, le lutteur se détache comme un type spécial, fort de toute sa puissance et de toute sa popularité. Il y a bien là certaines inspirations émanées de ce sol romain, où dorment à quelques pieds tant de débris. Les Arènes de Nîmes, l'amphithéâtre d'Arles ne devaient pas rester comme un cadavre inerte ; leurs échos ont trop souvent tressailli à des hurlements sauvages pour demeurer silencieux désormais. C'est presque le même peuple qui criait par les rues : *panem et circenses ;* aussi les pierres qu'ont foulées les sandales et les bottines romaines doivent croire qu'elles assistent toujours au même drame, en entendant les transports et les clameurs de cette population passionnée. Ce sont toujours ces gens au teint bronzé, aux habitudes rudes et farouches, au désir ardent ; avides d'émotions et de spectacles où ils puissent dépenser leur exaltation. Ne leur parlez pas du théâtre et de la littérature ; ce n'est rien pour eux que ces catastrophes factices dont les cinq actes d'un mélodrame sont engorgés ; ils méprisent ces rouages qui meuvent une machine dramatique, ces dénouements prévus. Leur drame, c'est cette action réelle, ce concours d'adresse et de force, l'une si fertile en ruses, l'autre si féconde en

[1] Fête patronale.

ressources ; toutes deux se prenant corps à corps, et présentant toujours tant de
physionomies diverses, tant de tours variés, tant de coups de théâtre, tant d'incertitude de la victoire, que le spectateur reste haletant, indécis, ravivant la lutte par
ses clameurs à une savante manœuvre, excitant les lutteurs de ses applaudissements
comme du cliquetis d'un fouet ; morne ou trépignant, suivant les chances heureuses
ou malheureuses de son favori. Ce peuple, dont l'organisation est si rudement
trempée, ne peut se plier à nos susceptibilités raffinées, aux habitudes parisiennes
qui se contentent des mignardises du théâtre ; lui ne craint pas le sang versé, de
tristes exemples l'ont assez prouvé ; et soyez sûrs que si la civilisation ne criait haro,
il mettrait volontiers des épées dans la main de ses lutteurs.

Nous avons semblé, par ce qui précède, constater l'existence des luttes seulement
dans les provinces méridionales ; c'est qu'en effet là c'est une préoccupation incessante ; mais la patrie des hommes aux longs cheveux et aux larges épaules a aussi
ses lutteurs. Dans tous les pays où le séjour des cohortes romaines a tracé un sillage
si profond, qu'il n'a pas encore été effacé par le temps, le lutteur existe à l'état
de tradition. Mais parmi les montagnards kernewotes du Finistère, ce n'est plus
un métier spécial ; ce sont des paysans robustes qui quittent la charrue et viennent
combattre à chaque *pardon* [1] pour le divertissement de leurs compagnons. Nous ne
parlerons pas de cette lutte de paroisse à paroisse qu'on appelle *sowle*, et n'est
autre que le jeu du *shinty* en Écosse, dit *hurling* en Angleterre, laquelle consiste à
chasser une boule sur le territoire de sa commune. Nous mentionnerons seulement
celle dont la domination romaine a laissé tomber quelques notions sur le sol ; qui
s'est mêlée aux pratiques supertitieuses du moyen âge ; et a subi l'influence religieuse
si puissante en Bretagne. Il est curieux de rapprocher les coutumes qui y sont usitées,
avec celles de nos provinces méridionales.

D'abord, par une version contraire que la différence de climats explique, les
Bretons luttent habillés. Une chemise de forte toile qui s'enserre dans une culotte
étroitement collante au corps, les cheveux relevés, contournés en chignon et liés par
une torsade de paille, des guêtres de *berlinge* [2] ; voilà le costume. On comprend
que la lutte y perd beaucoup de son intérêt, nous sommes bien loin de l'athlète. Le
jeu des muscles, les poses académiques de deux corps entrelacés, les rapports de
tradition, tout cela ne peut plus exister. On ne voit que deux paysans qui se gour-
ment et se roulent dans la poussière.

Le lutteur breton est par-dessus tout superstitieux ; s'il se signe à plusieurs reprises avant le combat, c'est moins pour demander ainsi l'aide de Dieu et de la
sainte Vierge, que pour se préserver des sortiléges et du *louzou*. Le louzou, sachez-
le bien, donne une vigueur surhumaine à qui le possède ; ce sont quelques plantes
à cueillir par la nuit, le jour du Sabbat, avec des formules mystérieuses. Les âmes
religieuses s'en gardent comme d'un maléfice, parce que c'est un pacte tacite avec

[1] Fête patronale.
[2] Fil et laine,

le génie du mal ; mais d'autres moins timorées l'emploient en se promettant de se racheter par quelques noëls au pied des calvaires. C'est à cette terrible puissance, vous dira-t-on, que Pierre de Moncontour lutteur des environs de Rennes, dont le nom est resté pur de toute défaite, a dû tous ses triomphes. Le Breton entre en lice, mais, au préalable, il fait couler l'eau favorable des fontaines dans ses manches, le long de ses bras et sur sa poitrine ; il n'y entre pas, si c'est le jour anniversaire de quelque catastrophe de famille, s'il croit avoir vu l'*Ancou* glisser sur les flots, s'il a pour rival un homme accusé de se signer à rebours, de rendre les terres stériles et les femelles des bestiaux infécondes.

Les conditions de la lutte sont : de ne prendre son adversaire qu'à la chemise, de ne point le frapper du pied, de n'employer ni sortiléges, ni magie. Le croc en jambe, cette manœuvre subreptice et perfide du traître, qu'on nomme là *peeg-gourn*, est autorisé. Les *gages* qui chargent une sorte d'arbre de mai sont ordinairement : un mouchoir, un coq, un mouton, voire même une génisse, que l'on place sous les yeux du public.

Le tambour annonce par un roulement que la lutte va commencer. Deux hommes, l'un avec un fouet à la lanière sifflante, le chapeau baissé sur les yeux pour ne pas avoir pitié des réfractaires, l'autre avec une poêle, font faire *liss*[1]. Les sonneurs[2], qui sont : un violon, un tambourin, une musette, dite *bigniou*, un hautbois, s'assèyent sur une estrade, ainsi que les juges choisis parmi de vieux lutteurs, parmi les notabilités de l'endroit, et les puissances temporelles et civiles : le maire, le notaire. Toute une foule s'accroupit autour de ce spectacle ; les toits des granges voisines se garnissent de curieux ; les arbres portent des grappes d'hommes ; les femmes se prélassent sur des échafauds construits à la hâte. Un lutteur prend le prix dans son chapeau, si c'est un

[1] Place.
[2] Musiciens.

mouchoir; sur son poing, si c'est un coq; au haut des bras ou sur les épaules, si c'est un mouton ou une génisse; et se promène ainsi dans l'assemblée, s'arrêtant à dessein devant ceux qu'il soupçonne devoir répondre à son défi; si nul ne tire sa veste et ne rattache sa chevelure en lui disant : Attendez! le prix lui appartient; mais si quelqu'un lui crie de s'arrêter et lui touche l'épaule, la lutte est engagée. Les deux lutteurs se déshabillent et paraissent dans le costume que nous avons décrit, s'embrassent, se disent leurs noms, leurs communes; se mettent la main droite sur l'épaule gauche, la main gauche sur le côté droit, et commencent. Leurs cheveux se délient dans la chaleur du combat, leur chemise se déchire en lambeaux sous leurs doigts crispés; s'ils tombent dans la poussière, et que l'un d'eux touche la terre par le dos, l'on crie : Ar lam è[1]; et celui-là est vaincu. Si aucun d'eux n'est tombé ainsi, nè get lamm[2], c'est un costiu, une chute inutile, et l'on se relève. Outre le croc en jambe qui est modifié d'une manière savante, il y a d'autres tours remarquables : le maléfant, du nom de son inventeur, par lequel l'adversaire est lancé en arrière par dessus l'épaule; le toll scarge qui ne laisse l'adversaire s'appuyer que sur la pointe d'un seul pied, de sorte qu'il est facile de le faire trébucher par un peeg gourn. Il y a encore le cliquet roon, où, l'adversaire ayant perdu pied, le lutteur le fait rapidement tourner autour de lui et le jette à terre tout étourdi. Dès qu'un lutteur est proclamé vainqueur, le plus fort des juges le saisit à la ceinture et le montre à l'assemblée, qui applaudit avec transport.

Passons à un plus véritable représentant de la lutte antique, au lutteur des provinces du midi.

Nous avons nommé le boxeur quelques pages plus haut; voilà dans la physionomie de nos voisins d'outre-mer le véritable pendant du lutteur méridional. Tous deux ils résument les instincts d'une population : ils sont un anneau semblable de cette longue chaîne de types qui, réunis, forment une nation; on ne peut les en détacher sans briser la trame. Aussi, quelle est la collection de Heads of the English people qui ait oublié cette importante figure, non plus que celle de l'amateur de coqs! Qui de nous s'est fait une Angleterre sans son boxeur, escorté de ses parrains? Quel caricaturiste français n'a pas représenté l'Anglais avec son ventre d'alderman; les bras arrondis, les poings menaçants? Le boxeur agressif et brutal n'est-il pas le type le plus vrai de la populace grossière de Londres? Le lutteur n'est-il pas une révélation des instincts un peu farouches des Méridionaux? Les rapports, du reste, sont si réels entre les deux productions indigènes, que, malgré la distance, elles ont un esprit haineux de rivalité. L'Anglais méprisera le lutteur français de toute sa morgue britannique, en déclarant que Swift ou Adams en feraient bonne justice. Le lutteur vous apprendra comme quoi un de ses confrères, insulté par deux boxeurs dans les rues de Londres, les fracassa sur la muraille; anecdote que je croirais dévotement par patriotisme, si elle n'appartenait pas, par droit d'ancienneté, à Maurice de Saxe, tout aussi bien qu'à l'amiral de Grasse.

_____

[1] La chute y est.
[2] La chute n'y est pas.

Les villes qui se baignent au Rhône sont la pépinière de ces lutteurs. Remoulins, sur le Gardon, cite plusieurs illustrations de cette espèce. Saint-Quentin fut la patrie d'Archambault. Les naissances douteuses donnent lieu à des querelles. Homère ne fut pas revendiqué avec plus d'acharnement par Chio, Scyros, etc. Aussi, chaque affiche distingue précieusement les pays, et signale bien clairement : le parti Avignonnais; le parti Lyonnais; le parti du Gard ; le parti Marseillais. Quand un lutteur étranger est vainqueur dans l'arène, les rivalités grondent sourdement ; les parieurs aigris murmurent contre le malencontreux lutteur ; — *A pas péta d'eschino* [1], crie la multitude. On rapporte que les deux célébrités Nîmoises actuelles, dans un défi qui leur fut porté par Marseille, indignées de se voir ainsi chicaner la victoire, renversèrent leurs adversaires avec tant de force et de rudesse, que plus d'un d'entre eux ne put se relever sans secours, et que le peuple irrité faillit mettre en pièces les vainqueurs.

Entre deux lutteurs en renom la ville se partage ; tous prennent parti pour l'une ou l'autre faction, ainsi que pour les *bleus* et les *verts* du cirque de Constantinople. Chacun raconte de *son* lutteur des histoires qui font pâlir celle de Polydamas qui soutint une caverne prête à s'écrouler, et de Milon de Crotone, qui tua et mangea un bœuf (d'autres disent un mouton, *ovem* et non *bovem*, ce qui réduit singulièrement le prodige). « Un tel, disent les prôneurs, près d'être écrasé sous une roue de charrette, la souleva à quelques pouces de sa poitrine jusqu'à ce qu'elle eût passé.—Un autre élève jusqu'à sa bouche une cornue de vendange pleine de vin, aussi aisément que nous autres débiles approchons de nos lèvres un verre à pied. — Un autre crève un baril d'un coup de poing, et a été surnommé pour ce fait *Crèbo-bouto* [2], etc., etc. » Malgré tous ces témoignages de chaleur et d'intérêt, le lutteur est mal considéré. Un paysan aisé montrera autant de désespoir en voyant son fils dans l'arène, qu'un respectable bourgeois de la rue Saint-Denis en sachant son fils engagé dans une troupe de cabotins. Cela tient au préjugé qui poursuit tout homme qui consent à se donner en spectacle pour notre divertissement, et surtout au relâchement des mœurs de ces artistes. Leurs violents exercices, le renouvellement de forces qu'ils nécessitent, leur donnent le besoin et le goût des liqueurs fortes. Ils font des repas considérables, à l'exemple des athlètes, et vivent, pendant l'intervalle de leurs triomphes, dans les plus infâmes bouges. Ils ont fui le labeur persévérant de l'ouvrier, la dépendance de l'artisan pour la vie libre et vagabonde, pour le far-niente des longs loisirs, et leurs habitudes sont empreintes de ces funestes inclinations. Comme leur salaire ne vient pas lentement, au jour le jour, pièce à pièce, mais en somme, la débauche est immédiate. Le lutteur couronné élit pour ses plaisirs amoureux quelque robuste sultane, et *liquide* sa victoire en compagnie de ses disciples et de ses séïdes.

Le lutteur, en effet, a une cour composée de ses parents, des amis de sa classe,

---

[1] Il n'a pas craqué de l'échine ; expression pittoresque pour dénier la victoire.
[2] Crève-tonneau.

qui le félicitent, lui secouent la main après un succès; et après la défaite le consolent en attribuant la chute à un faux pas, à une trahison de l'adversaire, à tout, plutôt qu'à l'infériorité du vaincu. Les grands maîtres font école; ils enseignent les éléments du grand art, si répandus d'ailleurs qu'on voit les enfants dans les rues lutter avec principes; en outre ils initient leurs élèves à leur système, ils lui prêtent leur *coup* favori, car chacun d'eux en a un qu'il a créé, de même que les maîtres d'escrime, de bâton, et de *boxing*. Leurs théories, comme on le suppose sans peine, sont développées dans un singulier langage, car ils sont complétement illettrés. Issus de paysans, livrés à des exercices gymnastiques fort peu intellectuels, ils n'ont rien en dehors de leur éducation brutale. L'un d'eux se faisait indiquer son nom sur l'affiche, et avait choisi un de ses amis pour se faire lire chaque soir des vers à sa louange, vers français écrits sous l'inspiration d'une muse patoise. Mazard, le plus illustre coryphée du genre, avoua naïvement à un amateur frénétique qui sollicitait de lui un autographe, qu'il ne savait pas écrire.

Nous avons nommé Mazard, *l'Enfant des vieilles Gaules,* ainsi que l'appelle son poète :

MEISSONNIER lui succède, enfant de la Provence. [1]

jadis son disciple, maintenant son rival. Ce sont les deux plus grandes renommées autour desquelles gravitent les autres comme des astres satellites.

Le premier a été surnommé l'*Invincible,* le second l'*Infatigable.* Tous du reste possèdent un sobriquet dont le public les a décorés, ou qu'ils se sont attribué eux-mêmes, et qu'ils attachent à la queue de leurs noms sur l'affiche. Ainsi on lit : Bouillard, dit *le Crâne ;* Patte, dit *le Terrible* ; Martin, dit *Belarbre ;* Lamouroux, dit *le Mistral;* Serrurier, dit *Finelame;* Jean Devaise, dit *Papillon;* Blanchard, dit *Va-de-bon-Cœur,* etc., etc. Les plus modestes indiquent seulement le lieu de leur naissance : Coste, de Thulain; Quiquine, de Roquemaure; le grand Paulet, de Vauvert; etc.

Il y a des luttes périodiques qui, dans les grandes villes, ont lieu chaque semaine, le dimanche; d'autres accidentelles, ce sont celles que l'on célèbre dans les fêtes de village. Les premières, qui constituent un spectacle suivi, ont un théâtre réservé ; par exemple, les Arènes, à Nîmes ; alors elles prennent un caractère presque solennel. Toute cette multitude, échelonnée dans cet entonnoir elliptique de pierre construit comme un enfer du Dante, et qui s'agite et se meut sur les gradins, en laissant échapper un murmure formidable comme celui d'une fournaise, donne au géant romain sa véritable physionomie. A voir cette mer de têtes s'agiter, un frémissement de plaisir passer à chaque péripétie sur cette foule immense, et là-bas, dans un cercle étroit de sable, deux hommes à peu près nus, entrelacés comme des ser-

[1] Triomphe de Mazard, — poëme par Lodéra.

pents, roulant sur la poussière, on croit assister à la scène antique ; mais si l'œil
se hasarde à chercher

> . . . . la place des César,
> Celle des proconsuls et des nobles familles
> Et celle que Vesta réservait à ses filles
> Dont l'index était un poignard [1],

l'illusion s'enfuira, chassée comme un nuage par le vent, car on verra siéger à la
même place où étaient assises avec leurs robes blanches ces mêmes vierges de Vesta,
si cruelles et si belles, la gravité gourmée de monsieur le commissaire de police,
la raideur officielle du gendarme, et les physionomies bourrues des membres du
conseil municipal.

Aux *votos* de village, l'aspect est plus pittoresque : la scène, comme nous l'avons
dit plus haut, se passe dans une prairie, dans une plaine, dans une aire. Au son de
la musique, quelques paysans, se tenant par un mouchoir, alignent les spectateurs
en cadence, d'autres avec une perche maintiennent les curieux. Aussitôt que le rond
est fait, l'orchestre, composé d'une clarinette, d'une grosse caisse, d'un violon et
d'un galoubet, fait le tour de l'arène en jouant l'air national de la lutte, qui est aussi
le chant de victoire.

C'est à l'imitation des hérauts d'armes et des maréchaux-de-camp, qui parcouraient la lice des tournois, suivis des ménétriers et des chevaliers tenants ou assaillants tout *houssés* et *téniclés*.

Il y a deux sortes de lutteurs de même qu'il y a deux sortes de luttes. Il faut,
comme on le pense, à qui entreprend ce métier (disons cet art), toute la plénitude
des forces, la réalisation complète des avantages physiques ; aussi le lutteur est-il
à la fleur de l'âge. Mais, à même proportion d'années, la nature souvent s'étant
montrée luxuriante envers quelques-uns, tandis qu'elle n'a été que riche envers
les autres, cette disparité a nécessité une division. Il y a donc les hommes et les

[1] Les Arènes, poésies par Reboul, de Nimes.

miechommes [1]. Ce sont les premiers qui commencent la lutte. La *lutte libre*, réservée aux miechommes, leur donne la faculté de saisir leur adversaire par tout le corps, et leur permet de poursuivre la victoire sur l'homme renversé quand il n'a pas touché des deux omoplates. La *lutte de la ceinture* ne donne prise que de la ceinture en haut. Dans toutes deux le croc-en-jambe, dit *cambette*, est expressément défendu.

Tous ont fait cercle ; les premiers rangs assis, les derniers debout, les musiciens à leur place. Les lutteurs se déshabillent rapidement au milieu du groupe de leurs partisans, qui les entourent et les dérobent aux regards pudibonds ; puis ils se présentent dans la lice. Quelques-uns ont les bras, les cuisses ou la poitrine tatoués : l'un d'eux portait sur son estomac le tableau complet d'une lutte rehaussé en couleurs. Les célèbres sont revêtus ordinairement d'un caleçon d'honneur, gagné à quelque lutte mémorable, lequel est de velours, frangé d'or ou d'argent. Les deux rivaux se donnent une poignée de main pour montrer qu'il n'y a pas entre eux d'inimitié particulière ; puis chacun prend quelques poignées de terre, et se tient devant son adversaire, l'échine courbée, les coudes pressés au corps, les mains serrées, toutes les saillies effacées, l'œil aux aguets, épiant le moment, étudiant les gestes de l'antagoniste ; tous deux prêts à profiter de la moindre imprudence, à éviter une manœuvre dangereuse. Ils tournoient lentement ainsi, reculant, avançant, avec circonspection, sans se livrer. Une remarque ordinaire, c'est que dans la lutte, à moins qu'elle n'ait lieu entre deux lutteurs d'une célébrité bien égale, il y en a toujours un qui garde la défensive, humblement ployé, le regard inquiet, tandis que son adversaire est debout, le sourire sur les lèvres, sans paraître craindre une mesure agressive. Si la supériorité de forces est bien décidément acquise à l'un des deux, il arrive souvent que celui-là ayant enlevé son rival dans ses bras et tenant la victoire à sa disposition, le laisse aller avec une clémence dédaigneuse, plus humiliante qu'une défaite, ou le jette négligemment sur le sable aux huées de la multitude. Quand l'infériorité est trop grande, le lutteur robuste prend dans ses bras son rival comme une nourrice son enfant, et le porte en dehors de l'arène. Quelquefois, d'un commun accord, les deux combattants se saisissent au col, entrelaçant

leurs bras sous l'occiput, front contre front comme deux taureaux : c'est ce qu'on appelle le *collier*. Si ce manége dure trop longtemps, le public siffle et crie : *Défors* [2], jusqu'à ce qu'ils en viennent aux mains. Les lutteurs s'échauffent peu à peu de leurs efforts vains, de leurs ruses déjouées ; la sueur découle bientôt de leur front sous le soleil ardent du midi ; les claquements de la main retentissent sur les épaules et les bras qui se marbrent de rouge ; les muscles gonflés se dessinent en saillies bleuâtres

---

[1] Demi-hommes.
[2] Dehors.

sur les jambes et sur les bras ; le groupe de ces deux hommes entrelacés comme des serpents, se traîne péniblement dans l'arène, jusqu'à ce qu'enfin un des lutteurs, dans un mouvement mal calculé, soit tourné, soulevé et renversé aux applaudissements de l'assemblée. Si la lutte a été bien soutenue de part et d'autre, le public console par quelques bravos le vaincu qui salue avec confusion, sinon le sifflet l'accompagne.

À chaque relâche les combattants ont recours au cordial : le vin ou l'eau-de-vie ; mais quelques-uns s'en abstiennent comme d'une chose nuisible, et se contentent de garder dans leur bouche un fétu de paille pour y entretenir la fraîcheur et conserver la respiration facile.

Il est impossible de décrire toutes les physionomies de ce spectacle multiforme si diversement accidenté ; chaque lutteur apportant son mode, chaque lutte ap-

portant ses variétés. Quelques coups pourtant, plus fréquemment employés, méritent mémoire. C'est d'abord *le tour de cuisse*, où excelle Coste de Thulain, et qui consiste à faire trébucher l'adversaire sur la jambe avancée près de lui. *Le tour de bras* est un système de dislocation attribué à Meissonnier par lequel, chargeant le bras de l'opposant sur son épaule, il lui imprime un mouvement de rotation et le renverse la tête la première. Ce tour exige une force prodigieuse comme celui que l'on

nomme *le tour de tête* ; il s'agit dans celui-ci de tenir l'adversaire courbé, la tête contre votre poitrine, et lui passant les bras sous le cou comme deux barres de fer inflexibles, de le soulever de terre ; le rival pèse de tout son poids, alors s'exécute un immense travail de force : l'homme qui fait ce coup se carre sur ses jambes pour que ses jarrets ne fléchissent pas, et renversant à demi son buste, la tête en arrière, les dents serrées, l'écume sur les lèvres entr'ouvertes, le visage contracté, amène à lui avec un râle d'efforts cette masse pesante qui ne résiste que par son inertie, et quand il l'a culevée de terre, l'y rejette sur le dos par un revirement brusque. L'autre, en revanche de ces fatigues, court la chance d'avoir les vertèbres du col luxées. Patte, beau-frère de Meissonnier, dont un poëme déjà cité a peint la promptitude à vaincre par ces vers rapides :

Tel qu'un taureau fougueux dans l'arène il s'élance,
Il arrive, *il le tombe* [1] . . . .

---

[1] Il le renverse. — Idiotisme provençal.

emploie assez fréquemment ce terrible procédé. Les plus grands ménagements sont recommandés aux lutteurs; mais les chutes assez rudes causent souvent des blessures graves, surtout par l'imprévoyance ordinaire qui laisse subsister des pierres dans le champ du combat. Les querelles pour coup douteux sont extrêmement rares, la voix du peuple tranche aussitôt la question ; sa décision, formulée en de monstrueux hurlements, est un jugement sans appel, et les *prud'hommes* s'empressent de s'y conformer. Les prud'hommes sont les juges, choisis quelquefois parmi des jeunes gens de famille, ardents zélateurs ; au nombre de quatre ou cinq, ils doivent marcher, distancés entre eux de quelques pas, autour des lutteurs, pour ne pas les masquer au public. Si l'un d'eux s'arrête, la foule crie : « Circulez! » Leur fonction est d'empêcher les infractions et de prononcer l'arrêt.

Pendant le combat, les musiciens jouent l'air de la lutte, et le doyen des paysans, placé près d'eux, en chante les paroles d'une voix cassée, à peu près comme Ramalingam récitait un poëme hindou pendant la danse des Bayadères. Voici l'air et les paroles :

Quan vou-dra lu - - cha qué sé pré - - sen-to

Quan vou-dra lu - - cha, qué ven au prat.

Quan vou-dra lu - - cha qué sé pré - - sen - - to

Quan vou-dra lu - - cha lou roun es fa.

Le lutteur doit renverser deux hommes, et quelquefois trois, suivant les conditions faites. Si nul ne se présente après la première victoire, le prix lui appartient. Ce prix varie de 50 à 500 francs en proportion de l'opulence des communes. Les artistes du premier rang reçoivent une somme fixée, même après avoir été renversés.

Une des plaies de la lutte et qui en amène la décadence, au dire des amateurs, c'est la déloyauté de ses desservants. Par une conduite fort explicable du reste, ceux-ci préfèrent gagner la moitié du prix, moins les labeurs et les chances aléa-

---

¹ Que celui qui veut lutter se présente, qu'il vienne au pré.
Que celui qui veut lutter se présente, le rond est fait.

toires du combat. Aussi deux hommes qui luttent au même degré de force et de réputation et peuvent craindre réciproquement une défaite, préfèrent fixer la destinée,
et l'un d'eux convient d'avance de jouer le rôle de vaincu ; puis le prix remporté grâce
à cette concession est partagé entre eux. Quand le peuple soupçonne une supercherie
de ce genre, il murmure, crie qu'*ils s'entendent*, et les fait recommencer. Mais quelquefois la déloyauté est du côté du peuple, qui, en prononçant les paroles sacramentelles : *A pas touca* [1], veut se donner double plaisir, comme un dilettante qui
crierait *bis*. Dans d'autres circonstances, une coalition s'ourdit contre un lutteur
robuste; au contraire de la disposition d'Horace contre les trois Curiaces, ils s'unissent trois contre un. Le plus faible vient éprouver les forces du colosse, et prolonge
sa résistance autant qu'il peut pour le fatiguer. Le second, plus vigoureux, engage
une lutte sérieuse, lasse son adversaire ; et si celui-ci n'est pas terrassé, le troisième,
frais et dispos, supérieur aux deux premiers, combat, souvent avec succès, le rival
dont les forces se sont épuisées dans les luttes précédentes.

Quoiqu'il n'existe pas une loi aussi terrible que celle qui punissait de mort toute
femme qui assistait aux jeux olympiques, les dames n'assistent plus à ce spectacle :
les convenances les en ont exclues, et surtout les accidents qui, dans toutes ces
prises de corps, arrivent souvent à la frêle étoffe de l'*inexprimable*, seul vêtement
que portent les lutteurs. En revanche, les maîtresses des lutteurs assistent, inquiètes
et éplorées, à ce drame palpitant d'intérêt pour elles. La grisette et la paysanne y
abondent, et ce passe-temps l'emporte souvent sur le plaisir de danser *lou congo*,
las treilhas, et *la falandoulo*.

Le lutteur, à part sa nudité académique, n'a pas de costume spécial, mais l'on
remarque dans sa toilette, quelquefois assez soignée, le goût général du peuple pour
les couleurs tranchantes, qui se révèle par un gilet sang de bœuf ou une cravate
d'un rouge écarlate. Ils ont d'ordinaire les cheveux courts et ras à la malcontent, le
chapeau languedocien en feutre gris relevé et liseronné autour des bords, la veste du
paysan. Plusieurs, grâce à leurs Pénélopes, ont du linge fin, et j'en vis un qui
s'enorgueillissait singulièrement d'un jabot volumineux disposé en arc sur sa poitrine.

Outre le lutteur proprement dit, qui vit exclusivement de ses victoires, qui n'a
pas d'autre métier ; qui, professeur théorique, développe les éléments généraux et
ses systèmes particuliers, il y a le lutteur d'occasion. Comme tous ont quelques notions sur la lutte, c'est un paysan aux formes massives, aux bras musculeux que le
prix allèche, ou bien (anomalie heureusement fort rare) un jeune homme de famille
distinguée, cédant au désir impérieux d'exercer des forces remarquables. Mais,
comme lutteur de ce genre, celui qui tranche sur tous les autres par son originalité et sa bizarrerie, c'est le *Carraco*.

Le Carraco fait partie de cette grande famille inconnue, éparse sur les points du
globe, condamnée à la vie errante et nomade, sauvage en dépit de la civilisation qui
la cercle. Les Pyrénées rejettent cette écume dans les provinces méridionales. A

[1] Il n'a pas touché (ses épaules n'ont pas touché la terre.)

chaque fête, ces gitanos viennent allumer la veille leurs bivouacs aux portes de la ville, et le lendemain on les retrouve s'épanouissant à la lutte d'hilarité et de bonheur. L'appât de quelques pièces d'argent les fait toujours entrer en lice avec les miechommes. C'est alors un grand divertissement pour les spectateurs. En effet, les carracos (nom injurieux qui veut dire aussi bien voleur que bohémien) sont en ce moment la race souffreteuse et méprisée dont la gaieté cruelle du peuple a toujours eu besoin pour s'en faire un jouet passif; ainsi qu'ont été les juifs pour les chrétiens du moyen âge, ainsi que sont actuellement les Chinois pour les Malais. Le carraco est donc le loustic involontaire, le paria le souffre-douleur de la multitude. On rit de ses gestes frénétiques, de son corps brun, de ses membres grêles comme ceux de l'Arabe, de la façon dont il grimace vis-à-vis de son adversaire, qu'il fixe de ses yeux étincelants, en lui montrant ses dents blanches au milieu de sa barbe épaisse et noire. Il est du reste fort plaisant de voir la tribu suivre avec anxiété cette lutte où se résout la question d'un bon souper et d'une joyeuse orgie; et le lutteur exprimer sa joie après une victoire, par les folies les plus bizarres, en bondissant comme un chevreau par toute l'arène, tandis que dans la situation contraire il nie avec opiniâtreté, et les bras tendus au ciel, qu'il ait été vaincu, lors même que ses épaules sont encore maculées de terre.

Le lutteur cumule aussi souvent ces fonctions avec celles de toréador. Il est un des acteurs des courses et des *ferrades*. Sans armes, en bourgeron, le corps ceint d'une écharpe rouge, tandis qu'un compagnon monté à cheval harcèle le taureau, il détourne la fureur de l'animal sur lui-même, et se glisse, dans les moments dangereux, sous les charrettes disposées en fer à cheval qui forment la lice, ou franchit la barrière si la scène se passe dans les Arènes. Enfin, après quelques passes, il dirige sa course vers l'extrémité où les fers se préparent dans un brasier allumé, attend de pied ferme le farouche habitant de la Camargue, le saisit par les cornes, le fait trébucher, et le tient à terre maintenu et dompté, tandis qu'on applique à l'animal sur les cuisses une étampe rougie au feu qui le stigmatise du nom ineffaçable de ses maîtres et le fait esclave. Les plus célèbres toréadors sont Barailler, Jacques, Paulet de Vauvert, Ravel. Celui-ci, réputé pour son adresse dans ces jeux dangereux, renversé dans une lutte à plusieurs reprises par le fameux Mazard, se releva avec dépit en lui disant : *Ah! coquinet, t'auries tomba s'aviés des bânos* [1].

Le lutteur jaloux de sa gloire se retire aussitôt qu'il sent ses forces s'affaiblir, pour ne pas entendre murmurer autour de lui :

> Trop longtemps le vieillard est resté sur la scène.

Il se marie et devient jardinier ou *bayle* [2] d'une métairie; mais les rhumatismes, les douleurs, fruits de ses excès, de tant d'efforts physiques, de victoires achetées au prix de contusions, de chairs froissées et meurtries, l'étendent de bonne heure

---

[1] Ah! coquin, je t'aurais renversé, si tu avais des cornes.
[2] Maître-valet.

sur un lit de souffrance, à moins qu'il ne soit toréador; alors il a la chance d'être au préalable éventré, et d'entendre en mourant tout le cirque s'ébranler aux clameurs des gens du peuple, se disant les uns aux autres en frappant dans leurs mains : *A ben fa lou bau, l'a bien freta, l'a ben paga* [1] ! Le soir, tous raconteront dans leur famille que la lutte a été fort intéressante, et qu'il y a eu un maladroit toréador, un sot, un lourdaud, un *pountroucan* [2] qui s'est fait tuer.

Ce sera là son oraison funèbre.

[1] Le taureau a bien agi. — Il l'a bien frotté. — Il l'a bien payé.
[2] Terme de mépris : un homme faible, incapable. Littéralement un emplâtre.

HENRI ROLLAND.

LES BANQUISTES.

L n'y a rien de politique dans cet article : il n'a pour objet que les saltimbanques de la rue, les charlatans des places publiques : sauteurs, jongleurs, faiseurs de tours, montreurs de curiosités, sauvages, nains, géants, hercules, prostidigitateurs, acteurs et directeurs de théâtres forains, vendeurs d'orviétan, arracheurs de dents, acrobates, tireurs de cartes ; race vagabonde, race de bohémiens et de parias, qui court les foires et les fêtes, saute, chante, danse, babille, bat la grosse caisse, mange des caillous, s'échine et s'écartèle pour l'*esbatement* de la population française.

L'usage a prévalu d'appliquer comme un outrage le terme de banquiste. Un député passe-t-il trop brusquement des extrémités au centre, on le traite aussitôt de banquiste. Un médecin court-il toute la journée en tilbury pour visiter les malades qu'il n'a pas, les passants qu'il éclabousse disent : quel banquiste ! Un journal entreprend-il le panégyrique du ministère qu'il dénigrait la veille, le mot de banquiste erre sur les lèvres des lecteurs. Un sectaire se proclame-t-il le régénérateur de l'humanité, ses concitoyens ingrats lui décochent l'épithète fatale. Bref, la qualification de banquiste se donne à des avocats, à des députés, à des savants, à des docteurs, à des académiciens, à des philosophes, à des administrateurs ; et pourtant il est, parmi les banquistes, parmi ces gens dont le nom est une injure, des individus estimables dans leur vil métier, honorables dans leur dégradation ; bons pères, bons époux, bons citoyens, qui ne voleraient pas une obole, qui vivent en patriarches, qui demandent

à leur profession seule de quoi soutenir leur misérable existence, se disloquent avec toute la conscience possible, et gagnent loyalement leur vie à se rompre le cou.

Les banquistes ont été calomniés, comme tant d'autres pauvres hères, qu'on a gratuitement supposés incapables de résister aux provocations de la détresse. Certes, ils ont des défauts; mais ces défauts se retrouvent dans de plus hautes classes, d'où l'éducation aurait dû les bannir. On leur reproche d'exagérer leurs talents, d'allécher les badauds par des images mensongères, par des déclamations ampoulées; mais n'est-ce pas aussi le fait des créateurs d'entreprises industrielles, des marchands de cachemires, des inventeurs de panacées, des donneurs de consultations gratuites? N'est-ce pas en quelque sorte une nécessité dans une époque où tant d'intérêts se heurtent, où tant de rivalités sont en présence, où il faut moins de capacité pour enfanter un chef-d'œuvre, que pour le faire accepter par un public blasé et tiraillé en tous sens? Le journaliste, qui consacre un pompeux article à un roman qu'il n'a pas lu, est le frère du Paillasse qui tambourine à la porte d'une barraque. De la réclame à la parade il n'y a qu'un pas.

On a accusé les saltimbanques de voler des enfants; de pareils rapts ont eu lieu en Angleterre, mais, en France, il serait difficile d'en citer un seul. La race des saltimbanques est assez prolifique pour n'avoir pas besoin d'enlever la progéniture d'autrui. Les femmes des banquistes sont fécondes, malgré les fatigues d'une vie nomade, et les dérangements que peut apporter dans la gestation de quelques-unes, la funeste habitude de se faire casser des moellons sur l'abdomen. On naît saltimbanque comme on naît prince; la profession se transmet héréditairement comme un titre de noblesse. Sans chercher des recrues ailleurs que dans sa famille, le père saltimbanque dresse ses enfants dès l'âge le plus tendre, et suit leurs progrès avec sollicitude. Quand on leur a suffisamment démanché les membres, brisé les reins, désarticulé les jointures, ils sont aptes à leur métier. Ils iront!

Examinés sous un point de vue de métaphysique transcendante, les banquistes sont, de tous les industriels, ceux qui démontrent le plus évidemment qu'il y a dans l'homme un principe spirituel, actif et libre, doué du pouvoir de subalterniser la nature passive. Quels hommes sont plus que ceux-là maîtres de leur corps, quels hommes soumettent leurs organes matériels avec plus d'énergie, et luttent avec plus de spontanéité contre les instincts et les exigences de la chair! L'un marche sur la tête, donnant ainsi un démenti au vers d'Ovide: *Os homini sublime dedit*. Cet autre s'introduit dans l'œsophage une lame d'épée. Un troisième fait l'exercice en se servant de sa jambe en guise de fusil; un quatrième jongle avec des barres de fer.

Celui-ci vomit des étoupes enflammées, celui-là parle avec le ventre. Non contents de se dompter eux-mêmes, les banquistes triomphent des quadrumanes, des quadrupèdes, des oiseaux, des reptiles, des insectes, et les forcent à contribuer aux plaisirs des amateurs. Au commandement d'un maître habile, les chiens jouent aux dominos, les ânes font des additions ; les chevaux disent l'heure exactement et désignent la personne la plus curieuse de la société ; les serins tirent le canon, les singes dansent sur la corde, les lièvres battent le tambour, les puces traînent des carrosses, et les éléphants sonnent de la trompette. Les banquistes ont seuls des droits incontestables au titre glorieux de rois des animaux.

Malgré ces ressources, l'existence des banquistes est précaire : aussi sont-ils chétifs et rabougris, quand leur profession n'exige pas qu'ils pèsent trois cents livres ou qu'ils aient huit pieds de hauteur. Un arracheur de dents entre dans une petite ville, escorté de son Paillasse indispensable et de ses musiciens ordinaires. « Dinerons-nous aujourd'hui ? » demande la troupe affamée. « Nous allons voir ça, » répond le chef, et il court chez le maire. Si le magistrat, mécontent de sa femme ou de son déjeuner, refuse l'autorisation demandée, il faut plier bagage et chercher fortune ailleurs. Admettons qu'il ait été bénévole, que le tambour de la ville ait convenablement proclamé l'arrivée de l'incomparable dentiste, que les commères et les enfants de l'endroit se soient déjà attroupés pour écouter les lazzis de la *Queue rouge*, vienne une averse, et toute espérance de recette disparaît avec le beau temps. La question est résolue négativement : on ne dînera pas.

La misère toutefois n'est point la compagne inséparable du banquiste. En remontant au dix-septième siècle, on voit que Tabarin, Turlupin, Gaultier-Garguille et Gros-Guillaume, ces Christophe Colomb de la parade, battirent monnaie dans leur jeu de paume de la porte Saint-Jacques. Bobêche est mort dans l'aisance, tout grand homme qu'il était. Des charlatans trouvent dans la vente du vulnéraire suisse assez de bénéfices pour entretenir un nombreux domestique, et se retirer à la fin de leur carrière dans une métairie payée de leurs deniers. Malheureusement c'est le petit nombre qui jouit de ces doux loisirs, car la plupart, après avoir rôdé de contrée en contrée, essuyé mille revers, mille insultes, mille rebuffades brutales, arrivent un jour, las et ridés, à une dernière étape, y meurent de fatigues et d'épuisement, et sont jetés dans un coin d'un cimetière étranger, à cent lieues de leur pays natal.

Isolés par leur genre de vie du reste de la société, il semblerait que les banquistes doivent former une communauté compacte et fraternellement unie ; mais la concurrence les divise. Rien de plus faux que ce proverbe : les loups ne se mangent pas entre eux. Les animaux de même espèce, au contraire, cherchant par les mêmes moyens à satisfaire leurs appétits, se livrent une guerre civile acharnée. Les banquistes vivent par groupes, et chaque compagnie est ennemie et rivale de toutes les autres. Dans une fête de village, les baraques alignées se touchent et s'engrènent, mais leurs habitants s'évitent. Le funambule ne donne pas la main à l'Alcide du nord, le directeur du théâtre des marionnettes regarde de travers l'éducateur d'animaux savants. Chacun envie la place octroyée à son voisin par l'autorité municipale. Celui dont la tente n'est pas surmontée d'un tableau trouve toujours moyen de glisser dans son annonce une phrase dépréciatrice dirigée contre des rivaux plus heureux. « Il ne faut pas vous fier aux tableaux, messieurs et mesdames; vous voyez souvent de magnifiques peintures à l'extérieur, et au dedans il n'y a rien. » A la jalousie haineuse que se témoignent les banquistes, on les prendrait pour des hommes de lettres.

Entrons dans le champ de foire un jour de fête patronale, et passons en revue cette grande légion des banquistes, saltimbanques et marchands forains. La multitude est nombreuse. Paysans et bourgeois, ouvrières en bonnets, dames en chapeaux, hommes en blouse, dandys en frac, se mêlent, se pressent, se heurtent, se culbutent, alléchés par une égale curiosité. Mille bruits divers se confondent : le nasillement des clarinettes, le mugissement des grosses caisses, le cliquetis des cymbales, le grincement des mirlitons, le rire des jeunes filles, l'explosion des pétards, les invitations séduisantes des marchands. « Boum! boum! boum! — Voyons, mademoiselle, qu'est-ce qu'on va vous vendre? — Czing! czing! czing! — Allons, madame, mes six derniers numéros pour un sou. — Pif! pan! pan! — Par ici, messieurs, à tous coups l'on gagne. — Trom! trom! trom! — Une partie de bagues en passant, messieurs. — Crin, crin, crin! — Une, deux, trois, partez, muscade! — Psim! psim! psim! baound! — Voilà, messieurs, six macarons pour un sou! »

Que de boutiques, de tentes, de barraques, d'industries variées, de spectacles et de spectateurs! Voulez-vous essayer la force de vos poings, de vos reins, de vos poumons, frappez sur ce tampon, en ligne verticale ou horizontale, appuyez l'épine dorsale contre ce coussin, soufflez dans ce tube, et un cadran indiquera en kilogrammes le résultat de l'expérience; vous pourrez même voir surgir du dynamomètre un Hercule en bois peint, auquel il vous sera loisible de vous comparer. Avez-vous envie de chanter, vous trouvez selon vos goûts des cantiques, des complaintes, des chansons militaires ou grivoises : le *Juif errant, Pyrame et Thisbé,* le

combat de Mazagran, ou *la pauvre Bourbonnaise.* Désirez-vous exercer fructueusement votre adresse, lancez un anneau dans une des neuf quilles solidement fixées sur ce tréteau, couvrez une de ces plaques avec des palets de même dimension, et vous allez gagner des chandeliers, des couteaux, des porcelaines de Nevers, des gravures enluminées

au bas desquelles on lit : « Que les sons de la guitare font éprouver de plaisir à des cœurs faits pour se comprendre, surtout lorsque c'est l'objet aimé qui les fait vibrer! »

Ou bien prenez cette arbalète, et visez à la poitrine cet Arabe à l'air féroce, à la face basanée, que vous aurez le plaisir patriotique de voir renversé sous vos coups, tandis qu'un Amour, glissant le long d'une ficelle, viendra déposer sur votre tête une couronne de roses.

Aimez-vous mieux connaître votre future destinée, approchez l'oreille du long tuyau que vous présente ce magicien, et recueillez religieusement les graves arrêts qu'il pro-

nonce : « 1, 2, 3, 4, 5, vous aurez du bonheur. — 1, 2, 3, 4, 5, d'ici à peu de jours vous changerez de position. — Dame de cœur, une femme blonde. — 1, 2, 3, 4, 5, une lettre de Paris ; vous saurez ce qu'elle vous apprendra. — Dame de pique, une femme brune. 1, 2, 3, 4, elle est jalouse d'un jeune homme blond. — 1, 2, 3, 4, argent. — 1, 2, 3, vous ne le recevrez pas. »

Êtes-vous malades, adressez-vous à ce charlatan qui, du haut d'une calèche à deux chevaux, distribue des médicaments au bruit d'un orchestre formidable. C'est avec empressement qu'il se présente devant vous, avant de se rendre auprès de plusieurs souverains qui l'ont revêtu de leurs pouvoirs, et désirent vivement sa présence. Si vous craignez la calvitie, il vous vendra une pommade capable de faire pousser des cheveux à une tête à perruque. « Cette pommade, messieurs, pénètre jusqu'à la racine des cheveux, et comme elle nourrit l'intérieur, il s'ensuit que l'extérieur se porte bien. Elle est d'une odeur délicieuse, qu'on ne saurait comparer qu'aux parfums d'un jardin dont l'air est embaumé par la réunion des fleurs les plus suaves. Je l'ai toujours vendue à Paris 20 francs le pot, mais... je n'ai jamais étrenné ; aussi, désirant propager cette incomparable découverte, je me contenterai de la vendre 10 centimes. »

On peut, à cette fête, s'instruire en s'amusant. La lanterne magique vous pro-

mène dans les cinq parties du monde, en révèle les mœurs, les costumes, les époques historiques. « Vous y voyez l'empereur de Russie au moment où il passe la revue de son armée, en culotte de peau. Des cavaliers s'éloignent de la ville ; ils paraissent se diriger vers la campagne. Une jeune fille s'approche de l'autocrate et lui dit : « Sire, mon père veut me faire épouser un dégraisseur, tandis que je suis amoureuse d'un teinturier. » L'empereur lui répond par ces paroles remarquables : *Altenkirkoff*; ce qui veut dire que, lorsque l'humanité souffre, les souverains doivent être compatissants. »

La lanterne magique s'en va. Elle est remplacée par le panorama, le diorama, le géorama, le cosmorama, et les tableaux mobiles de la chambre noire, *où l'on voit ce que Dieu n'a jamais vu* (son semblable), et qui s'intitule actuellement *Daguerréotype présenté à l'Institut.*

La physionomie la plus scientifique de la fête est celle du personnage qui se proclame *physicien ordinaire du peuple français.* C'est un homme d'un âge mûr, d'un extérieur prévenant, d'une figure douce et honnête. La propreté factice de son habit râpé décèle de longues luttes entre l'orgueil et le dénûment. Ancien préparateur d'un cours, où il a ramassé quelques bribes d'instruction, il se livre à des essais de physique expérimentale, au grand ébahissement des paysans, qui se demandent comment ce monsieur s'y prend pour mettre le tonnerre de Dieu en bouteilles. Le théâtre de ses travaux est soigneusement entouré d'une ficelle maintenue par des piquets. Au milieu, un autel couvert de drap rouge porte une cabane de zinc surmontée d'un paratonnerre, deux obélisques en ferblanc, des bouteilles de Leyde, des isoloirs, une machine pneumatique, une pile de Volta, des aimants, un éolipile, des diables cartésiens, et divers accessoires de la machine électrique. La voix du physicien a des accents plaintifs et mélancoliques, quand il dit : « Avec mes connaissances, je pourrais travailler dans le palais des princes. » Il le croit peut-être : il conserve encore des illusions dans sa tête chauve, il se persuade qu'il était appelé à de hautes destinées scientifiques, et le voilà forcé d'entrer en concurrence avec des bateleurs, de prodiguer son savoir à des ignorants incapables de l'apprécier ; d'exposer à l'intempérie des saisons sa belle machine électrique, d'être le Gay-Lussac des carrefours, et d'électriser 2 sous !

La multitude dédaigne le pauvre physicien, et va grossir le cercle qui s'est formé autour d'une famille de sauteurs. Le père, en se dépouillant de sa houpelande, a laissé voir un costume de turc, tel que tout le monde est susceptible d'en porter, excepté les Turcs. Deux enfants jouent sur un tapis, avec autant d'insouciance que s'ils n'étaient pas destinés à se tenir tout à l'heure en équilibre sur le menton paternel. La femme tourne comme un cheval de manége, et repousse les assistants, en disant d'une voix rauque : « En *arrière*, messieurs ; un peu de place, s'il vous plaît. »

Le père débute par faire voltiger des boules de cuivre et des assiettes, initiant ainsi les assistants aux jeux kirguisses, hurons, malabrais et chinois. De temps en temps, il s'interrompt pour s'écrier : « Messieurs, je suis le seul qui voyage en France ; vous n'en verrez pas beaucoup faire le tour que je fais. Allons, messieurs, un peu de courage à la poche ! » Les enfants travaillent ensuite, exécutent le *saut de carpe*, le *saut du tremplin*, l'*écart des chaises*, l'*équilibre du verre*, etc. Il est à remarquer que ces atroces contorsions sont accompagnées d'une musique douce et harmonieuse. Pendant que ces malheureux adolescents se suicident, épuisent en pénibles efforts le peu qu'ils ont de vigueur, l'orchestre joue les airs de contredanses les plus divertissants. Quelle affreuse ironie !

« Messieurs, dit le chef de la famille, mon épouse ici présente, surnommée la femme hercule, va terminer nos exercices en portant sur son ventre ce tonneau qui pèse cinq cents livres. Mais auparavant, messieurs, je vais me permettre de faire le tour de l'aimable société. »

C'est, hélas ! celui de ses tours qui lui réussit le moins. L'aimable société se disperse, et va porter ailleurs le tribut de ses applaudissements, le seul tribut qu'elle prodigue avec une inépuisable munificence. Elle suit un moment des yeux la canne que le batonniste envoie à vingt mètres du sol, et qu'il reçoit gracieusement derrière le dos. Elle donne un coup d'œil au cul-de-jatte qui pirouette avec des béquilles. Elle admire l'homme-orchestre, bipède musical, dont la tête joue du chapeau chinois, la bouche de la flûte de Pan, les mains de la grosse caisse et les genoux des cymbales, et se répartit en groupes épais devant les baraques qui forment dans le champ de foire une longue avenue bigarrée.

Arrêtons-nous auprès de la plus voisine.

L'orchestre vient d'achever son vacarme accoutumé. Le Paillasse, personnage maigre et efflanqué, que son patron appelle Gras-Boyaux, s'est signalé par l'agilité avec laquelle il a fait passer son bras par-dessous sa jambe droite ou gauche, avant de le laisser retomber sur la grosse caisse. Il se promène de long en large, les mains dans ses poches, en chantant l'ampbigouri suivant :

Trois p'tits cochons sur un fumier
S'amusaient comm' des port' cochères..
J' lui dis : Sansonnet, mon petit,
J' voudrais avoir un' liv' de beurre...

J' te mettrai d' l'huile sur tes sabots
Pour fair' friser tes papillotes....
Ma veste est percée aux genoux....
Ah ! rendez-moi mon bout d' chandelle ! ..

Eh ben, not' maître, êtes-vous content de ma musique ?

LE MAÎTRE. Mais, oui, tu ne travailles pas mal.

GRAS-BOYAUX. Qu'est-ce c' que vous allez m' donner pour ma peine ?

LE MAÎTRE. Je vais t'acheter un morceau de pain d'épice.

GRAS-BOYAUX. Ah ! non, j'en veux pas.

LE MAÎTRE. Pourquoi cela ?

GRAS-BOYAUX. Parce que c'est d' la couleur du visage de vot' femme.

LE MAÎTRE. Impertinent !.. (Il lui donne un soufflet.)

GRAS-BOYAUX (criant) Oh ! là ! là ! là ! là !

LE MAÎTRE. Drôle, je te chasserai, d'autant plus que tu es aussi maladroit qu'insolent. (S'adres-

sant *au public :*) Croiriez-vous bien , messieurs, que, l'autre jour, je lui dis : Gras-Boyaux, va me chercher deux sous de tabac et un sou de sel. L'imbécile fait ma commission, et met le tabac dans le pot-au-feu et le sel dans ma tabatière.

GRAS-BOYAUX. Eh bien , oui ! j' l'ai fait exprès pour vous déshabituer de prendre du tabac. R'gardez comme ça vous enfl' le nez ; vous êtes bien heureux qu' vot' femme soit enceinte !

LE MAÎTRE. Pourquoi, maraud ?

GRAS-BOYAUX. Parce qu'elle vous donnera un nouveau-né.

LE MAÎTRE. Polisson ! voilà qui t'apprendra à plaisanter. *(Il lui donne plusieurs soufflets successifs.*)

GRAS-BOYAUX. Aïe ! aïe ! aïe ! Ça m'impatiente, à la fin ! je ne veux plus rester chez vous ; j'en ai assez. Donnez-moi mon compte.

LE MAÎTRE. Mais, malheureux , si tu m'abandonnais , que deviendrais-tu ? tu n'as pas de profession.

GRAS-BOYAUX. Si fait, j'en ai une... et une fameuse encore !

LE MAÎTRE. Et laquelle ? (*Gras-Boyaux se promène sans répondre.*) Qu'est-ce que tu fais là ?

GRAS-BOYAUX. Je vous prouve que j'ai une profession ; je suis marchant.

LE MAÎTRE. Tu veux faire le farceur, fripon ; mais tu n'y réussis pas. C'est pour cela que tu vas me faire le plaisir d'annoncer à la nombreuse société que le beau temps a attirée à cette fête...

GRAS-BOYAUX. Oui, il fait un temps détestable.

LE MAÎTRE. Qu'est-ce que tu dis ?

GRAS-BOYAUX. Je dis qu'il fait un temps d'été stable.

LE MAÎTRE. A la bonne heure. Annonce donc à ces messieurs et à ces dames que le sieur Van Betten, si connu dans toute la France...

GRAS-BOYAUX. C'est pas la peine de vous montrer, si vous êtes si connu.

LE MAÎTRE. Vit-on jamais pareil animal ? (*Il lui détache divers coups de pied.*)

GRAS-BOYAUX. Hi ! hi ! hi ! (*Il pleure, et pour s'essuyer les yeux , tire de sa poche les débris d'un vieux mouchoir de toile à carreaux rouges.*)

LE MAÎTRE. Tais-toi, misérable, et laisse-moi parler. (*Au public.*) Messieurs et dames, avec la permission des autorités constituées...

GRAS-BOYAUX (*à voix basse*). Constipées.

LE MAÎTRE *continue après avoir lancé à son vassal un regard de menace :* Nous allons avoir l'honneur de vous donner la première et brillante représentation des exercices de MM. Van Betten, d'Amsterdam en Hollande... Mes cinq enfants...

GRAS-BOYAUX (*au public*). Il dit qu'ce sont ses enfants ; mais c'est pas vrai : c'est sa femme qui lui fait accroire ça.

LE MAÎTRE (*d'un ton furieux*). Mais tu veux donc que je t'extermine ? (*Il tire les oreilles du paillasse, et reprend d'un ton emphatique :*) Mes cinq enfants exécuteront devant vous les scènes de dislocation les plus surprenantes, le *grand écart*, la *tortue*, et autres tours merveilleux dont le détail serait trop long. Madame Van Betten offrira à vos regards des poses extraordinaires et au-dessus de la portée d'une femme. Puis elle exécutera sur la corde le *pas des drapeaux*, la *chaise terrible*, le *pas de Terpsichore, dieu de la danse*, telle qu'elle l'a créé sur le grand théâtre de Bruxelles, le *pas du schall*, tel que le danse à Paris mademoiselle Taglioni. Elle terminera par la *danse sans balancier*, qui l'a fait surnommer la REINE DES ACROBATES ! ! Oui, messieurs, elle a des brevets, en cette qualité, de LL. MM. Léopold, roi des Belges, et Louis-Philippe, roi des Français. C'est elle, messieurs, qui a opéré la dernière ascension à Tivoli, et c'est moi qui, le premier, ai exécuté le *moulin d'Auriol*. Vous ne verrez pas ce tour aujourd'hui, parce que nous n'avons pas de moulin, mais nous pourrions en avoir un. Enfin, messieurs, en sortant, si vous êtes contents et satisfaits, vous paierez, non pas vingt francs, non pas dix francs, mais deux sous !... deux sous par personne ! ! !... et un sou pour les enfants et messieurs les militaires ! ...

A peine le sieur Van Betten a-t-il terminé sa harangue, que d'autres musiciens atti-

P. I.   18

rent par leur tintamare l'attention de ses ci-devant auditeurs. La toile de fond de ce
second théâtre en plein vent est formée de deux immenses tableaux, que tout jury

pourrait certainement refuser sans se compromettre, mais qui n'en sont pas moins
dignes d'intérêt. Le paillasse de l'établissement est un gaillard de haute taille et de
bonne mine, taillé plutôt pour donner que pour recevoir des soufflets. A la requête
de son maître, il raconte complaisamment l'histoire de sa vie.

LE MAÎTRE. Dis-moi, paillasse mon ami, quel est le pays qui t'a donné le jour ?

PAILLASSE. Je suis né au village de Vas-y-voir.

LE MAÎTRE. Vas-y-voir ! est-ce en France, ce pays-là ?

PAILLASSE. Non ; c'est du côté de la ville de Cherche-z-y.

LE MAÎTRE. Je n'ai pas la moindre connaissance de ces contrées ; et tes parents étaient-ils haut
placés ?

PAILLASSE. Mais, oui ; mon père était sonneur, et mon grand-père avait été pendu.

LE MAÎTRE. Et pourquoi l'avait-on pendu ?

PAILLASSE. Pour une bêtise ; on lui avait trouvé des défauts.

LE MAÎTRE. Comment cela ?

PAILLASSE. Il tenait une maison de jeu ; la police fit une descente chez lui : on examina ses dés,
et on reconnut qu'il avait des dés faux.

LE MAÎTRE. Je conçois ; je ne te conseille pas, mon ami, de te vanter de ta parenté.

PAILLASSE. Mais, dam ! le jour où l'on pendit mon grand-père, tout le monde convenait qu'il
était bien élevé.

LE MAÎTRE (*souriant avec fatuité*). Oui ; mais personne, je crois, n'était tenté d'envier son
élévation. Dis-moi maintenant, paillasse, ce que tu faisais avant d'être à mon service.

PAILLASSE. J'étais guérisseur de bossus.

LE MAÎTRE. Et comment t'y prenais-tu pour délivrer tes clients de leur fâcheuse infirmité ?

PAILLASSE. Je les mettais sous un pressoir, et je tournais la vis ; ça leur réussissait. Le premier
qui m' tomba sous la main, je l' place sous ma vis ; j' donne un tour, et j' lui d'mande : « Eh bien,
comment ça va-t-il ? — Pas mal, pas mal, » qu'i' m' dit. J' donne un second tour : « Vous sen

tez-vous mieux ? — Oui, ma bosse s'aplatit à vue d'œil. » Au troisième tour, v'là mon bossu qui s' met à crier. « C'est rien, c'est rien que j' lui dis, un peu de patience. » Je tourne, je tourne, je tourne, et quand j'ai bien tourné, je regarde... n'y avait plus d' bossu ; il avait disparu !

LE MAÎTRE. Voilà un malade singulièrement guéri !

PAILLASSE. Je n' sais pas où il est passé. Si c' n'avait pas été un bossu, j' l'aurais retrouvé ; un bien fait... n'est jamais perdu.

LE MAÎTRE. Aussi en reconnaissance de ceux dont je te comble journellement, vas-tu me rendre le service d'annoncer à ces messieurs et à ces dames la première et brillante représentation que nous allons donner au spectacle forain des phénomènes vivants.

PAILLASSE. C'est convenu ; et vous allez voir comme je vais dégoiser. « Messieurs et dames, à l'instant même, et sans aucune préparation, nous allons avoir l'honneur de vous montrer la jeune et belle Adélina, le phénomène le plus intéressant que ce siècle ait produit en France et dans les pays étrangers, depuis les temps les plus reculés. Cette jeune personne, âgée de onze ans et demi, n'a que trois pieds de hauteur, et pèse deux cent quatre-vingt dix livres ; elle est toutefois bien proportionnée, et d'un physique agréable. Son frère, le jeune et bel Alexandre, jouit d'une taille de deux mètres cinquante centimètres, c'est-à-dire de deux pieds au-dessus du niveau des plus grands tambours-majors. Ne croyez pas que ces deux remarquables produits de la nature soient empaillés ; non, messieurs, on peut leur adresser la parole : ils parlent plusieurs langues, chantent, jouent du bâton, de la guitare, et possèdent divers autres talents de société. Ils ont été présentés à la famille royale, qui les a accueillis avec les honneurs dus à leur mérite. Le prix des places est à la portée de toutes les bourses : il est de deux sous pour les premières, et d'un sou pour les secondes ; etc., etc. »

Les parades perdent à être écrites : elles doivent la meilleure partie de leur gaieté bouffonne à des grimaces, à des gestes, à des contorsions indicibles ; et puis le système graphique rend les paroles, mais non l'intonation. Il faudrait des signes analogues aux notes de musique, des signes au moyen desquels on reproduirait tous les sons, un clavecin sur lequel on pourrait jouer une conversation, pour donner une idée des inflexions diverses de la voix des banquistes, sourde, perçante, claire, enrouée, lente, rapide, calme, furieuse, au même instant. Dans leur bouche, la langue française devient prosodique comme le latin : elle a des brèves et des longues, des dactyles et des spondées alternés. La phrase du maître est sentencieuse, savamment construite, correctement articulée ; celle du valet est antigrammaticale, triviale, et rendue confuse par de nombreuses abréviations. Le maître est une parodie des Gérontes et des Orgons ; Paillasse est un bâtard de la famille des Crispins et des Mascarilles.

Les farces préliminaires des tréteaux sont plus intéressantes que ce qui se passe à l'intérieur des baraques, la broderie est plus riche que l'étoffe, la forme emporte le fond. Ce cirque, où la même femme, sous des noms et des costumes différents fait tous les frais de la voltige, est un spectacle assez maussade. A en juger par les rugissements qui sortent de cette ménagerie, il semblerait qu'elle contient toutes les bêtes de la création ; mais ces bruits effrayants sont produits simplement par un habile joueur de contrebasse, et la collection zoologique se compose en réalité d'un boa engourdi, d'une tortue dans l'esprit-de-vin, et d'un crocodile dans un baquet. Nous aimons mieux les figures de cire réunies dans ce grand parallélogramme de planches. C'est le salon de Curtius (tous les propriétaires de figures de cire s'appellent Curtius, comme tous les écuyers, Franconi). Une image de gendarme, parfaitement exacte, est campée fièrement sur le seuil, que franchissent une foule de curieux. Suivons-les.

Le propriétaire de l'établissement nous montre, la baguette à la main, tous les

souverains de l'Europe attablés autour d'un banquet de carton, aux délices duquel ils semblent assez indifférents. D'autres groupes représentent des sujets historiques ou fabuleux. « Voici Henri IV chez la famille Michaud. Observez comme ils sont tous contents et satisfaits. Michaud dit : « A la santé de notre bon roi ! »

« L'Amour et Psyché, tirés de la Mythologie au moment que Psyché va poignarder l'Amour.

« Scène de mœurs orientales. Le grand sultan entouré de ses odalisques. La femme du pacha de Scutari implore la grâce de son mari condamné à mort. Le sultan lui répond : « Ton époux connaît à l'heure qu'il est l'effet de ma clémence. » En rentrant chez elle, elle apprend que son mari vient d'être étranglé.

« Frédéric II, roi de Prusse, ayant à ses côtés M. de Voltaire, un grand philosophe.

« Le corps de Poniatowski retrouvé dans l'Elster. Un grand nombre de généraux contemplent avec douleur le cadavre de l'infortuné Polonais. Remarquez la figure de Poniatowski : ne dirait-on pas qu'il est vivant et animé ?

« Une jolie petite fille qui ne pleure jamais.

« Le tombeau de Napoléon à Sainte-Hélène. Le brave grenadier Hubert monte la garde avec vigilance auprès des cendres de son empereur. Cet ami sincère s'étant endormi, l'empereur lui apparaît en songe. La France est derrière lui sous la figure d'une femme éplorée. »

Puis des scènes plus récentes : la bataille de Mazagran, le mariage du duc de Nemours, etc. Les Curtius modernes sont à la piste de tous les événements propres à éveiller la curiosité publique, et vite ils exploitent la circonstance. Avant que le duc de Nemours épousât la princesse de Saxe-Cobari, il y avait plusieurs jours que les fabricants de figures de cire l'avaient marié en effigie. Sitôt qu'un crime a été commis, ils ornent leur collection du portrait de l'assassin, même avant que celui-ci soit arrêté. Avec de légères modifications dans le costume et la chevelure, la même tête de femme est tour à tour la belle écaillère assassinée par son amant, la bergère d'Ivry, la régente d'Espagne ou la reine d'Angleterre. Le même buste, avec ou sans moustaches, a servi à représenter Jausion, Castaing, Papavoine, Fieschi, Lacenaire et Soufflard ; *cereus ad vitium flecti,* comme dit Horace.

Au moment où nous sortons du salon de Curtius, M. Adolphe, alcide français et modèle de l'Académie royale, énumère les exercices dont il divertira ceux qui lui feront *l'honneur de leur présence.* « Je commencerai par la *colonne en arrière,* suivie de la *colonne de côté,* de la *chaise romaine,* des *poses* mythologiques et académiques. C'est moi, messieurs, dont on peut voir le portrait dans les expositions du Muséum et du Luxembourg. C'est moi qui ai lutté contre le célèbre M. Lambert ; moi seul enlève, à bras tendu, un poids de cinquante kilogrammes, que je me laisse retomber ensuite sur l'omoplate, c'est-à-dire au milieu des reins ! »

À côté, un tambour, *ancien* sauvage, exécute sur douze caisses, avec *deux baguettes seulement !...* la bataille d'Austerlitz. « On comprend les plaintes des mourants et des blessés, l'exaltation de l'armée, les cris de la victoire et le tumulte des ennemis en déroute. » Plus loin se montre un véritable sauvage, un roi des Caraïbes, fait prisonnier par *un fameux navigateur français,* dans l'île de Saint-Vincent, et mis aux fers en dépit de l'axiome : *nul n'est esclave en France.* Ce personnage mérite d'être vu, car la majorité de ses collègues a été obligée peu à peu de rentrer dans le monde civilisé. Le dernier des Mohicans est garçon marchand de vin. On rencontre des ex-Groëlandais parmi les savetiers, des ci-devant Hurons dans l'infanterie légère, et des femmes sauvages dans les endroits où elles le sont le moins.

Un rideau se tire en grinçant : le monarque caraïbe paraît brusquement, tenu

en laisse par son patron. Le sauvage est demi-nu, d'une coloration terreuse, tatoué d'arabesques en vermillon. On lui présente un pigeon vivant, dans les entrailles duquel il plonge des dents acérées, et cette agréable nourriture semble lui faire oublier un moment sa captivité. Mais bientôt il reprend son air farouche, trépigne, se débat, et cause une vive perturbation parmi les spectateurs placés aux premières.

Un seul est inaccessible à l'effroi. A son air d'audace et de bonne humeur, à sa tournure dégagée, à ses longs cheveux, à sa barbe en pointe, à la bizarrerie de son accoutrement, il est aisé de le reconnaître pour un artiste parisien, attiré dans cette enceinte moins par la curiosité que par le désir de *faire une charge*. Quand le patron demande s'il y a quelqu'un dans la société qui parle caraïbe, l'artiste prononce un *oui* retentissant. Le patron est stupéfait, le sauvage paraît interdit, le public chuchote. « Tiens, ce monsieur parle caraïbe ! — Comment peut-on savoir le caraïbe ? — Où donc l'a-t-il appris ? — Je le sais d'enfance, répond l'artiste, j'ai vécu longtemps dans le pays des sauvages. » La conversation s'entame : « Nior chamara istoc croc, dit l'artiste. « Ristoc chnifama, » réplique le Caraïbe avec aplomb. « Can you speak english ? — Malaboba. — Buogi giorno, signor, come istà lei ? — Pantaloni loustic maritou. » Ils continuent ainsi pendant quelques minutes à échanger des paroles incohérentes, mais le sauvage semble s'impatienter, grince des dents, et menace du poing son interlocuteur. « N'approchez pas, dit à ce dernier le patron, n'approchez pas ; vous l'avez mis en colère ! — Moi ! répond l'artiste, je lui ai demandé paisiblement des nouvelles de sa famille. » Et, malgré la représentation du patron, il s'avance vers le sauvage : mais celui-ci, exaspéré, gesticule avec furie, et, en se démenant, frappe au visage le linguiste importun. « Ah ! c'est comme ça que tu le prends ? s'écrie l'artiste : eh bien, nous allons voir. » Et il se précipite sur le Caraïbe. Une lutte s'engage ; l'intervention du patron, les clameurs des assistants, n'arrêtent point le bras de l'offensé, et le Caraïbe renversé, meurtri, déteint, crie d'une voix suppliante : « Laissez-moi donc ! vous allez m'assommer. » Ces mots sont accueillis par des éclats de rire et des battements de mains. Le vainqueur lâche sa victime ; le pseudo-sauvage s'enfuit dans la coulisse, et le public se retire, en devisant sur cet événement tragi-comique, que de nouvelles scènes lui feront bientôt oublier.

Les théâtres de marionnettes sont nombreux ; les uns, propagateurs de la gloire française, habillent leurs musiciens en arabes avec des burnous de calicot, et nous exhibent la prise de Constantine, *animée par quantité de figures mécaniques*. Les autres, émules des manufactures dramatiques du boulevard, font représenter par leurs comédiens de bois, *Paul et Virginie* ou *les Amants de l'île de France, la Tour de Nesle* ou *les Mœurs au moyen âge*, et *le Tremblement de terre de la Martinique*. Arlequin a été métamorphosé en Buridan, Cassandre a été promu à la dignité de roi de France, et Colombine est devenue Marguerite de Bourgogne. Les petits automates rachètent par un grand déploiement de gestes anguleux l'immobilité de leur visage. Ils s'agitent convulsivement, et déclament par procuration des tirades ampoulées, non exemptes de fautes de français. On croirait voir de véritables acteurs : ils ont de moins le jeu de la physionomie, mais les spectateurs n'y perdent pas.

Où diable le drame va-t-il se nicher ? Polichinelle n'est-il pas cent fois plus récréatif, avec sa voix modifiée par la *pratique*, sa gaieté franche, ses allures de ta-

pageur, et les malheureux échantillons de l'espèce féline as-
soupis aux angles extérieurs de son local. Des gens qui font
d'une pointe d'aiguille le pivot d'une théorie ont présenté ce
joyeux et méchant bossu comme un mythe, un symbole, une
démonstration scénique de l'éternelle lutte du bien et du mal.
Sans chercher à une farce d'aussi graves interprétations, les
grands et petits enfants se rassemblent volontiers autour du
spectacle portatif de Polichinelle.

La toile se lève ; le théâtre ne représente rien du tout. Le
héros paraît, armé de son indispensable bâton, dont il frappe
les deux chats et la balustrade de la scène. Un second personnage ne tarde pas à
venir ; c'est le Matamore de l'ancienne comédie, le Chateaufort de Cyrano de Ber-
gerac, le Dom Gaspard de Scarron, le capitan de *l'Illusion comique*. Il a le verbe haut
et parle par saccades.

LE MATAMORE. Bon-jour, Po-li-chinelle.

POLICHINELLE, *donnant un coup de bâton sur le chapeau de
Matamore.* Bonjour.

LE MATAMORE. Aie la bon-té, mon ami, de ne pas recommencer.

POLICHINELLE. Oui, oui, oui. (*Il lui donne un second coup de
bâton.*)

LE MATAMORE (*avec volubilité*). Sais-tu bien à qui tu as affaire ?
Je suis le fameux Tranche-Montagne, le grand exterminateur,
vainqueur et triom-pha-teur en cent mil-lions de com-bats,

POLICHINELLE. Bah! (*Troisième coup de bâton.*)

LE MATAMORE, *chantant.*

Tous les mur-*res* de mon pa-lais
Sont bâ-tis des os des Au-glais ;
Tou-tes mes cours en sont pa-vées,
Des têt' des gé-né-raux d'ar-mée,
Que j'ai tués dans les com-bats.

POLICHINELLE. En r'niflant, papa. (*Quatrième coup de bâton.*)

LE MATAMORE (*reprenant sa déclamation saccadée*). As-sez de coups de bâ-ton, co-quin! tu
fi-ni-rais par me fâ-cher.

POLICHINELLE. Tiens, en voilà encore !

LE MATAMORE. J'ai pris—la résolution de ne pas—me mettre—en colère ; sans ce-la, ver de
terre, il y a longtemps—que je t'aurais—exterminé.

POLICHINELLE. Pan ! pan ! (*Coups de bâton multipliés.*)

LE MATAMORE. Com-ment, trai-tre, tu-a-bu-ses de ma
com-plai-san-ce !

POLICHINELLE. Pan ! pan !

LE MATAMORE. A la garde !

POLICHINELLE. Pan ! pan !

LE MATAMORE, *pliant la tête sous les coups.* Au voleur !... à l'as-sas-sin !... au meur-tre !... je suis mort.

LE COMMISSAIRE. C'est donc toi, polisson, qui se permet
d'assassiner les passants?

POLICHINELLE, *effrontément.* Oui, c'est moi !

LE COMMISSAIRE. Eh bien, coquin, tu vas être pendu.

POLICHINELLE. Alors, ce n'est pas moi.

LE COMMISSAIRE. En ce cas, tu ne seras pas pendu.

POLICHINELLE. Alors, c'est moi.

(Afin de couper court aux dilemmes, un soldat apporte la potence. Polichinelle la considère avec étonnement, et demande des explications sur la manière de s'en servir.)

LE SOLDAT. C'est donc la première fois que tu es pendu ?

POLICHINELLE. Ma foi, oui.

Polichinelle feint de vouloir placer sa tête dans le nœud coulant ; mais, par une adroite maladresse, il a soin de la poser toujours au-dessus ou au-dessous du cercle fatal. Pour mieux lui faire comprendre le jeu de la machine, le soldat se met complaisamment la corde au cou ; funeste bonne foi, car le bourreau est pendu par le criminel ! Le diable intervient pour châtier tant de forfaits, et emporte Polichinelle après une lutte de quelques instants. La morale est satisfaite, le crime puni, la société vengée, et les spectateurs s'en vont non moins édifiés que réjouis.

Le soir vient ; le charivari de la fête atteint son apogée : les verres de couleur s'allument, les quadrilles se forment sous des tentes pavoisées ; les fusées volantes sifflent dans l'air ; la fumée des pétards rougit le ciel sombre, les clarinettes enrouées jettent au vent leurs derniers sons. Plus d'un paillasse, qui n'a pas soupé, rit, le cœur gros et l'estomac vide. Les banquistes donnent leurs dernières et toujours brillantes représentations. Le lendemain, ils décloueront les baraques, rouleront les tableaux, s'emballeront pêle-mêle avec les ustensiles de leur métier, consulteront l'almanach, et prendront le chemin d'une autre ville. Une longue file de charrettes oblongues, arches de Noé roulantes, pareilles à des voitures cellulaires, emportera loin du lieu de la fête les différents microcosmes de bateleurs.

Pauvres banquistes, Dieu vous conduise !

ÉMILE DE LA BÉDOLLIERRE.

LE PENSIONNAT DE FILLES

EN PROVINCE.

Rien n'est plus négligé que l'éducation des filles, la coutume
et le caprice des mères y décident souvent de tout.
FÉNÉLON.

PRÈS la prose du maire et l'orchestre du spectacle, la
chose du monde la plus bouffonne, c'est un pensionnat
de filles. Nous supposons une ville de cinq à dix mille
âmes, bâtie en long, pignons sur rue, hôtel du Grand-
Cerf et cabinets de lecture; avec son commissaire de
police aviné, ses gardes champêtres à bandoulières,
ses réverbères borgnes, ses rues mi-partie de pavés et de
boue, son tambour de ville et sa doublure de commères;
celles-ci pourvoyant à l'édification des parents, comme
le pensionnat à celle des enfants; déchirant les réputations avec l'histoire du jour,
comme le pensionnat, les oreilles avec celle de Le Ragois; brouillant les meilleurs
amis avec leurs calomnies, comme le pensionnat les meilleures dispositions avec son
enseignement. — Dites-nous un peu la bataille de Tolbiac et en quelle année?
Voyons.

Et quand les petites filles savent la bataille de Tolbiac et en quelle année, avec
une grande foule d'autres jolies choses, elles retournent dans leur village. C'est merveilleux!

Non pas qu'elles n'apprennent autre chose que ces choses-là. Au contraire; l'édu-

49

cation aujourd'hui a des bras de géant et embrasse au loin. Peu importent la condition, la fortune et l'intelligence ; on enseigne de tout et à tout le monde : à la fille du pâtissier, la composition littéraire ; à celle du laboureur, l'analyse logique ; à la fille du cordonnier, l'astronomie ; à celle du corroyeur, la poésie. En outre, et pour former des ménagères économes et sensées, il y a la toilette de Vénus après sa naissance et les imaginations de Vulcain après le mariage ; les fonctions de Mercure le messager, et les fonctions de Ganimède l'échanson ; les innombrables pudeurs de la mythologie païenne et les incroyables probabilités de l'histoire sérieuse. Il y a le chien d'Alcibiade et la louve de Romulus ; la moralité de Noé sous le manteau et la moralité de Lucrèce sous les Tarquins ; la gymnastique à l'huile d'olives sur la place publique et les cours d'amour en cuirasse et brassards ; les initiations invisibles des prêtres de l'antiquité et les mortifications claustrales des pontifes modernes ; parce que l'histoire, naïvement écrite, forme l'esprit et le cœur de la jeunesse. Grand bien fasse à vos femmes !

De donner aux enfants des principes d'ordre, d'économie et de ménage, nul n'y songe. De les préparer et disposer à devenir épouses prévenantes et prévoyantes, mères de famille éclairées et dévouées, compagnes indulgentes et amies désintéressées, pas davantage. De déraciner en elles ce germe de petitesse, de pointillerie et de jacassage, qui en fait de petits êtres rétrécis, rechignés, bavards, menteurs et tracassiers, encore moins. De développer, quand ils existent par hasard, des instincts élevés, nobles, généreux, qui les préservent de la jalousie, de l'envie, de la calomnie et de toute cette hideuse lèpre du cœur, allons donc ! — B, a, ba ; b, i, bi ; b, o, bo ; b, u, bu. — Le participe s'accorde avec le régime, quand ce régime est avant le verbe. — Dieu créa la terre en six jours et se reposa le septième. — Les enfants de Charlemagne se nommaient Jean, Pierre, Paul et Louis. — Le renard et le corbeau, fable. — A cent sous le cent d'œufs, combien la douzaine ? — Mademoiselle, tenez-vous droite. — Et voilà.

Cela se paie trois cent quatre-vingts francs par année, non compris les fournitures, les chaises à l'église, les maîtres d'agrément et les carreaux cassés. — Voici une histoire de carreaux cassés ; c'est court.

Quand j'habitais la campagne, j'étais chargé de payer la pension de la fille d'un de mes amis, obligé à garder l'incognito par des causes étrangères au but de cet ouvrage. L'enfant était d'une douceur de l'autre monde et donnait à la paternité anonyme toutes les joies désirables, hors un point. Le mémoire trimestriel offrait périodiquement une consommation supplémentaire de huit à dix carreaux cassés. C'était fort, du moins cela me parut très-fort, et je fus à la maîtresse, chapeau bas et ganté. Je dis mon étonnement. « Monsieur, me répondit Madame, nous étant assis face à face, on me casse pour trente sous de carreaux par mois. Tout le monde me dit que c'est mademoiselle Hortense, il faut bien que ce soit elle. » Sur quoi je me retirai, pensant — enclume ou marteau.

Ce qui se voit de reste aux récréations et à la promenade, au pensionnat et dans le monde ; le marteau se dressant fièrement et parlant haut et beaucoup, indiquant les jeux et les changeant à sa guise, ajustant la bride et stimulant du fouet,

affairé, courant, criant, poussant, heurtant, et bon enfant au fond. Vous l'avez vu.
C'est lui qui parle en classe et dit : —C'est Joséphine — ; c'est lui qui cache les plumes et cherche en répétant : — On ne peut jamais travailler—; c'est lui qui se lève la
nuit et découple les chaussures; qui fait des niches et des rapports, des histoires et
des farces, crie, court, pousse, culbute et tape pendant que l'enclume tend le dos,
pleure dans un coin, copie des pages et paie les vitres cassées. — Dites que non.

Vous voyez pendant les récréations un petit groupe, *chuchillonnant*, mystérieux;
ce sont les grandes. Quand madame paraît, elles se dispersent ou rient très-haut.
Elles ont un secret ou un amant. C'est amusant et vexe la sous-maîtresse, quand
elle n'en a pas. Elles font la correspondance en communauté et signent : *Votre amie
fidèle jusqu'à la mort.* Elles le voient à la porte, à la promenade, à l'église et en
songe. Pendant que l'une écrit, l'autre fait le guet. On serre les lettres dans un bas
et les cheveux dans les chaussons. Cela fait passer le temps et distrait. Quand une
fille de dix-sept ans se plaît à la pension, cela prouve qu'elle ne devrait plus y être.

Et comment voulez-vous qu'il en soit autrement? Retirez amour et mariage de
la littérature, que reste-t-il? Chassez-les de la mythologie, qu'avez-vous? Tout est
là, c'est la vie universelle ; et dites-moi où se trouve juste l'instant qui sépare un
cœur de fille d'un cœur de femme? Voilé de mystères et trahi de toutes parts, le
secret se remue et se révèle sous ses vaines enveloppes. Au lieu d'enseigner la vie
telle qu'elle est, lourde de dévouements et de sacrifices, on ne la livre à l'imagination qu'enduite de miel et ceinte de fleurs; et quand, trop hâtive, la jeunesse s'étiole,
arrive une maturité précoce, et le second et véritable enseignement se fait.

Pour suivre le précepte et prêcher d'exemple, la maîtresse de pension est jeune et
se marie. Croissez et multipliez; c'est évangélique, et avance singulièrement les
petites filles, le développement intellectuel étant le but de l'éducation, comme
le mariage celui de la nature. Il est bon de savoir, jeune, à quoi s'en tenir.
Après la noce vient l'embonpoint; après l'embonpoint, la nourrice : c'est progressif.
Pendant que les jeunes époux causent à l'écart, les petites risquent un œil; les
grandes, deux. A la récréation, on chuchote; au dortoir, on écoute; le lendemain
on recommence. — Excellente nature!

Habituellement la maîtresse de pension épouse un sous-maître bien tourné ou un
professeur de latin sans lunettes. C'est lui qui fait la grande classe et démontre l'a-
rithmétique. Quand les grandes filles sont très-grandes et le professeur bien portant, madame assiste aux leçons. Cela entretient l'attention et double la surveillance. Les filles sont curieuses et les mathématiciens distraits, dit-on. Les jeunes
femmes n'aiment pas les distractions.— Qui de quatre paie quatre reste zéro. Regardez donc le tableau, mademoiselle.

Le plus souvent la maîtresse de pension a étudié l'anglais ou l'italien, rarement
le français, dont elle use comme le bourgeois gentilhomme de la prose. C'est le grand
talent. Enseigner ce qu'on sait est difficile; ce qu'on ignore, est joli. De là vient que
la langue française, reine des langues vivantes, se produit en province avec cette grâce
d'inflexions, cette pureté d'intonations, ce moelleux d'articulations, qui en font du
russe, du flamand, du celte ou de l'ostrogoth, au choix.

Car n'allez pas vous imaginer qu'on se livre à l'instruction par goût ou par dévouement, librement et mûrement. Ne supposez point qu'on ait compris ou seulement en-
visagé la sainte mission de l'enseignement, cette base de l'édifice social ; qu'on se soit
recueilli et affermi dans l'accomplissement de cet immense devoir ; qu'on se soit préparé par de longues méditations à tenir dans ses mains l'avenir, l'honneur et le bonheur des familles : du tout ! Parce qu'on n'a pas réussi dans l'épicerie, dans la
draperie ou dans la culture, on monte un pensionnat ; c'est bien simple. — Voulez-vous un prospectus ?

Qui, s'il vous plaît, a remarqué et écrit que les deux tiers des pensionnats de
filles sont tenus par des familles déchues ? C'est une honorable retraite, une façon
d'extraordinaire au conseil d'état, une sorte de pairie abécédaire. Aussi la maîtresse
de pension revêt-elle le haut costume. Elle va au marché sous le cachemire, à
l'église sous le chapeau à plumes, à la promenade sous l'ombrelle. Elle a les mains
blanches, les ongles jeune-France, les cheveux nattés et la hanche saillante. Sa
bonne porte un tablier blanc à poches, et des sabots qu'elle dépose à la porte du
salon.

Pendant les visites les enfants se régalent. « Tiens ! c'est la maman de Félicie. Où
donc qu'elle a acheté sa robe ? Elle va la retirer, pas de doute, pour la mettre à
Paris, dans une grande pension, bien sûr. Moi je voudrais bien aller à Paris aussi,
pour voir. — Laisse donc ; est-ce qu'ils ont le moyen ? A la bonne heure moi, que
papa m'a promis qu'il m'y mènerait aux vacances si j'ai un prix. » Et quand la visite
part, elles se lèvent et saluent en piétinant. Les bonnes manières dénotent une bonne
éducation.

Voilà pourquoi l'on montre la musique au pensionnat ; le piano, la guitare et la
vocale. Quinze minutes tous les deux jours et le morceau devant les parents. D'or-

dinaire, le maître de musique de l'endroit
donne des leçons de piano ; un grand brun,
maigre, un peu farceur et très-excellent convive ; fort sur la clarinette, la basse-taille, au
billard et au petit palet ; prisant, du reste,
et prodigieusement. Il enseigne à ses élèves la
légèreté du doigté, la simplicité des mouvements et l'abandon moelleux de la pose. Voilà
pourquoi les virtuoses à dix francs font danser leurs mains, sauter leurs coudes, grima-
cer leurs doigts et tordre la colonne vertébrale. Il communique aussi la valeur des
temps, la nuance des phrases, la magie des
effets et les sympathies de l'animation, ce
qui est cause que les magiciennes au mois jouent plat, comptent faux, empâtent les
oreilles et endorment.

Ajoutez que les malheureuses créatures, bourreaux et victimes, auront perdu
le temps de leur jeunesse et l'argent de leur famille, sans plaisir ni profit. La mu-

sique, comme moyen, est une galère ; comme délassement, un trône. Asseyez-y, pour rire un peu, une femme avec ses quatre enfants criards, son mari de mauvaise humeur, sa cuisinière qui la vole, et son linge qui s'en va. Trouvez-moi, au microscope, la place d'un *ut* naturel dans cette bagarre qu'on nomme ménage, famille, intérieur. Des rentes, mes amis, des rentes ! après quoi votre *la*, s'il vous plaît.

Il y a d'honnêtes mères de famille, pratiquant l'amour du ciel et la haine de l'adultère, ornées du reste de quelque bon-sens, qui s'imaginent bravement que le complément de toute bonne éducation, c'est la musique. Il y en a beaucoup. Elles ignorent, les dignes personnes, que la culture des notes hâte singulièrement la venue des velléités nubiles. Il y a, dans la mélodie des sons, quelque chose de sympatique qui *mélancolise* le cœur et le dispose à s'ouvrir. Les instruments, les sons, les voix se marient ; le cœur imite. Les longues heures passées au piano sont données partie à l'étude, partie à la méditation, étude de l'avenir. La vibration des accords se continue au delà des oreilles et le doux langage de l'approbation amollit et pénètre les entrailles les plus innocentes. La clef de *sol* ouvre la porte du cœur. Le piano est la serre-chaude des amours. Fermez la porte, bonnes mères, et surveillez la croisée.

Après cela il y a la danse, le dessin, la révérence, l'uniforme ; drôleries d'un excellent effet dans le monde. Le maître de danse, lui, est un être à part. Espèce non décrite, inconnue à Buffon, inexplorée par Balzac. Des cuirs, une pochette et en avant deux ; voilà tout l'homme. Exécutant, à heure fixe, les mêmes paroles que la veille, disant les mêmes airs. « A vos places, mesdemoiselles ; je vas vous jouer z'un air nouveau. Saluez. » Il entre en riant et sort en souriant. Il vient de faire trois lieues et va refaire trois lieues pour donner une leçon de trente sous. — Cultivez les beaux-arts et essayez de vivre.

Il y a encore le réfectoire et le dortoir, la retenue et le bonnet d'âne, le pensum qui n'apprend rien et la distribution qui montre qu'on n'a pas appris grand'chose, charmante petite récréation entrecoupée d'accolades comiques, de musique diabolique, de chuchotements critiques et de couronnes qui tombent sur le nez. Là se produit, en pompe auguste, la fermière au chapeau vert, la dame à la mantille aristocratique, le comité d'instruction en habit noir, monsieur le curé dans sa béatitude, et monsieur le maire dans son écharpe. Vous y voyez le Buffon en maroquin gris, le Bouilli en maroquin bleu et le La Fontaine en maroquin jaune. Vous y voyez de tout, hormis ce qu'on y voudrait voir. — Enfants, soyez modestes.

Au-dessus de tout cela il y a la sous-maîtresse. C'est la pierre angulaire de l'édifice, la base et le sommet du pensionnat. Elle tient le milieu entre l'élève qu'elle gourmande et la maîtresse qu'elle singe. Invisible et inconnue dans la première période de sa vie, elle apparaît tout à coup dans la seconde, et disparaît subitement dans la troisième. Enfant de la nécessité ou du hasard, elle descend de diligence à midi et fait la classe à trois heures;... la petite classe. Son bagage mobilier comporte un carton, une malle et des chaussons de Strasbourg. Le littéraire est moins lourd. Elle se nomme Émilie, Lucy ou Jenny, jamais autrement.

Pensionnaire jusqu'à dix-huit ans, la sous-maîtresse vient de perdre son père ou sa fortune, habituellement l'un et l'autre. Elle écrit l'anglaise, déchiffre la sonate et fixe les rubans du chapeau sous le menton, serré. Dans le monde (elle va dans le monde), elle est timide, cause littérature et pot-au-feu, trempe son biscuit dans l'eau et chiffonne sa serviette. Elle parle gras, mais peu.

Quand madame est en visite ou au marché, elle parle haut, gourmande les bonnes, se coiffe au salon, reçoit les parents et fait l'article. Elle raconte les progrès de l'enfant, s'émerveille sur ses étonnantes dispositions, dit les méthodes et prédit les couronnes. L'éducation chez nous se fait en jouant; puis elle crie à travers la porte : « Voulez-vous bien vous taire, mesdemoiselles. » Pour elle, le bruit la tue. « La solitude et les champs, voilà mes amours. » La maman est fermière à huit charrues. Elle fait sauter l'enfant sur ses genoux et l'appelle ma biche.

En classe, la sous-maîtresse se promène, parle bref, la tête en arrière, le talon à terre. Elle dit : « Paris, département de la Seine. » S'il passe quelqu'un devant la porte entr'ouverte, elle dit plus haut : « Paris, quel département? » Et lorsque l'enfant répond : « Pas-de-Calais. — Mon Dieu, que vous êtes bête ! »

Elle porte de l'encre au pouce et à l'index.

Quelquefois la sous-maîtresse a une idée fixe. Elle étudie l'anglais. *Kelipso coude not bi commeforted.* Alors elle se courbe sur son pupitre, jette un regard courroucé aux petites qu'elle envoie d'un signe en retenue, tourmente son dictionnaire, mouille son pouce et appuie son front sur sa main gauche. Au collége cela s'appelle piocher. Elle copie des romances.

Le jeudi, la sous-maîtresse mène les enfants à la promenade. — Jolies et pauvres petites créatures, privées des caresses maternelles à l'âge qui les rend avec une si naïve usure; sevrées de ces douces joies de famille qui laissent des souvenirs si bienfaisants pour toutes les douleurs à venir; durement secouées du giron d'une mère où s'endorment si doucement les chagrins, les misères, les passions, et quelquefois la vie de l'enfance, la sous-maîtresse les mène à la promenade et les fait marcher deux par deux. C'est militaire. Son frère est dans les dragons; fourrier. Il joue de la flûte. Voilà pourquoi elle affectionne le maître de musique de l'endroit, le grand brun, vous savez ?

A la promenade, la sous-maîtresse est très-sérieuse; cela impose. Elle marche à la queue, à côté de l'élève la plus mal tournée : c'est politique. Elle tient un livre de la main gauche, toujours le même. La droite indique la direction. Pendant le Collin-Maillard elle lit à l'ombre d'un chêne, d'un orme ou d'un pommier. Le pommier est classique. Elle regarde passer les passants et sourit. Cela n'engage à rien et peut mener à quelque chose. Lorsqu'un enfant tombe en courant, elle dit : « C'est bien fait. » S'il y a du monde, elle le prend sur ses genoux et le caresse. « Pauvre cher ange, va. » — C'est méthodique.

Au retour, elle passe auprès de la danse pour amuser les enfants ; pour elle, jamais elle ne danse ; — son deuil finit le mois prochain ; — d'ailleurs l'orchestre est si guinguette! Elle fait serrer les files, regarde par-dessus les têtes, salue au loin et stationne ; puis elle court follement ; elle rentre la dernière, pose à la porte, et s'assure s'*il* l'a suivie. — Elle écrit beaucoup.

À l'église, la sous-maîtresse est en tête de la file, madame est en queue. Sa surveillance est très-active ; elle se retourne fréquemment pour voir les élèves ; cela facilite le coup d'œil. De sa chaise part le signal pour l'assise du *Credo*, l'agenouillement de l'*Agnus Dei*, la contemplation du lever-Dieu et le trépignement de l'*Ite missa est*. Elle fredonne le cantique. Ses Heures sont illustrées ; elle tourne le feuillet une ou deux fois, jamais plus. Elle sème l'eau lustrale aux petites.

Dans l'intérieur, la multiplicité et l'importance de ses fonctions sont prodigieuses. Le lever, les classes, les récréations, les repas, les leçons et les visites exercent tour à tour sa surveillance et ses nombreux talents. Elle assure les contrevents, agrafe les robes, inspecte les mains, taille les plumes et distribue les *exemples*. A table, elle corrige le *benedicite*, passe le sel, émiette son pain, compte les noix et se lève la première. — Elle finit un roman.

Les vacances sont pour la sous-maîtresse ce qu'est une succession d'Amérique pour un pauvre diable. Orpheline, pour l'ordinaire, et sans le moindre germe de parents, ils poussent tout à coup et sortent de terre comme les asperges après la pluie. Elle a, septembre venu, un oncle en Dordogne, une tante en Lorraine, un tuteur à Fontainebleau et un cousin à Paris. Elle va passer un mois à Paris.

La rentrée exerce sur la sous-maîtresse une influence merveilleuse. Indulgente et communicative pendant la dernière quinzaine, elle revient sévère et renfrognée. Elle ne rit ni ne pardonne ; il lui faut du silence et des allées sombres, des pensums et des lettres. — A-t-on vu le facteur ? le facteur est-il venu ? qui a vu le facteur ? — S'il n'y a point de lettres de Paris, ses lèvres se serrent, son front se plisse et la petite classe tremble. — « Mademoiselle, voici une lettre que... — Donnez donc, petite sotte. » — La voilà qui lit, radieuse ; puis, pareille à la veuve qui encadre ses larmes dans une coiffure nouvelle, la sous-maîtresse se drape dans ses souvenirs et renferme ses joies passées dans son pupitre.

Au piano, quand par aventure elle s'y résigne, la sous-maîtresse est maussade, fatiguée ; elle ne sait rien par cœur. L'instrument est faux et l'accordeur en retard. Si vous insistez et que vous ayez passé la trentaine, elle vous jette un œil en dessous et une variation au clair de la lune. Parlez ariette ou romance, tyrolienne ou barcarole, Plantade est sec, Puget stérile, Levassor insigniliant et Polak endormant, dit-elle. Vient heureusement la mère d'une élève ; à celle-ci il faut des gants, et la sous-maîtresse la conduit chez la modiste.

Le magasin de la modiste est la terre promise de la sous-maîtresse et son purgatoire à la fois. Là elle fait pénitence de toutes les vanités qu'elle ne peut nourrir, de toutes les fantaisies qu'elle ne peut satisfaire. Là elle vit ; ses nerfs se détendent, ses yeux se reposent et ses mains agissent. Elle cause malines, culbute les cartons, oublie l'enfant et se donne un mantelet. Elle paiera le trimestre suivant.

Au nouvel an elle reçoit des étrennes ou un compliment. En général, la sous-maîtresse préfère le positif d'une prose métallique aux paillettes de la poésie. Celle-ci est plus économique. Le père d'une petite, membre d'une académie inconnue, rédacteur du prochain journal, fait des vers. L'enfant les apprend et dit joliment :

Mademoiselle,

> Nous avons déjà vu, bonnes comme vous l'êtes,
> Plus d'une sous-maîtresse autour de nous passer,
> Qui, lorsqu'à les aimer nous étions toutes prêtes,
> S'enveloppaient d'ennuis, hélas! comme vous faites,
> Et, tristes, caressaient l'instant de nous laisser.

> O, c'est que, voyez-vous, quoique jeunes encore,
> Nous savons bien aimer ceux qui sont bons pour nous;
> Et Dieu juste et puissant, qu'à l'autel on adore,
> Et la vierge du ciel, qu'à genoux on implore,
> Dans nos livres pieux nous les prions pour vous.

> Car vous qui pour nos cœurs étiez une étrangère,
> Qui veniez effrayer des enfants inconnus,
> Vous nous avez grondés comme gronde une mère,
> Quand pleure, à ses genoux, l'enfant que désespère
> Sa linotte envolée ou ses joujoux perdus.

> Et pour que le bon Dieu vous soit toujours prospère,
> Et que ses anges blonds soufflent dans votre cœur,
> Il faut nous conserver, indulgente ou sévère,
> Lorsque nous faisons mal, les grands yeux d'une mère,
> Et quand nous faisons bien, les baisers d'une sœur.

> C'est pourquoi pour un jour nous nous faisons hardies
> Pour vous dire une fois nos vœux de tous les jours;
> Puis nous redeviendrons discrètes et polies,
> Afin que vous disiez : — Mes petites amies,
> Au jour du nouvel an je penserai toujours.

Sur quoi les petites filles pleurent, la sous-maîtresse pleure, les bonnes pleurent, et tout le monde est content.

Et vous, lecteur?

ÉCARNOT.

LE RELIGIEUX.

Venez, venez, dit-il, à l'amour qui regrette,
Au génie opprimé sous un ingrat oubli,
Au proscrit que son toit redemande et rejette,
Au cœur qui goûta tout et que rien n'a rempli.
Alph. DE LAMARTINE.

Illis summa fuit gloria despici ;
Illis divitiæ, pauperiem pati ;
Illis summa voluptas
Longo supplicio mori.
(*Album de la Chartreuse.*)

Au milieu de notre monde parisien, de ce beau royaume de France, si plein de bruits et d'agitations, ce n'est point l'avenir qui nous préoccupe, c'est encore moins le passé. Nous vivons au jour le jour, je ne dirai pas sans illusions, car l'homme subira toujours les illusions de l'amour-propre ; mais sans croyances ; seulement pénétrés de nos mérites personnels et du petit rôle que nous prétendons remplir sur la scène du monde, les uns aux dépens des autres. Nous n'avons que de l'indifférence pour tout ce qui vit et s'agite en dehors de notre sphère, pour tout ce qui n'influe pas directement sur notre bien-être matériel, et les événements où nos passions sont engagées sont les seuls qui nous intéressent. — L'égoïsme et l'indifférence, — voilà la plaie de l'époque, les signes précurseurs d'une transition ou d'une décadence ; aussi, pouvons-nous à plus d'un titre appliquer à notre génération ces vers si énergiques qu'Horace adressait à la jeunesse romaine.

Quid nos dura refugimus

Ætas? — quid intactum nefasti.
Liquimus? — unde manum juventus
Metu Deorum continuit? quibus
Pepercit aris? . . . . .

Nourris des discussions philosophiques du siècle dernier, nous nous sommes montrés les dignes élèves de nos maîtres, et, persévérant dans cette voie sans issue d'analyse et de synthèse, qu'ils nous ont enseignée; nous avons voulu pénétrer tous les mystères de la vie, disséquer toutes nos sensations; — nous avons abusé des choses les plus saintes et les plus respectables.

Les Dieux s'en vont, disait naguère un des plus grands poëtes de l'époque; hélas! les Dieux ne sont déjà plus! aux yeux de bien des gens, la religion est une pratique purement philosophique, une ressource épuisée qui ne peut rien pour le bonheur; le christianisme n'est plus qu'une habitude ou un désœuvrement, qu'une touchante et magnifique poésie! Il n'est donc pas surprenant que ceux qui pensent ainsi, et le nombre en est malheureusement bien grand, entraînés par des convictions nouvelles, livrés à toutes les sciences sociales et régénératrices, et à la controverse des théories, unis pour détruire, et divisés pour fonder; que tous ces sectaires, dis-je, semblent avoir si bien oublié, dans leur ardeur de néophytes et de philadelphes, qu'il est encore en France, au sein d'une population nombreuse et turbulente, des thébaïdes saintes, des lieux de recueillement et de prières; asiles modèles, ouverts non-seulement aux âmes simples et pieuses, mais à tous les désespoirs comme à toutes les misères; qu'il existe des hommes vraiment sages, qui prêchent une philosophie toute pratique et désintéressée, la plus simple et la plus éprouvée de toutes les philosophies; des hommes qui apportent à l'humanité souffrante des consolations efficaces et directes, et se gardent bien d'user en de vains systèmes leur intelligence et leurs jours. Mais est-il rien ici-bas qui puisse résister à l'action du temps? Comme toute chose, la sagesse humaine a ses limites de puissance et de durée qu'elle ne peut franchir. Nos gouvernants ont subi l'influence des rhéteurs; néanmoins tout en combattant et en détruisant la puissance des ordres religieux, que le peuple, souvent aveugle et toujours exagéré, voulait, par une mesure extrême, proscrire à jamais, ils n'ont point prétendu se priver des ressources incontestables et salutaires de la morale chrétienne : dans les religieux vaincus et dispersés, ils ont vu et ne veulent voir désormais que des philosophes sincères!

Si dans vos pèlerinages d'artistes, sur quelque sommet sauvage, ou bien au fond de quelque sombre précipice, de loin en loin, vous retrouvez, parmi toutes ces ruines augustes que la révolution a faites, un vieux monastère mutilé et à demi réparé; si vous rencontrez quelques pauvres cénobites, hospitaliers et laborieux, sachez-le bien, c'est que la loi ferme les yeux; c'est que la foule, remuée par d'autres passions, voit sans craintes les derniers efforts de cette puissance qui s'éteint, et n'a plus de colère pour ces hommes dont nous avons pris ici-bas toute la place au soleil. — Autrefois, le religieux remplissait le monde; il commandait au peuple par l'effroi ou par le respect, souvent même par tous les deux à la fois. Quelles que fussent l'obscurité de sa famille et la bassesse de son extraction, lui-même fût-il le dernier des manants, la carrière qu'il avait choisie le relevait du passé, et l'ordre auquel il appartenait lui donnait soudain un caractère sacré, une certaine valeur qui le distinguait du vulgaire, une certaine influence qui le mettait en position de tout entreprendre et d'arriver à tout: les séculiers ne voyaient plus en lui qu'un religieux ; et, de même que les bénédictins et les augustins, deux ordres savants par excellence ; les carmes et les franciscains, ordres déchaussés et mendiants, pouvaient aspirer à toutes les dignités ecclésiastiques ou autres, et occuper tous les emplois publics. Mais cela n'est plus de l'époque ni des mœurs actuelles ! nous chercherions vainement dans le religieux d'aujourd'hui, tel que l'ont fait nos révolutions, quelques allures de ces apôtres qui s'imposaient à nos rois, de ces conseillers que nous retrouvons au milieu de notre histoire, superbes et audacieux, prenant toujours une part grande et active à toutes les choses de ce monde. Il est loin de nous, l'illuminé qui prêcha les croisades, le fanatique qui sonna la Saint-Barthélemi ! Grâce aux mille voix de la presse et au droit d'enquête qu'elle s'est arrogé ; grâce surtout à notre soif insatiable de nouveautés et de scandales, toute puissance mystique est ruinée, et la domination ecclésiastique est désormais impossible. Jamais nous ne verrons reparaître sur la scène du monde, et encore moins à la cour, les prieurs voluptueux, les abbés intrigants du seizième et du dix-septième siècle; nous n'entendrons redire les joyeux passe-temps des vermeils et nonchalants profès de Cîteaux et de la Chaise-Dieu. A l'heure qu'il est, le religieux semble mettre toute son ambition, appliquer tous ses soins à se montrer le digne et véritable continuateur du saint patron qu'il a choisi pour modèle ; il n'existe que pour la prière, il n'aspire plus qu'à la tombe. Si vous lui demandez ce que c'est que la vie, il vous répondra : «Le noviciat de l'éternité ;» ou bien encore : «Une étude de bien mourir;» tout comme un membre du *jockey's-club* vous la définirait, «l'étude du comfortable et du savoir-vivre. » Plus que jamais séparé des hommes, il reste en dehors de leurs folles révolutions et se tient à l'écart de tous les événements. Sa résignation est-elle sincère?.. Je le présume : pour un grand nombre cependant, son silence n'est qu'un effet de la prudence dont il a besoin, et (ce qui pourrait bien être) des espérances qu'il garde de l'avenir ! — Les journées de juillet ont fortement ébranlé les dernières illusions du religieux; pendant les cinq jours qui suivirent, il a rêvé la terreur et cru au retour des proscriptions ! Il était plein de foi et d'attente : l'instant du triomphe était-il donc enfin venu ? déjà son courage et son orgueil grandissaient devant les formidables épreuves auxquelles le Seigneur semblait l'appeler ; il espérait la torture, il attendait le martyre !... Hélas ! il n'a trouvé que l'indifférence ! — Oui, l'indifférence ! — Il eût traversé fièrement la foule de ses bourreaux, souffert avec joie les plus atroces persécutions , mais c'est pour lui un supplice imprévu, une condition honteuse et qu'il subit avec impatience, que cet oubli qui le ronge, que cette pitié qui l'écrase ! Si par hasard il descend des solitudes qu'il habite, voyez quel air humilié, quelle allure inquiète et souffrante; comme il est étranger à tout ce qui l'entoure, comme il est dépaysé au milieu de notre population active et bruyante ! c'est à peine s'il excite la curiosité des gens oisifs ! Celui qui le coudoie se détourne à demi, ainsi qu'on fait pour une chose inaccoutumée, pour l'ambassadeur grec ou pour un émir ; puis il passe sans y songer davantage ! Ni haines ni sympathies ! L'homme de Dieu ne compte plus sur la terre.

De tous les ordres religieux monastiques qui florissaient en France avant le décret de l'assemblée nationale, la restauration ne nous a rendu que les moines cisterciens de Notre-Dame de la Trappe, et les révérends pères de la Grande-Chartreuse. Les uns et les autres, oubliés pendant vingt-cinq ans environ dans les montagnes de la Suisse et de la Savoie, reparurent en 1816 et 1817. Les trappistes, conduits par l'abbé de l'Estrange, successeur de l'austère réformateur de Cîteaux, dom Armand le Bouthilier de Rancé, reparurent d'abord à Aiguebelles en Dauphiné, et vinrent bientôt relever les ruines de leur abbaye, dans l'enclos de Soligny, près Mortagne, et les chartreux, ayant à leur tête dom Meissonnier, noble et touchant vieillard, supérieur général de l'ordre, reprirent solennellement possession des vastes et magnifiques bâtiments de la Grande-Chartreuse. Les premiers appartiennent à la classe des cénobites ; ce sont des artisans humbles et laborieux qui utilisent les plus belles heures de la journée, à défricher et à féconder des terres arides ; les seconds, à la fois cénobites et solitaires, s'occupaient jadis à collationner les précieux manuscrits de l'antiquité et du moyen âge ; à les transcrire et à les multiplier ; mais depuis l'invention de l'imprimerie et de l'École des Chartes, ils ont exclusivement reporté leurs études sur les sciences théologiques et sur le droit canon : ils étudient ce que dom Innocent nommait les pratiques de la guerre spirituelle. Le travail n'est pour eux qu'un délassement de l'esprit ; poëtes obscurs, rêveurs solitaires, leurs plus ordinaires occupations, leurs plus doux passe-temps, sont l'extase et la prière.

Dans toutes les abbayes, chartreuses ou trappes, la règle du temps est la même, ainsi que les heures consacrées aux offices. En été, le religieux se couche à huit heures et à sept en hiver. Il se relève pendant la nuit pour chanter matines : à la Chartreuse c'est de minuit à deux heures ; c'est de deux à quatre chez les trappistes. Les chartreux se retirent dans leurs cellules, et les trappistes se réunissent dans une salle commune où chacun lit jusqu'à prime, qui se dit à cinq heures. Les offices du jour sont : *tierce, la messe* et *sexte ;* avant le dîner, ils chantent *nonne* et *vêpres* à quatre heures de l'après-midi. Ils ont une heure de sieste après leur repas.

Pour bien connaître le religieux, pour dessiner exactement les traits qui le caractérisent, il faut avoir vécu où il vit, il faut le suivre pas à pas dans son existence intérieure et dans ses occupations journalières. Les règlements de tous les ordres sont si précis et néanmoins leur application partout si différente, que pour être dans le vrai du sujet, je dois sortir d'une généralité qui s'appliquerait à tous les religieux, à ceux d'Italie et de Savoie, dont les mœurs et les habitudes n'ont presque aucun rapport avec celles des religieux français, et descendre, à l'égard des nôtres, dans des détails et des particularités qui résultent nécessairement de la position sociale où nous les avons réduits. Les communautés de chartreux et de trappistes que nous possédons ont gardé, chacune dans leur ordre respectif, et même, les chartreux vis-à-vis des trappistes, une telle unité, une telle harmonie, toutes les succursales sont si bien reglées sur la maison-mère, que la description d'une localité (la plus importante de chaque ordre), sera ici la généralisation la plus complète et aussi la plus intelligible qui soit possible. Gravissez donc avec moi les montagnes escarpées du Sapey, situées au fond du Dauphiné, entre la France et la Savoie, franchissez le Guyer-Mort, les immenses forêts de la Correrie, et venez vous reposer dans le dé-

sert où saint Bruno jeta en 1084 les premiers fondements du chef-lieu de son ordre. Vous n'y serez pas seuls ; depuis plusieurs années les touristes s'y rendent en foule, attirés par les beautés sauvages et pittoresques de la nature, et par l'étrangeté des usages monastiques. Les chartreux nourrissent et hébergent, moyennant salaire, quelquefois plus de quatre cents visiteurs en un seul jour. Ne vous scandalisez point du scrupule avec lequel votre carte à payer est établie par le frère Jean-Marie, du trafic des boules d'acier et des élixirs de l'infirmier, du commerce des chapelets, des rosaires, et du tabac dont le frère portier est exclusivement chargé : ne faut-il pas que tout le monde vive? Eh! comment voudriez-vous, que des gens qui n'ont rien, que l'état oblige à 1,500 francs de loyer pour les bâtiments du monastère et certains droits de pacage, que ces gens-là, suffisent à leur entretien et à l'énorme consommation des curieux, autrement que par leur industrie? Lorsque ces belles forêts et ces gras pâturages étaient la propriété du couvent, les chartreux, comme aujourd'hui les trappistes, offraient à tous les étrangers une large et généreuse hospitalité. Ils étaient prodigues de leurs biens. Pourquoi nous plaindre et les accuser? Ils sont ce que nous les avons faits ; car, seulement depuis que nous leur avons repris ce qu'ils possédaient, ils nous vendent ce qu'ils avaient l'habitude de nous offrir.

Au moment de la révolution, on comptait en Europe cent vingt-sept chartreuses.

Dans ce nombre, la France était comprise pour soixante-six et l'Italie pour vingt-cinq : aujourd'hui nous n'en possédons que six. La plus importante, après la maison-mère, est la chartreuse de Blosserville dans la Meurthe. — Les chartreux sont gouvernés par un supérieur général, élu à la pluralité des suffrages en un chapitre général. Le chapitre général se compose des prieurs de toutes les chartreuses succursales qui sont en Europe, et de deux visiteurs nommés par les chapitres particuliers, c'est-à-dire par les religieux de chœur de chaque monastère. Toute nomination aux offices supérieurs de l'ordre est faite par le chapitre général : ces offices sont remplis par cinq religieux de chœur qui prennent rang dans la hiérarchie ecclésiastique, et forment au supérieur général un conseil responsable : ce sont les prieurs généraux. Le chapitre général nomme encore, lorsqu'il y a lieu, un chancelier, deux assesseurs, un greffier et trois référendaires. Autrefois il s'assemblait régulièrement chaque année ; mais les ordres religieux n'ont plus que des intérêts privés de localité tout à fait en dehors des besoins généraux de l'ordre, dont la richesse et l'ancienne importance sont tellement réduites, qu'il a rarement quelques affaires contentieuses pour la solution desquelles un chapitre général soit nécessaire. Je ne crois pas qu'il y en ait eu deux depuis 1850. Nonobstant cette sorte de désuétude, toutes fois que le chapitre est encore réuni, tout s'y passe selon les anciennes pratiques de l'ordre : le supérieur et les cinq prieurs sont obligés, après avoir imploré le pardon de leurs fautes et obtenu la confirmation de leurs titres, de faire connaître le résultat de leur gestion. Le greffier fait ensuite la lecture des statuts de l'ordre, et le supérieur, le prieur, le chancelier, tous ceux enfin que le chapitre a maintenus ou nommés aux offices généraux, doivent s'humilier de nouveau et jurer de se conformer à la règle. Le général des chartreux est le seul des supérieurs d'ordres monastiques qui ait le droit de résider ailleurs qu'à Rome. Il ne jouit d'aucun privilége personnel, et ne porte aucun signe extérieur qui révèle sa dignité. Il désigne parmi ses religieux de chœur, deux pères auxquels il confie l'administration spirituelle et temporelle du monastère, dom sacristain et dom procureur : le premier veille à toutes les observances religieuses : le second a sous sa direction immédiate les frères convers et donnés. Il règle l'emploi de leur temps, selon les besoins journaliers de la communauté, et il préside aux travaux de l'agriculture. — Les pères vivent séparés : Chacun a sa cellule, et toutes les cellules sont semblables et distribuées ainsi : au rez-de-chaussée, une seule et vaste pièce qui sert d'atelier ; quelques instruments de jardinage, et, suivant les goûts du religieux, un établi et des outils de tourneur, de menuisier ou de relieur y sont pêle-mêle ; l'étage supérieur se compose d'une grande pièce, espèce de salon où le religieux reçoit ses visites, et de deux plus petites : l'une sa chambre à coucher ; l'autre son cabinet de travail. L'ameublement en est toujours modeste : une horloge, une bibliothèque ; de saintes images représentant la Vierge ou les saints, couvrent les murs de la chambre et du cabinet. Dans plusieurs cellules, on trouve des christs sculptés, ou des peintures dont les auteurs sont des religieux ; ou bien, comme au temps des Fra Angelico da Fiesole et des Fra Bartholoméo, nous avons des religieux artistes, moins le talent cependant ; et, depuis Le Sueur, les révérends pères de la Chartreuse affectionnent et reçoivent tout particulièrement messieurs les peintres. — Pour ce qui est du travail manuel, la règle laisse toute latitude aux pères : chacun doit choisir l'occupation qui lui est plus agréable et y consacrer assez de temps pour qu'elle soit une distraction salutaire, et que le religieux puisse toujours reprendre avec une joie nouvelle les devoirs essentiels de son état. Quant aux autres coutumes des chartreux, elles consistent, et ici je cite textuellement : 1° Dans une abstinence perpétuelle de tout aliment gras, sans en excepter le cas de maladie, et dans la stricte observance des jeûnes prescrits par l'Église ; 2° à prendre leurs repas seuls, dans leurs cellules respectives, à l'exception des dimanches et des fêtes, jours de réunion et de repos ; 3° à ne point faire usage d'œufs et de laitage, pendant l'avent, le carême, les vendredis et certains jours particuliers ; 4° à se contenter de pain et d'eau le vendredi, lorsque la santé le permet ; 5° à coucher sur la paille avec des draps de laine et les couvertures nécessaires ; 6° à se lever toutes les nuits, après quatre heures et demie de sommeil, pour aller chanter les divins offices ; 7° à garder la clôture la plus étroite, ne sortant du monastère que les jours de *spaciement* [1] ; 8° à ne porter en toute saison que des vêtements et des chemises de laine.

Les chartreux sont généralement tolérants, d'une humeur égale et facile. Ils s'appliquent à retracer saint Bruno, que les Bollandistes nous représentent riant et modeste, *semper erat festo vultu, sermone modesto.* Ceux qui sont en rapports directs avec les étrangers sont gais et presque babillards. Le frère convers Jean Marie, par exemple, est un petit vieillard actif et plein de prévenance pour les dames ; c'est lui qui veille à ce que rien ne leur manque dans les bâtiments qui leur sont affectés, hors

du monastère. C'est lui qui, ayant été averti, mais trop tard, que l'espiègle miss Cécile *** transformée en un joli séminariste, explorait les mystères du cloître, l'attendit à la porte, où il lui présenta en souriant un étui et un dé. — Voyez dom François ; il a soixante ans, et vraiment, à voir ses joues brillantes et rebondies, c'est à peine s'il paraît la cinquantaine. A vingt ans il a prononcé ses vœux : alors il était chétif et souffrant, il était inflexible jusqu'au fanatisme. La retraite a refait son corps et son esprit, la matière s'est fortifiée aux dépens de l'intelligence. Il va toujours le sourire sur les lèvres et le front rayonnant. Aujourd'hui son rosier est en fleur ; cette nuit il chantera au lutrin ; demain c'est le jour de spaciement..... ; toutes choses qui nous semblent bien puériles et dont cependant il tire sa joie et son bonheur. Si parfois une tristesse inquiète vient l'agiter, ce n'est pas que son âme

[1] Promenade de deux ou trois heures que les chartreux font en commun une fois par semaine.

soit troublée ; c'est que Dom Isidore, son élève, un jeune religieux dont il est le père-
maître, le directeur, touche à ce moment critique de la vie claustrale où l'esprit du
néophyte, assailli par mille tendances invisibles qu'il serait dangereux d'éclaircir
et de combattre, lutte contre le découragement et la mort. Fièvre terrible que subissent les âmes ardentes, et qui n'a d'autres remèdes que la patience et le temps.

Presque tous les chartreux ont en apparence, si ce n'est en réalité, cette même
aménité, cette même candeur ; c'est une des conséquences de leur règle, laquelle
défend d'ajouter à la rigueur des jeûnes, et d'abréger les récréations, blâme les
apparences austères et les résolutions exagérées ! Néanmoins, le religieux a changé
ses manières mondaines, sans rien perdre de son caractère personnel ; seulement,
l'habitude a dompté son énergie. Les affections de son cœur et les désirs de son âme
l'entraînent encore, mais par une pente plus douce ; et ses passions, assouplies par
l'invariable uniformité des jours, amoindries par la division du temps, trouvent à se
satisfaire sans bruit, ou, pour mieux dire, à moins de frais, dans leur sphère nouvelle. — Il est tel esprit vaniteux et bouillant qui eût suivi Luther il y a trois cents ans,
tel profès qui se tourmente lui-même pour avoir quelqu'un à tourmenter ; affichant
son austérité comme il afficherait le schisme, si le schisme était possible avec succès,
et qui, faute de mieux, brigue à cette heure l'honneur d'aller mettre un terme aux
relâchements de la Chartreuse de Rome. Dom Marc ne perdra jamais ses goûts de
gentilhomme ; jusque dans le maigre et l'abstinence il sait se distinguer et choisir :
assurément il préfère son estomac délicat et les brochets du réservoir, au vaste
appétit et à la corpulence roturière du père infirmier, lequel mange de tout indifféremment, mais de tout en quantité.

Depuis que les idées de lassitude et de suicide ont réveillé la poésie de la foi et les
illusions de l'espérance, le religieux recouvre en influence morale ce qu'il a perdu en
influence politique, « et les monastères, selon la juste et sage appréciation de dom Jean-
Baptiste, deviennent des hospices où sont accueillis et traités gratuitement les malades qui ont reçu les blessures du doute et les atteintes du néant. » Cependant, quiconque est dégoûté de la vie ne verra point, à son premier cri de désespoir, s'ouvrir
les portes du cloître. Les jeunes gens simples et candides y sont reçus avec joie, tandis que les esprits blasés, les hommes que le désœuvrement, l'amour ou la débauche y
conduisent, subiront toujours jusqu'à la fin, les longues et difficiles épreuves de la
postulation et du noviciat, et ne seront admis à prendre l'habit que s'ils ont obtenu
la majorité des suffrages de toute la communauté réunie. Les apôtres du remords, et
on les compte tellement ils sont rares, ont je ne sais quoi de brusque et de rêveur
qui contraste singulièrement avec la quiétude et la douceur qui distinguent les
autres pères : généralement, ce sont des esprits faibles, de ces esprits que le moindre
vent bouleverse, que le premier courant entraîne. Ce besoin de la solitude et du
repos a plus de part à leur vocation que le repentir et la foi ; aussi, s'occupent-ils
bien moins de la prière et des méditations que de leurs chagrins et de leurs souvenirs !

Quelle est cette ombre blanche qui glisse rapidement dans les plus obscures si-
nuosités de la forêt, qui court et s'agite ainsi qu'une âme en peine ? C'est un jeune
religieux, le plus jeune de la communauté, le seul peut-être qui porte sur sa phy-

sionomie l'empreinte des macérations de la chair et des ferventes aspirations de l'esprit ; qui réponde à l'idéal de nos rêves et réalise à nos yeux les ardents néophytes du christianisme ou les premiers anachorètes de la Thébaïde. Il s'arrête ! le voilà qui s'agenouille devant la chapelle de la Vierge : ses mains sont pressées convulsivement ; ses lèvres murmurent, je crois, une prière ; mais ses regards sont distraits, son attention est tout entière absorbée ailleurs. S'il est trop jeune pour que ce soit le passé qui le tourmente, quel est donc le démon qui le pousse ? — A vos pieds,

au fond d'un ravin obscur, serpente la source limpide de Saint-Bruno : c'est là un lieu consacré, un ombrage délicieux où les étrangers aiment à se réunir chaque soir. Le jeune religieux, placé comme il est sous un épais taillis, peut tout voir sans être vu, tout entendre ! assurément, ce n'est point le hasard qui l'amène si souvent en ce lieu, toujours à la même place et toujours à la même heure ? Ne remarquez-vous point comme il est inquiet de ce qu'il veut faire, comme il regarde, comme il écoute s'il est bien seul dans cette solitude ! Il hésite encore... puis, enfin, il se livre résolument au désir qui le trouble : désir étrange et vraiment inexplicable ! Voici qu'il contemple avidement un groupe de jeunes gens et de jeunes femmes, prêtant une oreille attentive à leurs folles causeries, cherchant à surprendre leurs moindres confidences ! Dom Isidore, car c'est lui, regretterait-il cette liberté d'action, ces liens si doux de la vie , l'amour et l'amitié, deux sentiments qu'il ignore, et que pourtant il comprend vaguement ? Cherche-t-il à pénétrer ce monde qu'il n'a fait qu'entrevoir ? En serait-il déjà à discuter dans son for intérieur la valeur de ses engagements ? Nul ne saura jamais tous les orages, toutes les pensées qui bouleversent à cette heure l'âme de Dom Isidore ! Au sortir du séminaire, le jeune lévite, obéissant à une vocation qu'il croyait être une révélation céleste, est venu sans retard s'offrir aux épreuves de la postulation et du noviciat. C'était alors un enfant tout enivré d'encens et de prières, plein de pieuses illusions et de saintes naïvetés. Il est bien encore aussi ignorant que par le passé, mais il a le pressentiment de cette ignorance : il obéit à l'instinct de la nature et des sens, et il s'y laisse aller sans trop se douter qu'il court dans les voies détournées de l'abîme. L'homme se réveille en lui, et la crise est violente et redoutable ! il ne faudrait pas qu'une amitié profane, intervenant dans la lutte, accourût en aide au religieux ; que le hasard fît tomber entre les mains de dom Isidore quelques œuvres de la philosophie moderne. Cette âme ardente qui se consume vainement en des rêves qu'elle ne peut formuler, fatiguée qu'elle est de tant d'incertitudes, se précipiterait bientôt vers cette issue probable, et marcherait d'autant plus vite de la discussion au scepticisme et du scepticisme à la révolte, que, soutenue par la société moderne, elle n'a d'autre tribunal à redouter ici-bas que celui de la conscience. Or, il n'en sera rien ; il ne peut en être ainsi. Le jeune profès est si bien isolé des hommes et des lois, qu'il n'a pas même l'idée de son libre arbitre appliqué à la controverse du dogme : il ne peut que mourir. Mais si le religieux ne succombe pas, dis-je, s'il ne meurt pas, insensiblement, l'habitude exerçant sur lui sa puissance infaillible, dom Isidore ramènera ses désirs dans les voies prescrites par la règle, et, trouvant plus de douceur et de sécurité à se laisser conduire, il vivra longtemps, très-longtemps, comme la plupart des chartreux, comme dom François son père-maître.

C'est là le chartreux, et, à peu de chose près, le trappiste. Toutes les différences qui sont entre les disciples de saint Bruno et ceux de saint Bernard proviennent d'abord de ce que les premiers vivent en solitaires, tandis que les seconds sont essentiellement cénobites, et ensuite, de ce que le chartreux emploie selon sa fantaisie les sept heures que le trappiste consacre aux rudes travaux des champs. Les artistes et les voyageurs, les chrétiens riches et oisifs, tous ceux qui peuvent dépenser à leur gré et le temps et l'argent, se retirent à la Chartreuse, et font volontiers une retraite momentanée au milieu d'une nature pleine de charmes, savourant avec délices cette vague tristesse et toutes les grandes émotions qu'inspire infailliblement une solitude paisible et choisie, où la religion se montre sous son aspect le plus touchant et le plus poétique. Mais les pauvres déguenillés, les mendiants vagabonds, les infirmes et les malheureux ; tous ceux qui souffrent par la faim et par le désespoir, tous ceux-là vont à Aiguebelles, à Mortagne où à Meilleray. Si vous ne craignez pas d'accepter l'humble hospitalité qui vous est généreusement offerte, si vous osez vous mêler à cette lie humaine et vivre côte à côte avec toutes sortes de misères, allez où vont ces gens ; allez apprendre ce que c'est qu'une vie de véritables privations, qu'un trappiste soumis à l'étroite observance de Cîteaux. A Aiguebelles, les nonchalantes béatitudes de l'extase, les ouvrages frivoles, les occupations attrayantes sont sévèrement interdits : c'est bien, comme tout à l'heure, la prière et le travail, le jeûne et la méditation, mais le travail assidu et méritoire, la méditation en commun, sous les yeux de l'abbé qui accuse et punit celui qu'il soupçonne, sans que celui qu'il soupçonne, même injustement, ait le droit de se justifier ! Du pain et de l'eau pour nourriture habituelle ; une cellule de six pieds sur quatre, et pour lit une planche ! — Le silence absolu : les religieux ne se parlent que pour s'avertir ou s'accuser ; ils n'échangent jamais entre eux que ces mots terribles : « *Mon frère, il faut mourir !* »

LE TRAPPISTE.

Un monastère de trappistes est un séjour lugubre et redoutable : la vue seule en est faite pour ébranler les esprits faibles et repousser les vocations indécises. Là, tout ce que vous apercevez est une menace de mort, tout ce qui vous entoure est plein d'épouvante. Les murs sont couverts d'inscriptions latines empruntées pour la plupart aux psaumes de la pénitence ou aux pères de l'Église. Au-dessus de l'entrée principale du monastère, on a gravé ces paroles du prophète Jérémie :

SEDEBIT SOLITARIUS ET TACEBIT!

Et plus loin, sur celle du cloître :

IN NIDULO MEO MORIAR!

Le cloître est le lieu où les religieux se réunissent pour ce qui doit être fait en commun, et ici tout doit être fait en commun. Quatre galeries longues et assez larges, un portique ogival et rectangulaire au milieu duquel est le cimetière : voilà le cloître. Une tombe y est toujours préparée à l'avance et dans l'incertitude de la victime. Pendant que la communauté est réunie sous les galeries pour la méditation ou la lecture, chaque frère vient à son tour travailler, en présence de tous, à cette fosse qui peut-être sera la sienne. A côté du cloître se trouve le parloir ; c'est le seul endroit où les religieux peuvent entretenir l'abbé, lui confier les besoins de leur âme, recevoir le soulagement de sa parole, ses avis et ses exhortations. Contre la porte du parloir est établie ou plutôt enclavée dans la muraille une petite boîte, pareille à celle de nos bureaux de poste, et au-dessus de laquelle on lit : *Boîte aux billets.* — Un frère réclame-t-il l'assistance de l'abbé, a-t-il un livre à demander, une permission à obtenir, il formule sa prière et la confie à cette boîte. Chaque jour, sous les yeux mêmes de l'abbé, le bibliothécaire procède au dépouillement de ces billets, et l'abbé, sans prononcer une seule parole, les déchire ou les ploie, selon qu'il refuse ou qu'il accorde. Le soir, chacun retrouve sa réponse au chevet de son lit ; ceux-ci, les fragments de leur billet, ceux-là, leur billet ployé, si c'est une permission accordée ou le livre qu'ils ont demandé, si le révérend père en a autorisé l'usage. — Le trappiste ne porte que des vêtements de laine. Les pères ont une tenue négligée, mais

propre. Les frères convers sont d'une saleté repoussante; il est vrai qu'ils n'ont
point, comme les chartreux, des hommes à gage, des domestiques pour les travaux de
l'entretien intérieur, et qu'ils s'occupent eux-mêmes à balayer les cloîtres, à nettoyer
les étables, et à récurer la vaisselle. La règle des trappistes est autrement rigoureuse que celle des chartreux. Ici, le religieux n'a jamais le choix de ses occupations, et tout ce qui pourrait lui être agréable à faire lui est interdit par cette
seule raison. C'est l'abbé qui détermine les travaux et désigne les travailleurs. Le
matin, après prime, les pères et les convers descendent au cloître, se placent sur un
rang, et l'abbé, allant de l'un à l'autre et s'inclinant vers chacun en particulier,
prescrit à tous la tâche à accomplir dans la journée. — Ainsi que je l'ai déjà dit, les
trappistes ont les mêmes offices que les chartreux, et à peu près aux mêmes heures;
les pères seuls se rendent toujours à l'église; les convers entendent la messe avant
de sortir du couvent, et, une fois disséminés dans les champs, ils ne rentrent plus
qu'à la fin du jour. — La cloche de l'église se fait-elle entendre dans l'éloignement, sans
cesser leur travail, ils s'unissent mentalement aux pères qui prient pour eux; mais
si la distance est trop grande, l'ancien qui les surveille marque lui-même le moment de la prière, et il est rare qu'il soit une demi-heure sans frapper des mains
pour avertir les religieux d'élever leur âme à Dieu. Pendant l'hiver et les temps de
pluie, chacun s'emploie dans l'intérieur du couvent, selon ce qu'il sait faire : les
uns filent, les autres tissent ou cardent : il en est qui font des souliers, car tout ce qui
est en usage dans le monastère doit être confectionné par les religieux. A ceux qui
lisent ou méditent, comme à ceux qui travaillent, il est interdit de s'asseoir pour
faire ce qui peut être fait debout, et la règle défend de s'appuyer lorsqu'il y a nécessité d'être assis. En aucun cas, et pour les moindres oublis d'observance, le religieux
ne peut échapper à la surveillance de ses frères: cette surveillance est d'autant
plus active qu'elle est exercée par tous, à l'égard de tous. — Épuisé de fatigue et accablé par la chaleur, un frère, s'appuyant sur sa bêche, ferme-t-il sa paupière appe-
santie, le frère qui s'en aperçoit le réveille doucement, en lui disant : « Tu te repo-
seras à la maison paternelle, *in domum æternitatis!* »

N'allez point croire cependant que toutes les austérités des anciens anachorètes
soient encore en usage; elles sont au contraire expressément défendues, et bien
rarement l'abbé permet à ses subordonnés l'usage du cilice ou de la discipline.
Plutôt que de laisser la vie du religieux se consumer en des austérités sans but réel,
et ses forces s'affaiblir par des rigueurs stériles, le réformateur de Cîteaux a, par
une sagesse et une piété mieux entendues que celles de ses devanciers, exigé que les
forces fussent dépensées en des travaux méritoires, et que cette vie fût sanctifiée par
des labeurs réglés, continuels, plus terribles et plus cruels cent fois qu'une morti-
fication passagère. N'est-ce donc pas un atroce supplice que toujours, toutes les nuits,
jusqu'à la mort, la même privation du sommeil, et chaque année, neuf mois du
jeûne le plus rigoureux. Et savez-vous bien ce que c'est que le jeûne rigoureux d'un
trappiste? Ce jeûne consiste, même pendant les plus longs jours de l'année et les
plus pénibles travaux, à ne prendre pour toute nourriture, vers les quatre heures du
soir, qu'un morceau de pain et un verre d'eau ! — Sauf les travailleurs trop éloignés,

toute la communauté se réunit au réfectoire, le frère portier lui-même abandonne son poste et vient déposer ses clefs à côté de l'abbé. Le frère qui sert et celui qui fait la lecture sont les seuls qui mangent après le repas commun. La vaisselle est tout ce qu'il y a de plus grossier, les couverts et les écuelles sont en bois. En temps ordinaire, c'est-à-dire trois mois sur douze, la nourriture se compose, au repas de onze heures, de quelques herbages, de pois ou de lentilles, toujours accommodés sans huile ni beurre, cuits à l'eau et avec du sel seulement, et d'un morceau de pain noir et terreux, car, aux termes de leur règlement, le froment ne peut être passé qu'une fois par le crible et la farine doit être employée telle qu'elle sort du moulin; à la collation du soir, d'un fruit cru et de trois onces de pain. Maintenant, je vous le demande, est-il étonnant que les trappistes meurent généralement si jeunes, tandis que les chartreux ont tous une longue et magnifique vieillesse?—Ce sont les voies les plus opposées, les sentiments les plus extrêmes qui décident les hommes à se faire trappistes : l'excès de la vertu et l'exaltation de la piété y conduisent les jeunes gens. Un profond repentir y a quelquefois amené des criminels; mais le plus souvent ce sont les âmes passionnées qui viennent, après de longues épreuves et de cruels revers, chercher dans la fatigue du corps et les occupations réglées l'oubli du passé, ou bien une sorte de suicide que la morale ne réprouve pas. Au reste, les trappistes acceptent volontiers tous ceux qui se présentent, persuadés qu'il faut avoir un courage surhumain, une vocation bien sincère, pour se condamner à vivre comme ils vivent ! Leur règle est impartiale et leur justice inflexible dans toutes ses applications ; elle atteint également le convers, le religieux de chœur et l'abbé; indulgente pour le pauvre frère, elle sévit impitoyablement, si celui qui a transgressé ses devoirs était obligé,

par sa position, de veiller sur les autres et à prêcher par l'exemple.

— Les travaux sont suspendus, et les portes du monastère ont été fermées à tous les étrangers. Les pères sont réunis au chapitre, et les convers, répandus sous le cloître, se promènent silencieusement ; mais non sans trahir leur agitation intérieure. Frère Eusèbe, l'abbé, rend compte de sa gestion. La cloche du chapitre se fait entendre, une double haie se forme : spectacle inattendu ! Frère Eusèbe est coupable : chacun l'a accusé, et toute accusation, ici, est une preuve. On le dépouille de ses vêtements, et les épaules nues, les pieds nus, il est impitoyablement chassé à coups de

verges, et contraint de devenir le serviteur des serviteurs. Son successeur, frère Orcise, est un jeune homme de trente-deux ans, bouillant, énergique, audacieux. Lui aussi il a eu ses heures de combats et de doute ; lui aussi il a failli mourir sous le poids de ses pensées ! Depuis qu'il marche appuyé sur sa crosse de buis, loin de rien regretter, il est devenu plus ambitieux que jamais ; mais ambitieux comme un religieux peut l'être ! Infatigable au travail, il exige de chacun autant d'activité qu'il en possède ; debout le premier, il joint l'exemple au précepte, et, quittant *sa coule*, retroussant ses manches, il aborde orgueilleusement l'ouvrage le plus vil et le plus difficile. C'est ainsi qu'il parvient à quintupler la valeur des terres qu'il achète, et qu'il se fait assez de revenus pour nourrir et vêtir, beaucoup mieux qu'il ne se nourrit et ne se vêtit lui-même, plus de huit cents pauvres par an. C'est par là qu'il compte faire de son abbaye une ferme-modèle, et qu'il espère mériter comme son collègue de Mortagne, dont il est discrètement jaloux, un brevet de membre correspondant de la Société d'agriculture de Paris. — Mais c'est surtout par sa mort que le trappiste termine dignement une existence si laborieuse, si pleine d'austérité. Je vous ai dit comment il a vécu ; il me reste à vous apprendre comment il sait mourir. C'est presque toujours au milieu de la nuit que commence le cérémonial funèbre : la cloche longuement agitée appelle les religieux à l'église. Les pères, les convers, tous, le capuchon sur les yeux et une lampe à la main, s'y rendent à pas lents. Une seule lampe brûle sur l'autel et toutes celles des religieux, pâles et vacillantes, ne répandent qu'une douteuse clarté sur ce qui les entoure. Quatre convers apportent le religieux mourant et le déposent sur la dalle humide du sanctuaire, recouverte d'un peu de paille et de cendres. Ces ténèbres si bien remplies, cette agitation silencieuse, ces mouvements que l'on devine plutôt qu'on ne les voit, ont quelque chose d'effrayant et de redoutable. La voix du malade, toute faible qu'elle est, résonne dans le silence et dit la prière des agonisants ; tous les religieux joignent à demi-voix leurs prières à celle du trappiste. Aussitôt que la voix du mourant s'affaiblit, le révérend père lui donne le baiser d'adieu et lui parle de l'éternité ; cependant la cloche sonne plus lentement le glas funèbre... Les religieux s'agenouillent.... et le *de profundis,* qui éclate soudain sous ces voûtes sombres et sonores, couvre le dernier soupir du trappiste, et marque son passage de la vie à la mort ! — Quelquefois cette scène dure des heures entières et se prolonge jusqu'au milieu du jour. — Eh bien ! chose incroyable ! malgré tout cela, dans les monastères comme ailleurs, plus qu'ailleurs, l'aristocratie a établi des catégories. Jamais le frère convers ne se mêlera au religieux de chœur : à l'église, au réfectoire, au cimetière, partout leur place est distincte, et, à tous propos, les pères imposent leur supériorité à ces pauvres roturiers, à ces chrétiens inférieurs, qui, pour être ignorants du latin, en sont réduits aux emplois subalternes. — Dans ces communautés, toutes et toujours fondées dans un but expiatoire, par la pénitence et la vertu, dont l'humilité est le principe, et qui ont pour base une sincère et rigoureuse égalité, cette prépondérance de la science, cette domination de l'esprit est-elle vraiment évangélique ? et ne serait-ce pas là en effet l'œuvre d'une grande et réelle vertu, la plus touchante pénitence et la plus belle marque de l'abnégation chrétienne, si celui que l'éducation et l'intelligence ont élevé au-dessus de son semblable descendait volontairement au rang des derniers et des plus obscurs?—Malheureusement : l'orgueil et l'ambition, ces deux passions du cloître, sont encore chez les religieux, et elles y seront éternellement sans influence aucune, les chartreux et les trappistes vivent et gouvernent entre eux ; ils règnent en famille et régissent leur intérieur avec une ardeur d'autant plus vivace, qu'elle a moins la possibilité de s'étendre ailleurs, qu'elle a moins à dominer au dehors. L'état les tolère, mais ne leur reconnaît pas d'existence légale. Ils n'ont de part aux affaires du monde que pour ce qui les concerne particulièrement. Ainsi traqués, ils espèrent en Dieu et vivent absorbés, non toutefois sans aspirer secrètement à rétablir leur empire par delà l'enceinte trop étroite du cloître.

Cette dernière espérance du religieux, si vague et si lointaine qu'elle soit, sera-t-elle jamais réalisée ? Ce fut en éludant l'esprit du christianisme par l'abus des richesses et de la puissance que les ordres monastiques précipitèrent leur ruine ; c'est par le travail et l'austérité, par la tolérance surtout, qu'ils espèrent reconquérir la considération qu'ils ont perdue, et recouvrer, sinon leur ancienne importance, tout au moins une condition avouée et légale, qui les assimile au clergé et leur permette d'agir librement et avec sécurité. En France, surtout en France, il n'est peut-être pas un religieux qui ait assez d'abnégation pour n'être pas intérieurement mortifié de l'abaissement et de la déconsidération de son ordre, et qui ne prétende le réhabiliter par tous les moyens que ses devoirs et sa conscience autorisent ; pas une communauté dont la conduite et les efforts de tous les jours ne tendent à ce but, soit explicitement, soit implicitement. — Au moment où j'écris ces lignes, de jeunes et dignes ecclésiastiques français sont venus dans la campagne de Rome, en face même du Vatican, cette sombre et jalouse demeure de l'absolutisme et de l'intolérance chrétienne, s'installer provisoirement au *Monte Mario*, dans les bâtiments abandonnés d'un ancien monastère de Saint-Dominique. Là, au nombre de trente-cinq, ils ont formé, sous la direction de M. l'abbé Lacordaire, aujourd'hui profès dominicain, une communauté nouvelle, succursale des dominicains de *Viterbe ;* et, mettant à profit les graves enseignements du passé, les tendances et les besoins de la génération actuelle, ils se fortifient par une retraite de trois ans, entièrement consacrée à l'étude des sciences métaphysiques, dans les vastes et profondes connaissances de la philosophie et de l'histoire. Ils sont en instance pour obtenir du pouvoir la permission de fonder en France une Sorbonne nouvelle, et, bientôt sans doute, ils y viendront professer la science humaine et répandre le christianisme par la diffusion des lumières. Tout l'avenir du religieux, en France et même en Italie, repose désormais sur la sainte et laborieuse mission de M. de Lacordaire. Déjà le jeune prieur s'est fait entendre à Saint-Louis-des-Français, en présence du clergé romain et de tout ce qu'il y avait de Français à Rome. Il a établi les bases de la réforme, sans cependant avouer la réforme, et fait connaître qu'il y avait nécessité et urgence à ramener le christianisme à ses formes primitives et à la simplicité de la doctrine évangélique. Il a prêché le progrès et la liberté unis au catholicisme le plus pur ; la toute-puissance des affections et des idées ; enfin la sociabilité, comme étant les trois principaux caractères du dogme chrétien ; et, s'élevant surtout contre les abus du clergé, contre l'égoïsme des grands et des prêtres, il a eu le courage de ses opinions là où il y avait vraiment danger à les avouer! Pour la première fois, peut-être, Rome s'est vu et s'est laissé accuser publiquement! Ah! c'est qu'en Italie aussi bien qu'en France, l'illusion est détruite et le même mouvement s'opère dans les idées; c'est que partout où le religieux règne encore despotiquement, il règne par le nombre et par le pouvoir terrestre dont il dispose, bien plus que par la conviction évangélique et les saintes persuasions de la morale chrétienne, et puis encore, c'est que notre clergé de France, sans conteste le plus éclairé et le mieux appris de la chrétienté, était appelé à défendre les intérêts de la religion des envahissements du pouvoir, et à se maintenir incessamment lui-même contre les attaques de la philosophie sceptique, pendant que celui de Rome, se reposant sur la foi des prédictions et, mésusant sans craintes de sa souveraineté et de son bien-être temporel, détournait à son profit le véritable sens de la parole de Dieu. Mais ce n'est point le clergé qui est infaillible, c'est l'Église : comme le disait naguère si éloquemment M. de Lacordaire, la religion chrétienne est immuable et éternelle : elle n'a rien à redouter du progrès ni des invasions de la philosophie! c'est elle qui a créé la synthèse et ouvert toutes les voies à l'intelligence. La science humaine a beau progresser; quelque part qu'elle s'avance, quelques découvertes nouvelles qu'elle croie avoir faites, elle trouve toujours là l'Église, l'Église qui l'y a prévenue et qui l'attend !

GEORGES D'ALCY.

LES GENS DE MER.

—•••—

INTRODUCTION.

A dénomination de marin est trop étendue, et ceux auxquels on l'applique diffèrent trop les uns des autres pour qu'il soit possible de tracer un seul et même portrait qui leur convienne à tous. L'élève joyeux débutant dans la carrière, rose et blonde figure, adolescent enthousiaste, écolier fier de son aiguillette dorée ; l'officier sceptique ou désillusionné, ambitieux ou insouciant, résigné ou tyrannique, caractère mobile qui se modifie avec chaque position nouvelle ; l'amiral navigateur par exception ; le capitaine au long cours, routinier ou entreprenant ; l'aventureux corsaire ; l'opiniâtre patron-caboteur; le pilote intrépide et fanatique, le matelot bronzé par le soleil intertropical, endurci au souffle de tous les vents, crédule et bonne créature qui sourit à chaque danger nouveau; — tous sont *marins*, entendent un langage qui leur est commun, et pratiquent une même profession sur laquelle reposent la force et la richesse du pays. Tous sont soumis à une législation exceptionnelle à peine soupçonnée dans l'intérieur de la France, et qui est en opposition flagrante avec les quatre premiers articles de la Charte constitutionnelle. Tous empruntent à leur métier des allures que l'âge et la position sociale de chacun ont diversifiées à l'infini, et qui établissent parmi eux une foule de variétés parfaitement distinctes.

Si nous cherchons le mot *marin* dans le Dictionnaire de l'Académie, nous n'en trouverons pas même une vague définition, et nous apprendrons qu'il *se dit en général des gens de mer;* si nous consultons les dictionnaires de marine, l'amiral Willaumez nous répondra par une longue paraphrase sur les qualités qui doivent distinguer l'homme de mer accompli. Enfin, si nous nous adressons à quelque brave grognard du beaupré, il nous dira : « Un marin, c'est celui-là, voyez-vous, qui n'est ni *piou-piou* ni *Parisien*, sauf votre respect; un homme comme moi, quoi ! un ancien, une peau tannée qu'a louvoyé sur toutes les mers, sait prendre une empointure de tout temps, et que son plaisir est de *bûcher* les Anglais et d'aller une fois le temps courir bordée sur le plancher des vaches.

— Mais votre commandant n'est donc pas un marin?

— Ah ! si fait, dam, — et un vrai ! — mais d'autre sorte, quoi ! — qui fusille le soleil avec son *tire-pied*[1], connaît sa carte comme ma poche, et a de l'*inducation* pour le *carcul* comme un maître de *mathiques*. Faut l'entendre quand nous sommes proche d'atterrir. On voit pas un brin de côte : c'est égal ! il monte sur le pont, demande combien qu'on file de nœuds : « Dans une demi-heure, qui dit, on verra morne aux Bœufs ou la tour d'Ouessant. » Ça dépend de l'endroit; et sûr, une demi-heure après, la vigie crie : Terre ! Avec ça qu'il connaît son monde, qu'est malaisé de lui *tirer des carottes*, et qu'il fait manœuvrer le vaisseau à son idée. — C'est un vrai, que je vous dis, un vrai fini. — C'est pas comme notre second, un frise-poulet qu'est marin juste autant que ma petite sœur. Faut que le gouvernement ait des frégates à perdre, qu'on dit que ce joli cœur va prendre le commandement de *l'air mignonne* (l'Hermione); excusez du peu ! — J'aurais pas confiance d'y mettre mon sac à bord. »

L'explication du vieux chiqueur en vaut bien une autre; pour lui aussi le terme de marin désigne plutôt une qualité qu'une profession, et cesse d'être applicable à ceux qui ont choisi le métier de la mer comme moyen d'existence ou de fortune. Cependant, n'ayant pas les mêmes raisons que le sévère gabier pour exclure de notre série de tableaux ceux qui, dans sa pensée, sont indignes de ce titre glorieux, nous accepterons le mot dans son acception la plus générale, et,

---

[1] *Tire-pied*, nom que les matelots donnent aux instruments astronomiques, tels que sextant, octant et cercle de Borda, dont ils voient les officiers se servir.

sans nous restreindre à la description d'un beau idéal, nous représenterons les gens de mer tels que nous les avons observés, avec leurs bons et nobles instincts, mais aussi avec leurs imperfections et leurs ridicules. Nous n'essaierons pas de resserrer dans une esquisse de fantaisie les types neufs et pittoresques dont abondent la marine militaire et la marine marchande. Le grand cadre qui les entoure se subdivise de lui-même en compartiments déterminés par la nature du sujet. Les existences à jamais consacrées au service de l'état veulent être isolées de celles dont le commerce est l'unique fonction. Nous nous sommes complu à reproduire les traits mobiles de l'*aspirant;* l'*officier* a été pour nous la personnification du corps militaire, le *capitaine de commerce* celle de la marine marchande ; une place à part revenait au *matelot* qui passe alternativement d'un vaisseau de ligne sur un trois-mâts ou un chasse-marée, et enfin nous en avons dû réserver une dernière à l'ensemble des *populations maritimes,* à la femme, à l'enfant et à l'ouvrier des ports, êtres plus qu'à demi marins, qui complètent la galerie des personnages dont l'océan est devenu la seconde patrie. Tous ces personnages de classes sociales distinctes, de conditions diverses, nous les avons réunis sous le simple titre de *Gens de mer,* expression à la fois consacrée par la législation et par l'usage.

Les gens de mer sont un peuple à part dans le grand peuple, ils ne sont point régis par les lois communes ; et c'est ici le lieu de justifier une proposition que nous avons déjà énoncée plus haut. Les révolutions démocratiques ont en vain détruit les charges et les priviléges, nivelé les aristocraties, donné de l'extension aux droits de chacun, et modifié la pénalité ; les ordonnances relatives à l'inscription maritime n'en subsistent pas moins dans toute leur force, bien qu'elles portent atteinte aux plus précieuses prérogatives de la liberté individuelle, et elles sont trop utiles au recrutement des troupes de la flotte pour être jamais entièrement abolies. Aujourd'hui comme en 1681 le *régime des classes,* c'est-à-dire la disponibilité pour le service de l'état depuis l'âge de dix-huit jusqu'à celui de cinquante ans, poursuit tout homme qui a embrassé le métier de la mer. A peine de retour d'un voyage de commerce, il est *levé* pour le service de l'état, et finit par y avoir passé à diverses époques environ le tiers de son existence. Les populations riveraines redoutent la loi, la maudissent, mais s'y résignent, sans même remarquer la différence énorme qu'elle établit entre elles et le reste des Français. Les pêcheurs et les ouvriers des ports y sont soumis aussi bien que les matelots; elle atteint les capitaines au long cours eux-mêmes, qu'on pourrait forcer, en cas d'urgence, à servir dans la marine avec le grade provisoire d'enseigne de vaisseau.

Cette partie de la nation si cruellement traitée par nos institutions est pourtant celle peut-être qui rend le plus de services au pays. Elle arme les vaisseaux de l'état et les corsaires, qui sont leurs auxiliaires puissants lorsque la guerre s'allume. Sans elle, il n'est plus de commerce extérieur : l'agriculture et l'industrie lui doivent donc une grande part de leur prospérité. Elle contribue également à la gloire et au bonheur du pays. Tandis que les hommes faits et les jeunes gens naviguent ou combattent, luttent contre les éléments ou les ennemis, le reste, vieillards, femmes, enfants, habitants paisibles du littoral, s'occupe sans relâche des constructions, des agrès, de la pêche, de la récolte du varech, du pilotage des navires, du salut des naufragés, du batelage des personnes et des marchandises, de l'entretien des digues et du curage des ports. L'on peut affirmer qu'il n'est pas de population plus utile ni plus dévouée, et cependant en est-il une plus pauvre et plus malheureuse ? Soumise au régime des classes, ruinée par la tempête, décimée par les sinistres, elle se résigne courageusement à tous ses maux, n'abandonne jamais sa dure vocation, et continue à regarder la mer comme une nourrice bienfaisante. Enfin c'est par elle, par son zèle inaltérable, par son dévouement sans bornes, que les côtes de France ont mérité, entre toutes, le noble nom d'hospitalières.

Afin d'éviter toute erreur sur la valeur des grades de la marine militaire dont les noms se reproduisent fréquemment dans ces articles, nous en plaçons ici les noms en regard de ceux qui leur correspondent dans l'armée.

AMIRAL,		Maréchal de France.		
VICE-AMIRAL,		Lieutenant général,		Officiers généraux.
CONTRE-AMIRAL,		Maréchal de camp,		
CAPITAINE DE VAISSEAU.		Colonel,		
CAPITAINE DE FRÉGATE (grade supprimé),		Lieutenant-colonel,		Officiers supérieurs.
CAPITAINE DE CORVETTE,		Chef de bataillon,		
LIEUTENANT DE VAISSEAU,	Officiers.	Capitaine,		
ENSEIGNE DE VAISSEAU.		Lieutenant,		Officiers subalternes.
ÉLÈVE DE PREMIÈRE CLASSE,	Élèves ou aspirants.	Sous-lieutenant.		
ÉLÈVE DE SECONDE CLASSE,		»		»
PREMIER MAÎTRE,		Adjudant,		Sous-officiers.
SECOND MAÎTRE,	Officiers mariniers.	Sergent,		
QUARTIER-MAÎTRE.		Caporal.		»

L'ÉLÈVE DE MARINE

Il n'est pas de profession qu'on embrasse plus légèrement que celle de la marine militaire ; il n'en est point qu'un prisme trompeur colore de teintes plus séduisantes. On s'y destine fort jeune sans en soupçonner les ennuis et plein de foi dans la poésie des ouragans et des combats, tantôt par esprit d'imitation, tantôt sous l'influence des premières lectures qui nous charment. Dans les ports de guerre, l'enfant n'entend parler que des armements et des expéditions qui se préparent, il vit au milieu d'uniformes brillants et de spectacles bien faits pour aiguillonner sa curiosité. A l'éternelle question : « Eh bien, mon petit ami, que voulez-vous être un jour ? » il répond sans balancer : « Capitaine de vaisseau. » Il ne trouve rien de plus gracieux que la casquette galonnée et l'aiguillette flottante d'un élève ; rien de plus beau qu'un commandant chamarré de broderies, rien de plus amusant que d'aller en canot et de commander à des marins. Il joue au matelot comme ailleurs on joue au soldat ; ses poupées sont de petits navires qu'il fait manœuvrer dans un bassin ; il a été bercé au récit de campagnes périlleuses, et ne peut concevoir d'existence préférable à celle d'officier de marine. Dans l'intérieur des terres, la vocation maritime naît de l'amour du merveilleux : Robinson commence à faire songer à la mer, Télémaque continue à inspirer le désir des grandes aventures ; mais, après Gulliver et Sindbad des *Mille et une Nuits,* l'écolier n'y tient plus et déclare qu'il veut être marin. Qui n'a point caressé un pareil rêve au détriment du *De viris* et des *Fables* d'Ésope ? Après avoir lu la *Vie des marins célèbres,* qui n'a voulu se faire mousse pour devenir amiral, découvrir plusieurs nouveaux mondes, être tour à tour chevalier de

Malte, corsaire et flibustier, ou pour le moins visiter tous les pays de la terre? Qui ne s'est point figuré que sur la mer seulement se trouvaient la gloire et le bonheur? L'histoire des naufrages éveille un intérêt trop puissant pour laisser sous une impression de terreur; on ne compte pas les victimes, mais on admire ceux qui échappèrent au désastre, et l'on ose espérer tout bas d'être un jour acteur dans un de ces drames horribles dont l'océan est le théâtre. *La Méduse* et son radeau, *le Kent* incendié au milieu de la tempête, ont dû faire des prosélytes à la marine, et n'en ont jamais détourné personne. On prend le métier de la mer avec la perspective de catastrophes pareilles; elles entrent dans les idées du candidat à l'école navale; aucun marin n'a renoncé à sa carrière pour les avoir rencontrées. Ce que l'on ignore, c'est cette accumulation de petites misères intestines qui remplissent lentement le vase de dégoûts, et finissent quelquefois par le faire déborder. Le jeune homme qui débute plein de romanesques illusions n'en conserve aucune lorsqu'il a passé quelques années sous le harnais; il en fait bon marché avec l'âge, et, parvenu aux plus hauts grades, ne s'étonne pas de se voir administrateur ou diplomate, lui qui s'était destiné à devenir capitaine sabord comme il n'en est guère qu'au vaudeville. Mais il n'oublie jamais entièrement ses premières sensations, et les nobles causes qui l'ont déterminé à choisir son état ne seront jamais celles qui le lui feront abandonner.

Pendant les deux années que les élèves passent à bord du *vaisseau-école*, leur échafaudage de chimères ne fait que s'élever : réunis dans un même but, ils se bercent des mêmes espérances, s'exaltent l'imagination par l'échange de leurs pensées, et s'enthousiasment de plus en plus, tout en maudissant leur temps d'épreuve. Le grade d'élève de seconde classe, que leur vaudra le dernier examen, n'est pas seulement à leurs yeux une position dans le monde, ce vœu commun à tous les adolescents; c'est la liberté, c'est le commencement d'une existence incomparable; avec lui va bientôt se réaliser un avenir riche d'épisodes enchanteurs. La teinture de notions pratiques qu'ils ont acquises est loin de diminuer leur haute opinion de la marine; le jargon technique leur semble admirable, et la moindre manœuvre leur offre un vif attrait. Par un heureux mélange des préjugés répandus dans le monde et des premières connaissances nautiques, l'élève de seconde classe qui vient enfin de recevoir sa lettre de nomination est seul réellement digne du nom de *vieux loup de mer*. Il a seize ou dix-huit ans au plus, et sort, ivre de joie, de l'école de marine. Il bourre alors ses phrases de jurons et de termes marins, fume par genre, *roule* en marchant, parle haut dans les lieux publics, et affecte d'y paraître brusque et généreux; il prend pour modèle Jean Bart à Versailles. Il a pour insignes une aiguillette mi-partie soie et or, et 40 francs d'appointements par mois pour faire des libéralités; plus quelques poils follets assez blonds pour n'être pas aperçus de l'autorité maritime, ennemie jurée de toute espèce de barbe. Naguère un poignard à manche de nacre faisait ses délices; depuis trois ans il est attaché à un long *sabre-Rosamel* traînant avec fracas, et dont il est aussi fier que du bâton de maréchal. L'élève de seconde classe ne dit point à son camarade : « Où allez-vous? » il demande : « De quel bord amurez-vous? » L'autre répond : « Je cours la bordée de tribord ; » mais il a soin de montrer à sa droite la porte du café ; sans ce geste la phrase serait aussi peu comprise de son camarade que de l'homme le moins marin du monde.

Tous les ans, lorsque le vaisseau *l'Orion* (tel est le nom de l'école flottante) livre à la marine la division nouvellement promue, la ville de Brest voit se reproduire les mêmes scènes : les estaminets sont remplis de jeunes amiraux en espérance, ils pullulent sur les promenades publiques, font vacarme au spectacle, et se hâtent de mettre à exécution toutes les folies qu'ils ont longuement préméditées durant le cours de leur réclusion absolue. Des ordres d'embarquement mettent promptement fin à ces vacances de quelques jours : on entasse les élèves sur les premiers vaisseaux qui doivent mettre à la voile ; ils partent dans toutes les directions, et de ce moment date réellement pour eux l'existence maritime. *L'Orion* n'était encore qu'un collége, maintenant ils ont des fonctions dont ils sont glorieux, des gardes, des quarts, des corvées, des chefs tout à fait militaires et des subalternes qui leur obéissent. Le feu sacré qui les anime ne se ralentit pas à l'aspect d'un logement enfumé où ils sont confondus pêle-mêle, et qu'on nomme *poste des élèves*.

Une ouverture circulaire d'un pied de diamètre au plus y répand une clarté douteuse ; une table de chêne en occupe le centre, des armoires d'attache en font le tour ; quelques pliants en toile à voile, un buffet de sapin et des caissons grossiers en sont les meubles. La nuit, on y pend des hamacs qui sont décrochés avant le lever du soleil ; la lampe est, en vertu du règlement, éteinte dès huit heures du soir ; mais à l'âge des élèves on ne songe guère au bien-être matériel. D'ailleurs l'on savait bien que la plus

belle des professions avait un rude noviciat, et l'on s'est laissé conter tant de choses
étonnantes des gardes marines d'autrefois et des aspirants de l'empire, qu'on ne ressent
qu'un désir, celui de marcher sur leurs traces. Heureux temps! la vie maritime est
encore toute rose : on attend avec impatience sa première tempête, on croit apercevoir
un pirate dans chaque voile qui paraît à l'horizon, et l'on fait ses premiers quarts en
songeant à l'épaulette étoilée de vice-amiral. On rit encore de tout, excepté d'être
traité en petit garçon; aussi l'on trouve toujours que les officiers manquent d'égards
envers vous ; l'amour-propre reçoit ainsi la première blessure. L'élève de seconde
classe se croit à une telle distance du collége, qu'il hausse les épaules quand on le lui
rappelle, et grossit sa voix d'un ton de menace au seul nom de maître d'étude. « Je
voudrais bien, dit-il, en voir venir un maintenant pour lui faire *tour mort et demi-
clef sur la barre du cou.* » S'il n'était dans la marine, il serait en rhétorique ou en
philosophie ; il entretient une correspondance suivie avec des condisciples qui donnent lecture publique de sa prose d'outremer dans la salle des récréations; son
nom fait encore retentir les échos classiques pendant trois révolutions scolaires :
dans la cour des petits, il est vénéré comme un héros antique ; les grands s'honorent d'avoir été ses camarades, et cependant le seul mot d'écolier l'offense profondément. Le nom d'élève, qui s'en rapproche, sonne mal à l'oreille ; il regrette l'ancienne dénomination d'aspirant, que les matelots lui conservent par tradition, et
même celle de garde marine depuis longtemps tombée en désuétude. Eh bien ! malgré cela, qu'est-il réellement? Écolier, rien de plus. Écolier, il faut le dire, et par
son apprentissage et par les roueries nombreuses auxquelles il s'applique pour
esquiver une corvée comme jadis une classe. Il en est toujours à faire l'école buis-
sonnière, descend à terre en contrebande, se cache pour dormir pendant son quart,
et tient constamment en réserve quelque hardi mensonge tout prêt à conter à l'officier
de service, comme autrefois à son professeur. Dans le poste, un seul des élèves, à
tour de rôle, broche le calcul astronomique, tous les autres le copient avec quelques
minutes de différence, et vont le remettre au commandant en second. Malgré le
prestige dont l'officier de marine leur paraissait entouré d'abord, ils ne tardent pas
à se mettre en état d'hostilité permanente contre toutes les épaulettes du navire. Le
lieutenant chargé du détail est surtout l'objet de leur animosité : c'est le censeur impitoyable, le vampire ennemi de leur repos. A les entendre, il n'accorde jamais la
permission d'aller à terre, et son dernier mot est toujours *la fosse aux lions,* c'est-
à-dire les arrêts dans un réduit beaucoup plus obscur que le poste où fort souvent
il est défendu à l'élève prisonnier de garder de la lumière, et où il n'est pas permis
à ses camarades de venir le visiter. L'infortuné Daniel n'a pas même la ressource
de s'y promener de long en large faute d'espace, et n'ose y fumer la pipe, car ce
serait alors un crime de lèse-consigne au premier chef.

  La vie des élèves à bord doit nécessairement être oisive ; comment travailler au
milieu de grands enfants qui chantent à tue-tête, se bousculent, masquent perpétuellement le jour, jouent de la flûte ou boivent du vin chaud ; il est bien plus naturel
de les imiter et de contracter l'habitude d'une paresse raisonnée. On boit, on mange,
on dort, on fait son service, et quelquefois on lit des romans. Vous trouverez iné-

vitablement dans tous les postes, au bas d'une armoire destinée aux octants et aux tables de Callet, plusieurs volumes des *Amours du chevalier de Faublas*, le *Compère Mathieu*, les œuvres de Piron, concurremment avec celles de Bezout et les chansons de Béranger. Il est difficile de se faire l'idée d'un désordre plus complet et moins apparent que celui d'un poste d'élèves. Ils sont forcés par l'autorité du bord à avoir l'air rangé ; mais n'ouvrez aucun caisson sous peine de reculer d'horreur. Aussi, quel coup de théâtre, surtout dans les pays chauds, quand le pilotin vient appeler l'aspirant de corvée de la part de l'officier de service ! Ils sont rassemblés dans leur fournaise, et vêtus de ce simple appareil auquel l'usage a conservé le nom de robe de chambre des gardes marines. — « Mousse ! s'écrie le malheureux surpris dans un pareil négligé, mousse ! un pantalon, des bottes, une veste, un sabre ! vite ! vite ! allons, *patine-toi !* » Le mousse plonge dans un des babuts et rapporte à diverses reprises chacune des parties du costume exigé ; les chaussures sont trop longues, le paletot trop étroit, le pantalon descend jusqu'à la cheville exclusivement : qu'importe ! en une minute l'élève est sur le pont aux ordres du lieutenant de quart : — « Monsieur, vous allez embarquer immédiatement dans le grand canot ; vous vous rendrez à terre et remettrez cette lettre en mains propres à monsieur l'ambassadeur de France...

— Mais, monsieur, accordez-moi deux minutes, je vous en prie, dit l'élève honteux de son accoutrement, en jetant un triste regard sur une casquette qu'il tient à la main, faute de pouvoir l'assujettir sur sa tête.

— Bah ! vous êtes bien comme cela ; partez, vous dis-je. Un aspirant, parbleu, on sait bien ce que c'est ! De mon temps, ajoute l'officier facétieux, c'était bien autre chose, nous avions toujours la boue au talon et la paille en croix ! »

Si l'officier est rigide, il répond sèchement : « Vous mériteriez les arrêts pour votre tenue ; lorsqu'on est de corvée on doit toujours être en uniforme décent et prêt à monter sur le pont. »

L'élève qui, deux jours auparavant, se faisait remarquer par sa mise élégante au bal chez l'ambassadeur, se résigne avec peine à paraître ainsi fait : « S'il s'agissait d'une corvée de *sable, d'eau,* ou de *balais,* je serais bien sans doute ; mais aller comme cela à l'ambassade ! » Il descend piteusement dans l'embarcation. Bonheur inespéré ! le mousse du poste lui tend par le sabord un rechange complet. A quelque distance du navire, il répare le désordre de sa toilette, et dès lors trouve charmante une mission qu'il saura prolonger pour ses menus plaisirs.

On peut établir un rapport de plus entre l'élève de seconde classe et l'écolier, en comparant leur style épistolaire également pédantesque de part et d'autre. Une prodigalité étudiée de termes maritimes remplace l'abus des fleurs de rhétorique, une locution technique est substituée à une citation d'Horace ; et si la date du rhétoricien est agréablement traduite en ides et calendes, celle de l'aspirant a l'avantage de préciser les degrés et minutes de longitude et latitude par lesquels il a écrit sa première lettre. Un dictionnaire de marine à la main, on aura mille peines à interpréter le sens de sa prose ; une famille parisienne doit éprouver de bien douces émotions et surtout être bien fixée sur les aventures d'un fils parti de Brest pour Toulon, lorsqu'elle lit :

A bord de la corvette la *Sapho*, le 20 septembre 18..
En mer par 42°, 55´ latitude nord, et 5°, 13´ longitude est.

Mes chers parents,

Nous avons largué notre corps mort en rade de Brest par une brise d'amont ca-
rabinée qui n'a pas démarré de huit jours, aussi nous avons embraqué une fameuse
touée de route en commençant; mais, quand il a fallu mettre le cap sur le détroit,
la corvette avait beau courir bord sur bord, elle ne faisait que tanguer et canarder.
Alors on a pris la cape, qui fort heureusement n'a duré que deux fois vingt-quatre
heures. Hier, nous portions bonnettes et catacois et filions lestement vers Toulon,
où j'aurais déjà pris mes relèvements, sans la rencontre d'un vapeur de l'état qui
nous a hêlé de mettre en panne et a stopé en même temps. Il vient de remettre
des plis secrets au commandant : quelle allure allons-nous prendre maintenant?
comment éventerons-nous? je suis fâché de ne pouvoir vous en instruire; vous comprendrez sans peine que j'ignore de quelle manière nous courrons quand on aura
fait servir. Je profite de l'occasion de ce bâtiment, qui demain sera bord à quai, et
vous écrirai plus longuement, dès que nous aurons jeté un pied d'ancre n'importe où.

En attendant, veuillez dire à Charles que je suis toujours son matelot de babord,
et à Lolotte, que je n'oublie pas ma promesse : je saurai gouverner de manière à
lui rapporter de l'essence de roses, pourvu seulement que nous allions dans le
Levant.

Recevez, etc.

La mère du jeune aspirant, fort inquiète d'un semblable cataclysme de mots inconnus, court en demander la traduction au bureau de la France maritime; nous
croyons bien faire en y adressant nous-même nos lecteurs. (Affranchir.)

Insensiblement, l'élève de marine se dépouille de ses ridicules naïfs et de son style
ampoulé; deux ans sont à peine passés, que le château de cartes s'écroule : il commence à sentir vivement le poids de sa chaîne; il ose s'avouer qu'à bord se retrouvent toutes les vexations du collége; la vie commune du poste lui semble insupportable, et il songe sérieusement, pendant huit jours, à donner sa démission. Cette
attaque de spleen le prend à dix-huit cents lieues de France, dans un pays où il ne
trouve aucune distraction, et généralement après une quinzaine de jours d'arrêts ou
une scène avec un officier. Mais, ses camarades qui ont passé par là, tournent son découragement en raillerie : on lui demande ironiquement quelle carrière il va choisir, et l'on déroule devant lui la liste infinie des professions inventées dans l'*Au-

berge des Adrets, à l'usage de Robert-Macaire. S'il se fâche sérieusement, les moqueries redoublent; s'il veut raisonner, il est coulé bas: on lui démontre la difficulté de mettre à exécution son coup de tête, il est forcé d'amener pavillon et d'en prendre son parti. Mais une première transformation s'est opérée en lui : son exaltation passée a disparu, ses illusions se sont déplacées et ne ressemblent plus à ce qu'elles étaient en partant. Un beau jour lui parvient sa nomination d'élève de première classe, cet avancement le touche peu : ses fonctions seront toujours les mêmes, sa position toujours aussi subalterne. Il ne rêve déjà plus l'épaulette d'amiral, il désire celle d'enseigne : « Quand je serai officier, se dit-il, j'aurai ma chambre à bord, je serai heureux ; je me retirerai dans mon petit coin, libre d'y faire ce que je voudrai et je pourrai m'isoler de ceux qui me déplairont. Mon service sera bien moins dur, je commanderai le quart, je serai quelque chose à bord, car nous autres élèves, que sommes-nous? De pauvres diables qu'on vexe par partie de plaisir, et qu'on met à toutes sauces; avons-nous jamais un moment de repos? Allons, encore dix-huit mois, encore un an, encore six mois. » Il suppute, il calcule : adieu la poésie des premiers temps ; son raisonnement est devenu bien positif, il lui reste cependant des espérances pour un avenir prochain; il voit le bonheur dans le grade qu'il va atteindre. Ce bonheur fuira sans cesse devant lui, et un jour, commandant un navire lui-même, il soupirera tristement et jettera un regard en arrière en disant : « Qu'est devenu le temps où je portais l'aiguillette ! » misérable regret d'une jeunesse dont on a oublié les peines, mais cruel témoignage de l'absence du bonheur dans la carrière parcourue.

Lorsqu'on a dix-neuf ou vingt ans, qu'on mène une vie active et fréquemment accidentée, les tristes pensées ne peuvent longtemps conserver le dessus ; la découverte de la vérité afflige l'élève pendant quelques jours, elle ne le démoralise pas; l'on a peu d'exemples d'aspirants sérieusement atteints de nostalgie. L'élève combat ses ennuis par la recherche du plaisir : grands dîners, punchs délirants, amours faciles, il ne se refuse rien et se rapproche du matelot en dépensant en deux jours ses appointements du mois; ensuite il fait des dettes : advienne que pourra ! Ce grand train-là n'est pas de longue durée, les créanciers y mettent bon ordre ; des plaintes sont portées contre lui à l'autorité du port, et alors, si par hasard il est débarqué sans trouver aussitôt un autre bâtiment, il se voit réduit à la plus profonde débine. Il faut se loger sous les toits, vivre en Romain et renoncer à tous les plaisirs qui frappent à la porte; il faut souffrir le supplice de Tantale. Mais heureusement on a des camarades, et quand il en descend à terre, on jouit encore de quelques bons moments. D'ailleurs, l'ordre d'embarquement ne se fait pas indéfiniment attendre, et les instants de détresse par lesquels il a fallu passer sont plus tard d'un agréable souvenir. « Sous la république et l'empire, disent les vieux officiers, c'était pour les aspirants le règne de la *rafale* [1], mais aussi comme on s'amusait! Quand nous étions

---

[1] *Rafale*, bouffée, augmentation subite de vent ; au figuré parmi les marins, débine complète.

réunis quatre ou cinq dans un galetas, et qu'un de nous parvenait à se procurer des espèces, quelles noces nous faisions ! ce temps-là n'est plus ; les élèves d'aujourd'hui sont des muscadins : ils paient leur tailleur, portent des gants et se font friser ! nous savions mieux jouir de notre jeunesse. » De tels reproches ne sont pas d'une justesse mathématique, mais l'extension de notre marine militaire, laissant rarement les élèves dans les ports sans embarquement, ils n'ont plus les coudées aussi franches. En pays étrangers, il leur est impossible de se livrer aux mêmes excès : il n'est jamais permis de découcher, et l'on ne va pas à terre comme on voudrait. Il est fabuleux d'y posséder un cœur sensible ; le seul plaisir un peu pittoresque qu'on se donne, c'est une *bosse* avec les Anglais. Une bosse ou une biture, c'est-à-dire une orgie, est de rigueur en certaines circonstances.

Un vaisseau anglais est stationné en rade de Smyrne, arrive une frégate française : les commandants et les officiers des deux nations se rendent visite et se traitent les uns les autres ; les élèves et les midshipmen se recherchent et s'invitent à dîner : c'est dans l'ordre. Si les Anglais ont donné l'exemple, l'aspirant chef de gamelle, prend éloquemment la parole, un beau matin après le déjeuner, et n'a pas de peine à démontrer que, pour l'honneur du poste et de la France, il faut donner un festin dont il soit parlé dans toutes les marines du monde : « Messieurs, les eaux sont basses dans notre sac, nous n'avons plus qu'un mois de traitement, et il faudra attendre bel âge avant d'être remis à flot par les noyaux du commissaire.... C'est historique et peu flatteur ! j'en conviens ; mais j'en appelle à votre patriotisme, pouvons-nous *brasser à culer*? Que chacun crache au bassinet quelques gourdes, et nous enfoncerons les Anglais ! »

Il dit, et les crédits supplémentaires sont votés par acclamations.

Quand arrive le grand jour, un couvert somptueux est dressé dans le poste, les vins de toute espèce se succèdent ; on s'échauffe, on chante, on hurle : à la fin du repas les midshipmen parlent français ; les élèves pérorent en anglais ; on se pousse, on s'embrasse, et l'on finit toujours par briser le matériel du festin. Cependant il est neuf heures du soir, un vacarme affreux retentit dans la frégate, le repos de l'équipage en souffre, et le commandant donne l'ordre d'armer la chaloupe pour conduire immédiatement tous les convives à terre. Ils débordent en écorchant : *l'Andalouse au sein bruni*, et le *God save the queen*; longtemps le silence de la rade est troublé de leurs cris ; enfin ils sautent sur le quai, et vont terminer où ils peuvent leur saturnale maritime.

Le lendemain, un verre ébréché et une assiette écornée figurent devant chaque élève, et, chose plus affligeante ! un plat de haricots et un vaste fromage de Hollande, forment tous les apprêts du déjeuner ; il en sera de même de tous les suivants, et les dîners n'en différeront que par une ration de lard ou de bœuf. « La gamelle *est à la côte* pour trois mois, dit solennellement le chef d'ordinaire. — Connu ! connu !... C'est égal, les Anglais ont été coulés, n'est-ce pas ? — C'était autrement tapé que chez eux. » Du reste, après ce jour mémorable, on ne fréquente plus les midshipmen ; il faut une fête nationale ou quelque événement fortuit pour rapprocher de nouveau les deux postes. On se dit à peine bonjour, quand on se rencontre à terre ou en rade, et l'on finit par s'oublier totalement, jusqu'à semblable occasion, bien entendu.

On conçoit qu'il est certaines natures sérieuses ou artistes, qui doivent souffrir incessamment sous le frac d'élève. Que devient le piocheur qui essaie de travailler à un épure, pendant que ses camarades se mettent à batailler autour de lui? quelles contrariétés n'éprouve pas le jeune homme passionné pour la musique, le dessin ou la littérature? les caractères susceptibles, qu'un déluge de lazzis accueille à chaque parole, ont surtout horreur de cette existence commune et soif d'isolement. Il faut qu'un élève s'accommode de tout, même de l'oisiveté ; qu'il ait le verbe haut et la riposte prompte ; la vivacité et l'audace le caractérisent, l'insouciance doit le compléter. Lorsqu'il réunit toutes ces conditions, il est aimé du matelot ; sur le gaillard d'avant on rit du jeune élève de seconde classe, mais l'aspirant de première y est estimé à plus d'un titre : « C'est un bon enfant et un solide, quand il est de corvée dans la chaloupe, il nous dit : Ah çà ! je vous permets d'aller boire un coup, mais celui qui n'est pas de retour dans cinq minutes, gare dessous ! je ne le rate pas, et une autre fois il verra la terre au bout d'une gaffe. — Hein ! c'est bien parlé ! il n'a pas peur qu'on lui file, il sait qu'on le connaît ; c'est pas un chien comme y en a dans le service. »

Les élèves savent que leur devoir est d'être des premiers partout où il y a du danger ; si un homme tombe à la mer, ils se précipitent dans le canot de sauvetage et saisissent un aviron sans hésiter ; dans les débarquements ils ne le cèdent à personne, les officiers ont peine à modérer leur ardeur, et les plus enragés des matelots à les suivre au pas de course. Dans un incendie, ils sont aussitôt rendus en haut que les gabiers eux-mêmes ; à l'œuvre, leur enthousiasme se réveille, ils sont intrépides et infatigables. A Bone, à Bougie, à la Vera-Cruz, l'élève imberbe conquiert l'épaulette ou la croix ; par un gros temps, s'il faut donner l'exemple pour monter sur les vergues, tous les aspirants s'en disputent l'honneur.

Ce hardi jeune homme, le premier à l'abordage et le dernier à se rembarquer, lors d'une expédition à terre ; ce stoïque viveur dans la mansarde ou dans le poste, déhonté dans l'orgie, insensible aux privations, toujours joyeux malgré la perte de ses plus beaux rêves de gloire et d'indépendance, toujours prêt à déployer une témérité opiniâtre ; cet aspirant, en un mot, prenez-le par la main, introduisez-le dans un bal de bonne compagnie, il est timide et gauche, n'ose prononcer une parole et n'a pas le courage d'inviter une danseuse. Il se retire tout pensif dans un angle du salon, et dévore du regard une jeune personne dont il vient de faire la dame de ses pensées. Sorti du collége pour entrer à l'école navale, trois ou quatre ans de mer n'ont pas dû lui donner un grand usage du monde. Son malaise augmente par le sentiment qu'il a de son air emprunté ; il se défie de lui-même et porte envie, maintenant, au moindre rhétoricien qui a l'aplomb de tourner un compliment en style métaphorique. Trois heures s'écoulent dans une torture inouïe ; enfin, par un effort désespéré, il vient à bout de rompre la glace. Au moment où l'on commence à se retirer, il va implorer en balbutiant la prochaine contredanse ; si, par hasard, il est arrivé à temps encore, il le regrettera bientôt, ne trouvera pas un mot à dire et déplorera amèrement une tentative qui lui fait jouer le plus triste rôle. L'élève de marine est aussi inflammable qu'une allumette chimique allemande ; au moindre frottement, le voilà éperdûment amoureux ; il brûle ensuite pour la vie..... ou plus ordinairement jusqu'à la première relâche. Quand il a fait quatre campagnes, il trouve dans ses plus tendres souvenirs une certaine quantité de passions également éternelles, dont deux Espagnoles et une Anglaise au moins, une créole de la Martinique, une Brésilienne, Chilienne ou Péruvienne ; enfin, plusieurs passagères de toutes nations. Il en parle avec une légèreté mêlée de tristesse, rit de ses amours sans résultat, de tant de romans commencés et jamais finis. Quelquefois cependant l'impression a été plus profonde. « Que les gens du monde se récrient sur le beau côté de la vie du marin, dit-il alors, qu'ils vantent le départ qui délivre de tout engagement et permet de voltiger de fleur en fleur, sottises que tout cela !... Trois cases en chaume, un visage ami, des soins hospitaliers, ajoutez une femme aimée à ce tableau, en voilà plus qu'il n'en faut pour m'attacher à un lieu de mouillage, fût-il situé à l'île de Jean-Mayen ; mais, quand nous nous sommes créé des habitudes, quand nous sommes parvenus à trouver l'emploi de nos soirées à terre (ce grand problème si difficile à résoudre en pays étranger) ; quand nous commençons enfin à jouir un peu des plaisirs de la société la plus douce, la plus naturelle à l'homme, l'ordre du départ, inhumain, inexorable, nous force à tout rompre. Peut-on vivre ainsi à vingt ans ! »

L'élève amoureux serait tourné en ridicule par tout le poste si sa passion venait à être découverte, il la cache donc avec le plus grand soin ; mais, si par bonheur, un de ses camarades se trouve atteint du même mal, et qu'ils se devinent, oh ! alors, quelles longues et douces causeries ils auront ensemble ! que de projets ils bâtiront pendant leurs quarts de nuit ! qu'ils trouveront de charme dans ces confidences dont le meilleur résultat est d'engendrer de nobles et durables amitiés. Du reste, si forte que soit la dose d'amour ou de mélancolie qu'a prise l'élève de marine, soyez sans inquiétude, un contre-poison sûr lui est réservé. Ce remède souverain, c'est le brevet d'enseigne de vaisseau, si longtemps attendu, si ardemment désiré. En le recevant, il a bien le loisir de se poser en Werther ; le désespoir cède vite aux vertus magiques de la première épaulette : avec elle le cortége des illusions revient comme par miracle, et dans un pareil instant, on est bien excusable, ma foi, d'oublier les vagues images d'une série d'inhumaines éparses aux quatre coins du monde. Voilà comment finissent les amours de l'aspirant de marine. Le nouvel enseigne les laisse dans le poste avec sa vieille aiguillette noircie ; il franchit la coursive qui conduit dans le carré des officiers ; mais, de ce moment, il est hors du cadre que nous nous sommes tracé, il ne nous appartient plus ! Adieu les riants souvenirs d'une misère joyeuse ! notre type nous a échappé sans retour ; comme une larve longtemps incomprise se transforme en fier coléoptère, il vient de changer d'élément, et le rayon de soleil qui opéra cette métamorphose soudaine, ce n'est, il faut l'avouer, qu'une illisible signature de Son Excellence monsieur le Ministre de la Marine.

G. DE LA LANDELLE.

OFFICIER DE MARINE.

L'OFFICIER DE MARINE.

Q'EST devenu cet officier de marine qui nous apparaissait dans notre jeunesse comme un héros des contes des fées ? Qu'est devenu ce vieux type, plus aventureux que Don Quichotte, plus redoutable que Croque-Mitaine, généreux, franc, hardi, sans souci de l'avenir, sans regret du passé ? terrible personnage qui, à défaut d'abordages et de tempêtes, se battait régulièrement en duel trois fois par vingt-quatre heures, semait l'or à pleines mains et n'était jamais à court d'expressions étranges et de brusques reparties ; caricature populaire de Jean-Bart, culbutant les courtisans du grand roi, par figure oratoire, pour mettre de l'actualité dans sa narration. Où est-il cet homme prêt à tout rompre au milieu d'un déluge de jurons fantasques et qui, dans ses moments d'impatience, avait l'habitude de jeter les gens par la fenêtre, ou tout au moins par le sabord. Des dangers et du plaisir ! telle était sa devise ; courte et bonne, voilà comment il voulait la vie. Certes, l'officier de marine actuel a encore un cachet original, une existence, des opinions et des goûts particuliers ; mais qu'il est loin de ce beau idéal de nos souvenirs, fécond en oppositions et composé de qualités excentriques ! L'ancien modèle a disparu, et il est, hélas ! permis de douter de son authenticité ; on le relègue aujourd'hui parmi les fictions du carnaval entre Cassandre et Mayeux ; ses angles saillants sont arrondis, ses couleurs brillantes ont perdu leur éclat, et l'on a peine à retrouver dans son successeur quelques traces indécises de ses énergiques contours.

Si un homme entièrement étranger à la marine et curieux d'en connaître les mœurs et les usages monte à bord d'un bâtiment de l'état, il est ébloui au premier coup d'œil par le spectacle d'un réseau de cordages croisés en tous sens, d'une artillerie brillante, de ponts étincelants de blancheur et d'ornements variés. Son admiration est excitée par le luxe grandiose déployé devant lui, mais il ne s'arrête pas longtemps à cette impression, et bientôt son intérêt se trouve puissamment éveillé par ses remarques sur les hôtes habituels du vaisseau. En voyant d'un côté du grand mât une foule de matelots resserrés dans un espace en apparence trop étroit pour qu'ils puissent s'y mouvoir; de l'autre, quelques officiers seulement se promenant à leur aise, il comprend que le navire a ses deux quartiers aristocratique et prolétaire aussi distincts que les faubourgs Saint-Honoré et Saint-Antoine; il saura plus tard que le premier est le gaillard d'arrière réservé à l'état major, et l'autre le gaillard d'avant abandonné à l'équipage. Il devine l'étiquette navale qui se trahit par mille indices, depuis le coup de sifflet, honneur bizarre rendu à toute épaulette qui monte à bord, jusqu'à la rigoureuse répartition des places dans un canot où l'un des bancs est l'apanage du grade le plus élevé; et dès lors l'officier de marine lui semble plutôt roide et empesé que porté à une franchise familière. La vie commune conduit l'individu à se concentrer en lui-même; sur un bâtiment de guerre les marins sont constamment en scène, et leur existence n'est qu'une longue comédie. Le vaisseau est un théâtre dont la toile se lève pour une représentation qui commence le jour de la mise en armement et dure deux ou trois années; les acteurs ne connaissent que leurs emplois, à eux d'improviser leurs rôles; ils ignorent quelles seront les grandes péripéties du drame; mais les hommes et les éléments y pourvoiront. Combats, fêtes nationales, dangers, plaisirs, tempêtes, incendie, naufrage, ils doivent s'attendre à tout: la paix ou la guerre sont les ressorts de l'intrigue; les vents et les flots cumulent les fonctions de l'orchestre et des machinistes, les incidents de détail ne feront jamais faute, et l'intérêt sera toujours soutenu. Les simples matelots, infatigables figurants, qui ne rentrent jamais dans la coulisse, les maîtres, les élèves, les divers membres de l'état major, et le capitaine, premier sujet de la troupe, chacun des personnages a son allure, son caractère et son langage à part. L'officier de marine, tour à tour chef de quart, second et commandant, se présente aux spectateurs sous trois aspects si différents, qu'on ne saurait le définir d'une manière absolue; il change de costume et de physionomie avec chaque grade, et se modifie surtout en raison de sa position à bord. Un seul et même portrait ne peut convenir à sa nature complexe, il existe à peine un vague rapport de ressemblance entre le capitaine de vaisseau usé par la mer, et le jeune enseigne qui abandonne joyeusement le poste des élèves pour venir prendre dans le carré une place longtemps convoitée.

Quand l'officier cesse enfin de mériter l'ancienne dénomination d'*aspirant*, qui le dépeignait si bien : quand il vient d'atteindre le but de ses vœux et de son ambition, alors tout ce qu'il avait rêvé de bonheur et de gloire en se jetant dans la marine militaire, toutes ses espérances passées prennent de nouveau à ses yeux l'apparence de la réalité. C'est sans contredit le plus beau jour de sa carrière que celui où il apprend à l'autre bout du monde la nouvelle de sa promotion. Quelques paroles flatteuses de son commandant détruisent en un instant sa rancune de vieille date, et il oublie ses innombrables imprécations contre le despote du navire; le second, qu'il maudissait de toute son âme, tous les autres officiers, contre chacun desquels

il avait des griefs secrets, viennent lui tendre la main et le félicitent cordialement ; les élèves, ses collègues d'hier, trinquent encore une fois avec lui dans le poste, en portant sa santé ; et, pendant son premier repas à la table de l'état major, le fifre et le tambour lui jouent un interminable rigaudon, orné de toutes les variations de la diane, aubade à fendre le tympan de tous les convives, et qui est grassement payée par quelques bouteilles de vin. Sur le gaillard d'avant, son avancement fournit plus d'un feuilleton à la bruyante gazette de la mèche. Autour du baril qui sert d'autel au feu sacré dont la Vestale est un chef de pièce ou un chargeur, quand est venue l'heure où les gens de l'équipage, en allumant leurs pipes, commentent habituellement les actes de l'autorité, l'*aspirant passé officier* est l'unique sujet de toutes les conversations : on le juge sévèrement, impartialement comme un roi d'Égypte au tombeau, on ne lui fait grâce d'aucune peccadille. Après ce jugement sans appel, ceux des matelots qui l'affectionnent se dirigent en masse vers l'arrière au moment où il monte sur le pont, et l'orateur de la bande lui improvise un compliment goudronné, en tournant son chapeau ciré dans les mains, par ce mouvement naturel au Cicéron maritime qui vise à la fleur de rhétorique. Ce n'est pas un hommage peu flatteur que cette députation des *enfants de la calle ;* et leur pittoresque harangue achève d'enivrer le nouveau chef de quart triomphalement accueilli par tous les habitants du navire. Enfin, pour comble de bonheur, il entre en jouissance d'une chambre à lui en propre, et se promet bien de la convertir en boudoir. La première fois qu'il descend à terre, il se met en frais exorbitants, revient à bord avec un attirail de glaces, de tableaux, de tapis et de draperies élégantes, et sa cabine, surchargée d'ornements inutiles, devient le contraste frappant de celle du vieux lieutenant de vaisseau qui se fait un mérite d'être *gréé en Spartiate.*

Pendant six mois entiers, l'heureux jeune homme est magnétisé par la douce influence de sa récente épaulette ; il commande son quart avec un vif plaisir, et tout lui semble de bon augure ; mais peu à peu il envisage les choses plus froidement, il calcule ses chances d'avenir, et les difficultés qu'il entrevoit lui font adopter une banale philosophie. Son enthousiasme réchauffé fait place à une résignation modeste, on l'entendra fréquemment avouer que son but est désormais d'arriver à sa modique retraite et de finir paisiblement dans quelque petite ville une existence qui aura eu ses bons comme ses mauvais moments. Alors il vit dans le présent, se crée des habitudes à bord et des relations à terre, se laisse aller avec indifférence au cours des événements, et ne recherche autre chose qu'un certain bien-être matériel qui dépend surtout de ses goûts particuliers et de la nature de son embarquement. Pour se distraire du service, la plupart des officiers adoptent une occupation favorite : l'un est dessinateur ; sa cellule se convertit en atelier, les cloisons en sont tapissées d'ébauches, de croquis et de caricatures ; son album fait les délices des passagers et la terreur des chefs dont il est l'impitoyable Philippon. Chaque ridicule du bord est crayonné en charge ; tous les camarades en font des gorges chaudes, et l'autorité, dont la censure ne peut s'étendre jusque là, ne pardonne pas à la verve du soi-disant artiste. Un autre s'occupe de littérature, fait des nouvelles, des pièces fugitives, des chansons, et se rend plus redoutable encore que le précédent, s'il a des penchants pour la satire. La réunion fortuite de plusieurs de ces officiers dans un même carré donne lieu quelquefois à des luttes de composition en tous genres ; on rédige un journal *charivarique,* chacun y met sa production, les caractères difficiles ne supportent pas volontiers la raillerie et souvent la paix en est troublée, mais plus ordinairement, au bout de quelques mois, la publication meurt de sa belle mort, malgré les chefs-d'œuvre qu'elle contient. C'est ce qui arriva, il y a trois ans, à bord d'une frégate où six ou huit amateurs des beaux-arts fondèrent, au début de la campagne, une Babel pittoresque intitulée : *Mémoires d'un Cancrelas;* les vignettes représentaient le scarabée navigateur, dont les réflexions journalières apparaissaient en prose et en vers sous de burlesques pseudonymes. En moins de six semaines un vaste album se trouva rempli, mais la noble ardeur s'éteignit d'elle-même, et le second volume n'a jamais paru sur l'horizon. L'officier musicien est encore plus facile à rencontrer : malheur aux oreilles délicates qui navigueront avec lui ; la guitare, le violon, le piano même suivent sur toutes les mers certains virtuoses peu récréatifs pour leurs voisins ; le cornet à piston a fait invasion à son tour, la vie n'est pas tenable au milieu de pareils concertants. Il y a l'officier collectionneur qui empaille des oiseaux, classe des coquillages et des insectes, et ne descend à terre qu'armé d'une pince, d'une gibecière et d'un avano ; sa cabine répand une odeur nauséabonde de camphre et de savon arsenical ; il garnit ses étagères de boîtes et de flacons, il a des oiseaux empaillés dans tous ses tiroirs, des poissons et des serpents dans des bocaux, des coquillages infects appendus à tous les barreaux de son réduit, et n'est heureux que s'il vient à bout de faire la conquête de quelque monstre bourré d'étoupe : caïman ou boa, qui grimace au-dessus de sa couchette. Il possède au moins une tête de sauvage desséchée, que souvent il coiffe de sa casquette d'uniforme, et un squelette de requin auquel sont accrochés son porte-voix et sa longue-vue. A son arrivée en France, il envoie au cabinet d'histoire naturelle de sa ville natale plusieurs de ces merveilles, et on lit au-dessous la glorieuse inscription : « Donné par M. ***, lieutenant de vaisseau de la marine royale. » Quelques officiers ont la spécialité des mathématiques, ce sont les plus rares ; d'autres sont essentiellement polyglottes, et se posent en interprètes dès qu'on se trouve en pays étranger. Enfin, il y a dans le corps environ un tiers d'oisifs qui fument, dorment ou s'ennuient. Ceux-là aiment particulièrement les chevaux et la chasse, et descendent à terre le plus souvent possible. Ils organisent à bord une académie de jeux : la bouillotte, le tric-trac et le domino leur sont d'un grand secours, ils ne dédaignent pas même le profond jeu de l'oie ; les paris au bilboquet les intéressent, et la galoche a pour eux des charmes. L'un des plus féconds en expédients pour tuer le temps, cherche depuis plusieurs années, avec une persévérance digne d'éloges, un billard qui soit insensible au roulis.

Reste l'officier zélé, le marin par excellence, le seul qui n'ait pas faussé sa vocation. Ce dernier, fait peu de cas de la terre et des jeux, ne vit que pour le navire, et trouve toujours quelque chose à faire après son quart. S'il est chargé du canonnage, il passe sa journée à inspecter l'artillerie et son matériel, ne veut rien ignorer des moindres travaux du maître canonnier et de ses aides, fait des modifications à l'exercice des bouches à feu, rêve d'installations nouvelles et adresse sans cesse des demandes au commandant pour les améliorations qu'il invente. Si son département est la cale, il n'en sort pas, surveille à toute heure ce qui s'y passe, et se fait détester de ses inférieurs par sa minutieuse, vigilance. Cet officier est né pour être second et se distinguera certainement dans ce poste difficile qu'on ne peut manquer de lui offrir tôt ou tard.

Entre les chefs de quart et le commandant, se trouve le second ou lieutenant en pied, dont les fonctions sont les plus pénibles de toutes celles du navire. C'est le pouvoir exécutif qui agit en vertu des instructions du chef supérieur, le pivot sur lequel roule le système entier. Le service souffre de ses moindres oublis et de ses plus courtes absences, il n'a pas une minute de liberté absolue depuis le jour de l'armement jusqu'à celui du désarmement; à tout instant on vient prendre ses ordres; nuit et jour il doit être prêt à résoudre tous les problèmes de la discipline intérieure. S'il n'est pas organisé pour sa position, s'il aime l'étude ou le plaisir, on peut affirmer qu'il est le plus malheureux des hommes. La place de second est cependant recherchée, elle met un officier en évidence, et par elle le vrai mérite peut souvent se faire apprécier; mais en l'acceptant, il faut faire abnégation entière de soi-même, s'identifier à la machine dont on devient la cheville ouvrière, ne respirer et ne penser que pour elle, y placer toutes ses facultés, tout son amour-propre, et rester indifférent à ce qui lui est étranger. Si les commandants ont confiance dans leurs seconds, ils leur abandonnent entièrement le maintien de la discipline. Dès lors ces derniers prononcent sur toutes les punitions qui ne nécessitent pas l'assemblée d'un conseil de justice. Leur fermeté dégénère parfois en tyrannie; pour arriver à obtenir du silence de cette masse d'hommes groupés sans cesse les uns sur les autres, quelques seconds outre-passent leurs pouvoirs. Sous l'empire, l'un d'eux inventa une punition qui semble d'abord plaisante : il fit faire pour les bavards des bâillons en toile à voile qui fermaient à cadenas, les délinquants restaient embâillonnés pendant les manœuvres et les exercices, et ne recouvraient la liberté de la langue qu'aux heures des repas seulement; il arriva plusieurs accidents graves par suite de cette mesure, les hommes ne pouvaient plus crier *gare* ni demander secours au besoin. D'autres seconds ont indéfiniment *retranché de vin* des matelots bretons ou alsaciens pour les punir d'ignorer le français. Cette sévérité outrée n'est pas la règle, loin de là; les exemples d'illégalité deviennent de plus en plus rares, et l'on doit reconnaître que les mœurs maritimes se sont singulièrement adoucies depuis vingt ans.

Le second, par ses attributions mêmes, devient la bête noire de tout le monde; il faut qu'à chaque instant on puisse craindre sa rencontre comme celle du Juif errant. Pour l'équipage, il n'est qu'une apparition plus redoutable, celle de son grand prévôt · le capitaine d'armes. On ne peut pas plus les séparer l'un de l'autre que Louis XI de son terrible Tristan l'ermite; en parlant du second, on voit se dresser *l'homme à face de fer* qui cumule les trois emplois de commissaire de police, de justicier et de soldat. Un capitaine d'armes ne doit jamais rire, toujours rôder et surveiller, toujours punir et faire des rapports; il sait sur le bout de l'ongle l'école du soldat et du peloton, et a des prétentions à celle du bataillon, se regarde comme le seul *militaire* du bord, traite les matelots de va-nu-pieds et les trouve indignes de porter la

guêtre et le sac en peau. Son trait caractéristique, c'est un col noir de formidable dimension ; il affectionne aussi le bonnet de police à gland d'or. Quoiqu'il ne soit que
sous-officier, nous venons de tracer son croquis à l'occasion du second dont il est
l'accessoire indispensable. Que deviendrait un lieutenant en pied sans capitaine
d'armes ? ce serait un chasseur sans chien, un préfet de police sans agents, un magicien sans baguette !

Malgré toutes les malédictions accumulées sur sa tête pendant le cours de la campagne, quand le second a toujours été juste, la rancune de ses subordonnés ne
survit pas au désarmement, et tels qui le donnaient au diable chaque jour, demanderont à l'accompagner s'il devient plus tard capitaine d'un navire.

Après avoir longtemps servi en sous-ordre, dès que l'officier de marine croit avoir
quelque chance d'obtenir un commandement, il fait un voyage à Paris pour le solliciter. Ce n'est qu'à force d'adresse, d'importunités et d'intrigues qu'il peut y parvenir ; souvent le ministère est sourd à ses prétentions, et s'il n'a de nombreuses protections qui fassent valoir ses droits, il reprend tristement le chemin de son port où
il s'embarque de nouveau comme simple officier. Mais quand ses démarches ont
réussi et qu'il est arrivé à cette position vers laquelle tendaient tous ses vœux et tous
ses efforts depuis le jour où il est entré dans sa carrière, alors il se transforme pour
la dernière fois. Ce n'est plus un homme d'activité incessante comme le second, ni
un rouage passif mis en mouvement à jours et heures fixes comme le chef de quart ;
ses devoirs et son attitude ont complétement changé de nature. Le commandant,
c'est l'autorité et la justice suprême ; à lui viennent aboutir toutes les branches
du service, il préside aux grandes manœuvres, c'est lui qui doit sauver le navire en
danger, lui qui doit vaincre dans un combat. Son pouvoir prestigieux que contient
seule une haute responsabilité, n'a pas de bornes aux yeux de ses subordonnés, car
il dépend de lui de faire des heureux. L'on a dit qu'un commandant est roi sur son
bord, et l'on est resté au-dessous de la vérité ; il y est le génie du bien et du mal,
il peut rendre agréable à tous le séjour du vaisseau, comme il peut aussi leur faire
souffrir des tortures continues. Demandez à un officier ce qu'il désire avant tout
dans ses navigations : une campagne intéressante ou périlleuse ? un bel embarquement sur un grand navire ? un poste avantageux à bord ? Non, rien de tout cela ;
c'est un bon commandant à la fois juste, loyal et marin consommé. Qu'importe le
reste ! si la mission est douce, un tel chef ne l'empoisonnera pas par une rigidité
déplacée ; si elle présente des dangers et de la gloire, on peut avoir toute confiance
en lui. Sous ses ordres, la dernière place est recherchée avec empressement et l'on
préfère un méchant brick à la plus belle frégate commandée par tout autre. La campagne qu'on a faite à son bord abonde en souvenirs pleins de charmes, son panégyrique est dans toutes les bouches, et son avancement est une nouvelle heureuse à
laquelle applaudit tout le peuple maritime. Les jeunes officiers s'abordent en se
serrant la main : — « Eh bien, ce brave P...... est nommé capitaine de vaisseau !
— Ah ! tant mieux, c'est un digne commandant ! » Dans la caserne des matelots,
on chante ses louanges ; à bord des navires les vieux gabiers ont un mot à eux pour
exprimer leur contentement.

Placé à une grande distance de tous, le commandant impose par le caractère dont il est revêtu, sa force réside dans sa dignité ; sa présence doit toujours faire impression sur ses subordonnés et leur inspirer un profond sentiment de respect. Son rôle exige une grande habileté, une volonté tenace qui ne se démente jamais, un sang-froid à toute épreuve : il n'est donné qu'à un petit nombre de s'en acquitter convenablement.

Quelle confiance un équipage peut-il avoir dans un chef qui hésite sans cesse, a l'air d'ignorer son métier, et dans un appareillage se lamente d'une saute de vent, jette sa casquette à ses pieds avec désespoir, s'arrache les cheveux et trépigne dès qu'il voit le navire en mauvaise position. Il en est à qui l'on ne peut refuser la qualité de manœuvrier, ils ont été bons officiers dans leur temps, et le seraient encore s'ils redevenaient subalternes ; mais la pensée de leur responsabilité les épouvante, et l'on en cite dont les moments de détresse sont d'un comique achevé. Ils lardent leurs ordres d'invocations, d'imprécations et de supplications.

— « Mais virez, mais virez donc, mes enfants, je vous en conjure au nom de vos familles ; vous verrez qu'ils ne vireront pas, mon Dieu ! mon Dieu ! et que nous irons à la côte ! scélérat d'équipage. O ma femme ! mes enfants ! messieurs les officiers, faites les virer. Allons, allons, ça va bien, hardi ! courage ! maintenant *hisse le foc, brasse tribord devant,* Ah ! ah ! nous sommes parés ; bravo ! »

Pendant ce discours, qui dure un quart d'heure et plus sans discontinuer, les matelots, penchés sur les barres du cabestan, se mordent les lèvres pour ne pas éclater de rire, et l'ouvrage n'en va que plus mal. Le ridicule porte un coup mortel au respect, et la subordination en souffre. Celui dont les facultés sont paralysées par un pouvoir trop étendu, ne peut être qu'un homme faible, et la discorde ne tarde pas à régner dans un bâtiment où un bras ferme ne sait pas maintenir la discipline.

S'il faut fuir autant qu'on peut de pareils commandants, on doit redouter encore plus ceux qui ignorent réellement l'A B C de leur profession. Les révolutions politiques dotent toujours la marine de quelques-unes de ces incapacités qui, n'ayant pas mis le pied sur mer depuis quinze ou vingt ans, s'avisent un jour de solliciter un commandement, et l'obtiennent comme récompense des persécutions dont ils se vantent d'avoir été les victimes sous le régime précédent. Ils ont perdu de vue les manœuvres les plus simples, ne doutent pas d'eux-mêmes, et exposent constamment leur navire par impéritie. Ils font de la navigation un jeu de hasard, s'en vont cahin caha de rocher en rocher comme un ivrogne au sortir du cabaret, se heurtant à tout ce qui leur barre le chemin, faisant une voie d'eau ici, démontant leur gouvernail plus loin, laissant des lambeaux de fausse quille partout ; quelquefois ils reviennent au port par la grâce de Dieu.

Les commandants de ces deux dernières espèces sont fort heureusement des exceptions ; il en est d'autres, plus nombreux, qui, n'ayant dû leur avancement qu'à une longue série d'intrigues, inspirent à leurs inférieurs un sentiment naturel de répulsion, et par esprit de vengeance font peser sur eux un joug de fer. Les officiers parvenus aux sommités de la marine par l'emploi de la flatterie ne s'estiment point et se détestent les uns les autres. Telle a été la cause ordinaire de nos désastres maritimes. On ne sait pas obéir dans les grades élevés ; chaque commandant répugne à se soumettre aux ordres de son ancien, et dans les conseils où se décide une action, la diversité des avis résulte moins d'une opinion réelle sur le fond de la chose que de considérations personnelles de rivalité. C'est ainsi que l'honneur du pavillon et les succès de nos marins sont toujours soumis aux qualités de leurs capitaines ; le bonheur et la vie des équipages dépendent d'un chef souvent nommé au hasard, et les officiers subalternes, immédiatement en contact avec lui, doivent souffrir plus que personne sous la suprématie de certains hommes ignares ou tyranniques. Il est rare que, favorisé par une série de hasards heureux, un lieutenant de vaisseau ou un enseigne n'ait jamais rencontré de ces commandants : il est rare que des contrariétés répétées ne lui aient pas fait faire sur sa carrière de mélancoliques réflexions. Aussi, en général, l'officier de marine, après quelques années de service, n'est rien moins que passionné pour sa profession. Et cependant écoutez : il la préfère encore à toutes les autres. « Trouve-t-on nulle part, dit-il, autant de compensations aux désagréments du métier ; après quelques mois d'ennui, une relâche agréable ; après une campagne pénible, un repos complet dans les ports ; après beaucoup de privations, l'abondance ; quelquefois un bon embarquement, une mission charmante ou la rencontre à bord même d'une amitié qui fait mieux que neutraliser les peines d'une existence trop souvent troublée par des exigences abusives. »

Il faut une longue série de mauvaises fortunes et de vexations intérieures pour que l'officier de marine prenne tout à fait la navigation en horreur et mette son habileté à se ranger dans la classe des *castors*. L'on qualifie ainsi plaisamment celui qui, une fois parvenu à saisir un poste sédentaire, s'y cramponne de toutes ses forces et renonce pour jamais à l'océan, à ses pompes et à ses œuvres. Quelle est l'origine de cette expression? Serait-ce un goût prononcé pour la truelle assez commun à l'officier de cette classe, ou doit-on plutôt la considérer comme une antiphrase, puisque le marin qui *castorise* cesse d'appartenir au genre amphibie? Quelques penseurs assurent y trouver une allusion au mariage, qui d'après eux a des rapports essentiels avec les établissements des industrieux architectes du lac Ontario, et leur opinion mérite d'être attentivement prise en considération. Les liens conjugaux traînent mollement l'officier sur une pente douce au bas de laquelle il embrasse la profession de navigateur *in partibus*; et réciproquement les garçons qui, comme le berger de la fable, ont *fermé les oreilles aux conseils de la mer et de l'ambition*, s'empressent à l'envi de doubler les douceurs de leur existence.

La cérémonie nuptiale est toujours ainsi l'effet ou la cause des derniers adieux aux voyages lointains, et le castor célibataire n'est qu'une hypothèse inadmissible qui répugne même dans les termes.

Les jeunes personnes des ports de mer sont élevées dans la foi et l'espérance du mariage avec un officier de marine. Point de fortune d'une part, une maigre épaulette de l'autre, en voilà assez pour que la municipalité et l'église consacrent une union autorisée préalablement par monsieur le ministre de la marine et des colonies. Dans les moments de stagnation, lorsqu'il se trouve beaucoup d'officiers à terre sans embarquement, le septième sacrement *prend faveur*, comme disent les pilotes en parlant d'une brise qui commence à se faire sentir : bientôt le vent augmente, la tempête éclate, et dans le même mois une demi-douzaine d'enseignes de vaisseau épousent une demi-douzaine de jeunes vierges. Le baromètre marque *ouragan matrimonial.* Le fléau devient épidémique, à la grande satisfaction des mères de famille ; on ne parle plus que d'épousailles, les noces sont à l'ordre du jour. Puis tout à coup les armements reprennent le dessus et raflent, bon gré, mal gré, les nouveaux maris, qui font voile pour les Antipodes. Deux ans se passent loin de l'objet adoré dont la lune de miel s'est brusquement arrêtée au second quartier. Quand l'époux revient, il lui faut opter entre un avenir au moins douteux et une jeune femme qu'il aime. Ici le bien-être de l'intérieur et le repos, là des tracasseries et des fatigues sans nombre ; le choix ne se fait pas longtemps attendre. L'officier sollicite quelque bon poste bien paisible, et désormais il n'appartient plus à la marine que pour la servir à terre. Quelquefois le nouveau marié prend mal son temps : l'on en connaît plusieurs, forcés de partir pour des campagnes de longue haleine, après peu de jours de mariage, et un entre autres qui appareilla le lendemain même. Pareil malheur équivaut évidemment à un brevet de castor ; cet ordre de départ maudit sera certainement le dernier ! Et pourtant l'on voit quelquefois le castor s'aviser de renaviguer. Après un sommeil de dix ans, il se réveille un jour en sursaut, brûlant de sillonner les flots d'azur et de bondir sur la vague écumante. Est-ce une attaque d'ambition ? Peut-être ; mais ordinairement son zèle navigateur ressuscite du milieu des tracas du ménage. Son Éden matrimonial tourne-t-il au purgatoire, il ressent tout à coup un bel amour pour la marine. Et si alors, à force de démarches, il parvient à obtenir un méchant commandement de gabare, il prend audacieusement son essor en se rangeant de prime abord dans la catégorie des capitaines rouillés que nous avons aperçus tout à l'heure côtoyant de près tous les rivages et sondant les bas-fonds avec leur quille. Le nouvel Argonaute en a du reste bientôt assez et même trop : s'il revient sain et sauf de son audacieuse expédition, ne craignez point qu'il en tente une seconde, c'en est fait à jamais : les plus épouvantables orages conjugaux ne lui feront pas reprendre la mer, et il préférera, en désespoir de cause, une séparation de corps par-devant le tribunal de première instance, à celle que l'Océan opérerait à l'amiable.

Le mariage en lui-même ne peut jamais être avantageux à un officier de marine, mais son plus fâcheux résultat porte sur l'arme tout entière. Les commandants pères de famille ont en général trop peu de fortune pour ne point faire de l'économie systématique. En cours de campagne, ils fuient avec soin les occasions de représenter ; plusieurs ont mis à la voile pour éviter une invitation imminente, ou mieux encore, après l'avoir reçue ; un devoir impérieux fort à propos découvert, les forçait à lever l'ancre sur-le-champ, et la politesse se trouvait rendue, car, selon l'adage, *le grand foc hissé, toutes les dettes sont payées.* Dans l'ancienne marine toute aristocratique, les officiers mariés étaient l'exception ; les cadets des grandes familles entraient dans le corps royal, avançaient et vivaient honorables en dépensant leurs propres revenus avec leurs émoluments. Certains de ne jamais manquer de rien, n'ayant pas d'héritiers directs, ils pouvaient être grands et généreux à leur aise. Les capitaines de vaisseau d'aujourd'hui sont mariés, savent compter et agissent en conséquence. Bien différente en cela d'une foule de jeunes personnes dont les parents dissipent la dot en espérance, par un amour exagéré de briller dans leur ville, la fille d'un officier de marine peut être sûre que la sienne trop scrupuleusement amassée, aurait dû, depuis longtemps, être bue et mangée par delà les tropiques. L'ordonnance et les règlements qui assignent d'énormes frais de table à chaque commandant, ne le font que dans un but évident de représentation à l'étranger et à bord des navires de guerre ; il n'entre pas, que nous sachions, dans les conditions du gouvernement de doter les filles de ses capitaines.

Si vous vous informez dans les ports des opinions politiques de l'officier de marine, vous recevrez les réponses les plus contradictoires, on vous le donnera avec la même bonne foi pour terroriste, aristocrate ou enragé modéré ; la cause en est dans sa manière hardie de trancher d'un mot les plus profondes questions sociales, sur lesquelles, du reste, il n'a guère de sentiment arrêté. Il doit paraître tantôt blanc comme neige, tantôt rouge de sang ; au fond il est incolore, se soucie fort peu d'une forme de gouvernement de préférence à une autre, et en parle avec une légèreté incroyable. Les officiers de l'armée, vivant toujours au café, lisent régulièrement plusieurs journaux, et finissent par adopter une nuance dont ils font mystère même à leurs camarades. Lorsqu'ils sont passagers à bord des bâtiments de guerre, ils sont épouvantés de la témérité de certaines thèses développées devant eux ; ils s'étonnent même du calme des assistants, car ils n'ont pas encore eu le temps de voir que le sans-culotte d'aujourd'hui sera demain chouan déterminé, et forcené juste-milieu après-demain. L'officier de marine, nécessairement privé de nouvelles régulières, ne peut trouver à la politique l'attrait d'une habitude, il en sait toujours assez pour pérorer sous l'inspiration du moment ; mais ses convictions, s'il en a, sont à l'état d'embryon. Il faut une époque de révolution pour qu'il arbore définitivement une couleur, il la défend alors avec opiniâtreté ; mais au bout d'une campagne, quand il a perdu la France de vue pendant dix-huit ou vingt mois, il y rentre avec son indifférence passée. Les écoles de tous les genres, politiques, littéraires et philosophiques, ont eu cependant, dans la marine militaire, des prosélytes passionnés, prêchant à la table des officiers comme saint Jean dans le désert, cherchant à faire des néophytes, mais trouvant, hélas ! peu de ferveur dans leur auditoire.

À bord, les controverses étrangères au métier peuvent animer la conversation, avoir même de l'intérêt pour tous ; mais si l'on aborde un point de manœuvre et surtout d'installation maritime, c'est alors que le sujet devient intarissable. Est-on à discuter la profonde question de savoir si un canon doit être mat ou brillant, ciré ou verni, frotté d'huile de lin ou simplement barbouillé de noir, le cas devient grave, c'est une affaire d'état. « Huilé, crie l'un. — Ciré ! répond l'autre. — Huilé, vous dis-je. » La patrie serait compromise si l'on peignait en vert ce qui est peint en blanc, et en blanc ce qui est en vert. Quelques grands hommes se sont élevés naguère jusqu'à l'invention, en introduisant dans les navires le rose tendre, le gris perle et le ventre de biche antérieurement méconnus. Leurs adeptes ont déclaré classiques et rococos les partisans de l'ancien mode de bariolage ; ceux-ci, à leur tour, ont traité les novateurs de romantiques et d'extravagants ; mais on a frémi d'horreur dans les deux camps opposés, en entendant des cyniques oser prétendre que le but de la peinture appliquée sur le fer et le bois, étant uniquement la conservation des matières premières, peu importaient le blanc de plomb, le noir animal ou l'ocre jaune. Les installateurs célèbres ont recherché les plus étranges combinaisons et ont lutté entre eux de bizarrerie ; pour bien faire, il a suffi de ne pas se draper comme tout le monde ; l'un des plus renommés a habillé la coque de son navire d'un costume mi-parti comme un page de Charles VII, et ses admirateurs frénétiques ont publié qu'il venait de reculer les bornes de l'art. Vue de bâbord, la frégate entièrement noire avait l'air sévère d'un catafalque flottant, tribord portait une ceinture coquette et semblait sourire. Voilà du génie ! dirent les uns ; les autres poussaient des cris de douleur, et déploraient la décadence générale.

En marine, il y a des modes et des donneurs de mode ; ce qui était réputé admirable l'an passé, est à présent du dernier mauvais goût ; l'anglophobie et l'anglomanie ont eu la vogue successivement : aujourd'hui l'on ne se modèle plus autant sur les Anglais qu'il y a quelques années ; demain, peut-être, il ne sera plus permis de manœuvrer à la française. Les matelots, un jour, sont restés stupéfaits à quelques commandements empruntés à nos voisins d'outre-mer, et le pilote de Rabelais criant : *Uretacque* et à l'*Insail*, ne les aurait pas surpris davantage.

Si les débats relatifs à l'esprit et à la lettre de l'ordonnance, aux diverses manières de faire une manœuvre ou de disposer l'intérieur d'un navire, occupent une grande place dans les conversations des officiers de marine à bord, dès qu'ils sont à terre, on peut remarquer qu'ils ne prennent jamais l'initiative pour parler de leur profession. Il est des ports où ils sont accueillis hospitalièrement, ils s'y montrent hommes du monde ; dans d'autres, ils mènent forcément la vie de garnison comme tous les militaires ; mais c'est en congé surtout et dans l'intérieur de la France qu'ils évitent avec soin de s'afficher comme marins ; ils s'observent, et rarement une expression technique vient trahir leur incognito. Ils éprouvent le besoin de se retremper dans l'existence sociale et d'oublier les misères du bord dont ils sont saturés. L'officier de marine le plus enthousiaste de sa carrière finit toujours par prendre en dégoût la nécessité de se trouver constamment face à face avec les mêmes personnes ; les derniers mois d'une campagne ressemblent si peu à ses débuts. Dans le principe, des relations de politesse font bientôt place à une camaraderie modérée, qui est réellement l'âge d'or à bord du bâtiment, chacun a soin de cacher ses défauts et laisse paraître ses bonnes qualités, chacun a sa provision d'esprit encore fraîche, et la raillerie n'a pas eu le temps de mordre. Malheureusement les contrariétés intestines naissent tôt ou tard soit entre égaux, soit d'inférieur à supérieur ; le duel ou les arrêts deviennent forcément l'*ultima ratio*. L'âge d'or agonisait depuis longtemps, il meurt alors sans retour, et une nouvelle manière d'être commence ; on se tient sur ses gardes, on évite tout ce qui réveillerait des querelles assoupies, et ces précautions mutuelles engendrent une paix qui peut durer ainsi jusqu'à la fin de la campagne. Arrive le jour du désarmement, on se sépare et l'on s'oublie en disant qu'il était impossible d'avoir un intérieur plus agréable. L'on doit en effet s'estimer heureux lorsqu'une vie pareille ne donne point lieu à une foule de haines, dont les suites sont quelquefois tragiques, ainsi qu'il arriva à bord d'une frégate qui naviguait dans les mers de l'Inde. Le commandant se vit forcé de consigner alternativement à bord deux officiers acharnés l'un contre l'autre, qui déjà plusieurs fois s'étaient rencontrés à terre, avaient échangé des coups d'épée et de pistolet, et s'étaient fait de graves blessures. Qu'on se figure ce que doivent éprouver des gens ainsi irrités, vivant toujours ensemble, se voyant à toute heure, mangeant à la même table, ayant des relations de service continuelles et ne pouvant se regarder sans colère. Les deux officiers, malgré la défense qui leur en était faite, descendent seuls, avant le jour, dans une embarcation de la frégate, la détachent silencieusement sans être vus des factionnaires, et rament eux-mêmes pour se rendre à la plage. Ils sont à peine partis, que leur absence est remarquée, le commandant est prévenu, fait armer son canot, s'y jette et débarque sur la grève peu d'instants après eux. Ils tiraient au sort le choix de deux pistolets dont un seulement était chargé, et leurs conventions étaient de faire feu à bout portant. Encore quelques secondes, et le capitaine arrivait trop tard : « Au nom du roi ! s'écria-t-il en les surprenant les armes à la main, je vous arrête. » Il fallut toute l'influence de la discipline militaire pour les contraindre à rejoindre la frégate où ils furent gardés à vue. Bientôt ils tombèrent malades de rage, et, chose affreuse ! tous deux moururent de haine à l'hôpital de Pondichéry, où l'on fut obligé de les transporter. L'on a vu quelquefois des duels à bord même, mais les règlements les proscrivent si sévèrement, le code pénal de la marine les poursuit avec une telle rigueur, que ces exemples peuvent être considérés comme nuls.

L'intérieur d'un bâtiment est un résumé de toutes les passions dont la nudité est plus fortement mise en saillie par les contrastes et l'isolement. L'officier de marine voit de trop près le fort et le faible de ses collègues pour être un homme légèrement séduit par les apparences. Instruit à une école sévère, il devient misanthrope en vieillissant, et une fois retraité, il est hargneux et contrôleur enragé de toutes choses. Il se rappelle ses douleurs de commandant avec amertume : ses moindres actes étaient malignement commentés par son état-major ; un jour on l'accusait de manquer de hardiesse et de fermeté, le lendemain on lui reprochait sa témérité et son entêtement, rien n'échappait à la critique perpétuelle de ses subalternes, et ses bonnes qualités mêmes étaient tournées en ridicule. Il savait tout cela, s'efforçait d'être juste même envers les plus mordants, préférait temporiser plutôt que d'user de tout son pouvoir, et pour rester dans les bornes de la modération, souvent il se résignait à négliger certaines mesures utiles qui auraient exigé l'emploi de son autorité la plus étendue ; lui savait-on aucun gré de cette manière d'agir ? Ce vieil officier n'aime pas les jeunes gens, il leur reproche toujours de manquer de respect et de subordination, il se cite comme ayant été exemplaire dans son temps, mais il oublie que, dans ses moments de gaieté, il raconte complaisamment ses bonnes farces d'aspirant de marine. Si vous lui parlez de ses contemporains : « Baderne, ganache, ou mauvais coucheur ! » Vous ne le ferez pas sortir de ces réponses. S'il s'agit d'une invention nouvelle, il haussera les épaules : « Vos nouveaux cabestans.

vos crémaillères, vos linguets et vos chaînes, est-ce que nous ne naviguions pas nous autres sans tant de mécaniques ? » Les bâtiments à vapeur ne trouvent point grâce devant lui ; apprend-il la nouvelle d'une explosion de chaudière ou d'un incendie : « Eh bien ! dit-il, voyez-vous leurs maudits bateaux dont ils se vantent tant ! toujours des accidents ; depuis le mois de janvier, voici le troisième qui prend feu comme un paquet d'étoupes. On en reviendra, je vous le prédis. La voile, parlez-moi de la voile ! voilà qui est marin, au moins ; mais leur vapeur et leurs pistons, qu'est-ce que ça signifie ? n'est-il pas déplorable qu'on veuille toujours, toujours innover ? Ah ! notre marine a bien perdu à tous ces changements ; autrefois, on armait une frégate d'un coup de sifflet comme une chaloupe, aujourd'hui, avec tous leurs systèmes, il faut des mois entiers. » Si vous cherchez à combattre ses opinions, il vous tourne brusquement le dos ; mais si vous abondez dans son sens, il vous pardonne même d'être jeune officier, et à la fin de la conversation, il ne donne plus son avis qu'en vous confondant avec lui dans sa pensée et en disant : « Nous autres marins, voilà comment nous voyons les choses. »

Après avoir été successivement élève, enseigne, lieutenant de vaisseau, capitaine de corvette et capitaine de vaisseau, l'officier de marine peut devenir officier général ; mais une fois là, le type s'efface sous une forme personnelle qui est rarement celle de l'Homme de mer proprement dit. Un contre-amiral embarque encore quelquefois, commande une division ou une station navale, plus souvent il n'a que des fonctions administratives ou diplomatiques, préfet maritime dans un port, gouverneur de colonie, ambassadeur ; il n'est plus marin que par son passé. Les vice-amiraux prennent la mer beaucoup plus rarement ; en temps de paix, c'est un phénomène. Quant à l'amiral, ses navigations sont un mythe, et il ne montera jamais d'autre navire que l'allégorique *vaisseau de l'état*.

G. DE LA LANDELLE.

LE CAPITAINE DE COMMERCE.

UAND un soleil d'été fait scintiller au loin les flots de la Manche comme le miroir d'un oiseleur, qu'une belle brise de travers favorise à la fois l'entrée et la sortie des navires, le Parisien en vacances, arrivé au Havre pour en visiter le port et surtout pour voir la mer, admire du bout de la jetée le spectacle le plus mouvant et le plus varié. Bricks, trois-mâts, cabo- teurs, chaloupes et canots, bâtiments de toutes les formes et de tous les pavillons, se cherchent, s'évitent ou s'attendent ; les uns forcent de voile pour s'éloi- gner de terre ; les autres, à mesure qu'ils en approchent, diminuent successivement de voilure ; là un fort navire qui arrive de l'Inde met en panne pour attendre la marée ou un pilote ; plus loin, un bateau à vapeur traîne à la remorque les lourds chalans de la Seine ; jusqu'à l'horizon, c'est un tableau animé comparable en quelque sorte à celui que présentent les abords de Paris par un beau dimanche de printemps. Sur ces grandes routes de la mer, si laborieusement sillonnées, de gros rouliers cheminant lentement sous une cargaison exagérée, tracent de larges ornières comblées aussitôt ; des navires à deux fins transportent voyageurs et marchandises comme les messageries royales ; d'élégants paquebots, véritables chaises de poste où tout est sacrifié au confortable, des yachts gracieux, tilburis du genre, des yoles coquettes, caracolant en dandies du bois de Boulogne, se croisent ou luttent de vitesse. Ces bâtiments de dimensions et de noms si divers, de plaisance ou de fatigue, ont tous un chef suprême : en marine, il n'est pas de république possible, et sur le moindre bateau de pêche, il y a une hiérarchie bien établie, le premier et le dernier, l'alpha et l'oméga, le patron et le mousse. Le navire qui s'aventure loin de tous rivages n'obéit qu'à l'autorité

éclairée, aux calculs impérieux du capitaine au long cours ; celui qui, prolongeant
nos côtes, établit mille rapports commerciaux entre toutes les parties de notre littoral, se laisse guider aveuglément par la routine et l'expérience du maître au
cabotage.

Les missions des bâtiments, tantôt régulières et monotones, tantôt aventureuses
et variables à l'infini, font des capitaines de commerce, ou de paisibles conducteurs
qui vont déposer à destination des passagers et des ballots, ou de hardis spéculateurs
courant dans les quatre parties du monde à la poursuite opiniâtre de la fortune. Parmi
les premiers, il en est qui n'ont jamais fait qu'une seule espèce de voyages, du Havre
à New-Yorck, par exemple. Ils accomplissent régulièrement la traversée un certain
nombre de fois par an ; le chargement, dans les deux ports, est toujours le même, et
cette navigation périodique leur donne, pour ainsi dire, une double patrie. Ils retrouvent une société toute faite à chacune des extrémités de la ligne ; dès le jour de
l'arrivée, ils se mettent au courant non-seulement des affaires, mais encore des petites nouvelles, et ont tout à fait l'air d'honnêtes citoyens du lieu, reprenant, après
une absence, leurs anciennes habitudes. A la Guadeloupe, ils sont créoles et sérieusement épris des intérêts de l'île, se rangeant pour ou contre le gouverneur, approu-
vant ou blâmant les décisions du conseil colonial ; à Marseille, bons bourgeois lisant
le Sémaphore et le Sud, très-occupés des bruits du théâtre, de la municipalité et des
élections de la garde nationale. Du reste, ils appartiennent à leur armateur des pieds
à la tête, ne jurent que par lui et n'ont jamais commandé pour aucune autre maison. Ce sont les meilleures gens du monde, empressés et prévenants à leur bord, comme
un épicier dans sa boutique. Que dans les ports de France, des curieux demandent à
monter pour visiter le navire, ils vont les recevoir à l'échelle, font les honneurs de
chez eux, avec l'infatigable complaisance d'un propriétaire, et répondent à toutes
les questions, en excellents ciceroni. Loin d'avoir une trivialité ou un juron sans
cesse à la bouche, ils savent alors tourner un compliment à une dame, être galants
et prouver que les marins n'ont pas l'écorce si raboteuse qu'on veut bien le croire.
Interrogez l'un d'eux sur une installation particulière à son bâtiment, il vous l'explique en langue intelligible, sans surabondance de locutions techniques, et aussi
volontiers qu'un agriculteur parle d'une de ses plantations ou d'un nouveau défri-
chement. Un pareil capitaine se passerait de pilote à l'entrée des deux ports qu'il
fréquente, il entend sa petite affaire et mène paternellement son navire, qui est un
modèle de tranquillité intérieure ; chacun y travaille avec ardeur au bien de la chose ;
on part, on arrive, on décharge, on recharge et ainsi de suite. Il a femme et enfants,
passe environ deux ou trois mois par an avec eux, à diverses reprises ; en cours de
voyage il ne les oublie pas et leur donne souvent de ses nouvelles. A cinq cents
lieues au large, il entretient ses hôtes des vertus d'une épouse absente, qui brode
comme un ange et élève admirablement sa fille aînée. Qu'il vente ou qu'il fasse
calme, que le bâtiment soit en cape ou en bonne route, il se complaît à raconter en
détail les prouesses de Lolo et de Nini, et montre avec orgueil leurs premiers essais
d'écriture, des barres en zig zag et des ronds qui démontrent victorieusement la possibilité de la quadrature du cercle. Ces chefs-d'œuvre ont déjà traversé l'Atlantique

six ou huit fois, et sont encadrés dans sa chambre tapissée de portraits de famille
et de quelques autres tableaux, tels que : le *Soldat laboureur* (en noir), et *Poniatowski se précipitant dans l'Elster* (colorié). Pour distraire des ennuis de la traversée, il sait une multitude d'anecdotes plus ou moins piquantes, et pourrait au
besoin lutter avec un commis voyageur. Il n'est pas précisément mauvaise langue,
mais une fois au large, quel mal y a-t-il à rire un peu aux dépens de ceux qui sont tranquillement à terre, au coin de leur feu ? les cancans des ports ont ainsi l'avantage
de circuler dans les deux hémisphères ; on vous dira, en coupant le tropique du Capricorne, les infortunes d'un mari nantais, et sous l'épi de la Vierge, les inconsé-
quences d'une demoiselle de Bordeaux. Le capitaine, une fois en train, étale avec
plaisir ses bonnes fortunes du temps passé : — J'étais garçon alors, dit-il entre pa-
renthèses, par respect pour sa tardive moralité, et à mille lieues de Paris ; il raconte
ses conquêtes d'un certain bal masqué de l'Opéra, où il s'amusa comme un dieu.
Pour ces récits, il a un choix d'expressions convenables et ne sort jamais des bornes
d'une politesse franche et ouverte, qui est dans ses usages. En mer, il est aux petits
soins pour les passagères et plein d'amabilité pour les passagers, qui, à l'arrivée en
France, se hâtent de faire insérer dans le journal du crû la réclame suivante, en style
des colonies :

Monsieur le rédacteur,

Les passagers du brick *l'Oremus*, arrivé ce matin dans ce port, venant de la Pointe-
à-Pitre, éprouvent le besoin d'exprimer publiquement, par la voie de votre esti-
mable journal, leur gratitude pour les soins empressés et les attentions délicates
qu'ils ont reçus du capitaine Leroux, pendant tout le cours d'une longue et difficile
navigation. Ce capitaine, par la distinction de ses manières et de sa conversation,
n'a pas peu contribué à abréger les ennuis de la traversée, de même que par son
sang-froid et sa confiance, il les encourageait pendant les affreux coups de vent
qu'a essuyés ce beau brick, sans faire du reste la moindre avarie. C'est un témoignage qu'ils se plaisent à lui rendre, et ils n'oublieront jamais le souvenir de ses
bons soins.

Recevez, etc., etc.

(*Suivent les signatures.*)

Chaque jour, vers midi et demi, quand le capitaine a terminé son point, marqué
sa carte et mesuré exactement le nombre de lieues déjà faites et celles qui restent
à faire encore, il monte sur le pont avec un air de satisfaction qui fait plaisir à voir.
Si les vingt-quatre heures ont été bien employées et qu'on ait parcouru beaucoup de
chemin, il est surtout d'une humeur charmante, et se trouve merveilleusement disposé à dérouler son répertoire aux oisifs. Il n'est pas mécontent de son sort et déclare
que la pleine mer a bien son bon côté : « C'est un temps de repos pendant lequel

on règle sa correspondance tout à l'aise sans être pressé par l'heure du courrier, on est délivré de toute espèce de rapport avec les hommes d'affaires, et l'on peut se mettre à sa guise. » Aussi, dans les pays chauds, il vit en pantoufles, chapeau de paille et veste de coutil, et au nord du 40ᵉ degré de latitude, il porte un épais alpaga et une casquette de loutre. Une seule chose le chagrine, c'est de n'avoir de la salade que les huit premiers jours, car, malgré ses efforts assidus, il ne réussit que très-rarement à en faire pousser dans de vastes caisses de terre végétale, où il a fait un semis en partant. La santé de la vache du bord l'occupe aussi très-sérieusement, il craint toujours de la voir tarir, et va chaque matin lui rendre une visite du plus haut intérêt pour les passagers. Tranquille d'ailleurs, le présent lui suffit et l'avenir lui donne peu d'inquiétudes, il a son droit sur le fret et ses appointements fixes; lorsque son bâtiment sera hors d'état de continuer la navigation, il sait que l'armateur lui en donnera un autre à point nommé ; il économise tant par année et se retire dès que son fils est en état de le remplacer. Homme doublement fortuné ! il a su se contenter de peu, a réduit sa profession à une petite existence pleine de douceur, et parvient le plus souvent à atteindre son but modeste. Bien différent en cela de l'aventurier qui pourchasse la richesse sur toutes les mers, et confirme ordinairement la vérité du proverbe : pierre qui roule n'amasse pas de mousse.

Et cependant les capitaines au long cours en général n'adoptent les mœurs paisibles que nous venons de dépeindre que faute de pouvoir se lancer dans le champ des spéculations. La plupart recherchent les missions beaucoup plus rares où il faut développer à la fois les qualités de marin et de négociant habile, et désirent vivement s'attacher à une des maisons qui organisent des expéditions sur une vaste échelle. Ils sont alors sans cesse à l'affût d'une opération neuve et en découvrent partout; ils font une étude sérieuse de la hausse, de la baisse, et des événements politiques. Ce sont eux qui ont créé toutes les branches de commerce tombées plus tard dans le domaine public; ils moissonnent largement où leurs imitateurs ne feront que glaner. Les premiers qui, lors de la restauration, partirent pour trafiquer dans les mers du Sud, le long des côtes de l'Amérique méridionale, réalisèrent en peu de temps d'énormes bénéfices. Le point capital, pour ces capitaines, n'est pas une heureuse et prompte traversée, un bon arrivage, ni l'absence d'avaries, il est dans le succès d'une entreprise secrète entre eux et leurs armateurs, tout dépend d'une bonne veine, d'un coup de dé. Ils ont organisé le commerce d'échange à la côte occidentale d'Afrique et dans l'Océanie. La France trouve par eux le débouché de toutes ses guenilles brodées, dont les nègres et les sauvages font le plus grand cas. Un chapeau monté à plumes multicolores, vaut cinq ou six dents d'éléphant ; un manteau vert, semé d'abeilles, est mis aux enchères et acheté au prix d'un tonneau de gomme. L'équipage du navire se nourrit exclusivement de poulets pendant deux mois pour une vieille paire d'épaulettes. Un haut et puissant fripier de Paris, le fameux Salvador, exploite en grand ces articles, et en expédie à tous les seigneurs noirs et cuivrés de l'Orient et de l'Occident, qui donnent généreusement le morfil et la poudre d'or pour des uniformes rapiécés de conseillers d'état ou d'officiers des gardes françaises. Nous n'oublierons jamais l'hilarité peu respectueuse dont nous fûmes saisis à l'aspect d'un roi de Guinée, en costume de marquis, entouré d'une cour couverte de la défroque d'académiciens, de colonels de hussards et de commissaires de marine. Une reine de la Polynésie porte avec majesté l'antique robe d'une dame d'honneur de Marie-Louise, un collier de verroterie et des boucles d'oreilles en chrysocale, tandis que ses favoris sont décorés de l'ordre de Cincinnatus ou commandeurs de Malte. Cependant, la veste et l'habit étant beaucoup plus en honneur que le pantalon chez ces nobles personnages, ils ont toujours un léger rapport avec des montagnards écossais, ce qui ajoute encore au pittoresque de leur accoutrement.

Les capitaines spéculateurs ont donné l'exemple du commerce d'hommes pour les colonisations ; ils regrettent la traite des noirs et poussent à celle des blancs. L'un d'eux, apprenant que de grands avantages seraient attachés à l'importation de cultivateurs à l'île de la Trinité, raccola plusieurs familles allemandes et se hâta de mettre sous voiles. Ses démarches ne purent être tenues assez cachées, une concurrence imprévue vint déterminer une baisse considérable, et dans sa correspondance avec son armateur, on lisait un passage ainsi conçu : « J'ai assez bien placé mes hommes, mais je n'ai trouvé que cent piastres des femmes, et l'on ne m'offre rien des enfants. »

Il y a dans l'océan Pacifique un capitaine au long cours qui depuis plusieurs années fait le cabotage des îles Gambier à l'archipel des Amis, et dont l'espoir est de revenir en France avec une cargaison de lingots. Quand les tentatives d'un homme aussi entreprenant viennent à réussir, souvent il renonce à la mer après avoir réalisé sa fortune ; mais il ne peut se tenir étranger aux affaires, et se fait armateur. Ses connaissances maritimes inspirent la confiance, son opinion devient d'un grand poids sur la place, il trouve de nombreux associés, et peut mettre à exécution des plans gigantesques élaborés depuis longtemps ; il est le progrès commercial incarné, donne de l'élan à son port, et joue constamment quitte ou double. Ses efforts finissent par un succès extraordinaire ou par une faillite qui le force à reprendre le métier de capitaine. Comme armateur, il est le premier à profiter des améliorations de toute nature, se lance corps et âme dans les essais qui valent une prime du gouvernement, et possède une flottille qui fait la contrebande à l'étranger. Loin de redouter la rupture de la paix, il est toujours prêt à équiper des corsaires, et se trouve en mesure d'en fournir à toute petite nation belligérante. Le Chili et le Pérou sont-ils en état d'hostilités, il ferait volontiers afficher à Sant-Jago et à Lima : Une jolie corvette-aviso de dix-huit canons, doublée et chevillée en cuivre, construite comme un bijou, marchant comme une dorade, montée par cinquante flambards de premier brin et commandée par un brave à trois poils ; le tout au plus juste prix. — En temps de guerre, le capitaine aventureux n'hésite pas à demander une lettre de marque ; il court ainsi des chances plus hasardeuses encore, et s'il n'est pas pris ou tué, arrive rapidement aux mêmes résultats qu'il eût obtenus en temps de paix par des combinaisons audacieuses et de longues navigations.

Les ports de la Manche et Saint-Malo en particulier se sont signalés de tout temps par l'adresse et l'audace de leurs corsaires. A la moindre probabilité d'une guerre prochaine, les négociants qui font construire sacrifient le tonnage à la finesse de leurs

navires. Le premier coup de canon tiré sur la mer improviserait une nuée de ces bâtiments armés en course qui ont été la terreur de nos ennemis depuis Duguay-Trouin
jusqu'à Surcouf. Les corsaires ne laissent passer aucun convoi sans faire de nombreuses prises ; ils ne s'attaquent jamais aux vaisseaux de guerre, évitent le combat
autant que possible ; mais s'ils y sont contraints, alors ils déploient toute leur énergie, et souvent achètent chèrement la victoire. Leurs traits de courage sont innombrables : on en a vu, par une diversion habile, détourner les convoyeurs en feignant
une marche inférieure ou des avaries, et procurer ainsi de riches captures à leurs
confrères ; fréquemment ils ont repris des navires français sous le feu de l'escorte
ennemie au risque d'être coulés eux-mêmes. Hardis et rusés, ils ne perdent jamais
l'espoir d'arriver à leurs fins, mettent gaiement leur vie et leur liberté pour enjeu,
et s'ils gagnent la partie, se plaisent à se moquer de leurs adversaires, hissent à
l'envers le pavillon du vaincu en signe de dérision, ou le remplacent par des emblèmes grossiers et ridicules.

L'un d'eux s'étant trop avancé à la poursuite d'un bâtiment que protégeait une
frégate anglaise, se vit forcé d'amener sans coup férir, la disproportion des forces ne
permettant pas la résistance. Un lieutenant, deux midshipmen et quelques matelots
vinrent amariner le brick mis à la remorque de la frégate. Le soleil allait se coucher,
et les Anglais renvoyèrent au lendemain le soin de transborder les prisonniers.
Du reste, le capitaine avait si bien pris la chose, qu'on ne pouvait en conscience
se défier de lui. « Fortune de guerre, messieurs, disait-il, je m'y exposais ; cependant, avant de nous séparer, vous me ferez le plaisir de partager mon dîner, j'ai

d'excellents vins de France et des provisions fraîches. » Quels soupçons concevoir
sur un aussi galant homme ? On se met à table, la nuit devient sombre et un fanal
est hissé au mât de la prise, tandis que la frégate poursuit tranquillement sa route.
Le corsaire fait les honneurs de sa table avec amabilité, ses hôtes se laissent aller
aux séductions d'une cave parfaitement montée, le *claret* et le madère coulent à
flots, le *french brandy*, pur cognac, est trouvé exquis ; un punch termine ce qu'ont
si bien commencé les vins et les liqueurs du prisonnier de guerre. En même temps,
les matelots anglais tombent dans un état complet d'ivresse, grâce aux soins hospitaliers de l'équipage du brick. Le moment propice est venu pour une Saint-Barthé-
lemy d'un nouveau genre.

> C'était à la faveur des ombres de la nuit,
> Le signal est donné sans tumulte et sans bruit,

et les trop confiants Anglais, artistement garrottés, sont rangés côte à côte dans les
catacombes de la cale, comme des momies d'Egypte, dont ils ont du reste l'insensi-
bilité. Après cette brillante expédition, les corsaires substituent à leur bâtiment une
sorte de lourd radeau construit à faux frais et haut mâté, de manière à y placer le
fanal, établissent silencieusement leur voilure, et gagnent le large en toute hâte. La
frégate, sentant toujours un lourd fardeau à la traîne, ne découvrit le stratagème
qu'au point du jour : le fugitif paraissait encore à l'horizon. Aussitôt elle prend
chasse, et une lutte de vitesse s'engage entre les deux navires. Ils se chargent de
toile, craquent et ploient sous la brise, effleurent à peine la mer. L'Anglais se croit
engagé d'honneur à reconquérir sa proie ; mais, reconnaissant bientôt que le brick
est plus agile, et ne voulant pas s'avouer vaincu, il simule des avaries et s'arrête
comme pour les réparer. Le corsaire devine cette fausse honte et en profite pour
prendre sa revanche ; il met en panne aussi, imite ironiquement chaque manœuvre
de la frégate ; et enfin, pour couronner dignement la plaisanterie maritime, il tire
un salut dérisoire avant de disparaître. Les officiers et matelots anglais, prisonniers
à leur tour, furent poliment traités par leur adroit capteur et déposés au premier
port neutre qui se trouva sur la route.

Les mers de l'Inde ont retenti des exploits de nos corsaires ; la plupart cependant
restent embusqués dans la Manche. Toujours prêts à appareiller, ou planant à peu de
distance des côtes, ils guettent au passage et chassent toute voile qui paraît. Lorsque ces vaillants croiseurs rentrent au port suivis d'une prise, ils sont accueillis par
les acclamations populaires. Quelquefois ce sont de longues et noires péniches qui
vont surprendre les bâtiments *accalmis*, quelquefois de jolis côtres plus légers que
des alcyons. Dès que l'on arme en course, tous les habitants du littoral voudraient
être corsaires ; l'on a vu de maladroits imitateurs, pareils au corbeau de la fable,
s'exposer dans de méchantes embarcations et donner lieu ainsi à des scènes aussi malheureuses que ridicules. Les hommes d'une chaloupe de pêche, apercevant à travers

la brume un grand navire en calme non loin du rivage, se figurèrent que ce devait être un gros trois-mâts marchand magnifiquement chargé des produits de l'Inde ; les têtes se montent, l'on espère un riche butin : l'on appelle en aide tous les jeunes gens du quai qui s'arment jusqu'aux dents, se jettent dans la barque, et à force de rames arrivent bientôt près du bord. Les deux rangées de dents d'une frégate anglaise se démasquèrent alors, ils voulurent fuir : « *Stop, my boys !* doucement, mes amis ! cria un porte-voix qui leur parut la trompette du jugement dernier, approchez davantage, s'il vous plaît. » Un coup de canon à poudre appuya cette invitation ; les apprentis corsaires durent accoster. « A présent, messieurs, à votre aise, ajouta le commodore en faisant hisser à bord la chaloupe pleine de son monde ; allons, allons, faites votre métier. » Les risées de l'équipage accompagnaient ces railleries, et les pauvres diables allèrent faire nombre sur les cruels pontons d'Angleterre.

Aujourd'hui les corsaires sont presque de l'histoire ancienne : lors de la pacification, la plupart se métamorphosèrent en négriers ; les négriers eux-mêmes sont devenus impossibles. Le plus entreprenant des capitaines ne se risque pas à encourir les peines sévères prononcées contre la traite, il n'a pour dernière ressource que la pêche de la baleine, seule mission qui offre encore quelques chances de fortune rapide. Il en est, hélas ! de la marine marchande comme de la littérature et de la politique : plus d'idées neuves ! Les nouvelles spéculations deviennent de jour en jour plus difficiles à découvrir, les constitutions et les paradoxes sont usés jusqu'à la corde. L'Océan est mesuré au compas, ses plaines sont cadastrées ; on a sondé la profondeur de chaque crique comme celle de chaque utopie renouvelée des Grecs ; il n'existe plus une pauvre petite île déserte et inconnue à prêter à Robinson, plus un misérable sophisme qui n'ait été exploité sous toutes les formes. Pour comble de malheur, la pleine mer est couverte de gendarmes à deux ponts ; la police s'y fait en conscience : le flibustier est mort, le pirate est un fabuleux loup-garou, et c'est à peine si de temps en temps l'on entend parler de quelque fraude bien vulgaire et bien pâle qui s'appelle de la baraterie, conduit aux galères et n'a pas même le mérite de la hardiesse. C'est du commerce comme en ferait Robert Macaire, seulement on escamote un navire et sa cargaison au lieu de *travailler* dans la société en commandite ; on *floue* un assureur au lieu de *flouer* un actionnaire.

Il y a quelques années, on fit assurer un chargement de cochenille d'une grande valeur sur un navire qui devait aller de Cadix à Marseille. Non loin de Malaga, une voie d'eau se déclare à bord : le capitaine juge que le navire va couler, et descend dans la chaloupe avec son équipage. Les choses se passent régulièrement ; on dresse procès-verbal, et les assurances auraient intégralement payé si, drossé par les courants, le bâtiment abandonné n'était venu se jeter à la côte par le plus beau calme. Des experts allèrent visiter aussitôt coque et cargaison, et l'on reconnut en même temps que la voie d'eau avait été faite à dessein, et que les prétendus ballots de cochenille étaient remplis de pommes de terre. L'on a l'exemple d'un industriel qui crut faire merveille en assurant un navire imaginaire pour une campagne de long cours, et vint après le délai légal réclamer l'indemnité pour perte sans nouvelles. La fourberie était ingénieusement combinée dans ses détails, et elle aurait eu plein succès sans les soupçons que fit concevoir l'équivoque réputation du réclamant. Voilà quels sont les successeurs des farouches écumeurs de mer d'autrefois. Le forban dégénéré s'amuse à des tours de gobelet ; lui qui jadis faisait disparaître les galions d'Espagne et les vaisseaux de la compagnie des Indes, lui dont les jeux étaient l'incendie et l'abordage, spécule à présent sur des bâtiments fantastiques.

C'est ainsi que les grandes figures de la mer se sont racornies comme toutes les autres, à mesure que les progrès ont effacé les distances, et que le monde s'est resserré sous un réseau de chemins de fer et de machines à vapeur. Il n'est pas jusqu'au caboteur lui-même qui ne touche au moment de sa ruine, et cependant il semblait destiné à lier toujours nos ports entre eux par ses voyages de va et vient; mais il lutte vainement contre ces maudits bateaux que le calme et le vent contraire n'arrêtent jamais, et déjà la navigation des grands fleuves n'est plus de son ressort. Sommes-nous destinés à voir le Philopœmen des maîtres au cabotage ferler tristement sa voile pour la dernière fois, en disant un éternel adieu à la mer, sa vieille nourrice? Et perdrons-nous ainsi le type du franc matelot arrivé à la plus belle position qu'il puisse atteindre dans la marine marchande? Cet homme ne devient capitaine qu'après bien des épreuves. D'abord mousse à bord d'un petit bâtiment, il profite des relâches pour apprendre à lire, et son patron est souvent assez bonhomme pour lui donner quelques leçons, un peu brutales peut-être, mais consacrées par l'usage. A l'âge de dix-huit ans, il sait passablement écrire, et suit à grands intervalles les cours gratuits de mathématiques élémentaires. Quand il est levé pour le service, et qu'il vient à bord des vaisseaux de l'état, il s'y fait remarquer par son intelligence et ne tarde pas à prendre rang parmi les meilleurs gabiers. On pourrait alors le voir étendu dans la hune, relisant laborieusement l'Arithmétique de Bezout, pour ne pas oublier ce qu'il a appris dans un ou deux mois de terre. Souvent il s'associe un camarade, une manœuvre interrompt leur étude, à une règle de trois succède un virement de bord ; l'évolution finie, ils reprennent le travail, revoyant constamment les mêmes pages avec une admirable ténacité. Des années s'écoulent ainsi, ils passent d'une frégate sur un chasse-marée, du chasse-marée sur un brick, toujours piochant ces terribles mathématiques en rade et en mer, à terre et à bord, dès qu'ils ont un moment de loisir. Enfin ils savent leur *premier volume*, et c'est tout ce qu'il leur faut, car l'examen pratique n'est pour eux qu'une plaisanterie. Quelle est la manœuvre qu'ils n'ont pas faite cent fois? On exige d'eux qu'ils connaissent les moindres détails de la côte, les brisants, les basses et les amers ; c'est encore la chose la plus simple : ils ont eu ces terres en vue pendant les deux tiers de leur existence, et ces eaux qu'ils ont labourées en tous sens sont pour eux une vieille promenade d'habitude. Sous la république, un de ces mousses studieux, pauvre au point de ne pouvoir acheter les livres nécessaires à son instruction, les copia en entier. Il visait à être patron-caboteur : jeté dans la marine militaire, il y est devenu vice-amiral.

Le maître au cabotage est aussi fier de son brevet qu'un bachelier de son diplôme, se regarde l'égal de tout capitaine de commerce, et ne reconnaît qu'à son corps défendant la suprématie des bâtiments de guerre. En tête de nos rades principales se trouve un navire de l'état placé en sentinelle pour surveiller et interroger les voiles qui entrent et qui sortent : ce stationnaire a beau faire feu sur les caboteurs indociles, ils ne passent à poupe pour répondre aux questions sacramentelles, que s'ils se trouvent à moins d'une demi-portée d'espingole ; dans le cas opposé ils forcent de voile et continuent leur route sans se mettre en peine des biscaïeus qui sifflent à leur arrière. Tout glorieux qu'il est de commander, le capitaine au cabotage, hors de son navire, ne heurte jamais de front l'étiquette navale : monte-t-il par hasard à bord d'une frégate, il ne se fera pas dire d'aller saluer l'officier de garde, il sent qu'il n'est plus sur son terrain. Partout il est compère et compagnon des maîtres de la marine royale, des pilotes-côtiers, et même des patrons de pêche, bien que ceux-ci ne soient que de simples matelots ; à son bord, il est familier avec les hommes de son équipage, il les traite de son mieux. Les caboteurs d'un même port se connaissent tous, s'aident mutuellement, et se rendent de fréquents services les uns aux autres. Ils vivent si souvent dans le même bassin, côte à côte, passant amicalement d'un bord sur le voisin ; ils ont tant de liens communs, le métier, les intérêts, la parenté et le sol, qu'ils forment une association tacite, gage de prospérité pour la population maritime. Le capitaine au cabotage navigue presque constamment, mais ses voyages sont de peu de durée et coupés de relâches perpétuelles ; son existence nomade lui plaît, il ne maudit qu'une chose, ce sont les grandes levées, qui le forcent à prendre de nouveaux matelots : il voudrait conserver toujours les mêmes et faire sa besogne en famille. Si son but principal n'était le commerce, on pourrait sous plusieurs rapports le confondre avec le pilote, dont il est capable de remplir les fonctions. Leurs professions s'exercent sur le même théâtre ; leur enfance à tous deux a été semblable, et dans leurs vieux jours, une fois retirés à terre, ils ont tout à fait la même tournure et les mêmes habitudes.

Parmi toutes les variétés du marin, il n'en est pas une plus digne d'étude que celle du pilote, pas une dont la vie soit plus abondante en traits généreux et en épisodes dramatiques. Il est à la fois capitaine, maître et matelot ; capitaine dans sa chaloupe lorsqu'il va chercher les navires à plusieurs lieues en mer ; maître, par l'assimilation de son grade à bord des navires de l'état ; matelot par ses travaux et son éducation. A ces époques de désastres où la plage se couvre de bris et de cadavres, quand le riverain s'expose à mille dangers pour porter secours aux navigateurs en détresse, les pilotes surtout font preuve d'une sublime témérité. Si quelque navire se trouve en péril, rien ne peut les retenir à terre, ils serrent la main *des amis*, et s'élancent dans leurs barques avec leur sang-froid accoutumé. La mort menace de tous côtés dans leur bateau comme à bord du navire qu'ils vont aider de leur expérience ; mais, si affreuse que soit la mer, ils partent, c'est un devoir sacré à leurs yeux. Que de fois, par leur secours inespéré, ils ont prévenu un naufrage ! que de fois aussi ils ont péri victimes de leur dévouement !

Familiarisé dès l'enfance avec le spectacle de la mer sur sa côte natale, le pilote connaît les moindres courants et la forme de chaque rocher : constant observateur des marées, il dira à toute heure le nombre de brasses d'eau qui se trouvent sous la quille de sa chaloupe. Il a toujours vécu la sonde à la main et l'œil fixé sur l'horizon ou le rivage. Pourvu qu'on lui montre à travers un rideau de brume quelques points indécis, ou qu'on lui présente le plomb enduit de suif qui rapporte l'empreinte du fond, il déterminera sa position avec exactitude. Sa vue exercée distingue des formes où d'autres aperçoivent à peine de vagues indices. Sa science toute d'habitude est devenue en lui un instinct, ses sens sont toujours tendus vers sa profession, nuit et jour il écoute, il regarde, il flaire : ici c'est le gouvernail qu'il touche qui lui apprend l'approche d'un bas-fond ; là, c'est une odeur particulière de plantes marines ou de coquillages; il se reconnaît dans sa mer comme les naturels d'Amérique dans leurs impénétrables forêts. Il est pour elle comme un écuyer pour son cheval favori, il l'a étudiée sous toutes les allures. Le pilote a un profond respect pour sa mission; quand il pénètre dans un bâtiment, il s'y croit supérieur à tous par l'importance de son rôle, et il y a peu de temps encore, ceux de Bretagne, en mettant le pied à bord, récitaient avec une naïve solennité de longues phrases transmises traditionnellement, et par lesquelles, *au nom de Dieu*, ils se déclaraient seuls responsables, en faisant serment de leurs bonnes intentions. Cet usage a presque disparu, mais le pilote n'en a pas moins foi en lui, et par moments il pousse ce sentiment jusqu'au fanatisme.

Il y a quelques mois, un trois-mâts norvégien se trouvait dans les passes de Brest; un pilote se présente et monte à bord. Fut-ce par erreur ou réellement par ignorance, après deux ou trois bordées le navire vint talonner contre une roche et y resta échoué. L'eau gagne de toutes parts, il n'y a aucun espoir de sauver le bâtiment; l'équipage se jette alors dans la chaloupe et veut contraindre le pilote à y descendre. Mais celui-ci s'y refuse obstinément, et, protestant qu'il ne connaissait pas le fatal écueil, il soutient qu'un pratique ne doit jamais quitter la coque d'un bâtiment s'il ne l'a conduite à bon port. On fait de vains efforts pour l'entraîner ; il se cramponne au navire, et jure qu'il ne l'abandonnera pas. Le temps presse, l'embarcation pousse au large, il reste seul à bord. Le capitaine cependant veut qu'on attende à quelque distance, pour essayer encore de sauver l'opiniâtre marin ; mais le navire coule, et le pilote disparaît avec lui.

Un exemple encore plus frappant de ce point d'honneur exalté se présenta en 1808 à l'embouchure de la Gironde. Le trois-mâts de commerce *l'Émilie* attendait l'instant favorable pour mettre en mer. Un grand nombre de personnes distinguées étaient invitées à dîner avant le départ, et il était convenu qu'une fois le navire hors des passes, le pilote reconduirait à terre dans sa chaloupe tous les visiteurs et visiteuses. Le champagne pétillait et la gaieté régnait dans l'assemblée, quand on vint prévenir le capitaine qu'il était temps de partir. « A plus tard les choses sérieuses, dit-il, nous lèverons l'ancre après le dessert. » Le dessert se prolongea plusieurs heures encore, et la marée baissait rapidement. Enfin les convives, désireux d'assister à l'appareillage qu'ils s'étaient promis comme une fête, remontèrent sur le pont. « Partons maintenant : au guindeau les barres ! Vous allez voir *l'Émilie* mettre sous voiles. » Le pilote vint faire des observations sur le danger qu'il y aurait à essayer de sortir : « Du danger! il n'y en a que pour les poltrons; vous n'êtes pas pratique de la rivière si vous vous refusez à nous mettre dehors tout de suite. — Jamais na-

vire n'a passé avec si peu d'eau : ce que vous demandez est impossible. » Le capitaine s'emporta, reprocha au pilote d'ignorer son métier et le piqua au vif. « Eh
bien ! vous verrez, reprit l'autre ; accordez-moi quelques minutes et nous appareil-
lons. » A ces mots, il saute à terre, court embrasser ses enfants et sa femme et leur
remet sa montre d'argent. Le temps était beau, nul ne soupçonnait le péril ; la capitaine n'avait garde de divulguer la scène qui venait de se passer ; et, sous l'influence
des fumées du vin, débitait mille plaisanteries qui réjouissaient ses hôtes. L'on riait
en s'impatientant des retards multipliés ; le pilote ne tarda pas à reparaître et monta
à bord, grave, et résigné à ce qu'il prévoyait sans vouloir l'empêcher. On leva l'ancre..... Une demi-heure après, *l'Émilie* avait péri corps et biens sans qu'une seule
des personnes qui se trouvaient à bord pût être sauvée.

Pilotes, patrons au cabotage, capitaines au long cours ; tous maîtres absolus à leur
bord, tous ayant atteint, chacun dans sa sphère, le bâton de maréchal, ont encore
cela de commun, qu'il leur a fallu passer par la même épreuve, par le rude noviciat
de simple matelot à bord des navires de guerre. La marine marchande diffère essentiellement des autres professions, en ce qu'elle exige le dur apprentissage de
toutes les fonctions subalternes. Le débutant dans la carrière n'y peut espérer une
position en rapport avec la classe de la société à laquelle il appartient. Là, plus d'é-
cole de Saint-Cyr, plus de vaisseau *l'Orion* : les capacités et l'instruction ne peuvent
soustraire à la loi d'airain qui ne permet de se présenter aux examens qu'après avoir
péniblement servi dans la marine de l'état. Et quand un jeune officier du commerce
a enfin satisfait à toutes ces conditions, un dernier obstacle, souvent infranchissable,
se présente encore ; s'il n'a point de fortune, s'il ne peut prendre un fort intérêt sur
le navire, il échouera sans cesse dans la recherche d'un armateur et d'un commandement. Pour le jeune capitaine qui ne peut offrir de garanties plus positives que
son zèle et son savoir, l'armateur, c'est un être de raison qui n'habite que dans les
châteaux en Espagne, et dont la poursuite est un autre supplice des Danaïdes ;
il s'enfuit et s'échappe dès qu'on croit l'entrevoir : c'est un feu follet qui s'é-
vapore, un fluide qui glisse entre les doigts. Il est aussi hérissé de refus qu'un
ministre ; et pourtant, sans son concours, quelle espérance d'avenir peut-on
concevoir ? N'est-il pas le moyen et la fin, le moteur indispensable du système?
Aussi, que de désenchantements cruels ! Après avoir milité longues années, après
avoir enfin conquis le grade de capitaine au long cours, bien des jeunes gens
de mérite se lassent d'être constamment les asymptotes du commandement, de
s'en rapprocher sans cesse sans parvenir à l'atteindre, de ne jamais être réellement
capitaines de commerce; et, renonçant pour toujours à la marine marchande, essaient
de se créer une nouvelle existence. Ils s'efforcent alors d'entrer dans la marine de
l'état comme enseignes auxiliaires, souvent comme simples chefs de timonnerie, afin
de devenir officiers plus tard ; ou bien vont de colonie en colonie se livrer à l'exploitation de quelque industrie secondaire qui leur vaut la dénomination peu flatteuse de
petits blancs ou de *banians*. Bon nombre d'entre eux s'offrent corps et âme, avec
leur brevet et leurs espérances, à l'empire brésilien, au bey de Tunis ou au pacha
d'Égypte ; quelques-uns, heureusement inspirés, jouent aujourd'hui des rôles im-

portants en Bolivie et en Colombie; d'autres, prenant franchement leur parti, se font
courtiers ou bureaucrates; d'autres, enfin, s'avisent de rédiger leurs impressions de
voyages sous le titre de *Romans maritimes*, et partent un jour pour Paris à la découverte d'un éditeur. L'éditeur est pour eux aussi symbolique que l'armateur:
semblables à Diogène, ils passent en vain leur temps à chercher un homme, et leur
parti le plus sage est encore, au bout de quelques mois, de reprendre le chemin de
Nantes ou du Havre, et de s'y rembarquer comme seconds.

G. DE LA LANDELLE.

LE MATELOT.

OULEZ-VOUS un homme de cœur, infatigable et honnête; un homme de travail, industrieux et propre à
tout : prenez un matelot. Mais, dans votre choix, ne
vous laissez pas séduire par une pose à la fois simple
et fière, une allure vive, un costume coquet et négligé, une pipe et un juron : de tels indices sont loin
d'être ses marques distinctives; les plus nouveaux
venus ont bien vite saisi et outré ce qu'il peut y avoir
d'original dans sa dégaine. Pour qui l'a observé avec
attention, apprécié à sa valeur, la copie s'efface de-
vant le modèle, et des qualités réelles, inimitables, apparaissent sous cet extérieur
facile. Le véritable matelot ne craint rien, ne se refuse à rien ; c'est l'être le moins
spécial qui soit au monde : en peu de temps, il excellera dans les professions les
plus opposées à la sienne, et vous en ferez avec le même succès un garde-malade
à la Martinique, un soldat à Vera-Crux, un pompier à Constantinople. Mais ce n'est
pas dans l'exception qu'il faut l'étudier : suivons-le à bord, examinons-le parlant
et agissant. Ce type, si souvent défiguré, si ridiculement exploité de gré ou de force,
de près ou de loin, ne peut être peint fidèlement que par ceux qui ont vécu des
années entières avec lui, à terre et en mer. Il faut l'avoir vu, tantôt naïf, doux et
patient à l'excès, tantôt furieux et indomptable, toujours insouciant et généreux.

Le matelot est un enfant du littoral ; son histoire est constamment la même. Fils d'un pêcheur ou d'un marin, il a passé ses premières années dans les bateaux de pêche ou de pilotage, sur les quais du port, à bord des navires de commerce. Un jour il s'est embarqué comme mousse, et depuis lors il court le monde. Il est rare qu'il n'ait servi qu'avec des Français ; il a d'ordinaire *navigué à l'américain* ; il a fait deux ou trois voyages à la traite, et autant à la pêche de la baleine ; puis il a été levé pour le service de l'état par son commissaire, qu'il damne du fond de l'âme. Le commissaire de l'inscription maritime est son ennemi né, son cauchemar, son épée de Damoclès. Car le matelot déteste la marine militaire ; on fait de lui un *piou piou*, il faut passer des inspections, se mettre en rang, répondre à des appels. « Ce n'est pas que la chose soit rude, dit-il ; métier de fainéant, tout bien compté. On dort la moitié de la nuit, on est dix fois plus qu'il n'en faut pour l'ouvrage ; on ne *bourlingue* [1] pas le quart comme au marchand, mais on est là côte à côte avec des tambours et des conscrits, c'est vexant ! Ensuite, il semblerait qu'on n'a pas d'idées, faut tout faire par ordre, passer sa vie à demander des permissions pour aller au sac, et avec ça être en tenue, qu'on a l'air d'un *cabillot* [2]. » Cependant, au bout de quelques mois, grâce à la flexibilité de son caractère, il se plie au joug, et devient bien vite compère et compagnon des conscrits et des tambours, tout en conservant sur eux une supériorité marquée.

A bord des navires de guerre, le matelot est gabier, calier, patron de canot ou chef de pièce ; tout autre emploi lui est insupportable. Il abandonne de bon cœur les fonctions de timonier aux Parisiens et aux fils de famille, et trouve juste qu'on lui assigne l'un des mâts suivant son âge et sa tournure. Les vieux chiqueurs, avant que les postes aient encore été distribués, se dirigeront naturellement vers le beaupré, ils seront grognards, intrépides, et jaloux de leurs prérogatives ; s'il dépendait d'eux, on ne les apercevrait jamais sur l'arrière du mât de misaine. Les plus jeunes, au contraire, se rapprocheront du mât d'artimon ; c'est un jeu d'enfant, il suffit d'être leste, adroit, vaillant, et *bien suivé, bien goudronné, bien propre*. On voit que le grand mât et le mât de misaine sont l'apanage des autres gabiers.

Dès que les rôles seront définitivement arrêtés, une rivalité constante régnera entre les deux hunes ; mais le joli gabier d'artimon sera toujours regardé avec une sorte de protection complaisante par les anciens, tandis qu'on conservera un profond respect pour les farouches habitants du beaupré. Si la cale devient son poste, le matelot maudit la nécessité de monter sur le pont ; il se renferme volontairement dans les profondeurs du navire, semblable à une tortue dans sa carapace, y boit, y mange, y dort, s'y cache au moment des inspections, et n'en peut être arraché qu'avec peine pour les exercices. Enfin, si toutes les autres places sont déjà prises, il se résigne à être chef de pièce, quoiqu'un pêcheur ou un conscrit puisse y attein-

---

[1] *Bourlinguer*, se fatiguer à la manœuvre.
[2] *Cabillot*, cheville en fer ou en cuivre qui sert à tourner les cordages. Terme de mépris pour désigner un soldat en tenue.

dre; alors, le plus souvent, il devient l'homme de son canon, les amarrages en
sont faits par lui avec un soin tout paternel, il le noircit, l'huile, le brosse, le frotte,
le fourbit à toute heure. On reconnaîtra au premier coup d'œil la pièce d'un matelot,
elle sera toujours dans les extrêmes : ou vernie, étincelante, fardée et parée *comme
pour la noce,* ou entièrement négligée. Dans ce dernier cas, il n'y a pas de remède : il faut donner au matelot un autre poste. Les retranchements, les haubans,
les fers, la consigne, toutes les punitions seront inutiles. « Un canon, vous dira-t-il
avec mépris, c'est un grand fusil ; je n'ai jamais ciré de giberne, moi, et quand
j'étais sur l'*Attrape-moi si tu peux,* c'était le mousse qui astiquait la *faribustière* [1].
— Quoi ! maraud, tu as été pirate ? — Non pas, monsieur, s'il vous plaît, j'aurais
fait peine à ma mère, la pauvre femme ; Dieu m'en garde ! — Et qu'était-ce donc que
ton *Attrape-moi si tu peux?* — Un joli goëlette, trou de balle ! une hirondelle de
mer, quoi, construite à Nantes, qu'on n'en a jamais vu de pareille ! un navire fin,
fin comme la lame de mon couteau, un vrai bijou à pendre dans une église. — Je ne
te demande pas cela ; que faisait-on là-dessus ? — Chargement de *bois d'ébène* [2], pas
davantage. — Tu m'as l'air, mon gaillard, de l'avoir mis à bord plus de quatre fois
au bas de la rivière [3]. — Eh ! ma foi, pourquoi pas ? faut bien le dire, la cargaison
ne nous coûtait guère qu'une gargousse. — J'avais donc bien raison de te traiter de
pirate. — Pardi non, sauf votre respect ; le capitaine n'aurait pas touché à un marchand de gomme pour cent tonneaux de doublons. »

Cet homme, dont la conscience semble si élastique, qui ne trouve aucun mal à
dépouiller un confrère négrier, ce matelot ne déroberait pas une épingle ; il ne retiendra un couteau *esclave* que si le sien a disparu, et fera par plaisir l'aumône de
sa paie si l'occasion s'en présente.

En janvier 1852, une frégate de premier rang venait de désarmer à Rochefort ; les matelots chantaient et dansaient des rondes à l'entrée de l'Arsenal ; ils
avaient touché leur décompte et devaient partir le lendemain pour regagner leurs
quartiers respectifs. Les trois cents marins s'abandonnaient à leur joie avec frénésie, les marchandes leur vendaient des cannes, des étuis de ferblanc pour leurs
feuilles de route, et leur distribuaient de larges verres de *croc.* La plupart s'étaient
parés de gilets à ramages, et la population attroupée admirait la place transformée
en un vaste gaillard d'avant, par un jour de Sainte-Barbe ou de passage du tropique. Un vieux mendiant, avisant un novice de seize à dix-huit ans, se précipita
vers lui et le serra dans ses bras en l'appelant son fils. Le novice se recula brusquement, lui dit quelques paroles dures, et refusa de le reconnaître. La danse s'arrêta
aussitôt, un vaste cercle de spectateurs silencieux se forma autour des deux acteurs

[1] *Faribustière* au lieu de *Flibustière,* nom propre du canon des négriers armés.
[2] Chargement de noirs. — La traite.
[3] Les négriers armés attendent les autres négriers à l'embouchure des fleuves de la côte d'Afrique,
pour s'emparer par force de la cargaison.

principaux, dont le débat fut long. Le père, après avoir tout dit, se prit à pleurer; le novice voulut rejoindre ses camarades, mais une voix s'éleva de la foule : « C'est son père, j'en suis sûr; » et une justice brutale eut lieu sur-le-champ. Le vieillard essayait en vain de l'entraîner, une grêle de coups accablait le malheureux garçon, qui finit par tomber couvert de contusions et de sang. L'équipage se retira vers l'extrémité de la place, et un vieux quartier-maître, montant sur une borne : « C'est pas tout que du fil et du goudron, il faut encore du savon. C'est juste et raisonnable, comme dit le curé, de casser la gueule à des enfants qu'a pas de cœur, mais atout du roi de chique! Celui qui renonce mange la carte! faut aussi gréer le bonhomme en vrai trois-mâts de Bordeaux. J'y donne 20 francs. » Et à ces mots il jeta la somme dans un chapeau, qui fut rapporté tout plein au mendiant, forcé de plus à boire bouteille avec les anciens de la cale.

La piété filiale et la libéralité ne sont pas les seules vertus du matelot; il est reconnaissant à l'excès : une parole franche, un encouragement dans son style, vous vaudront son amitié, et alors son dévouement est sans bornes. Il a bientôt jugé ses officiers, et celui qu'il aime le mieux n'est pas le moins sévère, mais bien le plus loyal, pourvu qu'il soit bon manœuvrier. Les louanges de ce *lieutenant fini* retentissent de l'avant à l'arrière; il n'est pas permis de *carogner* quand il commande le quart. Mais, s'il arrive que le bien-aimé des matelots soit le commandant du navire, le bâtiment devient aussitôt un modèle de discipline et de tenue, une machine invincible. Les exemples malheureusement en sont rares : la faute en est à ceux qui, appelés à gouverner des hommes de cœur, ne les comprennent pas; et, de même qu'on a vu des équipages s'opiniâtrer à mourir parce qu'ils aimaient leur chef, de même on se rappelle l'effrayante circonstance d'un refus absolu de combattre, par haine pour le commandant. Le fait eut lieu à bord d'une frégate, pendant les dernières guerres; les marins, immobiles et muets devant leurs pièces, s'obstinèrent, sous le feu de l'ennemi, à ne pas répondre à la canonnade. Il fallut amener pavillon sans avoir brûlé une amorce; et ce ne fut pas lâcheté, ce fut vengeance contre un seul, abhorré de tous. L'on se serait battu jusqu'au dernier soupir sous un autre; et que n'eût-on pas fait pour ce *père des matelots,* comme l'appelait son équipage, qui, abandonnant le commandement de son vaisseau en rade de Toulon, après l'expédition d'Alger, fut salué des cris spontanés et mille fois répétés de « Vive le commandant! » Tous les hommes s'élancèrent d'eux-mêmes sur les vergues et les bastingages, et, agitant leurs chapeaux en l'air, ne cessèrent leurs cris qu'au moment où le canot du brave capitaine disparut en entrant dans le port.

Le matelot se subdivise en une infinité de types divers. Le pêcheur des côtes ne ressemble pas au marin de long cours, qui est ici notre principal modèle, et dont le conscrit du centre de la France, arraché à la charrue paternelle pour venir balayer les ponts des navires de guerre, n'est qu'un pâle reflet. Quelquefois cependant on a vu ces derniers s'amariner peu à peu et devenir gabiers en dépit des obstacles; on en connaît qui sont arrivés au grade de maître de manœuvres, c'est-à-dire aux colonnes d'Hercule. Mais de pareils avancements sont très-rares : j'en citerai en passant un plus extraordinaire encore, celui d'un avocat de Paris qui, s'étant enrôlé, par un coup de tête, dans les premiers équipages de ligne, était, après six mois de campagne, chef de la grand'hune d'une frégate. Les marins au cabotage ne peuvent être semblables à ceux du long cours : ils ne se sont pas formés à la même école, leur éducation maritime établit entre eux certaines différences. Leur intrépidité à tous est égale ; mais leurs dangers n'ont pas été précisément les mêmes, et enfin un navire caboteur ne se manœuvre pas comme un grand bâtiment marchand. Aussi ces hommes qui, dans leurs bateaux, affrontent les plus mauvais temps et s'exposent sans cesse à être brisés contre les écueils, lorsqu'ils viennent à bord des vaisseaux de guerre, sont presque aussi neufs que des conscrits. Ces mâts gigantesques, ces manœuvres énormes, cette disposition de choses ne rappellent point leur profession ; mais les matelots au long cours se retrouvent dans leur élément ; l'appareil est plus gros et plus lourd qu'à bord de leurs trois-mâts : voilà tout.

Le matelot proprement dit est celui qui a commencé mousse et finira contremaître. C'est lui qui ne trouve la terre bonne que pour y dépenser en quelques jours la solde de deux ans, et retourne à bord de lui-même, dès qu'il n'a plus assez d'argent pour se livrer sans entraves à tous les excès imaginables ; c'est lui qui, plus tard, quand le navire est au large, raconte à ses camarades ses bordées prolongées de cabaret en cabaret, et termine le récit de ses plaisirs en s'écriant : « Quand je suis à terre, il me semble que je suis au ciel ! » Cet homme n'a que peu ou point d'instruction ; il sait à peine lire, mais ne s'étonne de rien ; il est d'une crédulité parfaite, et la raison en est simple. Il a vu de ses propres yeux tant de choses que le peuple se refuse à admettre ; il a rencontré des climats sans hivers, des mois entiers sans nuits, des végétations si dissemblables, des phénomènes si fréquents, des populations si étranges, qu'il arrive après quelques années de navigation à ne rien mettre en doute. Alors il ajoute foi aveuglément aux contes les plus monstrueux que s'amuse à lui débiter quelque rebut de grande ville, écume du bord, misérable qu'une demi-éducation met à même d'inventer des fables absurdes. Ces mensonges, grossis par l'ignorance et répétés avec simplicité, s'implantent dans le gaillard d'avant, y poussent de vigoureuses racines, et deviennent bientôt des traditions dont il n'est plus possible au matelot de douter. Il est inaccessible à l'admiration de tout ce qui n'est pas du métier ; après une belle manœuvre, un navire fin, une voile bien taillée, un gréement habilement disposé, rien ne le surprend, c'est l'homme d'Ésope. A Versailles, un jour, quelques matelots congédiés, voyant jouer les grandes eaux, ne trouvèrent de meilleure réflexion à faire entre eux que celle-ci : « Nous en avons vu jouer bien d'autres, de grandes eaux ! » Et lorsque la compagnie de marins qui revenait du siége d'Anvers fut envoyée au Cirque-Olympique à son passage à Paris, le spectacle n'en fit sortir aucun de son indifférence accoutumée, si ce n'est un ancien qui s'écria en sortant : « C'est fini ! voilà des chevaux qui virent de bord et louvoient comme de vrais cotres de Cherbourg ! »

On a souvent représenté le matelot comme habituellement cynique dans ses contes et ses chansons : on n'a voulu voir qu'une des faces de la médaille, et l'on aurait dû distinguer. Si la nuit est venue, si les danseurs sautent en rond sur le pont, il est vrai que les refrains les plus impurs seront les plus applaudis, la foule poussera des éclats de rire prolongés à chaque *grasse* parole ; mais, hors cette heure et ce lieu (exceptons encore toutefois le cabaret un jour d'ivresse), hors ces moments réservés à une sorte de débauche, le matelot ne veut rien d'ordurier. Ce n'est pas à dessein qu'il emploie une expression obscène, et s'il fait un *repas* (terme technique) il aime que la décence y règne jusqu'au moment obligé où les coups de poing serviront de péroraison aux entretiens de l'assemblée. Le dimanche quelquefois, après un assaut d'armes, de danse où de bâton, les maîtres et les prévôts dresseront une table dans la batterie, un rôti et une salade seront les bases du festin, et alors, si quelque chanteur se fait entendre selon l'usage, les plus langoureuses romances seront toujours les plus applaudies. A bord des navires, « *Le noble éclat du diadème, — Jeune fille aux yeux noirs, — Le nom de celle que j'aime, etc.*, » florissent au grand jour, tandis que les chansons fortement épicées sont uniquement consacrées aux bacchanales nocturnes. Il en est de même des contes : ce n'est que pendant le grand quart qu'un vieux navigateur se permettra l'histoire de la princesse Trimaille et du célèbre Sans-Peur.

L'imagination du matelot est vive, ses rondes et ses récits abondent en saillies, mais son originalité se révèle surtout dans ses plaisirs et ses voyages par terre. Un vieux gabier du *Méléagre* obtint un jour de descendre à Livourne ; son premier soin fut de louer un musicien et d'aller boire avec lui ; ensuite il se fit conduire de carrefour en carrefour, dansant tout seul aux yeux de la populace ameutée qui le suivait dans sa course. Au bout de quelques heures, l'attroupement était devenu si considérable, que l'autorité lui fit signifier de sortir de la ville. Le gabier, toujours précédé de son musicien, ne se tint pas pour battu, et se rendit dans les faubourgs, où il continua son manége jusqu'au soir. A son retour à bord, il était enchanté de lui, et ne cessait de se vanter d'avoir dansé partout, dans la ville comme dans les environs. Ses camarades partageaient tous son opinion, et plus d'un se promit de l'imiter.

A quelque distance de Brest, la diligence rencontre un jour un marin congédié qui hèle le postillon et veut monter pour faire deux lieues : « Cela vous coûtera 50 sous. — Je ne te demande pas ce que ça me coûtera ; je te demande s'il y a de la place, oui ou non. » Il monta ; le marin amusa tous les voyageurs par sa gaieté ; l'on sut de lui qu'il allait à Saint-Malo pour s'y établir. Le matin même il avait expédié ses effets par un caboteur où il aurait trouvé passage aussi et gratuitement. « Mais pas de ça, je veux voir les amis sur la route, j'ai de l'argent comme un marchand de cochons ; faut que ça roule ! » ajouta-t-il en frappant sur son gousset. Les voyageurs, à force de raisonnements, l'avaient déterminé à continuer jusqu'à une douzaine de lieues. « Eh bien ! je ne dis pas non, vous êtes de bons enfants ; si le conducteur me prend pour 40 sous, je file mon nœud avec vous. » On ne put le faire départir du prix qu'il venait de fixer. Il avait donné sans balancer 50 sous pour deux lieues, on lui demandait 3 francs pour en faire dix autres ; il s'en alla mécontent : « Ces gens-là, dit-il ne connaissent rien de rien à la navigation ; une fois embarqué et quand le frêt est fait, n'y a pas justice à doubler le prix du passage. »

Un dernier exemple de la manière de voir bizarre des marins se représente fréquemment, lorsque ceux de l'île de Baz reviennent d'une longue campagne. Leur pays, leurs enfants, leurs mères sont à quelques lieues ; eux restent à Brest et se livrent à mille débauches pour dépenser bien vite leurs économies. Les femmes, qui n'ignorent pas cet usage, se hâtent de venir les chercher elles-mêmes. Alors l'orgie s'interrompt et le reste du pécule est sauvé. Ils partent à regret; mais, arrivés sur une hauteur où se trouve une croix de pierre d'où l'on peut découvrir l'île, un saint enthousiasme les saisit, ils déposent leurs sacs, s'aident à grimper les uns les autres jusque sur les branches de la croix, et de là saluent leur patrie, les larmes aux yeux. Les plaisirs de Brest sont oubliés, le voyage s'achève avec recueillement ; ils s'entretiennent de leurs affections, et semblent avoir revêtu une nature nouvelle.

Après les assauts et les rondes, le plus grand bonheur du matelot est sans contredit le jeu de loto si le tireur est bon. Le gaillard d'avant entre en gaieté quand chaque numéro amène un commentaire plus ou moins neuf : « *11, les jambes du maître coq, avec sa cuiller et son croc. — 44, les deux commissaires. Que le diable les porte en terre. — 10, putez-vous, mais ne vous battez pas ! Vive les marins ! à bas les soldats ! — 20, sans eau. A combien le tonneau ?* » la rime est de rigueur. La vogue de ce jeu est telle, qu'elle a donné lieu à des établissements *ad hoc* dans les ports de mer ; tout matelot y passe une ou deux heures chaque fois qu'il se trouve à terre le soir ; il se rend de là au café chantant, s'il est dans une ville où se soit propagée cette industrie assez récente. Ici une estrade élevée reçoit des musiciens, chanteurs et chanteuses, loués à la soirée par le maître du lieu pour régaler les habitués de romances accompagnées par quelques instruments. Ces cafés font fureur, et les cabarets ont beaucoup souffert de leur création. Cependant les grognards leur tournent encore le dos avec mépris ; le vin de Provence a pour eux plus de charmes, et l'on peut dire que le cabaret classique est pour les anciens, tandis que le café romantique n'est assidûment fréquenté que par la génération moderne.

Simple comme un enfant, sans souci de l'avenir, le matelot pense rarement aux choses de la terre, encore moins à celles du ciel. Cependant il est pieux à sa manière ; il trouve de mauvais goût les railleries sur les choses sacrées, fait des vœux sincères et les exécute fidèlement. Superstitieux par excellence, il croit qu'un chat jeté à la mer est une cause de malheur, qu'un prêtre passager amène le gros temps, et qu'il ne faut rien dire d'injurieux à la brise. Si un camarade vient à mourir, un service funèbre sera célébré en grande pompe aux frais de ses amis; ils ne souffriront pas qu'on le mette dans la fosse des pauvres, et lui feront construire le plus beau cercueil. « Nous ne voulons pas que notre *matelot* soit mis en terre dans un pétrin, faut que sa bière ressemble à un *youyou* [1] pour le moins. » Ainsi que dans cette dernière phrase, ils emploient toujours le mot *matelot* dans le sens d'ami ou camarade. « Courage, matelots ! disent-ils. — Un tel est mon matelot. — Je suis ma-

---

[1] Youyou, très-petit canot dont la forme varie suivant les localités.

telot d'un tel. » Telles sont les expressions de leur amitié ; enfin le plus grand éloge qu'ils puissent faire de leur officier est de le qualifier de bon matelot.

Le matelot français n'est jamais impoli par système, sa rudesse n'a rien d'artificiel ni de prémédité ; il a bien son amour-propre de métier, mais cet amour-propre n'est le principe d'aucune fanfaronnade grossière. Souvent on le trouvera empressé, complaisant, galant même, et l'on remarquera que jamais il ne heurte personne dans les rues ainsi que l'affectent les matelots anglais. Par suite de son habitude de vivre constamment dans un espace étroit, de se glisser à travers les groupes de ses camarades, il circule au milieu d'une foule en effaçant le corps comme un dandy dans un salon, ne songe pas à user de ses forces pour s'ouvrir un passage, et suit par bonhomie à terre sa coutume de bord. Il est toujours prêt à céder le haut du pavé à tout autre qu'à un soldat. Ses expressions de mépris sont cependant nombreuses ; après le terme de troupier et ses synonymes, ceux de paysan, bourgeois et maçon reviennent fréquemment ; celui de négociant surtout, qu'il lance avec une incroyable naïveté, lui paraît la définition exacte de la fainéantise. Mais ce qu'il flétrit le plus énergiquement, c'est, sans contredit, le *cambusier*, ou distributeur des rations à bord. Il n'y a pas de bonne plaisanterie sans un coup de patte à l'agent des vivres. Celui-ci est le paria du navire, on l'insulte de gaieté de cœur ; lui, s'en venge par de grands airs dédaigneux ; il joue toujours le rôle de monsieur, et du fond de son antre enfumé sourit de pitié aux épithètes de rogneur de portion et de voleur qui lui sont prodiguées. Eh bien, malgré cette haine incessamment florissante, si le cambusier a réellement besoin des matelots, il les trouvera toujours prêts à le servir. Il n'y a pas de fiel dans leur animosité, leur aversion n'est jamais rancuneuse, ils pardonnent comme ils offensent ; on en voit trinquer avec les gendarmes qui les ont arrêtés la veille et qu'ils attaqueront le lendemain.

En matière politique, le matelot n'a pas d'opinion : il vous dira qu'il lui est parfaitement égal que la France soit gouvernée par un chameau, un bédouin ou un singe, mais il n'en chante pas avec moins d'enthousiasme les hymnes patriotiques, et met autant de feu qu'un acteur du Cirque-Olympique à faire sonner les *r* de Frrrrrançais. Les louanges de l'empereur font du reste perpétuellement ses délices. *Quoiqu'il nous ait faits troupiers, c'était tout de même un crâne matelot !* ajoutera quelque conteur à l'une des mille anecdotes qui circulent sur l'inépuisable sujet. Malgré leur indifférence politique, on peut affirmer qu'en cas d'émeute, les matelots se jetteraient corps et âme dans la faction populaire. Ils agiraient ainsi par partie de plaisir, sans but déterminé, mais uniquement pour faire du *branle-bas* et *bûcher* sur les pousse-cailloux et les gendarmes. Ils seraient terribles dans cet abordage, comme lorsque, dans les rues de Brest ou de Toulon, une rixe vient à éclater entre la garnison et la marine. Il est peut-être heureux pour les gouvernements successifs qu'on n'ait pas résolu le problème de Paris port de mer ; le nombre des émeutes y serait certainement doublé.

Le matelot, je l'ai dit, est bon à tout. Que ne fait-il pas à bord ? il devient successivement peintre, sculpteur, chapelier, cordier, tailleur, coutelier, boucher, maçon, etc. Il n'est étranger à rien, et trouve naturel qu'on s'adresse à lui pour tous les ouvrages possibles. Dans le tremblement de terre de la Martinique, la pioche et la brouette lui semblaient aussi familières que l'aviron ; et lorsque arrive le jour du passage de la ligne, il fait honte au plus ingénieux costumier par l'art qu'il met à trouver des jupes, des perruques, des masques et des attributs de toute espèce à bord d'un bâtiment où rien de semblable ne paraît devoir se rencontrer. Aussi, pour le combat, il se soucie fort peu des armes qu'on lui distribue ; il s'en improvise de gigantesques qui ont pour lui un charme secret et lui font négliger le sabre ou le fusil dont on l'a muni d'abord. L'un s'empare d'un levier de fer, un autre d'un harpon, un troisième d'un biscaïen estropé au bout d'une corde, et les voilà parés à l'abordage. Le combat pour les vrais matelots est un plaisir réel ; ils trépignent de joie en pensant à l'heure de se peigner d'une manière quelconque. S'agit-il d'un incendie, d'un débarquement en armes, d'une expédition périlleuse, il se présentera toujours trop d'hommes de bonne volonté qui s'élanceront avec joie au-devant du danger. Quelquefois, pourtant, la pensée d'une action ramène le matelot à des réflexions plus graves : en de pareils moments il peut atteindre jusqu'au sublime. La veille du combat de Navarin, les vaisseaux français voguaient beaupré sur poupe pour pénétrer dans la baie ; mille bruits belliqueux s'étaient accrédités à bord, et, quelle que fût la pensée des chefs, il est positif qu'aucun matelot ne mettait en doute un engagement sérieux pour le jour suivant. Un gabier de beaupré, chargé d'aller placer un fanal de manœuvre à l'avant, s'arrêta alors, et, s'adressant à la statue du vaisseau : « Mon vieux, dit-il à haute voix, tu nous éclaires ce soir, nous t'illuminerons demain ! »

Privé par sa carrière même de la société du sexe féminin, le matelot n'a jamais que des amours faciles ; il estime une femme à sa valeur physique, et souvent même s'inquiète peu de la jeunesse et de la beauté. Mais pour une orgie il ne saura se contenter d'une seule ; il en voudra trois et plus, suivant l'état de ses finances. Précédé d'une vielle ou d'un hautbois, il se fera mener de l'auberge à la guinguette, de la guinguette à la danse, jusqu'à ce que, épuisé, il tombe de fatigue au coin de quelque rue obscure. Si cependant il lui arrive de *devenir amoureux*, alors il est d'une folle prodigalité ; il s'ingénie à faire passer sa *bonne amie* pour sa sœur ou sa cousine, quelquefois pour sa tante ; lui délègue la plus grosse part de ses appointements, et place une certaine gloriole à se faire ainsi tromper, car il est rare qu'il soit complétement dupe des protestations de la belle. Enfin, s'il se marie, il est généralement le plus complaisant des hommes ; mais, plus que partout ailleurs, il apporte dans l'état du mariage l'insouciance de son caractère. Il abandonne sa paie et n'entend se donner aucun embarras. Ses fils sont destinés dès le berceau à vivre comme il a vécu, et ses filles, faute de pouvoir marcher sur les traces de leur père, se consacreront uniquement à la classe des matelots : elles seront marchandes, cabaretières, hôtesses, et finiront par épouser des marins et donner le jour à des mousses.

L'industrie d'un vieux matelot qui a enfin atteint l'âge de la retraite se borne d'ordinaire à des ouvrages de patience ; alors il fabrique des chapeaux de paille, grée de petits navires modèles, ou s'occupe d'autres menus travaux plus éloignés de sa profession passée. Mais ce n'est qu'à la dernière extrémité qu'il renonce à la-bourer la mer ou au moins à travailler comme journalier à bord des navires. De ses défauts il ne conserve que l'ivrognerie, et sa brutalité fait place à une sorte de douceur ; sa femme le gouverne en tout point, et il s'en console en allant deviser au bord de la mer avec d'anciens compagnons de sa vie errante. Ils causent des navires qui entrent et sortent, et prétendent les reconnaître à plusieurs lieues de distance ; des manœuvres exécutées en rade, des armements qui se préparent ; et terminent leurs observations par une large poignée de main et un sourire de pitié, eu se disant : « Hein, matelot ! ça allait autrement de notre temps ! »

G. DE LA LANDELLE.

LE CALFAT.

POPULATIONS MARITIMES.

Après le tableau de la marine militaire et celui de la marine marchande ; après le matelot, ce prototype de tous les marins, il reste encore à tracer quelques portraits, à peindre quelques existences particulières aux populations maritimes. Et d'abord, en face du matelot même se présente à l'observateur une classe de femmes également dignes d'une étude attentive. Filles, sœurs, maîtresses, femmes, veuves ou mères de marins, elles en reproduisent dans leur sexe les bonnes et les mauvaises qualités avec des couleurs parfois difficiles à saisir, mais le plus souvent vigoureusement tranchées. *La femme maritime* a des signes particuliers qui la feront toujours aisément distinguer de toute autre fille du peuple ; elle partage des préjugés et possède des connaissances qui ne s'étendent pas au reste de la classe ouvrière. Son langage est frappé au coin matelot ; elle a des notions précises sur la navigation et une géographie qui lui est propre. Est-elle des bords de la Manche ou du golfe de Gascogne, — les Antilles, les Indes, le Brésil, lui sont familiers ; la Méditerranée lui semble la mer d'un pays perdu, d'où les marins ne reviennent jamais ; mais elle jase à son aise des mers du Sud, du Sénégal et du nord Amérique ; la Martinique et la Guadeloupe sont ses galeries ; elle sait l'époque des hivernages et des moussons, et n'ignore pas que le cap Horn est aussi glacial

que les Tropiques sont brûlants. Est-elle au contraire des rives de la Méditerranée,
l'Océan est son antipathie. Lorsque son fils ou son mari doit partir pour Brest, elle
ne peut contenir sa douleur; mais s'il ne dépasse pas le détroit, elle ne s'effraie ni
des maladies épidémiques du Levant, ni des vents de mistral, ni de la navigation
périlleuse de l'Archipel. Et qu'on ne se figure pas qu'elle a retiré directement ces
connaissances de son contact perpétuel avec les matelots : rarement de pareilles matières sont le sujet de son entretien avec eux ; c'est entre elles que ces femmes se
répètent ce qu'elles ont ouï dire à leurs pères ou à leurs enfants. Pendant les longues absences des marins de leurs familles, elles se réunissent fréquemment et se
forment ainsi un jugement arrêté sur tous les faits relatifs à la mer. Leur lieu de
rendez vous est principalement la même pointe d'où les vieux matelots observent
les mouvements de la rade. Chacune arrive de son côté : « L'on attend aujourd'hui
la belle Paumelle [1], ou *la Cibiade*. — Mon mari m'a écrit que la frégate arriverait
sûrement ce mois-ci.—Et mon petit qui rentre sur le brick qui vient là, ma chère !
— Savez-vous la nouvelle, vous autres ? *la Trente-six core* [2] qui est signalée dans le
goulet, c'est moi qui suis contente !... » Le sujet se déplace peu à peu, sans devenir
pour cela moins maritime. Chaque jour la mer et les marins sont le texte de conversations qui produisent à la longue une série d'opinions étranges. Ces croyances
passent de la mère à la fille, et s'accréditent si bien que les maris eux-mêmes ne
pourraient les déraciner s'ils l'essayaient ; mais le matelot n'a garde d'en prendre la
peine ; et mieux que cela, encore qu'il ait vu, sa crédulité naturelle lui fait souvent
adopter des contes insensiblement créés dans ces conciliabules féminins.

La femme que nous dépeignons est nécessairement née dans un port; il est rare qu'elle n'ait pas
pour père un marin. Son enfance est dirigée uniquement par sa mère; mais, en est-elle privée, elle
vit sur le commun et trouve, sans les chercher,
dix tutrices pour une. Rien de plus fréquent que
de voir cinq ou six enfants des deux sexes nourris,
habillés, logés par une veuve de matelot ou une
hôtesse de marins. Dès que la petite fille commence à grandir, elle est utilisée par sa mère réelle
ou adoptive, va aux distributions gratuites de
bois de démolitions, fait les commissions à la qua-
rantaine, sert les matelots dans les auberges et les
cabarets du port, et par suite n'a d'yeux et d'o-
reilles que pour les vaillants fils de la mer. Sa
vertu ne résiste pas longtemps aux doux propos
de quelque jeune gabier ; mais, pourvu que son amant porte le paletot et le chapeau

[1] La belle Paumelle—Melpomène (la paumelle est un instrument de voilier). La Cibiade — l'Alcibiade.
[2] La Trente-six core — la Terpsichore. Les mauvais plaisants, par allusion à la manière dont ce nom
est estropié par les femmes du littoral, disent le plus souvent : La Trente-six côtes.

FEMME DE NORMANDIE
(Littoral)

ciré, la sensible enfant ne trouve guère de détracteurs. Enfin, elle est d'âge à travailler plus sérieusement, elle devient alors tout à fait servante dans une guinguette du quai, ouvrière pour les marins, ou marchande à bord des navires.

Aussitôt qu'un bâtiment entre en rade, soit au sortir du port, soit au retour d'une longue campagne, de nombreuses solliciteuses grimpent sur le pont ; elles entourent le capitaine et le lieutenant en pied, font valoir leurs droits, présentent des certificats, et réclament à grands cris la permission d'établir à bord un petit commerce. Le débat se termine par le choix de deux ou trois d'entre elles, qui dès lors auront seules le privilége de venir chaque matin pour s'en retourner à terre chaque soir. Tous les petits ustensiles à l'usage des matelots forment le fond de leur magasin : des rubans de chapeau, du fil, des aiguilles, des couteaux, des étuis, des collets de chemise, de la paille fine, des pipes, des brosses, du savon ; elles vendent en outre du tabac et quelques comestibles : des cervelas, du beurre, du fromage et du pain. Mais elles ne se hasarderont jamais à introduire dans le bâtiment une goutte de vin ou d'eau-de-vie, quelque tentation qu'elles en aient : c'est une cause irrémissible d'exclusion. Elles s'établissent dans un coin, et filent ou tricotent en attendant les chalands ; les plus galants les entourent, leur débitent des compliments parfumés au goudron, et les luronnes ne sont jamais en retard à la riposte. Toutes les commissions de l'équipage leur sont dévolues ; au bout de peu de jours elles connaissent tout le monde et choisissent bien vite des privilégiés. Quelque pauvre petit mousse est toujours bien sûr d'en obtenir une pomme ou un hareng saur ; en échange, il leur offrira un seau pour tabouret, leur ira chercher de l'eau, et même saura pour elles chauffer en cachette un ragoût commandé par les anciens, ou un fer à repasser. Si ce petit mousse descend à terre un dimanche suivant, la maison de la marchande sera la sienne, on le couchera et le dorlotera jusqu'au lendemain matin ; il reviendra à bord, enchanté de mille attentions délicates qu'il aura reçues.

La marchande est d'une patience angélique ; on la déplace à tout moment sans qu'elle murmure : « En haut, madame, il faut dégager la batterie pour l'exercice. — Il pleut. — C'est égal. Allons ! » Fait-il un beau soleil, elle reste sur le pont, sa petite boutique est étalée et attire les curieux. « Allons, allons, mesdames, en bas ! l'on va serrer les voiles. L'équipage est toujours distrait par ces diables de femmes ! » Elle descend résignée comme elle est montée une heure avant, et la journée se passe ainsi. Elle apprend à connaître les mille tribulations de la vie du matelot. Enfin le soir, quelque temps qu'il fasse, il faut déguerpir ; les lames embarquent dans son fragile canot, elle arrive à terre, mouillée, transie ; elle en rit, la bonne fille, et demain il faudra pourtant recommencer !

La fille des ports est souvent blanchisseuse. Si le capitaine veut le permettre, l'équipage ne lavera plus de linge ; elle reconnaîtra, marquera, savonnera et rapiècera tous les pantalons et toutes les chemises. A l'heure voulue, elle fait sa distribution aux matelots, et les accommode à si bon compte, qu'elle a peine à tirer de son travail une grossière nourriture. Cependant cette industrie est bien préférée à la précédente, et au retour de la campagne, un *second maître* viendra lui offrir son cœur et sa main. Elle touchera la délégation du mari absent ; si celui-ci est à terre, elle aura ses libres entrées à la caserne des marins, sa sœur ou sa nièce pourra ainsi obtenir de l'ouvrage du maître tailleur des équipages de ligne ; enfin la fortune la portera à grands pas vers ce but ambitionné de toutes ses compagnes, qui est toujours de devenir hôtesse. L'hôtesse est pour les marins ce que la *bourgeoise* est pour les soldats, la *mère* pour les compagnons. Tout matelot a une hôtesse dans chaque port et ne jure que par elle. L'hôtesse le loge, le nourrit, le soigne s'il est malade, lui fait crédit, et lui donne même de l'argent quand il n'en a plus. « Ah çà, mère Carbonneau, les eaux sont basses, nous n'avons plus un farthing, pas un bisnacle, pas un liard, hein ! — Ce n'est que ça, mes mignons ! dira-t-elle, allez tout de même. — Alors, l'ancienne, du vin, et du meilleur ! et vous trinquerez avec nous. — Ce n'est pas de refus. »

Si le matelot est en bordée (c'est-à-dire hors de son bord sans autorisation), l'hôtesse sort pour explorer les lieux, elle guette le gendarme, prévient à temps et a toujours quelque moyen tout prêt de cacher ou de faire évader son protégé : une échelle est jetée d'une fenêtre à une autre, et le matelot s'esquive dans la maison en face, tandis que le gendarme visite le domicile. Tout le quartier s'intéresse à la ruse ; mais si le délinquant est *croché*, un dernier verre de cognac lui sera offert par sa logeuse elle-même avant que son escorte l'emmène. L'hôtesse éveille le matelot à l'aube du jour pour qu'il rejoigne le bord, elle envoie ses enfants observer les canots du navire, et tient son hôte au courant de tout ce qui se passe. Enfin, elle l'attend le soir jusqu'à ce qu'il lui plaise de rentrer au logis, le va chercher dans les rues, et, s'il est reconduit ivre ou blessé, le soigne, le déshabille et le couche comme son propre fils. Une rixe s'engage-t-elle dans la ville entre les soldats et les marins, la femme maritime est en émoi. Elle sort à la rencontre des combattants, distribue des manches à balais, des bâtons et des cordes aux matelots, et prépare des pierres pour les jeter sur les *piou-pioux*, s'ils passent devant sa maison. La querelle devient terrible souvent ; les soldats, le sabre au poing, ont quelquefois le dessus, l'hôtesse recueille les marins, et son auberge devient dès lors une place forte, dont l'armée ennemie est souvent forcée de lever le siège. S'agit-il d'un branlebas général, d'une orgie à tout rompre, comme par exemple au congédiement d'un équipage, toutes les femmes du quartier se mettent à l'œuvre. Un repas splendide est préparé, quand les matelots arrivent, ils trouvent le couvert mis, et quoi qu'ils fassent, ils sont servis avec un zèle qui ne se dément jamais. Et cependant que de dénouements tragiques ! que d'yeux noirs pochés ! de coiffes arrachées ! de jupes déchirées à pareille fête ! quels coups de poing ! — Mais ce sont des marins ! de bons enfants ! à eux permis. Fréquemment un bal suit le festin : le matelot est prompt en sentiment, la fille des ports confiante. Hélas ! elle est bientôt victime de son abandon : qu'importe ! huit jours après elle courra les mêmes dangers avec une ardeur nouvelle, car toutes ces créatures portent à l'extrême l'amour et l'admiration du matelot.

Il est des ports où elles s'associent à ses travaux. Elles aident à charger et décharger les navires de commerce ; d'autres se font batelières et manient la rame à l'égal du meilleur canotier. On voit à Granville nombre de ces dernières qu'aucun temps ne peut arrêter et qui, plus entêtées que leurs maris eux-mêmes, ne veu-

Gavarni

Bara. sc

lent jamais différer d'un instant le moment du départ. On en cite une qui réussit à se faire enrôler comme marin, au moyen des papiers d'un frère plus jeune. Elle fit trois voyages à Terre-Neuve, et passait pour le meilleur matelot du navire, quand un hasard vint à faire découvrir son sexe : elle tempêta, tonna, déclara injuste de l'empêcher de continuer son métier. Bon gré, mal gré, il fallut renoncer aux voyages de long cours. Depuis elle a disparu du pays, et l'on assure que, sous le même déguisement, elle est parvenue à s'embarquer dans un autre port.

Parfois, la fille des marins se fait chanteuse ; dans ce cas, vous ne la rencontrerez que dans les cafés et les cabarets de matelots ou sur les quais. Il arrive aussi qu'elle se contente de vendre de l'eau-de-vie à la porte d'un arsenal. L'on voit que ces femmes n'ont pas de profession propre, elles tendent à devenir hôtesses, voilà tout. Leur métier, quel qu'il soit, n'est qu'un moyen, il ne les caractérise pas ; c'est par leurs goûts et leurs usages qu'elles se dessinent. Si l'une d'elles, par exception, vient à se laisser séduire par un soldat, une rumeur générale règne dans tout le quartier, il n'est pas d'épithète assez grossière pour la misérable, pas de traitement assez sévère. Cependant, dans les petits ports, l'absence des parents donne trop de facilité au militaire aventureux pour que le fait ne se présente pas de temps à autre

Il y a deux ou trois ans, dans l'un de ces havres de cabotage, l'on plaça provisoirement une compagnie de voltigeurs en garnison. Le pompon et l'épaulette de laine firent tourner la tête à quelques jeunes filles de pêcheurs, et l'une d'elles, prise sur le fait par son père, vieux marin qui professait au plus haut degré le mépris du troupier, fut soumise aux plus durs châtiments. Le père l'attachait à une chaine et fermait soigneusement la maison toutes les fois qu'il allait à la pêche. Le galant fit de vains efforts pour retrouver sa belle ; ses factions, ses marches et ses contremarches furent inutiles ; sur les entrefaites, la compagnie partit pour la ville voisine. Enfin, la malheureuse parvient à rompre ses liens, va rejoindre son amant, et celui-ci écrit aussitôt à la famille que son amour pour Marie-Jeanne sera éternel, qu'elle seule peut parsemer de fleurs les étapes de sa vie, combler les créneaux de son cœur de troubadour, etc... bref, il la demandait en mariage. Le marin jura d'abord, réfléchit un instant, et, ne se trouvant pas assez fort sans doute de son opinion personnelle, alla consulter un officier de marine retraité dans les environs. Il raconte l'aventure, et reçoit naturellement la réponse que, le mal étant sans remède désormais, l'unique moyen de réhabiliter son enfant est de se hâter de conclure le mariage. Le matelot s'était si peu attendu à un semblable conseil, qu'il tourna le dos tout à coup et sortit avec colère en disant : « Quoi ! commandant, c'est vous qui me dites ça ? Nom d'une pipe ! jamais ma fille n'épousera un pousse-caillou ! »

L'officier se contenta de sourire, mais le marin partit en toute hâte pour la ville, rattrapa la déserteuse, et la morigéna si bien, qu'il vint à bout de lui faire épouser, quelques mois après, un camarade pêcheur fort indifférent aux antécédents de la belle. Un pareil trait ne fait pas sans doute l'éloge de la moralité de cette classe, mais en considérant les choses de près, on y trouvera encore moins de corruption que d'une certaine naïveté ignorante, cause première de semblables désordres.

Ces femmes que nous avons vues à bord, si patientes, si désintéressées dans leur commerce, si enthousiastes de la mer ; à terre, sont entières, irascibles, extrêmes dans leurs haines, et plus farouches que les matelots pour les chefs abhorrés. Au convoi d'un capitaine de vaisseau d'une affreuse rigidité, on en a vu une troupe ameutée se précipiter avec rage sur le cercueil, le couvrir de boue, mettre en lambeaux le drap funèbre, s'emparer des insignes placés sur la bière, et les fouler aux pieds en vomissant un torrent de malédictions. Les efforts du cortége et de la force armée furent impuissants, elles assouvirent leur vengeance jusqu'au bout. La haine, chez elles, ne tient aucun compte des conseils de la prudence. Il y a quelque temps, un officier supérieur, renommé par sa dureté, fut sommé par ces femmes de laisser descendre à terre leurs fils et leurs maris ; son refus lui valut des insultes et une telle poursuite à coups de pierres, qu'il se vit forcé d'aller se réfugier dans la première maison ouverte. Le résultat de cette scène ne fut pas favorable aux matelots, le caractère tenace du capitaine se raidit de plus en plus contre les demandes, et le départ du bâtiment put seul mettre fin à la guerre ouverte que lui avaient déclarée les femmes de ses subordonnés. L'opiniâtreté qu'elles mettent à assaillir et braver ainsi ceux qu'elles regardent comme les tyrans de leurs chers matelots prend une autre forme, s'il faut faire des démarches dans les bureaux de la marine. Les jours où elles sont autorisées à y venir faire leurs réclamations, elles encombrent les corridors et les escaliers, se groupent aux portes et ne se tiennent jamais pour battues, quelque réponse qu'on leur fasse. D'abord souriantes et polies ; si leur demande n'est pas favorablement accueillie, elles s'échauffent, s'emportent et souvent les gendarmes et les gardiens sont obligés de les repousser par la violence. L'exécration des commissaires est portée en elles à l'extrême. Il n'est pas d'infamies qu'elles n'en disent lorsque leurs requêtes, souvent absurdes, n'ont pas été écoutées. Elles vous détailleront la vie privée de chacun des employés, vous raconteront les moindres épisodes de sa chronique scandaleuse. Une jeune fille qu'elles citeront n'a pas obtenu de toucher la délégation de son frère, parce que sa pudeur s'est révoltée aux propositions de tel ou tel administrateur. La calomnie ne s'arrêtera pas en si bon chemin, leurs langues envenimées n'épargneront ni les femmes ni les mères des employés qui auront rendu leurs demandes infructueuses. Mais aussi la complaisance ou l'humanité de quelque commis de marine vient-elle à être reconnue comme un fait constant, les cent trompettes de la renommée seront insuffisantes pour publier ses louanges. L'on en pourrait nommer dont la popularité, grâce à elles, s'étend sur tout le littoral de Bayonne à Dunkerque. Elles font et défont, dans leurs conciliabules, les réputations de tous les chefs de la marine militaire ou marchande. Officiers, aspirants, armateurs, capitaines au long cours, officiers de santé, elles

les connaissent tous ; les annuaires sont incomplets au prix de leur mémoire. Une bonne ou une mauvaise action y est enregistrée à jamais : malheur à qui s'attire leur inimitié !

La fille des ports déteste souverainement tout ce qui est militaire et uniforme ; comme le matelot est l'opposé du soldat, elle est l'opposé de la cantinière. Cependant elle prend quelquefois l'apparence de celle-ci, dans ses relations avec les casernes de marins, mais le naturel reste le même. Elle ne sait pas plier une fois à terre, et, en maîtresse femme, dès qu'elle est légitimement mariée, elle gouverne despotiquement son intérieur. Si elle est hôtesse, elle sera aux ordres de tous, à la vérité, mais ne tiendra nul compte de ceux de son époux. Elle n'entend pas que celui-ci se mêle d'être jaloux, elle le mène durement, et le pauvre homme le trouve bon. Pour qu'un pareil ménage vive en paix, il suffit que le mari soit réduit à zéro comme il arrive d'ordinaire.

Devient-elle veuve, la femme du matelot ne tarde pas à se remarier : il est fréquent d'en voir d'assez jeunes qui ont eu quatre ou cinq maris. Leur premier est mort des fièvres de Madagascar, le second d'une chute à bord, le troisième s'est noyé dans le Tage, le dernier n'en est pas moins marin comme les précédents. C'est alors que, pour ses pensions de veuve, elle est sans cesse en chicane avec les bureaux. Elle a des enfants de tous les lits, les traite également, sollicite pour placer les garçons à bord de la corvette des mousses, et y met une persévérance telle, que ses efforts finissent toujours par être couronnés de succès. L'éducation de ses filles est d'une autre nature ; comme elle est à l'aise désormais, elle tient pour celles-ci à une vertu qu'elle n'a pas exercée dans sa jeunesse, tant s'en faut. Si elle en a le temps, elle les marie successivement à des marins ; l'aînée lui succède bientôt dans son commerce, et tout va le mieux du monde, tandis que son dernier mari fume tranquillement la pipe sous le manteau de la cheminée. Mais si la mère de famille vient à mourir, les garçons prennent leur volée comme il plaît à Dieu, et les filles se créent nécessiteusement une des existences que nous venons de parcourir.

A la cérémonie dernière, quelques braves matelots occuperont la place d'honneur, et *navigueront* jusqu'au cimetière dans le *sillage* de la bonne femme. Leur douleur ne se trahira que par un serrement de main silencieux, et peut-être une bonne grosse larme qui coulera sur leur face brûlée. Son oraison funèbre sera prononcée en peu de mots au cabaret le plus voisin. « Credienne ! matelot, elle ne nous versera plus à boire, la pauvre vieille ! — Que veux-tu ? bon ou mauvais, tout y passe, les hôtesses et les commissaires ; pas moyen de doubler c'tte pointe-là. — C'est tout de même fichant qu'elle ait avalé sa gaffe avant nous autres, ses anciens : pas vrai ? » Une pipe sera fumée à son souvenir, puis on se séparera… Mais quelquefois encore, sur un gaillard d'avant, au delà des tropiques, la mémoire de cette femme maritime éveillera quelque bonne pensée dans le cœur d'un vieux gabier qui, entre deux jurons, se permettra un *Pater* pour elle, sans en rien dire à personne.

Il n'est pas d'état ni de profession dans les ports qui ne subisse l'influence des mœurs maritimes ; si les filles et les femmes des matelots ont un vernis marin qui les distingue particulièrement, ce n'est pas à l'exclusion des autres habitants. Les termes de marine sont usuels dans les villes du littoral, les nouvelles du port n'y sont étrangères à personne, les armements de toute nature intéressent chacun, ou par des causes commerciales, ou par suite de liens de famille, ou au moins par curiosité ; mais les classes pauvres sont celles qui tiennent par le plus de points à ce qui est relatif à la mer. Les succès de la pêche, le retour des marins, les grands travaux de digues et de curage sont pour elles des sources de bien-être immédiat. C'est sur elles que se répandent les gains des pêcheurs, des matelots et des ouvriers ; il y va donc de leur bonheur que les choses de la navigation soient dans un état florissant. Quand le mouvement se ralentit, qu'il n'y a plus d'arrivages, de chargements ni de déchargements, la misère augmente dans une affreuse progression. Les constructions de navire sont aussi d'un grand secours : il faut des bras pour aller chercher les matériaux, il faut des manœuvres de toute espèce, l'ouvrier proprement dit n'est pas seul à en profiter.

L'ouvrier des ports fait d'autant plus partie des gens de mer, qu'il est sujet à la loi de l'inscription maritime ; mais son allure est bien moins pittoresque que celle du matelot ; sa vie est loin d'être accidentée de la même manière, il tient par trop d'endroits à la terre ferme, et, comme les tritons de la fable, il n'est marin qu'à moitié. D'ailleurs, un seul jugement ne saurait convenir à tous les ouvriers. Chaque métier a des usages différents ; il est singulier de remarquer que ceux d'une profession sont rangés et se rendent régulièrement aux chantiers, tandis que ceux d'une autre se hâtent de boire leur solde dès qu'ils la reçoivent, et sont loin d'arriver au travail avec la même exactitude. Au Havre, presque tous les *perceurs* ont des livrets à la caisse d'épargne, et c'est à peine s'il en est de même de quatre ou cinq *calfats*. Les charpentiers, les forgerons, les voiliers, les cordiers ont peu de ressemblance entre eux ; mais plus un état met ces hommes en contact avec les matelots, plus ils s'en rapprochent par les mœurs et les manières.

Les charpentiers naviguent souvent. Un matelot charpentier est fort estimé au commerce ; tout bâtiment au long cours en a au moins un, pompeusement décoré du titre de maître charpentier-calfat, car il cumule de nom comme de fait, mais plus encore de fait que de nom. Il est toujours à l'œuvre, n'abandonne la scie ou le rabot que pour le maillet *chanteur* ou le guipon ; dès qu'il a fini de réparer une avarie de la mâture, des embarcations ou de la coque, il faut qu'il *aveugle* une couture, qu'il enduise quelque soute de brai, qu'il cloue de la basane ou des prélarts [1] jusque dans les coins les plus immondes ; il faut qu'il garnisse et graisse les pompes, car il est en outre maître-pompier. Chaque jour lui amène de nouvelles occupations ; le vent, la mer ou le temps *rongeur* ne le laissent jamais chômer, et pourtant ces nombreux travaux ne le dispensent d'aucune des fatigues de l'équipage. S'agit-il de prendre un ris, il abandonne l'ouvrage commencé pour monter à son poste sur la vergue ; il reprendra ses outils en descendant. Donne-t-on l'ordre d'armer un canot, il se dé-

---

[1] Prélart — grosse toile peinte.

pouille de son épaisse vareuse grise et goudronnée, remplace par une coiffure moins sale son vieux chapeau ciré couvert de suif, trempe les mains dans la mer, et le voilà qui saisit un aviron. Au retour, il revêt de nouveau son costume d'ouvrier, et le voici sifflant gaiement un air de compagnonnage, tout en jouant de la tarière ou du marteau. Si le matelot charpentier prend part à tout, il sait aussi se faire aider par tous ; il ne tient qu'à lui d'avoir autant d'apprentis qu'il y a de jeunes marins à bord, car chacun lui porte envie : il a la plus haute paie après le maître d'équipage, et c'est une belle perspective pour bien des *novices* que la position de charpentier-calfat. Lors de son embarquement, il a accepté cette qualification qui est exacte, mais n'oublions pas qu'il est charpentier ; s'il exerce le calfatage, c'est par occasion : il se fait gloire de n'avoir jamais appris par principes cette dernière profession, et se moque tout le premier du *calfat spécial,* dont il n'a du reste ni l'amour-propre, ni l'ivrognerie, ni la froide impassibilité. Le charpentier est, en général, très-intelligent, sobre, économe, et il se marie de bonne heure ; mais il est toujours raisonneur, et parfois insolent, ce qui n'arrive jamais au calfat.

Celui-ci, fier d'une profession qui l'assourdit et le crétinise dès l'enfance, tout infatué qu'il soit de ses travaux bruyants et malpropres, est doux, subordonné, complaisant et non moins intrépide que les autres gens de mer. Le calfat ne navigue pas sur les bâtiments de commerce, mais on le trouve sur les vaisseaux de l'état. L'on sait alors quels dangers il affronte pour aller, de gros temps, suspendu à une corde, combattre la mer corps à corps, et boucher une voie d'eau sous le flanc du navire. On le voit pendant une action *s'affaler* au dehors, et là, indifférent à la grêle des balles et de la mitraille, travailler, avec le même calme que dans un chantier, à clouer une plaque de plomb sur le trou d'un boulet ennemi.

Les forgerons n'embarquent guère qu'à bord des baleiniers où leur office est indispensable pour les chaudières, les lances et les harpons. Cependant la navigation à vapeur a rendu cette profession beaucoup plus maritime : un grand nombre de forgerons s'engagent comme chauffeurs ; car le chauffeur doit être ouvrier en fer. Il faut qu'il puisse réparer promptement ces avaries de détail qui surviennent lorsque les machines sont en mouvement ; il faut que la même main qui manie le ringard dans les fourneaux, sache battre l'enclume, diriger la lime, conduire le foret, détordre ou refaire au besoin les pièces accessoires, creuser un pas de vis, consolider un écrou, redresser un robinet, polir un plateau. Souvent le chauffeur a été armurier, chaudronnier, cloutier, maintenant il est une variété du marin. Comme la salamandre, il vit également dans l'eau et le feu. L'orgueil du chauffeur est infernal : il a presque du mépris pour le simple matelot, qui ne se joue que des vents et de la mer, lui qui a de plus les flammes et la vapeur, l'incendie et l'explosion à braver ; lui qui navigue dans un volcan. D'ailleurs, il se croit savant, se donne toujours pour mécanicien, et quelquefois pour mathématicien ; le fait est qu'il est bon ouvrier. Cette fatuité du chauffeur le rend insupportable aux autorités du navire. On lui permet beaucoup ; il est exempt de tout travail de nettoyage hors de son laboratoire, il descend un des premiers à terre, revient un des derniers à bord, et pourtant il abuse encore. On le rétribue plus grassement qu'aucun autre, et ses priviléges sont autant de raisons pour qu'il se croie un personnage. Par compensation, il affecte des formes de politesse, cherche à faire preuve d'éducation, et se pose en beau parleur : c'est surtout quand il donne aux curieux la nomenclature de sa machine qu'il est d'une faconde à toute épreuve. Il sait, à la vérité, que des visites semblables lui rapportent un honnête casuel, mais il le gagne en conscience.

« Messieurs et mesdames, dit il, donnez-vous la peine d'entrer. Vous voici dans la machine ; arrêtons-nous sur la plate-forme, je vas vous expliquer tout ceci du fin au fin, tout aussi bien pour le moins que monsieur Arago ou monsieur Hallette lui-même. Les yeux vous tournent, vous n'y voyez que du fer et du métal : tout à l'heure, ça va vous sembler clair comme le plateau de ce cylindre, *la pompe à air,* sans vous commander. Voici d'abord le grand tuyau de cuivre fourchu; nous l'avons fait *rouster,* comme qui dirait garnir, en corde par les gens du pont pour ne pas nous brûler les mains : c'est physique! on est mécanicien sans avoir pour cela la peau assurée contre l'incendie. C'est donc dans ce grand tuyau que passe la vapeur au sortir de la chaudière. Suivez-la maintenant dans sa course symétrique; elle descend, descend dans ces cylindres ici, les premiers à droite et à gauche, gros qu'on dirait des tours, et de fameuses tours de passe-passe, où passent perpétuellement les grands pistons qui montent et descendent par le moyen des tiroirs, voyez-vous? qui sont là dedans, et que vous ne pouvez voir par conséquent, mais dont je veux vous donner la démonstration de l'application par suppositions. »

Nous ne suivrons pas le chauffeur dans toutes les parties de son discours, qui dure plus ou moins longtemps, suivant l'importance des visiteurs, mais pendant lequel il ne manque jamais de détailler la métamorphose de la vapeur en eau avec des réflexions et des remarques à lui, qui varient constamment.

« Ainsi, dira-t-il en montrant le condenseur, la vapeur vous arrive là; elle croit bonnement pouvoir s'échapper et qu'elle a fini son service. Ah ! ah! mam'zelle la paresseuse, à l'ouvrage! nous sommes en route! et chauffe! C'est pour ça, voyez-vous, qu'est ce tuyau-ci, pas plus gros que votre doigt, ma petite dame ! On ne l'a pas logé dans ce coin pour fignoler, ce n'est pas un fainéant, lui : il vous prend la vapeur, la déshabille comme vous feriez de votre poupée, et la voilà partie! Crac! retournée en eau dans la chaudière pour bouillir encore une fois. Voilà, messieurs et mesdames, le secret, l'admirable invention des grands savants par les calculs de qui on peut se moquer des vents et des voiles comme d'une vieille boutique à quatre sous, bonne tout au plus pour affriander des matelots et des enfants en nourrice. »

Après cette digression sur le condenseur, viennent les définitions de la pompe à air, des bielles, des manivelles, de l'excentrique, de l'axe, et l'on arrive à la chaudière. Les tuyaux qui communiquent à la mer sont encore le sujet d'une nouvelle tirade, et le démonstrateur reconduit enfin la compagnie jusqu'à l'échelle. Il ne recevra pas la pièce ostensiblement, et jamais d'une dame, qu'un monsieur reste seul en arrière pour la lui offrir ; sans cela, il redressera le collet charbonné de sa chemise rose à raies bleues, fera un pas en arrière, et, souriant d'un air aimable : « Jamais ! jamais! je suis tant seulement satisfait d'avoir pu être agréable à ces demoiselles en leur faisant mon petit cours de mécanique à la vapeur. »

Le chauffeur devenu maître mécanicien est le *moi humain* élevé à la centième puissance; mais jusqu'ici cet avancement a été l'exception : la plupart des places de mécaniciens sont accordées à des contre-maîtres d'usine qui sont loin de se croire une aussi grande importance, et n'ont qu'une dose moyenne de vanité pédantesque. Le chauffeur, enfin, est l'espèce maritime la plus facile à rencontrer, car il fait indifféremment de la navigation hauturière ou intérieure, et pratique également sur l'Océan et sur la Seine.

Si les forgerons hors du service de l'état ne se trouvent que sur les baleiniers ou les bâtiments à vapeur, les voiliers sont encore plus rares à bord des navires marchands; mais comme les cordiers, les perceurs, les peintres, les sculpteurs et tant d'autres qui travaillent constamment pour la marine, bien que ne naviguant pas : ils doivent être classés dans la population maritime.

Nous ne nous sommes occupés jusqu'ici que des ouvriers du commerce, reste à parler de ceux des arsenaux, c'est-à-dire de la variété la moins digne de faire partie des gens de mer.

La misère, l'ignorance et les tentations les entraînent trop souvent à commettre des vols dans le port; l'esprit de pillage est leur maladie chronique : leurs demeures ne sont meublées que d'ustensiles dérobés, ils n'y plantent pas un clou qui n'ait été emporté de leur atelier. Ils recèlent et vendent tout ce qu'ils peuvent soustraire. Ils sont assujettis cependant à une sévère discipline; la moindre infraction les fait impitoyablement chasser ; ils sont soumis à des fouilles chaque fois qu'ils sortent : toutes les précautions sont impuissantes. Ils ont une habitude de la fraude qui met la surveillance en défaut, et s'exposent ainsi à perdre leur gagne-pain pour des larcins minimes, mais dont la répétition journalière donne annuellement lieu à d'énormes déficits. Et pourtant, une fois expulsés, ils ne peuvent rentrer dans l'arsenal; leurs emplois sont fort recherchés, et l'on trouve toujours plus de sujets qu'il n'en faut pour les besoins ordinaires du service. L'un des grands vices de nos ports de guerre, est l'emploi des forçats concurremment avec les ouvriers. Ces derniers s'habituent au spectacle du crime, et se familiarisent avec la perspective du bagne. C'est ce que confirme l'odieuse dénomination d'*ouvriers libres*, adoptée par le bas peuple pour les désigner. Cette expression semble établir une parallèle entre eux et les galériens, à qui l'on donne souvent à l'inverse le nom trop doux de *compagnons*. En créant des écoles élémentaires pour les enfants, l'on a espéré combattre en eux des mauvais penchants enracinés dans leur caste; il est au moins douteux qu'on y parvienne par une éducation aussi superficielle, mais il reste avéré que le contact des forçats sera toujours un obstacle au progrès de la moralité des ouvriers. C'est à peine s'ils considèrent leur délit comme un mal, la plupart n'y voient qu'une sorte de contrebande; il y en a qui ne déroberaient pas une épingle en ville, et ne se font aucun scrupule de prendre des outils, des morceaux de cuivre, des clous, des serrures, de la corde et du bois travaillé. Autrefois on leur accordait une heure pour aller dîner chez eux au milieu de la journée, on l'a supprimée pour diminuer l'action du vol qui se renouvelait alors deux fois par jour. Aujourd'hui ils restent dans l'arsenal, où leurs femmes viennent à midi leur porter à manger, et quoiqu'on ne laisse pénétrer ces dernières que de quelques pas dans l'enceinte du port, beaucoup de matériel disparaît encore par leur entremise. L'on en prit une emportant une cloche de quinze kilogrammes sous ses vêtements ; elle fut découverte à cause de sa démarche extraordinaire, mais elle n'avoua pas comment elle avait pu se procurer un objet aussi volumineux en quelques instants d'apparition dans l'arsenal.

La classe entière est ainsi dégradée par une ignorance profonde et un esprit de rapine toujours en activité. Il est toutefois des ateliers qui font exception, et dont les ouvriers possèdent des idées bien arrêtées sur leurs devoirs et même une instruction assez étendue : ainsi l'artillerie, les boussoles, la sculpture, les modèles, occupent des hommes fort au-dessus de la masse, et quelquefois très-distingués sous tous les rapports. Enfin, beaucoup de vieux matelots, sous le nom de *gabiers volants*, sont compris dans la catégorie des ouvriers : ils sont employés à bord des navires en commission, aident aux travaux d'armement, ou confectionnent le gréement dans les magasins de la garniture. Ceux-là ne perdent point leur caractère primitif, ils restent ce qu'ils ont toujours été depuis leur temps de mousse.

Nous venons de prononcer le nom de celui qui doit fermer notre série de portraits marins, le *mousse*, enfant qui porte en lui le germe fécond de toutes les qualités du matelot. Nous avons montré à notre début l'élève, l'*aspirant* aux sommités navales ; nous nous arrêterons après le mousse, autre débutant dans la carrière maritime, plus jeune, plus chétif que lui, moins malheureux peut-être ; tête gracieuse aussi, mais qui n'est pas remplie de brillants et mensongers châteaux en Espagne. Le mousse s'embarque par instinct et parce que c'est la coutume dans son pays ; mais il est déjà familier des bâtiments lorsqu'il fait son premier voyage : depuis sa plus tendre enfance, il passe son temps sur les quais, sautant à bord des caboteurs, et donnant la main à l'ouvrage pour une galette de biscuit ou un vieux paletot, de manière à rentrer le soir chez sa mère, après avoir vécu toute la journée sans lui rien coûter. Grondé, houspillé, malmené, battu, fessé, et malgré cela rieur et content, le mousse est l'humble serviteur de tout le monde, du commandant, des officiers, des élèves, des maîtres et des matelots. Il porte l'épissoir aux gabiers, l'ampoulette aux timoniers, la poudre aux chargeurs, la soupe et la ration aux hommes de son plat. Il obéit toujours, va, vient, monte, descend, court, vole, saute, bondit, grimpe, et c'est le seul qui ne boive jamais de vin. Il devient novice d'abord, et matelot plus tard. C'est lui que nous avons vu parvenir jusqu'aux plus hauts grades, mais qui d'ordinaire lorsqu'il a navigué toute sa vie au commerce ou à l'état, se fait gabier du port avant de prendre sa retraite.

Les divers individus du grand tout maritime peuvent ainsi changer de rôles entre eux ; l'ouvrier embarqué passe pour matelot, l'ancien matelot se trouve classé parmi les ouvriers. Les populations du littoral vivent les unes par les autres ; on ne peut les isoler chacune dans un ordre d'idées à part, elles sont liées de mille manières, aussi n'est-il pas d'expression plus juste que celle de *gens de mer*, commune à tous, et nécessairement créée par la nature de leurs relations réciproques.

Pauquet

Montigneul

CONCLUSION.

En dépeignant les gens de mer, nous avons plus recherché à mettre en relief les hommes, qu'à décrire les épisodes qui se présentent dans leur vie ; nous ne nous sommes point arrêté à la description du combat, ni à celle du naufrage, ces deux grandes péripéties de l'existence maritime : la première, pour laquelle la marine militaire est toujours prête, et qui est la base de toute son organisation intérieure ; la seconde, qui est la chance mauvaise de tous, et contre laquelle ils se raidissent incessamment. Le rôle de combat qui assigne à chacun ses fonctions et son poste pendant l'action est pour les navires de guerre la clef de toutes les installations de service intérieur. C'est la classification primitive de l'équipage, qu'on subdivise d'après elle en plats et en escouades ; les matelots dorment et mangent, font leur quart et travaillent à laver ou à nettoyer le bâtiment en vertu de rôles qui découlent du rôle de combat. Quand le moment est venu, dès que la générale se fait entendre, chacun vole à son poste, les petites armes sont distribuées, les soutes à poudre sont ouvertes, le passage des projectiles et des blessés est disposé à l'avance, les gabiers ont leurs fonctions dans la mâture, les canons sont flanqués de leurs servants ; il n'est plus de bras inutiles, tous sont employés à la fois : en quelques minutes on est prêt à faire feu. Un silence profond succède au tumulte de ces préparatifs, l'on attend le premier commandement avec impatience. Dès que le canon se tait, si l'on veut l'abordage, les hommes qui y sont destinés monteront seuls ; tout est prévu et calculé, chacun sait ce qu'il aura à faire dans tous les cas possibles. La vie habituelle en temps de paix comme en temps de guerre est subordonnée à l'attente du combat. De même, les précautions humaines sont toujours prises contre le naufrage, les ancres sont parées à mouiller, et si le bâtiment est en rade, les voiles ne tiennent qu'à un fil. En mer, comme dans une baie, l'on veille jour et nuit ; aux moindres apparences de mauvais temps, l'on est prêt à ôter prise au vent, à diminuer de toile, à tout serrer ; à dépasser les mâts, s'il le faut. On sait que le naufrage est là qui menace sous la forme de la tempête, quelquefois sous celle du calme : un courant perfide peut entraîner le navire vers un danger inévitable. Dans ces graves circonstances apparaît la plus belle qualité des gens de mer, le sang-froid ; le sang-froid, lorsqu'on lutte à la fois contre les ennemis et les éléments ; le sang-froid, lorsqu'on dispute son navire ou sa vie aux plus fatales puissances de la nature.

Les dénoûments souvent terribles, souvent glorieux des drames dont l'Océan et ses rivages sont journellement le théâtre, ont rendu si poétique l'existence de ceux qui y jouent courageusement leur rôle, que certains esprits en ont été frappés jusqu'à l'engouement. Ils se sont enthousiasmés des marins, les ont vus à la surface, et ont porté sur eux des jugements hasardés. La mode s'est mise un jour à la marine, la brise du large a soufflé sur Paris même, et nous avons eu des productions maritimes de tous les genres, les costumes de matelots ont fait rage dans les bals masqués et sur les théâtres ; enfin, sous les ponts de la Seine, lorsque l'été ramène les parties de bateau, l'on rencontre de jolies embarcations armées de sémillants rameurs à la ceinture rouge, au collet bleu bordé de blanc, et fiers comme de nouveaux Argonautes de leurs expéditions à Saint-Maur et à Suresne. Le nom de la yole brille en lettres d'or sur le ruban des chapeaux cirés ; chacune a sa devise et ses pavillons. L'une des plus élégantes est *la Bretagne,* et porte champ d'hermine ; d'autres ont adopté des couleurs plus fantastiques : l'on connaît *le Caïman, le Météore, la Dame du lac,* et nous ne désespérons pas de voir un jour quelque hardi forban établir sa croisière entre le pont des Arts et le pont Royal.

Il serait à désirer que les gens de mer fussent jugés moins superficiellement : mais la frivolité même de cette préoccupation maritime peut leur devenir avantageuse. Tout éphémère qu'est la mode, elle conduit souvent à un examen sérieux des choses. L'on doit donc espérer qu'un jour la marine deviendra réellement populaire en France ; on apprendra à la connaître, les jugements se rectifieront, les abus sans nombre qui l'entravent dans sa marche seront dévoilés, et un grand pas sera fait vers les améliorations qu'elle réclame ; l'on sentira la barbarie d'une législation qui n'est plus en rapport avec nos autres institutions, et on la modifiera ; l'arbitraire sera contenu par la publicité, et enfin les gens de mer, plus heureux, mieux appréciés, se multiplieront pour la prospérité du commerce et pour la gloire du pays.

G. DE LA LANDELLE.

LES BALEINIERS.

...... Non omnibus idem est
Quod placet : hic spinas colligit, ille rosas.

E beau navire aux voiles blanches, qui *se patine* élégamment dans les bassins du port, que tout le monde veut voir, que quelques-uns regardent tristement, d'où vous entendez des cris, des rires, des adieux, où vous voyez courir en tous sens des hommes en habits de fête : c'est un navire baleinier qui part.

Vous jugeriez, à la bonne mine des matelots, à leur air satisfait, qu'ils vont joindre un lieu de délices, qu'ils partent pour revenir demain, que leur métier n'est qu'une sinécure adorable, qu'ils entreprennent une promenade en des pays voisins. Mais les joies qui s'ébattent à bord sont presque tout artificielles : pour calmer les angoisses de la séparation, les amis ont versé d'abondantes rasades, et seul peut-être le pilote du port qui les conduit au large est maître de son esprit.

Voyez en rade cet autre bâtiment qui hisse des signaux ; ses agrès sont sales et noirs, sa mâture incomplète, ses voiles déchirées, ses peintures flétries : la manœuvre est cependant vive et régulière, chacun rêve en silence et regarde la côte en soupirant :

C'est un navire baleinier qui arrive.

Les femmes, fils, frères, amis de ceux qu'il ramène occupent les quais et passent en revue tous les visages disposés en galerie près des *lisses*. Aux interpellations d'adieu adressées aux marins qui s'éloignent, succèdent des juremenls de bien aise en l'honneur des nouveaux venus ; puis bientôt de grosses caresses, des baisers sonores, des poignées de mains convulsives. La foule enfin se divise, et quelques femmes, un pauvre vieux père, se retirent les yeux humides, le cœur brisé. André, Pierre, Nicolas, où sont-ils? peut-être morts? Non, ils ont déserté, pour l'amour d'une Espagnole de Chili.

Le baleinier descend à terre, et va dès lors partager avec le vulgaire des plaisirs de toute sorte, au milieu desquels il se distingue, en ce qu'il se rassasie pour oublier ses privations; il saute au plafond pour délier le roulis, querelle souvent pour se dédommager de l'esclavage du bord, et jette sans discernement le peu d'argent qu'il a touché, pour se procurer des émotions qui ne se renouvellent qu'à des intervalles de deux ans.

Mais, dans ses prodigalités, il faut le dire, il n'oublie pas le vieux pauvre, et celui-ci, adroit et prévoyant, attaque sa proie à l'issue de la caisse, car demain peut-être il ne serait plus temps.

Au théâtre, le baleinier ne choisit ni les loges, ni les stalles, non par économie, mais parce que ces boîtes sont trop étroites pour ses mouvements, et les hurlements par lesquels il se distrait pendant l'entr'acte ne résonneraient pas aussi fort qu'il le veut. Les acteurs peuvent alors impunément tout oser, car le baleinier veut des gestes, des chansons, des ballets, des décors pour son argent, et quiconque oserait troubler son extase par des sifflets recevrait, sous forme de pommes cuites ou de décimes meurtriers, les témoignages de son dévouement à l'ordre.

Le temps du séjour des pêcheurs de baleines dans les ports est aussi la période de gloire de toutes les tavernes. C'est encore alors le printemps de la grisette des faubourgs; car, aussi longtemps que dure la petite somme gagnée par tant de fatigues, elle suit le matelot comme une providence et l'exploite, au grand avantage de ses contours, qui s'arrondissent, se colorent, s'animent de tous les feux qui, la bourse du baleinier une fois épuisée, vont allumer le cœur de quelque commis en indigos.

Combien, jusqu'à ce triste dénoûment, le baleinier est tendre et confiant! Il tatoue ses bras, ses jambes, sa poitrine, d'emblèmes ineffaçables destinés à lui rappeler toujours les protestations d'amour que lui versait la perfide; les autels enflammés, les cœurs conjugués et traversés de flèches, les initiales de leurs noms entrelacées de lierre et de myrte, tels sont le plus communément les signes auxquels on reconnaît, dans l'état de nudité, les ravages d'une passion profonde. Sous les tropiques particulièrement, quand la chaleur trop insupportable fait abandonner les vêtements, c'est alors que se dévoilent de touchants mystères; les victimes se rapprochent et s'expliquent avec enthousiasme les légendes hiéroglyphiques gravées sur leurs mollets, obélisques de leurs conquêtes.

« Tu sais bien Catherine, la fille à François!...

— Tu connais Félicité!... »

Tous deux racontent à la fois leur histoire, sans s'écouter l'un l'autre, tant est délicieuse l'expansion d'un cœur dilaté par la température de la ligne.

Mais quiconque a visité le Havre vers le mois de mai connaît les mœurs terrestres des baleiniers. Dans le port, ils ressemblent à tous les matelots français en liberté;

ils se confondent dans les mêmes plaisirs, se réunissent dans les mêmes lieux; ils diffèrent en cela seulement qu'ils ne portent pas livrée et ne s'intitulent ni guerriers ni royaux.

A bord, leurs idées, leurs désirs, leurs allures changent totalement.

L'équipage d'un baleinier ne se compose pas d'ailleurs, comme celui d'un bâtiment de guerre, d'individus recrutés parmi les conscrits, et forcés de s'enrôler sans réflexion. Les hommes qui adoptent la navigation baleinière l'ont choisie librement, déterminés sans doute, dans ce choix, par quelque motif de préférence. Ces avantages, réels ou imaginaires, ont donc également pu sourire à des gens de tout âge, de professions variées. Aussi voit-on chaque année se présenter au bureau de la marine du Havre un assez grand nombre de gens qui s'enrôlent, comme novices, pour un voyage d'essai, et dont les uns semblent par leur âge devoir plutôt solliciter leur admission aux écoles de mousses, d'autres réclamer leur retraite.

Ils ignorent à terre ce qu'ils auront à souffrir à bord; et, s'ils interrogent ceux qui en ont acquis l'expérience, ils n'en apprennent rien qui les détourne de leur projet; soit que les matelots auxquels ils s'adressent en aient momentanément perdu le souvenir, soit qu'ils veuillent, de cette manière, se venger de l'injustice des habitants des ports, qui n'ont aucun égard pour leur mérite réel; soit enfin qu'ils se réjouissent de voir partager leurs peines et leurs périls par des hommes qui les croient attachés à une navigation amusante et oisive.

Il en est bien peu, parmi ces novices, qui au retour aient conservé le goût du métier; mais ils ne peuvent considérer comme temps perdu celui pendant lequel ils se sont exercés à des travaux qui ont doublé leurs forces; ils devront d'ailleurs désormais apprécier les douceurs de la vie de terre. Ils se consolent donc, et, munis du titre de voyageur qui fait ouvrir de grands yeux aux habitants des villes, ils vont chercher dans l'intérieur de la France une occupation plus calme et moins dangereuse.

Quelques-uns cependant embrassent courageusement ce métier pénible qui ne leur procure que peu de gain, une nourriture dont le détail dégoûterait le lecteur, souvent des maladies affreuses auxquelles ils succombent, et qui résultent elles-mêmes de l'espace étroit, malsain, humide, qu'on leur accorde à bord.

La boulangerie des bagnes a ses inspecteurs; on écrit à grands frais d'éloquence sur les soins que doit aux condamnés la société qu'ils ont offensée. Pourquoi n'invoque-t-on pas contre la cupidité homicide des armateurs la surveillance de l'autorité?

Ces braves gens, il est vrai, ne se plaignent pas à terre; ils oublient dans leur joie les misères passées dont personne peut-être n'écouterait le récit avec intérêt, dans ces villes peuplées de négociants égoïstes.

A qui s'adresseraient-ils donc? Aux philanthropes?...

Que Dieu les en garde!

Demanderait-on d'ailleurs pour les vieux matelots une faible pension? Ils meurent tout jeunes, et, s'ils ont échappé tant de fois à la mort, une providence surhumaine veille sans doute sur eux et dispense les hommes de les protéger. Les philanthropes ne songeraient pas au point capital; il faudrait des caissiers pour conserver les fonds destinés à secourir les baleiniers; on pourrait les leur confier.

Tous ces novices n'ont pas interrompu, pendant la campagne, l'exercice de la profession qui les faisait vivre avant le voyage. Le tailleur réparait les voiles et les culottes; le peintre en bâtiments badigeonnait les mâts, les pirogues, les sabords; l'ébéniste organisait les gamelles, tournait les cabillots; l'ex-boulanger pétrissait le pain des officiers et composait, le dimanche, pour l'équipage, une pâte cuite dans l'eau, nommée *potin,* mets emprunté aux baleiniers américains; Mathurin, qui conduisait jadis des bœufs, dirigeait de sa voix les mouvements des matelots; puis Gringalet, ancien paillasse de Rouen, cultivait ses talents dans le rôle de loustic; Roquelaure enfin, vendeur de contre-marques retiré des affaires, était le boute-en-train, le meneur, et, dans les relâches, le maraudeur incomparable.

Ce qui leur avait donné le goût de cette navigation, c'était, par-dessus tout, l'espoir d'un gain considérable. Les jouissances multipliées que le matelot baleinier se procure pendant quelques jours sont bien capables, en effet, de tenter des ouvriers pauvres. Mais, au retour, les 500 francs, au maximum, que leur travail devait produire leur échappent par portions que l'armateur réclame successivement :

Avances en 1857	200 fr.
Médicaments embarqués.	10
Hôpital.	10
50 francs avancés à Rio-Janeiro.	50
Intérêts de cette somme à 70 p. 100.	55
Commission.	05
Intérêts de cette somme, au bénéfice de l'armateur, à 20 p. 100. .	10
Vêtements, tabac, pipes, couteaux, savon, vendus par le capitaine pendant le voyage.	130
	470

Souvent il arrive que le novice est en arrière de 100 francs; il fuit alors, car l'armateur, sangsue insatiable, oserait, sans égards pour la morale publique, le réduire à l'état sauvage.

Les officiers et les capitaines sont mieux traités; outre l'honneur de l'expédition, ils ont droit à un bénéfice considérable. Cependant le capitaine, le plus souvent, n'*amène* pas, c'est-à-dire reste à bord quand ses officiers poursuivent la baleine; il dort ses nuits entières; quelquefois la chaleur ou le froid le retiennent sur son lit pendant le jour. L'armateur lui compte avec reconnaissance, à son retour, de 20 à 50,000 francs. Cette disproportion toutefois est assez juste : le capitaine, en effet, a commencé lui-même par le noviciat; il a souffert tout avec courage pour parvenir au grade qu'il a atteint; s'il se repose, ce qui n'est pas vrai pour tous, il prend encore la plus grande part à l'opération qu'il dirige avec zèle; et ce gain, digne d'envie, donne de l'émulation aux officiers, de l'espoir aux harponneurs.

du désir aux matelots, de la persévérance aux novices, car, pour tous, les moyens sont les mêmes.

Si les novices, les matelots, les harponneurs, les officiers et le capitaine ont à terre des idées toutes différentes, tous, sur le navire, ont une pensée commune. A peine embarqués, ou du moins après le temps nécessaire à l'évaporation de leur gaieté vineuse, la préoccupation du métier s'empare de leur esprit. Le nombre des baleines qu'on chassera, la quantité d'huile qui en résultera, mettent en jeu leur imagination. Ce qu'ils négligent d'envisager par avance, c'est la fatigue et le danger.

Dans leurs prévisions, la réputation d'adresse des officiers, l'expérience du capitaine, sont sans doute des garanties de succès; mais le jour et la date de l'appareillage, les circonstances et l'aspect sous lequel le vent et la mer se sont montrés au départ, confirment ou détruisent les espérances, inquiètent ou réjouissent les matelots. Dans l'état-major même, on accepte comme incontestable l'influence des nombres impairs et du vendredi; le sifflet innocent d'un mousse présage infailliblement des tempêtes. Les événements du voyage donnent toujours de la valeur aux pronostics; car les oracles, par une sage précaution, ne déterminent ni les lieux, ni les temps, ni les suites des difficultés qu'ils prévoient.

Les premiers jours de mer sont généralement assez tristes; cependant on s'examine, on se juge; les sympathies et les haines se déclarent.

Le capitaine connaît assez bien son équipage avant l'embarquement; à leur tour, les matelots passent en revue les antécédents du capitaine : les poltrons le trouvent imprudent, les braves l'estiment. Aussi, le jour où chacun des officiers choisit les hommes qui nageront dans sa pirogue et le harponneur qui doit en occuper l'avant, tous ne sont pas également satisfaits. Si quelque novice imprudent témoigne sa crainte dans cette occasion, on lui peint sous des traits effrayants les dangers qu'il doit rencontrer : la baleine l'écrasera de sa queue, les cachalots le déchireront de leurs dents. Le pauvre garçon dès lors ne dort plus sans rêver; il se réveille le plus souvent dans les tortures de l'agonie.

Dans la chambre commune de l'arrière, au repas du premier jour, l'état-major se place, suivant les grades, autour d'une table dont le capitaine occupe le centre. Chacun a recueilli dès longtemps des renseignements sur tous les convives. L'un est menteur et maladroit; avec un autre, il faut parler respectueusement des prêtres et des Bourbons légitimes; le capitaine aime avec passion les trois couleurs, parce que l'ancien pavillon ressemblait trop à une serviette; le respect qu'il professe pour l'arc-en-ciel de la liberté de juillet rejaillit sur la charte, sa tendresse pour la constitution rebondit sur la personne du roi, ainsi de suite. Quant au lieutenant, il aime le vin, l'amour et le tabac; la bouteille qui circule est l'objet d'une attention toute particulière de la part de ceux qui la doivent tenir en dernier lieu, et, de droite à gauche, elle arrive au chirurgien, qui verse, mécontent, quelques doigts d'un vin épais et rare dans un cristal de cabaret.

Pour ce qui concerne la cuisine, les ressources sont très-bornées. Quelquefois le capitaine, initié au détail des tables d'hôte de Paris, engage un maître d'hôtel habile à mettre en œuvre les vulgaires provisions de l'office. Aux grands jours.

cependant, un mets à belle apparence doit remplacer le bœuf salé. Le chirurgien, dont la chambre est contiguë à l'office, a reconnu à l'odeur, au bruit du hachoir, aux exclamations du mousse, qu'il s'agit d'un pâté de volaille. Aussi se présente-t-il en bonne tenue, le visage et les mains lavés ; tout le monde remarque cette toilette exceptionnelle en faveur d'un jour de fête, et s'étonne de n'avoir pas eu la même idée.

Au pied du grand mât se trouve la cuisine commune du gouvernement et du peuple. Dans les temps froids, et le plus souvent la nuit, elle devient le lieu de réunion des matelots ; on y développe dans l'obscurité, des conversations animées ou calmes, selon que l'opinion émise est l'objet de contradictions ou partagée par le plus grand nombre. Si une baleine a été poursuivie sans succès dans la journée, c'est par la faute de tel officier ; si la baleine, au contraire, est amarrée le long du bord, pour être *virée* au lever du soleil, on discute le mérite de l'officier qui l'a tuée, du harponneur qui l'a piquée, suivant les préventions de chacun en sa faveur ou contre lui.

Le même sujet occupait hier tous les esprits ; demain, la baleine encore obtiendra les honneurs exclusifs de la conversation. C'est de cette application constante à une seule pensée, disait Newton, que naissent toutes les merveilles de la science et de l'industrie.

Celui auquel appartient sans partage l'honneur d'avoir tué la baleine n'en jouit donc réellement qu'autant que personne ne le lui conteste, et, dans ce cas, il l'a certainement bien mérité. Il y a quelque... gloire, c'est le mot, à s'emparer du cétacée, n'eût-on égard qu'à la somme qu'il représente. Mais en outre, courir au-devant des dangers qu'on prévoit, résister au souvenir des malheurs qu'on a eus sous les yeux, de ceux auxquels on n'échappa que par miracle, n'est-ce pas la véritable bravoure ? Telle profession des gens de terre qui donne à celui qui l'embrasse une réputation de courage et de dévouement dont les salons, les journaux et les estaminets retentissent, compte-t-elle un sur dix qui ne préfère l'orchestre Valentino à l'harmonie des fanfares ?

Les matelots sont joyeux à l'aspect d'une baleine, comme un soldat français doit l'être à la face de l'ennemi. Les vigies se disputent l'avantage d'annoncer le souffle par la phrase convenue : — *Right whale, she blows. Baleine franche, elle souffle.* — Tous alors se précipitent, et, au commandement — amène les pirogues, — chaque homme gagne son poste avec une ardeur, une agilité comparables seulement à l'empressement des députés à se réunir en séance, quand ils espèrent du scandale.

Lorsqu'un long commandement, une fortune déjà faite, un mariage consommé ou projeté n'ont pas encore donné au capitaine l'habitude du repos et la crainte du danger, il s'élance lui-même par-dessus tous ses canotiers, descend dans sa pirogue le premier, excite le zèle des Bretons, gourmande la lenteur des Normands par les gestes de colère, des supplications, des menaces, et s'efforce, s'il est brave, d'atteindre le premier le point de l'horizon où souffle la baleine. D'une main, il fait mouvoir le long *aviron de queue* qui sert de gouvernail ; de l'autre, il aide le nageur le plus voisin. Oh ! quand la baleine est là, tranquille, à quelques brasses de la pirogue, quel silence! quel enthousiasme! L'officier pleure, le harponneur tremble d'impatience et d'incertitude, le matelot haletant n'ose respirer. Quand le harpon fend l'air au commandement de *give to*, toutes les bouches sont ouvertes. Le harponneur, qui voit d'un seul coup d'œil si la chance est favorable, atteint le plus souvent et blesse la baleine; il se procure (en fixant sur elle la proue de sa pirogue à l'aide d'un harpon retenu par la ligne), un point d'appui qui lui révèle toutes les évolutions de l'ennemi qu'il poursuit. La pirogue alors, entraînée dans la même direction avec une vitesse incroyable, fend la houle, s'élève sur les crêtes de la lame, et la traverse en s'y frayant une voûte, jusqu'à ce que la baleine enfin s'arrête. L'officier pousse alors la poupe de son canot vers la poitrine du monstre et sonde avec sa lance la partie extérieure qui correspond à ses poumons. Le coup habilement porté cause une douleur aiguë à la baleine qui bat les eaux, souffle avec fureur des jets de sang par ses naseaux, roule en tous sens sa masse frémissante, et donne ainsi, aux hommes qui la poursuivent, de nouveaux moyens d'attaque.

La baleine quelquefois meurt difficilement; elle fait attendre trois heures, plus encore, le dénoûment de cette guerre, et prolonge ainsi l'anxiété des pêcheurs qui craignent de voir la proie leur échapper, plus encore qu'ils ne songent aux terribles coups qu'ils en peuvent recevoir. Il est inconcevable que, dans cette situation complexe, où la vie est en danger par tant de causes, ceux qui dirigent, aussi bien que ceux qui assistent à l'action et la complètent, conservent un sang-froid, une attention que l'enthousiasme, la crainte et les émotions diverses qui se succèdent si vivement devraient, ce semble, compromettre. La mer est teinte de sang dans une étendue immense; les pirogues qu'on distingue du bord paraissent seules tranquilles au milieu des flots qui bouillonnent; bientôt les hurlements de la baleine plus fréquents et plus brefs annoncent qu'elle va succomber, et les pêcheurs accueillent enfin son dernier souffle par des hourra prolongés.

Mais ces combats ne sont pas toujours aussi heureusement terminés. Dans une évolution subite et qu'on ne pouvait prévoir, la baleine a porté sa queue sur le canot; tous les hommes ont courbé le corps, afin d'en éviter le choc; cependant, malgré la lenteur avec laquelle la queue s'est abaissée, le canot est brisé; le harponneur, un des matelots sont gravement blessés, un mousse a la tête écrasée sous le poids, et tous sont à l'eau, se sauvant l'un l'autre, attendant le secours de l'une des pirogues voisines, qui, privées de participer au combat, parce qu'elles n'avaient pas, en premier lieu, accosté et piqué l'ennemi, s'approchent avec ardeur pour recueillir ceux qui survivent à la catastrophe.

On est bientôt de retour à bord, on hisse les pirogues, et les victimes encore vivantes sont remises aux soins du chirurgien, qui n'est pas toujours en état, malgré sa bonne volonté, de calmer les souffrances ou de guérir les plaies de ces malheureux; car, en embarquant un chirurgien, les armateurs se contentent d'obéir aux règlements qui l'exigent; ils s'en rapportent du reste, pour la santé de leurs hommes, à la garde de Dieu... si toutefois ils croient en Dieu! Les réparations d'une machine qui se brise leur causeraient quelque souci; la mort d'un homme qui meurt à leur service et peut se remplacer sans frais, est un inconvénient du métier.

On pourrait croire, et ce serait une erreur pour le plus grand nombre des cas, que le baleinier marche au combat après un repas qui lui a donné la vigueur nécessaire pour nager en tous sens par une mer houleuse, depuis le lever du soleil jusqu'au retour de la nuit. Eh bien, le plus souvent, il part à jeun, à moitié vêtu, suivant qu'on a crié — *she blows* — avant qu'il le fût tout à fait. Pour récompense de tant de zèle et de fatigue, la justice du capitaine, proportionnée à la générosité de l'armateur, décerne la goutte à l'équipage ; le lendemain, même travail, mauvaise nourriture, sommeil court, même résignation que la veille ; leur vertu dégénère en habitude.

A force de bras et d'avirons, ils ont conduit la baleine près du navire. Ils ont à peine reposé pendant quatre heures de la nuit, et, dès le point du jour, un nouveau travail commence.

L'opération du dépècement de la baleine occupe tout le monde à bord, pendant la plus grande partie du jour suivant. Les officiers découpent en spirale les larges bandes de lard que les palans, mis en mouvement par le guindeau, attirent successivement à bord ; le roulis du navire cause souvent de graves malheurs ; ces énormes planches de graisse compacte en reçoivent en effet un balancement qui les pousse avec violence contre le grand mât ou la partie des lisses qui n'a pas été enlevée ; il arrive alors que les hommes qui passent près de l'un de ces deux points, au moment où la masse mobile s'en approche, se trouvent saisis et écrasés, sans qu'il soit possible de les rappeler à la vie. Mais il faut dire que, dans ces circonstances, leur mort doit être attribuée à leur témérité ou à leur trop grand empressement. Le pont d'ailleurs est devenu glissant par suite des flots d'huile qui découlent du lard, et l'on n'y peut marcher à l'aise. Avec plus de précautions cependant, on éviterait sans doute ces accidents terribles qui se renouvellent chaque voyage, à bord d'un grand nombre de bâtiments.

Pendant le *virement* de la baleine, le mousse privilégié pêche, à l'aide d'une ligne à hameçon, les mouettes et les albatros qui viennent en grand nombre recueillir autour du navire les fragments de lard qui surnagent. Ces énormes oiseaux de mer, dont la chair rouge et nerveuse conserve une forte odeur de poisson, fournissent un supplément recherché aux repas ordinaires des matelots ; les pattes palmées leur procurent en outre des blagues à tabac fort estimées ; les os des cuisses, de longs et beaux tuyaux de pipes ; et leur duvet chaud, abondant et soyeux, leur compose de bienfaisants édredons.

En ces jours-là, les vivres abondent ; les filets de baleine coupés avec soin dans les parties le moins pénétrées de graisse, paraissent sur la table des officiers, sous la forme de hachis, de beefsteaks savoureux, et rappellent, par la couleur et la direction des fibres, les plus beaux morceaux de nos viandes de boucherie : ces chairs, qui ne sont ni malsaines, ni difficiles à recueillir, se conservent d'ailleurs longtemps ; mais la consommation en est si considérable en quelques jours, que tout le monde en est bientôt dégoûté.

Les requins encore, dans ces occasions, viennent se disputer les morceaux de ba-

leine et prélèvent sur le cadavre même des fragments énormes que leur triple
rang de dents disposées en scie déchire avec plus d'aisance que ne le peuvent
faire nos instruments le mieux aiguisés ; dans leur empressement vorace, ils oublient sans doute que les hommes, les baleiniers du moins, sont à la fois gourmands
de leur chair et ennemis de leur race, et se placent avec confiance sous le coup des
pelles tranchantes qui les hachent sans les tuer complétement ; car la vie de ces
poissons est tellement tenace, que la tête séparée du tronc depuis deux heures
ouvre encore la mâchoire et mord ce qu'on y introduit, comme par un instinct persistant de voracité. Les matelots, qui le préparent selon leurs ressources, en compa-
rent le goût à celui de la raie. Quelques-uns ne veulent pas, par suite d'un préjugé,
goûter les parties délicates du requin, non plus que les volailles de mer, à cause du
dégoût que leur inspire l'animal, pris de vomissements à son arrivée à bord ; mais
tous connaissent, parmi ces mets extraordinaires, les ragoûts de baleines qui ne seraient certainement pas dédaignés par les parasites ministériels les plus exigeants....

Enfin, le lait des baleines fournirait encore aux pêcheurs un rafraîchissement
précieux, s'il était d'une saveur moins âcre et d'une odeur moins pénétrante. Mais
quelque soin qu'on prenne de se le procurer pur et immédiatement après la mort de
la baleine, et malgré tous les efforts qu'on ait tentés pour en dissimuler les mauvaises qualités, on n'en peut tirer qu'un puissant émétique. Il faut donc regarder
comme un conte qui ne sous-entend rien de vraisemblable ce qu'on a prétendu d'un
capitaine baleinier qui, chaque matin, mêlait à son café de la crème de baleine, et se
procurait ainsi des jouissances gastronomiques inconnues aux législateurs de la table.

L'aspect de la pêche ne procure que peu d'émotions à ceux mêmes qui y assistent
pour la première fois , soit qu'ils y aient été trop préparés, soit que le tableau qu'on
leur en a tracé ait été exagéré à quelques égards. Le souvenir des premières impressions s'efface d'ailleurs bientôt, et d'autant plus facilement que, pendant un
espace de deux ans que dure généralement une expédition de pêche, elles devraient
se renouveler trente ou quarante fois, s'il était possible que l'esprit conservât toujours les mêmes dispositions devant une scène aussi uniforme. Mais un autre spectacle se présente à celui qui monte sur le pont pendant les nuits que l'on emploie
à la fonte du lard.

La cabousse, grand fourneau carré, chauffé à l'aide des scraps, ou cretons encore imprégnés d'huile, laisse sortir, par ses ouvertures supérieures, d'immenses
flammes colorées de diverses teintes qui se reflètent en longues ondulations sur la
misaine, orientée pour maintenir le navire à la cape. Les visages joyeux des hommes occupés à entretenir le feu, noircis par l'épaisse fumée qui tourbillonne sous
l'influence du vent, éclairés par intervalles des éclats d'une lumière tremblante,
semblent ceux de démons se préparant à quelque fête d'enfer ; et l'illusion de
cette fantasmagorie s'accroît encore du silence absolu qui règne autour du navire et
de l'obscurité complète au milieu de laquelle a lieu cette scène vraiment remarquable. L'émotion est plus vive encore, quand on n'assiste à ce spectacle que de loin,
pendant quelques secondes seulement et dans les moments où le sommeil vient d'ê-
tre brusquement interrompu par le son de la cloche qui appelle au quart. Au jour,

la flamme pâlit et les diables de la nuit redeviennent des matelots sales et huileux.

Après l'opération de la fonte, on arrime dans la cale les barils d'huile qu'elle a produits ; puis la pêche recommence avec une nouvelle ardeur.

A la troisième baleine, on commence à supputer le nombre des barils ; on calcule le gain, on prévoit les chances de chargement, la durée de la pêche. L'intérêt croît à mesure que les espérances se réalisent. La prise d'une baleine devient une époque historique. — Nous avons essuyé un coup de vent entre la troisième et la quatrième. — Antoine fut tué par la nageoire de la treizième ; — nombre fatal en effet, dont il faut cependant, chaque voyage, subir les redoutables influences.

Tous ces événements se trouvent consignés dans la mémoire de l'un d'eux ; du tonnelier, par exemple, que l'on consulte dans le doute et qui juge en dernier ressort, quand il s'agit de chronologie. C'est le répertoire de toutes les traditions, c'est le pentateuque des baleiniers. Il est complaisant, du reste ; il se laisse feuilleter, compulser, interroger, comme une bibliothèque non-Royale, non-Mazarine. Il doit en outre à son esprit exact et méthodique de dire toujours la vérité, que le baleinier a trop souvent le soin d'habiller.

En ce qui concerne ses exploits, le baleinier, en effet, n'est pas toujours exempt de mensonge, d'exagération. Il aime la vérité, à cet égard, comme on aime à Paris les piments qui réjouissent la vue : on les vante, on s'en abstient ; comme les gens du monde aiment encore la Bible ; ils en possèdent trois, quatre exemplaires, illustrés, reliés, traduits, grecs, hébreux, samaritains, cophtes ; on les conserve intacts pour ses descendants ; on cite la Genèse, comme on parle de la Chine.

Eh bien ! le baleinier a-t-il tué cinq baleines ; s'il rencontre en relâche un compatriote, il dit en avoir piqué vingt ; dix d'entre elles sont chargées à bord ; dix-neuf ont soufflé le sang. Ses cinq captures ont produit quatre cents barils, il en compte huit cents.

Il est permis aux poëtes d'exagérer leurs images ! pourquoi s'étonnerait-on qu'un baleinier fît de même à l'égard de ses baleines ? Vous direz peut-être : « On ne croit pas tout ce que dit un poëte ; — les baleiniers savent également réduire de moitié le nombre des baleines qu'on leur énonce. » Ce trait caractérise également les officiers et les matelots, mais plus spécialement encore les capitaines ; et ce qu'il y a de plus remarquable dans ce cas, c'est qu'ils citent leur franchise en première ligne au nombre de leurs qualités.

Ceux-ci, cependant, tiennent registre ; aussi ne se fatiguent-ils pas à retenir les dates, à se classer des baleines dans l'esprit. Mais il ne faut pas croire que ce qui est inscrit sur le journal reste inédit pour cela. Quand la conversation littéraire languit, crac ! une baleine, et l'orateur est régénéré.

La littérature chez les baleiniers est généralement accaparée par le chirurgien. Si celui-ci a bien dormi, si la bouteille de vin s'est présentée à lui honorablement, si le roulis n'est pas assez violent pour lui causer mal, s'il ne trouve pas sur la table un plat de morue à la maître d'hôtel, car c'est plus spécialement à table que se manifestent ses susceptibilités, on peut espérer de spirituelles dissertations sur Voltaire, Parny, la Nouvelle Héloïse, Diderot, le Curé Meslier, le Compère Matthieu, etc. Il ne résulte pas toutefois de ce que le docteur a parlé, que tout le monde a compris. Il professe d'ailleurs des opinions avancées ; il parle progrès, palingénésie, vitalisme , harmoniétisme, et de plus, originaire du midi de la France, il gesticule activement. Ses gestes donnent lieu quelquefois à de gracieuses méprises ; palingénésie s'interprète culbute ; progrès paraît exprimer comète. Comme le bel esprit est contagieux , il envahit bientôt l'office, et, jusqu'à l'avant, les Muses couchent avec les matelots.

On trouve dans la bibliothèque de ceux-ci : le Magasin pittoresque, un volume dépareillé de Tristram Shandy, les Nuits infiniment obscures d'Young, les Fables de La Fontaine, quelques livraisons du Magasin théâtral, tous ouvrages innocents, auxquels on peut ajouter le livre de messe qui servit à prononcer les dernières prières sur quelques-uns d'entre eux, et la Grammaire française de Lhomond, à la portée de ceux qui ne savent pas lire.

Les esprits forts de l'arrière ne négligent pas cependant les romans de Walter-Scott et de madame Cottin, les comédies d'Andrieux et de Molière, les tragédies de Corneille, et les Voyages du capitaine Cook. Mais on n'en parle pas : pour se délasser des travaux de pêche, on préfère la métaphysique, la critique religieuse, l'économie politique et la pharmacie. On n'en dort que plus pesamment.

La chanson occupe une place également importante parmi les distractions du bord. Sans compter les refrains qui aident au travail de halage, on peut citer les bienfaisants effets de nombreuses rondes qui indiquent à la fois et font naître la joie dans l'équipage. Ce sont, le plus souvent, des gaudrioles accommodées à des airs de cantiques et de complaintes. On trouvera peu de poésie, c'est vrai, mais quelque logique dans ces deux vers qui commencent l'une de leurs chansons les plus répandues :

> Quand la boiteuse s'en va-t-au marché ,
> Elle n'y va jamais sans son panier.

Ils la chantent gaiement en chœur et la terminent par ce refrain bizarre :

> Elle n'y va jamais sans son panier ,
> Hioup , ioup-é-nip, é nip, é-nip, é-nap,
> Elle n'y va jamais sans son panier,
> Lir lon fa, malura dondé.

Ce qui est dénommé chanson du grand mât au beaupré devient romance sous l'artimon : le poëme en est moins trivial, et la contenance de celui qui récite inspire un sang-froid très-voisin du sommeil :

> Petit ruisseau, coule plus doucement, etc.
> Lise s'endort........ etc.

Le dimanche, on instrumente ; un orgue allemand répète durant deux années les mêmes valses, les mêmes contredanses, qui se gravent tellement dans le souvenir, que les motifs vous poursuivent dans le sommeil, qu'on les murmure éveillé, qu'on croit les entendre encore dans les sifflements de l'ouragan.

On ne peut nier toutefois la valeur hygiénique de l'orgue. Dans les temps calmes, hors des parages de pêche, on le monte sur le pont; les matelots, jeunes ou vieux, dansent pendant quelques heures, reçoivent avec reconnaissance deux doigts d'eau-de-vie mêlée d'eau, qu'on leur distribue dans les intervalles de repos, et se séparent ensuite, suivant qu'ils sont libres ou *de quart,* non sans s'être querellés, quelquefois même battus.

Sur un grand nombre de bâtiments de guerre et de commerce on cherche, par ce même moyen, à distraire les matelots des ennuis de la navigation souvent inactive entre les tropiques. A bord des navires baleiniers, dans les mêmes circonstances, ces réjouissances ont lieu avec moins de solennité, mais se renouvellent plus souvent.

Dans les temps de pêche, si un coup de vent pousse le navire hors des parages fréquentés par les baleines, la brise ne revient pas toujours favorable; le calme l'arrête quelquefois assez longtemps, et les matelots impatients trouvent le temps trop long et l'inaction les décourage. Il importe alors de leur procurer quelque amusement calme; car la santé et le contentement du matelot, qui dépendent en grande partie de son activité morale, sont à la fois un motif de sécurité pour les officiers, un témoignage de la bonne administration de ceux-ci, et une puissante garantie de succès pour l'opération.

C'est souvent à la suite de ces mauvais temps que les navires en croisière se rencontrent et se réunissent. On s'accoste, quand on n'a rien de mieux à faire. Les capitaines s'invitent à dîner par des signaux appropriés à ce langage; on hisse à la corne de brigantine un jambon, une dame-jeanne, ce qui veut dire : — Je puis vous recevoir; — sinon, le pavillon en berne signifie : — J'ai du biscuit et de la viande salée à votre service; invitez-moi, j'absorberais volontiers quelque repas meilleur. — On masque donc le grand hunier; puis on *gamme,* selon l'expression consacrée, c'est-à-dire que les uns vont visiter les autres.

Le capitaine Butor va trouver le capitaine Bonhomme; vous voyez alors se retirer dans leurs chambres tous les officiers qui ne sont pas de service sur le pont. La société de l'étranger serait peut-être agréable en tout autre lieu; mais, à bord, il parle trop haut pour qu'on l'écoute; il disserte impertinemment sur tout ce qu'il ignore; vous le confondriez avec l'ânesse de Balaam.

« Captain ! vient dire le mousse, y a un navire par la hanche de tribord.

— Va dire au second de masquer. »

Après un quart d'heure, on hèle d'un joli bâtiment dont le capitaine paraît tout jeune ; il promet de venir, il vient. Les officiers vont à sa rencontre, on paraît l'aimer; M. Butor seul n'est pas enchanté de l'entrevue : on accueille le nouveau venu comme il n'était pas venu à l'esprit de recevoir M. Butor. En quoi diffèrent-ils donc ? Ils sont également baleiniers, aussi habiles, aussi braves; leur vie est la même; ils ont réussi tous deux dans leur expédition. M. Butor attribue ses succès à la dureté de son caractère qu'il a soin de proclamer énergique; il aime qu'on dise de lui : — C'est un dur à cuire, un loup de mer; — ce sont les flatteries qu'il accueille le plus volontiers. L'autre parle à tout le monde avec douceur et bienveillance : Gringalet a le scorbut, il le soigne lui-même; Roquelaure est blessé dans un combat contre des cachalots, le capitaine lui donne son lit. En relâche, il excite les matelots à la joie; il les tire de prison quand, dans l'ivresse, ils ont frappé des Anglais. Il a toutes les qualités d'un bon marin, d'un bon pêcheur, mais il a de plus les mœurs d'un habitant des villes. Butor sait pêcher, celui-ci sait vivre. Dans les ports on les distingue encore, non-seulement par l'accueil différent qu'ils reçoivent, par les lieux qu'ils fréquentent plus volontiers, non pas même à cause de leur costume, de leur conversation; mais l'un, plein de confiance dans tous les avantages dont il se suppose doué, se montre partout; on le voit rarement, très-rarement de sang-froid, et, s'il chante avec ses équivalents dans les rues, c'est à faire trembler les femmes et les vieillards, autant à cause de la signification du poème que par l'étendue de sa voix. L'autre a bien quelque intrigue dans tous les pays qu'il parcourt, mais il le laisse ignorer à tout le monde; à le voir dans les rues de d'Hobart-Town, on le croirait chez lui; on le salue comme un voisin, tant on le connaît et l'aime déjà; en invitant ses convives, l'amphitryon promet le capitaine un tel, comme à Paris on annonce un improvisateur polyglotte. A la Nouvelle-Zélande même, les sauvages aimaient plus particulièrement le navire de ce même capitaine; ils y passaient toutes leurs journées, tout s'y faisait avec ordre; on ne les en repoussait jamais durement, mais on ne leur souffrait pas une trop grande liberté.

Dans ces lieux de relâche, ou ne trouve ni société, ni théâtre, ni taverne, rien enfin de ce qui offre aux voyageurs un asile contre l'ennui. Les baleiniers se visitent donc entre eux; les baies offrent alors le spectacle d'une petite ville; on sait ce qui s'est passé la veille à bord du voisin, ce qu'on y a projeté pour le lendemain. S'il a une baleine, avant que les canotiers l'aient remorquée, avant que le capitaine lui-même le sache, on va le féliciter et juger d'un coup d'œil si la récolte d'huile sera considérable. En exceptant quelques jalousies de la part des capitaines moins heureux, tout est fort bien entre les différents équipages. Les matelots même, sous ce rapport, sont meilleurs que les capitaines, car ils ne médisent pas les uns des autres, moins civilisés en cela que les états majors respectifs de chaque bâtiment.

Le matelot baleinier n'est certainement pas habitué à fréquenter les puissants de la terre, il se trouve rarement en contact avec des princes; eh bien! vous ne le verriez pas timide avec les rois qu'il rencontre à la Nouvelle-Zélande! il ne se précipite pas au-devant des poignées de mains, il les reçoit avec dignité. Il est à la fois bienveillant et fier; il sourit gracieusement aux princesses qui se montrent à lui. On se figurerait difficilement, en effet, combien, à la Nouvelle-Zélande, les baleiniers se sont concilié l'amitié des naturels. Le caractère sauvage des Indiens ne se soumet qu'extérieurement d'ordinaire à la supériorité industrielle que les Européens déploient devant eux; en admirant nos richesses, sans les envier, ils n'en redoutent pas moins notre ambition, et suspectent d'autant plus nos intentions, que le but de nos visites leur apparaît moins évident. Mais ils ont égard à la confiance avec laquelle les baleiniers fréquentent leurs ports et s'y présentent sans armes. Les Mahoüis, en effet, montent librement à bord, partagent le plus souvent les repas de l'équipage, l'aident dans les manœuvres du cabestan, dans les travaux de pêche hors des baies

et prélèvent librement leur nourriture sur les cadavres des baleines. Cette récipro-
cité de services est une garantie de bons rapports entre les indigènes et les baleiniers, et les mariages momentanés que les femmes et les filles des Néo-Zélandais
contractent, au gré de leurs maris ou pères, avec les baleiniers, contribuent encore
à les rapprocher familièrement.

Les baleiniers se réunissent en grand nombre dans les baies de la Nouvelle-Zélande,
et y séjournent pendant les six mauvais mois de l'année. Ils pêchent alors les baleines
qui viennent déposer sur les fonds de sable les baleineaux qu'elles mettent bas à
cette époque.

Durant ce long séjour, les baleiniers paraissent heureux et satisfaits; ce qui semble
le plus leur manquer, c'est un cabaret; car, pour les plaisirs de l'amour, loin
d'essuyer de cruels refus, ils fuient, au contraire, les sollicitations désintéressées
des femmes; et souvent, au milieu des attaques multipliées qu'ils veulent repousser,
ils invoquent les tendres souvenirs de leurs amies de France.

Si quelque navire parti plus récemment du Havre les joint au même mouillage,
les lettres qu'il leur apporte raffermissent leur cœur, désormais imprenable. Julie
est restée fidèle à Mathurin; Madeleine attend le retour de Joseph, qu'elle épousera
volontiers.

David, le vieux maître coq de l'équipage, vertueux dans les relâches en vue de
sa Marguerite, en reçut un jour une lettre; mais il ne savait pas lire. Il reconnut à la
façon générale de l'adresse que c'était sa fiancée Marguerite la fruitière qui lui écrivait. Qui pouvait lui lire cette lettre sans le tromper? Non-seulement il n'avait pas d'a-
mis, mais tous le persécutaient, et, s'il était possible qu'on lui eût lu exactement ce
qu'il brûlait d'entendre, peut-être eût-il appris quelque nouvelle funeste à son amour.
Il s'adressa au chirurgien :

« Major!... pardon, escuse, major! Voyez-vous, major, j'dois m'marier en r'venant... j'aiz'une lett' d'ma future et j'sais pas lire; vous qu'êtes savant, voulez-
vous, sous vot' respect, m'dire c'qu'a dit. »

Le chirurgien daigna être complaisant, et lut :

« Mon bichon,

Ce mot le fit sourire; ce mot attendrit et fit pleurer David.

« Je t'envoie la présente par le fils à Madeleine Tirou, qui est novice à bord de
« l'Anténor. Charles, ton garçon, est toujours à l'hôpital, qu'on l'emploie à la basse
« cour; il n'a pas grandi. Étienne et Batisse est sur la vapeur de Rouen, pour la
« cuisine. J'ai vendu ta lévite, et je t'aime toujours bien en attendant que tu viennes
« me prendre pour épouse, que je suis sûre que je ferai ton bonheur et moi aussi.

« Adieu, mon chérubin, sois-moi fidèle.

« Ta sincère   MARGUERITE POUCHAT. »

Depuis ce jour jusqu'au départ définitif, David fut rêveur et impatient. Bientôt on fit route pour France : sa peau livide devint plus claire et rosée; il faisait sa barbe chaque semaine; il usait, à se débarbouiller, sa ration d'eau de chaque matin; il laissait brûler ses fayauts (haricots blancs); il avait cessé de fumer, de chiquer. Ses yeux verts et cachés sous des sourcils épais jetaient des étincelles qu'on n'avait jamais remarquées dans son regard.

On doubla le cap Horn; il redoutait le vent et les lames, il craignait les glaces et s'informait près du chirurgien des distances qui le séparaient du Havre, autant de fois qu'il le rencontrait au foyer de la cuisine, allumant son cigare ou sa pipe.

Arrivé sous la ligne, il se penchait sur les lisses, pour mesurer de l'œil la vitesse du navire; un jour de calme plat le rendait triste, malheureux, malade même, car il ne dormait plus ni ne mangeait.

A la hauteur des Açores, il était devenu joyeux comme si, malgré son ignorance absolue des distances qui lui restaient à franchir encore, il eût deviné les approches de l'Europe. Autrefois courbé, maigre et pâle, on le voyait alors droit, fort, gras et de bonne mine.

Mais on était alors au mois de mars. Le vent d'ouest vint à souffler; puis des rafales affreuses de nord-ouest annoncèrent un ouragan terrible. Huit jours se passèrent sans avarie; David tremblait de froid et de frayeur. On le réveillait brusquement au milieu de ses rêves d'amour et d'espoir, pour lui recommander la soupe ou les lentilles. Il ne parlait plus : dans ces huit jours il avait perdu tout l'embonpoint acquis dans les mois précédents.

On annonce un navire en vue, courant à contre-bord du nôtre. Il passe à notre proue, sous pavillon hollandais. Sa grande vergue est cassée. « Pauvre navire !.. » s'écrie-t-on. Le capitaine fait tracer sur un panneau le méridien qu'il croit avoir atteint, pour indiquer la route aux malheureux; deux hommes montent les enfléchures de misaine. Au ressac, le navire reçoit une affreuse secousse; les hommes descendent sur le pont. La mâture était brisée : le beaupré, dans sa chute, avait entraîné le mât de misaine, celui-ci rompit le grand mât; l'artimon lui-même était tombé.

La lame envahissait le pont; la mâture couchée l'inclinait à tribord, et, poussée par la lame furieuse, elle frappait à grands coups, comme un bélier de guerre, la coque du beau navire.

Les baleiniers, toujours braves, couraient aux haches, coupaient les étais, les manœuvres, et pleuraient tout à la fois d'horreur, de fatigue, d'impuissance et de désespoir.

Mais le temps redevint serein; le vent s'apaisa comme au sauvetage de Noé. Après deux jours, le capitaine, alors architecte, avait reconstruit de pièces brisées une mâture suffisante, et l'Eurotas emmanchait après dix jours de sinistre souvenir.

David adorait dès lors le capitaine; il partageait entre sa fruitière et son sauveur ses bénédictions et ses vœux.

Mais que de malédictions inutiles, de désirs vains, d'espérances trompées! tous les nuages de l'horizon lui semblaient être terre; il aurait renoncé facilement à dix de ses années à venir, pour trouver, dans ces cas de profonde tristesse, une heure de consolation ; il interrogeait les regards de tous ceux auxquels, dans sa misère, il croyait connaître un cœur compatissant :

« Il fait froid aujourd'hui, m'sieu !

— Mais, oui, père David.

— Y a bon feu au fourneau, si vous voulez chauffer vos pieds. » Le ton qu'il prenait alors promettait une confidence et paraissait demander un soulagement. On voyait toujours, après ces élans de confiance, couler quelque larme sur ses joues ridées. Pauvre homme ! c'était une jouissance pour lui de raconter ses peines : l'écouter, c'était, à ses yeux, un acte de dévouement.

Il récapitula ses projets. Il maudissait en somme les tourments de la campagne ; mais ils étaient passés, et les détails de ses douleurs, il les avait oubliés. Il se voyait déjà dans le Havre ; il choisissait un habit de noce, il invitait son monde, et, dans ses illusions, le novice trop ingrat auquel il s'était attaché durant le voyage devait donner le bras à sa fille.

Après de dures et longues épreuves, ce novice s'était procuré quelques amis par des services ; il avait acquis, plus tard, la réputation de conteur, et les histoires à l'aide desquelles il amusait les matelots dans la traversée lui avaient concilié leurs bonnes grâces d'une manière presque exclusive. Le novice donc, cet ange consolateur, qui venait autrefois fumer sa pipe dans la cuisine, aux dépens, bien entendu, de la blague du vieux David, négligeait absolument son ancien camarade.

C'eût été, pensait-il, appeler de nouveau sur lui les persécutions auxquelles il s'était si difficilement soustrait. Après avoir réfléchi : — Que peut d'ailleurs avoir d'aimable pour moi, se disait-il encore, la société d'un être abruti par le désespoir, qui n'a jamais à réciter que des lamentations, et ne rêve qu'à la vieille femme qu'il veut épouser au retour ?

David passait quelquefois sur l'avant, et s'approchait alors le plus possible du novice. Il l'aimait autrefois, il le respectait maintenant.

Cependant il osa lui dire :

« Tu ne fumes donc plus, Remi ?.., As-tu du tabac ? Je ne te vois plus. »

Mais un des matelots entendait.

Remi fut dur et moqueur ; puis il rougit.

.   .   .   .

A quelque temps de là, le bâtiment rentrait au Havre. Le pauvre David allait revoir sa fiancée : mais elle était mariée ; il allait aussi retrouver sa fille : elle payait patente.

Toutes deux devaient l'attendre au quai ; lui-même était monté sur la grand vergue, suivant leurs signaux convenus dès deux ans. Quelques femmes levèrent les yeux : il crut les reconnaître...

Il appelait encore Marguerite lorsque, tombé de la hune, son crâne se brisa sur les lisses.

« C'est le vieux ! » dit quelqu'un sur le quai.

Les femmes ne crièrent pas ; les baleiniers furent émus. Le novice pleura, dit-on. C'était un Parisien.

TE GOUMI NIHO-TOUKA.

_LA BORDELAISE.

LA BORDELAISE.

ORSQUE le maréchal de Richelieu, revenant de son gouvernement de Guienne, *inventa* le vin de Bordeaux et en fit goûter pour la première fois à Louis XV, on s'étonna beaucoup, à la cour et à la ville, que cette liqueur charmante fût restée si longtemps dans les ténèbres de la province et sur la table du paysan. Mais le maréchal de Richelieu se garda bien de dire qu'il avait découvert la Bordelaise, autre cru peu goûté de son siècle, que Garat mit à la mode sous le directoire, et qui est aujourd'hui classée dans la mémoire des touristes avec autant de distinction que le Saint-Julien dans la cave des gourmets. Les femmes de qualité n'auraient point pardonné au maréchal de faire une réputation à la province, quand on était en droit de croire que Paris devait suffire à la sienne. Comme nous n'avons pas les mêmes raisons de nous taire, nous serons heureux de parler.

Il y a des femmes partout ; il n'y a la femme qu'à Bordeaux. La Bordelaise est le type de son sexe ; jamais on ne réunira dans le même individu, sous une rubrique aussi puissante et avec un échantillon aussi précis, les séductions et les défauts qui constituent l'essence de la plus belle moitié du genre humain. En veut-on la preuve déjà dans un fait historique ? Silva, médecin célèbre du dix-huitième siècle, fut mandé à Bordeaux pour une maladie nerveuse épidémique dont la contagion n'épargnait aucune femme. Le médecin prit un air grave, ne prescrivit pas de traitement, et demeura plusieurs jours inaccessible, comme plongé dans les méditations.

Enfin, au moment de retourner à Paris, il laissa tomber dans l'oreille d'un indiscret ces épouvantables paroles :

« Cette maladie n'est pas une affection nerveuse, c'est le mal caduc. »

Silva jette le mot terrible et fuit comme le vent. Il n'y avait pas plus de mal caduc, aurait dit Figaro, que sur ma main. Le docteur, disciple de Tronchin, avait étudié le caractère de la Bordelaise, et sa cure guérissait le corps au moyen de l'âme. Dès qu'il fut parti, le confident révéla son aveu. Ce fut un coup de foudre ; à l'instant toutes les maladies nerveuses disparurent. « On voulait bien intéresser, ajoute Grimm au récit de Diderot ; mais on ne voulait pas faire peur. »

Rien ne dénonce plus clairement l'esprit de la femme de Bordeaux. L'exagération ne lui déplaît pas. Quand on vit arriver devant les quais de la Bastide, en 1814, les bateaux de blessés Anglais qui s'en venaient par la Garonne du champ de bataille de Toulouse, les Bordelaises se précipitèrent au débarquement avec des torrents de larmes, des masses de charpie, et, ce qui valait mieux, de ces méridionaux accents dont le charme dut endormir bien des douleurs au lit de l'hôpital ; d'autres, plus fanatiques, remontèrent la Garonne dans ces mêmes bateaux, et s'en furent aider les sœurs de charité des infirmeries de Toulouse. C'est une Bordelaise, madame Tallien, qui inaugura le pardon et la clémence dans les mœurs de la révolution de 95 ; ce sont des Bordelaises qui ont donné l'élan royaliste à la chute de Napoléon, et vu d'un œil sec fusiller les malheureux Faucher. La femme de Bordeaux ne sera jamais fille ou mère de la liberté ; son esprit est trop vain, son intelligence trop sensuelle, son cœur trop généreux pour un rôle simple, juste ou impitoyable. Elle ne vit dans les Bourbons que des proscrits, dans Napoléon que le mangeur de réfractaires, dans la restauration qu'un moyen de se venger de la république, du directoire et de l'empire, qui ont tué le commerce de Bordeaux en laissant mourir nos colonies. Ce qu'elle veut, c'est le triomphe du beau et du bon sur le juste et le vrai, de l'art sur l'utile, du fait sur le droit. Une salle d'asile, une école primaire, un chauffoir public, ne parleront que fort peu à son imagination ; le chemin de fer la séduira peut-être parce qu'on y va vite ; mais un opéra nouveau, une question de vanité, une occasion de coquetterie, tout ce qui éblouit, émeut ou flatte les hommes, relativement aux femmes, entraînera son jugement par ses sens et son cœur par sa tête. C'est de la Bordelaise que Diderot aurait eu mille fois raison de dire : « O femmes ! vous êtes des enfants bien extraordinaires ! »

Les Bordelaises peuvent se diviser pittoresquement en trois types bien distincts : la femme du haut commerce, la dame étrangère et la grisette. La première habite à peu près exclusivement les fossés du Chapeau-Rouge, cette longue rue qui s'étend des Allées de Tourny au bord de la rivière ; la seconde règne aux Chartrons, où elle parle indifféremment anglais, espagnol, allemand et même nègre. En opposition directe avec ces deux charmants modèles, la grisette flâne et circule aux environs de Saint-André, dans la rue Maucoudinat, et, le dimanche, à Caudéran et à Vincennes. De toutes les femmes déraisonnables de ce monde, la Bordelaise du haut commerce est incontestablement celle qui a le moins de bon sens. On n'en verra jamais turlupiner le jugement avec plus de grâce, s'emparer d'un ridicule avec plus de franchise, et soutenir avec plus de bonne foi l'erreur qui leur plaît aussi longtemps qu'elle leur plaît. Elles ont tant d'esprit naturel qu'on leur passe volontiers de n'avoir pas d'instruction; portées par inclination à la raillerie, elles distribuent l'épigramme avec une singulière facilité, mais sans trouver mauvais qu'on le leur rende. C'est à ce penchant moqueur qu'il faut attribuer l'usage des sobriquets qu'elles s'appliquent réciproquement avec autant de gaieté que d'à-propos, et qu'elles finissent par adopter d'une manière sérieuse. L'une sera nommée *Pataie*, par allusion à son teint couleur de pomme de terre; l'autre, *Fronfron*, à cause de son goût malheureux pour la guitare; celle-ci *Furet*, parce qu'elle se glisse partout, se mêle de tout, s'enquiert de tout, se fait tout dire et trop souvent n'oublie rien. Autant pour la facilité des communications que pour la finesse des entretiens, ces dames raffolent du patois gascon qu'elles parlent avec un agrément infini, dans la voix, dans le jeu de la physionomie et jusque dans l'expression des regards. Parmi mes billets d'amour (qui n'a pas les siens!) je retrouve le poulet suivant que m'écrivait en 1852 la première femme aimée. Je le gardais comme un monument du cœur; qu'il devienne une *preuve à l'appui* dans la galerie des originaux *français!* Ne sont-ce pas les passions qui font les mœurs?

« Blanquefort, six heures du soir.

« Il est impossible que vous veniez cette semaine à la maison. Je me *renute* depuis hier; j'ai toute la journée mon *fripon* sur moi, et ce n'est pas avec une pareille *devantade* que la plus aimable femme de Bordeaux, comme vous avez l'indulgence de me nommer, voudrait vous recevoir dans sa *bastide*. Plus tard, quand mon *drôle* sera parti, quand je ne perdrai plus mon temps à traîner mes *groules* ou à *clocher* mes servantes, surtout quand mon linge du mois sera *lissé*, je vous ferai dire par une *portanière* à quelles heures on peut me voir. Ah! cher! croyez bien que j'attends ce moment avec impatience! On m'a dit que vous vous *câliniez* et que vous deveniez *balochan*. Serait-ce possible, mon Dieu? Avez-vous donc oublié nos charmantes promenades en *couralin*, vous, plongé dans votre *rouppe*, et moi un simple *drapeau* sur la tête? Quand *je me change* pour descendre au *fouraillis*, ce souvenir me revient toujours. Je vous envoie avec ce billet du *choine* pétri par mes mains, et des *royants* très-frais, ainsi que mille baisers, etc. »

Comme cette lettre est inintelligible pour vingt-cinq millions de Français, bien que l'auteur eût la prétention d'écrire fort gentiment dans notre langue, je me risque à donner la traduction qui compromet définitivement les secrets de ma jeunesse:

« Il est impossible que vous veniez cette semaine à la maison; je déménage depuis hier, j'ai toute la journée mon tablier sur moi, et ce n'est pas avec une telle parure de devant que la plus aimable femme de Bordeaux, comme vous avez l'indulgence de me nommer, voudrait vous recevoir dans sa villa. Plus tard, quand mon fils sera parti, quand je ne perdrai plus mon temps à traîner mes pantoufles et à sonner mes servantes, surtout quand mon linge du mois sera repassé, je vous ferai dire par une paysanne à quelles heures on peut me voir. Ah! cher, croyez bien que j'attends ce moment avec impatience. On m'a dit que vous jouissiez de la vie et que vous deveniez coureur; serait-ce possible, mon Dieu? Avez-vous donc oublié nos charmantes promenades en bateau, vous, plongé dans votre grosse redingote, moi, un simple mouchoir sur la tête? Quand je fais ma toilette pour descendre à la vigne, ce souvenir me revient toujours. Je vous envoie avec ce billet du pain pétri par mes mains, et des sardines très-fraîches, ainsi que mille baisers, etc. »

Ce langage singulier, formant milieu entre le français et le patois, serait excellent comme moyen de galanterie, dans le cas où les époux gascons pourraient l'ignorer. Mais, hâtons-nous de le dire, la précaution est inutile, ou, si vous aimez mieux, la garantie est superflue. Les maris de Bordeaux passent avec raison pour assez débonnaires, et, malgré la chronique, il est certain que, si leurs femmes usent de la liberté, elles n'en abusent pas. D'ailleurs, la faute en serait un peu aux chefs de famille. Les pères et les maris ont la folie des cerc'es, folie qui dans aucune ville de France n'est portée si loin qu'à Bordeaux. Il n'est pas si petit marchand juif de la rue Bouhaut, ou si mince courtier en arrivages qui ne soit d'un cercle dont les charmes le séduisent bien plus que les appas de sa femme. Il en sait par cœur le billard, les chaises, la bibliothèque, les journaux, et surtout le rhum; il en surveille les garçons, en épure les principes, et même en frotte le parquet. Il y va le matin lire les gazettes et parler des marchandises en rivière; il y va dans l'après-midi relire les mêmes gazettes qu'il a déjà lues le matin, et y parler des variations du baromètre et du ministère; il y va le soir lire une troisième fois les mêmes gazettes, et y parler des dernières nouvelles de Paris ou du département; mais à toute heure il y joue en faisant le reste, et il y mange sans quitter le jeu. Ces réunions d'hommes isolent nécessairement les femmes, mais la galanterie souffre d'autant moins de ce divorce momentané qu'il n'éloigne de la société du beau sexe que les pères et les maris, dont on peut se passer à la rigueur, et qu'il ne faut pas toujours chercher le soir au cercle quand on ne les trouve pas chez eux.

Il y a toutefois un monde bordelais qui se fait gloire de trancher sur ces mœurs faciles, et où l'on rencontre, avec un esprit plus élevé peut-être que le ton parisien, la meilleure compagnie formée des plus charmantes femmes. Là, aucune excentricité de toilette, aucune inconséquence de province, aucune folle prétention à localiser la grâce en la dénaturant. Les articles de Paris, écrirait un commis voyageur, y sont généralement demandés Entrez-vous dans les salons de cette crème du département de la Gironde, dans celui de la vicomtesse de Boresdon, de madame de Venancour ou de madame Foussat, par exemple, vous vous croyez au premier coup d'œil dans une réunion du faubourg Saint-Honoré ou chez un banquier de la Chaussée-d'Antin. Il y a même dans ce monde choisi des chapeaux de Paris qui sont déjà portés à Bordeaux vingt-quatre heures avant que la capitale en ait goûté les prémices. C'est là qu'on entend le piano de madame Emérigon, la conversation étincelante de madame Letellier, ou les historiettes que madame Ynigo raconte avec plus de charme que madame Ancelot. C'est là que M. Kalkbrenner obtint des triomphes aussi doux pour un grand artiste que flatteurs pour celles qui ont eu la reconnaissance de les lui offrir. Ce monde vit du nôtre ; il en a les passions musicales, les fantaisies littéraires, les engouements et les défiances. On y a sifflé mademoiselle Mars, accueilli froidement madame Damoreau ; et il n'est pas certain que mademoiselle Rachel y cueille des fleurs sans épines : tant il est vrai que les manières de sentir peuvent, comme les climats, varier sans être absurdes, ou se contrarier sans être désagréables.

Passons de la rose du Japon à la violette de Parme. A cette métaphore, on devine que je parle de la grisette, dont la célébrité est européenne, et qui la mérite. Cependant toute sa séduction repose dans son costume. La robe courte, ordinairement de soie, froncée sur les hanches, et dégageant le plus joli pied du monde ; le tablier à deux poches, très-petit, en foulard, nommé *fripon ;* pour coiffure, un madras laissant voir les deux bandeaux de cheveux noirs et lisses qui se partagent sur le front, noué de façon à ce qu'une barbe assez longue descende à droite sur le cou, et guide volontiers l'œil vers la peau brune et mate des épaules : d'ailleurs tellement posé en arrière qu'il semble envelopper plutôt le haut peigne du chignon que la tête elle-même ; sur les épaules et autour du corsage un simple fichu, et pour ce corsage une brassière quelquefois d'une couleur en guerre ouverte avec les nuances de la robe ou du jupon : tel est l'ensemble général, la toilette à vue de pays. Les grisettes cossues suivent exactement, quant aux robes, la mode des femmes du haut commerce, fût-elle de Paris ; le brodequin même les a gagnées. Il n'y a que le madras et leur nature qui ne changent pas. Mais comment vous décrire la volupté des détails, l'entrain de la coupe, la désinvolture de l'agencement, la *morbid zza* surtout de cette chair créole dont le nu, comme une plastique attrayante, perce en méplats arrondis aux bras, à la hanche, aux attaches du cou, au relief de la ceinture, avec le modelé de la statuaire et la coquetterie de Vénus, à travers l'étoffe collante qui n'est plus, pour la grisette, comme l'habit des divinités païennes, qu'un réseau tissu d'air ! Comment vous raconter, et cet œil noir toujours en coulisse, et ce nez retroussé, et ce teint citron, pêche ou pistache, et ces grandes boucles sensuelles, et ces dents d'ivoire, et ces grands sourcils qui ont tant de passion sans avoir mauvaise grâce, tant de fierté sans avoir trop bonne tenue ! La grisette de Bordeaux marche la tête haute, le nez au vent, la taille cambrée, les mains dans son fripon, regardant les hommes avec moquerie et les femmes avec impertinence ; mais rien de libre ou d'inconvenant ne ressort de ces habitudes, qui sont des usages et ne constituent pas les mœurs. Cette spécialité de la population féminine a tellement la conscience de son mérite et de sa valeur qu'on lui pardonne beaucoup. Où serait le chic des transtévérins de Rome, s'ils ne poignardaient pas les Anglais même qui les admirent, et les Français qui les croquent ? Otez les bandits de l'Italie, vous voyagerez tranquillement ; mais adieu la couleur locale !

La grisette a pourtant une rivale dangereuse, qui même un jour lui ravira peut-

être et le trône et l'empire. Il s'agit de la *portanière*, ou femme du peuple, dont les
mœurs ne sont pas les mêmes, dont la beauté est plus rustique, mais dont le costume est bien plus pittoresque : le jupon de la *portanière* est plus court, plus froncé,
plus helvétique; elle a des poches extérieures, ballant à la ceinture, et remplaçant les
paniers de droite et de gauche; elle a également la brassière, les manches collantes,
et, en outre, des sabots. Un fichu, entr'ouvert gracieusement de ci et de là sur ses
épaules, découvre par devant le haut de la poitrine, où il se croise des deux bouts
en révélant l'existence d'une chemise de la batiste la plus raisonnable, tandis que
par derrière, à la nuque, il se creuse en cornet pour qu'on juge de la finesse comme
de la propreté de la même chemise. D'ailleurs, les lignes du cou sont interrompues
à l'avenant par une ganse de soie noire qui retient une croix d'or suspendue sous
le menton. Enfin, comme les femmes des Marais Pontins, elle ajuste à plat sur sa
tête un mouchoir bleu, carrément plié, qui surmonte un bonnet à barbes longues,
de la forme la plus singulière, et que l'on nomme *coiffe*. La *portanière*, ainsi vêtue,
est le seul type d'une originalité réelle qui se rencontre à Bordeaux, et dans cette
galerie, où toutes les classes de la société provinciale ont leur place, c'eût été une
lacune considérable que d'oublier l'unique femme de la Gironde qui fasse honneur
aux traditions du département. Lorsqu'une jeune fille glisse dans le sentier de la
vertu, elle passe sur-le-champ de *portanière* à *grisette*. Il n'y avait pas à Rome de
distinction plus sévère entre la matrone et la courtisane. Quand la *portanière* aura
lu Paul de Kock, elle sera à la hauteur de la grisette, et voudra s'*habiller*. Alors le
caractère sera détruit.

Mais n'imitons pas ces concierges allemands qui, chargés de faire voir aux touristes les appartements curieux d'un château gothique, oublient toujours de montrer
la salle des tortures, la chambre du tribunal secret, les *vade in pacem* et les puits
sans fond, pour s'en tenir exclusivement à la salle des ménestrels, au parloir de la
châtelaine, à la galerie des tombeaux et à la mémoire des cours d'amour. Entre
mille attraits et mille qualités, la femme de Bordeaux présente de légers inconvénients, de fort petits défauts; des caprices, si l'on veut, qui sont autant de notes
douteuses dans le clavier de son organisation méridionale. Par exemple, cette fière
Gasconne, à la peau d'orange et à l'œil de gazelle, est joueuse passionnée. L'or, miroir
aux lumières terribles, envoie dans l'ébène de ses yeux de fauves et brûlants reflets.
Tout lui est bon : piastres, napoléons, ducats, sequins même; on a vu des femmes
du Chapeau-Rouge poser des lingots bruts sur une carte, et jouer un diamant de
leur *rivière* au premier roi. C'est l'influence du négoce qui passe du comptoir dans
le boudoir, du mari à la femme, du crédit au débit. Ne pouvant trafiquer du coton,
fréter des navires ou faire l'escompte, les Bordelaises s'en vengent à l'écarté; il faut
que le sexe prenne quelque part sa revanche. A Paris, une femme passionnée compose un roman, élève des poneys et renverse un ministère : la voilà *lionne*. A Bordeaux, elle joue sa fortune, sa parure, l'*alliance* de son mariage, l'honneur de l'é-
poux. En 1815, madame de T... joua son amant et le perdit.

Soyons justes : ces mœurs ne sont pas bordelaises, elles sont plutôt espagnoles,
juives, péruviennes; ici anglomanes; plus loin créoles, tantôt sauvages, tantôt

corrompues. Les origines hétérogènes de la population se reproduisent dans son moral comme dans son physique, dans les actions comme dans les traits du visage, et dans les idiotismes de la langue. Le défaut d'éducation, qui résulte de ce mélange de natures et de races, ne sert qu'à l'augmenter encore. Issues de familles juives, américaines et françaises héréditairement croisées, les femmes de Bordeaux, après quelques générations et quelques révolutions, en viennent à ne plus savoir la religion de leurs ancêtres, et même comment elles devraient adorer Dieu. Le père est du consistoire, la mère catholique, la fille protestante, et souvent on a oublié de faire baptiser son frère. Telle est la préoccupation dans les cultes, la suite des idées pieuses. C'est au point que des parents, fort unis, mais à convictions fanatiques, préfèrent de ne point donner de religion à leur enfant, quand ils diffèrent d'avis sur le dogme, plutôt que de renoncer à leurs traditions ou de céder aux préjugés. Le tempérament irritable et voltairien du Gascon n'adoucit pas ces étranges débats de la vie intérieure. On comprend alors combien l'esprit des femmes doit souffrir dans la partie la plus délicate de sa culture, dans l'usage des pensées douces et sereines qui découlent du ciel.

Aussi, la Bordelaise n'a pas la grâce intime, ce je ne sais quoi de rêveur et de mélancolique, de chaste et de voilé que les Anglaises rencontrent avec tant de bonheur, dont les Allemandes du nord ont fréquemment le secret, et qui se trouve même à faible dose dans les Flamandes de la vieille roche, dans les types de Van Dyck. La *Marguerite* de Goethe reste un problème incompréhensible pour la femme brillante d'un armateur des Chartrons; mais rien ne lui plait tant qu'*Indiana*, si ce n'est Balzac et peut-être Paul de Kock. Plus attrayante que jolie, plus spirituelle que romanesque, plus vive que sensible, elle veut l'éclat : le rouge dans les couleurs, la fanfare dans la musique, le piment dans les sauces, la flamme dans l'amour. La toilette d'une femme de Bordeaux a trop souvent du mauvais goût, jamais de banalité. L'indépendance d'une robe ou d'un fichu, la nationalité d'un chapeau, le patriotisme d'une chaussure sont tellement des affaires politiques dans sa vie, que la vogue d'une mode à Paris est quelquefois précisément la raison de sa chute à Bordeaux. J'avoue humblement que la réciproque n'a pas lieu. Les Parisiennes, bonnes et faciles, savent qu'elles sont au monde pour tout donner, voire le ton; les Bordelaises, altières et coquettes, voudraient tout prendre, le ridicule aussi.

S'il était permis, à propos de jolie femme, de chercher le secret des caractères dans la physiologie du goût, on trouverait une explication du présent mythe à la halle de Bordeaux. C'est là qu'il faut voir la Bordelaise trahissant une nature de feu par l'originalité piquante de ses appétits. L'abricot et le raisin sont des fruits qu'elle préfère; le pourpre et le velours de la pêche, les traditions échevelées du pampre s'accordent avec cette préférence qui flatte ses regards et ses penchants. Dans les plus fortes chaleurs de l'été, dans le plus vif entraînement du bal, c'est tout au plus si la Parisienne élégante et pâle se risquerait à porter à ses lèvres un verre d'eau limpide, cristal moins pur encore que la transparence de ses mains et que la sérénité de son âme. La Bordelaise avalera, sans hésiter, une coupe embaumée, où le médoc rit dans la fougère, et ses yeux pétillants se rempliront aussitôt de tout l'esprit

qu'elle aura puisé dans le flacon. Il y en a même qui boiront avec beaucoup de grâce,
pour peu que vous y teniez, au goulot de la bouteille.

> Surrentina bibis ; nec murrhina picta, nec aûrum
> Sume : dabunt calices hæc tibi vina suos. MARTIAL.

> Pour boire le Sorrente il n'est besoin, ma chère,
> De porcelaine ou d'or : l'amphore, c'est ton verre.

J'avoue que le goulot fin, transparent, allongé des bouteilles de Bordeaux prête
singulièrement d'élégance à ce geste vif, mais commun. Les Bordelaises d'ailleurs
ne sablent pas ainsi tous les crus indifféremment : la noblesse ou l'antiquité du jus
seule provoque ce mépris pour la coupe. Lorsqu'une femme des Chartrons met de
l'eau dans son vin, ou le boit à petites gorgées dans un gobelet, c'est mauvais signe.
Aussi ces dames s'excusent-elles de l'abus du goulot à la façon de madame Pasta.

Cette charmante cantatrice, dans son voyage d'Angleterre, voulut essayer de toutes
les mœurs britanniques : conséquemment elle buvait bien. Admise avec cérémonie
dans un cercle de *bas bleus* qui ne boivent que de l'eau, une femme auteur, frêle et
mélancolique, lui demanda si par hasard elle prenait toujours de cet horrible *porter.*
« Fi donc ! s'écria madame Pasta ; je ne prends plus maintenant que *half and half.*»
Le *half and half* est une boisson d'été, qui se compose moitié de porter et moitié
d'ale ! C'est absolument l'histoire d'Ibrahim-Pacha, qui, pour se rafraîchir, boit de
l'eau de riz coupée avec du vin de Champagne.

Mais, à l'instant de finir ma tâche, je m'aperçois d'un oubli singulier. La Bordelaise est-elle jolie ? Question difficile. J'ai envie de répondre comme Sganarelle :
Hippocrate dit *oui,* mais Galien dit *non.*

Wilkes disait à lord Townshend : « Vous êtes aussi beau que je suis laid. Donnez-
moi une demi-heure d'avance ; nommez la femme qui sera l'objet de nos attentions
communes : je parie vous battre. Et savez-vous pourquoi ? Vous êtes beau ; vous
croirez que vos avantages vous dispensent de bien des égards, tandis que moi, j'en
doublerai la dose en raison de ma laideur. »

Au lieu de Wilkes, supposez la Bordelaise (mille pardons !); à la place de lord
Townshend, figurez-vous une femme quelconque de tout autre lieu du monde où
elles ne sont que belles, et d'ailleurs, maintenez les termes de la proposition, en
lui mettant pour but un homme : ce sera la réponse demandée, ou je meurs. Non,
la Bordelaise n'est pas jolie! non, ses regards, sa chevelure de jais, son pied mi-
gnon, sa taille fine, ses dents de perle ne suffisent pas à sa beauté matérielle ! Mais,
en revanche, elle a tant d'esprit et tant de grâce toujours, souvent même tant de
cœur, que si le jugement de Pâris était à refaire, en admettant que le berger de la
Troade fût un connaisseur, les plus belles femmes de l'Europe seraient vaincues,
dans leur éclat *physique,* par la Vénus tout *intellectuelle* de Bordeaux.

                                                        ANDRÉ DELRIEU.

L'ENFANT DE FABRIQUE.

L'ENFANT DE FABRIQUE.

Ⅰ L est un édifice humble, honorable, qui se construit sous nos yeux, et dont nous ne nous glorifions pas assez, peut-être parce qu'il ne s'adresse qu'à notre reconnaissance, et non à notre orgueil. Cet édifice n'est autre que la collection des établissements de bienfaisance et de charité, les salles d'asile, les caisses d'épargne, les conservatoires d'industrie, les sociétés de prévoyance, de patronage et de secours mutuels, les écoles primaires, les écoles normales primaires, et tant d'autres fondations toutes consacrées à l'amé-lioration et au soulagement des classes pauvres. Il est un genre d'écrits qui rallient, suivant nous, un nombre trop restreint d'intelligences : ce sont ces ouvrages spéciaux, ces livres de pur désintéressement, qui viennent de temps à autre, à l'aide de recherches inspirées par la religion du bien, jeter un jour inattendu sur certaines misères ignorées. Que de gens à idées ou à utopies sociales souriraient de pitié s'ils entendaient dire que la philanthropie sera peut-être dans l'avenir un des meilleurs titres de notre époque ! Par ce mot, nous entendons la philanthropie éclairée, pratique, dégagée de tout sentimentalisme, et de toute exaltation individuelle qui tendrait à fausser son but. Ce seront de beaux noms à citer un jour, que ceux d'Howard, d'Owen, de madame Fry, de Montyon, et de tous ceux qui auront contribué par leur zèle à guérir quelques-unes des grandes plaies de l'humanité.

Le portrait que nous allons retracer fera naître sans doute de tristes réflexions sur les mœurs et la destinée d'une certaine partie de la jeune population qu'on emploie, ou, pour mieux dire, qu'on exploite dans les usines ou manufactures. Nous allons essayer de reproduire tout un côté de l'enfance du peuple, de raconter ses premières misères, ses luttes prématurées, les influences funestes qu'un travail abusif et souvent corrupteur exerce sur son existence et sur sa moralité. Il est des infortunes qu'il est bon de reproduire, fût-ce même sous la forme de simple esquisse; car, s'il est vrai qu'il y ait dans notre caractère national beaucoup de frivolité, il n'en est pas en revanche de plus sensible au bien, ni de plus prompt à courir au-devant des infortunes une fois signalées. Puissions-nous donc exciter de nouveau la sympathie publique, déjà provoquée en faveur d'une classe jeune et intéressante!

On sait qu'une loi tendant à abolir l'odieuse traite des enfants dans les manufactures a été présentée aux Chambres dans cette session dernière. Nous souhaitons bien vivement qu'elle produise tous les bienfaits qu'on en attend; car elle peut être considérée comme une loi d'urgence. Vouloir améliorer ou moraliser les ouvriers sans remonter aux sources primitives de leur démoralisation, c'est-à-dire à l'étrange éducation qu'ils reçoivent en si grand nombre dans les fabriques, c'est vouloir atteindre le mal sans aller jusqu'à la racine. On prétend que l'ouvrier se perd et se corrompt; il serait plus juste de dire que le plus souvent il naît corrompu et vicié.

Cela dit, transportons-nous sans transition dans la région même des existences que nous allons étudier : c'est-à-dire à la fabrique, dans un de ces vastes établissements qui représentent pour tant de jeunes ouvriers à la fois le berceau, le logis, l'école, et, faut-il le dire aussi? la tombe.

C'est à trois ou quatre heures du matin que commence ordinairement la journée de l'enfant de fabrique. Plaçons-nous sur la route de Mulhouse, ou de Sainte-Marie-aux-Mines, avant le lever du jour, par une neige de décembre, et assistons à l'arrivée de ces familles d'ouvriers qui sont contraintes de faire quelquefois deux ou trois lieues à pied pour se rendre à la filature, et, le soir, de refaire le même trajet pour regagner leur logis. Dans les pays manufacturiers, les ouvriers trouvent rarement à se loger dans l'intérieur des villes; l'encombrement et la cherté des loyers les obligent à aller chercher une habitation souvent fort éloignée de la manufacture.

Le départ et le retour de ces caravanes offrent un spectacle vraiment affligeant: Des femmes au teint hâve, au corps voûté, marchent pieds nus au milieu de la boue, leur robe renversée sur la tête. Il faut savoir que le parapluie est un meuble inconnu dans la plupart des filatures de l'Alsace. On cite à Vesserling la manufacture de M. Nicolas Schlumberger comme une de celles où les ouvriers mènent la vie la plus heureuse; on évalue leur prospérité d'après le nombre de parapluies que l'on remarque dans les ateliers.

Mais, dans ces départs et ces retours d'ouvriers, rien n'est plus triste que de voir ces milliers d'enfants à peine vêtus, marchant derrière leur mère en grelottant, portant sous leurs bras le morceau de pain qui doit composer leur pitance de toute la journée. Ce sont les jeunes ouvriers de la fabrique qui vont faire un rude apprentissâge de l'existence, en travaillant quatorze ou quinze heures par jour, c'est-à-dire trois ou quatre heures de plus que les forçats, et cela dans une atmosphère d'étuve. Il en est qui n'ont guère plus de cinq ou six ans. A la fabrique de Sainte-Marie-aux-Mines certains enfants sont même employés dès l'âge de quatre ans et demi à dévider les trames. On remarque parmi eux un grand nombre de scrofuleux. Les vallons qui environnent Sainte-Marie, et qu'habitent les ouvriers, sont humides, malsains, ce qui rend les goîtres très-communs. Les enfants de fabrique gagnent, terme moyen, de six à sept sous par jour; c'est à peine leur nourriture, d'autant qu'à Sainte-Marie les denrées sont à un prix fort élevé, attendu qu'une grande partie des légumes et des grains qu'on y consomme est tirée de la plaine de l'Alsace. On compte parmi les enfants qui naissent dans ce malheureux pays un grand nombre de sourds-muets et d'idiots, ce qui n'empêche sans doute pas les fabriques du pays de recevoir leur contingent habituel d'enfants, par suite d'une convention analogue à celle que M. Charles Dupin signale dans son rapport fait à la Chambre des pairs en février dernier. L'honorable pair affirme qu'en Angleterre, pendant la dernière partie du siècle dernier, par un contrat passé entre un manufacturier de Lancastre et les administrateurs d'une paroisse de Londres, le fabricant s'engageait à accepter un idiot sur vingt enfants bien portants et pourvus d'intelligence.

Parmi les économistes et les moralistes qui se sont occupés de la question du travail des enfants dans les manufactures, nous citerons, en Angleterre, MM. Horner, Labouchère, et, en France, MM. de Gerando, Gillet, et surtout le docteur Villermé, qui nous a été d'un si grand secours dans nos recherches. En suivant l'ordre établi par ce dernier dans son excellent ouvrage sur les classes ouvrières, nous diviserons les enfants de fabrique en deux grandes catégories qui embrasseront à peu près la totalité de l'industrie française. Nous placerons dans la première les ouvriers employés dans les manufactures de laine, de coton et de soie, et dans la seconde, ceux qu'emploie l'industrie dite *métallurgique*, et qui comprend les forges, les hauts fourneaux, les fonderies, les constructions de machines à vapeur, etc... Quand nous aurons parcouru ces deux classifications principales, nous aurons une idée, sinon complète, du moins assez exacte, des mœurs et de l'existence des enfants de fabrique. Le lecteur pourra décider lui-même si la loi que la Chambre vient de porter en leur faveur pouvait comporter l'ajournement.

Pour étudier et connaître à fond la véritable destinée de ces jeunes ouvriers, c'est principalement sur la filature qu'il faut porter son attention; car c'est là qu'on rencontre les plus graves abus, et les effets les plus tristes des calamités qui pèsent sur ces existences.

Dans l'industrie cotonnière, les enfants sont principalement occupés à l'épluchage du coton, au cardage, et surtout au dévidage du fil. Chaque métier à filer en occupe deux ou trois, qui sont ordinairement dirigés par un adulte. Plusieurs détails de la fabrication présentent des dangers réels: ainsi le battage du coton produit presque toujours la suffocation; certaines machines employées à Amiens, qui minaient les forces des enfants qui les dirigeaient, ont même occasionné une plainte du conseil des prud'hommes, et par suite un arrêté de la mairie qui ordonnait la suppression de ces machines. Pour les ateliers de tissage qui sont encore soumis au vieux régime des métiers à bras, on choisit ordinairement des pièces situées au-dessous du sol, sans soleil, presque sans lumière. L'air qu'on y respire est épais, insalubre, et depuis longtemps on a reconnu qu'il exerçait une influence funeste sur la santé des travailleurs, et surtout sur les poumons délicats des enfants. Mais on a reconnu aussi que l'atmosphère de ces locaux souterrains pouvait seule rendre les fils des chaînes souples, ténus, ductiles, propres à l'opération de l'*encollage :* la santé de l'ouvrier a été subordonnée à la réussite de la main-d'œuvre.

Les enfants employés dans les filatures de laine ou de coton prennent diverses appellations, suivant les fonctions qu'ils remplissent. Il y a le *tireur,* le *laveur,* le *bobineur,* le *balayeur,* le *rattacheur* surtout, variété particulière de l'enfant de fabrique, qui se multiplie à l'infini dans les filatures, et qui mériterait d'être décrite spécialement, si le plan que nous nous sommes tracé ne nous obligeait à embrasser seulement les généralités, sans entrer dans les détails. Les fonctions du rattacheur consistent à surveiller les fils, à rattacher ceux qui se brisent, à nettoyer les bobines, et à ramener le coton qui s'échappe du ventilateur. Il est, à proprement parler, l'aide, l'élève, et presque toujours le souffre-douleur du fileur. Ses fonctions, quant aux mauvais traitements qu'il lui faut subir, ont une certaine analogie avec celles du mousse de bâtiment. A Reims, et dans d'autres villes de fabrique, il est établi en principe que les fileurs peuvent impunément rouer de coups les rattacheurs qui leur sont confiés. Ce fait est attesté par un passage d'un journal qui s'occupe spécialement des intérêts des manufactures, et dont on ne saurait suspecter le témoignage. On lit dans *l'Industriel de la Champagne,* du 23 septembre 1835 : «Dans quelques établissements de Normandie, le nerf de bœuf figure sur le métier au nombre des instruments de travail. Dans les moments de presse, quand les ouvriers passent la nuit à travailler, les enfants doivent également veiller et travailler, et quand ces pauvres créatures, succombant au sommeil, cessent d'agir, on les éveille par tous les moyens possibles, le nerf de bœuf compris.»

Dans les manufactures de laine ou de coton, les enfants, même quand ils ne remplissent que des fonctions de simple surveillance, sont presque toujours condamnés à rester debout seize ou dix-sept heures par jour, à peu près dans la même attitude, enfermés dans une pièce sans air, remplie d'une chaleur suffocante. J'ai entendu certaines mères de famille se plaindre de la longueur des classes et des études, qui ne s'étendent pas, disaient-elles, dans les collèges, à moins de deux heures consécutives. Elles craignaient qu'une application aussi prolongée ne compromît à la longue la santé de leurs fils. Probablement ces mères-là n'avaient pas visité les filatures de Thann et de Mulhouse, ni vécu dans les quarante degrés de chaleur que nécessite l'apprêt des toiles dit *écossais.* Une pareille visite eût aguerri leur sollicitude maternelle.

Les filles sont employées dans l'industrie cotonnière et lainière en aussi grand nombre, et à peu près aux mêmes âges que les garçons. Les noms qu'elles portent dans les diverses fabriques, où elles entrent généralement de cinq à huit ans, servent à désigner leurs fonctions : les catégories les plus nombreuses sont celles des *éplucheuses,* des *picoteuses,* des *napeuses.* Leur condition n'est guère meilleure que

celle des jeunes ouvriers mâles : si ce n'est qu'elles n'ont pas à subir les mauvais traitements qui sont infligés aux rattacheurs, elles vivent non moins misérablement que
ces derniers. Elles sont, de plus, en butte, pour la plupart, à des dangers moraux qui
sont la conséquence forcée de leur sexe et de leur condition, et que nous aurons à
signaler plus loin. La position où elles se trouvent, les piéges qui les entourent, et
qui ne laissent pas même la première innocence à leurs plus jeunes années, la honte
qui pèse sur elles presque toujours avant l'âge ordinaire de la dépravation, ces détails ne seront pas le trait le moins frappant du tableau que nous avons entrepris de
retracer.

Nous avons déjà dit quelques mots de la condition misérable des ouvriers du département du Bas-Rhin ; nous avons signalé à l'avance une partie des calamités qui
atteignent les mœurs et l'existence des enfants employés dans ces fabriques, race
chétive, abandonnée, et vraiment orpheline. Parmi nos districts manufacturiers, il
en est un qui mérite surtout d'être signalé comme surpassant tous les autres en fait
de misère et de dénûment : nous voulons parler du département du Nord, et particulièrement de la ville de Lille, où le nombre des pauvres inscrits sur les registres
des bureaux de bienfaisance est évalué à près de 30,000. Ce chiffre seul indique la
situation de la classe ouvrière. Il faut, du reste, consulter à ce sujet M. de Villeneuve-
Bargemont dans son *Économie chrétienne*, qui décrit ainsi ces misères : « Sans instructions, sans prévoyance, abrutis par la débauche, énervés par les travaux des manufactures, entassés dans des caves obscures, humides, ou dans des greniers, où ils sont
exposés à toutes les rigueurs des saisons, les ouvriers parviennent à l'âge mûr sans
avoir fait aucune épargne, et hors d'état de suffire à l'existence de leur famille. Ils
sont tellement ivrognes, que, pour satisfaire leur goût des boissons fortes, les pères et
souvent les mères de famille mettent en gage leurs effets et vendent les vêtements
dont la charité publique ou la bienfaisance particulière a couvert leur nudité. Beaucoup sont en proie à des infirmités héréditaires. Il s'en trouvait, en 1828, jusqu'à
3,687 logés dans des caves où règne la malpropreté la plus dégoûtante, et où reposent sur le même grabat les parents, les enfants, et quelquefois des frères et sœurs
adultes. »

Pour observer l'enfant de fabrique et connaître le dernier degré d'abrutissement
et d'indigence où peut tomber la race humaine, c'est donc à Lille qu'il faut se transporter, dans la rue des Étaques surtout, qui est le centre et le réceptacle des plus
misérables existences. Il faut avoir le courage de descendre dans ces caves, dont
aucune habitation de Paris ne saurait offrir même l'image ; il faut avoir vu reposer
dans un même lit une famille entière, depuis l'aïeul jusqu'aux petits-enfants, sans
distinction de sexe ni d'âge. Les greniers, qui servent aussi de logement aux classes
ouvrières, sont encore plus insalubres que les caves. Mais, pour donner une idée
complète de ces habitations, et bien pénétrer nos lecteurs de l'authenticité des faits
que nous transcrivons, nous ne saurions mieux faire que de joindre à nos citations
précédentes un extrait du rapport fait à la municipalité, à l'époque du choléra, par la
commission du conseil de salubrité du département du Nord.

« Il est impossible, dit ce rapport, de se figurer l'aspect des habitations de nos pauvres, si on ne les a visitées. L'incurie dans laquelle ils vivent attire sur eux des maux qui rendent leur misère affreuse, intolérable, meurtrière. Dans leurs caves obscures, dans leurs chambres, qu'on prendrait pour des caves, l'air n'est jamais renouvelé : il est infect; les murs sont plaqués de mille ordures. S'il existe un lit, ce sont quelques planches sales, grasses; c'est de la paille humide et putrescente; c'est un drap grossier, dont la couleur et le tissu ne sauraient se reconnaître; c'est une couverture semblable à un tamis. Les fenêtres, toujours closes, sont garnies de papier et de verres, mais si noirs, si enfumés, que la lumière n'y peut pénétrer; et, le dirons-nous? il est certains propriétaires (ceux des maisons de la rue du Guet, par exemple) qui font clouer les croisées, pour qu'on ne casse pas les vitres en les fermant et en les ouvrant. Le sol de l'habitation est encore plus sale que tout le reste : partout sont des tas d'ordures, de cendres, de débris de légumes ramassés dans les rues, de paille pourrie; aussi l'air n'est-il plus respirable. Et le pauvre lui-même, comment vit-il au milieu d'un pareil taudis? Ses vêtements sont en lambeaux, recouverts, aussi bien que ses cheveux, qui ne connaissent pas le peigne, des matières de l'atelier. Rien n'est plus horriblement sale que ces pauvres démoralisés. Quant à leurs enfants, ils sont décolorés, ils sont maigres, chétifs, vieux et ridés; leur ventre est gros et leurs membres émaciés, leur colonne vertébrale a gauchi, leur cou est contusé ou garni de glandes, leurs doigts sont ulcérés, et leurs os gonflés et ramollis; enfin ces petits malheureux sont tourmentés, dévorés par les insectes.»

Si nous passons du département du Nord dans celui de la Seine-Inférieure, l'un des plus populeux et des plus industrieux de France, nous voyons les mêmes abus, les mêmes misères se reproduire: excès de travail pour les jeunes enfants, mélange des sexes dans les ateliers, initiation précoce aux habitudes vicieuses des adultes, enfin entassement dans des taudis infects. A Rouen, les ouvriers occupent, ainsi qu'à Lille, un quartier spécial. Il existe des maisons qui sont entièrement consacrées à loger les ouvriers. Ceux qui n'ont pas de famille ont recours à un logeur qui se charge, pour quatre francs par mois, de leur tremper la soupe chaque jour, et de leur fournir une moitié de lit. Les ouvriers rouennais couchent généralement deux, quelquefois trois dans un même lit. Les serruriers, tourneurs, menuisiers, mécaniciens, ciseleurs sur métaux, obtiennent les salaires les plus élevés, et se font remarquer, comme nous le verrons plus loin, par leur inconduite. La plus grande partie de leur gain est employée au cabaret. On les regarde comme les plus fidèles habitués des guinguettes des faubourgs; souvent même il arrive qu'ils s'y installent avec leurs enfants, qu'ils rendent, dès leurs premières années, témoins et complices de leurs excès. Est-il besoin d'ajouter qu'ils sont, pour la plupart, incapables de faire la moindre économie, et que quelques jours de chômage suffisent pour les réduire à la plus affreuse misère?

Dans les environs de Rouen, à Bolbec, à Darnetal, il existe un grand nombre de filatures, mais les ouvriers n'y sont guère plus heureux que ceux qui sont employés dans l'intérieur de la ville. Dans plusieurs de ces filatures, le travail n'est pas interrompu un seul instant pendant vingt-quatre heures consécutives. Il y a le service de jour et celui de nuit : le service de jour est de quatorze heures, et celui de nuit de dix.

La classe la plus malheureuse des ouvriers de la campagne est, sans contredit, celle des tisserands en coton, qui reçoivent des salaires qui ne sauraient suffire à leurs plus stricts besoins. M. Alexandre Lesguillier, auteur d'une notice historique et statistique sur la ville de Darnetal, fait remarquer qu'outre leurs dépenses indispensables, ils sont, de plus, obligés de se fournir de colle, et cet achat doit être prélevé sur les dix-huit sous par jour qui peuvent être considérés comme le taux moyen de leur salaire.

Cependant, pour ne pas être taxé d'exagération dans aucun des détails que nous rapportons, nous devons dire que la condition des ouvriers de Rouen est générale-ment plus tolérable que celle des ouvriers de Lille, si l'on excepte toutefois les tisse-rands en calicots et en rouenneries. Encore ces derniers ont-ils le bon esprit de laisser le tissage pendant quatre ou cinq mois de l'année, pour se consacrer aux travaux de la campagne, qui leur offrent des bénéfices plus sûrs.

La ville de Reims peut être considérée comme un des principaux centres de l'in-dustrie lainière. L'enquête commerciale de l'une des dernières années attestait qu'elle occupait environ cinquante mille ouvriers, tant dans l'intérieur de la ville que dans les campagnes environnantes. Autrefois les ouvriers trouvaient chez les entrepreneurs les objets de fabrication première, qu'ils emportaient chez eux, ce qui leur permet-tait de travailler en famille. Mais depuis quelques années, ce mode de travail a été presque entièrement supprimé par suite du nombre considérable d'usines et d'ateliers qu'a fait naître le besoin d'une production plus active. L'industrie a gagné peut-être à ces changements, mais les mœurs, et particulièrement celles des enfants, ont dû se ressentir des funestes effets que produisent infailliblement la confusion des sexes et le travail en commun. Il ne paraît même pas que la condition matérielle de la classe manufacturière se soit beaucoup améliorée sous ce nouveau régime. M. Vil-lermé déclare que rien n'est plus triste ni plus misérable que l'intérieur des pauvres ouvriers rémois domiciliés loin du centre de la ville, et donne sur leurs mœurs et leurs habitations les détails suivants :

« Qu'on se figure des maisons basses, d'un aspect misérable, des chambres fréquem-ment sales et humides, quoique presque toujours bien éclairées; et la pièce à feu, la seule habitable (je ne dis pas la seule habitée, car souvent le grenier est sous-loué par les malheureux du rez-de-chaussée à de plus malheureux qu'eux encore), est com-munément si petite, qu'un métier à tisser ne peut pas y tenir avec un lit. Les misé-rables réduits, que précèdent des cours mal pavées, couvertes d'ordures, se louent depuis cinquante-cinq ou soixante francs jusqu'à quatre-vingt-dix. En outre, le loyer s'en paye chaque mois, et même chaque semaine. On ne voit au lit des malheureux qui les habitent qu'un mauvais matelas avec des draps sales et usés. Ces draps sont souvent les seuls que possède la famille : alors, quand on les blanchit, elle couche nécessairement à nu sur le matelas. Un petit lit de paille, destiné aux enfants, se trouve quelquefois à côté du premier. Enfin, il y a rarement, dans ces logements, des métiers à tisser, et même des poêles ou fourneaux à chauffer : les locataires sont trop pauvres pour en posséder; quand il y en a, c'est qu'ils les tiennent à loyer. On con-çoit le mélange, le pêle-mêle des sexes qui existe dans ces masures si pauvres. Il suffit de voir leur mobilier pour se faire une idée de leur profonde misère : aussi presque tous les ouvriers sont-ils inscrits au bureau de bienfaisance; du moins les enfants et les vieillards. »

Le même auteur remarque qu'une grande partie de la population ouvrière à Reims est adonnée à l'ivrognerie. Il faut toutefois tenir compte des ouvriers étrangers, qui se trouvent en grand nombre dans cette ville. Les désordres qui s'y commettent doivent surtout être attribués aux Belges qui y affluent, puis à un certain nombre de forçats libérés qui achèvent de jeter le trouble et la démoralisation dans la population des fabriques et des ateliers.

Pour compléter ce qui concerne les habitudes et les mœurs des ouvriers de Reims, nous rapporterons ici ce qu'un habitant de cette ville écrivait, en 1836, sur les classes employées dans les manufactures. Les détails suivants, dont on peut garantir l'authenticité, seront le plus complet témoignage des principes et du genre d'éducation que reçoivent les jeunes enfants qui se trouvent, dès leurs plus jeunes années, initiés et mêlés à de pareilles mœurs.

« Depuis 1834, les ouvriers de Reims qui ont de la conduite pourraient presque tous être heureux; mais ceux des quartiers Saint-Remy et Saint-Nicaise (qui sont principalement habités par les plus mauvais sujets des fabriques) se livrent d'autant plus aux débauches, surtout à l'ivrognerie, que leurs salaires sont plus forts. La plupart des mieux rétribués ne travaillent que pendant la dernière moitié de la semaine, et passent la première dans les orgies. Les deux tiers des hommes et le quart des femmes qui habitent les rues de Versailles, Tourne-Bonne-Eau, s'enivrent fréquemment; un très-grand nombre y vivent en concubinage; beaucoup se prennent, se quittent et se reprennent; plusieurs cependant restent toute leur vie attachés l'un à l'autre. Quant aux enfants, ils meurent très-jeunes ou bien ils contractent tous les vices des pères et mères. Ils sont tellement adonnés aux boissons spiritueuses, que communément ils nous apportent à nous, cabaretiers, leur meilleur habit ou quelque meuble sur lequel on leur avance du vin ou de l'eau-de-vie; si, au bout d'un temps donné, ils ne nous ont pas payés, ces objets nous appartiennent. Lorsqu'on leur parle d'ordre et d'économie, ils répondent que le commerce seul les fait travailler et vivre, que pour le faire aller il faut dépenser de l'argent, que l'hôpital n'a pas été fondé pour rien, et que s'ils voulaient tous faire des épargnes, être bien logés, bien vêtus, le maître diminuerait leur salaire, et qu'ils seraient également misérables. »

Que peut-on ajouter à un pareil récit qui peigne mieux la misère, et surtout la profonde ignorance d'une certaine partie de la classe ouvrière? Ne voit-on pas là toutes les preuves irrécusables du vice inhérent plutôt à l'espèce qu'à l'individu? Il existait il y a quelques années, à Reims, une association d'un genre singulier, qui avait pour nom la *Société des déchets*. Cette société était instituée pour prévenir les soustractions de laine ou de coton qui pouvaient être faites dans les filatures. Ce fait est attesté par M. Michel Chevalier, dans son ouvrage sur l'Amérique du Nord, où il est dit que les ouvriers de Reims donnent la laine soustraite par eux pour le quart de ce qu'elle vaut, et l'échangent au cabaret à raison d'un demi-litre de vin pour un *échée* de fil. Nous le demandons, comment de pareilles habitudes ont-elles pu s'enraciner dans une population? comment des établissements fréquentés par des ou-

ENFANT DE FABRIQUE.

vriers, et qui par cela même exigeaient une surveillance spéciale, ont-ils pu se prêter à de semblables échanges?

En Alsace, et principalement à Mulhouse, on remarque dans les fabriques un grand nombre de jeunes enfants qui appartiennent à des familles suisses ou allemandes, que l'espoir d'obtenir en France un salaire plus élevé que celui qu'elles reçoivent dans leur pays conduit à s'expatrier. Ces familles, qui tombent ainsi par nuées sur certains cantons manufacturiers, ne peuvent trouver à se loger dans les villes où sont situées les fabriques, ni même dans les villages voisins : elles se logent quelquefois à une distance de deux ou trois lieues; les enfants sont donc obligés de prendre sur leur sommeil le temps que nécessitent les allées et retours du logis à la fabrique. Les journées étant communément de seize à dix-sept heures, le départ et l'arrivée emploient quelquefois trois, et même quatre heures : on voit le temps qui leur reste pour le sommeil.

Lorsqu'on passe, en visitant le département du Haut-Rhin, d'un canton manufacturier à un canton agricole, on est frappé de la différence qui existe entre l'attitude, la physionomie, la santé des enfants des deux cantons. Ceux du district agricole sont frais, épanouis, robustes, tout en eux annonce la force et la vigueur; tandis que, chez ceux du district manufacturier, on remarque tous les signes d'un abattement précoce, la pâleur, des membres grêles, un corps affaissé : «Cette différence, dit M. Villermé, se remarque surtout lorsqu'en allant de la ville de Thann à celle de Remiremont, on passe du dernier village du département du Haut-Rhin, Orbay, à celui de Bussang, qui est le premier du département des Vosges; et pourtant les enfants d'Orbay ne sont pas les plus malheureux ni les plus mal portants du Haut-Rhin.»

Les machines qui sont venues substituer dans plusieurs fabrications les forces matérielles aux forces de l'homme n'ont fait qu'augmenter le nombre des enfants qu'on emploie dans les manufactures. Les travaux que les machines n'exécutent pas, n'exigeant pas l'emploi des forces des adultes, ont pu être confiés en grande partie à de jeunes bras, et ont en même temps rendu la tâche des enfants plus lourde et plus grave qu'autrefois. Il est prouvé, d'après les *Notices statistiques sur les colonies françaises* aux Antilles, qu'on impose aux nègres des fatigues moindres qu'aux jeunes ouvriers. Cette exploitation inique et cruelle a plus d'une fois provoqué les plaintes d'hommes éclairés et généreux : ainsi le docteur Jean Gerspach, de Thann, a publié d'intéressantes considérations sur l'influence exercée par les filatures et les tissages sur la santé des ouvriers; mais ces réclamations sont jusqu'à présent restées sans effet. D'ailleurs, dans la discussion qui fut ouverte dans le sein de la Société industrielle de Mulhouse, sur les causes qui produisaient l'altération de la santé des jeunes travailleurs, les opinions furent partagées. Les uns attribuaient ces funestes effets à l'insalubrité des ateliers, les autres, au défaut de nourriture et de soins, le plus grand nombre, aux vapeurs et émanations que produit la fabrication, et qui ne permettent aux jeunes enfants que de respirer un air vicié; les excès prématurés de boisson et de débauche furent aussi allégués. Cette diversité d'opinions servit du moins à faire connaître l'étendue des maux qui pesaient sur l'enfance manufacturière, et l'urgence des remèdes qu'il convenait d'y apporter.

A Elbeuf, à Louviers, les ouvriers se trouvent dans une position généralement meilleure; enfin à Sedan, et même à Lyon, quoi qu'on puisse inférer des émeutes de 1834, une certaine portion de la classe ouvrière vit dans une situation que l'on peut appeler voisine de l'aisance, si on la compare à celle des ouvriers de l'Alsace et du Nord; le dimanche, les ouvriers de Sedan ont même dans leur mise quelque chose de recherché qui annonce chez eux des habitudes d'ordre et d'économie qu'on ne rencontre dans les autres pays que parmi la classe bourgeoise : il faut dire aussi qu'à Sedan il existe des caisses de secours pour les ouvriers, et des écoles primaires pour leurs enfants.

Déclarons toutefois, et ce point nous semble essentiel à remarquer dans l'existence des enfants de fabrique, que le taux des salaires des parents, les bénéfices qu'ils peuvent réaliser, n'offrent guère de garanties d'amélioration physique, ni surtout morale, à l'existence des jeunes ouvriers. En effet, telles sont les mœurs de nos artisans, qu'une augmentation de salaire ne fait souvent qu'exercer sur leur existence, et, par conséquent, sur celle de leurs enfants, une influence pernicieuse. Il n'est pas rare de voir un salaire plus élevé augmenter chez l'ouvrier l'incurie, le désordre, la fréquentation du cabaret. A la honte, je ne dirai pas de la classe pauvre, mais de la classe riche, qui s'acquitte si mal des devoirs de tutelle et de patronage qu'elle devrait s'imposer à l'égard de la classe pauvre, l'ouvrier le mieux payé, c'est-à-dire presque toujours le plus intelligent ou le plus habile, est aussi le plus dérangé, le plus vicieux : ainsi, le serrurier mécanicien, que nous avons déjà cité, et qui gagne jusqu'à six francs par jour, compte généralement dans la semaine trois jours de chômage volontaire. Que doit-on conclure de là? Que pour que l'ouvrier soit sobre, exact, laborieux, il faut qu'il soit aux prises avec le besoin? Non, sans doute : une conclusion pareille répugnerait à la fois aux lois de l'humanité et de la raison; car l'ouvrier se dérange, non parce qu'il gagne trop, mais parce qu'il ignore ou méconnaît l'emploi qu'il convient de faire de ce qu'il gagne, parce qu'il n'a pu éprouver les effets de l'économie et du calcul, qui n'existent ni dans son éducation ni dans ses habitudes. Ce qui lui manque avant tout, et en toutes choses, c'est l'éducation, le discernement; mais cette éducation, où peut-il l'avoir puisée, s'il est vrai qu'avant l'âge de raison tel que la loi l'institue, il ait déjà été réduit à l'état de simple moteur, d'instrument aveugle et passif de l'une des grandes forces industrielles?

Cessons donc d'interroger les statistiques, pour rechercher si, dans tel département, le sort des jeunes ouvriers est meilleur ou pire que dans tel autre, et disons, en thèse générale, que leur sort est à peu près le même dans tous les pays où les parents, tuteurs ou fabricants, les considèrent comme un objet de légitime exploitation.

Nous avons déjà donné une idée des ateliers où la plupart des jeunes ouvriers sont entassés; nous avons parlé du double danger auquel est exposée leur santé, soit qu'ils vivent dans l'insalubre atmosphère des caves pour le tissage, soit qu'ils vivent dans les étuves de l'apprêt *écossais*. On comprend quelles doivent être les conséquences d'un travail égal à celui des hommes imposé à de pauvres êtres chétifs, à peine formés, qui n'échappent à une mort prématurée que pour entrer dans l'âge de la virilité avec un corps débile et un tempérament délabré. C'est ainsi que plusieurs races d'hommes en

France dégénèrent ou se perdent de jour en jour. En voyant les ouvriers des environs de Thann et de Mulhouse, corps affaissés et rabougris pour la plupart, croirait-on que c'est là cette race alsacienne que Louis XIV nous avait léguée si forte et si robuste? Il est prouvé, d'après les relevés statistiques, que sur 10,000 jeunes gens capables de supporter les fatigues du service militaire, les dix départements les plus agricoles de France ne présentent que 4,029 infirmes ou difformes, et réformés comme tels, tandis que les départements les plus manufacturiers présentent 9,930 infirmes ou difformes, et réformés comme tels.

Du reste, ce n'est pas en France seulement que l'on signale l'influence exercée sur la mortalité ou le dépérissement des races par le travail des manufactures et le séjour des fabriques, que l'Anglais Süsmilck appelle les catacombes de la population. « Lorsque le gouvernement britannique, dit M. Charles Dupin, voulut tarir dans leur source les maux produits par le travail des fabriques, il fit examiner par un comité médical l'état sanitaire des districts manufacturiers de l'Angleterre. Le comité constata cinquante affections morbides propres aux diverses espèces d'industries, et qu'on ne trouve pas chez la population qui ne pratique pas ces industries. »

Si nous avons dévoilé les misères qui peuplent les greniers et les caves de Lille, de Mulhouse et de Rouen, nous devons avouer aussi que les habitations destinées aux classes ouvrières à Liverpool, à Bristol ou à Manchester, ne sont guère plus salubres. Les artisans y sont entassés dans des taudis où les maladies épidémiques se multiplient d'une façon désespérante. Dans la partie ouest de l'Yorskhire, où la population est employée en grande partie dans les manufactures, la moitié des enfants meurent avant d'avoir atteint l'âge de dix-huit ans. Il faut dire cependant, pour expliquer cette effrayante mortalité, que l'Angleterre est le seul pays de l'Europe qui n'a pas de police médicale, et où la santé publique est entièrement abandonnée à elle-même.

Ainsi, en France, en Angleterre, et généralement dans tous les districts et cantons où l'industrie manufacturière forme la loi principale du pays, l'enfant de fabrique a une chance sur deux pour ne pas succomber aux infirmités ou aux maladies qui résultent du métier auquel sa prédestination l'enchaîne. Il a moins de liberté matérielle que le prisonnier, qui, du moins, ne respire pas un air infect ou vicié, ne travaille que lorsqu'il lui plaît, et a toujours sa pitance assurée. L'enfant de fabrique, lui, ne connaît aucune des impressions de joie et de bien-être que le travail bien organisé doit procurer, et sans lesquelles il n'est même qu'une sorte d'exaction. Il n'a jamais eu la jouissance d'un habit neuf, d'un bon repas, d'une caresse tendre ou d'une parole bienveillante; il ne connaît pas ces bonnes journées de dimanche ou de fête passées entièrement à respirer et à se divertir, si nécessaires au cœur et à la santé des enfants. Pour lui, toutes les journées se ressemblent et lui ramènent les mêmes haillons, les mêmes tâches ingrates, les mêmes exhalaisons morbides. Quels hommes peut-on attendre d'enfants élevés de la sorte, éclos sans air, sans soleil, sans instruction surtout? Nous nous plaignons de la classe ouvrière, nous la trouvons ignorante, abrutie, émeutière : mais, de grâce, examinons donc le terrain où elle s'ensemence, et les rejetons par lesquels elle se reproduit; rendons-nous compte de ses débuts dans l'existence; examinons la part de privilèges et d'encouragements que nous lui faisons dans le domaine commun de la propriété et des lumières.

Mais n'anticipons pas, car jusqu'ici nous n'avons encore examiné la condition de l'enfant de fabrique qu'au point de vue des misères physiques et de l'oppression matérielle. Mais que sera-ce donc, si nous entrons dans le cœur même des choses, et si nous examinons une pareille existence au point de vue des croyances, des principes, des notions du juste et du bien, enfin de tout ce qui fixe les instincts, détermine la condition et la ligne de conduite de l'homme social ?

Les enfants destinés au travail des manufactures ne reçoivent, à proprement parler, non plus de culture que le cheval destiné à faire manœuvrer la roue d'une machine ou à promener la charrue dans le sillon. Personne ne s'est donné la peine de les éclairer ni de les instruire, de former leur cœur, ni de cultiver leur raison. D'ailleurs, qui donc pourrait se charger de ce soin ? Leurs parents, dira-t-on. Mais qu'est-ce que leurs pères et mères, si ce n'est des enfants de fabrique comme eux, devenus adultes, entretenus, par leur genre d'existence, dans l'ignorance ou même la dépravation primitive, vivant le plus souvent en concubinage, investis du titre de la paternité, sans en connaître même les plus simples devoirs ! D'ailleurs, quand deux êtres ont leur journée prise par un travail abrutissant de seize ou dix-sept heures, quel temps leur reste-t-il pour les soins de l'affection et les impressions morales ? Nous avons dit ce qu'étaient les ouvriers à Lille, dans la rue des Etaques : nous les avons montrés couchant pêle-mêle, sans honte ni retenue, sur un même grabat, hommes, femmes, époux, vieillards. Au milieu de pareilles mœurs, que deviennent les instincts, les principes des enfants de fabrique ? Qu'espérer pour l'avenir de ces jeunes innocences flétries ou plutôt déflorées avant l'âge par le vice sans discernement, le vice que l'on ne peut, hélas ! anathématiser qu'à demi, et qui compose l'unique patrimoine de certains êtres en entrant dans la vie ?

Cependant, remarquez que jusqu'ici l'enfant de fabrique, déjà perdu par les exemples de l'intérieur et de la famille, n'est pas encore entré à la fabrique où se rencontrent pour lui tant de nouvelles causes d'avilissement moral. Il n'a pas dépassé les limites de ce qu'on est bien forcé d'appeler le foyer paternel : heureux encore lorsque ce foyer est pour lui remplacé par la salle d'asile ! A Lille, il existe une coutume caractéristique, et qui peint bien le degré d'intérêt que les parents portent à leurs enfants. Les femmes d'ouvriers achètent chez les pharmaciens une certaine dose de thériaque qu'elles appellent *dormant*. Comme elles sont pour la plupart fort adonnées à l'ivrognerie, elles font prendre ce narcotique à leurs enfants les dimanches, les lundis, et les jours de fêtes, ce qui les dispense de les garder, et leur permet de rester au cabaret aussi longtemps qu'elles veulent. On voit, d'après ce seul fait, comment ces femmes doivent s'acquitter de leurs autres devoirs de mère.

De la salle d'asile, l'enfant de fabrique passe directement à la filature, où commence pour lui cette grande éducation du vice qui ne le quittera plus jusqu'à sa puberté, et qu'il transmettra fidèlement à sa progéniture avec les mêmes chances de dégradation et de misère. On sait que les mauvais penchants n'ont pas de peine à se glisser dans toute réunion d'hommes ou même d'enfants. Or, s'il est vrai que, malgré toutes les garanties de l'éducation et de la surveillance, la vie de collège ne soit pas toujours exempte d'immoralité, que sera-ce donc d'une agglomération d'enfants sans principes, sans guides, réunis , filles et garçons, dans les mêmes ateliers, travaillant ensemble une partie des nuits sous les yeux d'adultes qui deviennent presque toujours pour eux des instituteurs de vice? Ces diverses circonstances, résultant du travail de nuit, de la réunion des deux sexes, et du contact perpétuel avec des êtres dégradés et corrompus, expliquent les anomalies étranges que présentent l'âge et les mœurs des enfants de fabrique.

La société industrielle de Mulhouse atteste, dans ses bulletins, que rien n'est plus commun que d'entendre des propos obscènes s'échapper de la bouche des plus jeunes ouvriers. Ils ont toutes les habitudes des adultes, le cabaret, l'ivrognerie, le chômage du dimanche et du lundi. Un industriel des Vosges, qui a publié d'utiles réflexions sur notre régime manufacturier, déclare qu'il faut vivre comme lui au milieu de cette race déplorable, et l'observer de près, pour se faire une idée de sa dégradation précoce et des vices qui la dévorent. Il raconte qu'à l'âge où les ouvriers devraient encore être écoliers, on les voit devenir pères de famille, et que souvent, tandis que de faibles enfants travaillent dans les manufactures, les parents fument et s'enivrent au cabaret. Ce fait des unions précoces est également attesté par les rapports des sociétés industrielles du Haut-Rhin, qui prouvent que l'on compte dans cette ville une naissance illégitime sur cinq naissances totales. Il y a même dans l'Alsace, pour les unions illicites entre jeunes ouvriers, un terme particulier : on les appelle des *mariages à la parisienne*, d'où l'on a fait le verbe allemand *paristeren, pariser*, suivre la mode de Paris. Ainsi, Paris est partout considéré comme le modèle et le taux de toutes les corruptions.

Disons-le, pourtant, ces unions, que réprouvent à la fois les lois de la nature et de la morale, sont loin de représenter le dernier degré du vice et de la dépravation que l'on remarque dans les mœurs de l'enfance ou de l'adolescence manufacturière. Il faut même dire que, dans certains districts manufacturiers , on est forcé d'invoquer le concubinage presque comme un bienfait, si l'on remarque la pente funeste que suivent les mœurs des jeunes ouvrières. A Reims, on voit de très-jeunes filles employées dans les manufactures, et qui n'ont guère plus de douze à treize ans , s'adonner le soir à la prostitution. Il y a même dans les ateliers une expression particulière qui désigne cette action : lorsqu'une jeune fille quitte son travail avant l'heure ordinaire, on dit *qu'elle va faire son cinquième quart de journée*. Le terme est consacré, et devient le sujet des plaisanteries de l'atelier. Parent-Duchâtelet déclare, dans son livre, que la ville de Reims envoie à Paris un nombre de prostituées qui l'emporte de beaucoup sur celui des autres villes. Enfin, on lit dans un journal du pays, que nous avons déjà cité, *l'Industriel de la Champagne*, du 14 août 1836 : « Que cette ville est infectée de prostitution, et qu'il s'y trouve peut-être cent enfants au-dessous de quinze ans qui n'ont, pour ainsi dire, d'autre moyen d'existence; sur ce nombre, il en est dix ou douze qui n'ont pas atteint la douzième année. » L'auteur de l'article ajoute : « Je raconte des faits, *et je ne dis pas tout*. »

A Sedan, où les ouvriers sont cependant plus heureux et plus éclairés que partout ailleurs, on remarque également parmi les jeunes ouvrières un certain nombre de prostituées qui font aussi le soir *leur cinquième quart de journée*. Il est prouvé que plusicurs lieux de débauche de Paris se recrutent en partie dans les localités manufacturières. En Angleterre, les mœurs des jeunes filles employées dans les fabriques ne sont guère plus régulières. Les caves de Glascow ont été souvent décrites comme les derniers cloaques du vice et de la misère. Ces caves, où l'on débite de la bière et des liqueurs fortes, servent aussi d'asile aux jeunes ouvrières sans emploi qui viennent là s'associer aux plus honteuses orgies. Le docteur Cowan, qui a fait un rapport complet et détaillé sur les misères de Glascow, déclare qu'un grand nombre de jeunes filles se sont adressées au capitaine Millar, le chef de la police de Glascow, pour être retirées de ces lieux infâmes où le besoin seul les avait entraînées. Un an ou deux passés au milieu de cette population souffrante suffisent pour les perdre complétement et les précipiter de l'ivresse au vice, et de la maladie à une mort prématurée.

On voit, d'après ces divers témoignages, que le sort des jeunes filles employées dans les fabriques n'est guère moins misérable que celui des jeunes garçons. S'il est vrai qu'elles aient moins à souffrir que ceux-ci des mauvais traitements physiques, en revanche, la moralité, la pudeur, ne sont chez elles que plus gravement et plus prématurément compromises, ce qui suffit pour rétablir la balance du mal. Ces jeunes filles, livrées au désordre dès l'âge de douze ou treize ans, deviennent les mères des enfants de fabrique, qui sont ainsi, pour la plupart, les fils du concubinage ou de la prostitution, ou de mariages qui n'influent guère d'une façon moins déplorable sur leur destinée par suite des abus que nous avons signalés, la communauté de lit, ou tout au moins de chambre, entre les membres d'une même famille, et, par suite, le manque de retenue qui est chez tant d'ouvriers la conséquence de l'incurie et de l'extrême dénûment.

Il semblerait que Paris, où se concentrent tant de ressources de civilisation et de lumières, dût être exempt de l'exploitation industrielle des jeunes enfants. N'est-ce pas là, en effet, que naissent et se développent toutes les idées de philanthropie et de régénération sociale? N'est-ce pas là qu'à côté des plus généreuses recherches et des applications les plus éclairées, on trouve aussi les tableaux les plus frappants de dépravation et d'indigence? Aussi, n'est-ce pas sans une certaine tristesse mêlée de surprise, que nous avons retrouvé parmi la jeune population parisienne les mêmes abus du travail manufacturier que nous avons eus à signaler dans les provinces? S'il est vrai que l'enfant employé dans les fabriques de Paris ou de la banlieue ne vive pas aussi misérablement que celui du Nord ou de l'Alsace, il n'est que plus prématurément en proie à l'épidémie vicieuse des mœurs manufacturières. La corruption parisienne prend une expression d'autant plus hideuse, qu'elle se trouve personnifiée dans de jeunes existences. Elle emprunte alors un cachet particulier de cynisme et d'effronterie qui fait mieux ressortir encore tout ce qu'elle a d'affligeant dans ses résultats, et d'incurable dans son origine. L'enfant de Paris est un produit à part dans la vaste réunion des vices et des contrastes qui remplissent certains quartiers de la capitale. Ses allures, ses habitudes, son langage, ont été popularisés par le crayon et le théâtre; on a souri plus d'une fois devant cette page curieuse de l'existence parisienne, dont on n'a vu que la gaieté, l'intelligente précocité, sans considérer l'abandon et les vices, qui forment presque toujours le revers du tableau.

Cet enfant de Paris, chez qui la dépravation a devancé les années, et que l'adolescence transmet si souvent à la police correctionnelle, a presque toujours en pour
école, et pour ainsi dire pour berceau, un de ces petits ateliers qui pullulent dans
les rues sombres et populeuses des sixième et septième arrondissements. C'est là qu'il
s'est imbu, dès ses premières années, de ces principes de démoralisation devenus comme
traditionnels dans certaines corporations ouvrières. Le jeune ouvrier de Paris, dont
l'esprit est généralement plus subtil et plus avancé que celui de l'ouvrier de la province, imite naturellement ce qu'il voit et ce qu'il entend quotidiennement. Il vit dans
une réunion d'adultes qui ne sauraient tenir son innocence en garde contre la
licence de leur propre langage. Il a de plus, pour perfectionner son jugement et sa
raison, les dernières places des petits théâtres des boulevards, dont il est, comme
on sait, un des plus assidus habitués. Enfin, comme dernier moyen de moralisation
et de culture, la barrière Saint-Jacques, les jours d'exécution.

Mais si l'existence d'une grande ville offre, indépendamment des vices de la fabrique, des chances de dépravation qui n'existent pas dans les départements, on aurait
tort de penser qu'il y a du moins une compensation dans la durée et les résultats
du travail matériel. Le régime est le même, pour l'enfant, dans la manufacture parisienne que dans la manufacture alsacienne ou rémoise. Il suffit, du reste, de traverser
la plupart des rues de communication situées entre celles Saint-Martin et Saint-Denis,
celles des quartiers Maubert ou Saint-Marcel, pour comprendre que l'existence de ces
enfants ne peut guère se trouver dans des circonstances hygiéniques plus défavora-
bles. L'insalubrité de l'atmosphère se combine presque toujours avec la précocité du
travail et les abus des tâches illimitées, qui altèrent la santé et empêchent la croissance
de tant de jeunes ouvriers parisiens.

M. Gillet, qui a pris l'initiative dans la question du travail des enfants dans les
manufactures avec tant de zèle et de généreuse sollicitude, annonce, dans un rapport
transmis par lui au préfet de la Seine, que, dans une fabrique de coton du onzième
arrondissement, les enfants sont admis dès l'âge le plus tendre, et gagnent par jour
de 40 à 50 centimes. Ils ne sont pas employés directement par les fabricants, mais
par des ouvriers à leurs pièces, qui traitent de leur exploitation avec les pères et mères.
Certaines femmes sont même uniquement occupées à racoler de jeunes ouvriers qui
deviennent pour elles l'objet d'une traite particulière. Elles leur donnent ordinairement pour nourriture un seul morceau de pain, qui doit leur suffire jusqu'au souper,
qu'ils ne prennent qu'à la sortie de l'atelier. Le mélange des sexes a lieu dans la plupart des fabriques, et produit des unions précoces qui se contractent, dans certains
arrondissements de Paris, ainsi que dans les Vosges, dès l'âge de douze ou treize ans.

M. Gillet ajoute, dans son rapport, que presque aucun des enfants employés dans
les fabriques n'a reçu la plus légère teinte d'instruction; ils ne savent ni lire ni écrire,
et n'ont même reçu aucun principe de morale. Un jeune ouvrier de quinze ou seize
ans, pris dans le douzième arrondissement, paraît souvent moins robuste et moins
développé qu'un enfant de dix ou douze ans pris dans un autre quartier de Paris. Ce
n'est pas sans une impression de tristesse profonde que l'on remarque dans tant de
rues fabricantes des jeunes corps voûtés avant la croissance, des visages étiolés, flé-

tris, qui n'ont jamais connu la fraîcheur de la santé, un rachitisme complet, résultant d'un travail excessif.

Mais ce serait en vain que, pour éluder la répression de pareils abus, on invoquerait la volonté ou l'intérêt des manufacturiers qui pourraient, par des considérations matérielles, perpétuer l'exploitation des jeunes ouvriers. Disons, à la louange des industriels français, que, pour la plupart, ils s'accordent à reconnaître les funestes effets de l'application indiscrète et prématurée des forces de l'enfance aux travaux manufacturiers; plusieurs d'entre eux réclament vivement la loi qui doit mettre un terme à l'oppression d'une classe sans défense. Ils ont senti qu'une juste répartition de la quantité et des heures de travail offrira même à leur industrie des garanties pour l'avenir. Ils pourraient désormais choisir les agents de leur fabrication non plus parmi des êtres affaiblis et démoralisés avant l'âge, mais bien dans une population non moins robuste, non moins énergique, que celle de nos districts agricoles.

Quant à la question fiscale, et à l'avantage direct que les fabricants pourraient retirer de la substitution des enfants aux ouvriers adultes, l'expérience des faits semble concourir avec la moralité du principe en faveur de l'émancipation des ouvriers mineurs. Ainsi, pour choisir nos exemples dans Paris même, nous dirons que deux fabriques situées rue de Vaugirard emploient, l'une, des enfants mêlés à des adultes, et l'autre, des adultes seuls. Le directeur de celle où les enfants sont employés déclare que ses bénéfices ne sont ni plus ni moins élevés que s'il n'admettait que des adultes. Le rapport entre les salaires et le produit de la fabrication est le même entre les deux manufactures, ce qui prouve qu'on se fait souvent illusion sur les avantages que présente l'emploi de l'enfance dans les fabriques. Les femmes, qui ne reçoivent un salaire guère plus élevé que les enfants, travaillent avec beaucoup plus de célérité et d'attention : aussi sont-elles admises de préférence par tous les manufacturiers qui ont observé à fond les mœurs de leurs ouvriers. On est donc forcé de reconnaître que cette exploitation des enfants, qui produit de si tristes résultats, n'est, dans beaucoup de pays, ni une exaction volontaire, ni l'effet du calcul: c'est simplement affaire de tradition et de routine.

Nous terminerons ce que nous avions à dire sur le jeune ouvrier de Paris en rappelant qu'il résulte, de renseignements recueillis dans les bureaux de la préfecture de la Seine, que, pour les cas de réforme, les arrondissements manufacturiers l'emportent de près du double sur les autres. Il faut citer surtout le douzième arrondissement, où l'on trouve tant de causes de démoralisation et de mortalité, puis les sixième et septième, où l'entassement de la population dans des ateliers étroits et souvent infects offre tant de prise aux épidémies. Le dixième arrondissement, qui est, comme on sait, celui où la santé publique est incomparablement la meilleure, ne contient que fort peu d'ouvriers, et est, en général, le centre des existences retirées, soumises aux lois d'un bien-être modeste qui se trouve à la fois à l'abri des exigences du besoin et des dissipations du monde. Il n'est malheureusement que trop vrai que, dans plus d'un quartier des capitales, la conservation des individus est en raison inverse de l'activité et des fatigues matérielles.

Il nous reste maintenant à parler des enfants employés dans l'industrie dite *métal-*

ENFANT DE FABRIQUE.

lurgique, et que nous avons indiquée en commençant comme formant une des catégories dans les classifications que nous avons établies. Nous n'aurions ici qu'à exprimer les mêmes plaintes relativement au défaut d'instruction des enfants, aux fatigues prématurées auxquelles les condamnent des parents imprévoyants et intéressés. Nous devons avouer, cependant, qu'à part les influences délétères que peut exercer l'atmosphère de certaines fabrications, la condition des enfants nous a paru généralement moins triste, moins dure dans les usines métallurgiques que dans les ateliers de soie, de laine ou de coton.

Il est à remarquer, d'abord, que l'ouvrier employé à la fabrication de l'acier, du fer, de la fonte, ces grands ressorts de l'industrie, est supérieur, tant sous le rapport du taux des salaires que pour l'activité intellectuelle et morale, à l'ouvrier courbé sous le joug triste et uniforme de l'industrie cotonnière. Cette différence entre la condition des deux classifications d'industries s'étend également à celle des enfants. Le mélange des sexes, cette grande cause de démoralisation dans les filatures, n'existe pas dans les usines à charbon. Ensuite, on peut dire que l'industrie fait en grande partie l'ouvrier. Or, ce qui perd l'enfant employé dans les filatures, l'abat, le démoralise non moins autant peut-être que le contact du vice ou l'air vicié qu'il respire, c'est l'ennui, sorte de nostalgie indéfinissable, qui exerce dans les filatures de si grands ravages, qui condamne une organisation, souvent active et pleine d'effervescence, à bobiner toute une année, et du matin au soir, un même fil, ou à ramasser les mêmes mèches de coton qui s'échappent d'un même ventilateur. L'ennui doit aussi compter en première ligne comme une des grandes causes de corruption qui existent dans les filatures : c'est lui qui, en occupant les doigts seulement, livre l'esprit à tous les piéges de l'oisiveté; c'est lui qui contribue pour une forte part à faire pénétrer dans le cœur des jeunes ouvriers le vice et la corruption résultant de ce genre d'occupations si nombreuses dans les filatures, que j'appellerais volontiers des *tâches oisives.*

Il suffit d'entrer dans une usine métallurgique, d'observer le mouvement continu qui règne autour des fours, des établis, des enclumes, d'écouter la respiration énergique des fourneaux, le vacarme actif et régulier des pistons mus par la vapeur, des balanciers, des roues et des martinets, ces mille bruits prestigieux auxquels John Cockerill aimait tant à s'endormir, pour comprendre que les mœurs des ouvriers, et, par conséquent, des enfants, doivent être tout autres dans de pareils ateliers que dans les filatures. Une grande partie de l'industrie cotonnière, industrie passive et moutonnière s'il en fut, est encore maintenant mue et régie par la force matérielle de l'homme. L'usine tend, au contraire, à choisir pour moteur une force mécanique, la vapeur ou une chute d'eau. Elle prétend ne laisser autant que possible, à la main de l'homme, que la partie en quelque sorte *intellectuelle* de la fabrication. On voit que ces deux principes suffisent pour établir une ligne de démarcation profonde entre le caractère et la condition des agents; non pas, du reste, qu'il n'y ait quelques abus à reprendre dans l'application des forces de l'enfance à certains détails des travaux métallurgiques. Dans les forges, par exemple, c'est à regret que nous avons vu confier à des enfants l'opération dite *du crochet.* Quand le fer, déjà affiné par l'opéra-

tion du four et du martinet, est soumis à l'action du laminoir sous la forme de lingots
incandescents qui doivent recevoir une dernière façon, il est nécessaire de soutenir
à l'aide d'un crochet le morceau de fer rouge destiné à parcourir les diverses rai-
nures du laminoir. Le maniement de ce crochet est ordinairement remis aux mains
d'un enfant, et il est aisé d'en prévoir les dangers par suite des éclats enflammés qui
peuvent jaillir ou de l'entraînement auquel le mouvement de la roue peut donner
lieu. Mais ce ne sont là que des cas exceptionnels qui doivent, du reste, tôt ou tard
être prévenus par une nouvelle distribution partielle de la grande force motrice dont
James Watt a doté le monde. Telle est, d'ailleurs, la condition des enfants employés
dans les manufactures, que les influences physiques, même celles qui mettent leurs
jours en danger, finissent par ne plus être considérées comme les plus funestes, si on
les compare aux dangers moraux qui les menacent constamment.

Il est un rapprochement auquel le genre de vie que les fabriques créent aux enfants qu'elles emploient a plus d'une fois donné lieu, et que nous ne saurions éviter
pour notre part, car il revient directement à notre sujet, et servira à mieux démontrer encore la nécessité des mesures à prendre à l'égard des enfants employés dans
les manufactures.

On a souvent comparé la position des jeunes ouvriers libres, honnêtes du moins
aux yeux de la loi, et celle des enfants ou des adolescents détenus pour vol ou vagabondage dans les maisons pénitentiaires, et l'on a découvert que, sous le rapport des
soins matériels, des commodités de la vie, de l'instruction même, l'avantage restait
de beaucoup à ces derniers, c'est-à-dire aux jeunes détenus. Rien n'est plus vrai; et,
pour constater un pareil fait, il ne faut que visiter la maison de la rue de la Roquette,
mise maintenant, comme on sait, sous le régime cellulaire, et où l'on enferme les
détenus au-dessous de seize ans. Un simple parallèle, établi entre l'existence de l'enfant travaillant dans une filature, ou enfermé à la Roquette, donnera les résultats
suivants :

L'enfant de fabrique n'a le plus souvent, comme nous l'avons vu, qu'un pain
grossier et quelques débris de légumes pour toute nourriture ; le détenu de la Roquette est, au contraire, nourri avec une sorte de délicatesse, si on compare son
régime à celui de l'enfant de fabrique : non-seulement sa nourriture est assurée,
mais il mange de la viande quatre fois par semaine. Quand la maison était soumise
au régime commun, on avait même institué dans l'intérieur de la maison *une table
d'honneur*, où l'on admettait tous les dimanches ceux des jeunes détenus qui pouvaient
produire les meilleurs certificats de soumission et de bonne conduite.

L'enfant de fabrique est, on peut le dire, à peine logé, vêtu ou couché ; le détenu
de la Roquette a, au contraire, son lit dressé dans une cellule bien claire, bien
aérée, rafraîchie en été par un vasistas, et chauffée en hiver par un calorifère du
meilleur modèle. Il a l'uniforme de la prison, qui varie suivant l'ordre des saisons ;
il a son linge exactement renouvelé; tous les détails de son existence sont surveillés
et régis par une administration toute paternelle, qui descend pour lui à des soins
presque minutieux de propreté et d'hygiène.

L'enfant de fabrique ne sait ni lire ni écrire, ni même souvent raisonner ou prier ;

il est incapable de remplir aucune des fonctions de l'homme intellectuel et social; tandis que le détenu de la Roquette a son aumônier spécial, qui se charge de le moraliser et de l'instruire, son instituteur spécial, qui se charge de lui enseigner la lecture, l'écriture, le calcul, un contre-maître qui le dirige gratuitement dans l'apprentissage d'un métier qu'il est libre de choisir parmi les plus relevés ou les plus lucratifs; enfin, un directeur qui le visite à toute heure de la journée, l'encourage lorsqu'il fait bien, le réprimande lorsqu'il fait mal, complète les bienfaits du véritable patronage providentiel qui s'étend sur lui à dater du jour de son incarcération.

Nous pourrions encore prolonger ce parallèle entre ces deux classes d'enfants; mais les faits que nous ajouterions ne feraient toujours que nous conduire à cette conséquence, que le sort des uns est incomparablement plus heureux que celui des autres; et qu'enfin, pour la majorité des enfants pauvres, tout considéré et tout balancé, il vaut mieux, sous le rapport physique et moral, avoir pour condition celle de détenu d'une maison pénitentiaire, que celle d'employé dans une filature.

On ne peut nier qu'il ne soit immoral, et même dangereux pour la société, que, dans la réalité des choses, l'existence d'une prison soit, sous plus d'un point, plus heureuse et plus douce que celle qui peut être acquise par le pauvre au prix de ses sueurs. Aussi voyons-nous, dans le fait de cette disproportion, un motif de plus pour s'occuper sans retard des mesures relatives aux jeunes ouvriers, tendant à constituer leur existence et leur travail sur une base équitable. Les faits révélés par l'application du système cellulaire à la prison de la Roquette offrent à la fois un motif d'encouragement et une garantie de réussite, quant aux améliorations que l'on voudra introduire dans une classe libre et vierge de correction.

Il est constant que depuis que les jeunes détenus de la Roquette ne sont plus sous le régime commun, on obtient d'eux des résultats vraiment surprenants. L'état sanitaire, depuis l'introduction du régime cellulaire, s'est amélioré au point de nécessiter la suppression de plus de la moitié des lits de l'infirmerie. La plupart des cachots de punition sont également devenus inutiles. Tel métier qui exigeait autrefois six ou huit années d'apprentissage est à présent enseigné en un an ou deux. Au bout de quelques mois, les jeunes prisonniers savent lire, écrire, calculer. Toutes les personnes qui se trouvent en contact avec eux, depuis l'aumônier qui les instruit, jusqu'au simple gardien qui les surveille, s'accordent à reconnaître les heureux effets du nouveau régime sous lequel ils sont placés maintenant.

Assurément, voilà de précieux résultats, mais qui ne sauraient être appréciés, ou même admis, qu'autant qu'on fera marcher de concert les améliorations impérieuses que réclame l'existence des fabriques, qui forment malheureusement le plus fort contingent des prisons de jeunes détenus. La société se doit à elle-même, à son équité, à son salut, de ne pas octroyer la plus forte part de ses faveurs, de ses titres, à ceux de ses enfants qu'elle considère, sinon comme déshérités, du moins comme temporairement détachés de son sein. Ne souffrons pas que, dans l'application, la philanthropie atteigne un but que la raison sociale se verrait forcée de désavouer. Oui, disons-le, protection, appui, amélioration au prisonnier, surtout à celui que la loi atteint dans sa minorité, souvent aussi dans la fatalité de sa naissance et de son éducation ; mais, avant tout et surtout, protection, appui, amélioration au travailleur innocent, à l'enfant libre.

Il est une modification utile et salutaire à introduire dans la condition de la classe ouvrière, que nous ne saurions nous dispenser de signaler ici, car elle a déjà subi l'épreuve de la pratique, et porté ses fruits dans un pays voisin du nôtre. Nous avons déjà signalé la différence qui existe entre les cantons agricoles et les cantons manufacturiers : autant, avons-nous dit, les travaux des fabriques contribuent à énerver et corrompre prématurément les enfants qu'elles emploient, autant, au contraire, les travaux des campagnes fortifient le corps et la santé des jeunes agriculteurs. Le canton de Zurich, en Suisse, a su combiner les deux systèmes de manière à compenser les inconvénients de l'un par les avantages de l'autre ; la classe ouvrière y est à la fois sous le régime agricole et manufacturier. Il nous semble qu'il y aurait un profit matériel et moral à appliquer ce système à quelques-unes de nos provinces françaises, où tant de terres restent en friche, tandis que les paysans s'obstinent à s'entasser dans les fabriques où souvent ils ne trouvent qu'un salaire insuffisant, parfois même une suspension absolue de salaire.

C'est une visite douce et consolante à faire que celle du canton de Zurich, après celle de nos principales villes manufacturières. On sait que ce canton est regardé comme un des plus industrieux de l'Europe, et cependant, les ouvriers y travaillent presque tous dans leurs habitations ; la vie de ménage s'y combine avec la vie industrielle, sans que l'une porte préjudice à l'autre. Dans les intervalles des soirées domestiques, les femmes et filles d'agriculteurs dévident les fils ou tissent les étoffes. Quant aux enfants, qui du reste suivent les écoles avec assiduité, ils consacrent le temps que l'instruction n'emploie pas à fabriquer des bobines et des cannettes. Ainsi, quand les commandes industrielles viennent à manquer, la famille se rejette sur les soins agricoles : ce n'est pour elle qu'un déplacement d'industrie.

Zurich est, après Lyon, la localité la plus importante pour les étoffes de soie ; cette fabrication a pris un nouveau développement à la suite des émeutes de 1834, qui ont contraint un certain nombre d'ouvriers français à venir chercher un refuge en Suisse. L'industrie cotonnière emploie aussi à Zurich un grand nombre d'ouvriers qui se divisent en deux classes, comme dans les autres pays de fabrique : les uns travaillent en famille dans leurs habitations, et les autres en commun dans les manufactures. Bien que le mélange des deux sexes existe dans les fabriques, on ne s'aperçoit pas qu'il ait influé sur les mœurs d'une façon dangereuse. Il est d'usage dans les filatures de coton que les enfants travaillent deux heures de moins que les adultes ; on a le soin de ne pas leur imposer de tâches fatigantes qui puissent compromettre leur santé. Dans le canton d'Argovie, les jeunes enfants sont admis gratuitement dans une école qui a été fondée par un des principaux fabricants, et dont il s'est engagé à faire les frais.

Il faut comparer les maisons des ouvriers de Zurich avec celles de la plupart de nos ouvriers français, pour apprécier les avantages de l'aisance, de l'économie, de l'instruction, de tout ce qui manque à nos provinces manufacturières. Les maisons sont presque toujours accompagnées de jardins, meublées avec cette simplicité, cette exquise propreté qui annonce l'ordre et les bonnes mœurs. Il est d'usage en hiver que plusieurs familles se réunissent autour d'un même poêle et d'une même lampe; les enfants surtout participent aux bienfaits d'une pareille existence. Que l'on compare leur destinée à celle des jeunes ouvriers français, qui n'ont souvent jamais connu d'autres réunions de famille que celles du cabaret; qui n'ont entendu, en fait d'instruction morale, que les propos grossiers ou les juremens des fileurs; et qu'on dise s'il est permis de laisser subsister plus longtemps les abus de la vie de fabrique chez un peuple qui se pique à bon droit d'être, sur tant de points, essentiellement civilisateur.

Ajoutons enfin que les ouvriers de Zurich sont presque tous propriétaires de la maison qu'ils habitent, et du petit champ qui en dépend. Il en est fort peu qui ne sachent lire, écrire, et cela dès leurs plus jeunes années. — Mais, dira-t-on, ces ouvriers sont sans doute beaucoup mieux payés que les ouvriers français: la différence des salaires produit la différence des mœurs et du genre d'existence. Hâtons-nous de répondre que l'industrie française, au contraire, offre à ses ouvriers des salaires beaucoup plus élevés que l'industrie suisse, ce qui confirme l'opinion que nous avons précédemment émise sur le rapport des gains avec la moralité des ouvriers. Les artisans suisses ont le bon esprit de ne pas adopter la filature ou le tissage exclusivement, et de se réserver les ressources de l'agriculture. Cette intelligente combinaison les met en garde contre les pertes que pourrait leur occasionner la suspension des travaux. Ils sont en cela plus prévoyants que nos ouvriers français, qui ne considèrent guère que le chiffre présent du salaire qui leur est offert, sans s'inquiéter des époques de chômage. Ce mélange de travaux agricoles et manufacturiers a de plus l'avantage d'inspirer aux ouvriers zurichois l'amour de la propriété; ce champ, qu'ils arrivent tôt ou tard à posséder, devient l'unique objet de leurs efforts et de leurs vœux. L'institution des caisses d'épargne est depuis longtemps mise en vigueur dans ce canton; elle n'a pas rencontré les mêmes résistances qu'en France, où la plus grande partie de nos ouvriers ont craint et craignent encore maintenant de recourir à ce mode de placement, de peur de révéler à leurs maîtres les bénéfices qu'ils ont pu réaliser et les économies qu'ils ont faites; ce qui, suivant eux, ne peut manquer de faire tôt ou tard baisser le tarif des salaires.

Quant aux jeunes travailleurs, et aux précautions qu'il convient de prendre pour les protéger contre l'oppression des fabriques, il en est une qui a déjà été mise à exécution en Angleterre, en Prusse et aux États-Unis, et dont nous ne saurions réclamer trop vivement l'application à la France; nous voulons parler de la création d'inspecteurs spéciaux des fabriques, qui deviendraient une garantie de protection pour l'enfance pauvre et exploitée. Nous ne ferons, du reste, ici que nous associer aux vœux des hommes honorables et zélés qui ont déjà réclamé une semblable institution. Ces inspecteurs seraient chargés non-seulement de protéger les jeunes ouvriers contre les mauvais traitements, l'excès de travail, mais aussi de surveiller leur perfectionnement moral et la culture de leur intelligence. La classe riche et éclairée serait ainsi représentée près des classes pauvres et souffrantes, et ne serait plus du moins solidairement responsable de leurs vices et de leurs désordres. « La société, dit M. Gillet,

dans sa brochure *sur l'emploi des enfants dans les fabriques*, peut et doit pourvoir à
ce que des races vicieuses et abruties ne s'élèvent pas dans son sein pour être un jour
l'objet de son dégoût et de son effroi. Qu'on jette les yeux sur l'état de l'instruction
populaire dans les différents pays du monde; en Prusse, en Danemark, la loi exige
que chaque habitant sache lire. Dans son bill sur le régime des fabriques, le parlement
anglais ne s'est pas montré moins exigeant à cet égard. Aux États-Unis enfin, lorsqu'une bourgade va s'élever, il y a une maison dont la loi pose, en quelque sorte, la
première pierre, une maison qui doit se construire avant toutes les autres, et cette
maison, c'est une école. »

De pareils exemples doivent être pour nous à la fois un sujet de méditation et d'encouragement. Quant aux objections puisées dans la paternité et les droits des parents
qui pourraient encore s'élever contre la fixation légale de l'existence des enfants de
fabrique, nous nous bornerons à rappeler le passage du rapport fait à la Chambre
des députés par M. Renouard, qui prouve que l'incurie des ouvriers, quant à l'instruction des enfants, ne saurait être trop énergiquement combattue dans l'intérêt
même des parents. «Aujourd'hui, dit l'honorable député, c'est par cupidité que des
pères refusent l'instruction à leur enfant, et qu'ils l'épuisent par des travaux au-
dessus de son âge, afin d'accroître le chétif salaire qu'il gagne et qu'eux ils dépensent.
Désormais la cupidité du père ne pourra atteindre le salaire des enfants qu'à la faveur
de la bienfaisante compensation d'un enseignement qui améliorera leur avenir.»

Nous avons déjà parlé en commençant de la loi qui a été présentée à la Chambre cette année sur le travail des enfants dans les manufactures; l'esprit dans lequel cette loi est conçue ne peut manquer d'apporter un prompt remède aux souffrances des jeunes ouvriers. Elle défend l'admission des enfants dans les fabriques
avant l'âge de huit ans, et limite le temps du travail à huit heures par jour, séparées
par un relai. Elle interdit tout travail de nuit pour les jeunes ouvriers au-dessous de
treize ans, ainsi que le travail des dimanches et fêtes. Elle arrête qu'aucun enfant ne
pourra être admis dans les manufactures à moins d'un certificat attestant qu'il a reçu
l'instruction primaire élémentaire; enfin elle protège les mœurs des jeunes ouvriers
contre les dangers qu'ils pourraient courir dans les ateliers, usines et fabriques, et
empêche qu'ils ne soient en butte à de mauvais traitements ou à des châtiments
abusifs.

On voit d'après ces dispositions qu'une pareille loi, si elle est rigoureusement
appliquée, doit mettre un terme aux abus qui atteignent cette classe opprimée. On
comprendra pourtant que son efficacité ne peut se faire sentir qu'autant que les
chefs de fabriques et les parents des jeunes ouvriers voudront venir en aide à son
exécution. Nous avons dit que déjà certains fabricants ont pris les devants, et n'ont
pas attendu d'être contraints par ordonnance pour introduire l'aisance et l'instruction parmi leurs ouvriers. Ainsi on ne saurait trop faire l'éloge du propriétaire d'une
grande manufacture, située dans les environs de Lyon, et nommée *La Sauvagère*. Cet
honorable industriel est vraiment le père de ses ouvriers; il veille sur leurs mœurs,
leurs relations et les moindres détails de leur existence. Plusieurs fabricants de Sedan
sont parvenus à détruire l'ivrognerie parmi leurs ouvriers, en défendant l'entrée de

leurs ateliers à tous ceux qui seraient adonnés à ce vice. Nous pourrions ajouter à ces faits beaucoup d'autres exemples qui prouveraient que la nécessité d'améliorer la condition des ouvriers est sentie même des manufacturiers. C'est ainsi que la Société industrielle de Mulhouse, par un zèle désintéressé qu'on ne saurait trop louer, a présenté la première aux Chambres une pétition en faveur des jeunes ouvriers, et attiré l'attention publique sur des misères dont elle eût pu tolérer impunément l'exploitation.

Espérons donc que de si nobles efforts porteront bientôt leurs fruits. Le conseil d'agriculture a proposé d'accorder des récompenses honorifiques aux fabricants qui favorisent la moralité et l'instruction dans leurs ateliers ; il nous semble qu'une pareille mesure s'accorderait bien avec l'esprit de la loi. En effet, personne n'est plus capable que le manufacturier lui-même de contribuer à l'amélioration des jeunes enfants dont il est le maître. On décore l'homme qui a mis en circulation une machine nouvelle, un procédé nouveau, une substance inconnue : pourquoi ne décorerait-on pas aussi celui qui prélèverait tous les ans une certaine somme sur les produits de son industrie pour fonder une école primaire en faveur des enfants de sa fabrique ? Quoi de plus digne et de plus utile que de rendre à l'humanité et à la morale un contingent annuel de cœurs et d'intelligences ! Quel rôle l'industrie n'est-elle pas appelée à jouer, s'il faut qu'outre son action matérielle, elle exerce de plus une influence de moralisation sur les masses, qui lui devront ainsi les bienfaits d'une double émancipation !

Il est enfin un homme qu'il nous reste à invoquer en faveur des populations manufacturières, et surtout des jeunes enfants, celui qui peut si puissamment contribuer à l'exécution de la loi humaine en en faisant une des bases, un des dogmes de la loi de Dieu : on devine que nous voulons parler du prêtre. Oui, le prêtre est ici nécessaire, indispensable, et lui seul peut éclairer ces classes malheureuses. C'est à lui qu'il faut remettre ces pauvres enfants abandonnés, abandonnés à la fois du monde et de la religion.

La traite de l'enfance dans les pays manufacturiers est aujourd'hui trop enracinée dans les mœurs et les usages pour espérer qu'une loi puisse aussitôt en comprimer les abus. Pour qu'une loi de ce genre reçoive son application efficace et réelle, il faut surtout qu'elle soit imprimée dans le cœur de tous. C'est donc au prêtre qu'il appartient de s'en faire l'interprète, en rappelant s'il se peut dans ses prônes, ou des conférences religieuses analogues à celles qui existent à Notre-Dame, les ouvriers à leurs devoirs de pères et de mères ; lui seul peut les initier par degrés aux principes d'une réforme salutaire, à l'aide de ces applications de l'Évangile toujours si sensibles et si touchantes, faites au nom du Dieu de paix qui semble avoir condamné d'avance les effets d'un travail oppressif pour les jeunes corps et les jeunes âmes, en disant : « Laissez venir à moi les petits enfants. »

Toutes les prisons, toutes les classes de détenus ont leur prêtre, leur aumônier, c'est-à-dire leur confident, leur consolateur spécial, qui leur parle le langage de leurs infortunes, ramène à Dieu par degrés certains cœurs en se plaçant au centre de leurs erreurs et de leurs peines. C'est un prêtre de ce genre que nous réclamons en faveur des provinces manufacturières, un de ces apôtres de la vie pratique qui marchent dans les campagnes et les ateliers, précédés du pardon et de la tolérance, qui sache proportionner ses instructions et ses conseils aux humbles âmes qui lui seraient remises. Il y a dans les pays de fabriques de grands bienfaits à semer au nom de la religion, toute une population à régénérer, à faire revivre aux sources de la charité, une mission digne de saint Vincent de Paul, et nous ne doutons pas qu'elle ne soit acceptée et remplie par les membres de notre jeune clergé.

Nous terminerons ici cette esquisse, qu'une obligation triste, mais sacrée, nous ordonnait d'introduire dans cette galerie de mœurs et de physionomies actuelles. Ajoutons pourtant un dernier fait qui hâtera peut-être le soulagement des misères que nous avons essayé de décrire; rappelons qu'une nation, qui a reconnu aussi les abus du travail des enfants dans les manufactures, s'est depuis longtemps occupée de les prévenir par des ordonnances et des règlements particuliers. Le premier bill qui règle en Angleterre la durée du travail des jeunes ouvriers dans les usines et les filatures est daté de 1802, et nous n'en sommes encore en France qu'à prendre des mesures, et nous venons à peine de porter une loi. Un pareil fait doit suffire pour mettre un terme aux délais et aux ajournements : souffrirons-nous que l'Angleterre conserve plus longtemps sur nous, dans une question d'un si pressant intérêt, une initiative de trente-neuf ans de civilisation et de philanthropie?

ARNOULD FREMY.

LE CANUT.

Notre ennemi, c'est notre maître,
Je vous le dis en bon français
LA FONTAINE.

LE canut était, il y a dix ans, presque inconnu en France et en Europe. Un jour, il prit les armes ; il écrivit sur sa bannière ces mots terribles : *Vivre en travaillant, ou mourir en combattant ;* et les désordres qui ensanglantèrent la seconde cité du royaume appelèrent l'attention générale sur l'ouvrier de la fabrique lyonnaise. Il avait jusqu'alors passé inaperçu ; on ne lui avait tenu compte ni de son labeur, ni de sa persévérance, ni de sa longue résignation. Les dames se paraient de la soie, du velours, des châles ourdis par ses mains sans se demander à quel artisan elles devaient le luxe de leur toilette. Le canut combattit ; le fusil remplaça dans ses mains la navette ; il alluma le brasier de la guerre civile, et la révolte lui obtint un renom que ne lui avait pas acquis le travail. Dès lors il devint l'objet des études de l'économiste ; de graves questions, remuées par les insurrections de novembre 1851 et d'avril 1854, partagèrent en deux camps les commerçants, les journalistes, les législateurs. Gardons-nous d'examiner la valeur des théories diverses qu'enfanta cet appel à la force ouverte ; laissons le maître et l'ouvrier vider leurs débats devant le tribunal de l'opinion ; mais, fidèles au but de cet ouvrage, tâchons de peindre le canut dans sa vie privée.

Sur cent cinquante mille habitants que renferment Lyon et ses faubourgs, quatre-vingt-dix mille canuts au moins y exercent leur industrie. Il est probable que leur nom est dérivé de *cannette*, bobine sur laquelle se roule la soie. Perrache, les faubourgs de Vaise et de la Croix-Rousse, sont les lieux où le taux modéré des loyers, des aliments et des boissons, en attire la plus grande partie. Les ouvriers en *unis* hantent la rue Bourchaine, Saint-Just et Saint-Clair. Mais le quartier général des canuts est le faubourg de la Guillotière, ville nouvelle dont les rues droites s'étendent de jour en jour en empiétant sur la campagne. Là, des maisons immenses, d'innombrables fenêtres, des métiers et des canuts à tous les étages ; à peine un épicier, un cabaretier bloqué dans son étroite boutique. De quatre heures du matin à neuf heures du soir, cette laborieuse population s'agite dans les myriades de cellules où elle est entassée ; et l'on entend incessamment le tic-tac monotone et insupportable des métiers.

Les canuts sont divisés en deux classes bien distinctes : l'ouvrier-maître, et l'ouvrier compagnon ; le premier en relation directe avec le marchand fabricant, le second, instrument passif, mécanique intelligente, moyen vivant d'exécution. Le maître canut, après avoir franchi les degrés de l'apprentissage et du compagnonnage, est parvenu à se créer un atelier d'un ou de plusieurs métiers. Une connaissance approfondie de son état, une activité infatigable, un caractère conciliant, lui sont indispensables pour s'attirer la confiance des marchands fabricants. Qu'il ait l'air de s'intéresser à leur succès, qu'il rogne sur son sommeil le temps nécessaire à l'achèvement d'une commission pressée, et ceux qui l'emploient l'en récompenseront en lui procurant sans relâche du travail. On lui évitera d'onéreux changements dans la disposition des métiers ; et, quand même la fabrique serait en chômage, on s'exposera, pour le conserver, à commander des articles d'écoulement lent et difficile.

Si, au contraire, le maître canut regimbe, soulève des discussions, témoigne une méfiance souvent justifiée par la conduite des marchands fabricants, ceux-ci l'abandonnent, le *mettent à bas* sitôt que les demandes cessent d'alimenter la fabrication. On lui impose des lois, ou exige de lui toutes les modifications que la mode capricieuse nécessite dans les métiers. Une lutte s'établit, dans laquelle, faible et dépendant, le maître canut a le désavantage. Fréquemment, aux audiences du conseil des prud'hommes, on le voit s'expliquer avec animosité, interpréter les conventions verbales mal comprises, épancher sa bile en longues récriminations. C'est pour éviter de les entendre que, dans la plupart des cas, les marchands fabricants se laissent condamner par défaut.

La position du maître canut varie suivant les articles qu'il fabrique. Le *faiseur de courants* (articles légers) n'a qu'un atelier peu dispendieux, mais aussi peu productif. Celui qui confectionne les *grandes nouveautés*, les étoffes pour meubles, les ornements d'églises, possède jusqu'à vingt métiers et un matériel considérable. Il ne passe point la *navette* comme l'humble *faiseur de courants* ; il est suffisamment occupé à surveiller, à diriger, à organiser des changements de dispositions. Lorsqu'il calcule avec justesse les frais de cette opération, en les comparant au prix offert, il peut arriver à une aisance qu'atteint rarement le *faiseur de courants*, ou le maître canut qui tisse des étoffes unies. Les *unis légers* surtout, ordinairement fabriqués par des femmes, leur rapportent à peine le pain quotidien.

Pendant la *morte-saison*, les maîtres canuts puisent dans la *caisse de prêts*, institution philanthropique, dont le but est de faciliter l'établissement de nouveaux chefs d'atelier, et de mettre ceux qui existent à même de s'agrandir. La somme prêtée est inscrite sur le livret du maître canut, et tout marchand fabricant qui occupe le débiteur est tenu de lui retenir la huitième partie des façons, jusqu'à parfait acquittement. L'inconvénient de la *caisse de prêts* est d'entretenir le penchant au *far niente* dont le canut n'est pas plus exempt que le reste des hommes. Certain d'obtenir des secours, il néglige de profiter des moments de *presse*, et de jeter les bases d'un patrimoine modique, mais suffisant pour affranchir ses vieux jours de l'hôpital.

Les maîtres canuts se rapprochent de la classe bourgeoise. La viande de boucherie paraît sur leurs tables plusieurs fois par semaine, et ils poussent la délicatesse jusqu'à se réserver une salle à manger dans un coin de leur domicile. Leur équipement n'a rien de particulier; leurs femmes portent robes, chapeaux et châles de soie, car peu d'ouvriers se font scrupule de *couper sur leur métier*, et de *droguer* ensuite leur matière pour retrouver le poids qu'ils ont enlevé.

Il y a aussi des *maîtresses canuses;* anciennes *compagnonnes*, vouées au célibat, elles occupent des personnes de leur sexe dans leurs modestes ateliers, et donnent à leurs subordonnées l'exemple de la dévotion, sentiment commun aux vieilles filles de toutes classes et de tous pays.

Voyons maintenant le véritable canut, l'ouvrier compagnon, au visage pâle, au corps grêle, au dos voûté; l'homme délabré par un logement étroit, par une nourriture insuffisante, par des fatigues prolongées; le malheureux relégué au dernier rang des travailleurs, de sorte que, rançonné par le maître comme ce dernier l'est par le commerçant, il supporte tout le fardeau de l'exploitation.

Le compagnon canut a longtemps croupi dans une grossière ignorance; mais depuis qu'il a compris les causes de son malaise, il s'est mis audacieusement à étudier la politique et la philosophie, et l'on a vu des ouvriers lyonnais prendre la plume pour résoudre des problèmes d'économie politique. Après avoir eu inutilement recours à la violence qui détruit sans rien édifier, le compagnon s'est laissé piper à la glu des réformateurs; il est communiste, fouriériste, saint-simonien. Sentant plus que tout autre le besoin d'organiser le travail, et d'assurer à chacun ce qui lui est dû dans le partage des bénéfices, il va de systèmes en systèmes, butine toutes les idées d'associations qui éclosent, constate chaque jour avec plus de certitude l'existence du mal, et hésite sur le choix du remède. Mécontent, susceptible, irritable, indiscipliné, il souffre difficilement les représentations des fabricants ou de leurs commis. S'ils visitent ses métiers, s'ils se plaignent de sa lenteur ou de la mauvaise fabrication de sa pièce, il riposte avec aigreur, s'emporte, et finit par *laisser le métier*. Faibles individuellement contre les fabricants, les canuts sont forts par la coalition. Quelle que soit la rigueur des lois et la surveillance de l'autorité, ils s'unissent pour faire monter les salaires, et aiment mieux passer plusieurs jours dans l'oisiveté, que de rabattre de leurs prétentions. C'est au moment où les commissions viennent en foule, où chaque minute est précieuse, où des dédits ont été fixés, que les ouvriers chôment volontairement. Ils saisissent avidement toutes les occasions de postuler l'augmentation d'un salaire qui tend constamment à baisser. Qu'on ne leur reproche point leurs perpétuelles réclamations; s'ils n'étaient constamment sur le qui-vive, ils succomberaient aux chances contraires de l'industrie et aux exigences des commerçants. La concurrence de l'étranger, celle des ouvriers entre eux, l'obligation de fabriquer au meilleur marché possible, réduisent centime par centime le prix du travail. Un fabricant s'établit, commandité par son ancien patron, ou par quiconque songe à tirer parti de la capacité d'un jeune homme actif et ambitieux. Comment le nouveau venu éclipsera-t-il ses confrères et parviendra-t-il rapidement à la fortune ? C'est en produisant sans cesse à bas prix de nouveaux articles! ceux que la vogue soutient aujourd'hui seront abandonnés demain ; il faut diminuer par degrés la qualité des produits et le prix des façons, et la victime de toutes les économies, c'est le canut.

Le canut vit au jour le jour, calculant la somme strictement indispensable aux besoins du moment, et ne cherchant point à gagner au delà. Il ignore toutes les jouissances du luxe ; son habitation offre un aspect de misère, de désordre et de malpropreté. Le plafond en est toujours très-élevé, principalement quand le locataire emploie la mécanique à la *Jacquard*. Les murs, blanchis à la chaux, n'ont d'autre décoration que de grossières images. Le lit est dressé dans une *suspente* où l'on monte au moyen d'une échelle. L'ameublement est assez simple pour ne pas embarrasser le canut dans ses nombreux déménagements.

La nourriture du canut est frugale. Le petit salé, le fromage blanc, assaisonné d'ail, de beurre et de petits oignons, la merluche frite, qu'il estime à l'égal de l'anguille, sont les ingrédients de son déjeuner, de son dîner et de son souper. Sa boisson est de l'eau pure ou du vin à 30 centimes le litre.

Le vocabulaire des ouvriers en soie était autrefois hérissé de mots barbares et incompréhensibles. Il parle aujourd'hui le français assez correctement ; il a cependant conservé des expressions particulières, comme on en peut juger par un dialogue écouté aux portes, entre un compagnon, une compagnonne et un apprenti. — La scène se passe le soir dans un atelier éclairé seulement par deux petites lampes de forme basse accrochées par une corde au-dessus des métiers, et les trois travailleurs entament la conversation suivante :

LE COMPAGNON. Dites donc, Georgette, savez-vous que ce n'est guère *canant* (amusant) de travailler comme ça sans pouvoir *se renucler* (se regarder) un moment?

LA COMPAGNONNE. Pardi ! vous êtes encore dans les *gentils* (laborieux), vous ! vous aimeriez mieux vous *lanti-bardaner* (promener) toute la *sainte journée* et *vous escaner* (en aller) aux Brotteaux comme vous faites *toutes* les dimanches, pour *chougner* (manger) votre *miche* (petit pain) et *fioler* (boire) à votre aise.

L'APPRENTI. C'est vrai que je vous ai rencontré, monsieur Savornin, avec votre *lévite* (redingote) marron, même que vous marchiez sur la *cadette* (dalle), crainte de la *bassouille* (boue) de *la rase* (ruisseau).

LE COMPAGNON. Tais ton bec, gringalet, tu vas te faire *tauper* (battre).

LA COMPAGNONNE. Allons, monsieur Savornin, laissez donc ce *gonne* (gamin) tranquille ... Vous savez ben qu'il ne sait que dire des *gognandises* (bêtises).

LE COMPAGNON. N'importe, s'il s'avise de *piailler* (parler) encore, et de *me tarabuster* (m'ennuyer), je lui jette ma *grolle* (pantoufle) à la *tronche* (tête).

L'APPRENTI. Eh ben, essayez, vous verrez si je suis *une patoire* (endurant)!

LA COMPAGNONNE. Au fait, monsieur Savornin, vous êtes vif et méchant que *ça fait regret* (ça dégoûte).

LE COMPAGNON. Georgette, vous êtes ben *bonne enfante* d'être pour lui...; si ce *gonne m'appartenait* (était mon enfant), son *cotivet* (dos) sentirait souvent le manche de ma *coivette* (couteau).

LA COMPAGNONNE. Voyons, que ce soit fini...; nous sommes des *banbannes* (paresseux)... (*A l'apprenti*): Michel, donne-moi le *cabelot* (tabouret) qui est *dédelà* (là-bas)... Et vous, monsieur Savornin, prêtez-moi votre *chelu* (lampe), que je n'y vois plus *goutte* (clair).

LE COMPAGNON. Vous n'y voyez plus, Georgette, eh ben! chantez-moi *quèque* chose.

LA COMPAGNONNE. Ça y est... mais avant fermez le *châssis* (fenêtre) qui m'apporte un air trop *chanin* (froid).

L'APPRENTI. Qu'allez-vous nous chanter, mameselle?

LA COMPAGNONNE. Pardi! la chanson composée par *quèque brasseur de roquets* (commis fabricant)... *Le Canut amoureux*!

L'APPRENTI. Ah! vous la savez?

LE COMPAGNON. Nous la savons tous, *Benoit* (imbécile).

LA COMPAGNONNE (*d'une voix très-lente et grasseyant beaucoup*).

LE CANUT AMOUREUX.

Air de Marianne.

Fanchon, du haut de ta *banquette*,
Escoute la voix de l'amour.
Car tout en passant ma *navette*,
Je *pensons* à toi chaque jour.
　　　Oui, je *t'aimons*,
　　　Je te l' *disons*,
J' *souhaitons* ben que t'en fasses de même :
　　　Ah! quand on s'aime,
　　　C'est si *canant*,
L'on va toujours se *tanti-bardanant*.
　　Fanchon, pour toi mon cœur *souspire*...
Va, ne prends pas ça pour un' *crac*.
En ce moment il fait tic-tac,
　　Et je viens te le dire.

Quand j'aperçois ma Fanchonnette,
Je *m'escan'* sur la port' d'allé,
J' quitt' mon bonnet, j' prends ma casquette,

Pour avoir l'air mieux endrôlé!
Et quand le soir
Un sommeil noir
S'en vient fermer l'*agnolet* d' ma paupière,
Quand, pour jouir d'un doux repos,
Tout doucement je m'étends sur le dos,
Moi qui couche sur la *suspente*,
Ah! je voudrais pendant la nuit,
Pour dégringoler sur ton lit,
Voir tomber la charpente.

LE COMPAGNON, *enthousiasmé.* Sacristi! Georgette, quand on vous entend chanter, ça vous fait un plaisir!... On ne sent plus ses *agassins* (cors aux pieds).

LA COMPAGNONNE, *souriant et baissant les yeux d'un air modeste.* Taisez-vous, *grand gognant* (grand farceur), etc., etc.

Le canut se lève de très-bonne heure et se couche fort tard. Le jour, la rigueur de son travail est adoucie par un instant de sommeil qu'il ne manque jamais de prendre vers midi, puis égayée par la visite du commis du magasin qui l'occupe et celle d'un voisin affable qui, recevant le journal de la localité, lui fait connaître les faits récents de la politique, la situation du pays, les discours des députés, etc., etc. Le soir, éclairé seulement par la petite lampe qu'il nomme *chelu,* il trouve moyen de concilier son travail et son plaisir en lisant une pièce de théâtre, un roman de Ducray-Duminil, en chantant une romance amoureuse et sentimentale, une chanson patriotique, selon son humeur.

On a dit souvent que le costume faisait l'homme : le canut établirait à lui seul la véracité du proverbe, car il est impossible pour un citadin lyonnais de ne pas le reconnaître dans une promenade publique : ses habits sont de véritables uniformes dont il ne change jamais la façon, les couleurs et les étoffes.

Été comme hiver, chez lui le canut est en manches de chemise. Jeune homme, il couvre sa tête d'un bonnet grec ; vieillard, il l'enserre sous un large bonnet de laine ou de coton. Il porte un vieux pantalon de couleur indéfinissable, parfois garance semblable à celui du militaire ; une lisière de drap, ou bien la seule ampleur de ses hanches fait l'office de bretelles ; il a les jambes nues et de vieux souliers aux pieds.

Au dehors et dans un jour de loisir, il porte invariablement le chapeau dit à *ballon,* l'habit bleu barbeau à boutons dorés, un pantalon de couleur jaunâtre ou de nankin, une cravate blanche brodée, une chemise à col très-élevé et à petits plis sur le devant, très-empesée et ornée d'une épingle à figure de mouche ; son gilet est jaune ou blanc ; ses bas sont bleus ; sa chaussure consiste en des souliers dits escarpins avec une large rosette de rubans noirs ; sa main s'agite dans le vide et frappe les passants ; cependant, lorsqu'il veut se donner un air d'importance et de bien-être, il s'appuie sur une canne de jonc, ou la fait voltiger à droite et à gauche, d'une manière semblable aux mouvements qu'imprime à la sienne un tambour-major marchant à la tête de son régiment.

J'ai dit les travaux du canut; je passe maintenant à ses plaisirs.

D'abord, et règle générale, ses journées de récréation sont le dimanche et le lundi : il ne saurait pas s'amuser un autre jour. De bon matin, il se rend chez le barbier voisin, et se fait raser; c'est pour le canut la première satisfaction. Plus tard, il s'achemine vers la place publique de son endroit, trouve là une réunion de confrères, et devise pendant quatre longues heures sur le cours de la soie, les prétentions des marchands, les actes du gouvernement et les affaires publiques, en prenant du tabac en poudre, mais sans jamais fumer ni pipe ni cigare. Dans l'après-midi, il joue aux boules ou pêche à la ligne. Le soir, il se place sur une banquette de parterre, et avale, sans désemparer, deux mélodrames et quatre vaudevilles, dont il s'efforce de retenir les tirades et les couplets : ou bien, assis autour d'une table de cabaret en compagnie de trois ou quatre camarades, il joue au piquet et à la bourre, entonne des refrains bachiques, boit outre mesure, et ne sort qu'à l'extinction des lumières et de sa raison, regagnant avec peine son domicile.

Comme les montagnes françaises existent encore à Lyon, le suprême bonheur du canut est de se faire ramasser en char, lorsque ses moyens le lui permettent.

Il fréquente aussi un petit spectacle de marionnettes, tout à fait local, dont le principal personnage, assez semblable au *Pulcinella* des Italiens, au *Punch* des Anglais, est un nommé GUIGNOL, type du canut lui-même, dont les lazzis moqueurs et dérisoires à son encontre font pourtant ses délices et son plus parfait amusement.

Une des jouissances du canut est encore de s'arrêter toute une matinée devant un joueur d'orgue, d'acheter le cahier de chansons à deux sous, et de suivre attentivement les morceaux chantés par le marchand.

L'ouvrier canut se soumet volontiers à l'état matrimonial, presque indispensable aux travaux du chef d'atelier. Il choisit sa moitié parmi les *apprenties* ou les *compagnonnes;* et ne fait souvent que régulariser une liaison de longue date : car la réunion des deux sexes dans d'étroits ateliers, développant prématurément les instincts matériels, a des résultats infailliblement funestes à la moralité. Cependant, la *canuse* mariée, oubliant les écarts d'une jeunesse inexpérimentée, demeure fidèle à son époux. Simple ouvrière, toujours occupée, toujours sous les yeux du mari, elle n'a guère le temps d'écouter de tendres et coupables propos. Femme de chef d'atelier, obligée d'aller en fabrique, sans cesse en pourparler avec les marchands fabricants et leurs commis, elle sait résister à la séduction. Il n'en est pas de même des frangeuses, ourdisseuses, dévideuses et autres industrielles de la fabrique de Lyon; proie dévolue aux commis, pauvres filles condamnées à tourner sans cesse dans un cercle de misère et de débauche.

Une fois soumis au joug conjugal, le canut se métamorphose, et, chose étrange! il engraisse et prend du ventre. Il devient promptement bon époux et bon père, compte autant d'enfants qu'il vit d'années avec sa femme; se fait la barbe lui-même chaque dimanche, ne fréquente plus les cabarets, ne va au spectacle qu'une fois par trimestre, en compagnie de sa moitié, ne manque jamais d'assister aux offices religieux, et se complaît au milieu des joies de sa petite famille.

Le canut marié a dans l'année trois époques de réunion intime avec ses parents.

ses amis et quelques-uns de ses confrères : ce sont les solennités de Pâques, de la
Pentecôte et de Noël, qu'il ne manque jamais de célébrer somptueusement. C'est
alors qu'il savoure avec délices, et à grand renfort de bons mots, de chansons et d'é-
clats de rire, un dindon, un gigot, des saucisses, ses mets favoris, et le *nec plus
ultra* de ses jouissances culinaires.

Au total, et toute compensation établie, j'aime beaucoup mieux le canut marié
que garçon. Marié, il est sus-
ceptible de goûter une petite
somme de bonheur, de mettre
de côté une certaine quantité
de pièces de cent sous, d'espérer
un avenir, sinon opulent, du
moins tranquille et à l'abri des
privations. Célibataire, il n'a en
perspective que l'isolement, le
chagrin, la misère, et enfin
l'hospice.

Voilà le canut ! voilà cet ouvrier qu'à Lyon, ville enrichie
par ses fabriques d'étoffes, Lyon,
qui ne serait rien ou presque
rien sans sa population travail-
leuse, on méprise, on dédaigne,
on regarde de travers !... Voilà
cet homme à qui l'on fait un
crime de sa malpropreté, de son
défaut d'instruction, de sa pauvreté, de son naturel peu com-
municatif... Certes il y aurait à
faire un beau plaidoyer en sa
faveur, si les réformes industrielles pouvaient s'opérer autre-
ment que par une progression lente et raisonnée.

Espérons que prochainement ce bien-être matériel qui s'est répandu dans beaucoup d'industries versera aussi ses largesses sur cette classe d'ouvriers si estimables,
et qu'un peu de la fortune qu'ils contribuent à établir reviendra vers sa source.
Puisse l'impartialité administrative, sans jamais céder à ce qu'on demande les armes
à la main, écouter sans cesse la voix de l'humanité, répandre l'instruction et la
lumière parmi ces laborieux citoyens et les aider ainsi dans la continuation de ces
luttes glorieuses avec les industries étrangères, et les convier à prendre leur part
dans la prospérité nationale dont ils sont les infatigables soutiens !

MISSIONNAIRE EN CHINE.

LE MISSIONNAIRE.

 C E personnage appartient principalement à la France, et c'est pour elle un véritable titre de gloire. Les autres nations sans doute se montrent encore jalouses d'étendre au loin l'influence du christianisme, mais nulle part les efforts tentés dans ce noble but ne sont plus continus, plus généraux, plus persévérants que dans le royaume de Clovis. C'est l'honneur de notre patrie d'avoir toujours été le centre universel, le pivot du catholicisme. Malgré nos révolutions, l'esprit catholique s'est toujours maintenu en France. Ce que la royauté faisait pour les missionnaires au temps des splendeurs monarchiques, ce sont les individus qui le font aujourd'hui. La religion du Christ n'a jamais manqué d'appui parmi nous : du nord au midi, du couchant à l'aurore, de pieux travailleurs sèment leur moisson. L'instinct des navigateurs a beau les pousser vers des régions inconnues, vers des mers inexplorées, vers des terres sauvages, d'autres navigateurs découvriront ces régions, parcourront ces mers, habiteront ces terres en même temps qu'eux : ces navigateurs guidés par le ciel sont les missionnaires. Grâce à eux, les plus obscurs rochers des archipels les plus lointains ont vu, à côté des pavillons nationaux, s'élever la croix, le drapeau universel. Ajoutez un nom nouveau à la carte du globe, et aussitôt, sans s'informer si l'air qu'on respire sur cette terre est pur ou empoisonné, sans chercher à connaître le nom des écueils et

le nombre des tempêtes à affronter, vous verrez, du fond de quelque humble village, un prêtre obscur, l'Évangile à la main, s'élancer vers cette contrée où il peut gagner des âmes au Seigneur. Ces dévouements se voient tous les jours en France; si la croix est fermement attachée à sa base, c'est qu'elle la retient de ses fortes mains; si le sang des martyrs coule encore, elle peut en être fière; car ce sang, c'est le sien.

Le missionnaire français n'a point, à vrai dire, de demeure fixe; il est partout, en Asie, en Perse, en Afrique, en Amérique, dans l'Inde, à la Chine, au milieu des peuplades de l'Océanie. Quel que soit le dévouement des prêtres, les frais du culte et du personnel ainsi disséminés doivent être fort considérables. Le gouvernement ne peut plus venir comme autrefois au secours des missions, il les tolère ou plutôt il les protége moralement; les ressources des congrégations particulières sont à peine suffisantes pour leurs propres besoins. Il a fallu alors faire un appel à cette sainte, toujours inépuisable, toujours présente, toujours ingénieuse dans ses bontés, qu'on appelle la charité chrétienne. En 1822 fut fondée à Lyon une association, dite *œuvre de la propagation de la foi*, dans le but de faire parvenir aux missions étrangères des deux mondes, sans exception et sans autre distinction que leurs besoins respectifs, les secours qui leur seraient nécessaires. Des sommes immenses s'absorbent dans les interminables voyages que les missionnaires sont obligés d'entreprendre; et, sans parler de leurs besoins personnels, combien de fois ne faut-il pas qu'ils prodiguent aux pauvres dont ils sont environnés d'abondants secours pécuniaires pour préparer ainsi la voie aux secours spirituels, et par là même aux progrès de la foi! L'œuvre dont nous parlons a réalisé un des résultats les plus importants de l'association moderne. Dans l'année 1839, les dons recueillis se sont élevés à la somme de 2 millions; les recettes de la première année s'élevèrent à 22,000 francs. Quel accroissement en dix-huit ans! La quotité payée par tous les associés est d'un sou par semaine. L'association prélève les frais nécessaires à la publication d'un recueil bi-mensuel intitulé : *Annales de la propagation de la foi*, ce sont les vrais fastes de la religion militante, le livre d'or des martyrs; le reste est consacré à l'agrandissement des missions. L'œuvre a maintenant des centres dans presque toutes les contrées de la terre. A côté de la Belgique et de la Suisse, l'Allemagne et l'Italie ont pris rang parmi les plus généreux auxiliaires; les îles Britanniques ont noblement répondu au premier appel; déjà l'Irlande avait donné l'exemple; les fidèles du Portugal montrent qu'ils n'ont point oublié ces missions qui furent jadis la meilleure part de leur gloire; les vieilles églises du Levant s'émeuvent, et le patriarche d'Antioche recueille sous la tente le denier hebdomadaire. A mesure que s'élève ainsi le nombre des associés, se multiplie la puissance de leurs prières réunies. Chaque soleil qui se lève trouve un plus grand nombre de chrétiens agenouillés pour louer ensemble l'Éternel. C'est là un résultat qu'il nous importe de constater en tête de cet article; car c'est un grand éloge du type que nous avons à retracer, et un aperçu de la grandeur de sa mission. On dirait, du reste, que le ciel s'incline à ce merveilleux concert, et que ses bénédictions descendent plus abondantes et plus fécondes sur les terres de l'infidélité. Depuis les rivages sacrés de la Palestine jusqu'aux plus impénétrables forêts de l'Amérique, dans les catacombes de la Corée ou de la Cochinchine, et sur les verdoyants autels des îles Gambier, partout s'offre le sacrifice expiatoire. Cependant le nombre de ceux que l'Église compte parmi ses enfants atteint à peine le chiffre de cent soixante millions, tandis que les calculs les plus modérés portent à huit cents millions la population totale du globe terrestre. N'est-ce pas un grand spectacle de voir les efforts de quelques hommes isolés pour faire régner partout la lumière et la vie? Les profondeurs immenses de l'Asie et de l'Afrique, jusqu'ici inaccessibles à l'esprit de vérité, commencent à voir paraître les nouveaux apôtres. Les religieux fugitifs des bords de l'Èbre et du Tage sont allés porter à l'Amérique méridionale les bienfaits de la parole divine. Le siége de saint Augustin se relève sur la côte de Barbarie. L'Abyssinie semble tourner ses regards vers le pontife suprême. Les Druses commencent à déserter les coupables mystères qu'ils célébraient à l'ombre des cèdres du Liban. La croix qui s'élève des montagnes Coréennes s'apercevra bientôt des plages voisines du Japon. Elle y sera saluée par les fils des martyrs ; les navires chargés de missionnaires ont touché aux archipels de la mer du Sud. C'est à nous à suivre maintenant ces héros chrétiens au milieu de cette immense variété de travaux et de dangers. « Donnez-moi un point d'appui, et je soulève le monde, » disait un mathématicien célèbre ; proposition chimérique, condition impossible. Pour remuer le monde moral, les missionnaires n'ont besoin que de deux choses plus faciles à trouver, l'aumône et la prière !

Mais avant d'exposer la situation actuelle des missions, disons en quelques mots ce qu'elles étaient autrefois. Il y a là tout un passé d'abnégation, d'héroïsme, de science, qu'il importe de faire connaître. Lorsque le christianisme triomphant eut fait de l'Europe une famille de frères, une convoitise sainte dut s'emparer d'une foule d'âmes ardentes. Nouveaux apôtres, plusieurs personnes animées du souffle divin se sentirent prises du désir de sauver ceux qui languissaient encore dans les ténèbres de l'idolâtrie : c'est là l'origine des missions. Diverses congrégations religieuses se consacraient à ces périlleux devoirs : les dominicains, l'ordre de Saint-François, les jésuites, et les prêtres des Missions Étrangères. Il y avait quatre sortes de missions : celles du Levant, qui comprenaient l'Archipel, Constantinople, la Syrie, l'Arménie, la Crimée, l'Éthiopie, l'Égypte et la Perse ; celles de l'Amérique, commençant à la baie d'Hudson et remontant par le Canada, la Louisiane, la Californie, les Antilles et la Guyane, jusqu'aux *Réductions*, ou peuplades du Paraguay, gouvernées par les jésuites; celles de l'Inde, qui renfermaient l'Indostan, la presqu'île en deçà et au delà du Gange, et qui s'étendaient jusqu'à Manille et aux Nouvelles-Philippines ; enfin, les missions de la Chine, auxquelles se joignaient celles de Tong-King, de la Cochinchine et du Japon. L'Islande et les côtes d'Afrique comptaient aussi quelques églises ; mais elles n'étaient pas régulièrement suivies. On peut se faire une idée, par cet aperçu statistique, du rôle universel du missionnaire ; rien ne manque à son action pour en faire un résumé de toutes les difficultés humaines : il lui faut franchir des marais impraticables, percer des forêts profondes, traverser des fleuves dangereux, gravir des rocs inaccessibles ; bien plus encore, il doit affronter des peuples barbares, cruels, superstitieux, jaloux ; vaincre chez les uns l'ignorance aveugle de la barbarie, chez les autres les préjugés non moins terribles de la civilisation. De quelque côté donc qu'il se tournât avant de commencer son œuvre, le missionnaire était sûr de rencontrer la mort sous toutes ses faces, et cependant rien ne l'arrêtait dans sa course. Les solitudes de l'Arabie, les déserts des Cafres, les glaces du pôle ont vu tour à tour passer l'homme de Dieu. Ce noble enthousiasme vit encore aujourd'hui, et l'on trouve des hommes prêts à affronter, dans l'intérêt de la vérité, une mort affreuse, sans spectateurs, sans applaudissements, pour donner le bonheur éternel à un sauvage inconnu. Comment faut-il appeler ce sacrifice !

La plupart des missions françaises furent établies par Colbert et Louvois, qui comprirent de quel intérêt elles pouvaient être pour les arts, les sciences et le commerce. Un missionnaire, en effet, doit être un homme instruit, un voyageur au-dessus du vulgaire. Obligé de parler la langue des gens auxquels il prêche l'Évangile, de se conformer à leurs usages, de vivre, pour ainsi dire, de leur propre vie, le missionnaire, n'eût-il reçu de la nature qu'une vocation ordinaire, parviendrait encore à recueillir une multitude de faits précieux, de documents importants, de données originales ; tandis que le voyageur mondain passe rapidement au milieu des peuples qu'il visite, évite le danger, parce qu'il n'a pas la foi qui pousse au milieu des périls, est obligé de recourir à un interprète, et par conséquent ne peut acquérir que des notions très-vagues sur des objets qui ne font que surgir un moment devant ses yeux pour disparaître ensuite. Les plus illustres parmi les missionnaires, ces jésuites, auxquels il est permis de rendre justice aujourd'hui, exigeaient plusieurs qualités des élèves qui se destinaient aux missions. Le grec, le cophte, l'arabe, le turc, et quelques connaissances en médecine, étaient nécessaires pour le Levant ; pour l'Inde et la Chine, il fallait être mathématicien, astronome, géographe, mécanicien ; les naturalistes étaient dirigés vers l'Amérique. Grâce à cette méthode et à cette excellente distribution du travail, les sciences faisaient tous les jours des progrès nouveaux. Les *Lettres édifiantes*, après avoir été attaquées sans mesure, restent comme des abrégés complets de l'état de l'Égypte, de la Syrie, de la Chine, du Japon, d'une partie de l'Inde, à l'époque des jésuites ; plusieurs de ces pères étaient membres de l'Académie des sciences, et ce n'est pas un mince sujet d'orgueil pour la France, de songer que c'est par leur entremise qu'elle a enseigné les premiers éléments des sciences exactes aux plus vieux astronomes du globe, les mandarins chinois. Quelqu'un au monde a-t-il jamais été mieux placé pour nous faire connaître la Perse et le fameux Tamas-Koulikan, que le moine Bazin, qui suivit ce conquérant dans toutes ses expéditions ? Les procédés indiens pour la confection et la teinture des toiles nous ont été apportés par le père Cœur-Doux ; si la Chine nous est connue presque comme la France, c'est aux jésuites que nous le devons ; ses manuscrits, son histoire, ses herbiers, sa géographie, ses mathématiques, ses moyens de fabrication enrichirent nos bibliothèques, nos musées, les collections de nos corps savants, et augmentèrent les produits de nos manufactures. Pour donner une idée de la prodigieuse aptitude des jésuites à s'assimiler les littératures étrangères, il nous suffira de dire que le père Ricci écrivit des lettres de morale dans la langue de Confucius, et qu'il passe encore pour un auteur élégant dans le collége des mandarins.

Chacune des missions dont nous venons de parler avait un caractère particulier, et, pour ainsi dire, des souffrances qui lui étaient propres. Dans le Levant il fallait combattre les hérésies, consoler les prisonniers, porter le viatique aux pestiférés entassés dans les bagnes, lutter contre le farouche fanatisme des musulmans. Les îles de l'archipel, encore pleines des traces riantes de la mythologie, voyaient passer le Dieu des chrétiens dans tout l'appareil de sa miséricorde divine ; la voix des missionnaires se faisait entendre sur les ruines de Tyr et de Babylone, comme pour continuer dans le présent la vérité des oracles anciens ; les forêts du Liban, les grottes de la Thébaïde étaient témoins du dévouement des nouveaux pères. Rien n'égale la simplicité de leurs sacrifices, si ce n'est la manière dont ils en parlent. Lisons plutôt ce passage d'une lettre du père Tarillon, adressée à M. de Pontchartrain :

« Dans les temps de peste, comme il faut être à portée de secourir ceux qui sont frappés, et que nous n'avons ici que quatre ou cinq missionnaires, notre usage est qu'il n'y ait qu'un seul père qui entre au bagne, et qui y reste tant que la maladie dure. Celui qui en obtient la permission du supérieur s'y prépare pendant quelques jours de retraite, et prend congé de ses frères, comme s'il devait bientôt mourir. Quelquefois il y consomme son sacrifice, et quelquefois aussi il échappe au danger. »

Peut-on exprimer avec plus de modestie et d'abnégation le *Morituri te salutant* des chrétiens ? D'autres fois, le missionnaire était obligé de s'introduire, à prix d'argent, dans les galères pestiférées. Les infidèles trouvaient encore dans la mort matière à exactions. Là, vivant à fond de cale, courbé sans cesse sur le chevet des malades, le missionnaire recevait les aveux de la pénitence en même temps que le souffle pestilentiel. Le père Cachot décrit en ces termes cette position à son collègue, le père Tarillon :

« . . . Maintenant je me suis mis au-dessus de toutes les craintes que donnent les maladies contagieuses ; et, s'il plaît à Dieu, je ne mourrai pas de ce mal après les hasards que je viens de courir. Je sors du bagne où j'ai donné les sacrements à quatre-vingt-six personnes. Durant le jour, je n'étais, ce me semble, étonné de rien ; il n'y avait que la nuit, pendant le peu de sommeil qu'on me laissait prendre, que je me sentais l'esprit tout rempli d'idées effrayantes. Le plus grand péril que j'aie couru, et que je courrai peut-être de ma vie, a été à fond de cale d'une sultane de quatre-vingt-deux canons. Les esclaves, de concert avec les gardiens, m'y avaient fait entrer pour les confesser pendant la nuit, et leur dire la messe de grand matin. Nous fûmes enfermés à double cadenas, comme c'est la coutume. De cinquante-deux esclaves que je confessai, douze étaient malades, et trois moururent avant que je fusse sorti ; jugez quel air je pouvais respirer dans ce lieu renfermé et sans la moindre ouverture ! Dieu, qui par sa bonté m'a sauvé de ce pas, me sauvera de bien d'autres. »

Ces hommes poussaient si loin l'héroïsme, qu'ils étaient quelquefois humiliés d'avoir échappé au danger, et les *Lettres édifiantes*, auxquelles nous empruntons nos citations, nous ont transmis l'histoire de ce jeune missionnaire qui, après avoir fait à son supérieur le récit d'une peste à laquelle il a assisté, est étonné d'avoir survécu à ce premier péril, et s'en accuse presque comme d'une faute. « Je n'ai pas mérité, mon révérend père, ajoute-t-il à la fin de sa lettre, que Dieu ait bien voulu recevoir le sacrifice de ma vie que je lui avais offert. Je vous demande donc vos prières pour obtenir de Dieu qu'il oublie mes péchés, et me fasse la grâce de mourir pour lui. »

À la même époque, le père Bouchet écrivait des Indes : « Notre mission est plus florissante que jamais, nous avons eu quatre grandes persécutions cette année !. »

Pendant que le christianisme se manifestait ainsi en Orient, il pénétrait dans le wigham des sauvages, et fondait un empire dont les rois étaient de simples prêtres. Du côté de l'Atlantique, entre l'*Orénoque* et *Rio de la Plata*, existait un pays que les conquérants espagnols avaient oublié de dévaster comme par mégarde. C'est dans ce pays que les jésuites fondèrent ces républiques chrétiennes qui devinrent plus tard fameuses sous le nom de *Réductions*. Les habitants de ces contrées accueillirent fort mal les missionnaires. La beauté de la nature au milieu de laquelle ils vivaient n'avait point adouci les mœurs de ces sauvages. Les premiers jésuites qui s'offrirent à eux furent massacrés. Les anciennes relations nous les dépeignent un bréviaire sous le bras gauche, une croix à la main, armés de leur seule confiance en Dieu ; elles nous les montrent traversant les forêts, s'enfonçant jusqu'à la ceinture dans les terres marécageuses, et pénétrant dans les antres et les précipices, au risque d'y trouver des serpents et des bêtes féroces, au lieu des hommes qu'ils y cherchaient. Quelquefois des tribus errantes s'arrêtaient autour de l'homme qui leur parlait d'un manitou inconnu, ou bien elles le fuyaient comme un jeteur de maléfices. Souvent le missionnaire, comme un chasseur habile, plantait sa croix sur un lieu découvert et se cachait derrière les arbres ; les sauvages s'approchaient timidement pour regarder le bois mystérieux qui agitait déjà leur solitude ; une voix secrète semblait leur dire d'avancer ; alors l'oiseleur céleste sortait de sa retraite, et prêchait aux barbares surpris les douceurs de la religion et de la société. Esprit de feu qui descendîtes sur la tête des apôtres, c'est vous qui appreniez aux missionnaires les secrets de ces langues inconnues, et qui leur inspiriez l'éloquence qui fit dire au disciple bien-aimé, après la Pentecôte : « Maintenant allons convertir les gentils : *Nunc vertamur ad gentes !* »

Pour s'attacher définitivement les sauvages, les missionnaires eurent recours à un moyen qui dénote leur patience et leur profonde sagacité. On dit que les eaux du Paraguay rendent la voix humaine plus brillante : c'est là peut-être un préjugé ; ce qu'il y a de bien certain, c'est que les habitants de ses bords aimaient beaucoup la musique. Les missionnaires parcouraient donc le fleuve dans des barques chargées de catéchumènes qui chantaient des cantiques. Les oiseaux des solitudes américaines se taisaient pour entendre ce concert inattendu. Le sauvage prêtait l'oreille à ces lointaines mélopées ; il quittait la lisière des forêts, regardait passer le concert flottant, puis, comme ces alouettes qui, en entendant chanter leurs compagnes captives, hésitent longtemps au milieu des airs et finissent par tomber dans le piège, les Indiens se jetaient à la nage et venaient se joindre à la nacelle mélodieuse. L'idée confuse des jouissances sociales leur arrivait sur les ailes de l'harmonie, et bientôt, dominés par l'instinct des sentiments nouveaux, ils naissaient à l'amour, à la charité, à la bienveillance, au christianisme, en un mot.

La première de ces cités bâties au son de la lyre, comme les villes fabuleuses de l'antiquité, s'appela *Lorette*. Au bout d'une année, elle vit trente sœurs réunies autour d'elle. Elles étaient soumises à un règlement général qu'on appliquait ensuite à chacune de ces bourgades évangéliques, d'où leur vint le nom de *Réductions*. Deux missionnaires gouvernaient les affaires spirituelles et temporelles de la petite république ; aucun étranger ne pouvait y demeurer plus de trois jours ; pour éviter toute tentative de corruption, il était défendu de parler la langue espagnole.

Une école pour les premiers éléments des lettres, une autre pour la musique et la danse formaient les bases du système d'instruction. Les arts faisaient donc partie de l'éducation nationale comme dans les républiques antiques. Du reste, l'instruction était répartie selon les aptitudes. Ceux qui manifestaient des dispositions pour les arts mécaniques étaient placés dans les ateliers ; ceux qui préféraient l'agriculture étaient enrôlés dans la tribu des laboureurs, et on laissait errer avec les troupeaux les Indiens chez lesquels la civilisation n'avait point étouffé tous les instincts de leur ancienne vie nomade.

A certains jours, on livrait à chaque famille les choses nécessaires à la vie. Un missionnaire veillait à ce que les parts fussent proportionnées au nombre des individus ; la terre était divisée en plusieurs lots, et chaque famille en cultivait un pour ses besoins. Pour suppléer aux mauvaises récoltes et pour nourrir les veuves, les vieillards et les orphelins, il y avait en outre un champ commun appelé la *Possession de Dieu*, dont les revenus étaient spécialement affectés à ces destinations pieuses. En fait de pénalité, le code admettait trois châtiments : la première faute était punie par une réprimande secrète des missionnaires ; la seconde, par une amende honorable à la porte de l'église ; la troisième, par le fouet. Les paresseux étaient condamnés à cultiver une plus grande partie du champ commun. Pour éviter le libertinage, on mariait les jeunes gens de bonne heure. La séparation entre les deux sexes était rigoureusement maintenue ; l'habillement lui-même était réglé : une tunique blanche rattachée par une ceinture, les bras et les jambes nues, la chevelure longue et flottante formaient le costume des femmes ; celui des hommes était une reproduction exacte de l'ancien costume castillan. On mettait à part les jeunes gens qui annonçaient du talent, afin de les initier aux connaissances les plus élevées. Ces enfants d'élite s'appelaient *la congrégation*. Voilà, sauf quelques détails insignifiants, quelles étaient ces *Réductions* sur le compte desquelles la philosophie du siècle dernier a fait courir tant de fables et fait peser tant d'accusations. Ne dirait-on pas, en lisant ces lignes, un chapitre emprunté à Fourier ou à tout autre philosophe en vogue ? Plusieurs des principes du socialisme moderne ont été mis en action par les jésuites, témoignage évident de la faculté que possède encore le christianisme de se plier à toutes les exigences du progrès !

Aux Antilles à la Guyane, les missionnaires amélioraient le sort des nègres, en prêchant aux maîtres la douceur, aux esclaves la résignation. L'histoire de la fondation de la première église à Cayenne est un drame des plus touchants. Les catéchumènes se réunissaient dans un lieu appelé *Kourou*, où le père Lombard avait établi sa case ; la bourgade s'accroissant tous les jours, on songea à élever une église.

L'entrepreneur demandait 1,500 francs pour élever la cathédrale du désert. Pour payer cette somme exorbitante, les Indiens s'engagèrent à creuser sept pirogues que l'architecte accepta sur le pied de 200 francs chacune; pour compléter le reste, les femmes filèrent, vingt sauvages se firent esclaves volontaires d'un colon, et un siècle plus tard, ceux qui avaient détruit les églises en France, victimes à leur tour des réactions politiques, durent se trouver heureux, en débarquant à Cayenne, d'apercevoir un temple où il leur fût permis de pleurer et de se repentir.

Au Canada, les missionnaires allaient chercher des alliés à la France contre l'Angleterre, au fond de toutes les solitudes. Les gouverneurs anglais dépeignent les missionnaires comme leurs plus dangereux ennemis ; en Chine, ils allaient porter à la cour céleste étonnée les merveilles scientifiques du grand siècle; la plupart des jésuites qui furent en Chine, sous Louis XIV, étaient membres de l'Académie des sciences ; ils traduisaient et vulgarisaient les beaux livres, les grandes découvertes de cette époque, dans toutes les langues de l'Asie. Le christianisme avait été porté en Chine, vers le milieu du douzième siècle, par deux religieux de l'ordre de Saint-François, l'un Polonais, et l'autre Français. Marco Pole ne vint qu'après les deux moines. En 1682, le père Ricci obtint des magistrats la permission de s'établir en Chine. Très-habile mathématicien, Ricci, grâce à cette science, trouva des protecteurs puissants ; le père Adam Schall fut nommé ensuite président du tribunal des mathématiques. Le père Verbiert refit le calendrier. Les échanges entre Paris et Pékin étaient devenus très-fréquents ; on se proposait des questions de l'Académie des sciences au collége des mandarins lettrés, et l'empereur de la Chine faisait graver l'inscription suivante sur le fronton d'un monument de sa capitale : « Il n'a point eu de commencement, et il n'aura pas de fin ; il a produit toutes choses dès le commencement; c'est lui qui les gouverne, et qui en est le véritable Seigneur ; c'est lui qui est le seul Dieu. »

En même temps qu'ils s'occupaient de ces grands travaux, les missionnaires ne perdaient pas de vue les intérêts de la religion. La persécution, toujours prête à se glisser dans l'intervalle de deux règnes, les trouvait pleins de courage et de foi. Avec une rapidité merveilleuse, le savant se métamorphosait en martyr. Si maintenant la Chine nous est fermée, si le Canada a cessé d'être Français, si nous ne disputons plus à l'Angleterre l'empire des Indes, si notre influence n'est plus aussi grande qu'autrefois en Orient, faut-il attribuer toutes ces déchéances successives à la dispersion des jésuites? Non, sans doute ; car une institution, quelle que soit d'ailleurs sa force, ne lutte pas toujours contre les événements, et si nous venons d'énumérer avec une sorte de complaisance les efforts des missionnaires et l'influence que leur action a pu exercer sur l'Europe en général, et sur notre patrie en particulier, nous avons agi dans le but de rendre justice à des hommes dont les vertus se sont exercées dans l'ombre, et qui ont laissé encore un assez grand nombre d'imitateurs parmi nous. Nous l'avons dit en commençant cet article, c'est un juste sujet d'orgueil pour la France d'avoir fourni le plus grand nombre de missionnaires, et de voir encore tous les ans sortir de son sein les hommes qui font éclater aux quatre points cardinaux les miracles des arts, de l'humanité et du courage ; car, il ne faut point s'y tromper, le rôle du missionnaire est tout aussi difficile, tout aussi important, tout

MISSIONNAIRE EN CHINE.

aussi glorieux à notre époque qu'à celle de Louis XIV. En racontant ce qu'était un missionnaire autrefois, nous avons dit ce qu'il devait être encore aujourd'hui. Voies de simplicité, voies de science, voies de législation; voies d'héroïsme, le missionnaire doit tout tenter, tout poursuivre, tout embrasser. Ceux qui liront cet article n'auront pas de peine à se convaincre que l'apostolat français est digne de son passé religieux, scientifique et politique.

Depuis la suppression des jésuites, quatre associations religieuses sont spécialement chargées de fournir des ouvriers à la vigne du Seigneur : la congrégation de Saint - Lazare, fondée par saint Vincent de Paul ; celle des religieux de Marie, établie à Lyon en 1857 ; celle de Picpus, et le séminaire des Missions-Étrangères. Les établissements lazaristes dans le Levant sont au nombre de quatorze, y compris une nouvelle mission établie à Nebk-el-Jabroud, et deux autres qui, abandonnées depuis soixante ans, ont été relevées, une à Segorta, l'autre à Éden. Un collége nouveau a été fondé à Constantinople, dans le faubourg de Péra. Cinq missions, comprenant cinq provinces chinoises, sont fondées en Chine. Le nombre total des missionnaires lazaristes dans le Levant, dans la Chine et en Tartarie, s'élève à soixante-deux, et celui des frères à huit.

Sur la fin du siècle dernier, M. l'abbé Coudrin conçut la pensée de former un corps d'ecclésiastiques, destinés à ranimer la foi en France par le moyen de la prédication, et à propager l'Évangile par les missions chez les infidèles. En 1805, toujours occupé de ce grand projet, il vint s'établir à Paris, dans une maison de la rue Picpus, où avec quelques collaborateurs livrés à l'éducation de la jeunesse, il attendit le moment favorable pour entrer dans la voie des missions. En 1817, le pape Pie VII approuva la société par un décret, confirmé depuis par une bulle. En 1825, Léon XII, alors souverain pontife, chargea spécialement l'abbé Coudrin et ses frères du soin de porter le flambeau de la foi dans les îles Sandwich, où elle n'avait jamais été annoncée. Le cercle de cette mission ne tarda pas à s'agrandir, et aujourd'hui elle comprend une grande partie des îles qui se trouvent entre le continent oriental de l'Amérique et la Nouvelle-Hollande. Huit prêtres et six catéchistes sont chargés de l'administrer sous la juridiction d'un vicaire apostolique ; un décret de la congrégation de la propagande, confirmé en 1855 par le pape, confia à la société de Picpus toutes les îles de l'océan Pacifique, tant septentrional que méridional, depuis l'île de Pâques jusqu'à l'archipel Roggewein inclusivement, et depuis les îles Sandwich jusqu'au tropique antarctique. La juridiction du préfet apostolique des îles Sandwich fut étendue à toutes celles de l'Océan septentrional jusqu'à l'équateur. Un autre préfet apostolique devait être chargé de celles qui se trouvent de l'équateur au tropique du Capricorne. Les missions de cette latitude sont confiées aux Maristes. La société de Picpus compte encore parmi ses membres un évêque à Smyrne, deux prêtres et un catéchiste, et deux prêtres à Boston. La maison de Picpus renferme en ce moment près de quarante élèves qui se destinent aux missions d'outre-mer. La congrégation est placée sous l'invocation des cœurs de Jésus et de Marie ; le centre de la congrégation, à l'extérieur, est situé à Valparaiso, où les missionnaires dirigent un collége d'indigènes.

Les Missions Etrangères, fondées en 1663, comptent maintenant dans leur sein cinquante-quatre missionnaires, huit évêques, trois vicaires apostoliques, trois co-adjuteurs, cent cinquante prêtres indigènes. Chaque missionnaire, depuis son entrée dans la maison jusqu'à son arrivée dans la mission qui lui est assignée, coûte au moins 5,000 francs. Depuis 1850 les Missions Étrangères ont fait partir plus de trente prêtres, et elles comptent en ce moment quatorze élèves dans leur séminaire. Chaque missionnaire reçoit environ un viatique annuel de 100 piastres, et les évê-ques 200, et c'est là en général leur unique ressource. Le peu de casuel que produisent les chrétientés est laissé aux prêtres indigènes qui ne reçoivent point de viatique, et une partie sert aussi à l'entretien des colléges et des catéchistes, et autres personnes attachées au culte. Chaque année on envoie aux différentes missions pour 3 ou 4,000 francs de livres d'église, de religion, de piété et beaucoup de livres clas-siques. Les Missions Étrangères entretiennent un séminaire d'indigènes à Pulo-Pinang, et une maison de procure à Macao. Les Lazaristes ont également une maison de procure, et de plus un séminaire pour les indigènes dans cette dernière ville.

L'éducation du missionnaire se divise en deux parties bien distinctes : celle qui a rapport aux devoirs généraux de la prêtrise, et celle qui concerne les fonctions spéciales auxquelles il est destiné : c'est de celle-ci seulement que nous avons à nous occuper. Ce qu'on réclame avant tout chez le missionnaire, c'est la vocation : on conçoit en effet que le raisonnement, l'habitude, l'influence d'une règle commune, soient insuffisants pour retenir un homme dans la voie qu'il a choisie, lorsque cette voie peut aboutir à chaque instant au martyre. On ne raisonne pas contre la crainte de la mort, on ne s'habitue pas aux souffrances, à la faim, au froid, à la chaleur, à la soif, en un mot, à toutes les tortures ; une grande partie de l'existence du mis-sionnaire s'écoule loin de ses confrères, rarement il a autour de lui leurs exemples pour le fortifier, il meurt loin de tout regard ami au milieu des bois, dans les em-bûches des sauvages, au fond des fleuves inconnus. Le trépas au milieu d'une place publique ne le sauve pas toujours de l'oubli ; plusieurs missionnaires ont été suc-cessivement décapités dans des villes importantes de la Chine, et l'on n'a appris leur mort que bien des années après leur supplice. Le missionnaire renonce au monde bien plus complétement que les moines des ordres les plus sévères ; c'est une espèce de trappiste errant, obligé de se dire sans cesse à lui-même : « Il faut mourir ! » Ceux qui ne se sentent pas irrésistiblement entraînés vers ce terrible sacerdoce, ceux qui dès leur jeunesse n'ont pas senti ce désir immense de vérité qui fait les martyrs, ceux qui n'ont pas poursuivi dans leurs rêves les splendeurs de la cité céleste comme d'autres poursuivent l'ambition, la gloire, ou l'amour, ceux-là feront sagement de ne point se jeter plus tard dans les labeurs des missions. On naît missionnaire, comme on naît conquérant ; entre les deux, la vocation est la même, le but seul est différent ; les uns veulent régner, les autres cherchent à bien mourir ; ceux-là pour-suivent la renommée passagère, ceux-ci s'enquièrent de la gloire qui ne passe pas. Aussi les sages instituteurs des jeunes missionnaires doivent-ils répugner à admettre dans leurs rangs ceux que les chagrins de famille, les désillusions de l'âge, les fautes et les remords secrets jettent dans la vie religieuse, afin de s'y reposer ou de se repentir. Le silence du cloître est fait pour ces âmes blessées, l'activité de la vie des missionnaires réclame des cœurs jeunes, des imaginations vierges, des intelligences pures, de ces organisations enfin qui condamnent le monde sans l'avoir vu, et qui ne veulent pas le voir parce que leurs yeux sont à tout jamais éblouis par des clartés supérieures. Ce que nous disons ici souffre nécessairement des exceptions, et l'on pourrait en citer peut-être d'éclatantes, mais qui auraient le sort de toutes les exceptions et ne feraient que confirmer la règle. La majorité des missionnaires se compose de jeunes gens qui arrivent de leurs villages, avec l'idée exclusive de sanctifier leur vie en la consacrant à la propagation de la foi. On en voit quelques-uns qui, sortis d'une famille riche, ou instruits dans une profession libérale, s'arrêtent, pour ainsi dire, sur le seuil de la fortune ou de la renommée pour entrer dans les rangs obscurs de la milice catholique, apportant ainsi à leurs supérieurs un certificat plus authentique, et même irréfragable de leur vocation. Chez les Lazaristes, comme chez les religieux de Picpus, comme aux Missions Étrangères, la division générale des études doit être à peu près la même, sauf les conditions de pays. Une grande science et de grands talents sont très-utiles sans doute à un missionnaire, mais ces deux choses ne sont pas absolument nécessaires. Le degré de science indispensable à un bon prêtre doit suffire à tout missionnaire pourvu qu'il y joigne un esprit docile, une piété fondée sur l'humilité, l'amour de la prière, un zèle actif et prudent, un caractère constant, sociable, ferme sans entêtement. Un homme attaché à ses idées, et qui les préférerait aux avis de ses supérieurs, qui, poussé par une individualité trop prononcée, refuserait de se conformer aux règlements et aux usages d'une mission, y serait très-dangereux, quelque talent et quelque science qu'il pût avoir. Ce sont ces considérations générales qui président à l'éducation et au choix des missionnaires : le caractère d'abord, puis l'intelligence.

Le moment est arrivé où le jeune néophyte est ordonné prêtre ; souvent il se fait que cette cérémonie n'a pu avoir lieu en France ; alors l'ordination a lieu dans la mission à laquelle il est destiné : c'est comme si on l'envoyait conquérir la prêtrise au milieu des infidèles. Cette fois, le sujet a reçu en France l'onction sainte ; ses supérieurs lui ont donné pour destination les missions du Levant. Il s'embarque à Marseille ; quelquefois l'État lui offre un passage gratuit sur ses navires, sinon il faut qu'il compte sur ses seules ressources. Il dit un adieu mental à sa famille, à ses amis, à sa patrie, que l'on aime encore même lorsque le cœur est plein de Dieu. S'il veut, il ne tient qu'à lui de commencer sa mission sur le bâtiment même qui le porte. Les matelots, malgré leur réputation de dévotion, sont rarement en règle avec l'Église. Les uns ont des enfants qu'ils oublient régulièrement de faire baptiser à chaque traversée, les autres vivent en concubinage ; les parents du mousse ont négligé de lui faire faire sa première communion, sous prétexte qu'il était aux Antilles lorsque l'âge de remplir cette sainte formalité est arrivé ; voici bientôt deux ans que le capitaine ne s'est point approché de la sainte table, quoiqu'à chaque voyage il ne manque pas de suspendre un riche *ex-voto* à l'autel de la madone de son pays. Le missionnaire, moitié par la persuasion, moitié par le bavardage des matelots, parvient à se rendre maître de tous ces petits secrets ; la confession lui en livre aussi une par-

tie : alors il prêche, il encourage, il menace même quelquefois, et lorsqu'il débarque, il est rare que les enfants ne soient pas baptisés, que le mariage clandestin ne
soit pas consacré, et que le mousse ne fasse pas sa première communion. Quand
il met le pied dans le collége de sa maison, le jeune prêtre a déjà rempli les fonctions de son ministère. C'est un apprentissage qu'il a fait, et qu'il va compléter chez
les infidèles. Maintenant, dans quelle partie de l'Orient sera-t-il envoyé? Ira-t-il
lutter contre les hérésies de la Perse, rattacher à l'unité catholique les Grecs égarés,
ou ramener les chrétiens dégénérés de l'Arabie à la connaissance des vérités de la
religion? Quel que soit le choix du supérieur, les dangers seront toujours les mêmes
pour lui ; du reste, tôt ou tard il est certain d'être appelé à remplir successivement
toutes ces missions importantes ; aujourd'hui dans les ruines des couvents de l'Arménie, demain dans les chapelles des Grecs schismatiques, sous la tente des Druses ou
des Métualis, la vie du missionnaire est un voyage qui n'a d'autre relais que la mort.

Pour avoir une idée exacte de la condition d'un missionnaire dans le Levant, il
faut le suivre dans ses courses lointaines. La Syrie est le pays où les missions sont
les plus dangereuses, parce qu'au milieu de toutes les religions qui fourmillent sur ce
sol antique, la plus répandue de toutes est le vol. Traverser le désert n'a jamais été
chose facile pour un Européen, même avec le costume et en connaissant la langue du
pays. Le seul moyen d'atténuer le danger est d'éviter tout contact avec les indigènes.
Mais les missionnaires n'ont pas cette ressource. S'ils trouvent un malade sur leur
chemin, il faut qu'ils le guérissent ; s'ils rencontrent un affligé, il faut qu'ils le consolent. Tous les malheureux sont leurs frères, tous les idolâtres leurs enfants. Dans
certains districts de la Syrie les musulmans vivent confondus avec les chrétiens. La
misère de ces derniers est immense ; mal vêtus, couchant en plein air, à peine
nourris, ils sont la proie d'épidémies éternelles. Si les bagnes pestiférés des chrétiens n'existent plus à Constantinople, le missionnaire est sûr de les retrouver dans
une foule de bourgades de l'Orient. La plupart de ces bourgades sont cependant des
évêchés. La cathédrale est une chambre de quelques pieds carrés, dont le toit est toujours à demi défoncé ; les murs sont dégradés et entièrement nus ; une niche pratiquée dans la muraille sert d'autel, un chandelier et une image de bois en font tout
l'ornement. Souvent il arrive que le vin nécessaire à la célébration de la sainte messe
vient à manquer, alors le culte est interrompu jusqu'à ce que, sur la répartition des
fonds de l'œuvre de la propagation, on puisse prélever, sur la somme qui revient à la
petite église, l'argent nécessaire à l'achat du précieux liquide. Le palais de l'évêque
est une masure en ruines, quelquefois une tente en poil de chameau ; son troupeau,
trois ou quatre cents individus, spectres de la misère et de la famine Ce sont pourtant là les dignités qui attendent les missionnaires, et les plus hautes récompenses
réservées à leurs travaux !

Soit qu'ils prêchent la foi aux Melchites, c'est-à-dire aux catholiques ignorants,
soit qu'ils cherchent à faire luire la vérité aux yeux des Druses systématiques, les
missionnaires actuels ne perdent jamais de vue les choses de la science. De ce côté,
comme de tous les autres, il n'y a pas décadence. La lecture des *Annales de la Propagation de la foi* est indispensable après celle des *Lettres édifiantes*. C'est la même

profondeur unie à la même simplicité. Ce recueil mérite de figurer dans toutes les bibliothèques, et si nous n'étions renfermés dans des bornes trop étroites, nous citerions quelques fragments des missionnaires modernes, qui sont des modèles de style, d'éloquence et de clarté.

Les ennemis les plus redoutables des missionnaires en Orient sont les Ansariens, qui ne reconnaissent point de Dieu dans le ciel, et qui adorent ce qu'il y a de plus honteux sur la terre. Ils semblent descendus de ce Vieux de la Montagne, dont la mystérieuse histoire s'est perpétuée jusqu'à nous. Viennent ensuite les Druses, qui n'osent avouer leur religion, et qui en font un secret impénétrable. Ils ont un mot d'ordre, et celui qui le trahirait échapperait difficilement au sabre de ses frères. On croit savoir, néanmoins, qu'ils adorent le veau comme symbole de leur obscène divinité ; qu'ils nient l'existence d'un Dieu spirituel, bon et pur ; qu'ils regardent comme permis tout ce qu'ils peuvent cacher, et qu'ils admettent la métempsycose. Cependant ils croient à un esprit supérieur qu'ils nomment de divers noms, et qui est censé avoir vivifié successivement plusieurs personnages. Au reste, les Druses nient extérieurement toutes ces choses, ils se disent Turcs de la secte d'Ali. On dit que les chefs druses (ceux qu'on appelle sages pour les distinguer des autres qu'on nomme ignorants), voyant que leur secret commence à se trahir, ont tenu, il n'y a pas longtemps, une assemblée, et ont pris de nouvelles et plus terribles dispositions pour empêcher la publication de leurs mystères

Cette publication, elle aura lieu tôt ou tard, et c'est aux missionnaires qu'on le devra, car rien ne leur coûte pour arriver à ce résultat. Les erreurs ne sont dangereuses que lorsqu'elles sont secrètes. Les Druses une fois dévoilés, le catholicisme en Orient perdra un de ses adversaires les plus tenaces, car ce sont surtout les sectes qui s'opposent avec le plus de violence à l'établissement de la vérité. Tous les moyens leur semblent bons pour maintenir leur influence, même l'assassinat. Les missionnaires en savent quelque chose. Dieu, du reste, semble bénir les travaux de ces hommes dévoués, dans cette contrée qui fut autrefois témoin de sa puissance. En 1856, seize familles turques ont reçu le baptême dans le Mont-Liban, et depuis, le nombre des néophytes n'a fait que s'accroître. A Damas, on ne pouvait pas trouver, il y a quelques années, un seul ouvrier qui voulût mettre la main aux travaux de réparation de l'église chrétienne ; ceux qu'on avait envoyé chercher ailleurs à prix d'argent avaient soin de frapper les pierres plutôt avec le manche qu'avec le marteau, de peur d'éveiller les voisins. Dernièrement on a pu travailler au même objet sans prendre la moindre précaution. Les missionnaires ont à Damas une école de filles, mais il faudra longtemps encore avant que l'église soit nombreuse : l'opprobre que le paganisme et l'islamisme font peser sur le sexe le plus faible subsiste encore aujourd'hui parmi les chrétiens ignorants de ce pays ; ils ne peuvent croire leurs filles dignes des honneurs, et surtout des dépenses d'une bonne éducation. Les missionnaires luttent de toutes leurs forces contre ce préjugé, car ils savent que l'émancipation de la femme est une des plus belles conquêtes du christianisme et un des moyens les plus sûrs et les plus moraux de battre en brèche les erreurs des croyances rivales.

L'école des garçons de Damas dépasse cent élèves. Les Turcs commencent non-seulement à se refroidir dans leur fanatisme, mais encore à philosopher : bon nombre parlent aujourd'hui de Mahomet comme on en parlerait en Europe. Un de ces nouveaux sages a envoyé son fils à l'école des missionnaires, pour qu'ils le fissent entrer plus tard dans les ordres sacrés. Les chrétiens hérétiques mettent aussi leurs enfants à ces écoles, et c'est là un grand sujet de joie et d'espérance pour la religion. Les hérésiarques ne se tiennent pas cependant pour battus, et le patriarche des schismatiques a prononcé l'excommunication contre ceux qui viendraient s'asseoir sur les bancs des missionnaires. C'est ainsi qu'agissent encore ces Grecs disputeurs qui si longtemps lassèrent l'Église par leurs vaines prétentions et les sophismes de leur fausse théologie, et qui semblent vouloir la désespérer aujourd'hui par leur orgueilleuse obstination.

C'est surtout en Perse que cette triste vérité est flagrante, et qu'elle appelle l'attention des missionnaires qui ont dévoué leur vie à la combattre. Nestorius et Eutichès, condamnés par l'Église et par l'état, se réfugièrent en Perse avec leurs sectaires. Les rois de ce pays les accueillirent favorablement, persuadés qu'ils auraient dans ces exilés des ennemis irréconciliables des empereurs grecs, auxquels ils avaient juré une guerre éternelle. Au sixième siècle, l'erreur dominait dans toute la Perse. Elle y fleurit jusqu'au jour où les conquérants musulmans firent main basse sur tout ce qui portait l'empreinte de la religion chrétienne. A la suite de plusieurs révolutions qui sortent de notre sujet, vers le milieu du seizième siècle, un roi nommé Schah-Abbas transplanta à Iulfa, un des faubourgs d'Ispahan, un nombre considérable d'Arméniens dont la plus grande partie était hérétique ; le reste se composait de catholiques dont les églises étaient desservies par des missionnaires jésuites et dominicains envoyés par le saint-siége. De nouvelles perturbations amenèrent la ruine de Iulfa, les Arméniens se dispersèrent dans toute l'étendue de l'Empire ; à peine quelques maisons de catholiques restèrent debout, et la mission fut abandonnée.

En 1824, la mission fut reprise par un religieux du Mont-Liban. Il s'établit à Théran, où le commerce appelle dans le courant de l'année un assez grand nombre de négociants catholiques. Mais de là il lui était impossible de rayonner sur les autres catholiques, et principalement sur les Chaldéens, les plus malheureux chrétiens du globe, à cause de leur pauvreté et des avanies dont les accablent les musulmans. A défaut d'argent qu'il est impossible de leur extorquer, on les accable de coups, on leur enlève leurs femmes, leurs enfants, et on les réduit au plus honteux esclavage. Jamais moisson plus belle, on le voit, ne s'offrit aux missionnaires : d'une part des schismatiques à vaincre, de l'autre des opprimés à secourir ; tout se trouvait réuni pour enflammer le courage des prêtres. Aussi bientôt les catholiques virent-ils l'ange de la consolation et de la prière s'asseoir de nouveau à leur chevet abandonné. Pendant que la religion essayait de se relever triomphante, le schisme cherchait à l'abattre de nouveau, et le schisme est puissant en Perse. Les schismatiques riches occupant des fonctions publiques ont la lâcheté de persécuter leurs frères malheureux. Les missionnaires pénétrèrent de nouveau en Perse en 1857, au milieu

des dangers d'une guerre entre les Russes et les Persans; les Arméniens les dénon-
cèrent. Jetés en prison, traités comme espions, puis exilés, ils errèrent pendant
plusieurs mois dans les montagnes, sans autre nourriture que l'herbe sauvage. Enfin ils parvinrent à Ispahan, où l'autorité persane les mit en possession des anciennes
églises. Alors il fallut expliquer la religion catholique à peu près oubliée par les
chrétiens orthodoxes. Dévoués à cette tâche, les missionnaires l'accomplirent heureusement : l'autorité de l'Église romaine était bénie et aimée, lorsque les Arméniens essayèrent encore de s'opposer à ses progrès ; mais leurs efforts restèrent sans
résultat, le gouvernement refusa non-seulement d'écouter les délateurs, mais encore il les punit. Depuis cette époque, les prêtres schismatiques et leurs *vertabeds*
(docteurs suppléants) ont pris une autre voie, ils ameutent le peuple contre les
catholiques. Si un homme convaincu de la vraie foi a envie de se convertir, aussitôt
il est circonvenu par les prêtres, qui mettent tout en œuvre pour le détourner de
son projet. Ils éloignent la foule des catéchumènes catholiques, et savent arrêter
l'heureux entraînement des bons exemples. D'ailleurs, au milieu de cette population désolée par la guerre, par le choléra, par ses despotes, les esprits sont bien plus
occupés du soin de se procurer le pain du jour que de celui d'écouter la parole
sainte. C'est donc là vraiment une terre d'affliction : toutefois les missionnaires qui
l'habitent sont heureux, disent-ils, d'y être venus. La conquête de quelques âmes
les console, quelques réformes dans les désordres inouïs qui régnaient parmi les Arméniens les encouragent ; la propagation du nom catholique les réjouit. Outre les
secours spirituels, cette mission a répandu encore une foule de bienfaits matériels.
Beaucoup de marchands étrangers, même des Turcs, ont trouvé asile et sûreté auprès des missionnaires, tant pour leurs personnes que pour leurs biens. Or, dans un
pays où le prix des choses nécessaires est plus élevé qu'à Paris, où il faut faire
venir d'Ispahan des soldats de police, soit pour se défendre contre les agressions
des schismatiques, soit pour la réparation des bâtiments et des églises en ruines, où
il faut encore soutenir par des aumônes fréquentes une population réduite à la plus
affreuse misère, savez-vous ce que dépensent les deux missionnaires ? 5,000 piastres
par an. Il est vrai qu'ils se nourrissent comme les plus pauvres des pauvres confiés
à leurs soins. Malgré un si grand dévouement, il est à craindre cependant que les
missionnaires n'arrivent jamais au but principal qu'ils se proposent, la rentrée du
schisme arménien dans le giron de l'Église. Un intérêt politique s'y oppose, celui
de la Russie. Elle cherche à établir son influence politique dans ces contrées au
moyen de la religion. La conformité des croyances est un lien puissant entre les
Russes et les Arméniens, et c'est sur eux que compte le czar pour asseoir sa domination sur toute la Perse. Ce ne seront pas deux pauvres missionnaires livrés à
leurs propres ressources qui empêcheront ce résultat.

Nous n'avons fait qu'entrevoir un des côtés du caractère du missionnaire, et
déjà son importance nous effraie. Cet homme que nous venons de rencontrer sous
la tente de l'Arabe, dans les églises abandonnées d'Ispahan, guérissant les malades,
fortifiant les faibles, dissipant l'ignorance, combattant l'hérésie, il faut maintenant
l'accompagner au pays de Brahma, au cœur même de l'Inde ; il vient de quitter la

robe noire pour revêtir l'habit du pénitent indien ; il s'assujettit à ses usages, se soumet à toutes ses austérités. Ce n'est plus un prêtre chrétien, c'est le plus rigide des bonzes.

C'est grâce aussi à une fraude pieuse qu'après saint François Xavier d'autres missionnaires purent s'introduire dans l'intérieur du pays et continuer l'œuvre de leur illustre maître. Ces missionnaires s'annoncèrent comme des brahmes européens, venus d'un pays éloigné de cinq mille lieues, pour profiter des connaissances des brahmes de l'Inde et leur communiquer les leurs. L'instruction astronomique et les notions en médecine que possédaient presque tous ces premiers missionnaires contribuèrent à leur attirer la confiance et le respect des naturels de toutes les castes. Les talents, les vertus et le parfait désintéressement de ces ouvriers apostoliques les rendirent agréables aux princes du pays, qui leur donnèrent pleine liberté de prêcher leur religion et de faire des prosélytes. Le christianisme pouvait donc compter sur une récolte abondante, lorsque des vicissitudes historiques, la suppression des jésuites, la mauvaise direction prise par les chrétiens, qui, privés pendant longtemps de guides spirituels, donnèrent toutes sortes de mauvais exemples ; les guerres, la haine de la conquête, ont fait décroître successivement le nombre des catholiques au tiers de ce qu'il était il y a quatre-vingts ans. Aujourd'hui, un homme qui embrasse le christianisme rentre dans une condition pire que celle du paria : le mari abandonne sa femme, la mère son enfant, le frère sa sœur. Cependant ce mépris n'est point le résultat d'une haine contre le christianisme considéré en lui-même, mais seulement le produit des causes accidentelles que nous venons d'énumérer. Quoique les Indiens aient en horreur tout ce qui n'est pas dans leurs usages, l'habitude et de constantes vertus auraient pu les rendre à la longue accessibles à la vérité. Ainsi, quand un missionnaire passe aujourd'hui dans un village et que les habitants chrétiens viennent le prier de bénir leur maison, il n'est pas rare de voir un indigène lui demander la même faveur.

Il y a des missions françaises à Pondichéri, à Karikal, dans les royaumes de Pégu et d'Ava, dans l'île de Ceylan, et dans une foule de petites localités de l'Inde. Là, comme presque partout, les missionnaires ont beaucoup à souffrir des persécutions musulmanes ; les Maures sont surtout des ennemis très-dangereux, le moindre prétexte suffit à ces gens grossiers pour se porter aux plus grands excès à l'égard des chrétiens. Il y a quelque temps, des hommes payés attachèrent un petit cochon suspendu à une croix devant la mosquée des Maures ; le lendemain, les musulmans n'eurent rien de plus pressé que d'accuser les chrétiens de cet outrage, ils fondirent sur leur église, envahirent l'humble demeure du missionnaire, dont ils avaient juré de couper la tête ou de manger du cochon, animal dont ils ont une horreur inexprimable. Le prêtre échappa comme par miracle à la fureur de ces forcenés : pendant trois mois il fut obligé de se cacher ; mais un jour, ayant voulu accompagner le corps d'un Européen au cimetière, il mourut d'un coup de bâton à la tempe, de la main d'un Maure. Les deux funérailles se firent à la fois.

Les brahmes se montrent plus tolérants ; ils discutent même quelquefois avec les prêtres chrétiens. Cela serait d'un augure favorable s'il suffisait de convaincre l'esprit

MISSIONNAIRE AUX ILES SANDWICH

seulement; mais dans des questions de ce genre, il faut, pour obtenir un résultat favorable, changer et toucher le cœur; or, c'est la grâce seule qui peut le faire. Les missionnaires protestants, qui sont fort nombreux dans l'Inde, paraissent fort peu pénétrés de cette vérité. C'est là, sans doute, la cause principale de l'inutilité de leurs
efforts, comme nous aurons l'occasion de le démontrer plus tard. L'espèce d'anathème qui frappe à tout jamais le chrétien converti est un grand obstacle à la propagation de la foi dans l'Inde. Expulsé de toutes les castes, sans famille, sans fortune,
sans asile même, le néophyte tombe nécessairement à la charge des missionnaires
qui ont à peine les choses les plus nécessaires à la vie; les Indous, qui ont généralement une assez forte dose de bon sens, se rendent parfaitement compte de cette
triste alternative. On rencontre des gentils qui, par leurs relations avec les chrétiens,
connaissent leur religion et l'aiment; mais lorsque le missionnaire les engage à faire
le premier pas et à recevoir le baptême, ils répondent : « Quand nous serons chassés
de notre caste, qui nous donnera du riz? »

Ces difficultés, d'une si grande importance, ne découragent pas cependant les missionnaires. Dans ce pays, où la piété religieuse consiste à se faire écraser sous les roues
d'un char, où l'amour se prouve en montant sur un bûcher allumé, où toutes les superstitions sont autorisées par la théologie, où les esprits sont corrompus par les fictions de la plus compliquée de toutes les mythologies, jugez de quelle constance, de
quelle finesse, de quelle fermeté doit être doué le missionnaire. Aujourd'hui, il s'introduit dans une cabane de laboureurs et se fait passer pour un individu de leur
caste; demain, il pénètre dans un couvent de brahmes, et leur parle de Wishnou
comme le plus savant des prêtres des pagodes les plus renommées; il faut qu'il connaisse non-seulement le nombre et la qualité des aliments défendus, l'heure à laquelle on doit faire ses ablutions, en un mot, les cent mille pratiques du rituel indou, mais encore les difficultés et les détours de la langue littéraire. Il y a beaucoup
de savants, richement pensionnés, qui ne possèdent pas le tiers des connaissances
d'un obscur missionnaire, qui marche à travers les forêts de l'Inde, son bambou à la
main. Voyez-le s'avancer à travers les rizières monotones, les pieds nus, le front en
nage, cet homme qui pourrait être tranquillement assis dans un fauteuil de l'Académie des sciences; les caïmans sifflent dans les roseaux de cette rivière qu'il va
être obligé de traverser à la nage; les tigres l'attendent au milieu de ces jungles qui
lui barrent le passage; il n'a qu'une poignée de riz renfermée dans un sac de toile,
et s'il rencontre quelque derviche, il la partagera avec lui. Est-ce la soif du gain qui
lui fait affronter tous ces dangers, va-t-il chercher la poudre d'or, les dents d'éléphants ou les tissus du Thibet? Hélas! cet humble missionnaire a entrepris un
voyage de trois cents lieues pour baptiser quelques adultes sur sa route, et porter
les secours de sa religion à une vingtaine de chrétiens perdus dans l'intérieur des
terres.

Arrêtons ici nos éloges, car nous touchons au moment où nous en aurons le plus
besoin. Nous voici sur les confins de la persécution. Jusqu'à présent, les souffrances
endurées par le missionnaire ne sont rien en comparaison de celles qui l'attendent.
Qu'il prenne à la main son bâton le plus noueux, qu'il ceigne ses reins de sa ceinture

la plus forte, qu'il prépare son plus beau cantique d'actions de grâces. Hosannah ! voici le martyre !

Le royaume de Siam, si voisin de l'Inde, renferme plusieurs missions, dont la principale est établie à Bang-Kok, capitale du pays. Bang-Kok est un évêché. Le palais épiscopal est le repaire des rats, des lézards, des fourmis, des scorpions, des mille-pieds. Une petite baraque en bambous, deux planches et une natte par-dessus pour se coucher, voilà la demeure d'un missionnaire. A peine arrivé, le jeune prêtre s'enferme dans le quartier des chrétiens siamois, et là il travaille nuit et jour à étudier la langue. Quand il peut s'arracher pendant quelques instants à cette étude, et quand il est assez fort pour les entendre, il faut qu'il juge les différends entre les chrétiens, qu'il console l'un, réprimande l'autre, rétablisse la paix partout. Puis de continuelles visites ; si un chrétien n'a rien à faire, ce qui arrive souvent, il vient voir le père : il faut causer avec lui. Dit-on qu'on est occupé, il s'en retourne mécontent. Combien de fois le missionnaire n'est-il pas obligé de fermer sa porte, aimant mieux étouffer de chaleur que de perdre son temps en causeries inutiles !

La capitale de Siam est une Babel pour les langues, une Babylone pour les mœurs. Le peuple qui l'habite est peut-être le peuple le plus fainéant, le plus apathique de tous les peuples ; si la paresse est la mère de tous les vices, combien doit-il être difficile de lui faire embrasser une religion d'ordre et de sacrifices ! l'usure ruine le pays, ceux qui sont obligés de recourir à des emprunts sont bientôt réduits à la dernière des misères. Quand le débiteur ne peut payer, il devient esclave. Plus de cent fidèles de la chrétienté de Siam sont tombés de cette manière entre les mains des païens, un assez grand nombre sont toujours menacés de subir le même sort, et il est impossible aux missionnaires de les secourir. Ce doit être sans contredit une des plus grandes douleurs de l'apostolat siamois, que de voir autour de lui des esclaves, et des esclaves chrétiens, sans pouvoir les racheter. C'est un supplice de tous les instants, dont la pensée même est des plus pénibles.

Les missions de Siam se divisent en plusieurs stations : la première est *Chantabun,* où l'on compte environ sept cent soixante chrétiens, plus un couvent de dix-huit femmes, qui ont prononcé leurs vœux sous le nom d'amantes de la *Croix.* Pour pourvoir à leur subsistance, elles confectionnent des nattes de *koi,* et des filets pour la pêche.

La seconde station est celle de *Syncapour,* qui renferme quatre cent cinquante chrétiens ; la troisième, *Pulo-Pynang,* qui en contient plus de deux mille ; la quatrième, *Taujou,* où il y a un hospice pour les orphelines.

La capitale de Siam, Bang-Kok compte en outre cinq stations : Sainte-Croix, Camboge, Saint-François-Xavier, le Calvaire et l'Assomption. Les missionnaires, avec les faibles ressources qui leur sont allouées, administrent toutes ces stations, entretiennent un séminaire pour les prêtres indigènes, des écoles des deux sexes, des couvents, et même des hôpitaux, où l'on reçoit les plus malheureux d'entre les idolâtres. Les chrétiens ne portent jamais devant les juges païens les différends qu'ils peuvent avoir entre eux : un petit conseil des anciens, dans lequel entrent quelques catéchistes, prend connaissance des causes, et les juge. Le missionnaire intervient comme cour de cassation. Ainsi donc, étudiant, linguiste, pédagogue, infirmier, législateur, le missionnaire doit être tout cela à la fois, et sans nuire cependant aux devoirs habituels de son ministère. Quelle activité peut être comparée à celle-là !

Pour se faire une idée du clergé contre lequel les missionnaires sont appelés à lutter, il suffira de dire que les talapoins, ou prêtres siamois, enseignent que leur mérite, et celui de ceux qui font l'aumône, augmente en proportion de la quantité d'aliments que prend le talapoin ; aussi se gorgent-ils de viande pour acquérir ce prétendu mérite : on voit les chefs des pagodes, après avoir dévoré un boisseau de riz, des fruits, du porc, toutes sortes de denrées, se faire comprimer le ventre par leurs disciples afin de pouvoir manger davantage. Un homme raisonnable ne pourrait jamais croire qu'une si brutale gloutonnerie pût être mise au rang des premières vertus, s'il ne le voyait de ses propres yeux : ce qu'il y a de plus inconcevable encore, c'est l'aveuglement des infidèles, qui ne donnent d'autre preuve de la divinité de leurs talapoins que leur insatiable voracité. « Comment, répondait un Siamois à un missionnaire, nos talapoins ne seraient-ils pas dieux, puisqu'ils mangent tant ? » Cette réponse peut jeter de vives lumières sur l'état de la civilisation dans cette partie de l'Asie.

Depuis longtemps les chrétiens de Siam n'ont pas été persécutés ; il n'en est pas de même en Cochinchine, dans le Tong-King et en Corée ; la persécution est là plus terrible, plus ardente, plus implacable que jamais. Par l'ordre des mandarins la croix a été placée aux portes de chaque ville, afin que les entrants et les sortants la foulent aux pieds. Le roi qui gouverne ces contrées est le digne continuateur de ces empereurs romains qui nourrissaient des tigres avec le sang des chrétiens. A la prise d'une ville, dans laquelle il restait environ deux mille âmes, il fit fendre le corps en quatre à tous les prisonniers ; dernièrement il a massacré sa femme de sa propre main, et fait mettre à mort son propre fils, parce qu'il était inconsolable de la perte de sa mère. Les chrétiens anamites ont aussi leur Néron.

De même que la lecture de la Vie des Saints et du Martyrologe est le meilleur moyen de prendre une idée exacte de l'état des mœurs et du caractère des prêtres pendant les premiers siècles de l'Église, il nous a semblé que, pour donner des notions aussi complètes que possible sur les fonctions du missionnaire en Asie, et sur la position des fidèles dans ces régions éloignées, il suffirait de mettre sous les yeux du lecteur le récit complet du martyre du père Cornay, missionnaire apostolique, qui sera pour nous comme le résumé général des souffrances, des vertus, des malheurs et de l'héroïsme de ses frères.

Le 20 juin, à la pointe du jour, un laboureur, plus matinal que les autres, vit le bourg de Ban-No (c'est le nom du lieu où le père Cornay s'était réfugié pendant la persécution) envahi par des soldats ; aussitôt il vient annoncer cette triste nouvelle, et deux morceaux d'un bambou, entr'ouvert à son extrémité, font entendre leur bruit sinistre en frappant l'un contre l'autre ; cette espèce de crécelle, qui sert de cloche aux chrétiens cochinchinois, jette partout l'alarme ; mais il n'était plus temps, le mandarin militaire avait fait cerner le village. A l'instant où on vint l'avertir, le missionnaire partait pour célébrer la messe ; mais comme il n'y avait pas une minute à perdre, un chrétien le conduisit sous un épais buisson. Il fut obligé de rester là au milieu du quartier général des soldats, dont il entendait les moindres paroles; toutefois, entouré de haies comme il était, on ne pouvait ni l'apercevoir ni l'atteindre.

Le chef de l'expédition voulait à toute force faire une riche capture, ou extorquer de l'argent aux habitants. Il fit saisir le principal habitant qui était chrétien, et le fit cruellement battre de verges. Vaincu par la douleur, celui-ci finit par découvrir l'asile du père. Il fut donc pris et conduit devant le mandarin, garrotté avec des lianes; pour lui enlever la possibilité de s'évader, ou le mit à la cangue; cet instrument n'est point au Tong-King semblable à celui de la Chine : la cangue tong-kinquoise n'est point une large table carrée qui ôte toute communication des bras à la tête, ce sont simplement deux longs morceaux de bois liés par quatre tringles, dont deux resserrent le cou, et deux unissent les extrémités.

Le père Cornay, quoique captif, avait le visage riant; il se mit à chanter dans un livre de plain-chant, ce qui divertit fort les soldats, peu accoutumés à ces airs si différents des leurs. Pendant ce temps le village était mis au pillage. La nuit vint, pour prendre un peu de repos, il appuya sa cangue à terre, un bout relevé sur un tertre, afin de rejeter son bras par-dessus, mais il ne put dormir, et au lieu de se livrer aux réflexions que devait lui suggérer son sort, nous lisons dans ses lettres des réflexions fort touchantes sur la rigueur de la discipline militaire. « Au plus petit signe du commandant on les jette à terre, dit-il, en parlant des soldats, et là on les frappe jusqu'à ce qu'il dise : Assez! » Celui qui va subir les tortures s'apitoie sur un soldat qui reçoit quelques coups de fouet! Plus loin il ajoute : « Ici les factionnaires ne changent pas d'heure en heure comme en France; les sentinelles veillent toute la nuit sans être relevées. Un gros tambour est suspendu sur un piquet, on en frappe de temps en temps un coup, et tous les postes répondent en frappant aussi en cadence deux petits bâtons sonores, et en tirant quelques sons d'un instrument à cordes. » Ne dirait-on pas un voyageur qui écrit ses mémoires tranquillement assis au coin de son feu?

Le lendemain le missionnaire fut délivré de la cangue et enfermé dans une cage, dans laquelle il pouvait s'étendre, et se mettre à l'abri des coups qu'on distribuait à tout venant. Dans cet intervalle les officiers examinèrent les effets saisis, ils accordèrent aux instances du prêtre six volumes qui se trouvaient devant lui. Interrogé sur leur usage, il répondit que c'étaient des livres de prière, et qu'il s'en servirait pour prier pour eux. Là-dessus, prenant les Évangiles, il se mit à expliquer ce trait de la Passion où il est dit que Jésus fut conduit devant Pilate; puis ouvrant l'Imitation, il leur expliqua ce passage qui s'offrit à lui par hasard : « Si vous vous réfugiez dans les blessures de Jésus-Christ, vous en ressentirez une très-grande force dans la tribulation, vous ferez peu de cas du mépris des hommes, et vous supporterez facilement leurs médisances. »

Voici comment M. Cornay raconte son trajet jusqu'à la capitale :

« On se remit en marche au point du jour. A tout instant mes porteurs étaient obligés de courir pour se mettre au train des soldats, sans pouvoir s'arrêter à boire un peu d'eau pour se rafraîchir. Quoi qu'il en soit, ma marche était en un sens trèspompeuse : environ cent cinquante soldats me précédaient, et autant me suivaient avec des mandarins, en filets surmontés de dais. Ma cage, portée par huit hommes, occupait le milieu ; j'étais suivi par dix chrétiens arrêtés en même temps que moi, qui marchaient tristement attachés ensemble par l'extrémité de leurs cangues. Sur la route quantité de peuple accourait à la nouveauté du spectacle. Ce fut ainsi qu'on arriva au relais d'une préfecture : je fus déposé devant un mandarin qui, s'étant enquis des officiers, commença avant tout par me dire de chanter. Je déroulai donc toute l'étendue de ma voix desséchée par le jeûne, et leur chantai ce que je pus me rappeler des vieux cantiques de Montmorillon. Tous les soldats étaient à l'entour, et un peuple nombreux se fût précipité vers la cage, sans la verge toujours en activité de service. Dès ce moment mon rôle changea : je devins un oiseau précieux par mon beau ramage. Après cela on me donna à manger. . . . .

. . . . Quant à mes autres occupations, continue-t-il dans d'autres fragments, je dis mon office, je médite et m'abandonne à la volonté de Dieu ; je le prie de me pardonner mes péchés, de souffrir patiemment ; je lui demande surtout de confesser son saint nom devant les infidèles. . . . . . .

. . . . Dans toutes les visites que je reçois, une des questions ordinaires que me font les curieux, est de me demander si j'ai une femme et des enfants, je leur réponds bien vite que non, et je leur explique la cause et l'utilité de cette privation, ce qui ne laisse pas que d'être bien compris par mes auditeurs. . . . .

. . . . Le père Cornay termine ainsi cette relation : Lorsque vous recevrez cette lettre, mon cher père et ma chère mère, ne vous affligez pas de ma mort ; en consentant à mon départ, vous avez déjà fait la plus grande partie du sacrifice. Lorsque vous avez lu la relation des maux qui désolent ce malheureux pays, inquiets sur mon sort, ne vous a-t-il pas fallu le renouveler ? Bientôt, en recevant les derniers adieux de votre fils, vous aurez à l'achever ; mais déjà, j'en ai la confiance, je serai délivré des misères de cette vie, et admis dans la gloire céleste. Oh ! comme je penserai à vous ! comme je supplierai le Seigneur de vous donner part à la récompense, puisque vous en avez une si grande au sacrifice ! Vous êtes trop chrétiens pour ne pas comprendre ce langage ; je m'abstiens donc de toute réflexion. Adieu, mon très-cher père et ma très-chère mère, adieu ; déjà dans les fers, j'offre mes souffrances pour vous. Je ne vous oublie pas non plus, ô mes sœurs ! et vous tous qui prenez tant d'intérêt à moi, si sur la terre, chaque jour je vous ai recommandés à Marie, que ne pourrai-je point auprès d'elle, si j'obtiens la palme du martyre ! »

À notre tour, nous aussi, nous nous abstiendrons de toute réflexion. Le missionnaire se retrouve tout entier dans ce que nous venons de transcrire. La fermeté, l'enjouement, la tendresse de cœur, la confiance en Dieu, se lisent à chaque page, et, pour ainsi dire, à chaque mot. Cependant cet homme, qui se livrait naguère à d'innocentes plaisanteries sur la beauté de sa voix, a été condamné à mort quelques jours après. Le voici qui s'avance, toujours dans sa cage, vers le lieu du supplice; des soldats nombreux le précèdent, les bourreaux sont autour de lui avec le sabre nu, ou la hache en main. En avant on porte la planche où est écrite sa sentence; derrière, un tam-tam rend de temps en temps quelques sons lugubres. Pendant le trajet, le martyr chante et lit ses prières alternativement; chacun admire sa tranquillité, et les idolâtres admirent sa grandeur d'âme sans en comprendre les motifs. Arrivé sur le lieu du supplice, un officier lit à haute voix la sentence suivante :

« Le nommé Tan, dont le vrai nom est Cao-Lang-Ne (Cornay), du royaume de Phu-Lans-Sa (France) et de la ville de Loudun, est coupable comme chef de fausse secte, déguisé, dans ce royaume, et comme chef de rébellion. L'édit souverain ordonne qu'il soit haché en morceaux, et que sa tête, après avoir été exposée durant trois jours, soit jetée dans le fleuve. Que cette sentence exemplaire fasse impression partout. »

Cette peine est le dernier des supplices : elle consiste à avoir d'abord les bras et les jambes coupés, puis la tête, et enfin le reste du corps fendu en quatre. A un signal donné, la cage est ouverte avec un sabre par le haut, pour laisser passage au prisonnier. Le martyr s'assied à terre pour qu'on lui ôte ses fers; les bourreaux lui attachent les pieds et les mains à quatre piquets, un cinquième consolide la tête à l'aide de deux autres piquets fixés à côté des temps. Ces préparatifs terminés, le tam-tam retentit, et le martyr, torturé même pendant la mort, s'envole vers le ciel. Tandis que son sang coule sans pouvoir être recueilli, le bourreau prend la tête par une oreille, et la jette à quelques pas, puis il lèche comme une bête féroce son sabre encore tout fumant. Le dirons-nous, suivant la coutume de ce peuple barbare, l'exécuteur arrache le foie de la victime, et en coupe un morceau pour s'en régaler. Ce lambeau tout sanglant a été vu étalé devant sa maison, avant de devenir pour lui la matière d'un horrible festin.

Le soir, quand il n'y eut plus que les oiseaux de nuit auprès des débris du cadavre, une vierge chrétienne et une vieille servante, cachées dans la ville, vinrent pleurer au pied de ce calvaire. Les habits du martyr, teints de son sang précieux, furent emportés par les deux femmes. Aujourd'hui, ces hardes sanctifiées sont en France, dans peu de temps elles deviendront des reliques.

Une chose extraordinaire, c'est que plus tard les païens exhumèrent les chairs du martyr et les pressèrent pour en exprimer le sang; on creusa même les endroits de la terre où il s'était écoulé en abondance. Cet acte de la part des idolâtres est d'autant plus étonnant, qu'ils ont une horreur profonde pour les cadavres des suppliciés, et qu'il est inouï qu'on ait jamais recueilli le sang d'un homme mort dans les tourments. Le père Cornay était âgé de vingt-huit ans; c'est le premier missionnaire français martyrisé au Tong-King; puisse par son intercession l'église anamite, dont il fut membre, voir bientôt arriver la fin des maux sans nombre qui la désolent!

Au moment où nous écrivons, plusieurs prêtres, nos compatriotes, sont renfermés dans la terrible cage, exposés à la mort, ou cachés dans ces forêts où l'existence n'est qu'un trépas de tous les jours : c'est là seulement que les missionnaires peuvent trouver un abri pendant la persécution. Ces forêts sont profondes ; lorsque la persécution éclate, les chrétiens du pays y conduisent le prêtre, un homme veille à sa garde, tandis qu'un autre lui apporte une fois par jour ses aliments. L'air est si épais dans ces forêts, qu'on y respire à peine, et les végétaux en putréfaction donnent des vertiges. Les eaux, coulant depuis leur source sur un lit de feuilles et de bois corrompus, sont un véritable poison ; on n'en boit jamais impunément. La maladie qu'elles occasionnent est une espèce d'hydropisie qui se change souvent en squirre, quand le malade n'en meurt pas au bout de quelques jours. Ainsi ces pauvres missionnaires rencontrent la mort dans les endroits même où ils sont le plus assurés contre elle !

Nous touchons maintenant au pays où le dévouement du missionnaire peut être apprécié dans toute son étendue. Formez un faisceau de tous les héroïsmes que l'esprit peut se représenter, et vous aurez le missionnaire chinois. Le tableau de sa vie sera plus éloquent que toutes les phrases du monde. Les Lazaristes et les Missions Étrangères représentent l'apostolat français en Chine. Le noviciat lazariste à Macao coûte 15,000 francs d'entretien ; quatre missionnaires français en Chine dépensent 20,000 francs, et vingt lazaristes chinois en absorbent 20,000.

Les missions lazaristes en Chine sont au nombre de six : elles sont situées dans les provinces de Pékin, du Hou-Quang, du Honam, du Kiang-Si, du Tché-Kiang et du Kiang-Nam ; six missionnaires européens les dirigent aujourd'hui avec l'aide de dix-sept lazaristes indigènes, et de dix-huit catéchistes. Le nombre des chrétiens qu'elles renferment est d'environ quarante mille, dispersés sur toute cette immense étendue de pays qui renferme presque la moitié de la Chine, depuis Pékin jusqu'à Macao. La peste, la famine, les tremblements de terre, tous les fléaux auxquels viennent se joindre les excès du despotisme, effrayent ces populations et les déciment tour à tour. Soit par l'effet des persécutions, soit par les difficultés de s'introduire en Chine, les chrétiens de ces localités restent quelquefois plusieurs années sans voir un missionnaire. Alors leur zèle diminue, leur ferveur décroît, leur piété se dissipe, ils en viennent même quelquefois jusqu'à oublier leur nom de baptême, et quand le prêtre reparaît, c'est pour lui un travail tout entier à refaire, et des miracles de conversion à opérer. Avant de pénétrer dans le pays, il faut que le missionnaire étudie, non-seulement la langue, mais encore la manière de marcher, de saluer, de se coucher, de manger, de se moucher des Chinois : c'est là une science difficile et importante ; car la moindre inadvertance, le plus léger accroc fait à l'étiquette, suffiraient pour trahir l'étranger, et le dévouer pour jamais à la cangue, sinon à la mort. Or, jugez combien cet apprentissage doit être difficile chez un peuple qui ne fait rien de même que les autres, et qui attache de l'importance à tout.

Enfin le jour du départ est arrivé, tous les préparatifs sont faits, le missionnaire va quitter Macao. Il faut qu'il dise adieu à des supérieurs qu'il respecte, à des amis qu'il aime, et qu'il ne reverra peut-être jamais : c'est pour lui comme s'il abandonnait une seconde fois sa famille et sa patrie. Le guide qui doit l'introduire dans ce mystérieux empire, dont on raconte des choses merveilleuses et terribles n'attend

plus que lui. Ce guide est ordinairement un chrétien qui a exposé vingt fois sa vie dans
ces périlleuses entreprises. La contrebande des missionnaires est punie de mort.
N'importe, le guide est courageux, et il veillera sur sa précieuse denrée jusqu'au
moment où il pourra la déposer au sein de l'empire au milieu de quelque chrétienté
bien obscure, bien éloignée ; le reste ne le regarde plus. Pour bien apprécier les obstacles à vaincre, nous allons nous introduire en Chine avec le père Rameaux et son
guide Paul. Nous sommes en palanquin en plein Hou-Quang ; un de nos porteurs nous
a reconnus pour Européens : et nous sommes forcés de continuer notre route dans
une barque entre deux mandarins, heureusement porteurs d'une figure fort douce.

En passant devant une douane, la barque fut si sévèrement visitée et examinée,
que le père Rameaux se crut perdu. « Quel homme as-tu là ? dit-on à Paul ; quelle
singulière figure ! sans doute il fume de l'opium ? — Je vous assure que non, répond
Paul, et vous pouvez vous en convaincre par la visite de nos effets ; ce que vous croyez
remarquer d'extraordinaire en lui, il faut l'attribuer à sa surdité absolue. » Les
douaniers s'avancent pour lui parler, ils crient de toutes leurs forces sans obtenir
aucune réponse. « Tu es donc bien sourd ? lui disent-ils. — Je vous ai déjà dit
qu'il n'entend rien, à quoi bon vous épuiser inutilement ? » Alors on commence la
visite, et ne trouvant rien qui puisse compromettre les voyageurs, on les laisse
passer. Ne dirait-on pas une scène de comédie ? Lazarille n'aurait pas mieux fait.

Voici maintenant le missionnaire et Paul dans la compagnie des deux mandarins.
Nouveaux dangers pour le prêtre, nouvelles ruses de Paul. Au moment de lever
l'ancre, arrive un malade qui demande en grâce une place dans la barque. Le malade est admis et il meurt. La barque est obligée de s'arrêter pendant huit jours,
suivant l'usage adopté en pareille circonstance ; pendant tout ce temps elle ne dés-
emplit pas d'allants et de venants. Pour comble de malheur, le domestique du défunt reconnaît le missionnaire, et la nouvelle en vient aux oreilles des deux mandarins. Le plus jeune s'approche de Paul et lui dit en lui touchant le bout du nez :
« Hé ! dis-moi, ton maître !... qu'est-ce que ce maître ? » Heureusement le mandarin,
bon homme au fond, ne pousse pas plus loin ses questions. Paul cependant commence à réfléchir sérieusement, son sac à ruses est épuisé, le Cantonais excite les
matelots à se saisir du missionnaire, tout est perdu, lorsque les deux mandarins,
par une disposition visible de la Providence, prennent l'étranger sous leur protection. Voilà une péripétie inattendue, et qui figurerait très-bien dans un roman.
Cependant tous ces détails sont vrais, et l'on peut se convaincre, par cet épisode,
que, sans l'intervention du ciel, il doit être bien difficile, sinon impossible, à un
missionnaire de pénétrer en Chine.

Une fois introduit dans le céleste empire, la position du missionnaire dépend de
la chrétienté dans laquelle il se trouve. Quelques-unes de ces agrégations de fidèles
jouissent d'une assez grande tranquillité, d'autres sont sans cesse exposées à des trou-
bles, selon que le mandarin du lieu est plus ou moins tolérant. Dans les paroisses
les plus favorisées, voici comment les choses se passent. Le missionnaire loge dans
une cabane, l'église est aussi une cabane ; on célèbre l'office divin avec le moins
d'appareil possible. Deux heures avant le jour, on donne le signal du réveil, les

MISSIONNAIRE DE PICPUS

fidèles viennent réciter les prières et le chapelet dans la cabane désignée, après quoi le prêtre s'habille. Avant de commencer la messe, il fait aux fidèles une courte instruction; pendant la messe, le catéchiste récite à haute voix les actes avant la communion, pour ceux qui s'y préparent; ensuite chacun s'en retourne à son ouvrage. Le catéchiste va chercher et exhorter dans leur maison les tièdes et les paresseux. Le missionnaire catéchise les enfants, confesse, reçoit les visites des chrétiens, juge leurs différends, empêche les procès, éteint les haines. Ainsi se passe le jour. Sur le soir, les fidèles viennent à confesse en plus grand nombre, et le prêtre est souvent obligé de rester une partie de la nuit au tribunal de la pénitence. Ce confessionnal n'est autre chose que la fenêtre de sa cabane, à laquelle on adapte un treillis de bambous. A la nuit, les fidèles se rassemblent de nouveau, mais en trois lieux différents, savoir : les grandes personnes dans la cabane où le prêtre dit la messe; les jeunes gens dans la demeure du second catéchiste; et les enfants chez le troisième disciple du missionnaire. Le dimanche, ce sont encore les mêmes exercices, seulement les chrétiens sont plus nombreux. Quand il a ainsi passé quelque temps au milieu de son troupeau, qu'il commence à remplacer par de nouvelles affections les affections perdues, il faut que le missionnaire parte : d'autres chrétiens attendent ses soins. Quelquefois leur village est à plus de cent lieues de distance; alors ce sont les mêmes dangers que lorsqu'il a fallu se rendre en Chine pour la première fois; il faut recourir aux mêmes ruses. Tantôt déguisé en mandarin, le missionnaire voyage couché dans un filet recouvert d'une natte; tantôt, héritier de la barque de saint Pierre, il vogue, habillé en pêcheur, sur les eaux des fleuves; le plus souvent, faute d'argent, c'est à pied qu'il fait ses courses. Alors une longue barbe cache son visage, un large turban enveloppe sa tête, et un chapeau de paille d'environ neuf pieds de circonférence le couvre en entier ; ses larges pantalons sont relevés jusqu'au genou, ses pieds sont nus, et sa main est ornée d'un bâton gros et noueux. Il chemine ainsi pendant plusieurs semaines, au sein du plus vaste empire de la terre, seul, sans secours, sans personne pour l'encourager, personne, si ce n'est cette voix d'en haut qui lui dit que la vie n'est qu'un pèlerinage, et le monde entier un lieu d'exil. N'allez pas croire cependant qu'arrivé à sa destination le missionnaire ait terminé ses épreuves. A peine met-il le pied sur le seuil d'une cabane hospitalière, que la crécelle retentit dans le village ; le mandarin a reçu l'éveil, il faut que le prêtre reprenne sa course et qu'il aille traîner son existence sur le sommet des montagnes, dans la profondeur des vallées, dans l'obscurité des souterrains. C'est ainsi qu'il forme un nouvel anneau de cette chaîne de prophètes, d'apôtres et de missionnaires, qui embrasse tous les lieux et s'allonge à travers tous les siècles. Quand il revient au bercail, les brebis ont été dispersées, les ornements de l'humble chapelle détruits, les vases sacrés emportés ; et lorsqu'il veut offrir le sacrifice divin pour les chrétiens qui ont survécu, pour consacrer l'hostie sainte, il ne lui reste pour tout offertoire que son cœur.

Les catéchistes dont nous venons de parler, et qui sont d'un si grand secours aux missionnaires, se divisent en deux classes, *sédentaires* et *ambulants*. Les premiers sont presque tous des hommes mariés ou veufs, les plus instruits de toute la chrétienté. Ils président aux assemblées des fidèles lorsqu'ils se réunissent pour prier en commun ; ils font des lectures pieuses, des exhortations familières, et annoncent les fêtes, les jeûnes, les abstinences ordonnés par l'Église. Ils doivent baptiser les nouveau-nés païens ou non, et même les adultes qui sont en danger de mort. Ils visitent les malades, veillent à ce que les enterrements aient lieu avec décence et dans les formes prescrites, sans aucun mélange de superstitions païennes. Il entre aussi dans leur mission d'instruire les ignorants, de soutenir les faibles, d'exhorter les pécheurs endurcis, de s'opposer autant qu'il est en eux aux scandales des mauvais chrétiens, de concilier les différends, de faire régner partout la concorde et l'union fraternelle, enfin de rendre compte au missionnaire, lorsqu'il revient après une tournée évangélique, de l'état de la chrétienté et des abus qui ont pu avoir lieu pendant son absence.

Les catéchistes ambulants doivent garder le célibat tant qu'ils exercent ces fonctions. Ils accompagnent et aident le missionnaire dans le cours de ses visites, ou même vont partout où ceux-ci les envoient inspecter les diverses chrétientés, catéchiser, instruire, exhorter, et suppléer en quelque sorte le prêtre absent.

Dans plusieurs missions, pour s'assurer de la capacité des catéchistes, on leur fait réciter tout entier par cœur un ouvrage en deux volumes, contenant la manière de réfuter les superstitions des idolâtres, de leur annoncer la foi chrétienne, d'enseigner aux catéchumènes et aux néophytes toutes les vérités du salut, et de disposer les fidèles à recevoir dignement les sacrements de l'Église.

Quelques missions de la Chine, de la Cochinchine et du Tong-King renferment des couvents de religieuses qui, sans être cloîtrées, mènent la vie commune et observent une règle austère. Quand la persécution ne permet pas d'établir des couvents, ces vierges chrétiennes, comme dans les premiers temps de l'Église, font vœu de chasteté au sein de leur famille, et y vivent dans la retraite. Quelques-unes de ces religieuses tiennent des écoles pour enseigner aux personnes de leur sexe les premières vérités de la religion. Objet d'étonnement et d'admiration pour les païens, ils les voient circuler au milieu d'eux avec leurs vêtements blancs, comme ces jeunes chrétiennes de l'ancienne Rome que le peuple de la ville éternelle appelait les vestales des Catacombes.

Quelques chrétientés sont assez riches pour offrir des présents au missionnaire ; les hommes lui apporteront une tête de cochon ou de buffle, du bétel, des poissons ; les femmes et filles, différentes espèces de pains de riz, des œufs, des fruits. Les enfants aussi se cotisent, et viennent par bandes présenter quelque chose au Père. Ceci est le beau côté du tableau ; mais il y a des chrétientés si pauvres qu'on est obligé d'interrompre le culte faute de pouvoir se procurer le vin nécessaire à la célébration de l'office. Arrivés devant le missionnaire, qui est assis à la manière des tailleurs sur une estrade un peu élevée, les hommes le saluent en s'agenouillant le front incliné jusqu'à terre ; les femmes s'asseoient sur une natte, joignent les mains, et se baissent aussi profondément. Le salut fait, on cause un instant : le père raconte des histoires sur la France. Un chrétien veille toujours à l'entrée de cette réunion improvisée ; au moindre bruit, il donne le signal d'alarme, et le missionnaire disparaît comme par enchantement. A moins d'une trahison, il est rare qu'on le surprenne ; malheureusement c'est là un crime assez fréquent parmi les chrétiens, et qu'il faut attribuer surtout à l'extrême misère de la plupart d'entre eux. Les missionnaires peuvent rarement se rencontrer, mais il leur est possible de s'écrire ; ils se racontent mutuellement leurs misères comme leurs plaisirs, leurs revers comme leurs succès. Souvent deux missionnaires sont à peine éloignés d'une journée l'un de l'autre, et ils restent quelquefois des années sans se voir, tant la surveillance des mandarins est impitoyable. Ce doit être le plus affreux de tous les supplices.

Le Tong-King, la Cochinchine, la Chine, la Corée sont des contrées où le missionnaire a les mêmes devoirs à remplir, les mêmes difficultés à surmonter, soit pour s'y introduire, soit pour prêcher l'Évangile. On poursuit en eux autant le prêtre que l'Européen : la persécution est aussi politique que religieuse. C'est cependant au sein de ces lointains royaumes que le christianisme pourrait produire les plus grands bienfaits. En Chine, il se trouve encore à face du polythéisme, il a à lutter contre l'esclavage, l'infanticide, la prostitution légale, l'asservissement de la femme, tous les excès de la civilisation romaine. Que l'ange des premiers temps de l'Église protège les missionnaires chinois, et les couvre de son bouclier comme les anciens confesseurs !

Dans la province du Su-Tschuen on a baptisé, depuis trente ans, plus de vingt-deux mille adultes, et deux cent mille enfants de païens en danger de mort. Un des principaux obstacles que rencontre le christianisme en Chine, vient de l'extrême orgueil littéraire des Chinois, qui ne peuvent se faire à l'idée de voir un Européen s'aviser de vouloir instruire un disciple de Confucius ; d'un autre côté, l'humilité est une vertu qu'ils ne peuvent comprendre. Malgré cela, les missionnaires augmentent en nombre, et multiplient leurs efforts. Cependant, en embrassant cette profession, ils font les plus pénibles sacrifices : quelques indigènes consentent à les partager ; des femmes ne reculent pas devant ces formidables travaux : ce sont elles qui s'introduisent dans les appartements intérieurs où l'on enferme les enfants malades ; elles s'annoncent comme sages-femmes, se munissent de remèdes, et trouvent ainsi le moyen de baptiser les enfants moribonds. Elles sont exposées aux mêmes dangers que les missionnaires, et les supportent avec le même courage : ce sont les saintes du martyrologe moderne.

Retournons maintenant aux autres missions ; quittons le polythéisme chinois moins brillant, mais aussi abject que celui des Grecs et des Romains ; laissons là les temples d'idoles, les prétoires où des juges iniques envoient à la mort les adorateurs du vrai Dieu, et jetons un coup d'œil sur l'Amérique. Le gouvernement ne proscrit point le christianisme, les missionnaires n'ont ni persécution à craindre, ni protection à espérer ; leur ministère n'en est pas moins pénible. Il est facile de concevoir les fatigues et les périls auxquels sont exposés les hommes apostoliques qui parcourent sans cesse les montagnes du Kentucky et du Tennessée, ou les forêts de l'Ohio, du Missouri, de l'Indiana et de l'Illinois. La charité et le zèle évangélique peuvent seuls engager les missionnaires à s'exiler dans ces pays lointains. Chacun d'eux est chargé d'une paroisse de soixante, quatre-vingts ou cent lieues d'étendue. Si le travail est rude, la moisson est abondante. Les sauvages témoignent encore aujourd'hui la même inclination pour les missionnaires. On pourra s'en convaincre par la requête suivante :

« Nous soussignés, capitaines, chefs de famille, et autres de la tribu des Ottawas, demeurant à l'*Arbre-Courbé*, sur la rive orientale du lac Michigan, prenons cette voie pour communiquer à notre père, le président des États-Unis, nos demandes et nos besoins. Nous remercions notre père, et le congrès, de tous les efforts qu'il a faits pour nous amener à la civilisation et à la connaissance de Jésus, rédempteur des hommes rouges et blancs. Nous confiant dans votre bonté paternelle, nous réclamons la liberté de conscience, et nous vous prions de nous accorder un maître ou ministre de l'Évangile, qui appartiennent à la même société dont étaient les membres de la compagnie catholique de Saint-Ignace. Si vous accueillez cette humble demande de vos enfants fidèles, ils en seront éternellement reconnaissants et prieront le grand Esprit pour les blancs.

« En foi de quoi nous avons apposé nos signatures.

« Épervier, Poisson, Chenille, Grue, Aigle,
Poisson-Volant, Ours, Cerf. »

Cette demande est caractéristique ; malheureusement pour les sauvages, la politique des États-Unis n'est point de les civiliser, mais bien de les absorber entièrement. Chaque jour on recule la limite de leur frontière, et on les transplante plus loin. C'est là une des grandes douleurs du missionnaire de ces contrées ; souvent un pasteur habitué depuis plusieurs années à diriger le même troupeau, se le voit brusquement enlever par un ordre du congrès ; la tribu est exilée, et on défend à son père spirituel de la suivre. Les sauvages obéissent avec douleur, ils murmurent, et on profite de la moindre occasion pour les traiter en prisonniers de guerre. C'est une manière détournée de se procurer des esclaves. On a vu des missionnaires mourir de chagrin après une séparation de ce genre. Le bien que le christianisme a opéré parmi les sauvages est immense : c'est à lui qu'ils doivent d'entrer en communication avec les nations civilisées dont la domination s'étend tous les jours sur leurs terres. La religion seule pourra établir la paix avec le sauvage et l'Européen, car jusqu'ici la politique n'a pu trouver d'autre moyen que l'extermination.

Rien n'est touchant comme la manière dont s'opèrent les conversions des Indiens ; un motif poétique les détermine toujours, c'est ce qui fait la force du christianisme chez ces populations à l'imagination vive. Chez les Pottowatomies, un enfant venait de mourir. Les parents avaient pratiqué une petite ouverture à sa fosse pour donner passage à l'âme ; la mère désolée garda la tombe pendant deux jours, pour découvrir si l'objet de sa tendresse avait rencontré quelque âme généreuse dans l'autre monde, ou bien s'il y était malheureux : voici à quels signes elle prétendait le reconnaître. Si elle voyait un joli oiseau, ou quelque bel insecte, l'augure était favorable ;

si, au contraire, elle rencontrait un reptile dégoûtant, ou un oiseau de proie, alors tout était perdu pour son enfant. Heureusement les jours étaient sereins, le printemps semait dans l'air ses papillons, comme autant de fleurs ailées, la mère était contente, lorsque tout à coup le missionnaire vint à passer, portant entre ses mains un bouquet de quamoclits, qui sont réputés fleurs heureuses. Aussitôt la jeune femme se jeta à ses pieds et demanda le baptême. Elle est morte religieuse à Vincennes (États-Unis). Ne dirait-on pas un épisode oublié par l'auteur d'*Atala* ou du *Génie du christianisme?*

Nous voudrions terminer ici notre course et nous arrêter sur les confins d'un monde, mais le missionnaire nous appelle à l'extrémité d'un monde nouveau. Aux îles Sandwich, dans la Nouvelle-Zélande, au sein des archipels de l'Océanie, nous retrouvons encore notre héros. Une vive opposition a accueilli l'arrivée des missionnaires dans cette partie du globe, tant de la part des missionnaires protestants que de celle des gouverneurs, qui voyaient en eux des agents politiques envoyés par la France. Les religieux de Picpus avaient été chassés de plusieurs localités : grâce à l'intervention du gouvernement, qui, cette fois, a été énergique, les missionnaires catholiques ont été réintégrés dans leurs missions, et il ne leur reste plus maintenant qu'à lutter contre l'insuffisance de leurs moyens de propagation et contre l'hérésie. Celle-ci du moins ne recule devant aucun moyen. A Kokianga, les naturels, excités par les prêtres protestants, ont essayé de brûler tous les objets du culte catholique et de massacrer l'évêque. Les missionnaires étaient arrivés depuis dix jours seulement, ils savaient à peine quelques mots de la langue du pays. Heureusement Dieu permit que deux ou trois catholiques se trouvassent sur le lieu de l'émeute, pour détourner les naturels de leur projet. Après une discussion d'environ deux heures et demie, qui eut lieu au moyen d'interprètes entre les missionnaires et les chefs sauvages, ceux-ci reconnurent l'injustice de leur tentative et vinrent toucher la main de l'évêque en signe d'amitié. Maintenant tout s'accorde à démontrer que le saint ministère s'exercera librement dans la Nouvelle-Zélande, et qu'il n'y aura d'autres combats que ceux de la parole.

Aux îles Sandwich, les difficultés pour pénétrer dans le pays ont été énormes. Pendant plusieurs années, les missionnaires catholiques, d'après les instigations des ministres protestants, ont été constamment chassés du territoire. Une persécution même a été organisée contre les fidèles des îles Sandwich ; plusieurs catholiques sont morts dans les prisons, ou par suite des travaux rigoureux auxquels on les avait condamnés. Les missionnaires, expulsés violemment, ne se sont point découragés. Après des efforts inimaginables, ils ont été admis aux îles Sandwich, grâce à la protection que leur ont accordée plusieurs officiers supérieurs de la marine française en mission dans ces parages. Cette protection est non-seulement une bonne action, mais encore un acte d'excellente politique. Notre commerce peut être appelé d'un jour à l'autre à jouer un rôle important dans ces contrées. Or, qui pourrait mieux que les missionnaires lui aplanir les voies ? Sans cesse en communication avec le peuple, connaissant ses besoins, ses sympathies, ses penchants, ils peuvent employer en faveur de leurs compatriotes cette influence qui leur vient de la religion, et leur épargner un apprentissage toujours dangereux dans des relations avec des nations encore à demi barbares. Les Anglais, qui savent ce qu'ils font, favorisent par tous les moyens leurs missionnaires. C'est ici le cas de dire quelques mots de cette propagande protestante que nos apôtres rencontrent partout sur leur chemin, et qui se montre aussi ardente à les persécuter, que l'idolâtrie. Les associations bibliques et les missions protestantes ont commencé leurs travaux depuis plus de trente ans; elles disposent de revenus princiers, elles ont des agents partout, et cependant la faiblesse des résultats obtenus est toujours la même. La société biblique de Londres reçoit annuellement 2,000,000 de francs de souscriptions. Elle a fait imprimer douze millions de Bibles en cent quarante-trois langues; mais la publication de ce livre sacré, si elle n'est accompagnée d'instructions convenables, doit produire plus de mal que de bien. Outre le protestantisme orthodoxe, il y a une foule de sectes qui répandent la Bible. L'Angleterre en compte dix, les États-Unis cinq; il y en a en France, en Suisse, en Allemagne; le nombre des missionnaires entretenus par ces sociétés sur toute la surface du globe est de deux mille huit cents; ils reçoivent des appointements de 2 à 500 livres sterling par an, ils sont mariés, la plus grande partie est d'une intelligence très-étroite. Où est donc leur sacrifice? ils sont mariés: la famille n'est-elle pas une seconde patrie? où sont leurs souffrances? Ils se contentent de faire circuler des Bibles sous la protection du canon britannique.

Les sociétés bibliques se trompent: en croyant faire de l'apostolat, elles ne font que du journalisme. Elles font tirer la Bible et la répandent comme elles répandraient un pamphlet électoral; mais ce moyen, qui pourrait être bon dans un pays comme l'Angleterre ou la France, est nul quand il s'agit de peuples barbares. Il faut d'abord leur apprendre à lire, puis à penser, puis à discuter. Or cette éducation ne s'improvise pas. D'ailleurs on n'agit sur les peuples qu'au moyen d'une idée de renoncement: l'histoire de toutes les religions nous le démontre à chaque page. Le néophyte aime que l'on se donne à lui tout entier; il veut que l'on souffre de ses souffrances, qu'on subisse ses privations, qu'on vive de sa vie, et qu'on ajoute même si c'est possible quelque chose de plus terrible à sa propre existence, afin d'avoir l'air de faire un sacrifice même pour avoir le droit de prêcher la vérité. Il faut que le prêtre se distingue du fidèle. Le célibat des missionnaires répond à cette nécessité. C'est la preuve évidente qu'ils ont renoncé à tout pour être complétement à ce Dieu qu'ils annoncent. C'est par ce côté surtout que l'apostolat catholique est puissant, parce qu'en effet le célibat est le plus grand sacrifice qu'un homme puisse s'imposer. Il est impossible de méconnaître le prêtre dans le missionnaire catholique, tandis qu'il est impossible de le rencontrer sous le frac noir du ministre protestant. L'idéal de l'évangéliseur hérétique est ce Pritchard, missionnaire d'Otaïti, auquel *l'Arthémiise* vient de faire réparer les torts qu'il avait eus à l'égard de nos prêtres, et qui est à la fois consul anglais, capitaine d'artillerie de la reine d'Otaïti, missionnaire, et qui, dans une occasion récente, vient de pendre un homme de sa propre main, l'île manquant d'exécuteur. C'est la première fois qu'on a vu un prêtre se faire bourreau.

Quelle différence entre cette existence toute politique et celle de nos pauvres missionnaires, obligés de souffrir toutes les privations pour économiser de quoi bâtir une église, qui sont heureux lorsqu'ils peuvent acheter un modeste tableau pour l'orner, qui reçoivent 500 francs par an pour être à la fois maîtres d'école, ingénieurs, prêtres, médecins. Relégués à l'extrémité du monde, leur seule consolation est dans leur ministère, leur seul bonheur est de saluer de temps en temps un vaisseau qui vient de France. Les marins retrouvent leur Dieu, les missionnaires leur patrie ; on construit un autel sur la frégate, le prêtre prie pour son pays. On déploie le pavillon national, qui est celui du catholicisme, au sommet de l'église, si elle est achevée ; on fait flotter des banderoles autour de l'enclos des missionnaires, l'équipage descend à terre, on se réunit dans un banquet. C'est la France sur des bords étrangers :

> . . . . Parvam Trojam simulataque magnis
> Pergama.

Le lendemain le vaisseau remet à la voile, et le missionnaire perd de vue la patrie qui s'efface à l'horizon.

Les maristes et les frères de Picpus évangélisent l'Australie et l'Océanie. Cette contrée, divisée en trois parties, comprend tout cet assemblage de terres, d'îles et d'archipels qui s'étendent entre le quatre-vingt-onzième degré de longitude orientale, et le cent cinquième de longitude occidentale. Au nord l'océan indien, le détroit de Malacca, l'île Formose et la mer de Chine ; à l'est l'Océan, qui va baigner les côtes de l'Amérique méridionale ; au nord et au sud l'Océan encore, voilà les limites qu'on assigne à l'Océanie. Bornéo, la Nouvelle-Guinée, Sumatra, Java, Luçon, Mindanao, Célèbes, le groupe de la Nouvelle-Zélande, la Nouvelle-Hollande, l'archipel de Manille, des Carolines, des Mariannes, de Sandwich, de Haïti, composent l'Océanie. Voilà la part des Picpusiens ; les maristes ont l'Australie, c'est-à-dire la partie centrale. Les efforts des Picpusiens ont été couronnés de succès ; les îles Gambiers sont entièrement catholiques : ils ont trois missions florissantes aux Marquises, et partout le nom du catholicisme est connu. Mais par combien de travaux, de fatigues, de souffrances, ces résultats ont-ils été obtenus ! Figurez-vous d'abord quelles difficultés doit rencontrer un homme qui veut étudier la langue d'un pays, sans grammaire, sans dictionnaire, sans aucune connaissance même des signes extérieurs. Voici par quel effort surnaturel de patience les missionnaires se sont tirés d'embarras. Accompagnés d'un enfant, ils lui montraient tous les objets qu'ils rencontraient, en lui en demandant par gestes le nom. L'enfant désignait l'objet dans sa langue naturelle, et le missionnaire notait le mot sur un calepin. On conçoit combien devaient être vicieuses les indications ainsi obtenues. Chaque nom devait amener des rectifications sans nombre. A force de patience, d'observation, de recherches minutieuses, les missionnaires sont non-seulement parvenus à connaître tous les idiomes de ce pays, mais encore à en faire la syntaxe. Aujourd'hui, il n'est pas de petit royaume océanien qui ne possède les livres sacrés traduits dans sa langue,

et même des livres originaux sur des sujets de piété ou de prière. Le christianisme
a doté ces peuples d'une littérature. Mais ce n'est pas tout encore : il fallait s'établir dans le pays, bâtir des églises, des écoles, des maisons pour les missionnaires.
Comme dans les premiers temps du catholicisme, le prêtre devint architecte : aidés
de quelques-uns de ces ouvriers pieux que les Picpusiens ont la louable coutume
d'adjoindre à leurs missions, les apôtres de l'Océanie élevèrent peu à peu toutes les
constructions qui leur étaient nécessaires. L'usage des arts de l'Europe pénétrait en
même temps parmi les sauvages, ils se convertissaient et se civilisaient à la fois.
En ce moment le voyageur étonné qui débarque dans ces îles lointaines voit partout des ateliers, des églises, des maisons, comme dans les villes de sa patrie; il
entend chanter les prières qu'il chantait dans son enfance, il voit partout s'élever
la croix qui doit s'incliner sur sa tombe. C'est aux missionnaires catholiques qu'il
doit ces émotions douces et imprévues; eux seuls peuvent mettre en pratique ces
paroles du Christ : *Sinite parvulos venire ad me.* Aussi les enfants les entourent,
les hommes les saluent, les mères leur sourient, et tous les aiment, parce que tous
leur doivent quelque chose, et parce qu'ils se sentent aimés. Pendant que les
prêtres catholiques se consacrent ainsi corps et âme à leur troupeau, que font les
ministres protestants? ils distribuent des Bibles. Il est vrai que les indigènes en
tapissent les murs de leurs cabanes ou en font des semelles de souliers.

Le costume des Picpusiens est blanc, le noir, parmi ces peuples, étant considéré
comme une couleur funeste. Sur cette soutane blanche flotte une pèlerine. Deux
cœurs rouges sont tracés sur la poitrine, où se balance un scapulaire. Un cordon
blanc à trois glands qui pendent leur sert de ceinture. Bien des fois le cœur de nos
marins s'est ouvert en voyant ce costume, qui représente la France, briller tout à
coup sur une plage éloignée.

Le missionnaire de l'Australie a lui aussi une rude tâche à remplir. Dans la
Nouvelle-Galles du sud, dans l'île de Norfolk, sur la terre de Van-Diemen, son ministère doit s'exercer vis-à-vis des barbares, et vis-à-vis du déporté quelquefois
pire que le barbare. Il faut qu'il aille le chercher dans sa caserne, qu'il l'accompagne dans l'intérieur du pays jusqu'au lieu de sa destination, qu'il le suive dans
le champ qu'il arrose de ses sueurs infécondes, dans les vastes forêts où il guide
ses troupeaux. Il célèbre les saints mystères dans la cabane d'écorce, sous l'arbre à
gomme de la vallée, sur les hauts sommets couverts de neige. Le criminel vient
décharger le poids de sa conscience, en confiant à l'oreille du prêtre le récit de
ses folies et de ses malheurs. Il voit venir dans son accoutrement honteux, et
chargé de ses chaînes bruyantes, le prisonnier au visage sombre, sorti du fond des
bois; heureux encore lorsque son cœur ne se déchire pas en consolant les dernières heures du condamné qui attend la mort dans un fétide cabanon !

Insisterons-nous maintenant sur l'importance politique, morale, et même littéraire du missionnaire? Un pareil travail serait superflu. Tout le monde comprend
combien le séjour des prêtres dans des pays lointains peut devenir profitable aux
intérêts de la France. Louis XIV avait compris cette vérité, lui qui avait revêtu plusieurs missionnaires du titre de consuls. La restauration a suivi cet exemple, dont

les bons résultats sont frappants. Si notre influence dans le Levant a été si longtemps toute-puissante, c'est en grande partie aux missionnaires qu'on le doit. Cela
est si vrai, que la chambre de commerce de Marseille, qui a eu le monopole du
commerce avec la Turquie, l'Égypte et la Syrie, votait annuellement une somme
considérable pour venir au secours des missions. Ce que ces établissements
avaient fait dans le Levant, ils pourraient aujourd'hui l'accomplir partout où ils se
trouvent, si le pouvoir s'associait à leurs efforts. Il serait digne de la France de
mettre le commerce et la civilisation sous la protection d'une religion qui doit être
le signal de l'affranchissement pour tous les peuples. Les services que les missionnaires pourraient rendre à la politique ne sont pas moins grands que ceux dont
les lettres leur seraient redevables. Les missionnaires font connaître à l'Europe des
langues nouvelles, ils nous donnent des notions exactes sur tous les pays qu'ils
parcourent ou qu'ils habitent. Malheureusement ces travaux restent enfouis dans les
archives des séminaires de leur congrégation, ou reçoivent dans les *Annales de la
propagation de la foi* une publicité que les savants et les gens du monde ignorent
complétement. Le gouvernement devrait se mettre en rapport direct avec les missionnaires ; il pourrait recevoir et mettre en lumière une foule de documents dont
manque la science moderne. La plupart des notions que nous avons sur l'état des
contrées récemment découvertes nous viennent de l'étranger. Nous semblons
prendre à tâche d'oublier que nous avons là des compatriotes qui savent que Dieu
commande d'aimer la patrie, et qui sont prêts à lui être utiles dans la mesure de
leurs forces et de leur position. Vivrions-nous encore à cette époque de préjugé
inique où l'habit de prêtre semblait ôter la qualité de Français?

En finissant, nous nous demandons quel sera celui qui pourra lire sans être ému le
récit de ce merveilleux héroïsme du missionnaire. Dans les sables de l'Arabie, dans
les villes saccagées de la Perse, sous les nopals de l'Inde, dans les jonques chinoises,
partout enfin, dans la solitude comme au milieu des cités, devant le bourreau comme
au chevet des malades, son amour de la vérité ne se dément pas un seul instant.
Quand le fer de l'exécuteur ne tranche pas sa vie, il meurt de maladies contractées
à la suite de son existence nomade. Pour le missionnaire, il n'y a pas de vieillesse,
heureux quand il succombe en pays chrétien, et qu'à défaut de l'absolution du
prêtre il peut recevoir celle de la charité. Le catholicisme, que l'on dit mort, donne
cependant encore, de ce côté-là au moins, de véritables signes de vie. Il ne faut pas
désespérer d'une religion qui fait encore des martyrs. Le catholicisme vient de
s'ouvrir un monde nouveau, et partout la barbarie s'évanouit et disparaît devant
lui. Félicitons-nous de voir notre pays jouer un si beau rôle dans le mouvement
civilisateur que l'Évangile imprime à toutes les parties du globe. Que chacun apporte son denier à l'œuvre des missions, qui est celle de la liberté humaine. A
côté de notre renommée militaire, nous sommes fiers de pouvoir placer notre illustration religieuse. La France mérite qu'on lui pardonne un peu de gloire en
faveur de tant de charité !

Taxile DELORD.

L'AUBERGISTE.

Il n'y a pas d'aubergistes à Paris, il n'y a que des maîtres d'hôtel, qui sont des produits de la civilisation mûris dans les serres chaudes des grandes villes. Le maître d'hôtel parisien se tiendrait pour gravement insulté si quelque provincial malavisé s'oubliait jusqu'au point de l'appeler aubergiste; nous ne savons même pas si, n'était la législation adoptée par les cours royales, il ne traînerait pas l'impertinent sur le terrain belliqueux du bois de Boulogne, ce classique parc des duels innocents. Le maître d'hôtel est un grand seigneur qui ne connaît guère mieux son établissement que les marquis de la régence ne connaissaient leurs terres. Il se montre partout, excepté chez lui, joue à la Bourse, hante les Bouffes et l'Opéra, monte à cheval, et donne à sa fille cent mille écus de dot prélevés sur les bénéfices légitimes d'une splendide hospitalité.

Pour rencontrer l'aubergiste, il faut donc, s'il vous plaît, grimper en diligence et sortir des barrières de Paris : c'est à peine si dans les faubourgs il en existe quelques-uns, tout au fond des quartiers industriels et populeux; mais ceux-là encore n'ont point de physionomies franches et décidées; ils sont abâtardis par l'atmosphère parisienne, ils ont perdu leur allure originale, leur caractère primitif; leurs bonnes et vieilles habitudes, au contact des mœurs citadines. Les uns aspirent au rang de maîtres d'hôtel, les autres descendent au niveau des marchands de vin;

L'AUBERGISTE.

beaucoup de ces aubergistes faubouriens sont des logeurs, aucun n'est vraiment ce qu'il devrait être.

Laissez-vous emporter au petit trot par les lourdes gondoles des messageries ; allez toujours de relais en relais ; ne craignez pas de pousser trop loin : il faut que le grand bruit de Paris meure à l'horizon, il faut que rien ne rappelle la capitale aux voyageurs ; quand vous serez là-bas dans quelque province lointaine, sur les frontières d'un département perdu dans les montagnes, alors seulement vous trouverez l'aubergiste tel que le passé nous l'a légué, l'aubergiste du *Roman comique* de ce pauvre infirme de tant d'esprit qu'on appelait Scarron. Ne vous arrêtez même pas sur le boulevard de la modeste sous-préfecture ; cette auberge qui étale, toute grande ouverte, sa large porte, est la sœur puînée d'un hôtel ; avant qu'il soit une semaine, un coup de pinceau aura balayé l'humble substantif sur l'écriteau élargi et mis à neuf.

C'est dans une petite ville qu'il faut s'arrêter, une toute petite ville du Languedoc ou de la Normandie, sans prétention aucune, et qui aspire tout au plus aux honneurs administratifs de la justice de paix et du chef-lieu de canton. Là, vous ne chercherez pas longtemps sans découvrir l'auberge, et si vous avez trouvé l'auberge, vous avez du même coup mis la main sur l'aubergiste, tant le maître quitte peu sa maison, pas plus que l'huître son écaille ; il vit dans elle et pour elle, si bien que la physionomie du bâtiment et la physionomie de l'homme ont quelque chose de sympathique, et qu'il serait impossible de trouver un autre logis pour ce maître et un autre maître pour ce logis.

Tantôt l'auberge hospitalière se tient aux limites extrêmes du bourg, afin d'accueillir plus tôt le voyageur fatigué, le roulier poudreux et son attelage ; le colporteur et sa valise, le commis voyageur qui trotte sur son bidet en fredonnant une ariette d'opéra-comique, le pâtre qui gagne la montagne avec son troupeau bêlant. C'est la vieille auberge qui a de vastes hangars, de profondes écuries, une cour ample et remplie de poules qui caquettent et de canards qui barbotent, de larges et chaudes étables, une immense cuisine pour salon, et de grandes chambres avec de grands lits. Parfois, aussi, l'auberge est assise sur la grand'place, tout à côté de la mairie, en face de l'église paroissiale ; le vieil ormeau qui a vu danser quatre générations sous ses vigoureuses branches ombrage sa large porte cochère ; mais cette auberge-ci est quelque parvenue qui vient insolemment étaler son luxe de fraîche date tout au milieu de la ville. Son propriétaire est un homme cossu qui a puisé quelques idées tronquées d'amélioration et de confortable dans ses fréquents voyages à la sous-préfecture ; il a, tant bien que mal, et plutôt mal que bien, restauré un antique couvent que les hasards des révolutions ont fait passer dans les mains de sa famille ; avec deux ou trois cellules, il fait d'assez mauvaises chambres ; le réfectoire conserve sa destination et prend le nom constitutionnel de salle à manger ; les corridors restent ce qu'ils sont ; avec la chapelle il crée une remise, et le chapitre peut fort bien se transformer en salle de billard ; le reste va à l'avenant, et l'auberge se trouve installée. Cette auberge ne va pas au-devant des voyageurs : elle est bien trop grande dame pour cela ; elle attend, et on vient la chercher. Le préfet en tournée départementale et le conseil de révision la visitent ; les gros marchands qui battent le pays pour faire provision de foin, de blé, de bestiaux, de vin, de cidre, de cocons, la fréquentent volontiers. On y voit arriver aussi les Anglais dont la berline se brise sur la route comme au troisième acte d'une foule de mélodrames. Pour s'y trouver à l'aise, il suffit de se contenter de peu, et de payer ce peu assez cher.

Sitôt que les deux auberges existent simultanément dans un bourg, la concurrence s'établit, et la rivalité, d'abord, et la haine, ensuite, ne tardent pas à venir. On a dit quelquefois que ce qu'il y avait de plus terrible et de plus tenace au monde, c'était une rancune de moine et une haine de femme ; on s'est trompé : c'est une rancune et une haine d'aubergiste qu'il aurait fallu dire. Les deux auberges se dressent et vivent comme deux ennemies irréconciliables. C'est Rome *Croix de Malte* et Carthage *Lion d'or*, l'Athènes et la Sparte des cuisines, Achille et Hector en bonnets de coton, le tablier blanc à la ceinture. Les calomnies et les médisances volent de l'une à l'autre, l'insulte et l'injure ne chôment pas. Heureux quand les coups de poing ne succèdent pas aux coups de langue !

Quant à nous, toutes nos sympathies sont acquises à l'auberge du petit peuple, à l'auberge démocratique des faubourgs. C'est là seulement qu'on retrouve la profonde et haute cheminée où brûle un chêne, où toute la population du logis, pêle-mêle, bêtes et gens, se chauffe de compagnie. Le roulier avance ses larges mains à l'encontre du feu ; le chasseur laisse fumer ses guêtres humides sur les chenets de fer; le colporteur raconte quelque plaisante histoire d'amourette, et le petit commis voyageur en mercerie, rétribué à raison de 5 francs par jour, ne dédaigne pas de se livrer à quelque réjouissante charge empruntée au répertoire d'un de ses illustres confrères de Paris. Un tournebroche gigantesque, tout chargé de volailles et de pièces de viande, fonctionne devant le feu ; les chiens clignent les yeux et dressent leurs pattes à côté de gros chats qui se pelotonnent et ronflent aux angles du foyer. Tout ce monde qui se rencontre là par hasard, et qui se séparera le lendemain, cause, rit, fume dans la bonne camaraderie du coin du feu. De gros jambons, d'épaisses tranches de lard pendent au plafond, jalonné de touffes de bruyère ; les murs, simplement recrépis à la chaux, sont ornés çà et là de gravures coloriées : Napoléon sur son cheval blanc avec Roustan le mameluck, la cavalerie d'Abd-el-Kader, et le dernier crime célèbre de la contrée. Au chambranle de la cheminée est attachée, dans le Midi, une image de la bonne Vierge ; un portrait équestre de l'empereur la remplace au Nord. Le fusil de l'aubergiste, accroché au râtelier voisin, brille entre des carnassières, des fouets et des casseroles. La servante d'auberge, grande et forte fille aux bras rouges, aux joues rebondies, va et vient par la maison, agaçant celui-ci, souriant à celui-là, boudant cet autre, et pourchassée par le conducteur des messageries locales, lequel, en sa qualité d'habitué, jouit de toutes sortes de priviléges. Les palefreniers chantent dans l'écurie, les garçons courent et ravaudent, et dérangent tout sous prétexte de mettre le logis en ordre. Le dîner, les chambres, le service, se font au hasard ; personne ne s'en occupe et tout le monde s'en mêle ; cependant, quand vient la nuit, il se trouve que tout est fait sans que le garçon ait perdu un pourboire et la servante un baiser. Au milieu de tout ce bruit, l'aubergiste se multiplie ; il touche dans la main du voisin qui passe, apporte la provende au cheval du postillon, allume sa pipe au cigare du commis voyageur, verse un petit verre au garde-chasse, salue le gendarme qui entre, stimule sa femme qui gouverne la cuisine, gourmande la fille qui batifole dans la cour, jette une bûche au feu, découpe un jambon, monte de la cave au grenier, crie, appelle, répond, gronde, et se trouve encore le premier à la porte de l'auberge lorsque le bruit du fouet retentit sur la route.

On ne saurait s'imaginer, à moins de l'avoir vu, quel homme c'est qu'un aubergiste dans les bourgs, les villages, les hameaux : c'est le premier de l'endroit, la tête, le chef de la localité, la clef de voûte du pays ; s'il n'est pas maire, il passe avant le maire ; il éclipse l'adjoint, marche de pair avec le brigadier de la gendarmerie et rivalise d'importance avec le juge de paix du canton. Les petits enfants le connaissent, les jeunes filles le considèrent, voire même le courtisent s'il est encore célibataire ; il est l'ami de tous les hommes, le camarade de tous les passants, la providence de tous les voyageurs. Il donne à dîner à tout le pays, et il arrive souvent que tout le pays lui doit les dîners qu'il donne. Il a affaire à tout le monde : c'est le pivot autour duquel tourne tout le canton ; c'est bien plus à l'auberge qu'à l'hôtel de ville que se traitent les affaires de la commune ; le greffier de la mairie enregistre les décisions prises par le conseil municipal, réuni en séance autour de quelques pots de vin, chez l'aubergiste. L'aubergiste n'est rien, mais il délibère et vote ; mieux que personne, il sait ce qui se passe au chef-lieu : monsieur le préfet a mangé de sa cuisine ; les conducteurs de diligences, les gendarmes en mission, les rouliers de passage lui racontent ce qui se fait hors des frontières du village. On le consulte comme un oracle sibyllin ; ce qu'il ne sait pas, il l'invente ; ce qu'il dit, on le croit ; ce qu'il propose, on l'exécute. L'aubergiste a salué les grands personnages et vu les princes qui voyagent incognito : il n'est pas impossible même qu'il n'ait parlé à leur valet de chambre à propos de quelque fourniture. Le soir, il conte leur dialogue au village assemblé dans l'auberge, et le lendemain, il se trouve que l'aubergiste est devenu un personnage politique, grâce aux révélations que lui a faites le valet de chambre, transformé, pour le moins, en secrétaire intime. S'il se rencontre une fête à célébrer, voilà l'aubergiste qui dispose son logis et plante un mai devant sa porte. Quelqu'un se marie-t-il ? on dînera certainement dans le jardin de l'auberge, on dansera sous la tonnelle de l'auberge, on se grisera avec le vin de l'auberge. L'aubergiste est le parrain-né des enfants du pays, le témoin de tous les époux, comme il a été le prétendant de toutes les filles. Demandez plutôt à la mariée qui rougit sous son voile blanc ? Si les corporations veulent s'égayer et prendre du bon temps, la grande salle de l'auberge apprête ses chaises et ses bancs, et la basse-cour se dépeuple en même temps que la cave se vide. Quand vient le dimanche, les ménétriers avec leurs violons, leurs hautbois, leurs tambourins, grimpent sur l'échafaudage de planches et de tonneaux qui leur sert d'orchestre, et appellent à grand bruit la population villageoise au bal champêtre de l'auberge. L'aubergiste a revêtu son plus bel habit, rasé sa barbe et débouché ses meilleures bouteilles d'abord, et ses plus mauvaises après. Il sait que la danse donnera du relief à la piquette la plus frelatée. On ne saurait rien faire sans avoir recours à lui, et le plaisir fuirait la commune s'il n'existait pas.

Il arrive souvent que l'aubergiste est ou maire ou commandant de la garde nationale, l'un ou l'autre, à son choix, peut-être tous les deux à la fois, s'il le veut. Le
sous-préfet ferme assez volontiers les yeux sur ces menues illégalités qui le débar-
rassent du soin de chercher un second fonctionnaire. Les aubergistes qui ne sont
rien sont des Cincinnatus. Ils savent le prix des grandeurs et n'en veulent pas. L'é-
charpe municipale et l'épaulette de capitaine ne tentent pas leur indépendance, et
aux gloires du forum ils préfèrent la fumée de leur pipe.

Mais les vertus civiques ne sont point usuelles en France, et personne n'y affiche
très-haut le mépris du pouvoir. Aussi devons-nous dire que, le plus souvent, les
aubergistes briguent les éminentes fonctions qui doivent ajouter à leur influence
et donner à leur personne un caractère officiel.

Alors, quand leurs concitoyens leur ont offert l'écharpe qu'ils souhaitaient,
rien n'échappe à leur domination : la puissance municipale achève soudain ce
qu'avait si bien commencé l'influence culinaire. L'aubergiste passe roi de la commune; il enlève les délibérations à la pointe de la fourchette, discute les affaires à
table, et, quand une partie du conseil municipal, émoustillée par les sarcasmes sub-
versifs d'une minorité jalouse, s'avise de se révolter, le maire-aubergiste ne s'épuise
pas en vains discours; il met la broche au feu, perce la plus vénérable futaille, invite
le conseil à souper, et grise l'opposition. Tout est voté entre la poire et le fromage,
et le conseil rentre chez lui comme il peut. Parfois même il couche à l'auberge, afin
de signer, au petit jour, en se frottant les yeux, le registre des délibérations, égaré
sur le comptoir, entre le livre des dépenses et le journal des fournitures.

Comment se pourrait-il faire que l'aubergiste ne devînt pas ce qu'il veut être?
Tout le village passe devant sa porte le matin; le berger qui vend le lait de son troupeau, la fermière qui accourt comme Perrette avec son panier d'œufs frais sous le
bras, le braconnier qui, pendant la nuit, a maraudé le gibier du parc voisin, le jardinier qui cueille tout exprès ses plus beaux fruits pour lui, le maraîcher avec son
âne chargé de légumes verts. Et puis, que deviendrait la population ouvrière des
charrons, des taillandiers, des forgerons, s'il ne lui donnait la pratique des rouliers
et des voituriers qui fréquentent le pays? N'est-ce pas chez lui qu'arrive le seul
journal qu'on lise dans l'endroit?

Mais qu'il monte au rang des autorités constituées ou qu'il préfère rester dans la
foule des administrés, l'aubergiste garde le plus souvent une parfaite neutralité entre
les opinions belligérantes. Son état lui commande l'éclectisme en tout et pour tout; on
peut discourir impunément chez lui; carlistes et républicains sont également les
bienvenus, mais jamais il ne se mêlera à la discussion aussi chaude qu'elle puisse
être. Il a horreur des professions de foi presque autant que de l'eau, ce fade élément
dont il daigne à peine se laver les mains. La politique est, pour lui, une affaire de
clientèle : il se rattache le plus qu'il peut à celle qui a la majorité, lorsque, par
hasard, les circonstances l'obligent d'adopter une opinion. C'est, malheureusement
pour lui, ce qui arrive bientôt lorsqu'une auberge rivale s'établit au même lieu.
Quoi qu'il advienne, il faut prendre un parti, mais un parti violent : l'aubergiste
sera rouge ou blanc, mais jamais bleu, c'est le hasard qui décide de la couleur.

Selon qu'un jour les amis du gouvernement auront festoyé chez son concurrent maudit, il fulminera le soir une philippique ardente contre l'autorité, et, le lendemain, l'opposition campera fièrement dans son logis. L'auberge devient un drapeau. Mais c'est là une extrémité terrible à laquelle l'aubergiste ne se résout qu'à son corps défendant. Achille du tournebroche, il voudrait toujours demeurer sans sa tente.

L'auberge est, avec l'église, le seul bâtiment qui donne de la physionomie au village. Que serait le bourg sans elle ? Un corps sans âme et voilà tout. Enlevez l'*Écu de France* ou les *Trois mages* qui embellissent sa grande rue, sa seule rue quelquefois même, et le bourg sera comme un visage sans yeux. L'auberge est le lieu gastronomique qui le relie au pays d'alentour et le fait participer à l'existence générale du département, de la province, de la France entière. Sous ce point de vue encore, l'auberge est une école mutuelle où l'enseignement se fait par l'action. Le peuple français, qui est certainement le plus bavard de tous les peuples, aime à se réunir pour parler ; il a horreur des impressions solitaires. On se cherche, on se rencontre, on cause, et, sans le savoir, les opinions se fondent, les mœurs se modifient et, souvent, les événements du lendemain sont le résultat des conversations de la veille. L'auberge est le club du village ; c'est là que le vieux soldat conte aux enfants émerveillés les batailles épiques de l'empire, auxquelles se mêlent aujourd'hui les récits du zouave ou du zéphir revenu d'Afrique ; le gendarme, les mains croisées sur son sabre, rappelle le dernier crime qui épouvanta la contrée, et comment il arrêta le malfaiteur dans le bois voisin, un soir que le vent sifflait dans les arbres et que la pluie détrempait le chemin. On questionne le voyageur qui s'arrête pour dîner, et il dit volontiers où il va et d'où il vient. On est indiscret comme on est confiant. Tandis qu'on parle, on fume et on boit, en attendant l'heure du dîner ; à mesure que les voyageurs arrivent, on ajoute quelques couverts à la table, un gigot à la broche, on élargit le cercle qui s'arrondit autour de l'âtre lumineux, et il se forme là d'étranges relations entre les gens qui passent et les gens qui restent.

Ainsi que son auberge, la main de l'aubergiste est ouverte à tout le monde. C'est le plus bavard de tous ses commensaux bavards ; le plus remuant, le plus indiscret, le plus bâbleur : chacun obtient quelque chose, un sourire, un salut, un regard bienveillant, une tape sur l'épaule, une inclinaison de tête, un serrement de main, franc-maçonnerie du geste graduée selon la condition du nouveau venu. Si, tout à coup, on vient lui dire que l'auberge est pleine, qu'une voiture est là, à la porte, qui attend, et qu'il n'y a plus de place au logis, l'aubergiste ne s'étonne pas, il a des ressources pour toutes les circonstances ; en un tour de main, il dresse un lit dans la grange, ce sera le sien ; quelques bottes de paille au grenier, voilà pour ses enfants ; et, radieux, triomphant, le sourire aux lèvres et le bonnet à la main, il conduit les *Anglais* dans sa chambre abandonnée. Tous les voyageurs qui passent en calèche sont des Anglais pour l'aubergiste ; c'est une règle générale, une croyance préexistante. Mais à ce titre-là il leur fait payer étrangement tout ce qu'il leur sert et ce qu'il ne leur sert pas. C'est une affaire de patriotisme. L'aubergiste aime à fonder sa fortune avec les dépouilles de la *perfide Albion*, ainsi que les chansons où gloire rime avec victoire lui ont appris à appeler l'Angleterre. Il arrive souvent, le plus souvent même, que ces Anglais sont de bons propriétaires de la Beauce ou de gros filateurs de l'Alsace ; mais qu'importe ? on prend leurs louis pour des guinées, et la conscience est en repos, l'intention étant réputée pour le fait.

Le temps de l'aubergiste ne lui appartient pas, il est au public ; son sommeil même n'est pas à lui : il dépend du premier maraud aviné de le réveiller au plus sombre de la nuit, sous prétexte de lui demander un gîte. Aussi faut-il lui pardonner un peu si son vin n'est pas des bons crus, et si ses mémoires vont hardiment sur les brisées des comptes d'apothicaires. Il faut bien payer le dérangement, la fatigue et l'insomnie.

Il est vrai que, nonobstant cette insomnie, cette fatigue et ce dérangement, l'aubergiste se porte le mieux du monde. Les névralgies, les migraines, les fluxions n'entrent jamais en son logis ; le matin il chante, il chante encore le soir de façon à faire vibrer les carreaux de son auberge ; le rhume n'a pas de prise sur cette large poitrine qu'il expose sans crainte aux froides brises du matin. Leste, fringant, nerveux, l'aubergiste n'atteint presque jamais l'obésité si fréquente dans le corps des rôtisseurs. Une cause physiologique explique cette différence : le rôtisseur se repose dans son travail, et l'aubergiste agit. C'est lui qui le premier se lève avant l'alouette, avant ses garçons surtout ; c'est lui qui le dernier se couche quand tout dort dans la maison. Mais il est aussi de toutes les fêtes, de tous les plaisirs, de toutes les joies ; c'est le chansonnier vivant de la commune : tous les voyageurs, qu'ils viennent de l'Est ou de l'Ouest, lui ont appris les couplets les plus en vogue du Caveau ancien et moderne, et les lambeaux de ce qu'il a retenu lui font un répertoire immense et varié. Au dessert, quand sa mémoire s'embrouille, il met au hasard des airs sur des paroles qui n'ont jamais marché de compagnie, chante bravement à pleine voix, fait rimer le *tra la la* d'une barcarolle avec les *zon zon zon* d'un chœur bachique, et le dilettantisme villageois applaudit avec frénésie. Comment voudrait-on que l'aubergiste ne se portât pas bien ? Aimé, choyé, recherché, il embrasse toutes les filles, et gagne sur tous les passants. Il exerce sans trop de peine et assez volontiers une hospitalité peu coûteuse ; il y a toujours dans la grange un petit coin avec de la paille fraîche pour le mendiant, et dans la huche un morceau de pain bis. S'il tond sans vergogne la bourse des riches voyageurs, il donne sans regret aux pauvres diables ; il prend beaucoup d'un côté, il rend un peu de l'autre, et la bonne volonté rétablissant l'équilibre, l'aubergiste s'endort gaiement du sommeil du juste.

Au milieu de toutes les choses qui passent ou se modifient, l'auberge reste seule immuable. Dans le Maine, au fond du Périgord, dans les vallées du Dauphiné, elle est aujourd'hui ce qu'elle était autrefois, au temps où Philippe d'Anjou, allant prendre possession du trône d'Espagne sous le nom de Philippe V, mettait quinze jours pour se rendre de Paris à Bordeaux en voyageant grand train. Le progrès n'a pas de prise sur ses vieilles murailles rugueuses, sur ses toits brunis par la pluie, où les hirondelles voyageuses suspendent leurs nids ; la porte demeure fermée aux innovations, l'ébéniste ne touche pas aux meubles, et si par aventure le maçon ou le menuisier passe par là, il répare ce que le temps a ruiné, mais il ne le change pas. La tradition règne en souveraine, et l'aubergiste, en fumant sa pipe, ne voit pas pourquoi ce qui était bon pour nos pères ne serait pas convenable pour nous.

L'aubergiste est presque toujours marié : le célibat et l'auberge feraient mauvais ménage ; quelquefois il est veuf, mais le veuvage est un état mixte où l'aubergiste ne fait que passer pour rentrer promptement sous les fourches caudines de l'hymen. A peine a-t-il quelques brins de barbe au menton qu'il sent lui-même que dans sa condition le célibat est impossible ; entouré qu'il est de filles et de garçons âpres à la curée, il verrait bientôt les provisions de la cave et de l'office disparaître avec une effrayante rapidité, s'il n'avait là, près de lui, une ménagère alerte pour surveiller la tribu dévorante des valets et tenir la clef sur toutes choses. Cette ménagère intéressée à maintenir le bon ordre dans le logis, c'est une femme, une femme jeune, active, au pied leste, à l'œil vif, au nez retroussé, une femme prompte à la réplique, gaillarde de corps et d'esprit, de joyeuse humeur, et dont la main va aussi vite que la langue. Grâce au ciel, il ne manque pas de ces femmes-là en France, et l'aubergiste a bien vite choisi ce qu'il lui faut parmi les plus jolies filles du village. Et puis, faut-il le dire? les voyageurs, ceux qui ne courent pas la poste en berline, et c'est le grand nombre, aiment volontiers à être accueillis par le souriant visage d'une femme, la cornette en l'air et le poing sur la hanche, non pas de ces maîtresses d'auberges comme il s'en montre dans les vaudevilles de M. Scribe, avec des bas de soie et des jupes de taffetas, mais de ces bonnes petites mères au minois réjoui, dont le fichu mal noué laisse voir une épaule ronde et potelée ; voilà ce qu'ils cherchent, voilà ce qu'ils désirent. Ils savent que la femme de l'aubergiste n'est point trop farouche : elle ne s'épouvante pas d'un propos leste ou de quelque plaisanterie ; tout en appliquant une vigoureuse tape sur les mains impertinentes qui lui prennent la taille, elle sourit de façon à laisser voir des dents blanches entre ses lèvres rouges. Les déclarations ne lui font point peur : elle les écoute et puis s'enfuit en chantant. Quand vient le quart d'heure de Rabelais, et qu'il s'agit de régler le compte, elle n'ignore pas qu'en se laissant voler un baiser sur le col, le voyageur ne verra pas les colonnes enflées et le chiffre imposant de l'addition. Si l'aubergiste entr'ouvre la porte par hasard, il s'éloigne en sifflant et n'a rien vu. C'est elle qui verse le coup de l'étrier et dit au cavalier *au revoir*, ce joli mot qui est à la fois un souvenir et une espérance, cet adieu qui fait pressentir le retour.

On conçoit qu'à ce métier-là l'aubergiste mène bonne et joyeuse vie, et amasse une fortune assez ronde. Fortune, dans ce cas, ne veut pas dire million, elle n'est pas dans les campagnes ce qu'elle est à Paris. Mais, petit à petit, il arrondit le champ paternel ; il achète un troupeau dans la montagne, une métairie dans la plaine, il établit ses garçons, dote ses filles et prend du bon temps sur ses vieux jours. En outre des bénéfices patriotiques qu'il fait sur les *Anglais* de passage, il se permet encore de rançonner les voyageurs qui, sur la foi des règlements, osent se mettre à table quand la diligence s'arrête. Il n'est personne qui ne connaisse ces repas étranges où le touriste, surexcité par l'appétit le plus vorace, a tout au plus le temps d'avaler un maigre potage ; au moment où, d'une main impatiente, il saisit le vieux coq qui fait office de chapon sur la table, on entend la voix du conducteur qui crie : « En voiture! en voiture! » et la volaille tombe des mains, à cette voix terrible, comme les portes de Jéricho aux sons de la trompette des Hébreux. Le fouet claque, les chevaux hennissent, les voyageurs se lèvent et la voiture part. On n'a rien mangé, mais on a tout payé. Le dîner sept fois réchauffé est resservi sept fois; sept fois entamé, il meurt enfin, mais il meurt de vieillesse, et l'aubergiste achète un bœuf avec le prix du coq. Tout cela est le résultat d'une association monstrueuse entre le conducteur et l'aubergiste; l'un fournit le poisson, l'autre fournit l'appât, et quand la farce est jouée, ils se partagent les bénéfices. Que si vous nous objectez que c'est immoral, nous vous demanderons si la chose est plus coupable que les jeux de Bourse auxquels se livrent tant de gens réputés honorables ?

L'aubergiste est un personnage historique dont l'origine se perd dans la nuit des temps. Remontez aussi haut que vous le voudrez dans les annales du monde, et vous trouverez des aubergistes. Lorsque Esaü vendait à son frère Jacob son droit d'aînesse pour un plat de lentilles, Jacob faisait le métier d'aubergiste; il donnait à manger à celui qui avait faim et en exigeait un salaire. Cependant, voici que l'industrie vient de déclarer la guerre aux aubergistes : les chemins de fer sont les ennemis-nés des auberges, et, partant, des aubergistes; avec les chemins de fer, ainsi que l'a dit un spirituel écrivain, on ne voyage plus, on marche, et les aubergistes ne vivent pas de ceux qui marchent, mais bien de ceux qui s'arrêtent. Il y aura toujours des hôtels, mais des auberges? C'est là la question, comme dirait Hamlet.

Mais, en attendant que les montagnes soient rasées au niveau du sol et les vallons comblés pour la plus grande gloire du rail-way, les auberges et les aubergistes se portent merveilleusement bien. Où n'y en a-t-il pas? Partout où il passe, l'homme laisse une auberge après lui. Ce misérable hangar dont le toit crevassé et les planches mal jointes laissent pénétrer le vent et la pluie, c'est une pesada, une auberge où le contrebandier des Pyrénées avale lestement son morceau de pain et sa gousse d'ail. Ce couvent si haut bâti dans les Alpes, que les neiges éternelles l'entourent, c'est une auberge chrétienne où de pauvres religieux donnent à tous une sainte hospitalité au nom de l'Évangile. Sur la montagne encore, mais plus bas, ce chalet coquettement assis sur de la mousse verte, près d'une murmurante fontaine, vous croyez que c'est une ferme? point, c'est une auberge où les montagnards suisses font payer aux touristes 20 francs une tasse de lait. Lorsqu'il ne restera plus rien de l'Orient de Mahomet, ni harem, ni mosquée, soyez certain qu'au milieu des débris du vieil empire turc, vous trouverez debout encore un caravansérail, l'antique auberge de l'Arabe. Le wigwam du Mohican, la hutte du Lapon, la tente du Bédouin; le carbet du nègre, auberge que tout cela quand le voyageur égaré vient frapper à la porte! Et la terre elle-même qu'est-elle, sinon une grande auberge où l'humanité tout entière campe en attendant un autre asile, que personne ne connaît et que tout le monde espère; asile éternel où tous, pauvres voyageurs que nous sommes, les plus humbles et les plus forts, reposerons ensemble sous la main puissante de ce grand hôtelier qu'on appelle Dieu.

Amédée ACHARD.

LE COMÉDIEN DE PROVINCE.

LE COMÉDIEN DE PROVINCE.

JE veux peindre le comédien pur sang, celui qui descend en droite ligne du *La Rancune* de Scarron, celui qui est né, dans les coulisses, d'un premier rôle et d'une soubrette; celui qui peut se dire avec orgueil *enfant de la balle,* et qui a passé ses premières années à parcourir la France entière à la suite des auteurs de ses jours, gaminant sur les places publiques avec les gamins de toutes nos sous-préfectures, et jouant les anges, les amours et les petits démons, à la satisfaction du public de province.

Longtemps notre Roscius en herbe n'est connu, de Dunkerque à Bayonne, que sous le nom de Fanfan; il n'en demande pas d'autre, et ne se soucie pas plus de son nom de famille que son père ne s'en est soucié pour lui. Mais il a ses dix-huit ans : c'est l'âge où dans la vie ordinaire on s'arrête au choix d'un état. L'état de Fanfan est tout trouvé : il sera ce qu'a été son père, ce qu'a été son grand-père, ce qu'a été l'immortel La Rancune. Il sera comédien! Proposez-lui donc de renoncer à cette existence nomade, accidentée, imprévoyante, à laquelle il est habitué depuis son enfance : il vous rira au nez. Il lui faut l'air des grandes routes, l'impériale des diligences, les stations dans les grasses auberges, l'arrivée bruyante dans les chefs-lieux d'arrondissement; il a besoin des émotions de la scène et des méchantes causeries du foyer; il a besoin des ténèbres du matin et de la lumière du soir; il a besoin de l'odeur des quinquets et des haillons du magasin de costumes : il doit être comédien !

Fanfan n'est plus un nom d'affiche assez sérieux, assez respectable ; il s'agit d'en choisir un autre. Le jeune homme va fouiller dans le coffre de bois qui contient toute la bibliothèque de l'administration ; il consulte la liste des personnages de l'ancien répertoire. Enfin il trouve, dans je ne sais quel vieil opéra-comique, un nom qui lui plaît : Fanfan s'appellera Alcindor.

Alcindor joue les comiques ; il a de l'aisance, de l'aplomb, l'habitude des planches, un peu d'intelligence, assez peu d'instruction : c'est ce qu'on appelle un acteur intrépidement médiocre. Un petit parterre de province n'en exige pas davantage, surtout dans un comique. La charge fait toujours rire, et le manteau de Scapin est un excellent bouclier contre les exigences du bon goût. — Aussi les débuts d'Alcindor sont-ils fort heureux : tant qu'il reste dans les parages où ses respectables parents ont, pendant vingt ans, promené leur profession de bourgade en bourgade, il est le plus heureux et le plus couronné des comédiens ! Mais il se fatigue bientôt de ces ovations de village et des douceurs de la vie de famille ; il a senti pousser ses ailes, il veut les essayer. Un beau matin, à la fin de l'année dramatique, après avoir touché son mois plus ou moins complet à la caisse directoriale, il prend son vol et s'élance vers Paris !

Arrivé à Paris, il s'empresse d'aller faire visite à tous les correspondants dramatiques, ces entreposeurs de talents, ces marchands de voix et d'organes, qui, moyennant une remise de tant pour cent sur le total des appointements de l'année, s'engagent à fournir la France entière, du nord au midi et de l'est à l'ouest, de ténors, de pères nobles, de prime-donne, de héros de tragédie et de grandes coquettes. Alcindor est introduit. On lui demande quel emploi il joue, de quelle ville il vient, quelles sont ses prétentions ; on prend son adresse, et on le renvoie chargé d'espérances et de paroles dorées.

Alcindor va passer la plus grande partie de sa journée au Palais-Royal ou au café des Comédiens, quartier général des artistes en disponibilité. C'est là où les Antony prennent de la limonade, les Agnès du punch, et les Marguerite de Bourgogne du petit-lait. Alcindor, dont les finances sont en très-mauvais état, joue avec un baryton de quinzième ordre une bouteille de bière en plusieurs cents de dominos. Sur les quatre heures il dîne rue de l'Arbre-Sec, dans quelque restaurant à 22 sous par tête, et le soir il entre à l'Opéra-Comique ou à la Porte-Saint-Martin, avec un billet de faveur que lui a donné un ex-cabotin de province, jeté par sa bonne fortune sur les planches d'un théâtre de Paris.

Malgré la modestie de ses dépenses quotidiennes, Alcindor voit bientôt la fin de son argent, — et on ne lui a pas encore proposé d'engagement ! Cependant il aurait grand besoin de ses avances, car toute sa garde-robe tient dans un mouchoir, et il lui est par conséquent impossible d'avoir recours à la philanthropique charité du mont-de-piété.

Enfin le correspondant lui offre d'aller, moyennant 150 francs par mois, tenir les premiers comiques de comédie et de vaudeville dans la troupe ambulante qui dessert exclusivement pendant l'hiver la ville de Châlons-sur-Marne. Alcindor accepte. Comment ferait-il pour ne pas accepter?

Il touche, comme avances, son premier mois, dont le correspondant lui retient au moins la moitié pour ses honoraires, et il s'embarque dans la rotonde à destination de Châlons-sur-Marne.

A Châlons, la vie du pauvre artiste n'est pas aussi agréable que veulent bien se l'imaginer les cinquièmes clercs de notaire de la rue Saint-Honoré et les apprentis bijoutiers du quartier Saint-Martin. On ne donne spectacle que quatre fois par semaine ; mais les journées se passent en répétitions. Les tirades de mélodrame et les couplets de vaudeville laissent à peine à Alcindor le temps d'aller prendre le frugal repas, que, moyennant la rétribution de 1 fr. 50 c. par tête, la femme du souffleur de la troupe prépare pour tous les camarades. N'est-ce pas là un triste métier?

« Mais, me diront les clercs de notaire de la rue Saint-Honoré et les bijoutiers de la rue Saint-Martin, Alcindor est bien dédommagé des heures du jour par celles de la nuit; les plaisirs de l'amour lui font oublier les fatigues de la scène : ne reçoit-il pas tous les matins mille billets parfumés, et chaque soir une main discrète ne lui ouvre-t-elle pas la porte d'un boudoir de satin et de velours? »

Ah çà! mes chers amis, d'où venez-vous donc pour faire ainsi du roman et de la poésie? Vous croyez-vous encore au temps où un comédien était quelque chose d'extraordinaire, d'excommunié, de diabolique? quelque chose qui était et se tenait en dehors de la société, qui avait l'orgueil de sa situation et de sa personne? quelque chose qui avait la main blanche, la jambe galante et la chevelure bien peignée? quelque chose enfin dont raffolaient les femmes de condition? Vous croyez-vous au temps où l'arrivée d'une troupe de comédiens mettait en émoi madame l'intendante, madame la trésorière, madame la présidente, madame la lieutenante de roi et toutes les hoberelles des environs?

Ce temps est bien passé!

Le comédien est le seul qui n'ait rien gagné au jeu de nos révolutions ; bien loin de là, il a perdu à devenir l'égal de tout le monde et à être vu de près. Ce n'est plus un être exceptionnel, et entouré de je ne sais quels mystérieux nuages du milieu desquels on aimait à le faire sortir; avec lui, l'amour n'était plus seulement de l'amour, tant cet amour semblait coupable! et la grandeur du crime lui prêtait aux yeux des femmes des attraits cent fois plus grands! Aujourd'hui le comédien n'est plus qu'un citoyen comme les autres, quelquefois plus mal tourné que les autres. Pourquoi voulez-vous qu'une femme aille chercher bien loin, et avec beaucoup de danger, ce qu'elle rencontre si facilement à ses côtés? Et quel charme surnaturel trouver dans une intrigue qui est soumise aux mêmes chances que toutes les autres, et qui, au pis, se dénouera, comme toutes les autres, par un coup de pistolet du mari, ou par un procès en police correctionnelle?

Alcindor, je vous le jure, se tient pour bien heureux quand l'amour des jeunes comédiennes, ses compagnes, ne lui est pas enlevé par les beaux fils et les dissipateurs de la ville.

Alcindor passe sa jeunesse dans cette triste condition de comédien des petites villes. Que de désagréments et de déboires !

En premier lieu Alcindor est en jouissance d'une pauvreté constante et soutenue : ses appointements sont d'une effrayante maigreur, et ses voyages périodiques à Paris, à la recherche d'un autre engagement, ont bientôt dévoré les économies que, par prudence, il s'est efforcé de faire.

Il est juste de compter parmi les misères de son état les débuts qui, à chaque renouvellement de l'année théâtrale, le forcent à subir l'examen d'un parterre inconnu, et à voir son pain de douze mois dépendre de la digestion plus ou moins bonne, du goût plus ou moins pur de trois ou quatre jugeurs brevetés de sous-préfecture.

Faut-il parler des mépris, des haines qui le poursuivent dans certaines localités ? En France, les lumières n'ont point encore pénétré partout ; on trouverait, en cherchant bien, plus d'une terre écartée où les préjugés sont dans toute leur force et dans toute leur fleur. Quoique nous soyons en l'an de grâce 1841, la carte de M. le baron Dupin, sur laquelle quelques-uns de nos départements étaient marqués à l'encre noire, n'a pas cessé d'être une vérité.

Rien de plus curieux que l'arrivée d'une troupe dramatique dans une petite ville de basse Bretagne, par exemple : les fonctionnaires publics, les officiers de la garnison, quelques habitants de la classe aisée, peuvent se réjouir de ce que l'on apporte une diversion à la monotonie habituelle de leur existence ; mais la masse de la population, comment reçoit-elle les comédiens ? Elle les regarde comme des parias, comme des maudits ; ce n'est que sur les réquisitions formelles de l'autorité qu'elle consent à leur fournir, contre de beaux écus sonnants, le logement et la nourriture. On dirait que *la comédie* est une peste qui a tout à coup étendu sa maligne influence sur le pays, et des atteintes de laquelle on ne saurait trop soigneusement se préserver.

Dans d'autres localités où le sentiment religieux a perdu de sa force, les comédiens trouvent un autre ennemi. Comme leur existence est vagabonde et incertaine, les bourgeois paisibles et sédentaires ne font nulle difficulté d'assimiler leur moralité à celle des Bohémiens et autres mauvais garnements qui infestent nos campagnes. Il n'y a pas longtemps encore, que, dans une mince ville du centre de la France, j'entendais une maîtresse d'auberge crier à ses servantes : « Serrez l'argenterie… voilà les comédiens ! »

Alcindor a un grand fonds de gaieté, d'insouciance et de malice qui l'aide à supporter toutes ces contrariétés, tous ces *dragons*, comme disait madame de Sévigné. il rit toujours, chante toujours, même en retournant ses poches vides ; c'est le philosophe pratique. Sa pauvreté lui plaît, et il plaît à sa pauvreté, car elle ne le quitte pas. Ne craignez pas de le trouver un seul jour dans l'abattement ; il défie le malheur, et trouve dans son bissac des ressources contre tous les mauvais tours de la fortune.

Combien de fois, une heure avant d'entrer en scène, ne lui est-il pas arrivé de fouiller vainement dans sa triste garde-robe pour trouver le costume de son rôle ?

Combien de fois, en cherchant l'habit brodé du marquis de Mascarille, n'a-t-il trouvé que les haillons de Robert Macaire ! Combien de fois, pour représenter un brillant chevalier français, ne lui a-t-il manqué que la cuirasse, le casque, le tricot, l'écharpe, les gants, l'épée et les bottes jaunes ! Un autre aurait été découragé ; mais l'esprit inventif d'Alcindor était au-dessus de pareilles difficultés.

C'est lui qui joua un confident de tragédie en se drapant dans les rideaux de son lit d'auberge.

C'est lui qui, n'ayant point de bottes à l'écuyère, imagina de se badigeonner la jambe jusqu'au genou avec du cirage.

C'est lui enfin qui, devant représenter un soldat dans une pièce militaire, alla payer à boire au sergent du poste voisin, lui emprunta son uniforme, le laissa en chemise, l'enferma dans sa loge, puis l'oublia après le spectacle, et lui fit passer toute la nuit dans la plus triste des situations.

Du reste, Alcindor n'est point égoïste ; son génie est au service de ses camarades. Que de fois ne leur est-il pas venu en aide !

Une troupe dont il faisait partie se trouvait, au beau milieu du plus rude des hivers, dans une ville où elle ne gagnait pas un sou. La bourse des pauvres comédiens était à sec ; ils ne trouvaient plus de crédit chez les fournisseurs, leurs besoins devenaient pressants ; il leur fallait absolument une recette. On eut recours à Alcindor. Voici ce qu'il inventa pour tirer ses camarades de ce mauvais pas : il rédigea, puis fit placarder dans tous les coins de la ville une affiche qui commençait ainsi :

Première Représentation

DE

M. SAMSON,

PREMIER COMIQUE DE LA COMÉDIE FRANÇAISE,

etc., etc., etc., etc.

Le prétendu M. Samson n'était autre qu'un acteur d'une troupe des environs, que l'on avait fait venir pour la circonstance.

Le soir, salle comble et recette magnifique. Le pseudo-Samson obtint assez de succès ; cependant on ne lui trouva pas autant de talent qu'on s'y était attendu. Puis quelques farauds de la ville, qui avaient fait le voyage de Paris et qui avaient visité la salle de la rue Richelieu, prétendirent que M. Samson parlait du nez, tandis que le nouvel acteur avait une voix de tête superbe. Les soupçons se communiquèrent, se propagèrent, la nuit porta conseil, et le lendemain matin on acquit la certitude par le sous-préfet, qui avait eu autrefois une pièce sifflée à l'Odéon, et qui n'avait pu assister à la représentation de la veille, que le nouvel acteur n'était pas M. Samson.

Oh ! alors la rumeur fut grande... Déjà la crainte des conséquences que pouvait avoir cette escapade diminuait, chez les comédiens, la joie d'avoir fait une recette de 1500 francs ; Alcindor seul était impassible. N'avait-il pas dès la veille son plan de campagne en tête ?

A midi on pouvait lire sur tous les murs de la ville un avis ainsi conçu :

AVIS.

« Le directeur de la troupe dramatique qui a l'honneur de donner des représen-
« tations en cette ville, avec la permission des autorités constituées, s'est vu à re-
« gret soupçonné d'avoir voulu tromper un public qui lui a jusqu'ici prodigué des
« marques de sa bienveillance. Il n'en est rien. Si quelqu'un est coupable, c'est
« l'imprimeur, qui a oublié une ligne tout entière sur l'affiche d'hier. Nous réta-
« blissons le commencement de cette affiche tel qu'il aurait dû être imprimé :

Première Représentation

DE

M. NARCISSE, ÉLÈVE DE (ceci est la ligne oubliée)

M. SAMSON,

PREMIER COMIQUE DE LA COMÉDIE FRANÇAISE.

Ce tour a, depuis, été si souvent répété en province, qu'on s'y défie beaucoup des acteurs de Paris en tournée. L'affiche a beau parler, le public ne veut jamais croire de prime abord que l'acteur annoncé soit véritablement lui-même. Aussi sa pre-mière représentation est-elle rarement fructueuse ; elle a lieu en présence de quel-ques curieux émérites, de quelques amis fanatiques de l'art. Ce n'est que lorsque ceux-ci ont affirmé sur l'honneur à leurs voisins et amis que l'acteur annoncé est bien ou M. Ligier, ou M. Bocage, ou M. Monrose, ou M. Bouffé, que la masse du public se décide à apporter son argent au bureau.

A quarante ans, Alcindor commence à se lasser de cette vie de lutte et d'aven-ture qui ne va bien qu'à la jeunesse ; l'ambition lui est venue avec l'âge. Il est comme le vieux capitaine de régiment, qui veut devenir commandant de place ;

comme le courrier de cabinet, qui aspire à une sinécure dans les bureaux du ministère des affaires étrangères ; il sollicite un engagement de grande ville, afin de ne plus être sans cesse par voies et par chemins.

On l'envoie d'abord à Rouen. — A Rouen, deux commis de banque, maîtres cabaleurs du parterre, trouvent plaisant de jouer entre eux sa réussite ou sa chute en une partie de dominos. Alcindor a si souvent le double-six contre lui, qu'il est sifflé à outrance, et obligé de quitter la ville.

A Marseille, il éprouve le même sort, parce qu'il a plu à une danseuse du corps de ballet, et que les matadors de l'orchestre prétendent au monopole des faveurs de ces dames.

Il tombe encore à Nantes, parce que la loge infernale lui trouve le nez trop court ; à Lille, parce que les habitués lui trouvent le nez trop long.

A Bordeaux, on le repousse, parce qu'il n'a pas été bien accueilli par Rouen, et que la cité gasconne ne peut pas faire fête des restes de la cité normande. Au Havre, on le siffle, parce qu'il n'est pas resté à Bordeaux.

Enfin il a le bonheur de réussir à Lyon, et là il vit quelques années d'une vie assez calme et assez monotone, travaillant peu, gagnant facilement son argent, le dépensant de même, jouissant du présent, comptant sur l'avenir, et n'ayant d'autre souci que celui de se maintenir en bonne humeur et en belle santé.

Mais tout comédien de province éprouve au moins une fois en sa vie le désir de débuter sur un théâtre de la capitale. Alcindor subit la loi commune. Grâce à la protection d'un acteur de Paris, qu'il a secondé avec zèle dans l'une de ses tournées départementales, il obtient la faveur de paraître devant un parterre de la capitale. — Hélas ! nous ne le savons que trop ! nous n'en avons eu que trop de preuves ! les expériences de ce genre sont rarement heureuses ! L'acteur de province et le public de Paris sont mal à l'aise vis-à-vis l'un de l'autre ; leurs humeurs ne s'accordent pas. L'un se plaît aux grands gestes, aux éclats de voix et à toutes les exagérations qui visent à l'effet ; l'autre aime un jeu discret et contenu. L'un est toujours sur des échasses ; l'autre veut du naturel et du terre à terre. L'un n'a pas l'habitude d'étudier ses personnages, tant son parterre de Nantes ou de Bordeaux lui demande souvent du nouveau, et lui tient ferme l'épée dans les reins ; l'autre n'applaudit que les créations bien méditées, bien posées, bien consciencieuses. Le public de Paris aime à former ses acteurs lui-même ; ceux qu'il a le plus choyés, ceux qui ont brillé du talent le plus vif, sont ceux dont il avait pris soin dès leur entrée au théâtre, qui étaient sortis de ses mains, et qu'il avait façonnés à ses habitudes et à ses goûts.

Alcindor est obligé de retourner à Lyon ; mais Lyon ne lui pardonne pas de l'avoir quitté pour Paris, et cette retraite lui est fermée. Alors il faut qu'il descende d'un degré, qu'il s'engage de nouveau dans les troupes ambulantes, et qu'il reprenne sa vie errante d'autrefois. Mais pour supporter la misère, il n'a plus la gaieté, l'entrain, les forces de ses vingt ans ; sa main tremble et son dos est voûté ; l'âge a amené les réflexions tristes et l'humeur quinteuse ; son amour-propre est plus facile à blesser que jamais, et cependant son amour-propre n'a plus où s'appuyer. Il vit mal avec ses directeurs, et ses directeurs ne se soucient plus de lui, parce qu'il n'a plus son talent, qui, après tout, n'était que de la verve de jeunesse.

Enfin, un beau jour, il rompt avec tous, et se met seul à courir le monde.

Si, dans votre prochaine excursion d'été, vous rencontrez sur la grande route un pauvre vieillard aux longs cheveux gris battant sur les tempes, à l'habit noir râpé, aux souliers poudreux, à la figure pâle et amaigrie, un vieillard portant son modeste bagage suspendu au bout d'un bâton, et tenant à la main un volume des œuvres de Racine ou de Molière, arrêtez-vous un instant... car ce vieillard, c'est Alcindor.

Alcindor erre ainsi par la France, s'arrêtant de préférence dans les bourgades écartées, où la comédie, même la moins bégueule et la moins grande dame, même la plus déguenillée et la plus besogneuse, ne daigne pas pénétrer ; là, comme les anciens rapsodes, il réunit autour de lui quelques amis de la poésie, et leur lit le récit de Théramène ou un acte du *Misanthrope*; puis après s'être reposé quelque temps sous un toit hospitalier, après avoir recueilli l'obole du riche et du pauvre, il reprend le bâton de voyage et gagne à faibles voiles un autre port.

Oui..., arrêtez-vous un instant devant ce vieillard, et admirez-le; car c'est là un type qui se perd, une figure qui s'efface. Si Alcindor n'est déjà plus tout à fait le comédien qu'ont vu nos pères, ce n'est pas, hélas! le comédien que verront nos enfants. Il y avait encore en lui quelque chose d'imprévu, de débraillé, de heurté, de cynique, qui va bien à l'artiste, cette figure forcément jetée hors du grand tableau de famille où toutes les professions régulières se donnent la main...

Mais il se forme aujourd'hui sous nos yeux une génération de comédiens qui mettent à la caisse d'épargne, soignent leur pot au feu, donnent la bûche au portier, lisent les premiers Paris et méritent le prix Monthyon tous les jours. Je crains bien que, dans trente ans d'ici, la morale n'ait tué le théâtre.

L. COUAILHAC.

LE MINEUR

LE MINEUR.

Infôs ....

Il est certaines existences que d'immenses travaux, de vastes exploitations accaparent, absorbent tout entières; qui semblent pour ainsi dire les victimes résignées et sans réplique de quelques impérieux besoins. Toutes sont exposées, à différents degrés, à des dangers plus ou moins grands, plus ou moins continuels : ainsi le soldat a le canon, le marin les tempêtes, dangers, certes ! dont on peut difficilement nier l'imminence et la gravité ; mais dangers intermittents, dangers semés à intervalles de vives jouissances ou de gais repos ; tandis que l'existence que je veux vous faire connaître, et qui réunit à elle seule les périls de toutes les autres, a, de plus que ces autres, que ses périls sont incessants, et qu'il n'y a pas de minute où la crainte, si l'habitude ne diminuait la crainte, ne lui fasse voir, près de crouler sur elle et à l'envelopper, les accidents et les catastrophes de tous les genres... Cette existence est celle du mineur.

Quelque partie de la France que vous vouliez explorer, quelque département que vous ayez à parcourir, il sera bien rare que le sol que vous foulerez ne serve de voûte, en quelques-uns de ses coins, à un ou plusieurs de ces labyrinthes intérieurs connus sous le nom de *mines*. Vous en trouverez un plus grand nombre si vous visitez principalement la Loire, cette portion de la France la plus riche de toutes en minéraux combustibles, ce département qui fournit seul plus du tiers du produit total des houillères du royaume. Le Nord se trouvera en seconde ligne, sa part de houille fournie dépassant le cinquième du même produit total dont on vient de parler. Ensuite viendront, et toujours dans des proportions graduées, Saône-et-Loire, la Creuse, le Gard, la Vendée, l'Aveyron, le Var, Vaucluse, les Bouches-du-Rhône, etc., etc. Plusieurs de ces départements en sont lacérés ; leur partie souterraine ressemblerait volontiers à ces fruits qu'un ver, tout en respectant la peau, a dans tous les sens parcourus, sillonnés, rongés, minés. Vous vous ferez facilement une idée de l'importance de ces travaux, si vous songez qu'il y a aujourd'hui en France, employant une étendue de quatre cent mille hectares, plus de deux cent trente mines (de houille seulement) en activité d'exploitation ; que vingt mille ouvriers et plus y travaillent, en même temps qu'y fonctionnent deux cent soixante-quinze machines à vapeur de la force de six mille et quelques chevaux ; et que de cette étonnante activité il résulte annuellement une extraction de deux millions cinq cent mille tonnes de charbon. Si vous vouliez y ajouter les mines de lignite, d'anthracite et de tourbe, vous atteindriez le chiffre de deux mille quatre-vingt-dix mines exploitées, et produisant, au moyen de vingt-neuf millions neuf cent soixante-dix mille huit cent cinquante et un quintaux métriques de matière extraite, une somme de 29,135,237 francs. C'est un assez beau chiffre !

Transportez-vous sur un terrain montagneux de ces contrées, terrain à la croûte pelée et sans végétation ; suivez à travers un village bâti de briques rouges, aux maisons distantes les unes des autres, aux murs crevassés, à l'aspect misérable, aux rues boueuses et noires ; suivez les traces charbonneuses que la houille y a déposées en larges taches, vous arriverez auprès de machines à vapeur, de treuils à bras, de roues à dents, de volants gigantesques ; vous verrez le mouvement imprimé à tout, les câbles roulant et se croisant sur les poulies, disparaissant dans des ouvertures du terrain et en ressortant peu après, tenant dans des bennes le charbon que des hommes reçoivent, chargent, voiturent, entassent. C'est là l'ensemble exté-

rieur d'une importante exploitation ; il y en a de beaucoup plus modestes, mais qui
ne diffèrent de cette première que par le moins grand nombre de moyens et d'ustensiles... Mais, un instant ! il est toujours bon de savoir avant de voir, et, comme
une fois embarqués je ne veux plus interrompre le pittoresque de nos observations.
asseyez-vous là, où vous voudrez, dans la cabane du machiniste, sur cette brouette
cassée, et écoutez. En attendant que la benne soit remontée, vidée et prête à nous
prendre, donnez cinq minutes d'attention à quelques détails indispensables, et dont
nous n'aurons plus ensuite à nous occuper. Il est naturel qu'on dise un mot sur
les mines avant de parler des mineurs.

La présence du charbon dans la terre se reconnaît à des signes plus ou moins
certains. Quand on a acquis à peu près la certitude de son existence, la sonde
creuse le roc, où plus tard se pratiquent les puits ; et quand les puits ont la profondeur voulue, on avance horizontalement jusqu'à ce qu'on rencontre les filons et
les couches de houille. Alors s'ouvrent les galeries, droites, tortueuses, montant,
descendant, peu ou plus profondes, et étayées comme vous verrez. Dans les couches
de charbon seulement s'ouvrent aussi d'autres puits de quatre pieds carrés environ, garnis d'échelles, et servant aux ouvriers pour monter dans les filons et percer
des étages supérieurs de galeries, où se doublent, se multiplient les mêmes travaux d'exploitation. Dans ces galeries profondes, l'air ne circule pas toujours facilement, et sans air on ne peut guère travailler. Il faut donc des moyens de suppléer à ce manque d'alimentation dans les courants vitaux. L'hiver, la température
des galeries étant plus chaude que celle du sol extérieur, et l'air chaud s'élevant
plus léger que l'air froid, l'équilibre entre les deux températures est facilement
rompu, et les courants s'établissent. En été, le contraire ayant lieu, c'est-à-dire
l'air chaud et par conséquent léger étant à la surface, il faut avoir recours à un airage artificiel. Il y a plusieurs modes de l'établir. On dispose dans les galeries des
portes d'airage, de façon à forcer l'air à passer partout, et, avec les précautions nécessaires, on suspend dans l'un des puits, et à une profondeur calculée, un énorme
brasier de houille ; l'air froid s'échauffe, et vous comprenez que l'équilibre des
températures est détruit comme dans le premier cas, et qu'il y a courant vital. On
se sert aussi parfois de ventilateurs, mais plus rarement et souvent avec moins de
succès. C'est pour faciliter l'emploi de tous ces moyens qu'on a pratiqué dans les
mines des puits où les ouvriers descendent à l'aide d'échelles ; et aussi parce qu'une
benne ne pouvant contenir que trois ou quatre hommes, il y a souvent, surtout
quand les puits sont profonds, une trop grande perte de temps. Ces *descendries*
sont disposées de cette façon : les échelles sont clouées perpendiculairement à un
demi-pied du mur ; à tous les vingt-cinq pieds environ se rencontre un plancher,
et à chaque plancher les échelles changent de côté, pour que plusieurs ouvriers
puissent monter et descendre en même temps sans se faire obstacle, les planchers
leur servant de lieux de repos. Quand ils escaladent ces puits, ils passent leur pic
dans le dos de leur veste, leur lampe dans le pouce de la main droite, et ils vont
et viennent ainsi, sans autre soin que celui de se tenir solidement à leurs éche-
lons de bois. Ils n'ont presque jamais, pour monter et descendre de la sorte, ni

souliers ferrés, ni sabots, mais de vieilles savates ou chaussures molles; autrement ils ne tiendraient pas sur les échelles. Vous connaissez probablement la lampe de Humphrey Davy? Une toile métallique aux interstices extrêmement ténus recouvre la flamme et interdit la communication entre cette flamme et les gaz. Une vis de bois, fermée par une clef qu'a seul le maître mineur, empêche les ouvriers de rien déranger dans cet appareil, et il n'y a pas longtemps encore, quand la lampe s'é-teignait, il fallait que le mineur la portât à son chef pour la rallumer. On a depuis remédié à cet inconvénient par une invention précieuse : un fil de platine double et tordu en spirale est placé dans la lampe au-dessus de la flamme, qui le chauffe jusqu'au blanc. Quand, par une combinaison quelconque des gaz, la flamme meurt, le fil rougi jette assez de lumière pour guider l'ouvrier dans son dédale; et dès que celui-ci arrive dans un endroit où les gaz sont moins rares et combinés d'une façon nouvelle, le platine incandescent rappelle la flamme, et la lampe recommence à éclairer le mineur. On trouve plusieurs mines dépourvues de gaz, où la lampe de Davy est inutile; on se sert alors de la lampe lenticulaire à flamme libre... Ah ! voici l'ascension de la benne terminée ! Nous avons, *grosso modo*, assez de détails préliminaires ; vous pouvez maintenant me suivre sans avoir peur de vous trouver dans un pays trop nouveau pour vous. Approchons.

Voyez-vous de distance en distance ces orifices s'ouvrir de six à sept pieds de diamètre au niveau du sol? C'est par là que la sonde a passé, c'est là qu'elle a flairé ses richesses : ce sont les ouvertures que nous avons entrevues, ce sont les puits. Voyez ces puits, boisés, muraillés, divisés en deux par une cloison de bois qui règne dans toute leur étendue, s'enfoncer de deux cents à deux mille pieds dans les profondeurs de la terre, et, au bout de ces puits, des conduits, des galeries, des rues, des mondes où descendent, séjournent et travaillent des centaines d'individus au milieu de gaz méphitiques qu'ils respirent, trempés souvent par la pluie qui suinte à travers les fissures des voûtes, et entourés d'une meurtrière obscurité que les lampes parviennent à dissiper au plus à quelques pas autour d'eux. Là règne le silence morne et sépulcral ; là peu de paroles, pas de chants, le bruit, le bruit seu-lement du pic, de la poudre et du marteau. A quels travaux ne se soumet pas l'homme avide et audacieux qui rêve et veut des trésors ! la terre en a enfoui dans son sein, l'homme déchire le sein de la terre : il en pénètre, il en habite les entrailles ! Avec les ouvriers descendent dans ces cryptes les bêtes de somme qui servent au charroi de la houille, chevaux étiques dont le poil s'allonge par un effet bizarre, et qu'on ne sort de la mine que pour les enterrer. Outre ces travailleurs souterrains, je parle des hommes, il y a d'autres individus employés aussi au ser-vice de la mine, et qui restent à la surface ; mais le nom de mineur s'applique plus particulièrement à ceux qui sont attachés au service intérieur. Ce service de la mine ayant plusieurs branches tout à fait distinctes, la société des mineurs se divise en autant de catégories spéciales : on distingue, entre autres, le *piqueur*, le *rouleur* et le *boiseur*. Le piqueur, dont la tâche exige beaucoup d'adresse et de prudence, est celui qui abat la houille et passe à travers les éboulements sans en provoquer de nouveaux; le rouleur est celui qui pousse la brouette et roule les chariots sur les chemins de fer; le boiseur est le charpentier de la mine, celui qui étaye les travaux à mesure que le piqueur avance en galerie.

Le mineur est presque toujours d'un pays d'exploitation : c'est une plante indigène qui naît, travaille, s'étiole et meurt dans son terrain noir et humide. Cette condition est héréditaire; le père transmet au fils l'amour du *piquage*, du *roulage* et du *boisage*. Dès l'âge de huit ans on le descend dans les galeries, où, comme gamin, il commence sa carrière par : 1° nettoyer les rigoles qui conduisent les eaux au puisard, réservoir pratiqué sous le puits de la mine; 2° garder les portes d'airage, ouvertures nécessaires à l'alimentation des courants d'air vital; 3° faire des commissions indispensables, et pour lesquelles néanmoins il ne conviendrait pas de déplacer un ouvrier. Là, il s'habitue à l'atmosphère de la mine, au maniement du *pic* et de la *pointrolle*; et à mesure que l'âge et l'expérience lui arrivent, il monte en grade. Le grade envié, convoité, le plus haut parmi ceux qui travaillent, est celui de piqueur. Quand le mineur se fait recevoir piqueur, le contentement qu'il éprouve se manifeste par quelques bouteilles de vin dont il régale ses camarades ; il appelle cela payer sa bienvenue. Il se marie généralement fort jeune, et, pour ne pas déroger à cette coutume de toutes les classes pauvres, ne tarde pas à voir pulluler autour de lui de nombreux enfants. Ce n'est pas, comme le paysan, qu'il ait besoin de bras pour lui venir en aide, chacun ne gagnant que pour soi ; mais c'est que, séquestré comme il l'est du monde, il s'y rattache par le lien le plus naturel : c'est peut-être d'instinct, et sans qu'il s'en rende compte, parce qu'étant sans cesse sous la dent de la mort, ce dédoublement de soi-même, cette propagation de la vie agit sur lui comme un contraste d'un attrait puissant et irrésistible... Toutefois est-il qu'il donne de nombreux petits témoins et participants à sa misère. Malgré son travail de forçat, le mineur gagne généralement peu; le prix de sa journée n'atteint pas souvent et ne dépasse jamais 5 francs. Mais il trouve une compensation à la modicité de ce prix dans le très-grand avantage qu'il a de ne jamais chômer. Quelles que soient les petites révolutions que le temps opère à la surface du globe, et qui viennent un obstacle au travail de la plupart des autres ouvriers, leur travail intérieur ne discontinue pas. Une fois que le pic a mordu la houille, que les coins en ont fait tomber les blocs, que les galeries se sont creusées, prolongées, croisées, qu'elles se communiquent; une fois que les coups se répètent, que la poudre éclate, que les chariots roulent, que les bennes circulent; une fois, en un mot, que la mine s'est animée et vit, il serait impossible de suspendre les travaux, ou la partie administrative de la mine péricliterait, et, par conséquence immédiate, la mine elle-même. D'abord les foyers des forges voisines sont là, demandant, engouffrant toujours; ensuite d'énormes spéculations reposent sur la quantité calculée de charbon qui chaque jour doit dégorger des puits, et les spéculations ne trouveraient pas leur compte à voir les mineurs se croiser les bras. Nuit et jour le dédale souterrain est donc rempli de travailleurs qui, pour faire autant que possible la part du labeur et celle du repos, se relayent par postes de huit heures à peu près, les uns arrivant et descendant dans leurs puits, les autres en sortant et gagnant leurs demeures. Dans la plupart des exploitations houillères, ces

demeures sont de vastes maisons à deux étages dans lesquelles on a, comme dans
des casernes, amoncelé les chambres les unes sur les autres, et où le mineur, em-
pilé à peu de frais et grâce à un petit coin de terre qu'on lui donne, trouve assez de
charme pour se fixer définitivement; il en fait son endroit d'adoption. (Ces casernes
sont toujours à une légère distance du lieu d'exploitation, pour que le mineur qui
aurait envie de transporter chez lui quelques blocs de charbon y regarde à deux
fois à cause de cette même distance.) Le mineur français est stationnaire; il tient
à son trou et voyage peu. Cette passion casanière lui fait perdre de l'avantage sur
les mineurs allemands et piémontais : ces derniers voyagent beaucoup, et par là
acquièrent une foule de connaissances pratiques qui leur font donner la préférence
sur les nôtres. Lorsque le mineur devient vieux, qu'il tremble, s'affaiblit, et que ses
mains et ses pieds ne peuvent plus s'assurer aux échelles, on ne fait pas comme
dans la plupart de nos ateliers, on ne le renvoie pas; mais on cherche à la surface
quelque tâche peu rude, telle que le roulage de la brouette, la garde d'un puits, la
surveillance de certains ouvriers, et, à son grand regret, on l'y utilise. Je dis à son
grand regret, parce qu'avant tout le mineur a la manie de sa profession : c'est avec
religion qu'il l'aime. Vous ne le verrez jamais ni la changer ni la quitter. Quelques
traitements qu'on lui fasse supporter, quelques rudes relations qui lui soient im-
posées, il est fils de la mine, il reste dans la mine. Pour quelques rares et courts
travaux, on emploie quelquefois le mineur à la surface, eh bien ! il tient tellement
à son habitation souterraine, c'est tellement le sortir de ses habitudes que de le faire
travailler à la clarté du soleil, qu'il aime mieux 40 sous par jour, gagnés péniblement dans l'intérieur, que 50 qu'il serait astreint à gagner continuellement, et
avec moins de peine, au dehors. Il est vrai qu'au dehors il n'a ni explosions, ni
éboulements, ni chutes, ni asphyxies à craindre... Que voulez-vous qu'il fasse au
dehors?

Quant à l'instruction du mineur, néant; il ne sait généralement ni écrire, ni
même lire. Aussi ceux qu'une heureuse exception a gratifiés d'un passable griffon-
nage, et qui, à leurs hiéroglyphes joignent une conduite régulière et de l'intelligence, sont-ils bientôt préposés à l'inspection, à la surveillance des travaux et à la
transmission des ordres. Assez polis pour approcher convenablement du chef, et
assez grossiers pour se populariser dans la mine, ils sont les intermédiaires entre
l'ingénieur et les ouvriers. Ils prennent alors le titre de *maîtres mineurs*.

Les mineurs, quoique toujours réunis en grand nombre, donnent rarement des
exemples d'insubordination générale; l'émeute ne fermente pas bien sous terre. Un
chef en viendra toujours facilement à bout, pour peu qu'il soit ferme, qu'il ait le
don de s'entourer d'un certain culte, ce qui n'est jamais difficile à la supériorité,
et surtout qu'il possède l'art de les relever à leurs propres yeux de l'abjection dans
laquelle on prend comme à tâche de les traîner. Une révolte, du reste, amène l'expulsion des révoltés. Pour les désobéissances individuelles, une législation *ad hoc*,
qui embrasse depuis les amendes légères jusqu'aux punitions graves, en fait justice. Ils sont, après tout, plus criards que méchants, et se laissent aisément museler
par l'influence d'un mutin un peu entreprenant. Quelques exemples cependant ont

LE MINEUR.

laissé parmi nous le souvenir d'émeutes assez graves. On n'a pas oublié celle qui eut lieu à Anzin (Nord) en 1855. Pour une cause quelconque, l'administration voulait réduire le prix des ouvriers ; on leur fait part de cette intention, ils murmurent. Le jour de la paye arrivé, on veut leur retenir 4 sous sur le prix de chaque journée... ils se révoltent ; et cette fois non plus par groupes isolés et d'une manière indécise, mais en masse et avec une énergique opiniâtreté. On fut obligé d'avoir recours à la troupe pour les contenir, et ce n'est qu'après de longs pourparlers et des concessions de la part des chefs, qu'on vit les mécontents se calmer et reprendre leurs travaux. Cette révolte a conservé le nom d'*émeute des quatre sous*.

Si aujourd'hui j'osais encore ressusciter la mythologie, je me hâterais de faire une déesse de l'ivrognerie, tant son culte est en vénération chez le mineur ; mais, malgré cette adoration de la bouteille, il se nourrit très-sobrement : dans le midi, où il vit sans nul doute mieux que dans toute autre partie de la France, il fera aisément son déjeuner d'un oignon saupoudré de sel, et d'un morceau de pain blanc. L'ivrognerie a une nuance distincte de la gourmandise.

Un trait caractéristique du mineur, c'est le haut degré de superstition qu'il laisse atteindre à son esprit. On comprend que le manque d'instruction le prépare déjà un peu à cette faiblesse ; mais ce qui y contribue beaucoup, c'est, on ne peut guère le nier, l'abîme immense, le monde sous terre dans lequel ses yeux combattent l'obscurité, où des bruits sourds se font continuellement entendre, et surtout où tant d'accidents et de malheurs arrivent. Les anciens ont une foule de traditions qu'ils racontent aux plus jeunes, répertoire mensonger mais pittoresque, à l'aide duquel ils leur font croire à certaines apparitions, celle du *Lapin blanc*, du *Petit Mineur*, par exemple, et au retour sous forme insaisissable de ceux des leurs qui antérieurement ont été enveloppés dans quelque catastrophe.

La légende du *Lapin blanc* est un enfantillage qui mériterait peu d'être rapporté, s'il ne donnait l'idée de la crédulité de ces braves gens. Un jour, un mineur effrayé s'imagine voir un corps blanc courir et se blottir dans un conduit de fonte. « Tiens, un lapin qui vient d'entrer là dedans ! » et il court près du tube, en bouche une extrémité, et appelle un de ses camarades pour regarder par l'autre bout. Le camarade se penche immédiatement, approche sa lampe de l'ouverture, et cherche, cherche en vain quelque chose à voir... Les deux amis s'examinent stupéfaits ; un lapin blanc entré dans le tube, les deux bouts du tube fermés sur-le-champ, et dans le tube rien ! Qu'est-ce que cela veut dire ? Il n'y a qu'une croyance pour justifier l'apparition ; un éblouissement passager d'un mineur dote la mine d'une tradition de plus : le lapin blanc est un esprit. — Le *Petit Mineur* a une physionomie quelque peu plus piquante ; c'est un gnome aux airs lutins, qui fait des niches aux ouvriers, les taquine et les tourmente ; c'est le *shellicoat* de la mine. Qu'un outil se casse ou se perde, qu'une lampe s'éteigne, qu'un vêtement se déchire, qu'une pierre se détache et vienne leur prouver combien le chapeau de cuir leur est utile, tout cela sera fait par l'espiègle esprit, tout proviendra de l'influence narquoise du Petit Mineur. S'ils travaillent le dimanche, ils craignent pour la se-

P. I.   44

maine l'intervention maligne ; et, écoutez, voici comme elle est à craindre : Un
jour de repos, l'ingénieur se trouvait seul dans la mine avec un ouvrier; leur
attention était captivée par des instructions réciproques qu'ils se donnaient. Tout
à coup un bruit successif et régulier se fait entendre : Toc, toc, toc ; l'ouvrier s'arrête au milieu de sa phrase et interroge l'ingénieur d'un regard inquiet. « Qu'est-ce
que c'est que ça ? » s'écrie-t-il. Le matin il a travaillé un instant, c'est un dimanche, il va en être puni. Il jette un coup d'œil sur sa lanterne et se dirige du
côté du puits. « Allons voir ce que c'est, lui dit le chef. — Non, non, c'est le Petit
Mineur. » Et l'ouvrier gagne la benne, tire la cloche d'appel et remonte. Le chef
voulut se rendre compte de l'objet de cette frayeur. Il entendait toujours le
petit coup mesuré, toc, toc, toc. Il s'oriente un moment, écoute, cherche et arrive
au détour d'une galerie : une pelle était plantée horizontalement dans la houille, et
recevait d'en haut de l'eau qui filtrait goutte à goutte, et produisait le toc, toc
épouvantable que venait de fuir le courageux travailleur. Remontez aux sources, et
toutes les paniques du monde se réduiront à l'histoire du Petit Mineur. Eh bien !
cependant de cette histoire il résulte qu'un ouvrier ne se hasardera jamais à
ester et à travailler seul dans la mine.

Il est principalement pour les mineurs un jour où, les payât-on trois fois, quatre
fois comme les jours ordinaires, ils ne travailleraient pas : c'est le 4 décembre, le
jour de la Sainte-Barbe... leur fête. Comprenez-vous? la fête des mineurs! de ces
gens qui se sèvrent du soleil et du jour, qui n'ont toute l'année que l'alternative du
sommeil et du travail, qui jouent leur vie contre le prix d'une journée. Leur fête !
leur fête ! comprenez-vous? Ils sont là, sur le sol, voyant le ciel, se sentant libres,
ayant devant eux un, deux, trois jours, car le jour se prolonge, pendant lesquels
ils pourront boire et chanter, sans allumer la lampe, sans lever le marteau, sans
rouler le char ; trois jours pendant lesquels ils seront heureux à revendre du bonheur aux plus heureux de la terre ! Non, certes, ils ne travailleraient pas ce jour-là,
ils seraient persuadés qu'un malheur prochain va leur arriver. Ils veulent bien tous
les jours être exposés à mourir par leur travail dans la mine, mais ils ne veulent
pas qu'un léger accident les menace pour une déviation faite dans l'emploi du jour
consacré ! Aussi est-ce une réjouissance générale. Il faut voir comme on s'y dispose !
Dès la veille, des salves de coups de mine à forte charge annoncent avec fracas la
fête du lendemain. Deux énormes gâteaux ronds et plats, deux véritables gâteaux-
cibles, sont commandés : l'un pour le curé, qui les bénit à une messe où tous viennent assister avec recueillement ; l'autre pour l'ingénieur, dont le *pourboire* assuré
vient les remercier de cette galanterie, et diminuer d'autant la cotisation qu'ils
s'imposent pour subvenir aux frais projetés de vin, de mangeaille et de poudre. Si
les mineurs ne brûlaient beaucoup de poudre le jour de la Sainte-Barbe, la Sainte-
Barbe serait mal fêtée. Les gâteaux s'avancent à l'église après avoir parcouru le village, ingénieur en tête de sa compagnie, et portés sur une espèce de civière en
noyer verni, où flottent des nuages de rubans et de fleurs artificielles. L'édifice am-
bulant est surmonté d'un beau plumet tricolore, et précédé de l'inévitable crin-crin,
que dans certains pays accompagne un trio de fifres, rehaussé des marches répu-

blicaines du tambour de l'endroit. Les gâteaux bénits, l'ingénieur est reconduit à grand renfort de musique par ses ouvriers, qui le laissent jusqu'au soir chez lui, où, après avoir bien pataugé dans les boues des environs, bouteille d'une main et pistolet encore fumant de l'autre, ils viennent le reprendre pour lui faire les honneurs d'un modeste dîner à la gargote la plus confortable. Au banquet, le maître-mineur et les surveillants se placent auprès du chef, puis pêle-mêle la foule avinée, qui conserve toutefois assez de bon sens pour se rapprocher, autant que possible, de l'astre autour duquel devront nécessairement graviter les meilleurs morceaux et les vins du meilleur cru. L'ingénieur débute par un toast à la prospérité de la mine, et profite des bonnes dispositions de la masse pour faire une collecte en faveur de quelque mineur malade ou trop chargé de famille. Ils ont assez bon cœur pour répondre toujours à ce généreux appel. Ces collectes, et la masse alimentée par les amendes et les retenues, subviennent aux nécessiteux de l'exploitation. Le chef profite aussi de ce moment pour faire connaître les promotions nouvelles des ouvriers à des grades supérieurs. Au dessert, les malins de la troupe proposent une chanson à boire qui fait les délices des amateurs, et l'on prête complaisamment l'oreille à une cacophonie étourdissante. Enfin le chef se lève et se retire. La société, loin de pouvoir en faire autant, aime mieux discuter, se battre, et en définitive s'effacer sous les tables, où le lendemain on retrouve ces messieurs s'éveillant et prêts à s'écrier : *Cré nom d'un nom, j' nous sommes-t-i amusés !* Quelques-uns cependant ont pu se rendre au bal, qu'ils avaient fait préalablement annoncer. Dans beaucoup d'endroits, le second jour suffit; les mineurs jouissent donc encore du lendemain de la fête, puis les travaux reprennent comme auparavant, et tout rentre dans l'ordre : labeur assidu, obéissance, abnégation, dévouement, tout revient pour une année entière; l'égalité de la veille est disparue (l'égalité est un rêve qui ne peut guère durer plus longtemps...), et l'ingénieur reprend son attitude sévère, mais paternelle. La Sainte-Barbe étant un jour d'amnistie générale pour les amendes, on n'est pas surpris de voir, dès huit jours auparavant, une foule de mineurs faire des infractions notables à la discipline.

Mais qui ne se sentirait disposé à pardonner quelques escapades à ces hommes, à ces hommes misérables, et que d'un instant à l'autre la mort peut frapper de vingt manières différentes? On se trouve plus indulgent devant des catastrophes aussi nombreuses; quand on voit la nature si menaçante, on n'a pas le courage d'être inexorable. Passons un peu en revue les chances de mort auxquelles ils sont journellement exposés, et tâchez que la peur ne vous prenne pas. Nous aurons :

1° L'explosion du *grisou* ou gaz hydrogène, dont ne garantit qu'imparfaitement la lampe de Davy, surtout lorsqu'elle se trouve entre les mains d'un ouvrier imprudent et assez fou pour essayer d'y allumer sa pipe, ce qui, d'après la législation spéciale, n'est autre chose qu'un cas de galère (là il y a faute de l'ouvrier, l'indulgence doit nécessairement disparaître);

2° L'asphyxie par le gaz acide carbonique ou *asphyxiant*, qu'à raison de sa pesanteur on parvient difficilement à chasser des excavations; ou encore par la fumée étouffante que produit l'incendie[1] spontané de la houille, alors que les pyrites se décomposent et_l'enflamment ;

5° Les éboulements, qui résultent soit de la vétusté des étais, soit de la friabilité du terrain ;

4° Les inondations, que l'on doit craindre toutes les fois que l'on travaille dans le voisinage des rivières ou d'anciens travaux abandonnés ;

5° La respiration des vapeurs arsenicales ou mercurielles dans les exploitations où se rencontrent le mercure et l'arsenic ;

6° Le saut de la mine, lorsque l'instrument qui sert de bourroir fait jaillir du silex une simple étincelle qui enflamme la poudre avant qu'on ait le temps de fuir ;

7° Les chutes : soit la chute du haut des échelles, assez commune à ceux qui ont une grande confiance dans leur habitude de les escalader ; soit par le déchirement des câbles destinés à la circulation des bennes, lorsqu'ils sont vieux ou gelés sur leurs bobines ; soit encore par l'imprudence du machiniste qui, loin d'arrêter à temps la machine, laisse passer la benne par-dessus la poulie, et précipite dans le puits les malheureux qui viennent d'en remonter ;

8° Enfin les rhumatismes et les tremblements nerveux causés par les eaux ferrugineuses et croupies dans lesquelles ils marchent pieds nus, et souvent même stationnent jusqu'à la ceinture pendant plusieurs heures de suite pour la manœuvre et la réparation des pompes. Dans bien des professions, l'ouvrier a la mort en perspective, mais le mineur, comme vous le voyez, en a à la fois tous les genres et toutes les variantes.

Eh bien ! entouré de ces mille morts dont l'idée seule est capable de faire trembler, le mineur reste impassible et attend insoucieusement son sort, sort qui d'ailleurs ne le surprend jamais. Oui, il est indifférent là où frémirait un vieux grognard, tant il a l'habitude de périls contre lesquels la lutte, heureuse parfois, est néanmoins toujours douteuse. Il faut croire que le courage lui est inoculé par cette habitude, ou plutôt que cette habitude et cette indifférence dans le danger ne sont autre chose chez lui que la continuité du courage. Il fait même mieux que de rester impassible : qu'un camarade reçoive, comme il dit, une anicroche ; s'il fait mine de vouloir renoncer à sa carrière, il va faire pleuvoir sur lui les plaisanteries et les quolibets : « En v'là-t-il un de feignant ! parce qu'i se tue, i ne veut pus travailler ! — Pardi ! on te fera des mines de coton, va ! — Voudrais-tu pas qu'on dise au grisou de se déranger pour toi ! Connaît pas, le grisou ! — Un bêta qui trouve que

---

[1] Nous avons parcouru une galerie pratiquée entre deux masses de houille en combustion ; c'était, à la lettre, marcher entre deux feux. Les bois qui servaient d'appuis, étaient tellement chauds, qu'on ne pouvait en approcher les mains ; les gerçures des parois nous soufflaient des lames de chaleur asphyxiantes ; la température était à plus de 45 degrés. Comme je me plaignais du peu de fraîcheur de l'air que nous respirions : « Bah ! c'est de l'air très-respirable, répond l'ingénieur qui nous conduisait ; je me trouvais ici un jour que mon thermomètre marquait 70 degrés, et je n'en suis pas mort. » 70 degrés de chaleur, et y casser du charbon toute la journée ! entendez-vous bien cela ? — Il y a des mines qui sont depuis des trentaines d'années dans un pareil état de combustion. L'incendie marche lentement, mais on ne l'éteint qu'en attirant et précipitant sur lui les eaux d'une rivière voisine.

les échelles vont *p'assez* vite, ou qui *s'asseye* à côté de la benne !... Allons, voyons, bois un coup et pique ferme ! » Mais, tout en disant cela, le mineur court en camarade intrépide et généreux, dès qu'il s'agit de porter secours à un des siens en péril ; et si malheureusement l'accident est complet, et que le camarade soit retiré asphyxié ou écrasé de l'eau, des éboulements ou des gaz homicides, le mineur s'attriste, devient pensif, laisse tomber ses bras, jette là ses outils, et sort de la mine pour n'y rentrer que le lendemain, après avoir suivi religieusement le convoi du défunt..... et, disons-le tout bas, s'être légèrement *consolé* au retour du cimetière. Du reste, les cols de bouteille leur servent dans la mine à préserver leurs provisions de la voracité des rats [1]. Un des appareils les plus curieux que l'on puisse voir chez les mineurs est celui dont l'un d'eux se sert quand l'asphyxie d'un camarade vient d'avoir lieu, et qu'on doit aller le retirer des gaz délétères. Il faut qu'un homme pénètre là où un air mortel vient de frapper un homme ! Pour cela, l'ouvrier dévoué s'adapte devant la bouche un tube, qui est la réunion de deux autres, et dans lesquels, au moyen de pistons et de soupapes, l'air vital d'un côté, contenu dans un réservoir porté à dos ou sur un petit char, répond et obéit à l'aspiration du mineur ; tandis que, d'un autre côté, l'air vicié par les poumons se rejette, et va trouver la flamme de la lampe, qu'il est encore assez pur pour alimenter. Des courroies assujettissent l'appareil respiratoire tout autour de la tête du mineur, et une petite pince lui prend le nez pour fermer tout passage au gaz meurtrier qui l'environne. Ces réservoirs d'air vital en contiennent pour laisser respirer le mineur ainsi affublé, pendant dix minutes ou un quart d'heure au plus. Malgré cela, la respiration est difficile et pénible, et c'est pourtant le plus parfait de tous ces appareils.

Outre les accidents prévus et ordinaires que nous venons d'énumérer, il y en a d'autres imprévus et étranges qui bien souvent viennent jeter un surcroît de désolation parmi les travailleurs. Pour vous en donner une idée, je vais vous en conter un arrivé au Creusot il y a quelques années. Quand les bennes montent et descendent, le mineur chargé de remplacer la vide par une pleine se tient toujours au bas du puits, attendant que l'ascension de l'une lui ait fait descendre l'autre. Au-dessous de chaque benne, il y a une espèce de poignée, que saisit toujours le mineur dès qu'il est à portée, pour donner à la benne la place qu'il lui convient le mieux qu'elle ait. Un jour cette manœuvre avait lieu ; le mineur du bas attendait. La benne descend, il va bientôt la saisir ; elle hésite un instant, mais une légère secousse

---

[1] Voici comment. Il n'y a pas dans les galeries le moindre recoin ménagé pour la commodité des mineurs. Les provisions qu'ils descendent avec eux doivent donc être déposées à leurs côtés, à terre, sur le charbon, n'importe où. Comme la plupart des mines sont peuplées de rats, et qu'il y a peu d'endroits que ces *trotte-menus* ne puissent atteindre, les provisions des travailleurs se trouvaient souvent lésées. Ceux-ci, voyant des ravageurs si obstinés, ont imaginé, en lutteurs adroits, de mettre leurs morceaux de pain et de fromage dans une espèce de cabas, qu'ils suspendent avec une ficelle à un bois de la voûte ; puis, prenant le cou d'une bouteille, dans lequel ils ont laissé le bouchon, ils font au bouchon un trou où passe seulement la ficelle. Un nœud retient le verre à distance moyenne de la voûte et du cabas, et quand un rat assez hardi pour se laisser glisser sur la corde arrive au cou de bouteille... bonsoir ! le verre est trop poli, raton glisse à terre, et si le mineur le voit, un coup de pic fait son oraison funèbre.

agite le câble, et la voilà près de la main de l'impatient ouvrier, qui se hausse sur
ses pieds et l'atteint. Il s'y cramponne et pèse de tout son poids pour l'attirer à
lui ; le câble ne glissait plus, la benne résiste. Étonné, l'ouvrier fait de plus vigoureux efforts ; mais la benne oscille, un mouvement de rotation se fait sentir : elle
remonte d'un demi-tour de poulie. Le mineur allonge le bras pour ne pas la lâcher,
mais un nouveau demi-tour la remonte encore ; les pieds de l'ouvrier ne touchent
plus le plancher. Cette longue suspension l'inquiète : il regarde en bas de lui pour
quitter la benne et sauter... le malheureux! Le câble, je ne sais pourquoi, retour-
nait et le remontait, et il était déjà trop élevé pour ne pas hésiter avant de sauter.
Hésiter, c'était monter encore, et il montait toujours, pendu par un bras à la poignée de la benne. Il commence à crier, mais sa voix est étouffée par l'objet qui
l'enlève; on ne l'entend ni ne le voit. Une ascension de ce puits dure à peu près
trois ou quatre minutes. L'instinct de la conservation lui donne des forces; il serre
frénétiquement la poignée, et frissonne en voyant combien les pierres du mur disparaissent lentement sous lui: le vertige le saisit; ce n'est plus qu'une contraction
machinale qui le soutient; des étincelles passent devant ses yeux... Mais l'obscurité
du puits se dissipe; quelques tours encore, et son courage l'aura sauvé. Le voilà
qui touche à l'orifice, ses camarades l'aperçoivent. « Un homme! un homme! se
mettent-ils à crier; un homme sous la benne!... — Où donc? reprennent ceux qui
sont accourus, qui regardent la benne au-dessus du puits, et qui ne voient pas
d'homme; où donc? — Il vient de tomber!!! » s'écrient-ils avec effroi. Le malheureux n'avait pas eu la force d'attendre deux secondes de plus... On le trouva à
cheval sur la benne du bas, tué net, le cou, la cuisse et le bras cassés. Le puits a
deux cent cinquante pieds. — Pour faire la contre-partie de ces malheurs, il arrivera
d'autres fois qu'un mineur tombera presque d'aussi haut sans se faire de mal, ou
que la poudre, comme cela est arrivé à Alais, je crois, renversera tout autour de
lui et le laissera intact au milieu de l'explosion. Le hasard s'amuse parfois à faire de
la clémence.

Un tableau digne du pinceau d'un Rembrandt, et que peut voir tous les jours celui
qui vit dans les exploitations de charbon, est celui d'un groupe de mineurs réunis sur
le puits de la mine, autour d'un bon feu de houille : les uns sortant de l'atelier souterrain, et contrastant par la noirceur de leur peau avec le teint blanc de ceux qui
se disposent à descendre, et parmi ces derniers les mineurs à poudre, faciles à reconnaître aux points bleus qui tachètent leur visage ; les autres étendus nonchalamment sur une planche où ils ronflent comme à la tâche; par ici, un ancien, l'oracle
de l'endroit, devisant sur les difficultés du travail ; par là, des gamins jouant aux
cartes, et tous gais et peu soucieux d'une catastrophe qui, dans une heure peut-
être, viendra les supprimer de la liste des travailleurs, et préparer la place à d'autres, qui ne descendront pas moins le lendemain, non sans s'être mis toutefois
sous la protection machinale d'un signe de croix, presque partout en usage.

Le soir aussi l'on aime à voir, sur le flanc des montagnes, monter et descendre,
aller et venir, se croiser dans tous les sens, comme autant d'étoiles mobiles, les
lumières scintillantes des lampes lenticulaires, oscillant aux mains des ouvriers

qui regagnent leurs demeures ou se rendent au travail. Cet aspect, joint aux refrains chevrotants de la *Chanson du Mineur*, que répercutent les échos de ces montagnes, a quelque chose d'un charme indéfinissable.

Cette chanson, composée par les mineurs eux-mêmes, est un curieux monument de littérature souterraine. La mesure, la rime, bien entendu, n'ont pu y
trouver place; mais les idées, quand idées il y a, peignent parfaitement l'insouciance de ces braves ouvriers au milieu de leurs périls. Nous la transcrivons ici
d'après la copie[1] que nous en a donnée l'un d'eux; nous n'y changeons pas même
l'orthographe, la trouvant plus piquante ainsi, et sans doute assez intelligible. La
musique en étant faite aussi par eux, il nous eût été difficile de la faire noter. C'est
une suite incohérente de sons lents et qui traînent; on peut ranger cet air parmi
les airs champêtres qu'on entend quelquefois s'élever dans les montagnes ou dans
les basses-cours de nos villages.

CHANSONS NOUVELLE.

Creusot, 8 septembre 1840.

Bra - ves mi - - - neurs, puis - que nous somm' en - sem-ble,

O hé! O hé! il faut nous di - ver - tir, Dans ces rochers nous

som - mes ex-po-sés, Mal-gré le dan-ger il nous faut tra - vail - ler.

Mais quante nous somme de sincenpicés en terre,
Mais nous crégnions ni grèle ni tonner;
Mais souvent la pluit
Nous cose de l'ennuie.
Tout-cela ne fait pas peur
A ces brave mineur.

---

[1] Dans cette copie, les sept couplets ne formaient qu'un menaçant et lourd alinéa, où ne s'étaient égarés
ni le plus petit point, ni la plus légère virgule. Ce n'est qu'après un moment d'attention et de recherches
que nous sommes parvenu à découvrir les *prétendus* couplets, et dans ceux-ci l'*intention* de deux vers
de dix pieds d'abord, puis de quatre petits vers que l'on voit indifféremment de quatre, cinq et six pieds.
L'air des deux premiers vers nous a rappelé vaguement : *T'en souviens-tu ?* etc. L'air (*prétendu* aussi)
des quatre autres n'a pas de nom. La *goufle* seule, ou musette, peut criailler avec un pareil clapotement de
notes. Les points remplacent des mots que nous n'avons pu lire.

Mais quaute je suis dans un ci beaut fousçage,
A que le temps il me devien charmant !
Auprès d'une métresse
Qu'ellet jolie et belle...
. . . .
. . . .

Quante j'ai chargér mon charment coup de mine,
Mais que la poudre et prete à éclater ;
Mais par une canette
Qui étoujours préte,
Dans un peut de temps
Il y a du changement.

J'ai parcquourûe les puissance étranger,
. . . . Mais s'est la France la plus belle ;
Mineur de ouille,
Mineur de plâtre auçie,
Dans ce département
On le sais bien soizir.

Si vous cquonnesçier le dirècteur des mine,
. . . . Oui, sais t'un brave et beaune enfans,
Qu'ante il vois venire
Tous ces mineur charment :
Mais cela lui fait plaizir
De leur coutler de largeans.

Quisqu'a conposser cette émable chaussonnette,
Sais trois mineur du renom, et pas béte,
En venant de Blanzie
Pour venir aux Creusot,
Tenant sur ces jenoue
La plus belle de ces amie.

Tous les aus, pour la Sainte-Barbe, l'avant-dernier couplet change, suivant que le directeur s'est montré généreux ou modeste dans son *pourboire* aux ouvriers. Le reste de la pièce subit les modifications inévitables pour toute tradition non écrite, et qui passe de bouche en bouche et de mémoire en mémoire. — On en entend parfois quelques sons décousus s'étouffer sous les galeries, mais rarement ; ce n'est qu'à la surface, et dans les instants de repos ou de gaieté qu'on peut en recueillir les couplets entiers et vibrants.

Dans certaines mines les filles descendent et travaillent comme rouleurs, mais on a soin de les descendre dans un puits séparé des mineurs, et de les flanquer d'un gardien, vieil argus armé d'une lanière de cuir, et prêt à houspiller ceux qui se permettraient de venir cajoler ces négresses d'un jour. Cela n'empêche pas les friands de rôder autour, et de chercher à tromper la surveillance du cerbère... Mais les trois quarts du temps c'est une peine qu'ils se donnent sans résultat. Si une de ces filles faisait un enfant, elle serait huée et n'oserait plus descendre dans la mine. Le juron devient aussi familier à ces ouvriers femelles qu'aux hommes... Je vous laisse à penser de quel gracieux doivent être les propos galants qu'échangent ces couples quand, le dimanche venu, ils réussissent à trouver deux ou trois heures pour aller danser ! Mais que voulez-vous de plus ? L'esprit est à l'avenant du corps, la galanterie au niveau de la toilette ; la crasse charbonneuse, dont les couches successives ont soigneusement enveloppé leur corps pendant les travaux de la semaine, n'est pas tellement disparue qu'une teinte plus ou moins légère ne survive et ne témoigne au besoin que les mineurs sont toujours là. — Néanmoins ces traces du labeur sont peu sensibles, et l'aspect d'un mineur endimanché n'a rien de trop repoussant ; mais il y a plus de propreté sur lui que chez lui. La grande habitude qu'il a de se laver souvent, pour n'être pas trop sale, rend l'individu presque présentable ; tandis que chez lui, dans sa petite chambre de caserne, vêtements de travail et ustensiles de ménage, lanterne et pot-au-feu, tout est pêle-mêle, tout se frotte et se coudoie. Le désordre va au delà du pittoresque dans le réduit du mineur.

Le mineur n'a pas de costume particulier. Il endosse, pour aller au travail, ce qu'il a de plus mauvais dans ses vêtements, et jusqu'à ce qu'il n'y ait plus deux fils qui tiennent ensemble, il leur fait braver les couches et les taches noires de la houille, parsemées sur le fond jaune sale dont les teignent les eaux ferrugineuses de la mine. Un ingénieur distingué du département du Gard, M. Brard, avait essayé de faire adopter un uniforme à ses ouvriers d'abord, pour plus tard le rendre général ; mais sa tentative n'a pas réussi.

Les mineurs étrangers qui voyagent, et qui deviennent pour un certain temps les camarades des nôtres, apportent dans les mines une variété de caractères et de mœurs dont on ne peut, comme observateur, se dispenser de rendre compte. Les principaux de ces voyageurs sont des Saxons, des Tyroliens et des Piémontais. Les premiers sont les plus instruits de ces groupes nomades ; ils savent dessiner, ont d'excellentes méthodes et une pratique éclairée. Les seconds ont moins d'instruction ; mais, comme ils sont presque tous parents, et qu'ils se montrent les uns aux autres, ils se forment très-promptement dans leur métier. Ce sont d'excellents sujets. Quant aux derniers, quoiqu'ils soient parfois de forts travailleurs, on évite autant que l'on peut de les introduire dans un atelier, qu'ils gâtent par leur moral et leurs mœurs ; ils sont turbulents, mauvais sujets, et sympathisent peu avec la probité.

Avant de terminer, il est une chose sur laquelle nous désirerions appeler sérieusement l'attention de quelques ingénieurs : c'est le transport à dos d'homme. Dans la plupart des mines de lignite des Bouches-du-Rhône, de l'Aveyron, de la Loire et de la Provence, la houille ne s'extrait pas autrement, et c'est une chose dégradante et qui fait pitié à voir que des hommes entièrement nus, rampant à quatre pattes sur des escaliers boueux, et pliant l'échine sous d'énormes paniers ou sacs de charbon, comme de vraies bêtes de somme; oui, cela fait pitié, que de voir de jeunes *mandits*, ou enfants, monter sur leur tête d'énormes *couffes* de ce combustible, et il serait méritoire, il serait humain, il serait moral, d'aviser au moyen, très-possible du reste, d'améliorer le sort de ces malheureux, en substituant quelques machines aux hommes, qui alors cesseraient une tâche de brute, une tâche avilissante pour eux, et peut-être blâmable pour ceux de qui ils dépendent. Il est de nombreuses classes de coupables dont on s'empresse d'adoucir la réclusion ; et de pauvres ouvriers auxquels on n'a rien à reprocher, qui n'ont jamais fait que travailler, restent enfouis dans des cloaques souterrains, sans qu'on daigne s'occuper de chercher le moindre allégement à la rude et homicide besogne qu'ils s'imposent !... Puissent quelques esprits graves s'en occuper ! Les mineurs valent bien les prisonniers.

Eux, ces prisonniers de la terre, qui, au lieu de murs et de barreaux, ont des huit cents pieds de houille pour les séparer du monde ! Abeilles souterraines, peuplant des centaines de ruches immenses et laborieuses, d'où s'échappe la source du bien-être et de la richesse pour une nation tout entière ! — Ils plongent volontairement dans leurs abîmes pour aller vous y chercher le noyau de votre opulence... Manufacturiers, spéculateurs, commerçants, propriétaires d'usines, hommes et femmes du monde, rendez grâce au mineur ! Vos foyers, vos fourneaux, vos machines à vapeur, vos chemins de fer, tout ne se meut et ne fonctionne que par le travail de cet homme, par le fruit de ses noires et silencieuses journées ! Ces châles splendides, ces délicieux rubans, ces étoffes chatoyantes, ces tulles légers, ces gazes éblouissantes de blancheur, toutes ces frivolités superbes qu'on fait exprès pour vous, savez-vous bien, mesdames, à qui vous les devez? aux métiers qu'alimente et fait mouvoir le charbon du mineur. Et, si vous voulez envisager en détail ce que je viens de résumer en quelques mots; si au lieu d'une machine, d'un chemin de fer, d'un fourneau, vous voulez passer en revue tous les fourneaux, tous les chemins de fer, toutes les machines du royaume ; si vous voulez énumérer, voir, palper tout ce qu'enfantent journellement ces myriades de fabriques : ce ne sera plus un groupe isolé que vous aurez devant les yeux, ce sera l'industrie, le commerce de toute la France;... et, je vous le demande, de quel titre honorer un métier, qui, pénible par-dessus tous, a pour résultat l'alimentation et la prospérité de notre commerce et de notre industrie? — Notre patrie a certainement des gloires moins méritées que celles-là !

                                                      F. FERTIAULT.

LE GARDE-COTE.

LE GARDE-CÔTE.

Pour bon nombre de Français, pour quantité de Parisiens, surtout, le type que nous avons choisi est parfaitement inconnu. Ce ne sont plus là de ces physionomies heureuses que chacun reconnaît et salue, devant lesquelles on s'arrête en souriant, qui ont droit de bourgeoisie parmi nous, droit consacré depuis longtemps et que nul ne leur conteste.

L'*Épicier*, l'*Étudiant*, la *Grisette*, trois types s'il en fut, et que nous prendrons pour exemple entre mille, se sont merveilleusement passés du secours de la définition. Ils se sont présentés, et tout d'abord on les a reconnus. Cordialement accueillis, fêtés, choyés de tous, qui donc aurait osé élever le moindre doute sur leur identité?

Quant à nous, moins heureux, nous allons avoir à justifier bientôt de nos prétentions; déjà le lecteur nous guette, et, placé en vedette sous la forme d'un point d'interrogation, il nous appréhende au passage.

« Qu'est-ce qu'un garde-côte?

— Deux mots encore, et vous allez le savoir. D'abord le garde-côte n'existe plus. La révolution française qui devait bouleverser tant d'existences, qui avait pour mission de tout détruire et de tout renouveler autour d'elle, licencia, par un décret daté du 4 mars 1791, toutes les milices de nos provinces, et par conséquent les régiments gardes-côtes qui en faisaient partie. Spécialement affectés à la défense du littoral, chargés de la garde des côtes et du service des batteries de terre, ces régiments, composés d'hommes aguerris, mais sur le patriotisme desquels la république semblait avoir des doutes, furent remplacés par la garde nationale dont le civisme, le zèle et le courage produisirent de merveilleux effets. Quoi qu'il en soit, une loi, du 9 septembre 1799, nous rendit les gardes-côtes, que la restauration licencia en 1814, comme pour les punir d'avoir trop bien défendu notre littoral contre l'invasion étrangère et la contrebande anglaise ; mais tout n'était pas fini entre l'empire et la restauration. La première pensée de l'empereur, à son retour de l'île d'Elbe, fut de réorganiser ces corps d'élite, frontières vivantes, murailles inébranlables, pétries de sang et de fer, qui rendirent si formidables alors la défense de nos côtes. Le 14 août 1815, une ordonnance royale rapportait le décret impérial du 15 avril précédent.

Si ce qui précède n'était de l'histoire, et de l'histoire contemporaine, qui voudrait y croire ? En moins de quatorze mois, supprimés, rétablis, supprimés de nouveau, comment ces vaillants défenseurs de nos frontières maritimes n'auraient-ils pas détesté le pouvoir nouveau qui venait briser leur existence ?

Pourtant il fallait vivre ; l'empire ne les avait point enrichis. Mais sous l'empire, le bruit du canon, l'odeur de la poudre, et, par-dessus tout, la haine contre les Anglais, trois choses qui ne leur avaient jamais fait défaut, pouvaient au besoin leur tenir lieu de tout. Maintenant qu'allaient-ils devenir? Libres, indépendants, par caractère et par position, grondeurs parfois, à la façon des vieux grenadiers de la garde, servir sous un drapeau qui n'avait point leurs sympathies, ne pouvait leur convenir. D'ailleurs, à demi marins et presque soldats, il leur fallait à eux qui avaient vieilli sur les dunes, au bord des rochers, au sommet des falaises, il leur fallait la mer et son vaste horizon, le murmure des flots pendant le calme, leurs fougueux emportements pendant la tempête, il leur fallait le cri de la mouette et du goëland, la fumée du toit paternel, le foyer de la famille, et peut-être aussi cette généreuse odeur de sel marin qui rafraîchit la poitrine, comme si on l'ouvrait à la brise.

Cependant il fallut prendre un parti : peu de carrières étaient ouvertes, le choix ne pouvait être ni long ni difficile. Le service de la douane active se réorganisait de tous côtés ; là il n'y avait aucune chance de déplacement à courir, on restait auprès de sa femme et de ses enfants en bas âge; on avait le frac vert et le shako fleurdelisé, mais aussi on avait la mer devant soi, et peut-être, qui sait? la guerre avec l'Angleterre en perspective.

Ces raisons, ou d'autres qui les valent, entraînèrent le plus grand nombre. Quelques-uns reprirent du service dans l'armée de terre, d'autres rentrèrent dans la vie civile, et devinrent pêcheurs ou contrebandiers, par amour du sol où ils avaient vécu. Aujourd'hui le souvenir même de ces brillantes compagnies de grenadiers et de canonniers gardes-côtes a complétement disparu.

Chose étrange pourtant, l'institution n'existe plus, et le nom nous est resté. Ni la république ombrageuse, ni la restauration, si facile avec l'étranger, ni les glorieux revers de l'empire, rien n'a pu effacer ce nom de la mémoire du peuple, qui l'accepte sans le comprendre.

Et maintenant que vous connaissez l'origine de cet homme, regardez-le. A son frac vert, à cette large casquette verte aussi, et qui a remplacé pour lui seul le shako traditionnel; à ce sabre inoffensif, inutile ornement, défense insuffisante; à sa démarche lente et mesurée, à son regard vif et perçant, à je ne sais quel imperceptible mouvement des paupières qui dénote un œil accoutumé aux vastes perspectives; à tout cela vous reconnaîtrez sans peine, lors même que vous ne l'eussiez jamais vu, celui que les matelots de nos ports ont surnommé : *Gabelou, Grippe-Jésus, Qu'as-tu-là;* celui que toutes nos populations maritimes chargent chaque jour d'anathèmes et de malédictions, le soldat du fisc, sorte de gendarme commercial, que nous eussions nommé tout d'abord de son véritable nom, le douanier, si celui-ci, le garde-côte, ne lui convenait mieux.

Jusqu'au jour où la grande et sainte utopie de l'association des peuples se réalisera complétement et franchement, jusqu'à ce que la liberté du commerce soit proclamée et reconnue dans le monde entier, cet homme obscur, oublié, perdu, isolé sur quelque rocher sauvage, sera pourtant le grand pivot de notre richesse commerciale; car cet homme, ne l'oubliez pas, représente la loi.

Comme le gendarme, avec lequel il a, du reste, plus d'un point de ressemblance, le garde-côte est, nous l'avons dit, généralement détesté par les populations qui l'environnent; mais ce n'est pas l'homme qu'on déteste en lui; c'est la consigne et l'uniforme, l'uniforme surtout. Cela est si vrai, que, sur certaines parties du littoral breton, nous avons vu retarder de plusieurs jours la célébration d'un mariage préparé de longue main, par cette seule raison que la jeune fiancée n'eût point osé traverser le village et se rendre pompeusement à l'église au bras d'un habit vert. Dans certaines localités, la susceptibilité est poussée plus loin encore: sur les Salins, par exemple, on trouverait difficilement une fille assez hardie, voire même une veuve, assez abandonnée de Dieu et des hommes, pour épouser ce paria, condamné à vivre dans un perpétuel célibat, ou à prendre femme dans quelque bourgade éloignée.

La cause de cette aversion qui se trahit à chaque instant et de toute manière, tantôt en sobriquets jetés au passage, en chansons et en quolibets, tantôt aussi en voies de fait, en guet-apens, en assassinats, gît tout entière dans les fonctions qu'il remplit.

Doux et débonnaire en apparence, le garde-côte, le vrai, le type, celui que nous voyons, en un mot, est d'une rigidité inflexible sur le chapitre de ses devoirs; il ne connaît que sa consigne, et, disons-le en passant, il n'y a rien d'étonnant à cela; sa consigne est toujours la même. Elle peut se résumer ainsi : Ne laisser à la contrebande que la mer pour refuge; s'opposer au débarquement de tout ce qui n'est pas sous la protection de la loi. Garder nos côtes au péril de sa vie, et défendre la patrie contre une invasion d'un nouveau genre, l'invasion des fraudeurs.

Quel rôle vous semble plus beau que celui-là, quelles fonctions exigent plus de délicatesse et d'abnégation?

Toujours sur pied, prêt à toute heure, ne reculant devant aucun danger, accoutumé à la fatigue, bravant la mort sous quelque forme qu'elle se présente, le garde-côte trouve dans les difficultés mêmes de sa position je ne sais quel charme mystérieux et connu de lui seul. Soit que nous le prenions sur les plages dorées que baigne la Méditerranée, soit que nous allions l'étudier et le peindre sur les rocs sauvages de la Bretagne, au milieu des fétides émanations des marais, ou perdu dans les sables mouvants, nous le retrouvons toujours le même au fond, quoique différent cependant de forme et de langage. L'habituelle solitude dans laquelle il vit, l'immensité de la mer et du ciel, spectacle imposant qui se déroule incessamment devant ses yeux, développent naturellement en lui le sentiment poétique et donnent à son esprit une tournure grave et mélancolique. A mesure que l'on remonte vers le nord, cette observation devient plus sensible. Il n'est pas rare de rencontrer dans un poste de gardes-côtes bretons, à l'heure où la nuit se fait le plus noire, tandis que le vent, s'engouffrant sous la toiture de chaume qui leur sert d'abri, fait danser autour d'eux des ombres fantastiques ; il n'est pas rare, dis-je, de trouver là, parmi ces hommes circulairement assis autour d'un feu de tourbe ou de goëmon, des conteurs pleins de verve, dont les merveilleuses et poétiques légendes m'ont plus d'une fois rappelé les récits capricieux du fantastique Hoffmann.

Loin de Paris, à mille lieues du passage de l'Opéra et du foyer de l'Académie royale de musique, il existe, au bord de l'Océan, une langue de terre avancée, connue sous le nom de la pointe de Saint-Gildas. C'est là que je veux vous conduire.

Toujours exposé à la tourmente, ce sol aride et nu n'offre à l'œil étonné nul vestige de végétation ; l'herbe même n'y peut attacher ses racines, et la mousse n'y croît pas. Les tourbillons, et les rafales d'un vent impétueux auquel rien ne résiste, ont balayé depuis longtemps l'humble hutte de terre qui servait autrefois de refuge au garde-côte ; le voilà donc, sans abri, seul, ballotté par l'ouragan qui menace à chaque instant de l'emporter et de l'engloutir. Réduit parfois à se jeter à terre, à s'attacher au sol, à ramper sur les genoux et sur les mains pour donner moins de prise à cet ennemi d'un nouveau genre, qui n'est certes pas le moins terrible et le moins redouté, eh bien, malgré tous ces obstacles, malgré ce danger incessant, sentinelle avancée, il restera fidèle à sa consigne. Ne sait-il pas d'ailleurs que les nuits les plus noires et les plus furieuses tempêtes ont de tout temps été propices aux coupables entreprises des contrebandiers ?

Par une brumeuse soirée de novembre, un petit détachement de gardes-côtes qui parcourait le littoral, posant et relevant des hommes de garde, s'en revenait gaiement au poste, lorsqu'à quelques portées de fusil seulement de cette redoutable pointe de Saint-Gildas dont nous venons de parler, le brigadier commandant la joyeuse troupe s'arrêta court au milieu du chemin. Tous s'arrêtèrent spontanément, et chacun prêta attentivement l'oreille :

« N'avez-vous rien entendu ? demanda le brigadier, après quelques instants de silence.

— Si fait, parbleu, dit le loustic de la troupe, j'ai parfaitement entendu le vent de mer, il y a deux heures qu'il me souffle dans les oreilles.

— Chien de temps ! dit un autre, il vente à décorner un bœuf ; je plains ceux qui sont de Panthière à l'heure qu'il est.

— C'est singulier, reprit à part lui le brigadier, il m'avait semblé entendre quelque chose comme un coup de feu…

— Pour ça, mon lieutenant, j'en suis ! s'écria l'incorrigible farceur. Nous prendrons un fameux coup de feu en arrivant : il y a encore de la tourbe et du goëmon au poste. »

Et le détachement se remit en marche aux rires bruyants que cette saillie avait provoqués.

Le lendemain matin, le lieutenant d'ordre, en faisant sa ronde, aperçut de loin un homme étendu au bord de la falaise. Il approche : au bruit de ses pas précipités, une voix se fait entendre ; il arrive enfin, et, jugez de sa surprise, deux hommes sont là, étendus à ses pieds, les habits en lambeaux, le visage ensanglanté, les mains déchirées et meurtries par les cailloux, et le corps à demi penché sur un abîme. De ces deux hommes, également épuisés par la fatigue et par la lutte, l'un est un garde-côte, l'autre, vous l'avez deviné déjà, c'est un contrebandier.

Voici ce qui s'était passé : la veille, à la faveur du brouillard et de l'obscurité de la nuit qui commençait à se faire, une barque approcha mystérieusement du rivage ; quatre hommes en descendirent, tous quatre revêtus du costume des marins de nos équipages de ligne, le sac au dos et le rouleau de fer-blanc au côté ; l'uniforme était au complet, rien n'y manquait. Mais l'œil exercé du garde-côte avait découvert dans cette symétrie même, dans cette tenue irréprochable, un indice de fraude. Aussi, posté sur le seul point de la route par lequel il leur fût permis de passer, il les attendit de pied ferme. En l'apercevant, les quatre matelots du roi brandirent leurs gourdins noueux, et tentèrent de se frayer un passage. Seul, contre quatre, le malheureux devait infailliblement succomber dans la lutte, lorsque, saisissant son fusil, il mit ses assaillants en joue et fit feu sans les atteindre. Au bruit de l'explosion, ils s'enfuient précipitamment, le garde-côte s'élance à leur poursuite. Leste, vigoureux, intrépide, il a bientôt rejoint le moins ingambe des quatre fraudeurs ; celui-ci fait un coude au moment où il va être saisi, notre homme en profite pour le forcer à revenir sur ses pas, il le presse, il le tient sous sa main, mais c'est à peine si l'on peut distinguer à quelques pas devant soi, tant la nuit devient obscure. Tout à coup, le contrebandier pousse un cri déchirant ; l'abîme était là, devant lui : un pas encore, il se précipitait du haut de la falaise, il allait se briser sur les rochers. Il s'arrête, se retourne ; au même instant, le garde-côte le saisit dans ses bras, et tous deux roulent sur le sol. Alors commença une de ces luttes que l'on ne peut décrire, un combat corps à corps, un duel de bêtes féroces, à coups de griffes et de dents, duel terrible, qui n'eut pour témoins que le ciel et la mer. Tantôt vainqueurs, tantôt vaincus, de force à peu près égale, ces deux hommes se ruèrent ainsi l'un sur l'autre pendant près de douze heures, laissant à tous les angles des rochers des lambeaux de leur chair, se frappant dans l'ombre au bruit lugubre du vent et des flots, à deux pas de l'abîme, à deux doigts de la mort, à deux secondes de l'éternité, dans laquelle chacun de leurs efforts désespérés pouvait les précipiter à la fois.

Enfin, appelant à son aide toutes ses forces, toute son énergie, le garde-côte parvint à se rendre maître de son adversaire; les deux genoux sur sa poitrine, les deux mains à sa gorge, il le tint ainsi jusqu'au jour, jusqu'à l'instant où le poste en armes vint les délivrer tous les deux.

L'intrépide garde-côte ne s'était pas trompé. Dans le sac du faux matelot, sur sa poitrine, partout où peut se cacher la contrebande, on trouva pour plus de 20,000 francs de cachemires de l'Inde. Quant au contrebandier, c'était un paysan des environs qui professait sans doute le plus profond mépris pour son vainqueur, et qui partageait certainement l'opinion des filles de Guérande, ces beautés dédaigneuses et fières, à l'endroit des gardes-côtes ; opinion qui, tout erronée qu'elle soit, est cependant devenue proverbiale ; la voici dans toute sa brutalité :

Un gabelou ! dix-sept degrés plus bas qu'un chien.

Sur les marais salants, c'est pis encore : là, les gardes-côtes n'ont pas un instant de repos ; ils passent les jours et les nuits à surveiller les marais, afin que le sel n'en soit point enlevé sans avoir préalablement payé les droits énormes dont il est frappé. Les fraudeurs luttent avec eux d'adresse et de vigilance. C'est quand le temps est affreux, l'obscurité la plus complète, qu'il leur faut redoubler de zèle et se multiplier pour déjouer les tentatives hardies des faux-sauniers, et souvent affronter leurs balles meurtrières sous lesquelles tombe sans gloire l'infortuné garde-côte. La pluie, l'orage, le vent, la vase mouvante, où l'on enfonce à mi-jambes, rien ne peut, rien ne doit l'arrêter ; et ce n'est pas tout encore : s'il se perd un navire sur la côte, n'est-il pas là pour porter secours aux naufragés ? n'est-ce pas lui qui doit sauver du pillage et les hommes et les débris du navire, qu'une population haineuse et ardente à la curée tente parfois de lui arracher, les armes à la main ?

Eh bien ! pour tant de périls, de labeurs et de fatigues, pour tant de courage et de dévouement, pour le mépris dont on les accable, pour tout cela, savez-vous combien l'État accorde à ces valeureux gardes-côtes ?

50 francs par mois, moins les retenues ; c'est-à-dire un peu plus de 25 sous par jour; c'est à ne pas y croire.

N'admirez-vous pas combien il faut à cet homme de vertus austères et de solides principes pour résister à la séduction qui l'environne, l'enveloppe de toute part, le circonvient de toute manière, et ne peut pourtant parvenir à entamer la rude écorce de sa vigoureuse probité ?

S'il voulait, cependant, ce qu'on lui demande est si peu de chose, il n'a qu'à fermer les yeux, il ne court aucun danger, et sa fortune est faite ; mais entre sa fortune et son honneur il n'a jamais balancé. Aussi fidèle à ses devoirs, il meurt pauvre comme il a vécu ; la balle du fraudeur l'a couché dans la tombe. Le pain de chaque jour est mort avec lui ; et s'il laisse une veuve et des enfants en bas âge, l'État, toujours généreux, leur jette un faible secours qui ne sert, le plus souvent, qu'à prolonger leur agonie.

Ch. ROUGET.

LE CARACC.

LE BOHÉMIEN.

N E vous étonnez pas trop de rencontrer l'enfant
perdu de la Bohême dans cette grande galerie
où les Français seuls ont droit de bourgeoisie.
Pour n'être point de la même famille, il a
cependant des titres à notre attention. Si le
Champenois ou le Normand heurte les Bohémiens dans sa route, c'est que les Bohémiens,
comme ces aventureux bâtards qui, n'ayant
aucune origine, prenaient hardiment le nom
d'une race noble, ont posé le pied sur le sol de
la France, et, s'y trouvant bien, y sont restés.

Allez dans le Midi, dans le Languedoc, en Provence, dans le Roussillon, et partout, au fond de la vallée, sur le flanc de la montagne comme dans la plaine, vous
trouverez le Bohémien, vagabond qui ne sait d'où il vient, et ne sait pas davantage
où il va.

On dirait qu'une antique et foudroyante malédiction a frappé ce peuple, toujours
errant comme Abasvérus; il semble qu'une voix terrible le pousse au travers de
l'Europe pour accomplir un éternel pèlerinage en punition de quelque grand crime
ignoré. Jamais il ne s'arrête, et voilà cependant quatre siècles qu'il marche. Où
qu'il aille, sous quelque ciel qu'il dorme, il recueille partout l'héritage d'opprobre et
de misère qui a été, est, et peut-être sera son lot. Il passe au milieu des nations sans

se mêler à elles; il effleure la civilisation et n'en garde rien; il va du nord au midi, change de climats, traverse des races qui obéissent à des lois, à des mœurs, à des langues différentes, se meut au milieu d'hommes qui se prosternent au pied de la croix ou invoquent le nom de Mahomet; et les climats, les lois, les coutumes, les langues, les religions, glissent sur ce peuple sans laisser plus de trace sur lui que la pluie sur une lame d'acier. *Charami* chez les Arabes, *Pharaöhites* chez les Hongrois, chez les Anglais *Gypsis; Gitanos* parmi les Espagnols et les Portugais, *Zingaris* chez les Moldaves, *Zigenners* en Allemagne, *Caracos* dans le Roussillon, quel que soit le nom qu'ils portent, les Bohémiens, partout conspués, méprisés, traqués, honnis, sont comme une bande de parias dans la grande famille humaine. Les rois, les empereurs, les parlements, les états généraux, ne s'en occupent jamais que pour fulminer des arrêts contre eux; on les chasse de terre en terre, les provinces se les renvoient, les royaumes les expulsent ainsi que des lépreux; et dans cette multitude de lois qui les frappent et les condamnent, on ne remarque rien que les règlements promulgués par l'impératrice Marie-Thérèse qui aient eu pour but l'amélioration de leur position en les soumettant à un régime normal et régulier, et encore ces règlements n'ont-ils jamais été mis en vigueur.

Telles étaient la haine et l'horreur que les Bohémiens errants inspiraient aux populations au milieu desquelles ils séjournaient ou passaient, que tous les états ont pris tour à tour des mesures violentes pour les écarter de leurs frontières. Les diètes suédoises décrétèrent à trois reprises différentes, en 1662, en 1723 et en 1727, les ordres les plus sévères pour leur entière expulsion du royaume; en 1578, une loi porta défense aux Polonais d'accorder l'hospitalité aux Bohémiens sous peine de bannissement : la charité évangélique devenait un crime quand on l'exerçait envers eux. Le code des lois du Danemark, plus impitoyable encore, leur refusait un asile. Ils furent chassés des Pays-Bas, d'abord par Charles-Quint, puis par les états des Provinces-Unies, en 1582. Ceux qui tentaient de repasser les frontières étaient punis de mort. L'empereur Maximilien poussa le premier l'Allemagne dans cette voie de sévérité, en appelant contre eux l'attention de la diète d'Augsbourg, en 1500. Le même soin occupa les diètes de 1550, 1544, 1548 et 1551. Tous les princes de l'Empire, la plupart du moins, suivirent un exemple qui partait de si haut. En même temps le roi Henri VIII faisait, en 1531, une loi qui expulsait les Bohémiens d'Angleterre, et cette loi, qui était tombée en désuétude, fut renouvelée sous le règne de la reine Élisabeth. La situation des Bohémiens n'était pas plus heureuse en Italie : en 1572, les gouverneurs les obligèrent de quitter le territoire de Parme et de Milan. Un peu avant déjà, la république de Venise les avait également chassés de ses états; et il y avait une loi générale dans la Péninsule qui ne leur permettait pas de coucher deux nuits de suite sous le même toit. Le roi Ferdinand, qui venait d'expulser les Maures et les Juifs des Espagnes, fit publier, en 1492, un édit qui ordonnait l'extermination des Bohémiens. Mais les Bohémiens s'étant réfugiés dans les provinces écartées, Charles-Quint, et après lui Philippe II, suivirent l'exemple de Ferdinand. En France, le roi François 1er, rendit une ordonnance qui portait leur entier bannissement du royaume, et l'assemblée des États, en 1561, à Orléans, prescrivit aux gouverneurs des provinces de les exterminer par le fer et le feu ; en 1612 cet édit fut renouvelé.

Traqués partout comme des bêtes fauves, les Bohémiens allaient et venaient en Europe comme des hordes vagabondes, ne sachant où planter leurs tentes ; ils sortaient d'un royaume où l'épée les décimait, pour entrer dans une république où la hart les attendait. Il y eut un moment où le désespoir s'empara de ces tribus à demi sauvages, où ces enfants du hasard, ne sachant comment sauver leur vie, vinrent l'offrir à leurs bourreaux, et demandèrent la mort ainsi qu'une aumône. On les regardait en tous lieux comme des êtres qui n'avaient d'humain que la face, comme des proscrits de Dieu, voués par avance aux misères et aux supplices ; et les grands avaient si peu de pitié pour ces pauvres créatures, qu'un prince d'une petite cour d'Allemagne, étant à la chasse, ne se fit aucun scrupule de tuer une Bohémienne qui allaitait son enfant, comme il l'aurait fait d'une louve et de son louveteau.

Toutes les hontes leur étaient réservées : en Russie, les boyards vendaient les *nids* de Bohémiens pour payer leurs dettes de jeu ; ils faisaient entre eux échange de mâles et de femelles, selon que leurs tribus esclaves avaient besoin des uns ou des autres, afin de multiplier les *produits* dont ils trafiquaient ; le premier Bohémien qu'on rencontrait le long du chemin faisait, en Moldavie, fonction de bourreau ; c'était un Bohémien qui pendait, torturait, fustigeait ses frères ; cette profession, ils l'exerçaient en Hongrie et l'exercent encore en Transylvanie, et, faut-il le dire, ils mettaient tant de constance et d'habileté dans leur infamant métier de tortionnaires, que la nature semblait les avoir créés tout exprès pour manier les tenailles et le couteau. Les musulmans qui s'allient, en Bulgarie, avec des chrétiennes ne consentent jamais à s'unir aux filles des Bohémiens. Partout enfin, rebuts de la race humaine, ils récoltent l'humiliation.

Mais les temps d'épreuves sont à peu près finis pour eux ; une dernière persécution les menaça, en Espagne, il y a une trentaine d'années ; mais, comme une tempête qui passe à l'horizon, elle gronda sans les atteindre. Pauvres, ils ont échappé à la ruine par leur pauvreté même ; expulsés et maudits, ils ont vécu au hasard sur la lisière des forêts, dans les ravins obscurs, au fond des pays montagneux, descendant dans la plaine lorsque la loi venait à s'oublier comme toute chose s'oublie, disparaissant comme les brouillards du matin, quand le parlement ou l'empereur fulminait de nouveaux édits contre leurs tribus ; jusqu'à ce qu'enfin le temps et la civilisation aient étendu sur eux ce manteau qui couvre toutes les misères, et qu'on appelle l'indifférence.

On a longtemps discuté sur l'origine des Bohémiens ; beaucoup de livres ont été faits à ce sujet, et il s'en fera probablement beaucoup encore. Ce n'est pas ici le lieu d'examiner le mérite comparatif des différentes théories qui ont été émises par des hommes fort savants, et sans nous arrêter à l'opinion, longtemps admise, qui les fait descendre de la haute Égypte, ou à la croyance plus moderne, et peut-être aussi mieux justifiée, qui leur donne les Indes pour patrie, et la caste des *Sudders*, de la tribu des parias, pour famille, bornons-nous à les prendre pour ce que nous les voyons, et à les étudier selon qu'ils nous apparaissent aujourd'hui. Que nous importe, après tout, que les Bohémiens soient des mameluks, les derniers d'entre ceux qui défendirent l'Égypte contre le sultan Sélim, en 1517, ou, plus probablement, de misérables Indiens de la classe la plus infime du peuple, chassés de l'Indoustan par l'invasion de Timur-Bec, vers 1408 ou 1409 ? Ce qu'il nous suffit de savoir, c'est qu'ils existent, et qu'ils existeront longtemps encore, sinon toujours. La Bohême est un fait accompli, et l'on sait quelle puissance on attribue, dans le temps où nous sommes, aux faits accomplis. Ce n'est donc plus le cas de discuter. Racontons et examinons.

En 1427, le 17 août, les habitants de la bonne ville de Paris furent fort étonnés de rencontrer à leurs portes douze individus qui parlaient entre eux un langage que nul ne comprenait. Ces douze personnages, parmi lesquels on comptait un duc et un comte, traînaient à leur suite cent vingt misérables, hommes, femmes et enfants, comme il ne s'en était jamais vu dans le pays. Les hommes avaient le teint bronzé, les cheveux crêpés et noirs, les allures sauvages ; les femmes portaient aux oreilles des boucles d'argent ; les enfants marchaient presque nus. Comme ils avaient en route appris quelque peu du langage français, ils parvinrent à se faire comprendre, et leur duc raconta qu'ils étaient de pauvres *pénanciers* chassés de la basse Égypte par les Sarrasins, et que, s'étant rendus à Rome, le pape leur avait enjoint pour pénitence d'errer pendant sept ans par le monde sans coucher sur aucun lit.

Les chefs et leur suite furent logés à la Chapelle, où une grande foule de peuple vint les visiter. L'étrangeté de leur histoire, de leur langage, de leur figure, de leurs costumes, attirait autour de leur asile un grand concours de gens désœuvrés et curieux. Les femmes, qui étaient laides, disaient la bonne aventure et prédisaient l'avenir en consultant les traits du visage, et surtout les lignes de la main ; les hommes mendiaient et volaient. Cependant le clergé de Paris s'émut de la présence de ces étrangers dont l'orthodoxie en matière de religion ne lui était pas démontrée. Bientôt même la rumeur publique les accusa de sortiléges et de maléfices, et l'évêque, voulant enfin délivrer son peuple de vagabonds qui avaient la peau noire et les coutumes barbares des idolâtres, les contraignit de quitter le toit hospitalier de la Chapelle et le territoire de Paris. Pour mieux écarter des Égyptiens celles de ses ouailles que l'attrait de l'inconnu et du merveilleux pouvait conduire sur leurs pas, il excommunia les Parisiens crédules qui les avaient consultés.

Les douze *pénanciers* s'éloignèrent avec leur tribu de mendiants ; mais d'autres arrivèrent successivement ; leurs bandes errantes se succédèrent bientôt en plus grand nombre, et depuis lors, quelle que fût la rigueur des lois qui les proscrivirent, les Bohémiens ne cessèrent pas un jour de fouler le sol français.

Voilà quatre siècles et plus que les premiers d'entre eux ont passé le Rhin et les Alpes ; déjà leurs frères s'étaient montrés en Allemagne, en Italie, en Suisse, depuis plusieurs années. Les persécutions n'ont pu éteindre leur race, et ils se sont multipliés comme ces plantes parasites que la charrue coupe quelquefois, mais qu'elle ne détruit jamais. Maintenant on les rencontre à peu près dans toute l'Europe, et plusieurs milliers se promènent en France, errant à l'aventure, attendant qu'il plaise à Dieu de leur envoyer leur pain quotidien, comme il donne la pâture aux petits des oiseaux.

Laissons-les donc vivre en Russie, attachés en qualité de serfs à la glèbe du sei-gneur, et dans les provinces qu'arrose le Danube, en Hongrie, en Transylvanie, en Valachie, occupés à laver le sable des rivières pour en tirer des parcelles d'or : mi-sérables orpailleurs qui obéissent à des *waywodes* presque aussi misérables qu'eux ; laissons tous ceux enfin qui, au nombre de plus de sept ou huit cent mille indivi-dus, pétrissent l'Europe sous leurs pieds des monts Oural aux colonnes d'Hercule, et ne nous occupons que des Bohémiens qui habitent la France, si l'on peut dire qu'un Bohémien habite quelque part.

C'est particulièrement dans le midi qu'on les rencontre, le long des Pyrénées surtout. Il en existe cependant un petit nombre en Alsace et en Lorraine ; mais, pour étudier leurs mœurs en s'attachant aux troupes nombreuses et non aux indi-vidus isolés, c'est dans les plaines verdoyantes du Languedoc, sur les coteaux du Roussillon, qu'il faut aller. C'est là que le Bohémien se présente aux regards de l'observateur dans tout le pittoresque vagabondage de son existence paresseuse, dans toute l'indépendance de son isolement. Suivez donc avec nous les routes poudreuses de ces départements lointains dont la mer baigne le sable argenté, et nous ne mar-cherons pas longtemps sans rencontrer une halte de Bohémiens.

Il est midi : le soleil flamboie dans le ciel tout rayonnant de lumière ; les insectes bourdonnent sous le feuillage des méliziers, la brise nonchalante arrache à peine un murmure aux branches harmonieuses des pins ; le berger dort au pied d'une haie ; la cigale chante sur le buisson ; le troupeau est couché par terre, dans l'herbe ; là-bas, au pied de la colline, un village dresse son clocher blanc entre les peupliers verts ; la route est déserte. Tout à coup voilà un tourbillon de poussière qui s'élève, approche, grandit. Des cris étranges percent le voile blanchâtre qui roule sur le chemin : c'est un bruit discordant où le rire éclate au milieu des chansons, où le beuglement des animaux se mêle aux pleurs des enfants. Certainement c'est une troupe de Bohémiens qui passe. Si un coup de vent se rue de l'horizon, le nuage crève ; si la troupe s'arrête, le nuage s'abat ; approchez-vous alors et regardez.

C'est un pêle-mêle étrange, hideux quelquefois, mais pittoresque toujours, d'hom-mes en guenilles, drapés de manteaux troués, coiffés de longs bonnets rouges, pieds nus la plupart ; de femmes couvertes de loques informes où brillent de petits mor-ceaux de verroterie et de métal, clinquant grotesque sur de misérables habits ; des enfants à demi nus, entassés sur des ânes ou pendus aux seins de leurs mères ; un troupeau hennissant de chevaux, d'ânes, de mulets ; de pauvres bêtes chargées de bagages qui n'ont d'appellations dans aucune langue ; d'horribles vieilles qui se traî-nent en criant comme des bandes d'oies sauvages ; des vieillards qui mâchent un morceau de tabac, tandis que leurs yeux étincellent sous des sourcils épais et gri-sonnants.

Le chef, celui qui paraît en tête, monté sur un cheval harnaché de plumes écla-tantes et de brimborions reluisants, s'est arrêté ; il a regardé autour de lui ; un ter-rain inculte, couvert de genêts et de broussailles, s'étend aux côtés de la route ; il l'a montré du doigt à sa troupe et saute à bas de cheval. Les Bohémiens vont faire halte.

Trop fier pour s'occuper des travaux de campement, le chef se couche sous un arbre, en quelque endroit frais et ombreux. C'est, le plus souvent, un homme grand, leste, vigoureux, jeune encore. Il a fait tout ce qu'il a pu pour rendre son costume splendide ; c'est un bizarre assemblage de haillons de couleurs chatoyantes où le rouge domine ; des boutons de cuivre, d'argent, de filigrane, ont été attachés à son habit écarlate, que rehaussent encore de vieilles broderies d'or, galons volés à quelque mercier du bourg voisin. Le chef a confié son cheval aux mains d'un enfant ; il tire de sa poche une pipe de bois noircie par la fumée, casse un morceau du tuyau imbibé d'un suc âcre et mordicant, le roule entre ses dents, le presse de ses lèvres, et s'endort en mâchant ce bois empesté.

Cependant toute la troupe s'est mise à l'œuvre pour transformer le champ désert en un village, sorte de camp volant qui s'élève en une heure et tombe en cinq minutes, décoration d'opéra qui dure un jour ou six semaines, suivant le caprice des circonstances, et que la plus mince autorité de la hiérarchie constitutionnelle fait disparaître en un instant, comme une feuille morte, sous le souffle de sa colère.

Bientôt le terrain est balayé ; les ronces sont arrachées, les cailloux écartés ; quelques pieux, plantés en terre, supportent une toile crevassée ; de méchants ustensiles, deux ou trois marmites et quelques pots de terre sont étalés à l'entour ; les enfants recueillent des tas de feuilles vertes qu'ils répandent dans l'intérieur de la tente ; on débride et desselle les animaux, qui vont çà et là, cherchant une maigre pâture entre les genêts. Un feu de branches mortes s'allume, et bientôt un morceau de viande embroché d'un bâton tourne au-dessus du brasier en compagnie d'un chaudron suspendu à deux piquets ; et une heure après qu'ils se sont arrêtés, les Bohémiens ont déjà élevé leurs habitations, préparé les logements et cuit le dîner.

Tant que dure l'été, les Bohémiens errent par les champs et dorment sous leurs tentes, souvent même sans autre abri que le feuillage des arbres, comme ils n'ont pour lit que la mousse ; mais quand vient l'hiver, lorsque les neiges commencent à blanchir les collines, si le pays leur convient, si les gendarmes ne les inquiètent pas, si les habitants, bons et hospitaliers, leur permettent le séjour de la commune, ils préparent enfin des demeures plus solides, et demandent à leur travail un refuge contre les rigueurs de la saison. La hutte remplacera la tente. Le Bohémien choisit ordinairement un monticule au milieu d'une vallée, un tertre dans la plaine. Il creuse d'abord un trou, profond de dix à douze pieds, sur une largeur à peu près égale ; ce trou est ouvert sur la campagne, le tertre coupé sert de muraille aux trois autres côtés ; une perche, enfoncée dans la muraille par un bout, et appuyée sur un pieu à l'autre extrémité, sert d'arête à plusieurs branches transversales qui s'inclinent vers le sol ; c'est la carcasse du toit : le tout est recouvert de chaume et de gazon. Au-devant de cette demeure souterraine s'élève un hangar chétif bâti avec de la boue et du fumier : c'est l'écurie, l'étable, le bûcher, le magasin de la famille. La fumée du feu qui brûle continuellement dans la hutte s'échappe par une ouverture pratiquée dans le toit ; et quand la campagne est chargée de neiges éblouissantes, cette fumée est le seul indice qui révèle au voyageur la demeure du Bohémien.

Eu été comme en hiver, les Bohémiens choisissent, pour établir leur camp, le voisinage des villes ou des bourgs, qui leur permet d'exercer plus facilement leur industrie.

Que ce mot ne vous surprenne point trop : industrie et Bohémien accouplés semblent jurer de se trouver ensemble ; et néanmoins il faut bien que cela soit, puisque c'est la vérité. Cependant, si nous nous servons du mot *industrie*, c'est que nous n'en trouvons pas d'autre pour désigner les différents métiers qui font vivre la famille du Bohémien.

La plupart des Bohémiens sont forgerons ; ces forgerons-là ne charrient pas après eux un grand attirail d'outils : une minute leur suffit pour installer leur forge en plein vent. Le chef de la famille place sur le dos de son âne tout le matériel : un méchant soufflet, une petite enclume, de pierre le plus souvent, des pincettes, une paire de marteaux et quelques débris de ferraille. Dans cet équipage, il va de ferme en ferme offrir ses services aux campagnards. Si quelque paysan les accepte, il allume un feu de broussailles ; un enfant fait manœuvrer le soufflet, le Bohémien saisit ses outils et se met au travail sans autre préparatif. Lorsqu'il ne trouve aucun ouvrage à faire, il forge pour son compte. D'ouvrier, il devient fabricant. La matière première ne lui a rien coûté, il l'a prise en route. Avec de vieux morceaux de fer, il prépare des bagues, des anneaux, amulettes que sa femme vendra plus tard ; des cachets, des aiguilles, de petits clous, des couteaux, toutes sortes de menus objets qu'il échange contre des comestibles, de l'eau-de-vie, des vêtements. C'est surtout pendant l'hiver que ce travail sédentaire occupe les Bohémiens : si, tandis qu'ils forgent, la pluie vient les surprendre, si un vent trop froid fait tourbillonner les feuilles sèches, ils laissent là leurs outils, rentrent dans leurs huttes, se couchent autour du feu, pêle-mêle, et s'endorment insouciants de la tempête qui gronde autour de leurs toits.

Pourquoi sont-ils forgerons plutôt qu'autre chose? Qui le sait? personne ne leur a appris ce métier, et ils l'exercent de père en fils. Les premiers Bohémiens étaient forgerons, si bien qu'en Hongrie il est un proverbe qui dit : Autant de Bohémiens, autant de forgerons.

Il est encore une autre industrie que les Bohémiens exercent plus volontiers, sans doute parce qu'elle exige moins de travail et qu'elle rapporte de meilleurs profits. A proprement parler, cette industrie est un commerce. Tous les Bohémiens sont plus ou moins maquignons, et maquignons de père en fils, comme ils sont forgerons.

Ce sont les habitués les plus fidèles des foires de villages ; sitôt que le jour du marché est arrivé, on les voit accourir chassant devant eux un troupeau d'ânes effarouchés et de mulets étiques ; ils s'installent sur le champ de foire, et se mettent en quête d'acheteurs avec une activité que ne rebute aucun refus. C'est dans ces occasions que le Bohémien déploie toute l'adresse innée dans l'esprit des races sauvages. Au milieu du bruit et de la cohue il va et vient, parle plus haut que le paysan, gesticule comme un acrobate, pérore ainsi qu'un orateur, use de toutes les ressources de la parole, du geste, de l'accent, fascine la crainte, éblouit le doute, charme

l'incrédulité par la double puissance du poumon et de la pantomime, et se débar-
rasse, avant la nuit, de sa phalange d'animaux poussifs. Que de verve et de talent
gaspillés en plein vent; que de ruse, que d'audace, quelles longues improvisations,
et tout cela pour gagner dix écus !

Toutes les roueries du métier, les Bohémiens les connaissent : bien plus même
ils en inventent qu'ils se transmettent comme un héritage. Ils ont reculé les limites
extrêmes de cet art; le maquignonnage leur doit des progrès. Le Bohémien fait
courir le cheval mourant, hennir le cheval asthmatique, caracoler le cheval fourbu;
il travaille le corps du pauvre animal comme une matière inerte, le pétrit, l'insuffle,
le rafistole; il dresse le cheval sur ses quatre pattes, par un effort de génie le fait
marcher, et le vend un quart d'heure avant sa mort.

Un quart d'heure! c'est plus qu'il n'en faut au Bohémien pour s'être éclipsé dans
les bois, lui, sa femme et ses enfants.

Sur les extrêmes frontières de la France, le long des Pyrénées, il est des Bohémiens qui sont contrebandiers; mais ce sont les plus hardis d'entre leurs tribus, et
leur nombre n'est jamais considérable. C'est là un métier qui demande trop d'audace, trop de courage, et le Bohémien préfère aux chances hasardeuses d'une expédition que les balles des douaniers peuvent interrompre, les bénéfices d'un trafic qui
n'exige que de l'astuce et de l'habileté. Quelques-uns encore tiennent maison ouverte sur les premiers versants des montagnes, dans le département des Pyrénées-
Orientales; leurs méchantes *posadas* se dressent aux endroits les plus solitaires,
dans les plus misérables hameaux; c'est moins une auberge qu'une retraite contre
la tempête, un asile temporaire où le voyageur, le marchand forain, le contrebandier, le chasseur, trouvent du pain noir, un feu de mélèze, un lit de fougère, abri
impur que la fatigue et l'orage peuvent seuls faire supporter.

Ces pays de frontières, voisins de provinces où la police a trop à faire pour
s'occuper de pauvres vagabonds, plaisent singulièrement aux Bohémiens; passant
de France en Espagne, et d'Espagne en France, suivant les circonstances, ils mettent lestement la frontière entre eux et leurs ennemis. Chaque *Caraco* pose un pied
en Catalogne et l'autre en Roussillon; si les ayutamientos ou les gardes champêtres
les inquiètent trop, ils filent vers le nord, ou descendent vers le sud, et les Caracos, à l'abri de toutes poursuites, bravent l'autorité. C'est leur pays de Cocagne,
leur Eldorado.

Déjà, nous l'avons fait entendre, les Bohémiens ne possèdent nulle part une fort
bonne réputation. Et, en vérité, partout ils méritent la mauvaise renommée qui les
entoure : ce sont de francs voleurs, filous par instinct, par habitude, par nature,
nous allions presque dire par nécessité. Le vol se transmet de père en fils dans les
tribus comme une coutume; c'est une affaire de tradition; les Bohémiens ont par
devers eux quatre siècles d'antécédents; ils pèchent parce qu'ils ont vu pécher, et
ils apprendront à leurs enfants à voler parce qu'ils ont volé. Le Caraco qui trotte
gaiement sur le sentier de la montagne, vend à Perpignan ce qu'il a volé à Roses;
mais au retour il se défera à Roses de ce qu'il aura dérobé à Perpignan : les deux
pays sont égaux devant leurs doigts. Mais il ne faut pas croire que le Bohémien, à la

FEMME DU CARACO.

manière des chefs de bandes castillanes dont il est question dans maints romans, s'embusquent dans les fourrés, dans le creux des vallons, au détour des bois, le poignard à la ceinture, l'escopette à la main, le sombrero rabattu sur les yeux. Point; ce sont là des façons hardies qui leur inspirent une grande répugnance; tout au rebours des brigands de madame Radcliff, ils rôdent autour des fermes, sans manteaux sombres et sans poignards, s'introduisent en tremblant par une brèche du mur, se glissent, l'œil aux aguets, dans le local où dorment poules, dindons et canards, étranglent la volaille et décampent à toutes jambes. Ils ne dédaignent pas non plus les foulards et les bonnets étendus sur l'herbe par les lavandières, la valise du colporteur endormi, tous les menus objets abandonnés, çà et là, dans les cours, aux seuils des maisons, hardes, outils, comestibles, tout ce qui s'emporte sans peine et se vend aisément.

Le Bohémien est un escroc, un filou, soit; mais il n'est presque jamais brigand; distinguons; il est bien trop timide pour cela; et puis, s'il affronte la prison, il ne brave pas la potence : il sait que les portes de l'une s'ouvrent toujours, mais il n'ignore pas non plus que les cordes de l'autre ne rompent jamais.

Cependant le plus souvent les voleurs sont des voleuses; les mœurs intimes et conjugales des Bohémiens expliquent la participation active des femmes à ce que les procureurs du roi appellent, en style officiel, la perpétration du crime.

Quand vient le jour, le Bohémien, forgeron ou maquignon, part, son sac sur le dos ou sa bête entre les jambes. Il va chercher fortune au hasard, troquer son âne contre un cheval, ses clous contre un manteau, s'il peut. La femme reste au logis, en admettant que sa hutte soit un logis; c'est à elle qu'est confié le soin de pourvoir au déjeuner, au dîner, au souper. Le garde-manger et la cuisine rentrent dans ses attributions; l'éducation de la famille et son entretien étant une œuvre à laquelle les membres du couple collaborent également, le mari fournit le logement, la femme le pot-au-feu; il se charge des ustensiles, elle répond des comestibles; le bon Dieu donne le reste; quand il ne le donne pas, le couple le prend, et les petits Bohémiens trouvent que tout va pour le mieux du monde sous le toit paternel.

Quand donc elle a vu partir son mari, la femme se met en campagne; la voilà pieds nus, les cheveux roulés et noués sous la résille, les mains impatientes et le nez au vent. Elle passe dans les champs comme un flâneur, voyant tout sans paraître regarder rien; alors malheur au canard vagabond qui poursuit les sauterelles, au coq qui chante à l'écart, aux dindes étourdies qui errent dans les prés! Malheur à la fermière qui a laissé la porte de sa maison ouverte! quelques bipèdes manqueront à l'appel du soir, et il se pourra aussi que les fichus et les tabliers aient déserté le vieux bahut.

Pendant que la mère *exerce* le mieux qu'elle peut, les enfants parcourent les rues des villages et prennent lestement tout ce qui leur tombe sous la main; si bien que, lorsque le mari rentre sous la hutte, le souper est prêt, et tout le monde mange de bon appétit, comme si chacun avait fait son devoir.

Mais ce n'est pas tout encore; si les Bohémiennes *jouissent*, comme on dit vulgairement, d'une réputation de voleuses bien acquise, elles passent aussi pour d'habiles sorcières; les habitants superstitieux du Roussillon et du Languedoc racontent mainte histoire, où leur science en nécromancie est merveilleusement démontrée. Quand un paysan, le soir, rencontre une vieille Bohémienne errant dans la plaine, il se signe et hâte le pas. Les jeunes filles dont les fiancés combattent en Afrique, les femmes dont les maris voguent sur le grand Océan, embarqués à bord d'un léger brick, l'amant qui redoute une trahison, la mère qui attend son fils, tous la consultent secrètement, tous lui tendent leurs mains ouvertes, écoutant avec effroi l'arrêt du destin qu'elle a lu dans les lignes que Dieu lui-même a tracées, et tous se retirent le cœur ivre de joie, ou éperdu de terreur. Les amulettes de la Bohémienne pendent au cou de bien des gens. Comme les sorcières antiques, elle ne hante jamais les villes, se promène dans les champs, cueille, au clair de lune, les herbes magiques dont elle exprime le suc, et passe dans les clairières en chantant les chansons que les lutins comprennent. C'est au pied des haies, assise sur le tronc argenté d'un bouleau, en un lieu solitaire où croît la vervéine, près du ruisseau que voile le nénuphar, que la Bohémienne rend ses oracles, ses cheveux gris agités par le vent, et sortant ses bras maigres de dessous le manteau rouge qu'elle roule autour de son corps.

N'est-ce pas déjà une tradition populaire en Corse que la rencontre d'une Bohémienne et de Napoléon? On raconte qu'un soir, à l'heure où l'ombre des sapins s'allonge sur la montagne, l'enfant qui sentait déjà peut-être dans son cœur les flammes de ce génie dont les grandes clartés devaient illuminer le monde, se trouva tout à coup, tandis qu'il rêvait, face à face avec une Bohémienne. L'enfant la regarda avec cet œil limpide et clair où l'intelligence rayonnait, et la Bohémienne lui prit la main. On ne sait pas ce qu'elle lui dit; mais, lorsqu'il revint embrasser sa mère, l'enfant tressaillait comme le cheval qui entend sonner la trompette, son regard était plein d'éclairs, et il semblait qu'une espérance inconnue gonflait sa poitrine d'impatience et d'orgueil.

Ce sont encore les Bohémiennes qui jettent un sort sur les blés verts, sur les prairies en fleurs; elles prononcent des mots qui appellent l'orage sur la moisson, font accourir les chenilles avides sur les bourgeons, et précipitent les nuages flottants de sauterelles sur les vignes. Il y a beaucoup de crainte dans la haine qu'elles inspirent aux gens de la campagne; il n'est pas de sortilèges dont elles ne soient accusées : ce sont elles qui font mourir les veaux, les poulains, les brebis. Que la jeune mère se garde de lever la tête si elle rencontre une Bohémienne assise à l'angle du sentier; la Bohémienne a le mauvais œil.

Rien ne saurait déraciner ce préjugé généralement répandu dans les départements méridionaux. Et cependant, si les fermiers voulaient étudier les habitudes des Bohémiennes, ils sauraient bien vite à quoi se réduisent leurs pratiques magiques!

Le soir, à l'heure où les troupeaux rentrent, en beuglant, des pâturages, voilà qu'un veau s'éloigne brusquement de sa mère, après s'être accroupi avidement; il revient encore, approche ses naseaux et s'écarte sans avoir effleuré les pis gonflés de lait. Le fermier n'hésite plus, car il comprend qu'un sort a été jeté; il fait appeler une Bohémienne et la conduit dans l'étable; la Bohémienne examine gravement la vache qui se plaint et le veau qui tourne autour d'elle ; bientôt elle fait un signe et le fermier sort avec les bergers : la Bohémienne doit rester seule pour conjurer le sort. Un quart d'heure après, elle ouvre la porte et montre aux paysans étonnés le veau qui tette en frétillant.

Mais les paysans auraient été moins surpris, s'ils avaient vu la Bohémienne enlever avec un linge la liqueur puante dont elle avait enduit les pis de la vache tandis que le pasteur dormait.

Nous donnons cet exemple comme un échantillon suffisant de leur science occulte.

Quand le Bohémien vient au monde, sa mère, étendue sur des haillons, dans sa hutte enfumée, le lave dans un trou rempli d'eau froide, et le couvre de langes immondes qu'elle a recueillis çà et là. Quand la tronpe se met en route, l'enfant voyage sur le dos de sa mère, attaché par une sangle. Jusqu'à trois ou quatre ans, il se roule à demi nu dans la poussière avec les enfants de la tribu ; mais alors son éducation commence : sa mère lui apprend à danser, si l'on peut donner le nom de danse à une série de poses étranges, lascives pour la plupart, et de gambades qui s'exécutent sur une seule jambe ; elle lui enseigne en outre à voler, joignant volontiers la pratique à la théorie. Quand il sait voler et danser, il sait tout ce qu'un Bohémien doit savoir ; si, par la suite, il devient forgeron, c'est qu'à force d'agiter les soufflets de son père il a grossièrement retenu les rudiments d'un métier que tous pratiquent par tradition. À quinze ou seize ans, le Bohémien, développé par cette existence en plein air qu'aucun labeur ne fatigue, qu'aucune peine ne tourmente, et, peut-être aussi, par la constitution particulière à sa race, sent des désirs nouveaux se réveiller en lui. Il a remarqué une jeune fille de sa tribu qui souriait plus complaisamment en le regardant ; il aime à voir sa taille svelte quand elle danse, ses jambes nues tandis qu'elle court. À peine a-t-il conçu ces désirs, que le Bohémien les déclare à la première occasion ; la fille accueille sa demande sans beaucoup de façon ; tous deux sautent par-dessus les préliminaires de l'amour, et courent au dernier chapitre du roman. Le mariage vient ensuite. Le mari a seize ans ; la femme, douze ou treize ; avant qu'il l'épousât, elle était sa cousine parfois, sa sœur peut-être aussi. Mais le Bohémien n'y regarde pas de si près. Un prêtre de la tribu, qui n'a pas non plus de préjugés, les bénit gaillardement, et la Bohême compte un ménage de plus. En pays musulman, c'est un ulèma qui remplit la formalité ; mais l'ulèma, comme le prêtre, est pris dans la caste, car le Bohémien adopte avec une parfaite insouciance la religion du pays qu'il habite ; turc, idolâtre ou chrétien, peu lui importe ; il est ce qu'on voudra. Quand le couple est marié, les amis apportent des pieux et du chaume, on bâtit la hutte en un tour de main ; les parents donnent la marmite, le plat de bois, l'escabelle, et le soir même les époux se trouvent logés et meublés.

Si la femme déplaît au mari, six mois ou six semaines plus tard, il la répudie sans façon et tous deux convolent à un autre hymen.

Les jours de fête, quand le village voisin dresse le mai joyeux, le forgeron se transforme tout à coup en ménétrier. Le Bohémien joue de la flûte ou racle du violon. Ces jours-là, il gagne quelque pièce blanche avec laquelle il achète une bouteille d'eau-de-vie et du tabac ; le tabac et l'eau-de-vie, ces deux pôles de son cœur! Tandis que le mari, le père, les frères exécutent leur concert, la femme, les filles, les sœurs dansent, et tendent la main après qu'elles ont fini.

Mais, faut-il le dire, ce n'est pas seulement à la danse et au vol qu'elles demandent des ressources pour subsister. La prostitution étend sa lèpre infamante parmi les Bohémiennes; toutes les familles, toutes les femmes presque en sont entachées. Épouses ou filles, elles se prostituent aux passants, aux voyageurs, aux gens de la campagne. Le mari, le père, le frère le savent et le tolèrent, peut-être même l'ordonnent-ils. La même honte se retrouve chez tous les Bohémiens, sous quelques latitudes qu'ils habitent, aussi bien parmi ceux qui sont orpailleurs en Valachie, que parmi ceux qui sont aubergistes en Espagne.

Les Bohémiens sont, en général, lestes, agiles, bien faits; leur taille est peut-être au-dessus de la moyenne ; ils ont les yeux noirs et vifs, les mouvements rapides, la peau basanée, plutôt encore à cause de leur dégoûtante malpropreté que par le hâle du grand air et l'influence de leur origine. Ils ont une adresse merveilleuse pour imiter les objets en fer, qu'ils fabriquent avec une perfection rare, si l'on considère le misérable état des instruments dont ils font usage; ils saisissent avec rapidité et intelligence tous les arts manuels, et pour la plupart ils témoignent d'une grande aptitude à la musique ; beaucoup d'entre eux sont ménétriers, surtout en Hongrie; grâce à leur mémoire merveilleuse, ils retiennent un grand nombre d'airs de tous les pays, qu'ils exécutent ensuite sur la mandoline, la flûte, la guitare, le violon, avec une remarquable facilité. Plusieurs Bohémiens se sont fait une certaine réputation dans cet art ; le plus célèbre d'entre eux fut Barna Mihaly, dans le pays de Zips, qui, vers le milieu du dix-huitième siècle, se distingua dans la chapelle du cardinal comte Emeric de Cschakly. Quelques chanteurs bohémiens ont fait fortune en Espagne.

L'habitude qu'ont les Bohémiens de braver les intempéries des saisons et de vivre en plein air, endurcit leur tempérament; sains de corps et robustes, ils résistent à la chaleur et au froid sans jamais se sentir incommodés ; que la neige tombe ou que le soleil brûle, ils voyagent en fumant leur pipe, et les maladies ne les atteignent pas. Paresseux ainsi que des lazzaroni, ils ne travaillent que lorsque le besoin les harcèle ; mais si quelque animal tombe en leur possession, ils laissent là enclumes et marteaux, et passent le jour à fumer et la nuit à dormir jusqu'à ce que la chair soit épuisée; peu délicats dans leurs goûts, ils préfèrent un animal mort de maladie aux morceaux les plus friands, prétextant que la chair de l'animal tué par Dieu doit être meilleure que celle de l'animal tué par la main des hommes. Cependant, ils ne dédaignent pas les canards et les poules qu'ils volent aux fermiers ; amoureux de liqueurs fortes, ils n'estiment guère le vin, qui n'agit pas assez rapidement sur leur système nerveux; l'eau-de-vie est la compagne fidèle de leurs fêtes et de leurs plaisirs.

Longtemps on a accusé les Bohémiens d'anthropophagie; mais si les fastes judiciaires de la Hongrie semblent peut-être donner quelque poids à cette accusation, il n'en est plus de même aujourd'hui. Ce n'est plus qu'une vague tradition qui a tout au plus cours encore chez quelques habitants de la campagne dont la crédulité se plaît aux histoires terribles, mais qui va chaque jour s'effaçant. Il n'y a pas de preuves non plus qu'ils enlèvent les petits enfants. Qu'en feraient-ils eux à qui la nature n'en prodigue que trop? Ce sont là de ces crimes imaginaires dont la haine aveugle et ignorante aime à charger les Bohémiens, boucs émissaires qui portent le poids de toutes les malédictions, de toutes les animosités, de toutes les infortunes.

Le Bohémien, toujours libre, insoucieux ainsi que l'oiseau des champs, meurt comme il a vécu. Quand la vieillesse a cassé ses membres et brisé sa robuste consti-tution, lorsqu'il sent sa dernière heure venue, il se couche. Aucun médecin n'a été appelé ; sa famille est autour de lui qui pleure et se lamente ; lui reste immobile et si-lencieux ; il attend la mort, ne craignant rien, n'espérant rien ; le prêtre ne prie pas à son chevet. Il meurt enfin, et ses parents le portent dans la fosse ; toute la tribu l'accompagne, et les cris retentissent jusqu'à ce que la terre recouvre son corps. Laissez alors la famille rentrer sous sa hutte, et l'eau-de-vie aura bientôt calmé cette bruyante douleur.

Ici une grave question se présente, elle est assez importante pour occuper les philosophes et les législateurs. La race des Bohémiens pourrait-elle être pliée aux mœurs de la civilisation? Ces hommes vagabonds, pour qui il n'est pas de registre de l'état civil, de passe-ports, de lois de recrutement, pour qui, bien plus, il n'y a ni patrie, ni religion, sauront-ils jamais se soumettre aux conditions des peuples européens, à leur vie normale, sédentaire, laborieuse, aux droits qu'elle donne, aux devoirs qu'elle prescrit? Nous ne le croyons pas.

La civilisation fera sans doute des conquêtes individuelles : elle en a déjà fait ; mais elle n'absorbera jamais la masse des Bohémiens. Leur race s'éteindra peut-être un jour, lentement, comme un fleuve qui se perd goutte à goutte dans un désert; mais le dernier d'entre eux sera ce que ses pères ont été. Si les inductions de la science moderne sont exactes, ils appartiennent à ces races orientales chez lesquelles la tradition du passé se perpétue avec une puissance indestructible. Voyez les Turcs, les Arabes, les Chinois. L'expérience de quatre siècles a prouvé que les lois et les persécutions ne sauraient vaincre leur résistance inerte ; ils fuient ou se laissent décimer. Ils parlent encore la langue qu'ils parlaient au commencement du quin-zième siècle, lorsque leurs premières hordes apparurent dans les provinces situées à l'est et au midi de l'Allemagne, sous la conduite de chefs à qui les chroniqueurs et les annales du temps donnent complaisamment les titres de comtes et de ducs. Sans doute elle s'est corrompue par l'adjonction de mots nouveaux et le mélange d'idiomes étrangers ; mais les Bohémiens d'Espagne peuvent causer et s'entendre avec leurs frères de la Hongrie. Là-bas ils vivent comme ils vivent ici ; leurs mœurs, leurs goûts, leurs penchants, leurs vices, sont les mêmes partout.

Dans quelques provinces allemandes, on a tenté, n'en pouvant tirer aucun meil-leur parti, de les enrégimenter ; il y avait un corps de Bohémiens dans l'armée des Suédois, pendant la guerre de trente ans ; lors du siége de Hambourg, en 1686, les Danois en comptaient trois compagnies à leur service; mais on s'aperçut bien vite que jamais ils ne feraient de bons soldats : ils désertaient à la première occasion, ou lâchaient pied devant l'ennemi, autant peut-être par inconstance et légèreté de caractère que par pusillanimité.

Quelques Bohémiens qui s'étaient enrichis dans le maquignonnage ont, en certains lieux, placé leurs fils dans les colléges locaux. Les Bohémiens ont, comme nous l'avons dit, l'intelligence vive et l'esprit subtil; ils comprenaient rapidement et ne tardaient pas à faire de remarquables progrès; mais, lorsqu'ils avaient atteint l'adolescence, le souvenir du passé assaillait leur jeune imagination; ils se rappelaient le temps où, libres et joyeux, ils erraient à travers champs et villes, sans contrainte, sans entraves, allant, venant, dormant à leur gré, et bientôt les jeunes écoliers disparaissaient pour ne plus revenir.

Ce que les lois humaines ne peuvent faire, le temps le fera sans doute; mais que d'années se succéderont encore avant que les derniers Bohémiens soient ce que nous sommes, si jamais ils le sont!

Maintenant sont-ils heureux? nous demandera-t-on peut-être. Et pourquoi ne le seraient-ils pas? S'il est vrai que le sauvage qu'on civilise tourne toujours vers ses lointaines savanes des yeux baignés de larmes, le Bohémien qu'on veut arracher à sa vie errante et pauvre se souvient sans cesse de sa tente et de sa liberté. Enfant, il se roule sur l'herbe sans maillot et sans pédagogue; jeune homme, il aime et il est aimé; homme, il va où il veut et fait ce qu'il désire, comme l'oiseau; vieillard, il meurt sans que la crainte tourmente son agonie; il ne sait rien, mais il n'envie rien; il trouve le bonheur dans une pipe, et puise l'oubli dans un verre d'eau-de-vie; la ruine, l'incendie, la tempête, les révolutions ne peuvent l'atteindre, et la misère passe à côté de celui que la gaîté et l'insouciance accompagnent toujours.

Si, maintenant que notre tâche est finie, vous voulez prendre une idée plus succincte et plus poétique de ces Bohémiens, que nous avons essayé de vous faire comprendre en prose, ouvrez notre poète Béranger, lisez cette admirable chanson qu'il a faite sur eux, lisez surtout ce couplet si beau, qu'il faudrait l'appeler une strophe :

> D'où nous venons? L'on n'en sait rien.
> L'hirondelle
> D'où vous vient-elle?
> D'où nous venons? L'on n'en sait rien ;
> Où nous irons, le sait-on bien ?

Et puis cette autre encore :

> Voir, c'est avoir; allons courir !
> Vie errante
> Est chose enivrante.
> Voir, c'est avoir; allons courir !
> Car tout voir, c'est tout conquérir.

Et vous en saurez autant et plus que tous les savants qui ont écrit de gros livres sur le Bohémien.

Amédée ACHARD.

LE RÉDACTEUR DE JOURNAL EN PROVINCE.

LE RÉDACTEUR EN CHEF

D'UN JOURNAL DE PROVINCE.

◎ n s'abuse comme à dessein, de nos jours, sur l'impulsion que l'imprimerie donne à la circulation des *idées*. Il faut que le dix-neuvième siècle ait un intérêt sournois à l'exagération des choses. Les journalistes donnent en aveugles dans cette illusion, sous ce prétexte, si plausible pour eux, que leur mérite en vaut la peine. Hélas! à quoi sert le mérite au milieu de la confusion? Dans le champ de la publicité, tout vient pêle-mêle, les épis et les ronces. Que de roses meurent dans les chardons!... J'avoue l'énorme consommation d'encre, de papier et de caractères; au besoin, si je m'inscrivais en faux, le canon de la statistique vomirait contre moi son éloquente mitraille de chiffres; mais sous le feu de ce canon, je maintiens mon dire. L'*idée* est absolument en dehors de tout ceci : ne confondons pas le moyen avec le but, là presse avec la pensée; ce serait décréter l'égalité de l'esprit et de la matière.

En faisant remarquer que l'historien, le prédicateur, le dramaturge et le romancier se sont, pour le malheur ou le bonheur des temps, concentrés dans le personnage équivoque du journaliste, nous avouons tout de suite, à la décharge de ce formidable accapareur, qu'il reste profondément libre de passer, des régions mercantiles où son intérêt particulier l'arme contre les gens brouillés avec sa bande, dans la région vaste et sereine de l'intérêt général où les bons vouloirs supplieraient l'ordre de leur distribuer la discipline.

Un journal, même à Paris, ne signifie désormais pas grand'chose. Il occupe, à la vérité, ceux qui le font; mais, encore, au point de vue relatif. Chaque rédacteur ne voit guère au delà de ce qu'il y met lui-même ; et, la plupart du temps, en lire un seul, c'est les lire tous. Ils ont une tirelire commune, un fonds universel de remplissage : le lecteur y regarde encore par habitude, et cette habitude ne l'engage à rien. Fort peu d'abonnés, après la lecture, pourraient vous dire ce qu'ils y trouvent ; à moins (ne nous embrouillons pas) d'un feuilleton d'Eugène Sue, d'un procès comme celui de madame Lafarge, ou des découvertes accessoires qui viennent coup sur coup perfectionner la trouvaille du daguerréotype. Le journalisme enfin a subi la loi qu'il a fait subir à la politique ; l'importance de l'assassin émérite est tombée avec l'importance de sa victime habituelle ; tout est de niveau. Sans les étourderies des procureurs du roi, l'on saurait à peine qu'il s'y commet périodiquement des peccadilles contre le dogme de l'autorité, la moins intéressante des nécessités les plus indispensables. Ainsi que l'astronome Herschel nous a fait assister à l'agonie des astres, le soleil de la presse semble donc se précipiter vers ses phases de déclin ; bien des ombres se mêlent insensiblement à son auréole; son obscurité rayonne à la ronde, et, comme chaque satellite resplendit en raison directe des rapports établis par le lieu dont il a fait son domicile avec le centre métropolitain, Paris, qui continue à trôner dans le firmament de ce monde fantastique, reste invariablement le roi des ténèbres et de la lumière.

Aussi, pour l'éclat de son premier coup de feu, la province vient-elle y chercher des rédacteurs en chef.

Mais, d'abord, pourquoi la province fait-elle des journaux ?

Pour deux raisons.

J'ai longtemps cherché, je n'en ai pas trouvé trois.

La première, c'est que la province a, tout aussi bien que Paris, du papier, de l'encre et des caractères ; — des caractères d'imprimerie.

La seconde raison, c'est que Paris fait des journaux.

En somme, dès que, même avant de plonger dans les flancs d'un journal de province au moyen du microscope, on veut esquisser l'analyse des infirmités matérielles qui forment son apanage inévitable, on est obligé de convenir, en tenant compte (ainsi que de raison) des proportions chétives de son format, de ses éclipses répétées, et du taux de son abonnement, que cette création d'un ordre inférieur coûte, récapitulation faite, trois fois plus cher qu'un journal arrivant en droite ligne de la métropole; à charge, par surcroît, de ne reproduire, à coups de ciseaux, que la plus modeste partie des nouvelles de quelque intérêt, lorsque ces nouvelles ont déjà préoccupé les oreilles du très-complaisant abonné; l'impossible étant qu'une feuille parisienne n'ait déjà passé comme la foudre à travers les gens de sa connaissance. Ainsi donc on paye trois fois plus cher pour apprendre la moitié de ce que l'on savait, et l'on est encore périodiquement *désheuré* (charmante expression du cardinal de Retz), parce que les obligations régulières de la vie se croisent avec les inconvénients d'une publicité boiteuse. Les dates se confondent dans la tête ; on finit par songer à toute autre chose, et le journal reste vierge sous la feuille de vigne de son enveloppe.

L'idée première d'un journal de province éclôt d'habitude au milieu des loisirs souffrants de huit à dix personnes désœuvrées et riches, renfermées dans leur morgue, réduites à frayer ensemble, à ne se compromettre avec personne autre, à mettre leurs bâillements en commun, et qui, lorsqu'elles sont excédées de se regarder dans le blanc des yeux, plaisir plus prompt qu'un autre à se métamorphoser en supplice, s'avisent tout à coup de se donner une importance quelconque aux regards impertinents des railleurs, en s'érigeant en défenseurs de leur pays ou de leurs opinions, pourvu que cela ne leur coûte pas un sou. La proposition a quelque chose de fier et qui sourit : du moment que ces messieurs ne se trouvent plus vis-à-vis de leur propre visage, ils se réveillent, et le feu les gagne.

Les poëtes nous disent avec mélancolie où va la feuille de rose et la feuille de laurier ; les esprits positifs n'oublient pas où va la feuille politique. Avec cinq cents abonnés, les frais généraux seront couverts, et l'on aura 4 pour 100 de ses capitaux, sans compter le fin chapitre des annonces, lequel, s'il ne sert de bague au doigt, servira toujours de point d'appui. On rêve à qui mieux mieux les châteaux en Espagne de l'influence locale ; et vite, au moyen de l'almanach du département, à la façon des triumvirs de Rome, chacun se met à la tâche ; on dresse une liste, soit de fonctionnaires publics, soit de légitimistes, soit de patriotes ; voire même une liste des curés de l'arrondissement ! si ce doit être, comme de fins meneurs en font l'exploitation pour le moment, une spéculation hypothéquée sur les revenus chatouilleux de la prébende. Cette liste, ce sera la liste des proscrits. On ne fera pas de miséricorde ! Fermiers et parents, amis et gens de connaissance, la clientèle et les fournisseurs, tout, de bonne grâce ou non, passera sous les Fourches Caudines du programme, tombera dans le trébuchet de la quittance, et, ne fût-ce que par obligation d'urbanité, subira l'avanie de l'abonnement.

Après ce coup d'œil profond jeté sur l'ensemble de la matière corvéable et taillable à merci, il s'agit de s'expliquer d'une manière catégorique et de couler en fonte la matière du programme. Le programme sera le passe-port diplomatique des démarches à risquer de toutes parts, la baïonnette que l'on fera briller devant les regards éperdus de l'abonné, l'explosion fulminante qui doit l'abasourdir. Les Parisiens, esprits légers, s'amuseraient pendant trois jours d'un programme ; on y croit encore en province, où l'on vit plus solidement qu'ailleurs. Mais soyons juste, on n'y tient pas plus qu'à Paris.

Rien d'ébouriffant comme ce programme, œuvre martyrisée des meneurs qui se sont dit que l'on ameute la foule au bruit du tambour, et qu'il faut promettre un nouveau monde si l'on veut faire acheter des boîtes d'onguent à 4 sous. Le fusin du charlatanisme en esquisse l'ensemble, un homme de quelque valeur y jette son coup de crayon à la dérobée ; le boute-en-train de l'affaire donne le coup de fouet du postillon ; la machine s'ébranle et prend sa volée dans le monde. On remue bientôt les abonnements à la pelle.

Dès lors, et le zèle de l'émulation se développant au sein des conjurés comme un incendie, vous comprenez de quels éléments incompatibles le chiffre total des abonnés va se recruter à la ronde ; — gens entraînés dans la cabale, et qui ne sauraient esquiver de se rassembler en troupe autour du drapeau commun ; — vanités chatouilleuses qui se laisseraient mettre au pillage pour un grain d'encens ; — molles urbanités qui cachent leur déconvenue, mais qui ne se refuseront pas à si peu de chose ; — récalcitrants métamorphosés en bons princes par la considération de quelque plus-value qu'ils se proposent d'obtenir en échange d'un petit sacrifice ; — sots à triple carillon, enchantés de l'heureuse occasion qui s'offre d'avoir à tailler leur plume dont nul journal ne se soucie ; — bonnes gens ensorcelées ; — industriels friands de s'annoncer eux-mêmes ; — trompettes qui sont de toutes les affaires à leur début, pour jouer le rôle de la mouche du coche ; — poltrons bien résolus de ne rompre avec qui que ce soit ; — marchands qui subissent le chagrin de cet impôt pour se conserver dans les bonnes grâces de leurs pratiques ; — pauvres diables de la grande famille d'Argencourt, dont la terreur serait qu'on les taxât d'avarice ; — noms qui se font afficher partout, afin d'être remarqués et cités quelque part ; — un pandémonium de recrues se groupe autour du maigre banquet ; chacun avec l'espoir d'y satisfaire tout d'abord son appétit de rancune ou d'orgueil, et de se saisir pour le moins de la place de Gargantua. Le plus sot milite en faveur de ses fantaisies, dicte sa loi, stipule son objection. On lance un pont d'or devant toutes les difficultés. L'infortuné programme a perdu jusqu'au souffle de sa signification originelle ; il n'en reste pas un seul mot vierge, le squelette de l'idée, l'âme de l'ombre. — A l'œuvre maintenant ! et vienne le maître d'hôtel qui mettra ces affamés à l'unisson devant le même plat.

Je vous donne à le trouver dans un million !

Une affaire ainsi mise au monde porte le venin qui doit la tuer au fond de ses entrailles ; mais le recul est impossible, et, tout considéré, lorsque la machine criera de toutes parts, on aura la ressource de revenir à la charge ; les moyens mis en œuvre pour dresser l'échafaudage seront employés avec une nouvelle énergie pour en étançonner les charpentes. Talent et logique ne sont ici que dans les accessoires. La tête de l'affaire n'est dans l'esprit de personne ; on ne pense qu'à l'asseoir.

Il y a des rubriques pour cela.

Nos ménagères savent par expérience qu'une bougie neuve tient plus volontiers la flamme, quand on l'a d'abord éteinte une première fois en soufflant sur la mèche. Cette analogie vulgaire a mis les spéculateurs sur la trace d'une remarque dont ils n'ont pas manqué de faire leur profit.

Les meneurs de l'affaire, émus d'un juste effroi, déclinent la responsabilité de la mise en train, sauf à reprendre du cœur après une épreuve, en rejetant leurs torts sur un bouc émissaire.

Mais où trouver l'aveugle qui, dans l'inévitable éboulement de ces superpositions contradictoires, prendra sur lui la responsabilité de l'ébranlement ?

Paris (toujours Paris) offre en cela, comme en toute autre chose, ses inépuisables ressources.

Ce vaste bazar, Capharnaüm de blasphémateurs et de croyants, d'utopistes qui n'ont pas plus de crédit chez leur boulanger que de protection pour entrer à l'hôpital, mais qui rêvent des mondes à vous en revendre, possède une vaste collection d'individus prêts à tous les martyres; anciens soldats de l'armée politique, licenciés à la suite des convulsions, disponibles pour des essais de tous genres; oiseaux que la volière effarouche, et qu'on ne rencontre jamais deux jours de suite perchés sur la même branche, persuadés que Dieu préside aux événements qui les font voyager d'espérance en espérance, et passer de climats en climats au plus léger souffle du vent. Folle ou sublime, leur idée les possède, car ils ont une idée. Cette idée les conduit, et rien ne les en détourne; on dirait des flèches lancées dans le vent. Si la voie se fait libre devant leur fougue, tant mieux; et si quelque obstacle la ferme, tant mieux encore. Traitez-les de fanatiques, ils feront à votre injure l'hospitalité d'un bon sourire. Médire du fanatisme, s'il faut les en croire, c'est tout simplement injurier la vie. Ils feraient d'excellents tuteurs, si l'on avait le génie de les mettre en tutelle. Ils passent devant vous avec la lumière, mais ils se cassent presque toujours le cou. Quelques-uns ont eu leur noble jour d'éclat dans le monde; puis, ils s'y sont volontairement soustraits. Lorsque ces fous incorrigibles ont été bafoués pendant vingt ans, la misère les tue. Peu leur importe de mourir dans un fumier; c'est le destin obligé de tout ce qui porte un germe.

Dans cette catégorie, on prend au hasard des rédacteurs en chef pour les journaux de province.

On en trouve un; on lui soumet une série de propositions en l'air; on lui demande la charité d'une rédaction à vil prix. L'avenir aura pour lui des roses; elles fleuriront quand le journal sera riche. Il n'y regarde pas de si près, et jette son bonnet par-dessus les moulins. Huit jours après, notre fou quitte son grabat de rêveur, les amis qui communiaient avec lui dans l'eucharistie de la souffrance, sa famille qui spécule sur un horizon de bien-être, et se campe sur l'impériale d'une messagerie, en regrettant de ne pas avoir des ailes pour aller plus vite. Bref, il arrive sur le champ de bataille; et, dès le lendemain du débarquement, son martyre commence.

Dès qu'il n'a pas son originalité propre, un journal de province n'est qu'un détestable et fatal double emploi.

Voilà, s'il n'est un homme dénué de sens, ce que ne saurait manquer de formuler dès le premier jour un rédacteur en chef qui vient de Paris. Notre Parisien se propose donc, tout naturellement, une spécialité distincte, une manière d'être à part, quelque chose qui rentre par le bon coin dans le sens des prétentions exprimées après 1850, de faire cesser, en matière d'intelligence, le despotisme de la centralisation parisienne.

On lui signifie très-souverainement qu'il est dans l'erreur à cet égard; on le réduit au vol du chapon.

Qui donc, s'il vous plaît, peut lui jeter ce premier bâton à travers les jambes?

— Le comité des fondateurs!...

Les fondateurs (*sic*) d'un journal de province consistent dans une dizaine d'individus, lesquels (sauf celui-là d'entre eux chargé de verser le cautionnement à la caisse de l'État, personnage désintéressé de toutes les taquineries par l'intérêt même qu'il porte à la meilleure direction de l'entreprise) s'arrangent toujours de façon à ne rien y mettre, en se réservant de ne parler que de leurs sacrifices. Moins ils en ont fait, plus ils y tiennent. Je vous donne en ceci leur pierre de touche.

Jetons un coup d'œil sur le canevas de cette lanterne magique.

Magistrats en divorce avec la simarre ; — avocats qui ne se souviennent plus de leur droit ; — gens de lettres futurs dont le portefeuille est gros de projets ; — professeurs que l'on n'admettrait pas dans leur collège en septième ; — gentilshommes dont la noblesse remonte à l'institution de la caisse d'épargne ; — employés qui se disent mystérieusement qu'un journal serait peut-être un moyen désespéré d'obtenir enfin le respect de leurs supérieurs ; — voilà, sauf double emploi dans les caractères, le personnel de ces comités.

L'honnête garçon se trouve abasourdi par le premier choc. On avait probablement besoin d'un rédacteur en chef, puisqu'on l'a prié de venir !... Pure illusion de son petit orgueil ! Les fondateurs n'ont besoin de personne ; ils se chargeront de lui montrer ce qu'il était venu pour leur apprendre. Dans sa candeur, il venait pour être rédacteur en chef ; il se trouvera tout à coup rédacteur en queue ! Il s'imaginait que les *fondateurs* se tiendraient au poste que leur assigne une étymologie cavalière ; on lui grimpe sur le dos de toutes parts !

Mais tout cela, c'est pour son bien, comme vous allez le voir.

D'abord, *il ne connaît pas la province ;* par conséquent, il a besoin, pour être mis au fait, de passer sous la toise banale de la localité !...

C'est à se croire dans une horde sauvage, au milieu des forêts du Nouveau-Monde. Un instant, je vous prie ! Qui pourrait le mettre au fait des bizarreries du lieu, si ce ne sont les gens du lieu ? Cette considération a quelque chose d'étourdissant. On le conjure de ne pas réveiller l'abonné qui dort, de ménager l'idée, de ne la servir qu'à petites doses, d'en garder pour la semaine d'ensuite. On ne sait pas combien les abonnés sont bêtes dans l'estime des fondateurs de journaux de province ; le rédacteur en chef ne peut se soustraire à cette conviction en écoutant ces messieurs !...

N'est-il pas clair, en effet (tenez-vous sur vos gardes, parce que je vais me moquer de vous), que les journaux de province ont tous quelque chose de profondément tranché dans leur rédaction, qu'une physionomie vraiment particulière les distingue les uns des autres ; qu'ils révèlent chaque jour, au profit de l'édification française, une connaissance très-caractéristique des mœurs dont ils ont le spectacle à leurs points de vue divers ?

Ceux qui trouvent les journaux de province plus plagiaires qu'originaux et d'une désespérante uniformité, feront à merveille de s'armer à ce sujet d'une loupe, ou de consulter sur ce chapitre délicat les fondateurs émérites de journaux.

Une réflexion cependant. — Rédaction de province à part, les gens du peuple ont conservé çà et là plusieurs traits originaux de leur caractère primitif. Les fileurs rouennais, les tisseurs de Saint-Quentin, les carriers de Fontainebleau, les paludiers bretons, les canuts de Lyon, restent des types. Or, les journaux ne pénètrent guère dans ces catégories ! et, franchement, rien ne ressemble au Parisien *pur sang* comme le provincial qui peut débourser vingt francs pour se donner la distraction de lire une feuille publique ! Mais comme nos spéculateurs, la veille encore, étaient dans les rangs de l'abonné, et qu'ils en sortent avec le projet de s'en procurer à leur tour, ils mesurent volontiers la portée d'esprit du commun des martyrs à l'étendue de leur propre génie ; et, n'espérant conserver de clientèle que dans le cercle des martyrs auxquels il leur sera loisible de tenir habituellement le pistolet sur la gorge, à titre de ressource, ils dirigent un regard friand vers les annonces, et méditent le pillage de l'industrie. Voilà le mystère.

Quel rapport, me demanderez-vous, l'annonce a-t-elle avec les opinions et les croyances ?

Pas le moindre.

Mais lorsqu'on ne se sent pas de racines dans l'esprit de la multitude, on jette son ancre où l'on peut. On vous a promis des idées ; on vous envoie des petites affiches.

C'était bien la peine d'aller chercher un rédacteur en chef à Paris !

Tout le profit que notre homme en retire pour son éducation particulière, c'est d'apprendre comment on se laisse choir dans un guet-apens. Heureux qu'il est encore, à travers ses tribulations, en dehors de cette atmosphère oxydée par l'infecte puanteur du cuivre, de rencontrer largement, en grand nombre, des affections sincères parmi les gens de l'église ou du siècle, et de faire palpiter de jeunes âmes avec des idées loyales et généreuses, qui fleuriront et jetteront leurs parfums dans la vie avant que les journaux en aient mis la graine en circulation.

Le rédacteur en chef, on doit le deviner d'avance, n'aura guère le loisir de se déployer dans son journal. Les fondateurs sont là, s'accoudant sur son âme comme des cauchemars, par oisiveté, ne lui laissant pas le loisir de la respiration. Ils révisent tout, jusqu'aux virgules, prêts à mettre les membres de chaque phrase sur le chevalet provincial de leur syntaxe ; ils se relayent pour le relancer. Sur un texte arrêté d'avance, on le presse entre vingt corrections qui se détruisent, toujours au dernier moment. Avec un front mouillé d'orgueil et de joie, ils lui disent ne pas comprendre. L'évidence leur donne des éblouissements ; ils y cherchent des énigmes. A l'occasion de la même chose : « Vous avez trop de concision ! lui dit l'un. — Ne délayez pas tant, » lui dit l'autre ; et chacun de tirer de sa poche la lettre d'un abonné qui se plaint ; le principal, le premier l'un après l'autre. Alors se déroule une comédie que le rédacteur en chef prend d'abord au sérieux. On se rassemble sous prétexte de lui tailler les morceaux, à condition qu'il en fournira la substance réelle, car les membres du comité sont plus habiles à se prononcer sur ce que l'on ne fera pas, qu'à se décider sur ce qu'il faudra faire. On métamorphose le malheureux rédacteur en cheval à huit ou dix brides, en tambour de basque à tout autant de mains. On le charge d'inepties, on le brûle d'impatience à faire éclater un canon. Un de ces messieurs, véritable Candide, par affection pure, lui réglera la charte de son temps, avec les heures du lever, du coucher et des repas. Qu'il s'en méfie ou non, on lui glissera les domestiques dont il doit se servir. On marque d'une croix les personnes qu'il fera convenablement de ne pas voir; et malheur à quiconque voudra se lier avec lui, malgré cette consigne ! Tout est mis en usage pour l'atrophier dans la plus impure de toutes les prisons, celle dont les imbéciles sont les verrous et les grillages. Pendant le jour, la délibération envahit sa demeure, voulût-il agir, ce qui va droit au fait et ne perd pas de temps. Délibérer, c'est le *nec plus ultra* de l'importance pour des niais; et l'on s'en donne ! On gesticule, on crie, on s'emporte, on vote au scrutin, on singe le gouvernement représentatif. Quand notre homme a trébuché, des milliers de réclamations l'assiégent ; quand il a touché juste, on se retire la tête basse, en étouffant des soupirs. La nuit, seul moment de calme pour notre fanatique, il dévide à tour de bras l'écheveau de la copie ; le typographe attend, et le messager de l'imprimerie semble avoir des ailes, tant il se multiplie. Dieu sait ce que le rédacteur aura de sommeil, et cependant il n'est pas au bout. L'abonné se lève en masse ; l'abonné veut avoir des audiences ; et ces audiences, il ne les demande pas ! il les exige. Le rédacteur en chef doit être visible quand même, subir l'inquisition de tous les curieux, comme le lion du Jardin des Plantes dans sa cage. S'il envoie promener cette cohue (hygiène qu'Hippocrate recommande expressément dans son chapitre *de l'Exercice*); s'il objecte qu'il n'est pas de fer, qu'on l'ennuie, qu'il prétend tout aussi bien qu'un fondateur prendre l'air un instant et rafraîchir sa pulpe cérébrale qui s'enflamme, un monsieur, qui n'a que des fonctions de cette espèce, et qui s'en acquitte à propos, lui fera comprendre qu'on le paye. Vous devinez, je le parie, la figure de l'homme qui lâche la détente de cette ignoble sottise : Molière l'a mise au nombre des matassins qui sont chargés de poursuivre Pourceaugnac. Comptez avec cela les lettres anonymes qu'il reçoit en guise de billets doux ; les plates interprétations que l'on fait courir sur ses antécédents, les commentaires des cerveaux fêlés sur ses paroles que l'on travestit. Je ne connais en vérité qu'un roi constitutionnel qui subisse autant d'ignominies et de chagrins !...

Ici cesse le rôle de l'aveugle, et les écailles lui tombent des yeux comme à saint Paul. Le sacrifice est consommé. Il aurait eu vingt amis s'il avait pu consentir à se revêtir d'une âme de laquais. Il vient de reprendre son vol, il est libre.

Mais, comme le sanglier qui s'arrête et fait face à la meute lancée contre lui, s'il paraît calme un instant devant les chiens que son intrépidité déconcerte, croyez qu'avant de périr à son poste il a son but. De ces trois mois passés dans le martyre, n'est-ce pas le moins qu'il résulte une silhouette cabalistique ? — Elle pourra servir à quelqu'un.

Cette amertume exige un correctif. De telles noirceurs prennent le plus souvent leur source dans l'obstination qui pousse les individus à lutter contre une situation fausse ; et, dans une série d'embarras donnés, il est presque impossible de ne pas devenir un méchant, pour peu que l'on ait l'étoffe d'un sot.

Lorsqu'on ne poursuit que le plus chétif résultat, pourquoi donc ne pas aborder honnêtement un tout petit commerce ? Le journalisme insulte aux épiciers !... Cela m'explique dans quel but les femmes aventurées médisent de leurs pareilles.

Si j'arrête le trait de cette esquisse épisodique au récit des malencontres éprou-
vées par l'homme que sa mauvaise étoile expose à tous les risques du ballon d'essai,
la raison en est simple. Sans, pour cela, que le journal en question cesse de paraître,
après l'abdication du rédacteur en chef, il n'y a plus de rédacteur en chef ! du moins
dans le sens grave de ce titre, qui suppose unité de vues, enchaînement logique
des matériaux de détail dans une seule inspiration, concordance réciproque des divers éléments d'une pensée dans un même ensemble. Les fondateurs l'ont fondu.
L'autorité s'évanouit ; vous vous trouvez en présence d'un corps sans tête !... On vous
indiquera bien quelque chose qui semble, de prime aspect, en tenir place : un fondateur ou l'équivalent. Gardez de vous y méprendre ; l'honnête garçon ne représente pas
une idée. Si vous en doutiez, il vous le dirait lui-même. Il reçoit les articles qu'on
lui donne, et se tire d'embarras les yeux fermés. La routine avec son répertoire
fané ; la divagation, qui paraît avoir l'instinct sourd d'un but quelconque, et qui
promet toujours de l'atteindre en abordant le prochain numéro ; la phrase à coquetteries musquées, qui se pavane dans ses atours de belle dame, usurpent tour à tour
le terrain. Des exigences de la veille, plus un mot ; la paix règne comme dans le
néant. La mise en circulation d'un journal n'est plus alors qu'une occasion de vendre
du papier au delà de son prix de fabrique, sous le prétexte assez bizarre qu'il a tout
à fait perdu sa blancheur. Les abonnés prennent leur abonnement en patience,
parce que l'on ne refuse pas une pièce de 5 francs à des millionnaires qui relancent
leur monde à l'expiration du trimestre. Quelques-uns, par des ajournements qui
donnent la fièvre, et par des oublis systématiques, réussissent à se perdre dans les
buissons comme des écoliers ; on leur en voudra jusqu'à la mort. Bref, le journal tend
de plus en plus à se convertir en petites affiches, — à moins qu'il ne s'élève tout à coup
une feuille spéciale d'annonces, enjolivée des agréments nécessaires ! ce qui profite
considérablement à la bourse des pauvres industriels de l'endroit, jadis contraints
de multiplier leurs sacrifices ; mais ce qui doit mettre à mort toute la presse locale
dans un temps donné, parce que la malheureuse n'a pas de racines ailleurs.

Et toute cette coquetterie de programmes et de croyances se termine, ainsi que
la Syrène d'Horace, en queue de poisson.

La feuille de province tombe par une matinée d'automne, comme le lumignon
ignoré qu'une servante secoue derrière un paravent.

Il en reste une collection chez le fanatique de l'endroit ; il se propose de la
montrer à ceux qui voudront la voir. Elle est dans sa bibliothèque !...

On le croit sur parole ; ses héritiers en envelopperont leurs confitures.

Raymond BRUCKER.

LES OUVRIERS DU FER.

Un autre vous a dit quels hommes sillonnaient le sein de la terre pour en extraire les richesses ; étudions maintenant la classe des travailleurs qui, recevant le minerai à l'état brut, le fond, le plie, le façonne en instruments à notre usage : classe de salamandres humaines qui s'agitent au milieu des flammes ; cyclopes des temps modernes, noirs esclaves de l'industrie, ruisselant de sueurs intarissables au service de la communauté sociale.

La France est féconde en mines de fer. On en trouve aux quatre points cardinaux, dans les Ardennes comme en Corse et sur les confins de la Savoie, dans la Charente comme près des côtes de la Manche. Choisissons, s'il vous plaît, nos modèles dans les départements du centre, formés du morcellement du Berri, du Nivernais, du Bourbonnais, de la Bourgogne, du Forez, etc. Le fer y est abondant, d'excellente qualité, presque à fleur de terre, et de nombreux cours d'eau, des forêts étendues en favorisent l'exploitation.

Si l'on suit, entre des collines boisées, un sentier pavé de scories, qui, broyées par de lourdes roues, s'éparpillent en noire poussière pendant l'été, se délayent pendant l'hiver en fange nauséabonde, on aperçoit bientôt des bâtiments d'un aspect sombre et désolé. Au milieu d'eux pointent de hautes cheminées assez semblables à l'obélisque de Louqsor ; elles font pleuvoir autour d'elles, avec la force d'impul-

OUVRIER EN FER.

sion d'un volcan, de la fumée, des flammes, des cendres, des pierres incandescentes, et leur cime rougit les ténèbres azurées de la nuit des lueurs sinistres d'un incendie.

Telle est la fonderie, et ces cheminées de briques à quatre faces sont les hauts fourneaux. Derrière, sur un vaste plateau, sont entassés d'énormes amas de minerai, de charbon de bois, de coke, de sable et de castine [1]. Approchons, et voyons nos gens à l'œuvre.

Les *chargeurs* errent çà et là sur le plateau, amoncelant du minerai dans des *bâches* de fer à deux anses, concassant la castine, en emplissant des *resses* [2], entassant le charbon et le coke dans de grands paniers. A l'une des parois du haut fourneau, près de l'orifice supérieur, est une ouverture à laquelle on a donné la qualification bien méritée de *grand gueulard*. Si l'on pouvait se pencher et regarder en bas, on y verrait les matières qu'on y jette par l'insatiable *gueulard*, liquéfiées, tordues, changées en laves brûlantes au fond de cet effroyable cratère.

Un chargeur s'avance sur le bord de l'abîme. Il tient à la main une barre de fer, au bout de laquelle pend une autre barre du même métal ; il sonde la cheminée, et reconnaît qu'il est temps de *porter une nouvelle charge*. Bâches, *resses* et paniers sont placés sur des brouettes, et leur contenu est vidé par le *gueulard* dans l'ordre et les proportions suivantes [3] : castine, 8 kilog. ; charbon, 20; coke, 2 kilog. par 5 kilog. de minerai; minerai, 25 kilog.

Une soufflerie à vapeur active la combustion, en vomissant dans le creuset de puissantes bouffées d'air chaud ou froid, suivant que la fonte est destinée au moulage ou à l'affinage. Jour et nuit, les *fondeurs*, autrement dit *gardes-fourneaux*, surveillent la fusion. Ils portent une blouse bleue, un large pantalon bleu, des guêtres de toile bleue ou de peau, un tablier de toile bleue et point de chemise. Tout leur costume est noirci de fumée, de cendre et de poussière. Leur figure mâle, basanée, où flamboient des yeux pétillants, est abritée d'un large chapeau de charbonnier. Armés d'un *ringard* [4], tantôt ils hâtent la fusion, tantôt ils facilitent l'écoulement du *laitier*, mélange liquéfié de la castine, du charbon et de la terre unie au minerai ; le laitier sort en ruisseau de feu par la *dame*, trou ménagé tout exprès pour lui livrer passage. Comme la fonte s'échapperait en torrents irréguliers, si elle montait au niveau de la *dame*, le fondeur perce au bas du creuset une plaque d'argile, de sable, de charbon et de scories, et la fonte ardente s'écoule soit dans un sillon de sable pour former une *gueuse* [5], soit dans des *poches* pour être employée au moulage.

Les *mouleurs* sont tout prêts ; des modèles en bois ont été préparés par le *mo-

[1] Carbonate de chaux, qu'on met fondre avec le minerai. Il en sépare toutes les matières étrangères, et, par sa pesanteur spécifique, les entraîne à la surface. L'étymologie de ce mot est peut-être l'allemand *kalk stein* (pierre à chaux).

[2] Espèce de vans.

[3] Ces proportions varient suivant les théories des régisseurs et la qualité respective des matières. Nous n'avons pas au reste la prétention de donner un traité *ex professo* sur la fonte; nous voulons seulement indiquer les opérations les plus usuelles.

[4] Long prisme triangulaire de métal. Les barres de fonte de petite dimension se nomment *boustats*.

[5] Vaisseaux de fonte.

deleur; on en a pris l'empreinte sur du sable comprimé entre des châssis de bois. Un *noyau* occupe le milieu du moule, et autour est l'espace où l'on doit verser la fonte. Pendant que les fondeurs nettoient le creuset après la *coulée*, les mouleurs enlèvent les *poches* au moyen de civières ou de barres de fer ; les chaudières trop lourdes sont promenées de grue en grue jusqu'aux moules, et là, le métal se métamorphose en vases, obus, tuyaux, plaques, machines, statues, etc. Quand une pièce est refroidie et tirée du moule, l'*ébarbeur* la dégage du noyau, et rogne les *bavures* produites par la fonte qui a pénétré dans les interstices des châssis.

Les ouvriers fondeurs ont peu d'instants de repos, et sont astreints à une exactitude militaire. La cloche de l'usine les réveille à quatre heures et demie ; elle sonne encore à cinq heures moins dix minutes ; et, un quart d'heure après, les portes sont irrévocablement fermées. Si le fondeur n'est pas à son poste au moment prescrit, un autre le remplace, et, au bout d'une demi-heure, l'absent est déchu de tous droits au travail du jour. Le mouleur qui ne se présente pas dix minutes au plus après le coup de cloche, perd, pour la première fois, un quart de sa journée, auquel on ajoute, la seconde fois, une amende proportionnée au temps perdu. On accorde aux ouvriers depuis huit heures jusqu'à neuf pour le repas du matin, et depuis une heure jusqu'à deux pour le dîner. Ils travaillent souvent le dimanche jusqu'à neuf heures ; mais il faut un cas extraordinaire pour les déterminer à ne pas solenniser le jour du Seigneur.

Par quels bénéfices ces rudes travailleurs sont-ils donc dédommagés de leurs mortelles fatigues ? Les manœuvres et chargeurs gagnent de 1 franc 25 cent. à 1 franc 50 cent. par jour ; les fondeurs, de 40 à 45 cent. par mille kilogrammes de fonte ; les maîtres mouleurs, 1,800 francs par an ; les aides mouleurs et les modeleurs, de 3 à 4 francs par jour ; les ébarbeurs, de 1 franc 75 cent. à 2 francs. Ces modiques appointements sont encore rognés par des amendes, et par une retenue de 2 pour 100 destinée à payer le docteur et le pharmacien.

Cependant les ouvriers des fonderies tiennent à leur état, et c'est presque avec regret qu'ils le quittent, vers la soixantaine, pour achever d'user, dans un coin de chaumière, le peu de vie qui leur reste. Ils ont le sentiment de leur importance, et, malgré leur ignorance absolue de tout ce qui est en dehors de leur profession, ils se croient bien supérieurs à la plèbe agricole. Leurs enfants sont élevés pour les remplacer. Sitôt que la progéniture des chargeurs peut se tenir debout, munie de petits sacs de toile, elle va fouiller les laitiers des chemins, pour y trouver des morceaux de fonte, qui se vendent 5 centimes le demi-kilogramme ; mais si elle parvient à s'introduire dans les cours de l'usine, elle s'évite, en rapinant, des recherches pénibles et souvent infructueuses. Les fils de mouleurs deviennent mouleurs, à moins que leur incapacité ne les condamne à déroger. On les confie à un pédagogue communal jusqu'à l'époque de leur première communion ; puis leur apprentissage commence. Ils débutent par fabriquer de petits noyaux, dont ils compriment le sable à l'aide d'une *batte* de fer ou de bois. Ils écument la fonte, donnent de l'air aux moules, préparent le sable, dessablent les objets moulés. On mâte leur turbulence par une surveillance rigoureuse, et gare les amendes de 50 ou même de 75 centimes, s'ils s'avisent de se jeter du sable à la tête, de casser les vitres ou les côtes de leurs collègues.

Les chargeurs, qui vivent à peu près en plein vent, sont moins noirs, moins ténébreux que les autres ouvriers des fonderies. Leur visage, leurs pantalons de toile, leurs blouses ou vestes, conservent presque entièrement leurs couleurs primitives. Ils n'ont d'autre instruction que des lambeaux de catéchisme, et, malgré la modicité de leurs émoluments, ils parviennent, à force de sobriété, à réaliser des économies.

Les manœuvres aident à porter la fonte, à *terrer* les moules, à les clayeter [1], à hisser les chaudières aux grues. Voués à un labeur accablant, ils jugent à propos de se délasser au moins le moral par de fréquents et abominables jurons.

Pendant une semaine, la journée des fondeurs commence à six heures du matin, et finit à six heures du soir ; la semaine suivante c'est l'inverse. Ils aiment à compenser l'effrayante déperdition de leur fluide par des libations multipliées, et si leurs femmes en grondent, des coups de poing sont l'*ultima ratio* de ces époux mal appris. Ils peuvent à la vérité alléguer pour leur justification que, loin de leur ressembler, leurs moitiés sont de parfaits modèles de paresse et d'indolence, bonnes tout au plus à leur apporter des comestibles, pendant que, le ringard à la main, ils sont de garde auprès du fourneau.

Les mouleurs savent lire, écrire, tracer et quelque peu modeler ; aussi prétendent-ils être considérés comme artistes. Ils professent un profond dédain pour leurs collaborateurs, et ne leur épargnent nullement, pendant le travail, les épithètes peu flatteuses de *savetiers*, *imbéciles*, ou *animaux*. Ils se nourrissent substantiellement, et ignorent à quoi peut servir la caisse d'épargne. Ouvriers nomades, ils changent souvent de fonderie, passent de l'Allier dans la Corrèze, de la Côte-d'Or dans les Hautes-Alpes, de l'Aveyron dans la Meuse.

> .... Quiconque a beaucoup vu,
> Doit avoir beaucoup retenu.

La physionomie des mouleurs est empreinte, en effet, de cet air dégagé et intelligent qui distingue les ouvriers des grandes villes. Les jours de travail, ils se contentent d'un bonnet de tricot bleu, d'une blouse, d'un large pantalon, et de souliers de cuir massif ; mais, le dimanche, ils s'habillent avec recherche, revêtent un frac élégant, chaussent des escarpins, se superposent des chapeaux de soie.

> Il en est jusqu'à trois, que je pourrais citer,

qui se permettent de porter des gants.

Nous venons d'assister à la fabrication de la fonte ; mais si l'on veut l'affiner, la

---

[1] Attacher avec des chevilles de fer plates.

rendre ductile et tenace, la transformer en fer, on la transporte à la forge. Là, quand le *marteleur* a préparé les feux, les forgerons et leurs *gars*, retroussant les manches de leurs grosses chemises, travaillent le métal sans relâche pendant des heures entières, se relayant les uns les autres quand leurs forces sont près de s'épuiser. Dès que le fer *est pris*, il faut le retirer des flammes avec de longues tenailles, le porter sur l'enclume, l'exposer aux coups d'un pesant marteau qu'une chute d'eau met en mouvement, le *cingler* jusqu'à ce qu'il soit froid, le replacer dans le foyer étincelant. Est-il un supplice plus terrible que ce métier-là ?

Tel quel, le forgeron le trouve sublime. Il l'apprend à ses enfants dès qu'ils ont atteint l'âge de huit ans, et ne saurait souffrir un apprenti qui ne serait pas fils et petit-fils de forgeron. Ainsi que le mouleur, il erre d'usines en usines, tantôt de son propre mouvement, tantôt congédié par le maître de forges, qui doit l'avertir six mois d'avance. Ses bénéfices sont de 56 francs par mois comme marteleur, de 12 francs pour mille kilogrammes comme forgeron, et de 1 franc 25 c. à 1 franc 50 c. quand il remplit les fonctions subalternes de gars. Il jouit en outre d'un logement gratuit, à proximité de la forge, où, les soirs d'hiver, dans les établissements de second ordre, les femmes des ouvriers viennent veiller, et mêler leurs chants, leurs rires, leurs caquetages, au bruit du marteau qui tombe, au murmure de l'eau qui bouillonne, au craquement du brasier qui pétille.

Le forgeron ne place jamais ses économies ; mais sur ses vieux jours il achète une maison et un terrain. Plus religieux que l'ouvrier des fonderies, il ne manque point la messe du dimanche. Ce jour-là, il se rase, se débarbouille, endosse une veste de drap, substitue des bas et des souliers à ses guêtres de toile blanche et à ses sabots, et se chamarre de bijoux, genre de parure que sa femme et lui affectionnent singulièrement. Il croit aux revenants, à la magie, aux remèdes miraculeux ; il est convaincu que la plupart des marteleurs, si on osait les renvoyer de la forge, la pourraient bouleverser par leurs sortilèges. Il évite de se marier pendant le mois de mai, il appréhende les joueurs de vielle et de musette, qui, dit-il, jettent des sorts et *nouent l'aiguillette*. On peut révoquer en doute leur pouvoir en voyant l'accroissement indéfini de sa postérité.

Saint Éloi, l'orfèvre évêque, est le patron des fondeurs et des forgerons. Le 1er décembre, la noire population porte cérémonieusement un bouquet au propriétaire, ou au régisseur qui le représente, et le *pour boire* reçu fait en partie les frais d'un banquet de *Grands-gousiers*, consommé à la suite d'une messe solennelle, où chacun, à son tour annuel, offre le pain bénit.

À côté des ouvriers des fonderies et des forges se montre naturellement celui qui transporte le minerai et le charbon, le *charretier de bâts ;* physionomie des plus extraordinaires, que fait peu à peu disparaître la multiplication des voies de transport. Croirait-on qu'en 1841, dans un pays où chacun adhère à sa fonction comme l'huître au rocher, où les tribus bohémiennes sont pourchassées par la gendarmerie, il existe des mortels qui, pareils au vieux Trappeur, reculant devant la civilisation, hantent la solitude des grands bois, dorment à l'abri des haies, avec les oiseaux du ciel, et vivent presque exclusivement de maraude ?

Tels sont cependant les charretiers de bâts, ainsi appelés parce que leurs chevaux ont, au lieu de selle, un bât en bois, doublé de coussinets qui sont grossièrement rembourrés de paille ou de foin. Le harnachement de ces bêtes de somme est complété par une muselière en ficelle, que leur maître confectionne lui-même. D'avril en novembre, nos industriels vagabonds parcourent les campagnes, vont offrir leurs services aux maîtres de forges, et entreprennent la conduite du charbon de bois, du minerai, du sable et du charnier. Ils reçoivent 1 fr. 20 c. à 1 fr. 50 c. par *banne* de six sacs de charbon, formant cent quatre-vingt-quatre pieds cubes. Ils s'engagent à transporter le *tonneau* de minerai de quatorze pieds cubes, moyennant un salaire de 1 fr. 50 c. pour chaque lieue et demie. Ils colportent aussi du vin dans de grandes outres de forme ovoïde. Ils ont d'ordinaire un adjudant, un serviteur misérable comme eux, qu'ils traitent fraternellement, et auquel ils abandonnent, outre une douzaine de francs par mois, le produit du travail d'un cheval. Intrépides, sauvages, ne doutant de rien, ne croyant qu'aux *meneurs de loups* et à de miraculeuses recettes contre la fièvre, les charretiers de bâts sont redoutés des propriétaires, dans les prairies desquels ils fourragent audacieusement, et regardés comme sorciers par la population des cantons ruraux. Si vous les rencontrez dans la campagne, vous les reconnaîtrez facilement. Leur front est abrité d'un immense chapeau orné de rubans noirs; une blouse de toile qui leur descend jusqu'aux genoux cache la noirceur d'une chemise endossée cinq semaines auparavant. Les bas leur sont inconnus; les semelles de leurs souliers, épaisses de plusieurs millimètres, sont hérissées de clous monstrueux. Un long fouet en cuir natté, à manche court, est roulé en bandoulière autour de leur corps, et par intervalles, quand les *Hu*, *Dia!* et les *Trom dé diou!* sont insuffisants, ce redoutable instrument de supplice s'allonge comme un serpent, s'élance, frappe, et revient à sa place.

Les rosses étiques, impassibles compagnes du charretier de bâts, ne sont pas moins curieuses que lui-même. Il emprunte à un maître de forge généreux la somme nécessaire à l'achat de ses chevaux, au nombre de douze à vingt-quatre. Ces maigres et chétifs animaux sont dressés à coups redoublés de fouet, de pierres, et de *tortillon*, morceau de bois dur et pointu qui n'est pas moins efficace qu'un éperon d'acier. Celui qui a l'honneur de porter le maître est ordinairement blanc, et se distingue par la sonnette, ou *clairon*, suspendu à son cou. L'éducation de cette troupe ferait honneur à Franconi: elle porte sans broncher de lourdes *pochettes*[1]; elle suit d'un pas sûr les sentiers les plus escarpés; elle obéit au signal du charretier avec la docilité d'un chien. Chaque cheval sait le nom qu'il a reçu, *Trompalou*, *Cascari*, *Brisquet*, la *Moisie*, *Cabari*, et ne prend jamais pour lui l'apostrophe qui ne lui est pas adressée. S'il fléchit, s'il est sourd aux remontrances, s'il fait mine de renoncer à sa charge, le maître approche, le châtie en homme qui l'aime tendrement, et monte dessus pour compléter la correction. Après avoir déposé son chargement sur la plate-forme du haut fourneau, le charretier de bâts s'en retourne,

_____

[1] Sacs de toile d'un pied cube trois quarts, contenant le minerai.

assis, les jambes pendantes, sur son coursier favori, et mariant ses chants au bruit cadencé des pas de la caravane.

Der - rière   vers chez mon   pè - re,   hé!

ho! la! oh!lo! la!ho! lo!   Der - rière vers chez mon pè - re, un

o - ran-ger   il   ya, la, la, la; un   o - ran-ger   il   ya.

Il avait tant d'oranges,
Hu! oh! la! oh! lo! la! oh! lo!
Il avait tant d'oranges,
Que les branches en tourla, la, la, la,
Que les branches en tourla [1].

Nous les porterons vendre,
Hu! oh! la! oh! lo! la! oh! lo!
Nous les porterons vendre
Au marché qui tiendra, la, la, la,
Au marché qui tiendra.

Sur son chemin rencontre,
Hu! oh! la! oh! lo! la! oh! lo!
Le fils d'un avocat, la, la, la,
Le fils d'un avocat.

— Ah! qu'avez-vous, la belle,
Hu! oh! la! oh! lo! la! oh! lo!
Ah! qu'avez-vous, la belle,
Qu'avez-vous dans vout' bras? la, la, la,
Qu'avez-vous dans vout' bras?

— Monsieur, c'est des oranges,
Hu! oh! la! oh! lo! la! oh! lo!
Monsieur, c'est des oranges
Que je porte à Gana [2], la, la, la,
Que je porte à Gana.

[1] En tordaient.
[2] Ce nom de village, les oranges dont il est question, et quelques terminaisons, attestent l'origine méridionale de cette chanson.

— Portez-les chez mon père,
Hu ! oh ! la ! oh ! lo ! la ! oh ! lo !
Portez-les chez mon père,
Il vous les achètera, la, la, la,
Il vous les achètera.

La belle fut chez le père,
Hu ! oh ! la ! oh ! lo, la ! oh ! lo !
La belle fut chez le père.
— Que m'apportez-vous là ? la, la, la,
Que m'apportez-vous là ?

— Monsieur, c'est des oranges,
Hu ! oh ! la ! oh ! lo ! la ! oh ! lo !
Monsieur, c'est des oranges,
Que je porte à Gana, la, la la,
Que je porte à Gana.

— Remportez vos oranges,
Hu ! oh ! la ! oh ! lo ! la ! oh ! lo !
Remportez vos oranges,
Vout' panier dans vout' bras, la, la, la ;
Pour moi, je n'en veux pas.

L'auteur du *Chef-d'œuvre d'un inconnu* aurait prouvé sans peine que cette chanson égalait les plus beaux poëmes de l'antiquité. Il en eût fait ressortir le sens caché, il eût développé les intentions séductrices du *fils de l'avocat*, sous-entendues par le rimeur populaire ; quant à nous, nous ne chercherons point à pallier le peu de mérite littéraire de ces simples et naïves paroles. Pour en comprendre le charme, il importe de les mettre en scène, de les environner des circonstances locales qui en rehaussent l'effet. L'air en est merveilleusement approprié au piétinement des chevaux ; et, vers la tombée du jour, dans un chemin bordé de sablonnières rouges et de chênes verts, cet air, répercuté par les échos, accompagné du tintement du *clairon*, a des accents mélancoliques qui s'harmonisent avec le silence mélodieux du soir.

La nuit descend ; la lune sème ses paillettes sur les feuilles ondoyantes ; où coucheront nos voyageurs ? pas une branche de pin ne signale la porte hospitalière d'un cabaret ; pas une cheminée ne fume à l'horizon. Mais le charretier de bâts n'est jamais embarrassé de trouver un gîte. Voici une prairie ; l'herbe y est touffue ; le trèfle et la luzerne y répandent leurs fraîches senteurs. A qui appartient-elle ? peu importe. Si elle dépend du domaine de quelque propriétaire barbare envers les malheureux en général, et les charretiers de bâts en particulier, tant mieux ! l'heure de la vengeance a sonné. Les chevaux démuselés sont lâchés dans le pré. Le charretier de bâts s'adosse à une haie, s'enveloppe de son ample limousine, se coiffe d'un bonnet de laine, prend un sac de charbon pour oreiller, et s'endort. Si des gardes arrivent, il a pour les entendre la finesse d'ouïe d'un sauvage ; il se lève, saute sur sa monture, fait tinter le clairon. Il siffle, il appelle : « Ohé ! *Cascari, Brisquet, l'En-*

dormi! en route! *trom dé Diou!* » les chevaux accourent des coins les plus reculés de la prairie, escaladent les haies, sautent les fossés, gravissent les côtes, et disparaissent aux yeux des gardes étonnés.

Quand on parvient à s'emparer du maraudeur, on lui fait payer une amende de quatre à cinq francs par cheval, retenue sur ce que lui doivent les maîtres de forges voisins.

Un charretier de bâts, pris en flagrant délit de campement dans une prairie, comparaissait devant un propriétaire clément, qui lui dit :

« Je sais que les gens de ton espèce jurent beaucoup, je te fais grâce si tu m'inventes un nouveau juron.

— Attendez, monsieur, dit le charretier : que le diable vous fricasse les foies ! que le diable vous tortille les boyaux autour d'un dévidoir! je vous en trouverai bien un.

— Je me contente de ceux-ci, » reprit le bourgeois.

Malgré l'habitude enracinée d'alimenter leurs bêtes de somme aux dépens d'autrui, les charretiers de bâts ne volent jamais. On n'a point d'exemples d'assassinat commis par eux ; on n'a pas à craindre de les rencontrer dans les bois, et le voyageur égaré trouve en eux des guides fidèles.

Arabes par leurs mœurs, les charretiers de bâts le sont encore par leur sobriété. Du pain noir, enserré dans un sac de toile qu'ils attachent au bât de leur cheval, l'eau claire des ruisseaux ou le liquide vaseux des mares, voilà leurs aliments et leur boisson. Ce n'est que le dimanche et les jours de paye qu'ils se permettent de longues orgies, entremêlées de coups de poing et de coups de bouteille.

Ces hommes ont horreur de coucher dans un lit, et ceux auxquels il prend fantaisie de se faire manœuvres ne tardent pas à retourner à leur vie nomade. Ils ont toutefois, dans un coin du globe, un sale et misérable logis, où ils ne s'arrêtent que pour battre leur femme, et augmenter d'une unité le nombre de leurs rejetons. Ceux-ci, dès l'âge de huit ans, suivent leur père dans ses excursions, et, quand ils sont grands, ils héritent du fonds de commerce, de la sauvagerie, et de la brutalité paternelle.

On évite d'employer le charretier de bâts dans tous les pays où les chemins sont praticables aux voitures. C'est une réforme profitable ; mais une plus urgente peut-être serait l'amélioration du sort des ouvriers du fer. Aucune classe de travailleurs n'est plus essentielle à la prospérité commune ; aucune n'est plus étrangère au bien-être. Quelle existence sombre, monotone, pénible, loin de tous plaisirs, de toutes jouissances, de tout développement intellectuel, au fond des bois, sous des voûtes enfumées, à la lueur des métaux brûlants, dans une atmosphère qui dessèche et qui tue ! Quel que soit l'endurcissement produit par l'habitude, la condition des ouvriers des fonderies et des forges n'est-elle pas une damnation anticipée ? N'est-on pas tenté de plaindre dans leur misère, d'admirer dans leur résignation, ces parias industriels, dont les travaux, plus que jamais indispensables à l'état de notre société, sont une des principales sources de la richesse nationale ?

Émile DE LA BÉDOLLIERRE.

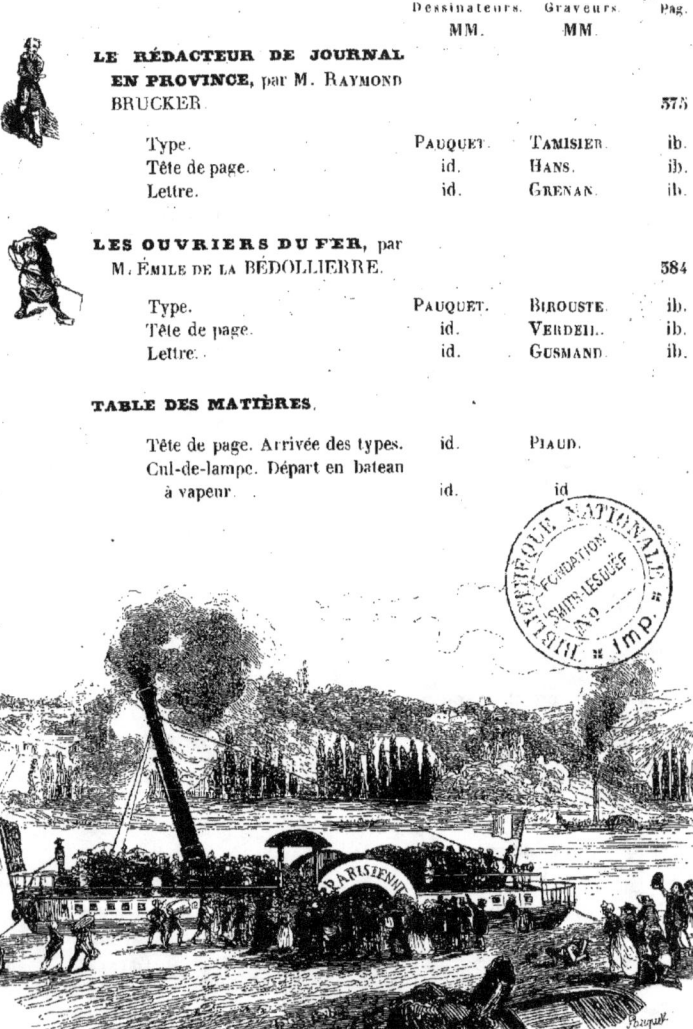

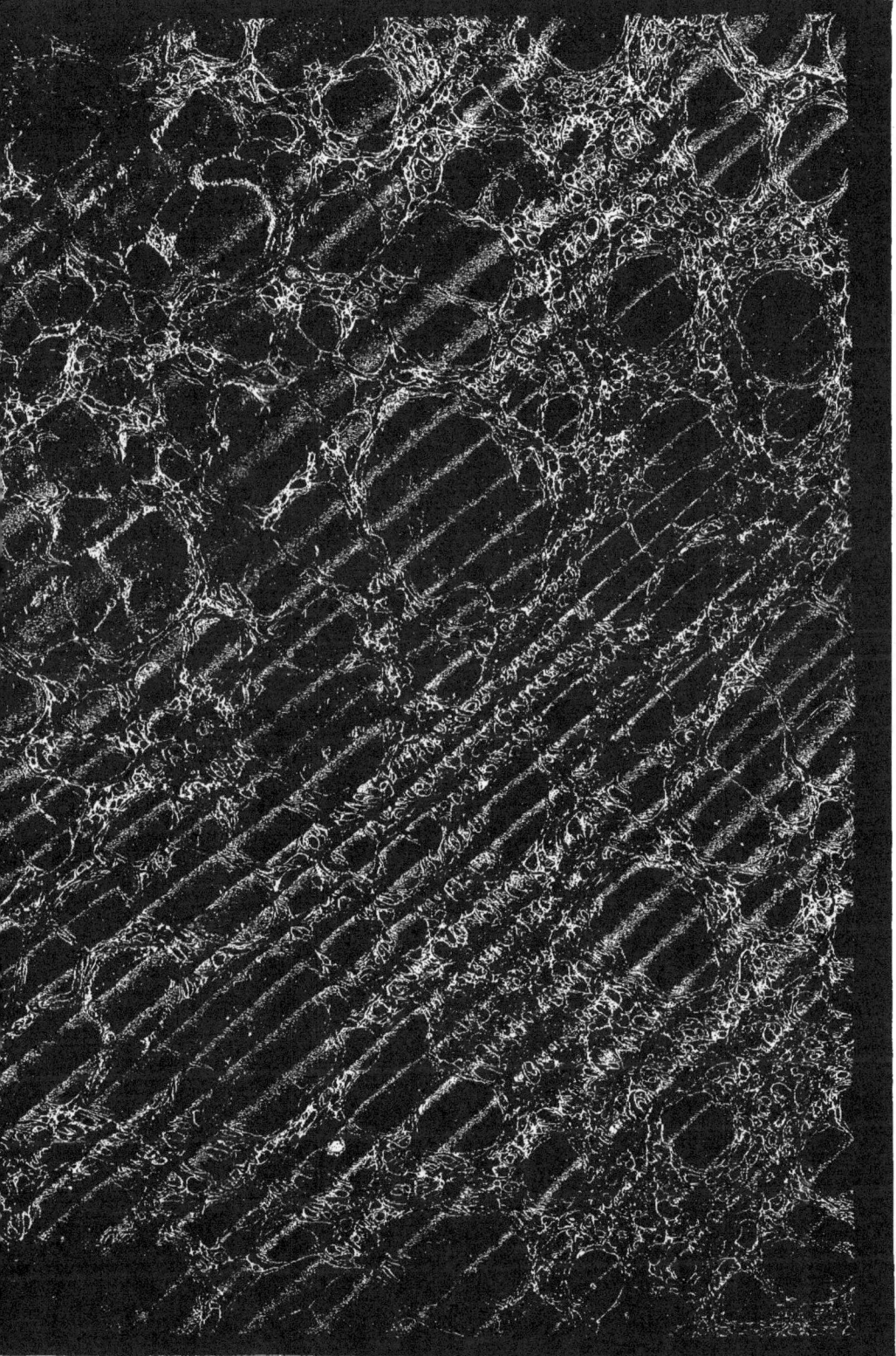

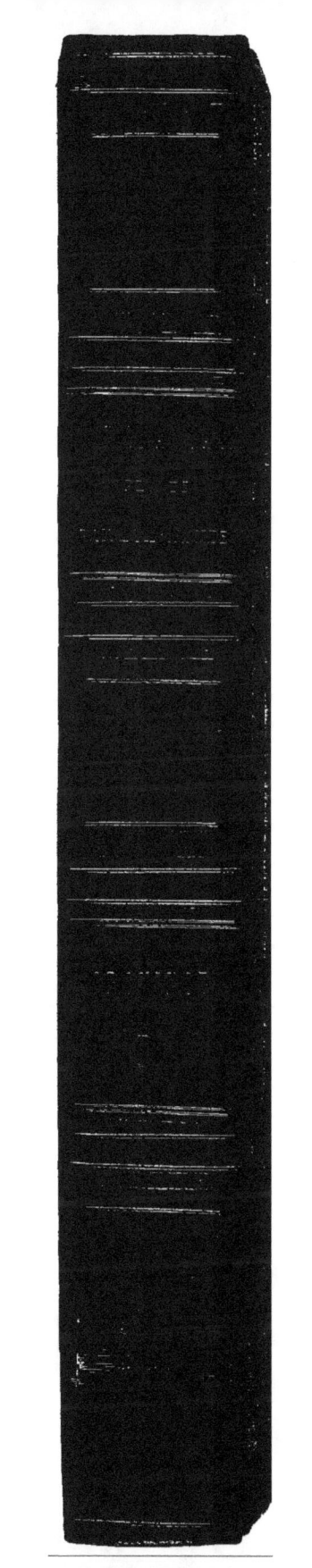